흐뢰성

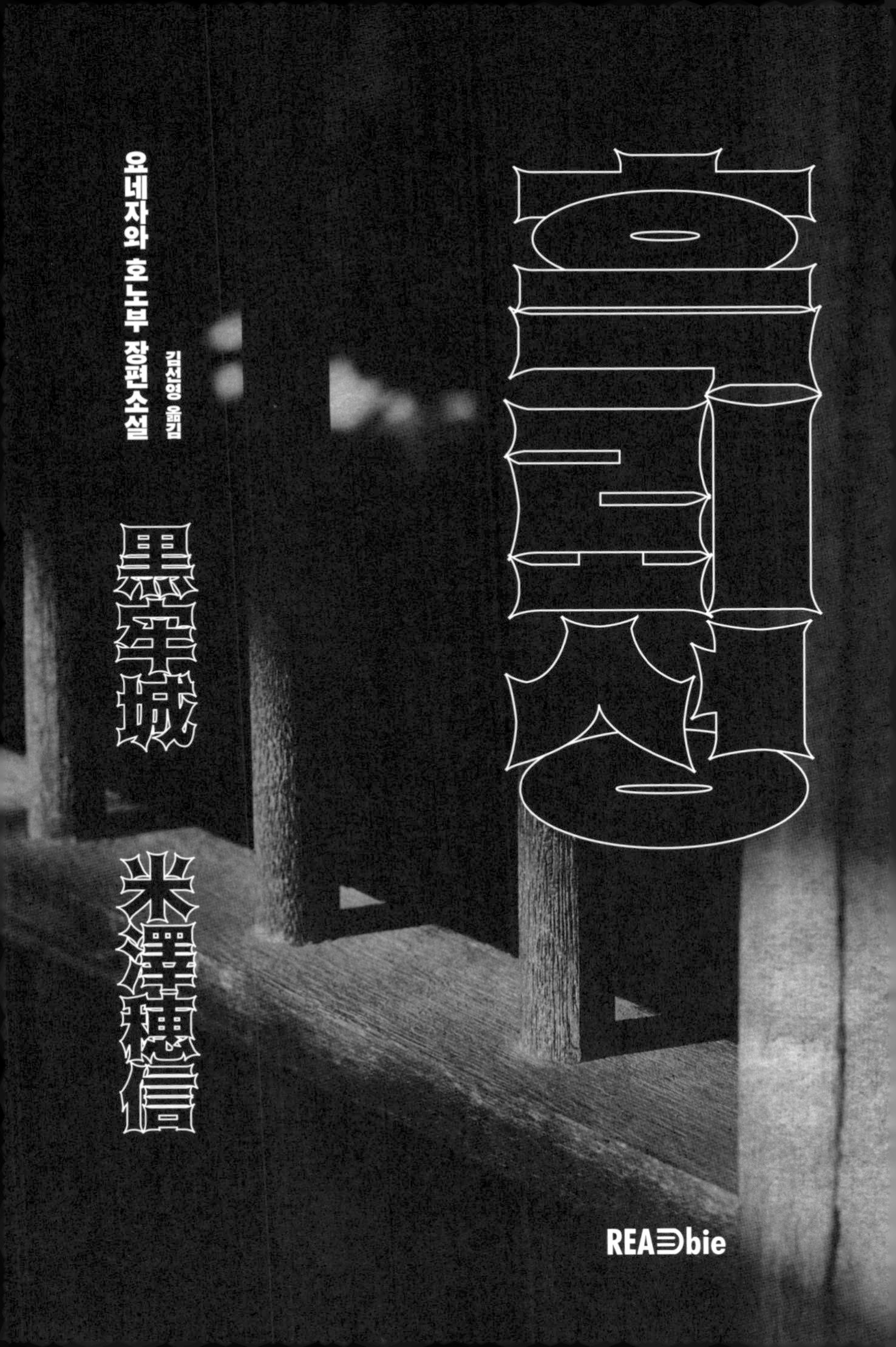
흑뢰성
요네자와 호노부 장편소설
김선영 옮김
黒牢城
米澤穂信
READbie

차례

일본 전국시대 행정 지명

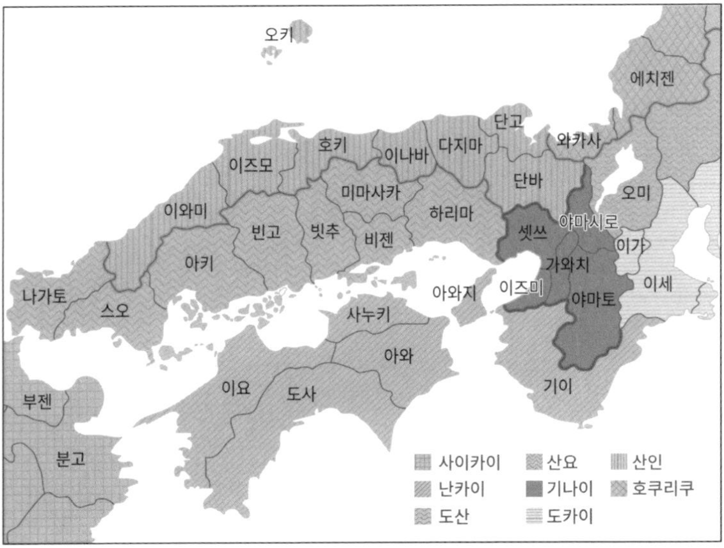

오키
에치젠
단고
와카사
호키
이나바
다지마
이즈모
단바
오미
미마사카
이와미
하리마
야마시로
빈고
빗추
비젠
셋쓰
이가
아키
가와치
이즈미
아와지
이세
나가토
스오
야마토
사누키
아와
이요
도사
기이
부젠
분고
사이카이
산요
산인
난카이
기나이
호쿠리쿠
도산
도카이

1578년 일본 전국시대 세력도

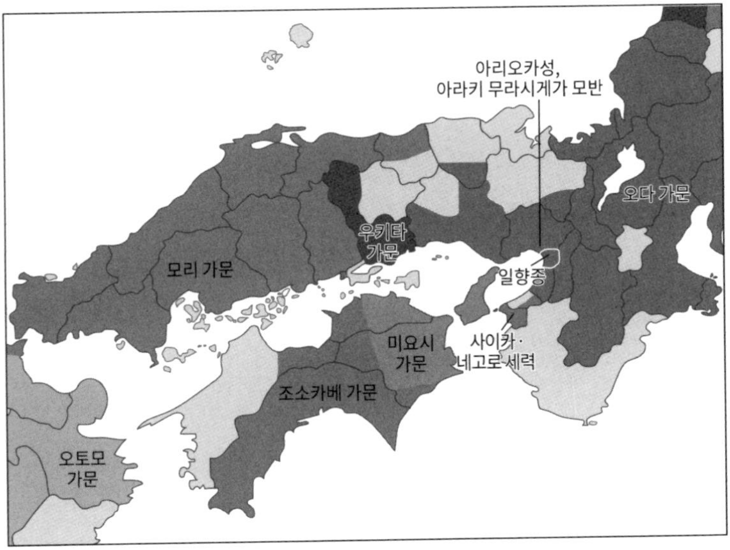

서장

인

因

전진하면 극락, 후퇴하면 지옥.

용맹한 함성이 나니와• 연안을 가로지른다. 싸우자, 싸우자, 그것이야말로 구원으로 향하는 길이라고, 함성이 사람들을 고무한다. 전국시대를 연 오닌의 대란•으로부터 어느덧 백 년, 전국 방방곡곡 전쟁이 없는 땅은 없어 수많은 집들이 생겨나고 또한 사라져 갔다. 기아와 질병, 전쟁은 서로 나쁜 인과를 초래하는 악인(惡因)과 악과(惡果)가 되어 현세를 고통으로 채웠다. 고통에서 벗어나고 싶다면 힘차게 전진하라, 싸우다 죽으면 극락왕생이 보장된다. 전진하면 극락, 후퇴하면 지옥이다! 함성은 끝도 없이 되풀이되었다.

셋쓰• 지방 오사카에 언제부터인가 일향종 신도들이 모여들어

• 현재의 일본 오사카 일대
• 1467~1477년에 교토를 중심으로 일어난 큰 내란으로 오닌은 당시의 일본 연호
• 현재의 일본 오사카 북서부와 효고현 남동부

염불 소리가 끊이지 않는 대가람을 세우고 이를 혼간지라 불렀다. 난세를 헤쳐 나가고자 해자와 토담을 쌓아 절인지 성인지 모를 그 요새에 무기와 병량을 실어 나르고, 오다를 무찔러 불교를 수호하려는 이 전쟁에 참가하지 않는 자는 파문이라고 주지승이 호령한 뒤로 팔 년이 지났다.

말 많은 도읍 청년들은 밤낮으로 쌓이는 울분을 떨치려고 소문에 열을 올렸다. 오다와 혼간지, 어느 쪽이 승리할지 점치는데 제아무리 오사카가 난공불락이라 해도 혼간지에 승산은 없다. 하지만 혼간지는 모리와 결탁했다. 한쪽은 다케다, 우에스기를 무찌르고 하늘을 찌를 듯 기세가 오른 오다, 한쪽은 산인부터 산요•까지 열 개의 영지를 다스리는 위대한 모리. 이 싸움이 어떻게 끝날지 아직 아무도 모른다. 이 얼마나 볼 만하겠나!

덴쇼 6년, 1578년 11월은 바로 그런 시절이었다.

오사카는 성과 요새로 둘러싸여 있다.

오다는 일향종 군대를 상대로 에치젠•에서 승리하고 이세•에서도 승리했으나 오사카만은 아직도 제패하지 못하고 있었다. 흡사 혼간지에서 터져 나오는 염불을 막아 내려는 듯 오사카를 포위할 수많은 성과 요새를 새로 지었고, 원래 있던 성은 보다 견고하게 보강했다. 덴노지 요새도 오와다 요새도 마찬가지, 그러나 가장

• 일본 본토 서부 주고쿠 지방을 중심으로 동해에 접한 북부를 산인(山陰), 세토 내해에 접한 남부를 산요(山陽)라 부른다.
• 현재의 일본 북부 후쿠이현 동북부
• 현재의 일본 미에현 일대

모습이 많이 바뀐 것은 오사카에서 북쪽으로 도보 반나절 거리에 있는 이타미 지역의 요새였다. 마을에서 소집한 인부들은 물론이고, 무사들도 직접 바위를 운반해 쌓아 올린 새로운 성채는 원래의 성과는 기능부터 달랐다.

일본에서 성은 원래 마을을 지키기 위한 건축물이 아니었다. 성의 역할은 어디까지나 군대가 머무르며 적을 막는 것이었고, 그런 이유로 대부분의 성은 마을에서 떨어진 산 정상이나 가도 주변에 지었다. 하지만 이타미에 새로 탄생한 성은 달랐다. 해자와 나무 울타리로 마을을 빈틈없이 에워싸고 주위에 가시울타리를 둘러 이타미 지역 자체를 성안에 품은 외성을 가지고 있었던 것이다. 평야 지대인 호쿠세쓰에서 그 거성은 사람들이 쌓은 언덕처럼 보일 정도였다. 루이스 프로이스 신부•가 "대단히 장대하며 훌륭하다"고 평가한 대 성채, 그 새로운 이름을 아리오카성이라 한다.

육중한 짐을 짊어진 사람들, 말과 소가 줄지어 아리오카성으로 들어간다. 짐은 다양했다. 쌀을 실어 나른다. 소금을 실어 나른다. 된장을 실어 나른다. 장작과 숯을 나른다. 대나무를 나른다. 금은, 동전을 나른다. 납, 화약, 철, 가죽, 그 밖의 모든 것들이 아리오카성으로 반입되었다. 볼일을 마친 사람들은 다 함께 안도한 표정으로 총총히 성에서 떠난다. 이런 종류의 물자들이 성으로 들어가는 이유는 곧 전쟁이 벌어진다는 증거임을 다들 알기 때문이다.

눈치 빠른 자는 그것이 누구와 누구의 전쟁인지 의문을 품기도

• 포르투갈 예수회 소속 선교사. 1563년 일본에서 선교 활동을 시작했다. 저서 《일본사》를 남겨 당대 연구에 많은 도움을 줬다.

한다. 아리오카성의 성주는 위대한 오다. 이 부근에서 오다의 적대 세력이라 하면 오사카 혼간지인데, 사방을 첩첩이 포위당한 스님들이 여기까지 공격해 올 리 없다. 이치에 맞지 않는다는 것이다. 하지만 그런 자들도 뒤탈이 두려워 전쟁 상대가 누구인지 사람들에게 물어보지는 않고 그저 떠날 뿐이다.

아리오카성 깊은 곳에 우뚝 선 천수각에서 사람들의 왕래를 굽어보는 사내가 있다.

마치 반석처럼 몸집이 커다란 사내다. 얼굴은 가무잡잡하게 그을었고 푹 꺼진 가느다란 눈은 어딘가 졸린 기색이라 누가 보면 굼벵이라 생각하리라. 하지만 그는 일단 전쟁터에 나서면 불을 뿜듯 격렬하게 싸우고, 무거운 입을 열면 모든 사람들을 제 편으로 만들고, 필요에 따라 간계를 펼칠 줄도 아는 난세의 무사였다. 나이는 마흔 중반. 아리오카성의 주인이자 오다 가문이 셋쓰 일대의 지배를 맡긴 일세의 영웅, 아라키 셋쓰노카미• 무라시게였다.

불쑥 계단 밑에서 발소리가 나자 경호 병사들이 신경을 곤두세웠다. 위로 올라온 무사는 무라시게의 뒤에서 무릎을 꿇고 굵은 목소리로 외쳤다.

"보고 드립니다. 방금 오다 측이라 주장하는 사자가 찾아왔습니다."

무라시게는 한동안 말이 없었다. 이로써 몇 번째 사자일까? 다만 조금 기묘했다. 오다 측 사자가 아니라 오다 측이라고 '주장하는' 사자라니 무슨 뜻인가? 무라시게는 천천히 뒤를 돌아보았다.

• 관직명. 셋쓰 지방을 일임받은 관리라는 뜻

"찾아온 게 누구냐."
"예!"
무사는 다소 당혹스러운 목소리로 대답했다.
"그것이, 고데라라고."
"무어라?"
무라시게는 눈썹을 찌푸렸다.
"고데라는 분명 오다를 떠나 모리에 붙었다. 그런 고데라에서 오다 측이라고 주장하는 사자가 찾아올 리 없을 텐데."
"예. 하지만 분명 고데라, 고데라 간베에라고 했습니다."
무라시게가 눈을 살짝 크게 뜨더니 입가를 누그러뜨렸다.
"그래, 간베에라 하더냐. 헤어진 뒤로 처음이구나. 만나도록 하마."
무사는 고개를 숙이며 간베에가 저택에서 대기하고 있다고 알렸다.

고데라 간베에의 본명은 구로다 간베에라 한다. 주군인 고데라의 성을 받아 현재 대외적으로는 고데라라는 이름을 쓴다.
다양한 평판이 그를 따라다닌다. 창술은 타의 추종을 불허한다. 말도 잘 다룬다. 훌륭한 부하들을 거느리고 요충지를 단단히 지켜내고 있다. 병사를 맡기면 훌륭한 전투를 치른다……. 요컨대 고데라 간베에는 좋은 장수라는 평이다. 하지만 무라시게는 그런 평범한 말로는 간베에라는 인물을 표현할 수 없다고 생각했다.
무라시게는 간베에를 저택 대청으로 들였다. 장식 단에는 노란빛이 감도는 차항아리, 명품 '도라사루'가 놓여 있다. 이 항아리

하나면 성을 살 수 있다고도 하는 명물 중의 명물이다. 이것으로 장식한 것은 무라시게가 간베에에게 보이는 성의였다.

무라시게는 부하가 열어 준 장지문을 지나 대청으로 들어갔다. 간베에가 책상다리를 한 채로 두 주먹을 바닥에 짚고 고개를 깊숙이 숙였다. 무라시게는 부하를 내보내고 자리에 앉아 명령했다.

"고개를 들라."

"예!"

간베에가 씩씩하게 대답하고 몸을 일으켰다.

나이는 서른이 넘었다 하니 이제 젊은 무사라 부를 수는 없다. 하지만 간베에는 실로 싱그러운, 외모가 아름다운 무사였다. 늠름하게 다물고 있지만 어딘가 미소를 머금은 입가, 약간 마른 체구는 부드러워 보일 정도였다. 하지만 무라시게는 유약한 미청년이라 해도 좋을 이 사내가 고데라 가문이 오다에 붙게 만든, 하리마•에서 가장 얕잡아 볼 수 없는 상대임을 알고 있다.

"알현을 허락해 주시어 감사드립니다."

간베에의 목소리는 쩌렁쩌렁했다. 그에 비해 무라시게의 목소리는 언제나 어딘가 묵직하다.

"간베에, 오랜만이구나."

"예. 참으로."

무라시게와 간베에, 이 두 사람은 한 전쟁터에서 나란히 안장에 올라 싸운 적도 있었다. 아라키 가문의 당주 무라시게와 고데

• 현재의 일본 효고현 서남부

라 가문의 가신에 지나지 않는 간베에는 커다란 신분 차이가 있지만, 그래도 무라시게는 종종 간베에와 대화를 나누었다. 간베에를 보통 인물이 아니라고 생각했기 때문이다.

간베에가 공손히 인사를 올렸다.

"셋쓰노카미 님께서 강녕하시니 간베에도 기쁘옵니다."

요란하게 격식 차린 인사에 쓴웃음을 지으며 무라시게도 대답했다.

"자네도 무탈하니 다행이다. 미노노카미 님은 건강하신가?"

"시절이 이렇다 보니 부친은 편히 은거도 못 하고 히메지 수비를 강화하고 있습니다. 요즘은 오다에 보낸 인질을 우려하며 같은 말만 되풀이하니, 제 부친이지만 벌써 노망이 들었나 싶어 다소 미덥지 못합니다."

"허. 자네, 오다에 인질을 보냈나?"

간베에는 어리둥절한 표정을 지었다.

"모르셨습니까? 저는 아시는 줄 알고."

"지금 하리마는 하시바 지쿠젠에게 맡겼는데, 어디 인질을 데려왔는지 지쿠젠은 일일이 내게 알려 주지 않아."

"그러셨습니까."

간베에는 그렇게 말하고는 자세를 가다듬었다.

"제 아들 쇼주마루는 이전부터 오다에 대항할 인질로 하시바 님께서 데리고 계십니다."

"그런가. 그렇다면 미노노카미 님께서 염려하시는 게 당연하겠군."

"뭐, 하시바 가문에는 다케나카 한베에 님도 계시니 아들 녀석의 문무 수양에는 오히려 도움이 될 겁니다."

무라시게는 그 말에는 대답하지 않았다. 하시바 지쿠젠노카미 히데요시•는 분명 인질을 소홀히 다루지는 않겠지만 그 가신 다케나카 한베에라는 사내는 너무 수완이 좋다 보니 무슨 생각을 하는지 모를 구석이 있다. 무라시게 생각에 간베에가 다케나카 한베에를 믿는 것은 어딘가 비슷한 사람들끼리 서로 통하는 면이 있기 때문인 것 같았다.

간베에는 살짝 면목 없는 눈치로 말했다.

"쓸데없이 제 아들 이야기로 시간을 낭비했습니다. 소인, 그런 말씀을 드리려 찾아온 게 아닙니다."

그러면서 간베에가 입가에 희미한 미소를 머금었다.

"성 아래를 둘러보았습니다만 세상에나, 확실히 전쟁 준비로 분주하더군요. 셋쓰노카미 님께서 농성을 준비하고 계시다는 말씀을 들었을 때는 설마 그럴 리 없다, 평상시 대비 태세를 덜렁꾼이 요란하게 과장한 거라고 생각했습니다만 제 오판이었습니다. 보아하니 셋쓰노카미 님께서는 정말로…… 오다에게 반기를 들 심산이시군요."

무라시게는 역시 아무 말도 하지 않았다. 말할 필요도 없었기 때문이다.

아라키 무라시게는 오다 가문을 상대로 모반을 일으켰다.

수만 명에 이르는 오다의 병사들이 곧 이 아리오카성을 포위하

• 훗날의 도요토미 히데요시

리라.

난간에서 비쳐 드는 햇빛이 붉은색을 띠고 있었다. 무라시게는 이윽고 입을 열었다.

"자네도 나를 설득하러 왔는가. 이미 몇 명째인지 세지도 않고 있네만."

간베에는 고개를 끄덕이고 막힘없이 말했다.

"그렇겠지요. 지금 셋쓰노카미 님의 모반은 실로 청천벽력. 오다 가문은 벌집을 들쑤신 듯 난리입니다. 셋쓰노카미 님을 설득해 마음을 돌릴 수만 있다면야 누구라도 몇 번이든 찾아오겠지요."

"그래서 고데라 간베에도 찾아왔다는 말인가. 도노효에 님이 지시했을 리는 없는데, 맞나?"

고데라 도노효에 마사모토는 간베에의 주군이다. 물론 최근 간베에는 오다와 고데라, 양쪽을 위해 일하고 있다. 두 주군을 모시는 자는 예로부터 드물지 않았지만, 이 자리에서 고데라의 이름이 나오자 간베에도 씁쓸한 표정을 지었다.

"말씀대로 고데라 가문은 셋쓰노카미 님과 일심동체이니, 소인은 주군의 명령으로 찾아온 게 아닙니다. 소인, 이곳 아리오카성에 있는 동안은 고데라의 이름을 잊고자 합니다. 필부 간베에라고 여겨 주십시오."

"그러마."

무라시게는 듬직하게 끄덕였다.

"그래, 필부 간베에가 무슨 용건이더냐. 지금이라면 아직 용서해 줄 것이다, 불만이 있으면 말해라, 아즈치로 찾아가 노부나가에게 사죄해라……, 다들 비슷한 소리를 하고 돌아갔다. 자네도 그런 말을 하러 찾아왔나?"

"그렇다고 말씀드리고 싶지만 그렇지 않습니다. 그런 말씀을 드려 효과가 있다면 그렇게 하겠지만 그건 다소 어려워 보이는 탓에."

"그렇다면 자네는 무슨 말을 하고 싶은가?"

간베에는 빙그레 웃었다.

"먼저 이 몸 간베에, 간이 철렁했다고 아뢰옵니다. 지금 오다에 대적한다는 것은 모리, 혼간지 쪽에 가담한다는 뜻이겠지요. 소인, 이런 일이 벌어지리라고는 꿈에도 생각 못 하였으나 지금 이 자리에서 셋쓰노카미 님이 모리에 가담하면 역시 오다는 크게 난처해지겠지요. 하리마로 진군한 하시바 님의 군병들이 그대로 쓸모없는 패가 되니까요. 역시 셋쓰노카미 님, 바로 지금, 이곳 말고는 다시없을 절호의 한 수를 두셨습니다."

"그렇다면 간베에, 자네도."

무라시게가 말했다.

"내 밑으로 들어오겠느냐? 자네라면 중용하겠다."

"그 말씀은 사양하겠습니다."

간베에는 여전히 미소를 머금고 있었다.

"분명 이 모반은 뛰어난 한 수, 하지만 그것은 이윽고 밀려들 오다 군대를 물리칠 수 있을 때 그렇다는 뜻입니다. 소인은 셋쓰노카미 님께 노부나가 경에게 사죄해야 한다는 말씀을 드릴 생각은 없습니다. 다만 한 말씀 올리고자 급히 달려온 것입니다."

"한 말씀이라."

무라시게는 간베에를 지그시 바라보았다.

"좋다. 말해 보아라."

"그렇다면."

간베에는 바로 진지한 표정으로 돌아가 진중하게 입을 열었다.

"이 싸움, 이길 수 없습니다."

그 순간, 대청은 정적에 휩싸였다.

무라시게는 침묵했다. 전쟁 전에 승리할 수 없다고 말한 것만으로도 간베에의 목을 치기에는 충분한 이유가 된다. 하지만 무라시게는 그저 한마디만 했다.

"계속해 보아라."

간베에는 두려워하지도 않고 말을 이었다.

"간베에도 난세의 무사, 셋쓰노카미 님의 승리가 보인다면 두말없이 가담했을 것입니다. 하지만 오와리 군대가 약졸들뿐이라 말한 게 대체 누구입니까. 이 난세를 헤쳐 온 오다의 실력과 숫자는 보통이 아닙니다. 호쿠세쓰를 통틀어 오다를 상대로 버틸 수 있는 것은 이곳 아리오카성뿐. 제아무리 견고한 성일지언정 성채 하나로는 시기산성만 믿었던 마쓰나가 단조 님과 같은 꼴을 볼 것입니다."

노장 마쓰나가 단조 히사히데는 작년, 야마토 지방•에서 모반을 일으켰지만 적의 숫자를 감당하지 못하고 삽시간에 패배하여 자기 성에 불을 지르고 죽었다.

● 현재의 일본 나라현

무라시게는 말했다.

“단조에게는 후방을 받쳐 줄 예비군이 없었다. 때문에 패한 것이다.”

그 말을 기다렸다는 듯이 간베에가 즉각 반박했다.

“셋쓰노카미 님께서 이용하려는 예비군이란 모리 군대겠지요. 셋쓰노카미 님은 모리 군대가 산요 가도를 달려와 아리오카성을 구하러 올 거라 믿고 계시겠지요.”

간베에는 앞으로 고꾸라질 기세로 거듭 말했다.

“오지 않습니다. 모리는, 모리 우마노카미 데루모토는 그런 인물이 아닙니다. 오다 노부나가 경은 나가시노성을 구하기 위해 미카와강까지 출진했지만 우마노카미는 그러지 못합니다. 오다가 정직하다고는 제 입이 찢어져도 말할 수 없지만, 모리는 그보다 더욱 간계로 가득한 가문입니다. 셋쓰노카미 님은 무슨 연유로 우마노카미 패거리를 믿으셨습니까? 간베에는 그것이 안타깝습니다.”

줄곧 나른해하던 무라시게의 얼굴이 살짝 일그러졌다. 간베에의 말이 아픈 곳을 찔렀다. 이 모반은 치밀히 계획했기에, 계책이 성공한다면 오다 노부나가를 치는 것도 꼭 불가능하지만은 않다. 모리, 혼간지와 서약서는 주고받았다. 약정도 거듭 맺었다. 모리 산하의 장수들 중에는 믿을 만한 인물도 많다. 호쿠세쓰는 거의 무라시게의 계획을 따랐고, 하리마의 무사들도 많이 가세했다. 오로지 실력으로 명성을 쌓은 명장 아라키 무라시게의 이름에 걸맞은 치밀한 작전이었다.

하지만, 하지만 단 한 가지. 지금의 모리 가문 당주 데루모토가 정말 믿을 만한 인물인가, 그 점만은 무라시게도 확신할 수 없었다. 그리고 간베에는 바로 그 점을 지적한 것이다.

간베에는 숨을 멈추고 무라시게의 말을 기다리고 있었다. 그 눈에는 열기가 서려 있었고, 무라시게는 간베에의 눈동자 속에서 정의에 대한 자부심을 보았다.

역시. 무라시게는 생각했다.

간베에는 단순히 좋은 장수로 끝날 그릇이 아니다. 이 세상에는 활과 기마에 능숙한 장수도, 전쟁에 뛰어난 장수도, 훌륭한 도읍을 세울 줄 아는 장수도 많다. 하지만 간베에의 능력은 그게 다가 아니다. 간베에는 대국을 볼 줄 안다. 대국을 보고 급소를 단숨에 공격할 줄 안다. 이런 인물은 흔치 않다. 그리고 까다롭게도 간베에는 본인이 똑똑하다는 사실을 알고 있다.

이제 와서 간베에 한 사람이 무슨 말을 하더라도 모반은 멈출 수 없다. 핵심 계획은 이미 시작되었고 이미 무라시게 혼자만의 뜻으로 좌지우지할 수 있는 상황이 아니다. 그래도 무라시게가 간베에의 말을 들은 이유는 단 하나, 간베에가 이 모반에 해가 될지 득이 될지, 그 점을 헤아리기 위함이었다. 그리고 지금 무라시게는 결론을 내렸다.

"간베에."

무라시게는 측은함이 묻어나는 목소리로 말했다.

"자네가 한 말이 내 오장육부를 묵직하게 흔드는구나. 그만큼 자네를 돌려보내서는 안 될 것 같다. 자네가 하리마로 돌아가면 고데라를 비롯해 모리 쪽으로 돌아선 하리마의 무사들이 오다에게 줄줄이 고개를 숙이겠지. 그것은 내게 불리한 일이야."

그리고 무라시게는 쩌렁쩌렁 외쳤다.

"게 있느냐!"

대청을 둘러싼 삼면의 장지문이 일제히 열리더니 열 명쯤 되는 갑옷 무사가 우르르 들어왔다. 그들은 무라시게의 신변을 보호하는 호위대, 아라키 가문에서 선별한 정예부대였다. 간베에는 순식간에 창날에 에워싸였다.

죽음의 궁지에서 간베에는 미소를 지었다.

"……역시 이렇게 되나요."

온화한 말투에 무라시게는 눈썹을 찌푸렸다.

"각오하고 왔다는 게냐."

"모반 세력의 성에 찾아왔으니 처음부터 살아서 돌아갈 수 있다고 생각하지는 않았습니다."

"그렇다면 어째서 왔느냐. 나도 함께 전장에 섰던 자네를 무심히 해치고 싶지 않다. 오지 않았더라면 좋았을 것을."

"하시바 지쿠젠 님이 가라고 하시니 싫다고 할 수도 없었습니다. 아니, 그런 것보다도."

간베에는 마치 참수를 기다리기라도 하듯 목을 쑥 내밀었다.

"난세에 조금 지쳤습니다. 하시바 님께 의리를 지키고 죽었다고 하면 무사로서 체면도 서고 구로다 가문이 살아남을 가능성도 남지요. ……소인의 운명도 여기가 한계인가 봅니다."

무라시게는 그 판단을 훌륭하게 여겼다. 하지만 그는 이렇게 말했다.

"죽이지는 않을 것이다."

간베에는 의아하게 눈썹을 찌푸렸다.

"……그렇다면 소인은 이만 실례하겠습니다."

"아니, 돌려보내지도 않을 것이다."

간베에를 에워싼 호위대는 꼼짝도 하지 않았고 창은 여전히 간베에를 노리고 있었다. 간베에의 얼굴에서 핏기가 싹 가셨다.

"셋쓰노카미 님. 무슨 말씀이십니까?"

"어려운 얘기는 아니다. 간베에, 자네를 체포하겠다. 전쟁이 끝날 때까지 이 아리오카성에 머물러 줘야겠구나."

간베에는 잠시 할 말을 잃었다. 눈앞에서 번득이는 창날에 정신을 되찾은 것처럼 겨우 입을 열었다.

"어찌하여 그런 짓을. 사자는 돌려보내는 것이 규칙, 돌려보낼 수 없다면 베어 버리는 것도 무사의 규칙이거늘. 세상의 이치에 어긋나는 짓을 하시면……."

간베에는 말을 잇지 못하고 창백한 얼굴로 쥐어짜 내듯 말했다.

"……인과가 돌아올 겁니다."

"이 또한 전략이니라. 목숨을 살려 주려는데 불만인가?"

말이 떨어지기가 무섭게 간베에가 움직였다.

"불만이고말고요!"

간베에가 허리춤에 차고 있던 검을 뽑았다. 죽이라는 명령을 받지 않은 호위대는 순간 망설였다. 무라시게를 지키기 위해 한 무사가 간베에의 앞을 막아섰다. 간베에는 그 갑옷 무사에게 달려드는 시늉을 하다가 몸을 돌리면서 뒤쪽으로 검을 휘둘렀다. 간베에는 뭔가를 노린 게 아니었지만 그 일격은 뒤에 서 있던 호위대의 옆구리 밑을 찔렀다. 피가 솟구쳤다. 회생할 수 없는 양의 피였다.

"네 이놈!"

동료의 피를 본 호위대가 분노했다.

"죽이지 마라! 검을 빼앗아라!"

그런 무라시게의 명령을 듣고 뒤에 있던 한 호위 무사가 간베에를 덮쳤다. 피에 젖은 바닥에 짓눌려 검을 빼앗긴 간베에는 그래도 외쳐 댔다.

"어째서 죽이지 않는가! 죽여라, 무라시게!"

"내게 명령하지 마라! 어리석은 간베에, 내 사람을 죽였구나. 손님으로 대우하려 했건만 내 가신을 죽였으니 그러지도 못하겠구나!"

"들어 보시오, 셋쓰노카미 님, 소인을 죽이지 않으면……."

"시끄럽다! 게 아무나 이놈의 입을 막아라!"

그 명령이 떨어지자마자 호위대의 구타와 발길질이 간베에에게 쏟아졌다. 그들은 간베에에게 재갈을 물리고 무라시게가 명하지 않은 눈가리개까지 둘렀다. 그래도 간베에는 뭐라 외쳐 댔지만 그 목소리를 듣는 이는 없었다.

호위 무사 하나가 무라시게의 앞에 무릎을 꿇었다.

"주군. 이자를 어디로 옮길까요?"

무라시게의 마음은 이미 정해졌다. 다시 평소의 나른한 눈으로 돌아가 명령했다.

"지하 감옥에 넣어라. 아무도 만나지 못하게 하고 결코 죽여서도 안 된다. 내가 됐다고 할 때까지 살려 놓아라.”

간베에는 계속 발버둥 쳤다. 평소 물처럼 온화하다는 평판과 달리 간베에는 볼썽사나울 정도로 몸부림을 쳐 댔다. 하지만 검을 빼앗기고 팔다리마저 붙들려 이제는 달아날 수도 없었다. 무라시게는 이미 간베에에게 등을 돌렸다.

이리하여 간베에는 아리오카성에 갇혔다.

인과가 움직이기 시작했다.

제1장

설야등롱

雪夜灯籠

1

겨울의 호쿠세쓰에 전운이 감돌고 있다. 강에 살얼음이 끼고 땅에는 서릿발이 섰다.

만물이 시드는 겨울에 대비하기 위해 천하의 백성들은 농사에 힘쓴다. 겨울철을 날 만큼은 양식을 저장해 두었다고 생각해도 나무 열매 하나 나지 않는 겨울이 코앞에 닥치니 살아서 봄을 다시 맞이할 수 있을지, 모두의 가슴에 갑작스레 불안이 드리웠다. 하물며 전쟁을 치러야 하는 겨울이니 더더욱 그러했다.

이타미의 민가는 물론 성안 창고에도 미노 지방과 가부토야마 산에서 벌목한 장작과 숯이 쌓여 있다. 하지만 과연 그것으로 충분할지 아무도 모른다. 셋쓰를 포함해 기나이 지방 대부분을 정복한 오다의 대군은 마치 비옥한 땅이라도 발견한 사람들처럼 이곳 아리오카성으로 쇄도하고 있다. 전쟁이 얼마나 길어질지 확답할 수 있는 사람은 이 세상에 아무도 없었다.

무코산에서 바람이 불어온다. 건조한 바람은 메마른 갈대를 어루만지고 송백의 잔가지들을 흔들었다. 바람의 냉기는 먼저 노인들에게서 마지막 생명력을 앗아 가고, 갓난아이의 폐부를 공격해 모두 죽음에 이르게 했다. 건강한 나그네나 행각승은 도롱이를 여미고 목을 움츠린 채 잿빛 하늘을 올려다보며 눈이 내릴지 모른다고 중얼거렸다.

바람은 이나가와강을 따라 불어온다. 지금은 폐성이 된 이케다 성터에도 찬바람이 불었다. 전쟁을 피해 산으로 달아난 민초들에게도, 금품을 노리고 텅 빈 마을을 들쑤시는 도적들에게도, 아라키 군의 동향을 파악하려 꿈틀대는 오다의 밀정에게도 바람은 평등하게 불어닥쳤다. 바람은 토지의 기복이 적어 평탄한 호쿠세쓰를 거침없이 훑고 지나갔다.

아리오카성에 도달한 바람에 망루 위에서 두 눈을 부릅뜨고 있던 파수병은 부르르 떨었고, 오늘 하루 먹을 밥을 지으려고 병사들이 피운 화톳불이 일렁거렸다. 바람은 이나가와강 옆에 우뚝 솟은 아리오카성 천수각에 부딪쳐, 활과 돌로 공격할 수 있도록 뚫어 놓은 구멍을 통해 안으로 들어갔다. 하지만 지금 천수각에는 겨울바람조차 다가설 수 없을 정도로 뜨거운 열기가 감돌고 있었다. 열기, 그것은 곧 분노였다.

천수각 1층에는 군사 회의를 위해 성안의 핵심 장수들이 모여 있었다. 11월 25일, 이날 들어온 소식에 장수들은 술렁거리며 분개했다. 아리오카성에서 동쪽으로 오 리• 떨어져 있는 이바라키 성을 지키고 있던 맹장 나카가와 세베에가 오다 군대가 들이닥치는 모습을 보자마자 활 한 번 쏘지 않고 성문을 개방해 성을 오다에게 넘기고 스스로도 항복했다는 것이었다.

"고얀 놈, 세베에 놈!"

앞줄에 있던 젊은 무사가 이를 갈며 내뱉었다.

"이길 수 있다고 실컷 호언장담해 놓고 냉큼 항복하다니! 입만 살았지, 실로 삼국 제일가는 겁쟁이로구나!"

그는 아라키 규자에몬이라는 자로 나이는 서른을 조금 넘었다. 인근에 굳건한 기반을 가진 이케다 가문 혈통의 사내로, 가문의 명성은 물론이고 나이에 걸맞지 않게 사려 깊은 태도로 가신단에서도 중요한 인물이다. 이 신중한 사내가 오늘만큼은 거친 말을 내뱉었고, 함께 있던 장수들은 한마음으로 그렇다, 비겁하기 짝이 없는 작자라고 소리를 높였다.

무라시게는 방석 위에 책상다리로 앉아 졸린 눈으로 고함을 질러 대는 장수들을 무심하게 지켜보고 있었다. 장수들은 하나같이 벌건 얼굴로 도끼눈을 뜨고 입을 모아 나카가와 세베에의 배신을 힐난했다. 그들의 분노는 지당했다. 나카가와 세베에는 무라시게에게 이번 모반을 특히나 열심히 권유한 장수였다. 그런 나카가와 세베에가 한 번도 싸우지 않고 오다 밑으로 들어갔으니 분노하는 것은 당연한 이치다. 하지만 무라시게는 장수들의 노여움 뒤에서

• 약 20킬로미터

강한 동요를 느꼈다.

지난 16일에는 나카가와 세베에의 배신에 앞서 다카야마 우콘이 지키는 다카쓰키성이 문을 열었다. 다카야마 우콘의 다카쓰키성과 나카가와 세베에의 이바라키성은 교토에서 몰려오는 오다 군대를 막기 위한 두 겹의 방패였다. 그것이 연달아 굴복한 것이다. 물론 이 전쟁에는 승산이 있고, 무라시게의 가슴 속에는 필승책이 있으며 장수들도 그 사실을 알고 있다. 그래도 장수들은 전쟁의 향방을 염려하기 시작했고, 그 우려를 남들에게 들키지 않으려고 위압적으로 나카가와 세베에를 비난했다.

무라시게는 잠자코 장수들의 얼굴을 보았다. 분노, 불신, 두려움……. 하지만 무라시게는 그들 속에서 단 한 사람, 웃고 있는 자가 있다는 사실을 눈치챘다. 그 사내는 무라시게와 눈이 마주치자 힘을 얻었는지 불쑥 목소리를 높였다.

"여러분! 나카가와는 어차피 하급 무사, 우리 아라키 가신단 사람도 아니오. 처음부터 이 싸움에서 나카가와 패거리의 도움은 바라지도 않았을 터. 우리가 믿을 구석은 셋쓰 최고, 아니, 기나이 최고 맹장, 우리 주군의 지휘뿐! 이바라키성은 던져 줍시다! 이 아리오카성만 단단히 수비하면 우리의 승리는 의심할 여지가 없으니. 그렇지 않겠습니까!"

이자는 나카니시 신파치로라는 사내로, 나이는 서른이 조금 못 되는 거친 무사였다. 가신들 중에서는 신참에 속한다.

신파치로의 호언을 듣고 호응하는 자가 있었다.

"옳고말고. 신파치로, 신분은 낮지만 말 한번 잘했다! 애초에 나카가와 님은 약자에게는 강하고 강자에게는 움츠러드는 미련한 무사. 역부족인 것은 일찍이 알고 있던 터.”

이자는 마흔을 넘은 당당한 체격의 장수로, 이름은 노무라 단고라 한다. 무라시게의 여동생을 처로 맞이해 같은 집안으로 대우받아 아리오카성 남단의 히요도리즈카 요새를 맡고 있다. 단고는 거듭 말을 이었다.

“주군께서도 그 점은 꿰뚫어 보셨을 터. 그렇다면 허둥거릴 문제는 아니겠지요. 주군, 그렇지 않습니까?”

장수들의 눈이 전부 무라시게에게 쏠렸다. 정적에 싸인 천수각 대청에 겨울 햇살이 비쳐 들었다.

무라시게가 천천히 입을 열었다.

“단고의 말이 맞다. 나카가와 세베에는 우리 가신단이 아니야. 수상한 자를 앞세우는 것은 싸움의 기본. 이바라키가 함락되면 그것으로 끝나지만, 아리오카성 안에서 배신당하면 싸움에서 진다. 때문에 이 아리오카성에 들이지 않고 이바라키성에 머무르게 했던 게야.”

배신할 우려가 있는 자를 뒤에 두면 실제로 배신당했을 때 진퇴양난에 빠진다. 앞에 두면 비록 배신당하더라도 그대로 싸움을 이어 나갈 수 있다. 설명을 들은 장수들은 환희로 들끓었다.

“오오, 주군!”

“세베에 패거리의 속셈 따위 꿰뚫어 보고 계셨군요!”

“역시 깊은 혜안, 뛰어나십니다!”

무라시게가 슬쩍 손을 흔들자 그것만으로 군사 회의 자리는 찬물을 끼얹은 것처럼 고요해졌다.

"다만 설마 그 나카가와 세베에가 창 한 번 겨루어 보지 않고 항복할 줄은 미처 몰랐구나. 그자와는 오랜 인연이었는데 세베에 녀석, 나이가 들었는지 내 예상보다 빨리 겁쟁이가 되었어."

장수들은 무라시게의 말을 경청했다. 조롱과 적적함이 뒤섞인 무라시게의 목소리는 듣는 자에게 해학과 세상사의 덧없음을 느끼게 했다.

하지만 단 한 사람, 무라시게만은 자기가 한 말을 믿지 않았다.

나카가와 세베에는 겁쟁이도 아니고, 단고의 말처럼 미련한 무사도 아니다. 그는 예나 지금이나 섣불리 범접할 수 없는 맹장이며, 무라시게는 그 사실을 알고 있다.

무라시게가 아라키 가문을 세우고 호쿠세쓰 일대를 다스릴 수 있었던 데는 사촌이자 어릴 때부터 친구이기도 한 세베에의 용맹함에 의지한 부분이 컸다. 하지만 무라시게가 셋쓰노카미라는 지위까지 올라갈 수 있었던 것에 비해, 세베에는 성을 하나 얻기는 했으나 어차피 무라시게의 부하에 지나지 않았다. 무라시게의 밑에서 평생을 보낼 바에야 오다의 가신으로 창을 휘두르며 다시 한 번 꽃을 피우겠다, 세베에라면 그렇게 생각하고도 남으리라. 이바라키성이 항복했다는 소식을 듣고 무라시게는 세베에라는 사내는 하나도 변하지 않았다고 빙그레 웃었을 정도다.

물론 무라시게는 내심 세베에가 그의 밑에서 계속 싸워 주기를 바랐다. 작은 이바라키성에서는 힘으로 밀어붙이는 오다의 공격을 견뎌 내지 못하겠지만, 피투성이가 되도록 싸우다가 졌다, 졌어, 아니, 오다도 대단한 놈이네, 하고 우스갯소리를 하며 아리오카성으로 퇴각하는 세베에를 기대했다. 승리의 날을 세베에와 맞이하고 싶었다. 난세가 흔히 그렇다지만 친구와 다른 길을 걷게 된 운명이 아무렇지 않을 정도로 무라시게는 비정한 사람이 아니었다.

하지만 무라시게는 그런 속내를 털어놓지 않았다. 무라시게에게 군사 회의는 자신의 속내를 털어놓는 자리가 아니었기 때문이다.

"역시 주군의 판단은 한 치의 어긋남도 없군요."

나카니시 신파치로가 그렇게 말하며 껄껄 웃었다.

성곽 틈새로 보이는 하늘을 낮은 구름이 뒤덮고 있었다.

2

12월에 들어서자마자 내리기 시작한 눈이 이나가와강에 떨어져 덧없이 녹아 사라진다.

아리오카성은 이나가와강 서쪽, 이타미 땅에 세운 성이다. 그 동쪽은 광활한 늪지대로 교토에서 아리오카성을 찾아오는 이는 거친 갈대밭 너머로 우뚝 솟은 천수각을 보게 된다.

성의 남쪽은 오와다를 거쳐 오사카로, 북쪽은 이케다를 거쳐 험준한 단바로 통하고, 서쪽은 하리마로 가는 길이 뻗어 있다. 오사카가 전쟁터가 된 지금, 이타미는 교토와 서쪽 지방을 잇는 유일무이의 요충지였다.

무라시게는 천수각 최상층에 올라 사방을 둘러보았다. 가도를 지나는 사람들의 모습은 부쩍 줄었다. 눈 밑에 펼쳐진 아리오카성으로 시선을 돌리자 마을을 보루와 널담으로 에워싼 풍경이 참으로 든든하다. 병량과 화살, 탄환을 비롯한 전쟁 비품도 충분해 오다의 정예병 오만, 십만이 몰려온들 함락되지 않을 것 같았다.

"허나."

무라시게는 홀로 중얼거렸다. 다케다 신겐이 사람이 곧 성이라고 했던가. 분명 그러하다. 성이 견고한 것은 해자가 깊고 성루가 높기 때문이 아니라 그곳에서 버티고 있는 장졸들이 성이 무너지지 않을 것이라 믿기 때문이다.

과거에 이곳은 이타미성이라 불렸다. 그 시절부터 으뜸가는 철옹성으로 세상에 유명했다. 하지만 무라시게는 그 이타미성을 너무나 쉽사리 수중에 넣었다. 병사가 대장의 기량을 의심하고, 성의 견고함을 의심했기 때문에 그때의 이타미성은 허술했던 것이다. 그 전철을 밟아서는 안 된다. 아리오카성을 진실로 철옹성으로 결정짓는 것은 오로지 장졸의 의지라고 무라시게는 생각했다.

계단 밑에서 발소리가 들려왔다. 다급하면서도 침착하게 올라오는 소리를 듣고 무라시게는 보아하니 규자에몬이겠거니 짐작했다. 아니나 다를까 규자에몬이 홀쭉한 얼굴을 내밀더니 무라시게가 혼자인 것을 보고서도 굳이 목소리를 낮추어 "주군" 하고 불렀다.

"무슨 일이냐. 창백한 얼굴로."

"나쁜 소식입니다."

"그렇겠지. 말하라."

규자에몬은 침을 삼키고 고개를 숙인 채로 말했다.
"오와다성이 넘어갔습니다."
"무어라!"
무라시게가 그답지 않게 놀란 목소리로 외쳤다.

무라시게는 다카쓰키성의 다카야마 우콘, 이바라키성의 나카가와 세베에가 항복하리라는 사실은 예상하고 있었다. 우콘은 경건한 남만종 신자로 처음부터 무라시게가 오다에게 등지는 것을 비난했다. 세베에는 애초에 목숨을 걸고 아라키 가문에 충성을 다할 사내가 아니었다. 하지만 무라시게는 오와다성까지 함락되리라고는 꿈에도 생각하지 못했다.

급히 열린 군사 회의에서 오와다의 항복을 전해 들은 장수들 역시 분노도 경멸도 잊은 채 가장 먼저 믿을 수 없다는 표정을 지었다.

"아베 형제가 항복했다는 말씀입니까?"

강직하기 그지없는 나카니시 신파치로도 그 이상 말을 잇지 못했다. 다른 장수들도 동요하며 숙덕거렸고, 개중에는 오다의 거짓 정보가 아닌지 의심하는 자까지 있었다.

오와다성을 지키는 아베 형제는 열성적인 일향종 신도였다. 무라시게가 오다 가신이었을 때는 가급적 오사카를 지지하는 행동은 삼갔지만, 그래도 막상 아라키가 혼간지를 공격한다면 어느 쪽에 붙을지 고심하는 눈치였다. 선종을 믿는 무라시게에게도 틈만 나면 염불을 권했고, 무라시게가 혼간지와 인연이 있는 여인을 측실로 맞이하자 손뼉이라도 칠 듯이 기뻐했다. 아베 형제의 말에 현혹될 무라시게는 아니었지만, 아라키 가문이 오다를 등지고 혼간지 편을 들겠다고 하자 형제는 나란히 눈물을 뚝뚝 흘리며 이렇게 말했다.

"좋은 결심을 해 주셨습니다, 좋은 결심을 하셨습니다. 오사카 주지 스님도 분명 기뻐하시겠지요. 이로써 셋슈● 님도 극락왕생하실 게 틀림없습니다. 실로 경사스러운 일입니다. 오다와 창을 겨룰 때는 저희 형제에게 선봉을 맡겨 주십시오. 부처님의 적, 노부나가 놈의 목을 반드시 치겠습니다."

그랬던 아베 형제가 싸워 보지도 않고 오다에게 항복했다니, 도저히 이해할 수 없는 일이었다.

오와다성에서 겨우 빠져나온 사자의 말에 따르면 항복을 결정한 건 아베 형제가 아니라 그 아들 니에몬이었다고 한다. 니에몬은 항복에 동의하지 않는 아버지와 숙부를 속이려고 오다와 싸우는 척하다가 그 모습에 만족한 아베 형제의 허점을 노려 칼을 빼앗고 두 사람을 묶어 오다에게 인질로 넘겼다.

사정을 들은 무라시게는 나직하게 중얼거렸다.

"아베 니에몬, 그만한 지혜를 가진 줄 몰랐더니 얄미운 놈이로다."

무너질 리 없는 성이 항복했다는 충격이 가시자 장수들도 서서히 오와다가 오다에게 넘어간 의미를 깨달았다.

오와다는 아리오카와 오사카를 연결하는 가도 중간에 있다. 열 겹 스무 겹으로 포위당한 오사카 혼간지를 하루 만에 구하기는 어

● 셋쓰를 달리 부르는 말. 셋슈 님이란 이 지방의 관리자인 아라키 무라시게를 뜻한다.

렵지만, 오와다가 아라키의 수중에 있는 동안은 오사카와 아리오카성 사이에 길이 뚫려 있었다. 오사카가 습격당하면 아리오카에서, 아리오카가 습격당하면 오사카에서 병사를 보내 각자 오다의 후위를 칠 수 있었다.

하지만 지금 오다는 급소에 돌을 던졌다. 오다는 이제 배후를 걱정할 필요 없이 아리오카를 습격하리라. 이 모든 것이 아베 니에몬의 배반 때문이다.

"주군."

규자에몬이 어렵사리 입을 열었다.

"아베 니에몬의 장남 지넨이 저희 성에 인질로 있습니다."

"알고 있다."

"그렇다면 속히. 책형이면 되겠습니까?"

규자에몬이 그렇게 물은 이유는 인질 처형에도 몇 가지 방법이 있기 때문이다. 책형은 기둥에 묶은 채로 군중 앞에서 창으로 찔러 죽인다. 참수는 고통이 적다. 인질에게 마지막 자비를 베푼다면 무사로서 명예를 지킬 수 있도록 자해를 명할 수도 있다. 어쨌거나 배신자의 인질을 죽이는 것은 난세의 규칙이었다.

하지만 무라시게는 한마디, 이렇게 말했다.

"지넨은 감옥에 가두겠다."

그 말에 규자에몬이 눈을 휘둥그레 떴다.

"감옥이라니요! 주군, 설마 지넨을 살려 둘 생각이십니까?"

무라시게는 아무 말도 하지 않았다. 회의 석상이 술렁거렸다. 규자에몬은 몸을 바짝 내밀고 말했다.

"주군. 재고해 주십시오, 이 정도로 비겁한 행위를 눈감아 주시면 아라키 가신들은 인질도 처형하지 못한다고 비웃음을 살 것입니다. 나머지 작은 성들도 항복할지 모릅니다."

줄지어 앉아 있는 장수들 사이에서 규자에몬에게 찬동하는 목소리가 솟구쳤다.

"규자에몬 님의 말씀이 백 번 천 번 옳소이다. 처벌을!"

"주군, 부디 다시 생각해 주십시오."

"증오스러운 아베의 인질, 어째서 망설이시는 겁니까!"

소란 속에서 무라시게는 목소리를 살짝 낮추었다.

"진정해라."

그 한마디에 장수들은 압도되었고 자리는 조용해졌다. 이윽고 무라시게는 천천히 말을 이었다.

"니에몬은 언젠가 거꾸로 매달아 책형에 처할 것이다. 위태로운 변두리 성에는 새로이 감시를 보내마. 지넨은 지금 죽이진 않겠다. 규자에몬, 명령에 따르라."

규자에몬은 아직 하고 싶은 말이 남은 눈치였지만 무라시게의 위엄을 거역하지 못하고 엎드려 고개 숙일 수밖에 없었다.

"예. 분부대로."

무라시게는 의아하게 고개를 갸웃거리는 장수들 속에서 단 한 사람, 한 치 의심의 여지도 없이 순순한 눈빛으로 그를 바라보는 자를 발견했다. 나카니시 신파치로였다. 인질의 처형 여부는 신경도 쓰지 않고, 무라시게가 결정한 일이라면 무조건 따르겠노라 다짐한 얼굴이었다.

3

인질은 바친 쪽이 배신하지만 않는다면 소중한 손님이다. 무라시게는 인질들을 신뢰하는 가신에게 맡겨 그들의 저택에 살게 하는 경우가 많았다. 하지만 아베 지넨은 몸이 약하고 나이도 어려 남에게 맡기기가 꺼려졌다. 무라시게의 측실이 일향종 신도라는 인연도 있어, 지넨은 무라시게의 저택에 머물고 있었다.

천수각이 있는 성의 중심부는 혼마루라고도 하며 마구간이나 화약고, 철포 창고, 삼지창을 보관하는 무기고 등이 늘어서 있다. 그리고 무라시게가 평소 기거하는 저택은 혼마루 동쪽 끝자락, 성의 가장 안쪽에 자리하고 있다. 군사 회의가 끝나자 무라시게는 규자에몬을 거느리고 저택으로 향했다.

"자네 아들 이름도."

무라시게는 걸어가며 말했다.

"지넨이었지."

몇 걸음 뒤에서 따라오는 규자에몬이 바람에 묻히는 무라시게의 목소리에 귀를 기울이며 대답했다.

"그렇습니다."

"니에몬의 아들은 열한 살이다. 자네 아들은 열세 살이었던가."

"예."

"이름도 같고 나이도 비슷하지. 가엾지 않느냐?"

규자에몬이 도끼눈을 뜨고 말했다.

"주군답지 않은 말씀이십니다. 자식과 이름이 같다고 당장 처형해야 할 인질을 동정하라니 소인, 그런 말은 들어 보지 못했습니다."

"그렇겠지."

못 참겠다는 듯이 규자에몬이 말을 이었다.

"주군. 소인, 당연히 명령은 따르겠지만 역시 이해할 수가 없습니다. 다카야마 우콘의 인질도 살려 두시지 않았습니까?"

무라시게는 잠자코 걸음을 뗐다.

다카쓰키성의 다카야마 우콘은 아직 말도 제대로 못하는 어린 아들과 그 누나를 인질로 보냈다. 무라시게는 그 두 사람도 죽이지 않았다.

규자에몬이 말했다.

"우콘의 인질을 살려 둔 이유는 소인도 이해합니다. 그 작자는 오다에게 항복했지만 부친 다료 님과 그 수하들은 아군으로 이 성에 주둔하고 있으니 인질을 살려 두는 것도 이치에 맞습니다. 하지만 역시 우콘이 배신한 이상 인질도 죽였어야 하지 않나 하는 목소리도 들립니다."

누가 그런 말을 하는지 무라시게는 묻지 않았다. 그런 말이 나오는 것도 당연한 이치라고 생각했기 때문이다. 규자에몬은 말을 이었다.

"나카가와 세베에에게서도 역시 인질을 받아야 했다고 우려하는 자도 있습니다. 인질을 잡아 두었다면 세베에도 그리 쉽사리 항복하지는 않았을 거라고요. 주군, 이제서나마 여쭤 보렵니다. 주군께서는 어째서 세베에에게 인질을 받지 않으셨습니까?"

"세베에는."

이윽고 무라시게가 대답했다.

"인질이 잡혀 있다고 항복하지 않을 남자가 아니다. 녀석이 오다의 편에 붙겠다고 결심했다면 인질이 있든 없든 결과는 똑같아."

"글쎄요, 그건."

규자에몬는 말을 얼버무렸다. 규자에몬도 나카가와 세베에와 같은 전쟁터에서 싸웠던 남자로 그의 성격은 잘 알고 있었다.

"그럴 수도 있지만 그건 그거고, 아베의 인질을 죽이지 않는 것은 도저히 이치에 맞지 않습니다. 말씀드릴 필요도 없겠지만 동정이나 인의는 승려의 덕행은 되어도 결코 무사의 덕행은 되지 못합니다. 죽여야 할 자를 제대로 죽이지 못하면 이 세상에 무가(武家)는 성립하지 못합니다."

무라시게는 걸음을 멈추고 돌아보았다. 재빨리 고개를 숙인 규자에몬에게 평소와 다름없이 낮은 목소리로 물었다.

"규자에몬."

"예."

"내가 동정심이나 인의로 인질을 살려 두는 것 같으냐?"

규자에몬은 대답할 말이 궁했다.

무라시게는 원래 지방 호족 이케다의 일개 가신, 아라키 야스케에 지나지 않았다. 그런 그가 오늘날의 아라키 셋쓰노카미 무라시게에 이르기까지의 여정은 물론 평탄한 길이 아니었다. 규자에몬 또한 이케다 가문의 가신으로 그 시절에는 이케다 규자에몬이라 불렸다. 무라시게가 어떻게 이케다 가문에서 두각을 드러내고, 어떻게 이케다 가문을 장악하고 아라키 가문을 세웠는지, 규자에몬은 그 과정을 가까이에서 보았다.

배신, 모략, 전쟁, 전쟁, 또다시 배신. 죽고 죽이고, 피로 피를 씻어 내면서 아라키 야스케는 아라키 셋쓰노카미가 되었다. 그런 무라시게가 동정이나 인의로 인질을 살려 둘까? 규자에몬은 대답했다.

"……그럴 것 같지 않습니다."

하지만 규자에몬은 거듭 물고 늘어졌다.

"그렇다면 어떤 생각으로 아베 지넨을 살려 두신 건지 소인에게 말씀해 주십시오. 그러면 성안의 누가 의심한다 해도 이 규자에몬이 반드시 진정시키겠습니다."

무라시게는 규자에몬을 지그시 바라보았다. 그 입이 벌어졌다가 다시 꾹 닫힌다. 차가운 바람이 지나가자 무라시게는 이윽고 입을 열었다.

"아베의 인질은 창고에나 처박아 두어라. 자네는 인질을 가둘 감옥을 만들어. 나무는 아까우니 대나무를 써라. 너무 요란하게 만들지는 마라. 앞으로는 대나무도 쓰임이 있을 테니."

규자에몬은 고개를 푹 떨구었지만 그래도 배에 힘을 넣고 명령을 받아들였다.

"예!"

무라시게는 하늘을 올려다보았다. 구름이 묵직하게 깔린 겨울 하늘은 이미 저물어 가고 있었다.

"내일 낮까지 완성하도록. 가라."

규자에몬은 고개를 숙인 채로 뒷걸음질을 하다가 이윽고 몸을 돌려 물러났다. 눈이 내리기 시작했다.

오다의 가신이었을 때, 무라시게의 저택에는 알현을 요청하는 손님들이 끝도 없이 찾아왔다. 그 손님들은 판자문과 장지문에 그려진 훌륭한 그림과 격식 높은 격자 천장에 눈을 휘둥그레 뜨며 역시 셋쓰 영주님의 저택은 훌륭하다고 감탄하며 돌아갔다.

하지만 그러한 섬세한 장식은 체면을 유지하기 위한 장치로, 손님을 들이지 않는 내실은 지극히 간소했다. 무라시게는 다도 도구에는 거금을 쓰지만 일상생활에서는 사치를 꺼리는 성격이었기 때문이다.

저택으로 돌아온 무라시게가 내실의 장지문을 열자 방에서는 측실 지요호가 바느질을 하고 있었다. 지금 무라시게는 정실은 없고 아내는 지요호뿐이다. 지요호는 마루방에서 화로도 없이 소매가 해진 무명옷만 입고 무라시게가 갑옷 위에 걸쳐 입는 진바오리를 꿰매고 있었다. 지요호는 천과 바늘을 내려놓고 두 손을 모아 깊숙이 고개를 숙였다. 무라시게가 물었다.

"춥지 않으냐."

지요호가 고개를 들고 생긋 웃었다.

"춥지 않사옵니다."

아름다운 여성이었다. 하지만 생명의 빛이 없는 여성이기도 했다. 피부는 창백해서 푸른빛마저 감돌고 눈가에는 늘 어딘가 애수가 감돌았다. 나이는 스물을 조금 넘어, 마흔이 넘은 무라시게와는 부모 자식만큼 차이가 났다.

지요호를 현세의 양귀비라 부른 한량도 있었다는데, 무라시게는 차라리 양귀비처럼 생명력이 강하고 고집스러운 여성이기를 바란 적이 있었다. 지요호의 미모는 생명에 대한 체념에서 나오는 게 아닐까, 그런 생각이 들 때가 있다. 몸이 약한 것도 아니고 큰 병치레를 한 적도 없지만 내일 당장 사라져 버릴 것처럼 보이는, 그런 여성이었다.

무라시게는 선 채로 이야기했다.

"지넨은 어디 있지?"

"서예 연습을 하고 있습니다."

지요호는 그렇게 대답하고 살짝 고개를 기울이더니 말을 이었다.

"아베 님이 배반했다고 들었습니다."

"소문이 빠르구나."

"저택 일꾼에게 들었습니다. 니에몬 님이 변심해서 부친을 포박했다고."

지요호는 저택 밖으로 거의 나오지 않지만 저택에서 일하는 여인들이나 부하들을 통해 듣는지, 의외로 소문에 빠르다.

"가엾게도……. 지넨 님도 무사의 아들, 각오는 되어 있겠지요."

그 일 때문에, 하고 무라시게가 입을 열었을 때 장지문 밖에서 목소리가 들려왔다.

"셋쓰노카미 님. 아베 지넨입니다. 잠시 뵙고 싶습니다."

기분 탓인지 변성기 전의 높은 목소리가 긴장한 것 같았다.

무라시게는 눈썹을 찌푸렸다. 저택에 기거를 허락했다고는 해도 손님이 온당한 절차도 밟지 않고 내실에 오는 것은 예의가 아니다. 하지만 지넨도 그만큼 제정신이 아닐 테니 그럴 만도 했다.

“들어오너라.”

“예.”

장지문을 연 지넨은 지요호의 존재를 알아차리고 얼어붙은 얼굴로 황급히 엎드려 절했다.

“큰 무례를 범했습니다.”

지넨은 아직 성인식도 치르지 않아 머리카락도 자란 그대로 뒤로 질끈 묶고 있었다. 체격도 가녀리고 표정도 온화해서 어디로 보아도 무사의 아들 같지 않았다. 남들 눈에 그리 비치는 것을 아는지, 아침이 밝기 전에 일어나서 해가 질 때까지 무예와 학문에 몰두하고 있다. 어린 나이에도 조부를 닮아 뜨거운 신앙심으로 염불 기도를 거르지 않는 소년이기도 했다.

“됐다. 고개 들어라.”

무라시게의 말에 따라 지넨은 윗몸을 일으켰다.

평소에도 별로 혈색이 좋지 않은 지넨의 얼굴은 지금 눈처럼 새하얬다. 하지만 지넨은 다부지게도 당당히 큰 소리로 말했다.

“알현을 허락해 주셔서 감사합니다.”

“무슨 용건이냐.”

“예, 제 아비의 일로. 아비가 셋슈 님의 은혜를 잊고 성을 오다에게 넘겼다고 들었습니다. 그게 사실입니까?”

무라시게는 매몰차게 대답했다.

“사실이다.”

지넨은 숨을 삼키고 고개를 숙였다. 그 두 눈에서 눈물이 쏟아졌다.

“제 아비지만 어찌 그런 구차한 짓을. 평소 아미타불의 가르침을 따르는 게 중요하다, 전진하면 극락, 후퇴하면 지옥이라고 그럴 듯한 말을 떠벌려 놓고 적이 쳐들어오니 대번에 항복하다니, 예상도 못 했습니다. 그렇다면 아비가 조부를 포박해 오다에게 보냈다는 말도.”

“그리 들었다.”

지넨이 통곡하며 쓰러졌다. 무라시게는 지요호와 지넨 사이에 슬그머니 끼어들어, 지넨이 허리에 찬 검에서 시선을 떼지 않았다. 남과 대화할 때는 항상 칼부림에 주의한다. 그것은 상대가 누구라 해도 마찬가지였다.

지넨은 고개도 들지 않고 그대로 울먹이는 목소리로 호소했다.

“……어쩔 수 없는 일입니다. 셋쓰노카미 님, 부디 편히 처분을. 지넨은 극락으로 가고 싶습니다.”

무라시게는 인질에 대한 호불호로 처분을 결정하지 않는다. 그리고 지금 무라시게는 지넨의 말이 탐탁지 않았다. 강한 결단력은 무사에게 미덕이다. 가망도 없는데 목숨을 부지하려는 무사는 경멸당한다. 지넨의 말은 늠름하게 들린다. 하지만 사실 무라시게는 지넨의 각오가 무사의 그것과 다르다고 생각했다.

지금 지하 감옥에 처넣은 간베에도 죽여 달라고 했다. 하지만 지넨의 말은 간베에의 그것과는 다르다. 극락에 가고 싶으니 죽여 달라니, 무사가 할 말이 아니다.

칼을 빼려는 무라시게를 그의 뒤에서 지요호가 말렸다.

"어르신. 무가의 문제에 참견하다니 무례하다고 여기실지 모르지만 한마디만 들어 주십시오. 말은 저렇게 해도 지넨 님은 열한 살, 아직 철도 들지 않았습니다. 제게는 같은 종파의 아이, 부디……."

옷깃이 부스럭거리는 소리가 났다.

"부디 자비로운 처분을 부탁드립니다."

무라시게가 퍼뜩 등 뒤로 시선을 돌리자 지요호가 이마를 마룻바닥에 대고 납작 엎드려 있었다. 자기가 원하는 바도 입에 담는 일이 드문 지요호가 지넨을 위해 편안한 죽음을 바라고 있다. 문득 들어주고 싶은 마음이 솟구쳤지만 무라시게는 그 생각을 억눌렀다.

"아니 된다. 지넨은 감옥에 가두겠다."

"감옥!"

지요호가 비명에 가까운 소리로 외쳤다.

"어르신, 설마 지하 감옥에?"

그 비명의 의미를 알지 못하는 지넨은 눈물에 젖은 얼굴로 무라시게를 빤히 올려다보았다. 잠시 후 무라시게가 말했다.

"지하 감옥은 꽉 찼다. 규자에몬에게 다른 감옥을 만들라고 했으니 내일이면 완성되겠지. 그때까지 지넨은 저택에 두겠다."

그리고 무라시게는 지넨에게 명령했다.

"칼을 내놓아라. 어떤 무기도 가지고 있어서는 아니 된다."

창백했던 지넨의 얼굴이 대번에 붉어졌다.

"셋쓰노카미 님, 어찌 그런 말씀을! 가혹한 처사이십니다."

칼을 빼앗는 것은 무사는 물론이고 누구에게나 굴욕이다. 하지만 무라시게는 용서가 없었다.

“착각하지 말거라. 너는 아베의 인질, 아베가 배반한 이상 살려 두는 것도 죽이는 것도 내가 결정할 일. 내가 살려 두겠다고 결정했으니 네가 마음대로 죽도록 허하지 않는 것이다. 칼을 내놓아라.”

지넨이 거듭 망설이자 무라시게는 큰 소리로 사람을 불렀다. 쏜살같이 나타난 부하들이 손쉽게 지넨을 잡아 누르고 때리더니 허리에 차고 있던 칼을 빼앗았다. 바닥에 쓰러진 지넨을 굽어보며 무라시게가 명령했다.

“안쪽 창고 방에 처박아 두어라. 아무도 접근하지 못하게 해.”

지넨이 끌려 나가고 방이 조용해지자 무라시게는 지요호 앞에 몸을 숙여 그 뺨을 어루만졌다.

“소란을 피웠구나. 용서해라.”

지요호는 조용히 고개를 가로저었다. 평소처럼 서글픈 눈망울이었다. 장지문은 활짝 열려 있었고 겨울의 하늘은 이미 옅은 남색으로 변해 있었다.

4

매달아라.

기둥, 기둥, 기둥에 매달아라. 다섯 명, 열 명, 아니, 아직 멀었다.

나무가 부족하다. 산의 나무를 베어 낸다. 나무껍질을 벗겨서 책형에 쓸 기둥으로 만든다.

여자를 묶고, 아이를 묶어 기둥에 매단다. 열 명, 스무 명, 아니, 아직 멀었다.

창으로 겨드랑이 밑을 찌른다. 피와 지방이 엉겨서 무뎌진 창끝으로 찌른다.

노부나가 님의 명령이다. 기둥에 매달아라.

매달아라.

매달아라!

고즈키성 패거리는 한 놈도 남기지 말고 기둥에 매달아 쭉 늘어놓으라는 노부나가 님의 명령이다!

백 명, 이백 명, 노인도 젊은이도 남자도 여자도 나란히 내다 걸라는 명령이다!

부디 자비를, 부디 자비를. 으하하, 땡중아, 구차하구나!

매달아라.

매달아라.

"이런 싸움은 듣도 보도 못했다."

무라시게는 으음, 하고 신음하여 잠에서 깼다. 장지문 밖은 어스름에 묻혀 있었다.

무릎을 꿇은 사람 그림자가 장지문에 비쳤다. 무라시게는 머리맡에 두었던 작은 검에 팔을 뻗으며 물었다.

"무슨 일이냐."

그림자가 고개를 숙였다.

"송구합니다. 아베 지넨 님이 자결했습니다."

무라시게는 벌떡 일어났다.

5

지넨이 갇혀 있던 창고 방은 저택 안쪽에 있어 평소에는 사용하지 않는다. 지넨에게서 칼은 빼앗았지만 포박도 하지 않았고 최소한의 배려로 불경까지 넣어 주었다. 만에 하나라도 지넨이 달아나지 않도록, 그리고 만에 하나라도 아베를 증오한 가신이 지넨을 해치지 못하도록 무라시게는 낮에는 부하로 하여금 굳게 수비하게 했고, 날이 저문 뒤에는 정예병인 호위대가 이어서 경호하게 했다. 호위대는 화톳불을 지피고 창고 방을 드나드는 인물을 엄중하게 감시하며 불침번을 섰다.

하지만 지넨은 죽었다.

날이 하얗게 밝아 왔다. 어디선가 닭이 우는 소리도 들렸다. 무라시게는 호위대와 부하들을 이끌고 아무도 다가오지 못하도록 명령하고 직접 지넨을 살펴보았다.

아베 지넨은 원래 얼굴에 핏기가 없는 소년이었지만 유해의 안색은 역시 산 자와는 달랐다. 죽은 듯한 얼굴과 죽은 자의 얼굴에는 확연한 차이가 있다. 무라시게는 눈을 부릅뜨고 죽은 지넨의 얼굴을 보고 문득 가여움을 느꼈다. 무라시게는 선종을 믿지만 일향종을 믿었던 지넨을 위해 두 손을 모아 염불을 외워 명복을 빌었다.

이 창고는 삼면이 판자벽으로 된 좁은 방으로, 나머지 한 면은 바깥에 접한 복도로 통하는 장지문이다. 시신을 발견했을 때 이 장지문은 열려 있었고, 지넨은 장지 문턱을 가로질러 다리를 복도로 뻗은 채 바로 누운 자세로 쓰러져 있었다. 입고 있는 무명옷은 가슴에서 배에 걸쳐 피로 물들어 있다.

무라시게는 시신 옆에 무릎을 꿇고 무명옷을 벗겼다.

"주군, 아니 되십니다."

"그런 잡일은 저희가."

부하들이 낭패한 기색으로 말리려 했지만 무라시게는 개의치 않았다. 피에 물든 무명옷에는 구멍이 하나 뚫려 있었고 그 구멍 밑에는 분명 깊은 상처가 하나 있었다. 무라시게는 그 상처를 보고 중얼거렸다.

"음……, 이것은."

무라시게는 그것을 화살에 의한 상처로 보았다. 전쟁터에서 질리도록 보아 온 상처였다. 잘못 볼 리가 없다. 사용한 화살촉에 가시가 없었다는 사실까지 알 수 있다. 가시가 있는 화살을 뽑으면 상처 구멍이 엉망이 되지만 지넨의 시신에 뚫린 상처 구멍은 깨끗했다.

무라시게는 시신의 몸을 돌렸다. 등에는 피가 묻지 않았고 창백한 피부에는 상처가 없다. 화살 상처는 등까지 닿지 않은 것이다. 지넨의 가슴팍은 얇았고 입고 있는 옷도 무명옷뿐이었다. 무라시게는 강궁을 썼다면 화살이 손쉽게 등까지 꿰뚫었을 거라고 생각했다.

무라시게는 시신을 원래대로 바로 눕히고 고개를 들었다.

"주에몬, 게 있느냐?"

대번에 대답이 돌아왔다.

"예. 대령했습니다."

갑옷을 입은 무사 하나가 앞으로 나서서 무라시게 가까이에서 무릎을 꿇었다.

이자는 고리 주에몬이라고 하는데 원래 이타미 씨였지만 양자로 고리 가문에 들어간 사내다. 나이는 서른 중반을 넘었고 어딘지 모르게 익살스러운 표정이지만 무예는 말, 활, 도검부터 철포까지 대부분 능숙하게 다루고 산술이나 한서(漢書)에도 능통했다. 하지만 무라시게가 주에몬을 아끼는 이유는 재치가 뛰어나고 사물을 멀리 볼 줄 알기 때문이다. 가문의 격은 결코 높지 않지만 무라시게는 그 능력을 높이 사서 주에몬을 호위대 대장으로 임명했다.

"어젯밤, 이 창고 방을 경호했던 건 자네들이지?"

"예."

주에몬은 고개를 떨구었다.

"면목이 없습니다. 주군의 명령을 받고도 이런 실수를."

"누구누구였느냐."

"저를 포함해 아키오카 시로노스케, 이타미 이치로자에몬, 이누이 스케사부로, 모리 가헤에가 보초를 섰습니다."

"흠."

무라시게는 턱을 어루만졌다. 이름이 거론된 네 명에 주에몬을 더한 다섯 명은 아라키 호위대 오본창(五本鑓)이라고 불리는, 가신들 중에서도 무술에 출중한 병사들이다. 주에몬은 만사에 능통하고 나머지 네 사람은 저마다 각자의 분야에서 가신들 중 최고였다.

"오본창이 지켰다면 그보다 나은 수는 없었겠지. 자네를 탓하지 않겠네."

"아아……, 황공한 말씀!"

주에몬이 냅다 바닥에 엎드렸다.

"됐다. 그보다 답하거라. 이 유해를 발견한 건 누구고, 그게 언제였는지. 상세히 보고해라."

그 질문에 주에몬은 곧바로 대답했다.

"소인과 아키오카 시로노스케가 발견했습니다. 동트기 전, 짤막한 비명 소리가 들려 시로노스케와 함께 달려왔더니 지넨 님이 이렇게 쓰러져 계셨습니다. 아직 숨이 붙어 있으면 치료하려 했지만 지넨 님은 '서쪽으로 가렵니다.' 하고 한마디 중얼거리시고는 숨을 거두셨습니다. 소인은 시신을 지켰고 시로노스케는 주위에 무뢰한이라도 숨어 있지 않은지 살펴보고 뒤늦게 달려온 동료에게 주군께 이 사실을 알리도록 부탁했습니다."

서쪽은 극락이 있는 방향이다. 서쪽으로 가겠다는 말은 극락왕생을 바라는 일향종 신도였던 지넨의 마지막 유언으로 딱히 수상한 말은 아니었다. 무라시게는 거듭 물었다.

"지넨의 시체에서 뭔가 빼내지는 않았나?"

주에몬은 눈을 희번덕거렸다.

"억울합니다. 소인이 무엇을 빼냈다는 말씀입니까."

"화살이다."

"아. 화살 말씀이셨습니까?"

주에몬은 힘이 탁 풀린 듯이 말했다.

"아니요, 소인은 지넨 님의 목소리를 듣자마자 달려왔지만 화살은 보지 못했습니다. 그건 시로노스케도 알고 있을 터."

그렇게 대답한 주에몬의 안색이 대번에 창백해졌다.

"주군. 설마 지넨 님이 화살을 맞고 돌아가신 겁니까?"

"……."

"하지만 주군, 화살은 분명 없었습니다. 누가 빼냈거나…… 아니, 화살은 물론이고 무뢰한을 놓칠 리가 없습니다! 주군, 지넨 님께서 눈에 보이지 않는 화살을 맞았다는 말씀입니까!"

무라시게는 대답하지 않고 그저 눈이 살포시 쌓인 바깥을 바라보았다.

이 창고 방은 넓은 정원을 바라보고 있다. 원래 정원을 보기 위한 방에 덧붙인 창고였다. 하지만 뛰어난 다인이기도 한 무라시게는 정원 가꾸기에 생각하는 바가 있어 아직도 정원에 손을 대지 못하고 있었다. 편평하게 다진 빈터에는 현재 가스가 석등이 외로이 놓여 있을 뿐이다.

정원은 눈에 뒤덮여 있다. 가스가 석등에도 하얀 눈이 쌓여 있었다.

그리고 정원에 쌓인 눈은 매끈했다. 발자국은 없다. 아무것도 없다. 무라시게는 정원에 쌓인 눈에 털끝만큼의 흐트러짐도 없다는 사실을 두 눈에 힘을 주고 몇 번이고, 몇 번이고 확인했다.

소문은 화살보다 빠르다. 아베 지넨의 기이한 죽음은 정오도 되기 전에 성안에 모르는 이가 없었다. 아베 지넨은 새벽녘, 화살을 맞고 살해당했다. 하지만 화살에 맞자마자 경호 무사들이 달려왔는데도 화살은 사라지고 없었다. 마치 보이지 않는 화살에 맞은 듯한 죽음이었다고.

이윽고 이것은 명벌(冥罰), 부처님의 벌이라고 숙덕거리는 자가 나타났다.

명계는 보이지 않는 세상이다. 명벌이란 신 또는 부처, 귀신 또는 천마, 혹은 천지신명처럼 보이지 않는 존재가 내리는 벌을 뜻한다.

아베 니에몬은 부친과 숙부를 포박하고, 자식을 저버리고, 셋쓰노카미 님과 부처님을 배반했다. 그 벌로 번개 화살이 지넨을 꿰뚫었다, 이야말로 명벌이라는 것이었다. 이윽고 겁먹은 자가 소리도 없이 하늘을 꿰뚫은 번개를 보았다고 말하기 시작했다. 신도들 중에는 아미타불의 영험함에 기뻐하는 자도 있었고, 무사들 중에도 아베의 인질은 신불의 벌을 받아 마땅하다고 생각하는 자가 적지 않았다. 하지만 지넨의 죽음을 신불의 벌이라고 생각하지 않는 무사는 다른 가능성을 생각했다.

군사 회의 자리에서 규자에몬이 감격스럽다는 듯이 말했다.

"역시 주군. 아베의 인질을 살려 두겠다고 말씀하셨을 때는 무슨 생각이시냐고 여쭈었지만, 역시 처단하셨습니까. 그래야 무신으로서 아라키의 체면이 서지요. 정말이지, 참으로 훌륭하십니다."

나란히 줄지어 앉은 장수들 사이에서 규자에몬에게 찬동하는 목소리가 퍼져 나갔다. 개중에는 오호라, 지넨의 죽음은 무라시게가 손을 쓴 것이었나, 하고 이제야 알겠다는 표정을 짓는 자도 있었다. 무라시게가 호위대에 명령해 지넨을 쏘았다면 그 화살이 보이지 않았다는 것도 호위대의 거짓말에 지나지 않을 테니 무엇 하나 이상할 것 없다. 무라시게는 방석 위에 책상다리로 앉아 아무것도 보고 있지 않은 듯한 눈으로 누가 무슨 말을 했는지 기억했다.

이윽고 썰물이 빠지듯 소란이 잠잠해지자 무라시게는 말했다.

"그렇지 않다. 나는 아베 지넨을 처형하지 않았다."

"그런!"

규자에몬은 뜻밖이라는 표정을 지었다.

"그렇다면 설마 주군도 그게 신불의 벌이라고 생각하십니까?"

"어리석은 소문. 벌이라면 지넨이 아니라 니에몬이 받아야 마땅하지."

회의 석상이 술렁거렸다. 그러네, 지당한 말씀이야, 하는 속삭임이 일었다.

규자에몬이 영문을 모르겠다는 듯이 고개를 저었다.

"처형도 아니고 신불의 벌도 아니다. 그렇다면 주군, 아베의 인질은 어째서 죽었다는 말씀입니까?"

"뻔하지!"

무라시게가 눈앞의 장수들을 매섭게 노려보았다.

"살해당한 것이다."

장수들은 그제야 무라시게의 분노를 알아차렸다. 사람들 앞에서 감옥에 가두어 살려 두겠다고 했던 아베 지넨이 이튿날 아침 말

못 할 시체로 변했다. 지넨의 죽음은 무라시게의 체면을 깎아내린 것이다.

주군의 분노에 조심스러워하면서도 규자에몬이 목소리를 가다듬었다.

"살해당했다고 말씀하시지만 아베의 인질을 쏘아 죽인 화살은 보이지 않았다고 들었습니다. 이는 보통 사람의 소행이 아닙니다."

노무라 단고가 오싹하다는 듯이 중얼거렸다.

"그렇다면 혹시 남만종의 수상한 술수가 아닐까? 이 나라에 철포를 들여온 남만 오랑캐들이라면 눈에 보이지 않는 화살을 쏘는 기술도 알고 있을지 모르지."

무라시게는 시큰둥했다.

"그건 평범한 화살 상처였다. 잘못 볼 수가 없어. 남만종이 그런 수상한 술수를 쓴다면 남만종 다카야마 우콘은 패배를 몰랐겠지. 경솔한 소리 마라."

단고는 얼굴을 붉히며 외쳤다.

"그렇다면 주군께서는 누가 어떻게 죽였다고 생각하시는 겁니까?"

"채근하지 마라, 단고."

그렇게 제지하며 무라시게가 말했다.

"모른다. 지금은 아직 몰라. 하지만 누가 손을 썼든 그 작자는 이 아리오카성에서 내가 죽이지 말라고 한 자를 죽인 죄인이다. 용서치 않을 것이야."

그리고 무라시게는 신음하듯 나직한 목소리로 말을 이었다.

"조사를 하겠다. 며칠 내로 누가 어떻게 아베 지넨을 죽였는지 조사한다. 그때까지 근거 없는 소문은 내지 말도록. 거스르는 자는 벌하겠다."

주군의 명령에 장수들은 고개를 숙였다.

하지만 장수들 사이에는 불만스러운 낌새가 감돌고 있었다. 그리고 무라시게는 그것을 모를 정도로 둔한 장수가 아니었다.

6

이틀이 지났다. 맑은 날이 이어져 눈이 녹자 아리오카성 안의 길은 온통 진창길로 변했다.

성의 수비가 부족한 부분을 고치고 몇 번째인지 모를 서한을 모리와 혼간지에 보내고, 파수병에게 오다 군사의 동향을 살피게 하고, 변두리 성에 감시를 보내 결속을 강화했다. 전쟁이 다가오는 가운데, 무라시게는 해야 할 일이 잔뜩 있었지만 그 무엇보다도 지넨 살해 조사를 서둘렀다. 하지만 조사하면 할수록 기이함만 자꾸 드러날 뿐이었다.

급히 보낼 서한을 써서 부하에게 맡기고 몇 번째인지도 모르지만 무라시게는 창고 방으로 걸음을 옮겼다. 고리 주에몬이 곁을 따랐다.

무라시게의 저택은 바깥쪽을 향해 복도가 나 있다. 삼면이 벽으로 되어 있는 창고 방에 들어가려면 복도에서 장지문을 열고 출입하는 수밖에 없다. 저벅저벅 발소리를 내며 복도를 걸어가면서 무라시게는 주에몬에게 물었다.

"이 복도를 지나지 않고 그 창고 방에 접근할 방법이 달리 있느냐?"

주에몬은 바로 대답했다.

"천장 밑으로 접근해 천장 판자를 뜯어내고 들어가는 방법이 있습니다. 바닥 밑으로 접근해 바닥 판자를 뜯어내고 들어가는 방법도 있습니다. 또한 창고 벽은 그리 두꺼운 판자가 아니므로 도끼나 나무망치가 있으면 벽을 부수고 들어갈 수도 있을 것입니다."

"알겠다. 그렇다면 지넨을 살해한 범인은 그런 방법으로 창고 방에 들어갔느냐?"

"그런 것 같지는 않습니다. 바닥, 천장, 벽, 어느 곳에도 뜯어내거나 부순 흔적은 없었습니다. 거미줄이나 먼지 상태, 그날 밤 경호 상황을 고려해도 바닥 밑이나 천장 위에 범인이 있었을 것 같지는 않습니다."

"그렇다면 범인은 복도를 지나 지넨이 있던 창고 방에 접근했느냐?"

"복도는 저희 호위대가 경호하며 누구의 접근도 허락하지 않았습니다. 범인이 복도를 지나서 들어갔을 리는 없습니다."

"그렇다면 누구도, 어디에서도, 지넨에게 접근할 수 없었다는 뜻이다. 그럴 리는 없어."

주에몬은 고뇌하는 목소리로 대답했다.

"맞는 말씀입니다."

주군과 신하는 창고 방 앞에 섰다. 지넨의 시신은 이미 무사의 예의를 갖춰 장사를 치렀다. 무라시게는 장지문을 열고 창고 안으로 들어가 뒤를 돌아보았다. 복도 너머로 언젠가 정원이 될 평지가 보였고, 그곳에는 가스가 석등만이 놓여 있었다.

이 석등은 나카가와 세베에의 배다른 동생이자 오다의 가신인 후루타 사스케가 선물로 보낸 것이었다. 다도에 정통한 후루타는 눈썰미도 좋은지, 이 또한 흔한 가스가 석등처럼 보이지만 옥개석의 기울기하며 동그란 보주의 매끈한 선까지, 어딘가 모르게 마음을 끌어당긴다. 오다와는 등을 돌린 무라시게였지만 이 석등은 버릴 수가 없었다. 원래 등불을 놓아야 할 화사석 안에는 아직 아무것도 없다.

정원 끝에는 사람 허리께 높이로 동백나무를 심어 놓았다. 이 나무들은 언젠가 정원을 만들 때 정원의 가장자리 둘레를 다지기 위한 것이다. 나무 너머에는 투박한 회벽으로 세운 담이 우뚝 서서 아리오카성과 외부를 가르고 있다. 이 회벽은 곧 성벽이었다.

무라시게는 창고 방에서 복도로 나갔다. 성인 남성의 걸음으로 대략 세 걸음을 한 칸으로 세는데, 오른쪽을 보니 네 칸 정도 떨어진 곳에서 복도가 오른쪽으로 꺾였다. 왼쪽을 보니 여기도 네 칸 정도 앞에서 복도가 왼쪽으로 꺾였다.

"그날 밤, 복도를 경호할 때 상황이 어떠했느냐?"

무라시게가 묻자 주에몬이 대답했다.

"오른쪽 모퉁이 너머에서는 저와 아키오카 시로노스케가 화톳불을 지피고 불침번을 섰고, 왼쪽 모퉁이 너머에서는 이타미 이치로자에몬과 이누이 스케사부로가 경호를 했습니다. 이치로자에몬도 스케사부로도 성실한 성격이니, 불침번을 서는 동안 수상한 일은 없었다는 두 사람의 말에 거짓은 없을 것입니다."

"그렇겠지."

어느 질문이나 지난 이틀 동안 무라시게가 수없이 확인한 문제였다. 무라시게는 가스가 석등을 바라보며 말했다.

"그렇다면 바깥은 어떠냐. 정원으로 만들 평지를 가로질러 복도로 올라와 이 창고로 들어올 수는 있었느냐?"

"그것도 불가능합니다. 아직 완성되지는 않았지만 주군의 정원을 어지럽히기를 꺼려 정원에는 아무도 들어가지 않습니다. 더군다나 회벽을 따라 모리 가헤에가 밤새 순찰을 돌았습니다. 가헤에도 우직한 자라 근무를 태만히 했을 리 없습니다."

"불빛은 어떤가? 가헤에는 화톳불을 피웠느냐?"

"가헤에는 창고를 감시하라는 명령을 받은 터라 어둠에 눈이 익도록 불은 피우지 않았습니다."

"음."

"또한 그날 밤은 눈이 내리다가 한밤중에는 그쳤습니다. 정원은 온통 눈으로 뒤덮여 있었는데, 지넨 님께서 자결하셨을 때 눈에 발자국은 전혀 없었습니다. 제아무리 몸이 날래도 발자국을 남기지 않고 이 정원을 뛰어넘기란 불가능할 것입니다."

창고에서 보아 정원은 길이 다섯 칸, 옆으로는 좌우 합해서 여덟 칸 폭이다. 가스가 석등은 그 중앙, 장지문 정면에 놓여 있는데, 단노우라 전투에서 여덟 척의 배를 뛰어넘었다는 요시쓰네라면 석등을 디딤돌 삼아 정원을 뛰어넘을 수도 있을 것 같다. 하지만 석등은 어차피 단순히 돌을 쌓아 올려 만든 것으로, 기어 올라

간다면 또 몰라도 뛰어서 올라타면 틀림없이 무너질 것이다. 게다가 지넨이 살해당했을 때 가스가 석등의 옥개석에는 눈이 쌓여 있었다. 누군가가 석등에 올라탔을 리는 없다.

무라시게는 정원 가장자리에 있는 동백나무를 가만히 바라보았다.

"가헤에라면 지넨을 활로 쏴 죽일 수는 있었겠구나."

실력 있는 무사라면 회벽을 따라 정원 너머로 지넨을 쏴 죽이기도 쉬웠을 것이다. 가헤에는 힘이 열 사람 몫에 버금간다고 일컬어지는 장사다. 무라시게는 가헤에가 활을 다루는 모습을 본 적은 없지만 출신이 천하다 해도 그 역시 무사, 아무리 그래도 쏠 줄은 알 것이다.

주에몬이 대답했다.

"가헤에는 그런 짓을 할 사내가 아닙니다. 하지만 가능성만 따진다면 그렇습니다, 가능했습니다. ……하지만."

"가헤에는 화살을 은닉할 수가 없었다. 그렇지?"

주에몬이 고개를 숙였다.

"예!"

지넨의 시신에는 화살로 인한 상처가 있었지만 화살은 없었다. 가헤에가 정원 너머로 지넨을 사살했다면 어째서 화살이 사라졌는지 설명이 되지 않는다.

오른편 저 멀리 망루가 보였다. 대략 마흔 칸• 이상 떨어져 있겠지만 눈에 보인다는 것은 화살도 닿는다는 뜻이다. 활의 명수라

• 약 73미터

면 예순 칸• 떨어진 곳에 있는 사람도 쏠 수 있다.

"주에몬. 저 망루에는 누가 있었지?"

주에몬의 말문이 처음으로 막혔다.

"모르겠습니다. 송구합니다."

저 망루에서 지넨을 쏘았다 해도 화살을 없앨 수 없다는 점은 가헤에와 마찬가지다. 지넨이 죽은 시각은 새벽녘, 뻗은 손끝도 겨우 보일까 말까 한 어둠 속이었다. 마흔 칸 떨어진 곳에서 조준할 수 있었을 리 만무하지만, 그럼에도 무라시게는 명령했다.

"조사해라."

"예!"

주에몬이 하명을 받았을 때였다. 별안간 아리오카성에 북소리가 울려 퍼졌다. 무라시게가 눈을 번득였고 주에몬 역시 긴장한 표정으로 고개를 들었다.

북은 치는 방식으로 그 의미를 알 수 있다. 지금 울려 퍼진 북소리는 적군이 근접했다는 신호였다.

7

사전 계획대로 무라시게는 천수각으로 향했다. 호위대도 차례로 모여들었고 아라키 규자에몬도 달려왔다. 시중을 드는 부하가

• 약 110미터

평소 저택에 두는 무라시게의 갑옷을 천수각으로 가져왔다. 무라시게는 무엇보다 먼저 적의 방향을 파악하려 했다. 바로 그것을 위한 천수각이다. 대번에 성의 서쪽에서 소규모 싸움이 벌어진 것을 발견했다. 아무래도 오다가 총력을 다해 공격해 온 것은 아닌 듯하여 무라시게는 살짝 한숨을 놓았다. 군기(軍旗)는 어렴풋이나마 보였지만 역시나 멀어서 누구와 누가 싸우고 있는지는 확실하지 않았다.

무라시게는 부하의 도움을 받아 복대를 두르고 어깨끈을 묶었다. 하반신과 팔을 지켜줄 보호구를 차례로 걸치는 사이 사자가 헐레벌떡 달려왔다.

"보고 드립니다! 나카니시 님이 휘하 서른 명을 이끌고 성의 서쪽을 순찰하던 중 오다 가신 무토 님의 세력과 맞닥뜨려 그대로 전투 중입니다."

"소에몬이었나. 끈질긴 녀석."

무토 소에몬 기요히데는 쓰루가를 다스리는 노부나가의 측근으로 지혜와 용맹을 겸비한 장수다. 셋쓰에는 누구보다 먼저 달려와 공격에 나섰고 지난 달 아라키 군대와 창을 겨루었다. 그때는 서로 머리를 노리는 난전이 펼쳐졌고, 싸움은 무토가 물러나는 형태로 끝났다.

"적의 숫자는?"

"마흔 남짓으로 보입니다."

그 숫자라면 무토에게 성을 공격할 심산은 없어 보였다. 무라시게는 정찰이려니 짐작했다.

무라시게는 다시 성의 서쪽을 바라보았다. 장수의 위치를 알리는 마표(馬標)로 보건대 신파치로도, 적장도 건재한 것 같았다. 철포 소리는 들리지 않는다. 둘 다 철포가 없을 리 없지만 너무 근접전이라 탄환을 넣을 새가 없는 것이리라.

한참 싸움의 상황을 지켜보던 무라시게가 말했다.

"신파치로가 우세하군."

사자의 보고대로라면 숫자로는 신파치로가 불리할 터였다. 하지만 전쟁터에서 적의 숫자는 항상 많아 보이는 법이다. 무라시게는 밀리는 숫자가 아니라고 보았다. 신파치로의 마표가 좌우로 움직이고 있는 것에 비해, 무토의 마표는 움직임이 적은 데다가 조금씩 밀리고 있는 것처럼 보였다. 무라시게는 신파치로가 약간 우세하다고 추측했다.

"주군. 출진 명령을."

규자에몬이 말했다.

"기다려라."

무라시게는 그렇게 말하며 천수각에서 북쪽과 동쪽, 남쪽을 주시했다. 어느 쪽이나 눈에 익은 셋쓰의 경치가 펼쳐졌지만 시야를 가리는 숲이나 갈대밭에 혹시나 복병이 숨어 있지 않은지 유심히 살펴보았다. 소수의 병사를 미끼로 성의 군사를 꾀어내 성문을 열게 한 다음 급습하는 수법은 성을 공격하는 방책으로는 초보적인 전술이다. 혹여나 그런 수법에 걸려서는 안 된다.

나뭇가지의 흔들림, 겁먹은 새들의 움직임, 찬란한 이삭 끝, 모락모락 밥 짓는 연기……. 병사의 기척을 완전히 숨기기란 어렵다. 이곳 셋쓰의 지형에 정통한 무라시게는 아리오카성을 함락시킬 정도의 숫자라면 아무리 용케 숨어도 찾아낼 자신이 있었다. 그 자부심이 복병은 없다는 판단을 내렸다. 이 싸움은 계획된 게 아니고 나카니시와 무토 두 사람이 지형의 자그마한 기복에 앞을 내다보지 못하고 무심코 맞닥뜨린 것이리라.

그렇다면 좋은 기회다.

"좋다."

무라시게는 중얼거리고 규자에몬에게 명령했다.

"소에몬의 목을 친다. 조로즈카 요새에서 병사를 내보내라."

"예!"

조로즈카 요새는 아리오카성 서쪽 끝에 있다. 요새라고는 하지만 아리오카성 안쪽에 지은 병사들의 주둔지였다. 지금 그곳에서 병사를 보내면 때에 맞춰 도착하리라. 대번에 망루의 북이 울렸다. 조로즈카 요새의 보병 부대장들에게 출진을 명하는 신호다.

어떤 싸움에서나 승리의 기회는 순식간에 바뀐다. 명령을 내린 후 병사가 움직이기까지의 시간은 언제나 견디기 힘들 정도로 길다. 무라시게는 숨을 삼키고 전황을 지켜보고 있었다. 다카야마 우콘, 나카가와 세베에의 배신에 이어 아베 니에몬의 배반으로 아리오카성의 기세는 떨어졌다. 여기서 오다의 장수를 칠 수 있다면 병사들의 사기는 크게 올라가리라. 그 무엇보다도 머리가 탐났다.

"주에몬, 북쪽을 감시해라. 적의 모습이 조금이라도 보이면 바로 알려라."

"예!"

"병사들은 어쩌고 있느냐?"

조로즈카 요새로 눈을 돌렸지만 병사들의 움직임은 없었다. 준비가 느린 게 아니다, 움직이지 않고 있는 것이다.

"규자에몬, 조로즈카 요새에 명령이 닿지 않았다. 다시 명령해라."

규자에몬은 하명을 받고 신속하게 무라시게의 명령을 전했다. 다시금 북소리가 울렸고 뿔피리도 불었다. 그제야 겨우 조로즈카 요새에 움직임이 보였다. 병사들이 손에 든 장창의 창끝이 번쩍번쩍 빛났다. 하지만 움직임이 둔하다. 도저히 지금 출진하는 움직임이 아니었다.

전장을 보니 무토 부대는 이윽고 무너져서 북서쪽으로 후퇴하고 있었다. 하지만 예기치 못한 전투로 지쳤는지 나카니시 신파치로는 추격하지 않았다. 싸움에서는 이겼지만 무토의 목을 칠 방법이 없었다.

적의 후퇴를 보고 천수각에 모여 있던 병사들은 요란한 환성을 질렀다. 규자에몬도 환하게 웃었다.

"주군. 아군의 승리입니다! 승전을 축하하심이 어떠신지."

하지만 무라시게는 표정을 바꾸지 않았다.

"……신파치로를 맞이하는 게 먼저다."

그렇게 말하는 무라시게의 눈은 조로즈카 요새에 매섭게 꽂혀 있었다.

무사가 싸움에서 목을 베면 대장은 그 머리를 확인한다. 신원 확인 절차다.

무라시게는 혼마루에서 머리를 확인하기로 했다. 성안의 사기를 북돋우기 위해, 신파치로 일행을 혼마루까지 걷게 해 승자의 모습을 많은 사람들에게 보여 주었다. 싸움을 마친 나카니시 부대는 성문을 통과해 이타미 시가지를 지나고, 무사 주거지를 지나 혼마루에 올랐다. 지나는 길마다 그들에게 환호성이 쏟아졌다. 국지전이었다고는 해도 오다의 군대에 승리한 장수들을 보는 것은, 무라시게의 계획대로 병사와 백성 구분 없이 성안의 모든 사람들을 기쁘게 했다. 신파치로는 얼굴에도 적의 피를 뒤집어썼고 병사들도 진흙과 흙먼지에 뒤덮인 처참한 몰골이었지만, 사람들은 그 오물이야말로 용맹한 전투의 증거라고 생각했다.

나카니시 부대는 기마 무사가 한 명 부상당했지만 투구를 쓴 목을 하나 땄다. 포로로 잡은 무토 부대의 병사에게 물어 이름을 확인했다. 머리의 주인은 와카사의 사무라이였다. 수훈을 세운 무사는 표창장과 검을 하사받아 크게 체면을 세웠다.

머리를 확인하고 나서 나카니시 부대에게는 신분 고하를 막론하고 천수각 밑에서 술을 하사했다. 병사들은 바닥에 둘러앉았고 신파치로는 의자에 걸터앉아 아이처럼 손뼉을 치며 기뻐했다.

"하사주라니, 얼마나 기쁜가! 무토 녀석, 별것 아니었어. 얼굴도 기억했으니 다음에는 목을 따서 주군께 보여 드리자!"

무라시게는 그 광경을 천수각 안에서 지켜보고 있었다.

갑옷을 벗을 새도 없어 복대와 팔 보호대는 그대로 차고 있었지만 투구는 벗어 두었다. 이미 규자에몬은 물러났고 그 자리에 있는 것은 무라시게와 호위대뿐이었다.

술을 주거니 받거니 하는 나카니시 부대는 무라시게가 지켜보고 있다는 사실을 눈치채지 못했다. 신파치로는 질그릇 잔에 채운 술을 벌컥벌컥 마시며 웃고 떠들어 댔다. 한편으로 병사들은 그 정도로 속이 없지는 않았다. 술을 마시는 이의 눈에도, 전쟁터의 흙먼지를 털어 내는 이의 눈에도 어딘가 모르게 그늘이 있다. 흥겨운 술이 아니었다. 무라시게는 그 그늘이 지휘에 대한 불만에 기인한 것임을 눈치채고 있었다.

좋은 분위기가 아니다.

"주에몬."

대기하고 있던 고리 주에몬이 대답했다.

"예. 여기 있습니다."

"지넨 살해 조사를 서둘러야겠다. 하지만 자네는 다른 일을 해 줘야겠어."

"예. 어떤 일인지."

"음."

병사들은 성에서 가세해 주지 않은 탓에 괜히 위험한 전투를 했다고 생각하고 있다.

무라시게는 명령했다.

"조로즈카 요새 병사들의 움직임이 둔했다. 신파치로가 우세해서 큰 문제는 없었지만 만약 밀리고 있었다면 그 찰나의 차이로 완패했을지도 몰라."

대장의 뜻을 전하는 데에 북이나 뿔피리, 사자에게 의지해야 하는 이상 명령이 도달하기까지 시간이 걸리는 것은 당연하다. 하지만 그것을 감안하더라도 조로즈카 요새의 움직임은 둔했다. 그 자리에 있던 그 누구도 의심하지 않았지만 무라시게만은 의심했다. 무슨 일이 있었던 것이다.

"배신자가 있다면 잘라 내야 한다. 명령 전달에 문제가 있었다면 개선해야 한다. 보병 부대장은 자네도 알겠지만 야마와키, 호시노, 오키, 미야와키 네 명. 무슨 이유로 지체되었는지 조사해라. ……내 경호는 그래, 이누이 스케사부로를 대신 불러들여라."

주에몬은 즉각 고개를 숙였다.

"예! 알겠습니다. 그럼 실례하겠습니다."

주에몬은 그대로 뒷걸음질로 무라시게에게서 떨어지더니 냉큼 달려갔다.

주에몬보다 무예에 뛰어난 자는 호위대에 수도 없이 많다. 하지만 그들을 제치고 주에몬이 호위대장을 맡은 이유는 기지와 산술이 뛰어난 것도 있지만, 그보다도 무라시게가 이 기민함을 인정했기 때문이다.

8

그날 밤은 고요하고 시리도록 추웠다.

날이 저물면 아무것도 할 수 없다. 등불이나 횃불에 쓰는 기름에는 한계가 있어 낭비할 수 없다. 늦은 시각까지 깨어 있으면 괜히 잠만 깊어지고 긴급할 때 빨리 깨지 못한다. 이른 수면은 무사의 소양이었다. 하지만 이날, 무라시게는 깨어 있었다. 불당에서 등불을 켜고 석가모니 불상 앞에서 지긋이 가부좌를 틀고 있었다.

공기가 무겁다. 무라시게는 눈을 기다리고 있었다. 잠시 후 복도에서 발소리가 다가왔다. 무라시게는 눈을 떴다.

“스케사부로냐.”

“예.”

“내리느냐.”

“내리고 있습니다. 모든 게 그날과 똑같습니다.”

천우신조로다. 무라시게는 속으로 중얼거렸다.

복도로 나가자 덩치가 큰 스케사부로와 호위대에서는 아직 말단인 무사 하나가 기다리고 있었다. 조로즈카 요새의 상황을 살피러 간 주에몬을 대신해 불러 온 스케사부로는 주에몬과는 정반대의 인물이었다. 눈치가 없고, 뭐든지 느리고, 감이 둔하다……. 하지만 힘은 가헤에와 우열을 가리기 힘들고 스모를 하면 의외로 기술을 쓴다. 무라시게의 명령에 대단히 충실한, 신뢰할 만한 사내라는 점은 주에몬과 똑같았다.

무라시게가 눈을 기다린 이유는 물론 아베 지넨이 죽은 날의 상황을 그 눈으로 직접 확인하기 위해서다. 지넨이 사망한 것은 어둑어둑한 새벽녘이었고, 지금은 저녁의 어스름이 아직 남아 있다.

무라시게는 호위대에게 촛대를 들려 복도로 나갔다. 지넨이 죽은 창고 주변에는 이미 다른 호위대가 모여서 횃불을 들고 화톳불을 지피고 있었다. 정원용으로 비워 둔 평지에는 눈이 얕게 쌓였고 후루타 사스케가 선물한 가스가 석등도 그날 아침처럼 눈에 덮여 있다. 창고 방의 장지문을 열고 무라시게는 잠시 깊은 생각에 잠겼다.

아베 지넨은 이곳에서 죽었다. 가슴에 화살로 깊은 상처를 입고 급히 달려온 주에몬의 눈앞에서 숨을 거두었다. 화살은 어디에도 없었고, 정원에 쌓인 눈에도 아무 흔적이 없었다. 외부 복도는 좌우 양쪽에 두 명씩 경호 무사가 있었고 정원 건너편 성벽 앞에도 강건한 병사가 있었다…….

이 창고 방에 아베 지넨을 가두기로 결정한 것은 지넨이 죽기 전날이었다. 경호할 무사도 무라시게가 지넨을 가두라고 명령한 다음에 결정했다. 그때까지는 지넨이 어디에 갇힐지 아무도 몰랐다. 무라시게 스스로도 딱히 여기밖에 없다고 생각해서 창고 방을 선택한 것은 아니었다. 누가 지넨을 죽였건 그렇게 복잡한 조작을 할 여유는 없었을 것이다.

무라시게는 문득 바깥을 바라보았다. 어둠 속이라 보이지는 않지만 마흔 칸 정도 떨어진 곳에 망루가 있을 터였다.

"스케사부로. 저 망루에 파수병이 있지?"

"예……."

스케사부로가 어째선지 낭패한 목소리로 대답했다.

"주에몬 대장님께서 지넨 님이 돌아가신 날 아침에 망루에서 보초를 선 자가 누구였는지 조사하라고 하셨습니다."

조로즈카 요새의 상황을 확인하러 가기 전에 주에몬은 그런 명령을 남기고 간 모양이다. 무라시게는 역시 일처리가 꼼꼼하다고 생각했다.

"그래서 조사했느냐?"

"조사했습니다. 파수병은 사이카 출신으로 사게하리라는 자였습니다. 그자가 밤새 보초를 섰다는 것은 다른 불침번이 보증했습니다."

스케사부로의 목소리가 침착하지 못한 것은 이미 조사한 사실을 무라시게에게 보고하지 않았기 때문이리라. 무라시게는 그 점을 눈치챘지만 스케사부로를 질책하지는 않았다. 둔한 자가 둔하게 굴었다는 사실보다도, 지금은 한시가 급하다. 새벽과 비슷한 초저녁의 어스름은 길지 않다.

대신 무라시게는 질문했다.

"사이카라. 그자가 활을 가지고 있었느냐?"

"사게하리는 밤에 보초를 설 때는 항상 철포를 가져간다고 합니다. 하지만 그날 밤도 틀림없이 그랬는지는 아는 자가 없습니다."

"그런가."

무라시게는 턱을 어루만졌다.

아리오카성에는 혼간지에서 가세한 소수의 사이카 사람들이 있었다. 사이카는 기이 지방의 땅으로, 그곳에 사는 이들의 대부분은 해적질을 생업으로 삼고 있다. 일찍이 철포가 들어온 사이카 마을 사람들은 난세 속에서 싸움에 익숙한 강한 병사가 되었다. 그들은 어렸을 때부터 싸움에 익숙해 호전적이고 항해에 뛰어나며 육지에서는 철포를 능숙하게 다룬다. 하지만 무사는 아니었다.

무사라면 활과 말은 기본으로 다룰 줄 알아야 한다. 실력 차이는 있어도 활을 쏘지 못하는 무사, 말을 타지 못하는 무사는 없다. 하지만 사이카 사람들은 어떨까? 활은 철포와 달라 수련에 오랜 시간이 필요하다. 명수의 수준을 바라는 게 아니라면 철포는 하루이틀이면 쏘는 법을 익힐 수 있지만, 활은 제대로 당기는 것만으로도 일단 한 달은 잡아야 한다. 사이카 사람이라면 철포의 명사수인데 활까지 배우는 것은 소용없는 짓이라고 생각하지 않을까? 무라시게는 그렇게 생각했다.

게다가 아베 지넨이 사망한 것은 아직 날이 밝지 않은 시각이었다. 역시 저 망루에서 아베 지넨이 보였을 리 없다. 저 망루에서 지넨을 쏘는 것은 제아무리 활의 명수라는 나스 요이치라도 불가능했으리라. 무라시게는 망루의 파수병, 사이카의 사게하리가 지넨을 죽였을 가능성을 버렸다. 하지만 그 다음 생각이 떠오르지 않았다.

"……흠."

창고 방과 정원, 성벽과 복도, 모든 곳을 둘러보고 무라시게가 중얼거렸다.

"불가능하겠지만 해 보자. 스케사부로, 짚단을 지넨처럼 창고 방 문지방에 걸쳐 놓아라. 그리고 활과 화살, 장갑에 삼끈도 가져오너라."

"삼끈 말씀이십니까?"

"그렇다. 하인에게 일러서 열 칸쯤 되는 긴 끈을 찾아오너라."

"예, 알겠습니다."

스케사부로가 우당탕 소리를 내며 복도를 달려갔다. 무라시게는 그 자리에 남은 호위대에게 준비를 지시했다. 신발을 가져오게 해서 정원으로 내려가려다가 지넨이 죽었을 때 눈 위에는 발자국이 없었다는 사실을 떠올리고 정원을 멀찍이 우회해서 회벽 앞에 섰다.

잠시 후 지넨이 있던 곳에 짚단이 놓였다. 짚단은 이름 그대로 짚을 뭉쳐 놓은 것인데, 과녁으로 삼아 활 연습에 사용한다. 무라시게는 스케사부로가 가져온 활을 들어 두세 번 시험 삼아 당겨보았다. 무라시게는 어렸을 때부터 견줄 자가 없는 괴력의 소유자였다. 활은 강궁, 손질도 잘되어 있다. 화살이 지넨의 등까지 꿰뚫지는 못했던 것을 기억해 내고 무라시게는 시위를 조금 늦추었다.

무라시게가 서 있는 회벽 앞은 지넨이 죽은 날 아침, 모리 가헤에가 순찰한 장소였다. 정원을 사이에 두고 건너편에 짚단이 세워져 있다. 짚단까지는 다섯 칸, 가깝지는 않지만 빗맞힐 정도로 멀지도 않다.

무라시게는 횃불을 들고 있는 호위대를 힐끔 보았다. 그날 지넨을 경호했던 호위대 오본창 중 지금 이곳에 있는 사람은 이누이 스케사부로뿐이다.

스케사부로가 무릎을 꿇고 말했다.

"삼끈을 가져왔습니다."

"좋다. 그렇다면 이 화살 세 개에 끈을 묶어라."

스케사부로는 굵은 손가락으로 서툴게 끈을 묶었다. 끈이 묶인 화살을 무라시게가 활에 걸었다.

"자, 어찌 될까. 혹시 모르니 짚단에서 떨어지거라."

그 명령에 호위대가 물러났다. 무라시게는 활을 잡아당겼다.

무라시게와 짚단 사이에 가스가 석등이 있어 아무래도 방해가 되었다. 무라시게는 일단 활을 내렸다가 위치를 조금 옮겨서 다시 시위를 당겼다. 12월 밤, 주위는 고요했고 횃불이 타들어 가는 소리만 밤하늘에 울렸다. 초저녁, 짚단은 어스름에 묻혀 있다. 무라시게는 화살을 휙 쏘았다.

푹, 소리를 내며 화살이 짚단에 박혔다. 이어서 두 번째, 세 번째 화살도 전부 짚단에 깊이 박혔다.

"굉장하십니다!"

스케사부로가 꼭 빈말은 아닌 것처럼 탄성을 질렀다. 무라시게는 시큰둥한 표정이다. 다섯 칸 거리의 표적에 화살 세 개를 맞히는 것쯤은 당연한 일이다.

무라시게의 손에는 세 가닥의 끈이 남았다.

"그럼……."

무라시게는 중얼거리며 그중 한 가닥을 강하게 잡아당겼다.

화살은 빠지지 않았다. 스케사부로가 묶은 끈만 쑥 빠져서 눈밭에 축 늘어졌다.

"안 되네."

스케사부로가 중얼거리는 소리를 무시하고 무라시게는 두 번째 끈을 잡아당겼다. 이번에도 끈만 빠졌는데, 운 나쁘게도 빠지면서 화살 깃을 모조리 뽑아버렸다. 복도에 화살 깃이 흩어졌다.

무라시게는 말없이 세 번째 끈을 당겼다. ……이번에는 화살이 짚단에서 빠졌다. 화살은 무라시게가 끈을 잡아당기자 바닥을 지나 이윽고 무라시게의 손에 들어왔다.

"오오."

스케사부로가 탄성을 질렀다.

"지넨 님을 쏜 다음 화살이 사라지게 만든 잔재주가 이것이었군요."

무라시게는 스케사부로를 노려보았다.

"스케사부로. 호위대는 무예만으로는 부족하다. 똑똑히 보아라. 이래서는 안 돼."

"하지만 주군, 화살은 빠지지 않았습니까?"

"세 개 중 겨우 하나뿐이다."

무라시게는 짚단을 보았다. 멀리 떨어져 있던 호위대가 돌아와 횃불을 들자 짚단에 그대로 꽂혀 있는 화살이 보였다.

"두 개는 뽑혔어. 어쩌면 지넨을 살해한 자는 끈이 빠지지 않도록 손을 썼을지도 모르겠구나. 약한 활을 써서 지넨의 몸에 화살이 깊이 박히지 않도록 했을지도 몰라. 하지만 스케사부로, 보아라."

무라시게는 땅바닥을 가리켰다. 평지에 쌓인 눈에 화살을 잡아당긴 흔적이 선명하게 남아 있었다.

"끈을 묶은 화살로는 어떻게 해도 눈에 자국이 남는다. 그날 아침, 이런 자국은 없었어. 세게 잡아당기면 화살이 허공으로 튀어 자국을 남기지 않을 수도 있겠다 싶어서 이렇게 시험해 보았다. 하지만 역시 불가능해. 틀렸다, 스케사부로. 지넨은 이런 수법으로 살해당한 게 아니야."

"예, 예!"

스케사부로는 움츠러들었지만 그래도 어딘가 기쁜 기색이었다.

"주군, 그렇다면 모리 가헤에 님은 범인이 아니겠군요."

끈을 맨 화살로 쏘았다는 가설이 옳다면 그럴 수 있었던 사람은 회벽을 따라 순찰하고 있던 모리 가헤에뿐이라는 뜻이 된다. 스케사부로는 같은 호위대 오본창으로 모리 가헤에가 죄인이 되는 게 싫었으리라.

하지만 무라시게의 표정은 단호했다.

"망루의 파수병, 사게하리라고 했나, 그자는 아니다. 그리고 가헤에도 아니라면 지넨을 살해한 건 고리 주에몬, 아키오카 시로노스케, 이타미 이치로자 그리고 자네, 이 네 명 가운데 있다는 뜻이 돼."

"……그게, 그렇게 됩니까?"

"시로노스케와 이치로자에게 내일 아침 저택으로 오라고 전해라. 가헤에도 부르거라. 자네도 오고. 신문을 하겠다."

"예. ……그럼 사이카의 사게하리는 어떻게 할까요?"

"그자도 불러라."

스케사부로는 침통한 표정으로 명령을 받들었다.

9

새벽녘, 아직 해가 완전히 뜨기 전부터 하루가 시작된다.

저택 대청에는 장식 단이 있고 하치만 대보살•의 족자가 걸려

• 일본 신화에 나오는 무운의 신으로, 전통적 신앙인 신도와 외부에서 유입된 불교가 융합한 신불습합 과정에서 대보살이라는 칭호가 붙었다.

있다. 소집된 자들은 별실에 모여 있다가 한 사람씩 대청으로 불려갔다.

경호원도 없다. 무라시게와 호출받은 자, 단 둘만의 신문이다. 물론 만일에 대비해 강건한 무사들이 옆방에서 대기하고는 있다. 그래도 대화를 나누는 사람은 무라시게와 신문 상대, 두 사람뿐이다.

처음으로 불려 온 것은 사이카의 사게하리였다. 나이는 서른쯤일까, 몸집은 왜소하고 눈은 탁하며 생기가 없는 사내였다. 그의 신분으로는 영주인 무라시게의 저택에 오르기가 거북할 터였다. 하지만 그는 딱히 움츠러들지도 않고 그저 어두운 눈빛으로 바라볼 뿐이었다. 무라시게는 늘 전쟁터에 사는 병사의 눈이라고 생각했다.

"부름을 받고 왔습니다."

말투도 어딘지 모르게 건방졌다.

"자네가 사게하리인가."

"그렇게들 부릅니다."

"그럼 본명은 달리 있느냐?"

"그렇습니다. 사게하리(下針)는 별명, 매달아 놓은 바늘도 맞히는 명수라고 해서 붙은 이명입니다. 하지만 전쟁터에서는 그쪽이 잘 통해서 지금은 저도 그 이름을 쓰고 있습니다."

"철포의 명수라 들었다."

"다들 그러더군요."

사게하리는 무라시게가 부른 이유를 이미 들어 알고 있을 터였다. 쓸데없는 이야기는 건너뛰고 바로 본론으로 들어갔다.

“아베 지넨이 죽은 날 아침, 자네는 지넨이 갇혀 있던 창고 방이 보이는 망루에서 보초를 서고 있었지?”

“그렇습니다. 다만 그때는 창고에 그런 분이 갇혀 있는 줄 몰랐습니다.”

“그렇다면 자네, 활은 갖고 망루에 올랐나?”

사게하리는 뜻밖이라는 표정을 지었다.

“소인, 철포는 잘 다루지만 활은 쥐어 본 적도 없습니다. 사이카 사람들에게 여쭤 보십시오.”

무라시게는 끄덕였다. 그렇겠지, 하는 턱짓이었다.

“그렇다면 지넨이 죽었을 때 자네는 뭔가 보고 들은 게 있는가?”

“글쎄요……, 그것 말씀입니다만.”

사게하리가 자세를 조금 가다듬었다.

“가신들께서 아베 님이 뭔가 소리를 질렀다고 하셨다는데 소인, 그런 소리는 듣지 못했습니다. 그저 갑옷이 울리는 소리를 듣고 무슨 일이 있나 싶어 저택으로 시선을 돌렸을 뿐.”

“그런가. 뭔가 보였나?”

“소인, 밤눈은 밝은 편이오나 너무 멀어서 그저 작은 불빛을 보았을 뿐입니다.”

“불?”

무라시게는 한쪽 눈썹을 꿈틀거렸다. 불 이야기는 듣지 못했다. 사게하리는 주눅 들지 않고 말을 이었다.

“그렇습니다. 촛불이 아니었을까요. 갑자기 툭 떨어져서 꺼졌으니, 아마도 다쳐서 놓친 게 아닐까 싶습니다. 그 후에 횃불로 보이는 불이 모여드는 것을 보았습니다."

그것은 주에몬을 포함한 경호원들이 손에 든 횃불이리라. 무라시게는 그렇게 생각했다.

"횃불은 몇 개나 보았느냐?"

"두 개."

"……확실한가?"

사게하리는 태연하게 웃었다.

"소인, 철포 실력 외에도 기억력도 좋다는 칭찬을 많이 듣습니다. 그날, 소인이 본 횃불, 아니, 횃불로 보이는 불은 틀림없이 두 개였습니다."

수고비로 은을 주고 무라시게는 사게하리를 물렸다.

다음으로 이타미 이치로자가 불려왔다.

정확한 이름은 이치로자에몬으로 과거 아리오카성이 이타미성이라 불리던 시절, 그곳을 거점으로 삼고 있던 호족 이타미 가문의 핏줄이다. 나이는 스물넷, 마른 체구라 풍채는 별 볼 일 없지만 철포의 명수이자 아리오카성이 있는 이타미 지형에 누구보다도 정통하다. 이타미 가문에서는 철포를 사들이기 위해 사카이 지방으로 보내는 등 신뢰를 받고 있었지만, 그 때문에 시기를 사고 모함을 당해 한때 숨어 다녔다고 한다. 이타미 가문은 무라시게가 멸했으므로 이치로자에게 무라시게는 일족의 원수인 셈이다. 하지만 섬기는 가문을 멸한 상대의 밑으로 들어가는 일은 그리 드물지 않은 세상이었다.

무라시게가 물었다.

"자네는 이누이 스케사부로와 함께 경호 임무를 맡았지?"

"그러합니다."

대답하는 이치로자의 목소리는 차분했다.

"날이 밝기 전에 아베 지넨의 목소리를 들었느냐?"

"목소리는 들었지만 지넨 님의 목소리라는 확신은 없었습니다."

무라시게는 내심 조금 의아하게 생각했다. 이치로자의 대답은 신중했고, 자기가 생각한 것과 귀로 들은 것을 철저하게 구분하고 있다. 이치로자가 이런 무사였나 싶어 놀라웠다. 질문을 거듭했다.

"그렇다면 자네가 들은 것은 어떤 목소리였나?"

"놀란 목소리였던 것 같습니다. 고통스러운 신음이나 단말마 같지는 않았습니다."

무라시게는 살짝 눈썹을 씰룩거렸다. 지금 대답은 다소 지나치게 깔끔했다. 지넨 살해로부터 시간이 제법 흘러 이야기를 정리할 여유가 있었기 때문이리라. 지넨 살해 조사에 전념하지 못했던 것은 어쩔 수 없지만 호위대 신문을 뒤로 미룬 것은 실수였을지도 모른다.

"그 후에는?"

"달려가려는 스케사부로 님을 말리고 제가 가겠다고 했습니다."

"흠. 어째서 스케사부로가 아니라 자네가 가려고 했지?"

"스케사부로 님이 지창을 들고 있었기 때문에 창고 방에 들어가는 것보다 밖에서 대기하는 게 낫다고 생각했습니다."

지창(持槍)은 수창(手槍)이라고도 하며 일반 병사들이 쓰는 장창보다 훨씬 짧은 창으로 무사가 쓴다. 그 길이는 사용하는 자의 키에 비례하는데 한 배 반에서 두 배 정도 된다.

“소인의 무기는 철포와 도검이었기 때문에 철포를 내려놓고, 준비한 횃불에 화톳불로 불을 붙여서 칼자루를 쥐고 달려갔습니다.”

듣고 보니 만약 창고 방에서 맞붙어 싸우기라도 했다면 스케사부로는 덩치가 너무 크고 지창도 너무 길었으리라. 무라시게는 이치로자의 설명을 인정했다.

“그런가. 계속해라.”

“예. 소인이 창고 방으로 달려가니 이미 고리 주에몬 님과 아키오카 시로노스케 님이 와 계셨고, 지넨 님은 천장을 바라보고 쓰러져 계셨습니다. 소인은 주에몬 님과 시로노스케 님이 달려오는 발소리, 두 분이 지넨 님께 정신 차리라고 외치는 소리도 들었습니다.”

묻지도 않은 사실을 대답했다. 이치로자는 주에몬과 시로노스케의 동정에 수상한 구석은 없었다고 말하고 싶은 듯했다. 동료를 보호하려는 마음에서 나온 말이겠지만 그렇다면 이것은 거짓말일까? 무라시게는 순간적으로 생각에 잠겼다.

지금 당장 거짓말인지 아닌지 판단할 수는 없다고 생각했다. 다만 감은 아무래도 거짓말 같지 않다고 말했다.

“그래. 뭔가 달리 보고 들은 건 있느냐?”

이치로자는 고개를 깊이 숙였다.

“송구합니다. 지넨 님께 정신이 팔려 주변은 보지 못했습니다.”

무라시게는 당연한 일이라고 생각했다. 저택 안에서 사람이 화살에 맞았으니 평소 같으면 어찌 되었든 범인을 찾는 게 급선무였을 것이다. 하지만 이치로자와 호위대는 지넨을 지키라는 명령을 받았다. 지넨의 상처를 먼저 염려했어도 실책이라고 할 수는 없다.

"그런가. 알겠다."

그렇게만 말하고 이치로자를 돌려보냈다.

다음으로 부른 것은 모리 가헤에였다. 모리(毛利)와 한 뿌리라고들 하지만 가헤에는 아와 지방에 자리 잡은 모리(森) 가문의 핏줄을 이어받았다. 나이는 서른, 덩치가 크고 호걸답게 수염을 기르고 있다. 착실한 일향종 신도로 오사카 혼간지에 은거해 있었지만 아라키와 혼간지의 관계가 깊어지는 가운데 사자의 경호원으로 아리오카성에 왔다가 그대로 남았다. 무예라면 못하는 게 없는 무사로, 그중에서도 창술은 명인의 영역에 달하지만 감이 몹시 둔해서 도저히 남들 위에 설 그릇이 못 된다. 무라시게와 단둘이 대치하자 주눅이 들어 커다란 몸을 잔뜩 움츠렸다.

"아베 지넨이 죽은 날 밤, 자네는 회벽 주위를 순찰했지?"

"예입!"

무라시게의 물음에 가헤에는 큰 소리로 대답하며 넙죽 엎드리더니 고개도 들지 않았다.

"먼저 묻겠다. 창고 앞이 아니라 바깥을 순찰한 이유는 무엇이냐?"

가헤에는 창고의 유일한 출입구인 장지문을 감시할 수 있는 위치에 있었지만 장지문 바로 앞에 대기했던 게 아니라 일부러 정원을 사이에 두고 순찰하고 있었다. 가헤에는 굵은 목소리로 대답했다.

"예! 대장님의 명령에 따른 것이옵니다."

대장이란 고리 주에몬을 가리킨다.

"주에몬이 뭐라 명했느냐?"

"장지문 앞에서 바깥을 감시하면 지넨 님께 등을 돌리게 되니 위험하다. 그렇다고 장지문 쪽을 바라보고 감시하면 수상한 자가 다가와도 알아차리지 못한다. 그러니 떨어져서 감시해야 한다고, 낮에 그렇게 지시하셨습니다."

무라시게는 끄덕거렸다. 그가 명령을 내렸더라도 똑같이 시켰으리라.

"그렇다면 한 가지 묻겠다. 정원에 들어가지 않은 이유는 무엇이냐?"

그 창고에서 보이는 정원은 이름만 정원이지, 언젠가 정원을 만들 예정으로 그저 비어 있는 땅이다. 그런데도 남은 발자국을 보면 가헤에가 정원을 피해서 순찰했다는 사실은 명백했다.

가헤에는 굵은 목소리로 말했다.

"소인 같은 미천한 놈이 주군의 정원을 어지럽히다니 있을 수 없는 일입니다. 소인, 맹세코 태만한 마음으로 정원을 빼놓은 게 아닙니다. 그저 오로지 실수 없이 근무하려는 일념으로."

"알겠다. 그 성실한 마음, 칭찬해 주마."

"황공합니다!"

쩌렁쩌렁 외치더니 가헤에는 요란하게 이마를 바닥에 찧었다.

"고개를 들어라, 가헤에. 지넨이 죽은 새벽에 무엇을 보고 들었는지 말해 다오."

상체를 일으킨 가헤에는 바들바들 떨고 있었지만 이윽고 목소리를 쥐어짜 냈다.

"동이 트기 전, 소인 '아.'라고 하는 지넨 님의 목소리를 들었습니다. 고개를 돌리니 창고 방 앞에 촛대가 떨어져 있고 잘 보이지는 않았지만 지넨 님도 쓰러져 계신 것 같았습니다. 달려가려고 했지만 감히 정원을 가로지를 수가 없어 망설이는 사이 동료 몇 명이 달려온 것 같았고, 그렇다면 소인이 가도 소용없을 테니 그대로 집중해서 보초를 서야 한다고 생각해 그 자리에 머물렀습니다."

무라시게는 끄덕였다.

"그렇다면 자네는 무언가 보지 못했나? 수상한 자든, 날아가는 화살이든, 뭐든 상관없다."

가헤에는 다시 이마를 바닥에 찰싹 붙였다.

"소인, 천성이 둔해서 이렇다 할 것은 보지 못했습니다. 참으로 드릴 말씀이 없습니다."

"……알겠다."

다른 호위대는 복도 모퉁이를 지난 지점, 창고 방이 보이지 않는 곳에서 경호를 하고 있었다. 불빛을 고려하지 않는다면 창고를 볼 수 있었던 것은 가헤에와 사게하리뿐으로, 사게하리가 있던 망루는 무언가를 보기에는 너무 멀다. 지넨 살해를 목격한 자가 있다면 가헤에일 거라 생각했던 무라시게의 낙담은 적지 않았다.

"이야기는 끝났다. 물러가거라."

가헤에가 조심스럽게 일어나서 물러나려 했다. 그때 무라시게는 문득 깜빡 잊은 질문이 생각났다.

"가헤에. 그날 밤 무슨 무기를 들고 경호하고 있었느냐?"

등을 돌리고 있던 가헤에가 번개에 맞은 것처럼 우뚝 멈추더니 몸을 돌려 황급히 그 자리에 엎드렸다.

"무례를 용서하십시오."

"상관없다. 대답하라."

"예! 소인, 갑옷을 입고 칼을 차고 있었습니다."

"그게 전부였나?"

"예!"

칼은 당연히 소지해야 하는 것이니 가헤에의 무장은 경호 임무를 맡은 자치고는 너무 단출했다. 인연이 있어 등용한 사내지만 무기를 갖출 돈이 없었으리라. 하지만 그렇다고 용인될 문제는 아니다.

"경솔하구나. 무기는 좋은 것으로 갖추어라. 혹여 여의치 않더라도 무기고에서 장창이라도 집어 올 정도의 재치는 있어야지. 전쟁 중에는 창고에 자물쇠를 걸어 놓지 않는다."

그렇게 꾸짖자 가헤에는 울상을 지었다.

다음은 아키오카 시로노스케였다.

아키오카는 아라키를 받드는 가문으로 시로노스케 외에도 많은 사람들이 일하고 있다. 그중에서도 시로노스케는 검술로는 가문에서 그를 이길 자가 없는 뛰어난 명수였다. 체구는 늘씬하고 눈은 매처럼 날카롭다. 검법에 뛰어난 자는 신기하게 성미가 까다로운 자가 많은데 시로노스케도 다르지 않아, 사람들과 그다지 교류하지 않는다. 사람들과 인연을 맺지 않으려는 것은 전쟁터에서 뒤를 맡길 상대가 없다는 뜻으로 무사로서 그리 좋은 경향은 아니다. 하지만 무라시게의 신변 보호가 최우선인 호위대로서는 안성맞춤인 사내라고도 할 수 있다.

"시로노스케, 주군을 찾아뵙습니다."

납작 엎드린 시로노스케를 앞에 두고 무라시게는 한동안 말이 없었다. 시로노스케는 그것을 이상하다고 여기지도 않는지 꼼짝도 하지 않았다.

"……고개를 들라. 몇 가지 묻겠다."

이윽고 무라시게는 그렇게 입을 열었다.

"소인이 아는 일이라면 무엇이든지."

"아베 지넨이 죽은 날 새벽, 지넨으로 추정되는 목소리를 듣고 자네와 고리 주에몬이 그 창고 방으로 달려갔지. 지넨은 곧 죽었고. 그렇지?"

"그렇습니다."

"잘 생각해서 답하거라."

시로노스케는 두 주먹을 바닥에 붙이고 골똘하게 귀를 기울였다.

"아베 지넨은 고리 주에몬이 달려가기 전에 이미 쓰러져 있었느냐? 그렇지 않으면 주에몬이 달려간 뒤에 쓰러졌느냐? 어느 쪽이었지?"

대답은 바로 돌아오지 않았다. 무라시게는 그 침묵을 흡족하게 여겼다.

"사실 수상한 목소리를 듣고 횃불을 들고 달려갔을 때, 앞장선 것은 소인이었습니다. 복도 모퉁이를 돈 것도 소인이 먼저였기에……."

시로노스케가 세심하게 단어를 선택해 가며 대답했다.

"쓰러진 지넨 님을 먼저 발견한 것도 소인이었습니다. 그렇지만 주에몬 님도 한발 차이로 똑같은 것을 보았을 터. 천장을 바라보고 쓰러진 지넨 님의 가슴이 붉게 물든 것을 보고 소인은 범인이 창고 안에 있다고 판단해 칼을 뽑아 장지 틈새로 안을 들여다보았습니다."

"잠깐. 그때 자네는 왼손에 횃불을 들고 있었지?"

"예. 그렇습니다."

그렇게 대답하고 나서 시로노스케가 희미하게 웃었다.

"소인, 오른손 하나로도 칼을 뽑을 수 있습니다."

"그런가."

무라시게는 그렇게 말했다.

"계속해라."

"예. 이어서 소인은 실례를 무릅쓰고 발로 장지문을 열고 창고로 들어갔지만, 그곳이 이미 텅 비어 있었다는 사실은 주군도 알고 계실 터. 소인이 창고를 확인하는 사이 주에몬 님은 활을 내려놓고 지넨 님을 끌어안고 치료하려 했습니다."

"흠."

무라시게가 신음했다.

"주에몬은 활을 갖고 있었더냐."

"그렇습니다. 소인이 칼을 잘 다루니 대장님은 장거리 무기를 소지했습니다."

그리고 시로노스케는 고개를 들어 마지막으로 말했다.

"이렇게 하나하나 되짚어 보니 틀림없습니다. 지넨 님은 주에몬 님이 도착하기 전에 이미 쓰러져 계셨습니다."

"……알겠다."

그렇게 말하고 무라시게는 작은 한숨을 쉬었다.

"주에몬이 지넨을 간호하는 사이 자네가 보고 듣고 행한 일을 말하라."

"예. 소인, 역시 창고에 누군가 숨어 있을지 모른다는 의심을 버릴 수가 없어 안을 구석구석 살펴보았습니다. 그리고 복도에 떨어져 있던 촛대를 발견했는데 지넨 님이 사용하신 물건인 것 같아 만일을 위해 불씨가 꺼졌는지 확인했습니다."

무라시게는 잠시 생각에 잠겼다.

"촛대는 어디에서 나왔느냐? 지넨은 어떻게 촛대에 불을 붙였지?"

불은 대부분 부싯돌로 붙인다. 하지만 지넨은 그날 칼을 빼앗기고 갈아입을 옷도 없이 불경 하나만 덜렁 품고 창고에 갇혔다. 평소 부싯돌을 주머니에 넣어 다닌 게 아니라면 지넨에게는 불을 붙일 방도가 없었을 터였다.

"촛대는 모르겠지만."

시로노스케가 바로 대답했다.

"창고 방에는 화로가 있었으니 숯불이 있었을 것입니다."

"……그런가."

무라시게는 화로를 넣어 주라고 명령하지 않았지만 누군가 추위를 염려해 넣어 주었겠거니 생각했다.

마지막으로 이누이 스케사부로를 불렀다.

스케사부로는 주군을 잃은 무사였다. 원래 미노에서 사이토 가문을 모셨지만 오다가 사이토를 멸하자 호쿠세쓰로 흘러들어 왔다. 그 무렵에는 무라시게도 아직 주군을 모시는 처지로, 그리 많은 사람을 거느릴 여유는 없었지만 스케사부로의 체구와 괴력을 인정해 가신으로 받아들였다. 오랜 세월이 지나 이제 무라시게는 셋쓰노카미, 스케사부로는 아라키 가문에서 엄선한 호위대 오본창이 되었다.

무라시게는 스케사부로가 지넨을 죽였다고는 생각하지 않았다. 스케사부로는 충직하게 명령을 따른다. 무라시게가 지넨을 죽이라고 명령하면 스케사부로는 그리 했으리라. 스케사부로는 무사로서는 다소 유한 구석이 있어 나이 어린 지넨을 죽여야 한다는 사실에 슬픈 표정은 지었겠지만 명령에는 따랐을 것이다. 하지만 무라시게가 내린 명령은 지넨을 지키라는 것이었다. 스케사부로는 절대 지넨을 죽이지 않았으리라. 하지만 신문은 해야 했다.

"아베 지넨이 죽은 날 밤, 자네는 이타미 이치로자와 함께 경호를 했지?"

"예!"

무라시게가 묻자 스케사부로는 힘차게 대답하며 이마를 찧을 기세로 바닥에 붙였다.

"소인, 이치로자 님과 경호를 했습니다."

"그래. 새벽녘에 아베 지넨의 목소리를 들었느냐?"

"들었습니다."

"어떤 목소리였지?"

스케사부로의 호기는 거기까지였다. 눈은 사방을 두리번거리고 목소리는 우물쭈물했다.

"저, 그게…… '아' 같기도 하고……, '오' 같기도 하고……."

"정말 똑똑히 들었느냐? 솔직하게 말해라."

"에, 소인, 확실히 목소리를 들었습니다."

무라시게는 스케사부로에게서 상세한 이야기를 듣는 것은 포기해야만 했다. 사람에게는 저마다 다른 쓸모가 있다. 힘이 세고 충직한 스케사부로는 그것만으로도 충분히 유능한 무사다. 감이 둔하다면 그런 자리에 기용하지 않으면 그만이다. 이어서 물었다.

"목소리를 들은 뒤에 어떻게 움직였느냐?"

"예!"

스케사부로는 소리 높여 대답하고 고개를 깊이 숙이더니 말했다.

"소인, 바로 달려가려 했지만 이치로자 님이 대기 장소를 비워서는 안 된다고 하셨습니다. 그도 그런 것 같아 그 자리에서 움직이지 않았고, 상황 확인은 이치로자 님께 맡겼습니다."

"그랬느냐. 침착한 행동이었구나."

"과분한 말씀입니다."

스케사부로는 후련한 표정이었다. 지넨 곁으로 달려가지 않은 것 때문에 태만하다고 지적당할까 봐 걱정했으리라.

"그렇다면 대기 장소를 지키는 사이, 뭔가 보고 들은 건 없느냐?"

"없었습니다."

스케사부로가 가슴을 펴고 대답했다.

"……다시 한 번 묻겠다. 누군가 지나갔다거나, 무슨 소리를 들었다거나, 평소와 다른 점은 없었느냐?"

스케사부로는 대번에 자신 없이 고개를 숙였지만 같은 대답을 반복했다.

"아니요, 아무것도. 큰일이 벌어진 후 주군 님도 시종도 주에몬 님과 다른 이가 경호하는 복도를 통해 창고로 가셨는지, 소인이 경호하는 쪽으로는 아무도 지나가지 않았습니다. 소인은 오로지 임무에 충실히 경호하고 있었습니다."

스케사부로가 복도를 계속 막고 있었다는 점은 기억해 두는 게 좋을 것 같았다.

"그런가. 그렇다면 마지막으로 하나만 더 묻겠다. 그날 밤, 자네와 이치로자는 어떤 무기를 들고 있었느냐?"

스케사부로는 가슴을 폈다.

"소인은 이누이 가문에 내려오는 갑주와 머리띠를 두르고, 비젠의 도공이 만든 칼과 지창을 들고 있었습니다."

"이치로자는?"

"기억이 나지 않습니다."

무사는 적과 아군의 소지품을 알아보는 안목이 중요하다. 소지품을 보면 적의 신분을 알 수 있고, 아군의 수훈을 증명할 수도 있다. 목숨을 건 전쟁터에서 잊어버리는 건 어쩔 수 없는 일이지만 하룻밤 함께 보초를 선 동료가 무엇을 지니고 있었는지 기억하지 못하는 것은 바람직하지 않다. 그런 잔소리를 한바탕하고 무라시게는 스케사부로를 돌려보냈다.

이로써 그날 밤, 그 창고 근처에 있던 사람은 단 한 명을 제외하고 모두 신문했다.

이누이 스케사부로와 이타미 이치로자는 한 조였지만, 지넨의 목소리로 추정되는 소리가 난 뒤에 이치로자 혼자 창고로 향했다.

고리 주에몬과 아키오카 시로노스케는 둘이서 창고로 향했지만, 시로노스케가 창고 안을 조사하는 사이 주에몬은 혼자였다.

모리 가헤에는 혼자였지만 남들 눈에 띄지 않고 그 창고로 접근하려면 정원을 지날 수밖에 없었고, 정원에는 발자국이 전혀 없었다.

사게하리는 적어도 마흔 칸은 떨어진 망루 위에 있었고, 밤새 망루 위에서 보초를 섰다고 증언하는 자가 있다.

활을 지니고 있던 자는 주에몬뿐이다…….

대청에 혼자 남은 무라시게는 하치만 대보살 족자 앞에서 눈을 감았다.

이윽고 장지문 너머에서 부하가 보고했다.

"고리 주에몬 님께서 알현을 청하십니다."

무라시게는 눈을 뜨고 말했다.

"들여보내라."

10

주에몬은 지저분한 모습으로 들어왔다.

어둑한 대청에 책상다리로 앉아 두 주먹을 바닥에 대고 고개를 숙이는 주에몬은 흙먼지를 뒤집어썼고, 입고 있는 옷도 평상시와 달리 졸병들이 입는 남루한 삼베옷이었다. 주에몬에게는 조로즈카 요새의 상황을 파악하라는 명령을 내렸다. 이삼일은 돌아오지 못할 줄 알았는데 이렇게 빨리 돌아오다니, 무라시게도 예상치 못한 일이었다.

"주에몬, 방금 돌아왔습니다."

주에몬이 고개를 더욱 깊이 조아렸다.

"빨랐구나. 문제가 있었느냐?"

"아닙니다."

원래 주에몬은 어딘지 모르게 장난기가 감도는 얼굴인데, 흙투성이에 누더기까지 입고 있으니 도저히 호위대 오본창을 이끄는 대장으로는 보이지 않는 풍채였다. 하지만 그 눈빛은 날카로웠다.

"날씨도 좋아 조로즈카 요새의 상황, 무토 님과 싸웠을 때 출진이 늦은 이유, 대략 알아냈습니다. 일단 결과를 보고하고 보다 상세하게 조사할지 말지 주군의 뜻을 여쭙기 위해 돌아왔습니다."

"그래, 알아냈느냐?"

"예. 주군께 아뢸 정도로는."

"좋다. 보고해라."

허락을 받고 주에몬은 천천히 몸을 일으켰다.

"소인의 하인 중에 조로즈카 요새의 병사와 친한 자가 있어, 그 자의 도움으로 성채에 잠입했습니다. 그랬더니 아라키 규자에몬 님의 신문에 조로즈카 요새의 야마와키, 호시노, 오키, 미야와키 네 장수가 모두 한 목소리로 북소리가 들리지 않았다고 해명했습니다.”

“……그런가. 규자에몬이 갔나.”

규자에몬은 싸움이 끝나고 조로즈카 요새의 둔한 반응을 욕하기는 했지만 그 이유를 알아보려 하지는 않았다. 그런 규자에몬이 무라시게가 보지 않는 곳에서 보병 부대장들을 추궁했다는 사실이 무라시게는 어쩐지 탐탁지 않았다. 하지만 규자에몬은 가신단의 우두머리다. 그 행동이 월권이라고 할 수는 없다고 판단했다.

“뿔피리는?”

“그 소리는 들렸답니다. 그래서 출진 준비를 했지만 때를 놓쳤다고.”

아리오카성은 외벽이 이타미 성읍을 에워싸고 있기 때문에 일단 넓다. 넓다 보니 필연적으로 명령도 구석구석 닿기가 어려운 건 사실이고 북소리가 들리지 않았다는 네 장수의 해명은 나름대로 일리가 있다. 하지만 그렇다면 뿔피리 소리는 들렸다는 말이 이상하다.

“그래, 그 말은 사실이더냐?”

주에몬은 단어를 고르는 기색이었다.

“그건 알 수 없지만 그들은 입을 맞춘 것 같았습니다.”

“흠. ……배반인가.”

“주군께서는 그리 말씀하시지만 그런 기색은 없었습니다. 오키를 비롯해 도사 쪽 무리는 이 싸움에서 공을 세우면 쇼군 가문을 모시는 것도 꿈이 아니라고 호언했고, 다른 보병 대장들의 이야기도 그와 거의 다르지 않았습니다.”

무라시게는 팔짱을 끼었다.

조로즈카 요새의 네 장수는 곤궁한 자들을 모아 자기 역량과 병사들의 숫자로 가세한 부대장들이다. 신뢰할 만한 자들은 아니지만 주에몬의 설명을 들으니 분명 배반이라고 단정 짓기는 이른 것 같았다.

이른 아침의 어스름 속에서 주에몬이 말했다.

"다만."

"다만 무엇이냐?"

드물게 주에몬이 우물거렸다. 무라시게의 얼굴을 힐끔 살피더니 주에몬은 결심한 듯 굵은 목소리로 말했다.

"대단히 아뢰기 어려우나 부대장뿐만 아니라 병사들, 그리고 무사들 사이에서도 주군을 비방하는 소문이 있었습니다."

무라시게의 굵은 눈썹이 움찔 떨렸다.

"소문이라."

"예."

"상관없다. 말해 보아라."

12월인데 주에몬의 이마에 땀이 맺혔다.

"다름이 아니오라 아베의 인질 문제로. 지넨 님의 자결은 신불이 내린 벌이었다는 풍문이 뿌리 깊지만, 병사들 사이에서는 역시 그것은 처벌이었다는 소문이 퍼져 있었습니다. 그들의 주장은 인질을 책형에 처하든 참수형에 처하든 냉큼 죽였으면 명분이 섰을 텐데, 죽이지 않고 살려 두겠다고 하면서 침도 마르기 전에 지넨 님을 죽이고, 그것을 다른 자의 소행이라고 기만하다니……. 비겁하지 않으냐고."

무라시게는 말없이 듣고 있었다. 불어오는 바람이 차다.

"또한 생각해 보니 그렇다고 말하는 자도 있었습니다. 지넨 님은 입으로는 극락왕생을 바란다고 해도 아직 어린 나이, 각오도 충분하지 않았을 것이라고. 한 번은 살려 두겠다는 말을 듣고 그런가, 아직 죽지 않아도 되나 하고 기쁜 마음도 있었을 터. 희망을 안겨 준 다음에 죽이다니……."

말을 삼킨 주에몬을 무라시게는 그저 지그시 바라보았다. 주에몬은 시선을 떨어뜨렸다.

"오다 노부나가 경과 마찬가지로 비정한 장군이라고."

어디선가 개가 짖는 소리가 들렸다.

"……그랬느냐."

무라시게는 말했다.

"주에몬. 조로즈카 요새의 네 장수는 그런 이유로 내 명령을 따르지 않겠다고 하더냐?"

"그렇지는 않습니다. 북과 뿔피리 소리가 잘 들리지 않았고, 또한 그것이 조로즈카 요새에 내려온 명령이라고 판단하는 데 시간이 걸린 점이 늦은 출진의 원인으로 보입니다. 다만 그 마음속에 의심이 없었는지, 소인은 확실한 답을 드릴 수가 없습니다."

조금 뜸을 들였다가 주에몬이 말을 이었다.

"야마와키, 호시노는 부대장이라 살기 위해 비겁한 짓도 했을 터, 그런 일을 문제 삼지는 않을 것입니다. 하지만 그들은 거짓말을 하는 대장을 가장 우려합니다. 목숨을 걸고 싸움에 임했는데 수훈도 명성도 보장해 주지 않는다면 보람이 없다. 그들은 그렇게 말했다고 합니다."

"내가 아베 지넨을 죽여 놓고 죽이지 않았다고 거짓말을 하고 있다, 그렇게 비방하는 자가 있다는 말이로구나."

"송구스럽지만 그렇습니다."

병사들 사이에서만 소문이 도는 것은 아니리라. 무라시게는 그렇게 생각했다. 무사들 사이에서도, 나아가 이타미 백성들 사이에서도 비슷한 소문이 돌고 있으리라.

무라시게는 등줄기에 흐르는 차가운 감촉을 느꼈다.

무라시게는 아베 지넨을 가엾게 여긴 것이 아니었다. 당연히 죽여야 할 지넨을 죽이지 않은 것은 달리 생각이 있어서였다. 하지만 그 이유는 아무도 이해하지 못하리라.

"알겠다. 그만 물러가거라."

주에몬이 떠나고 대청에는 무라시게만 남았다.

11

무라시게는 눈을 감고 있었다.

사람은 성. 장졸이 대장의 기량을 의심하는 성은 아무리 해자가 깊어도 쉬이 무너진다. 그런 성에서는 병사들이 밤마다 달아나고, 장수는 적의 감언에 넘어가기 때문이다. 주에몬의 보고를 들을 것도 없이 지넨의 죽음 때문에 장졸들의 신뢰가 흔들리고 있다는 것을 무라시게는 눈치채고 있었다. 그때까지는 매끄럽게 진행되었던 군사 회의에 사소한 차질이 생겼고, 보병 부대장은 아마도 그 때문에 명령에 복종하기를 주저했으리라. 난세를 헤쳐 온 무라시게가 가진 장수로서의 감이 속삭였다. 이대로 오다 군대가 쳐들어오면 아리오카성은 버티지 못한다.

무라시게는 무사였다. 칼싸움으로 기꺼이 죽을 수 있으며 그것은 오히려 명예였다. 이 대전에서 패하리라는 생각은 하지 않지만, 지혜와 용맹을 총동원해 끝까지 싸우다가 더 이상 방도가 없어 성안에서 할복하게 된다 해도 그 또한 무사로서는 훌륭한 죽음이다. 하지만 장졸의 의심을 사고 아라키 셋쓰노카미는 모실 만한 대장이 아니라는 실망 속에서 죽는 것은 치욕이다.

수만 명의 오다 군대는 지금 슬금슬금 아리오카성으로 다가오고 있다. 오다는 첫 번째 전투에서 반드시 인해전술을 선택할 것이다. 그 싸움만 버티면 다음 수단은 있다. 하지만 그 싸움에서 장졸들이 조금이라도 무라시게를 의심한다면 이 성은 함락된다. 우대신까지 역임했던 오다 노부나가는 아군의 의심을 받으며 막아 낼 수 있는 상대가 아니다.

감은 아직 늦지 않았다고 속삭이고 있다. 조사만 잘 끝내서 아베 지넨을 살해한 게 누구고, 어떻게 살해했는지 밝혀낼 수 있다면 아직 늦지 않았다. 하지만 모르겠다. 지넨이 화살을 맞고 죽은 것은 틀림없는데, 어째서 그 화살이 사라졌는가? 지넨을 살해한 범인은 어디에서 어떻게 그 창고 방에 접근했는가? 설마 정말 신불이 벌을 내렸단 말인가?

모르겠다.
하지만 무라시게에게는 한 가지 방법이 남아 있었다.
이 성에 무라시게보다 더 군사 작전에 뛰어난 자는 없다. 무라시게만큼 모략에 뛰어난 자도 없다. 무라시게보다 지혜로운 자는, 이 성에는 없다.
보다 정확하게 말한다면 이 성의, 지상에는 없다.
무라시게는 천천히 일어섰다.

천수각 지하에는 우물이 있다.
농성을 할 때 혹여나 물이 끊겼을 때를 대비한 것이다. 물론 이 부근에서는 땅만 파면 어디에서나 물이 나오므로 딱히 대비책이라 할 수는 없다. 무라시게는 촛대를 들고 홀로 지하로 내려갔다. 우물 앞에 서자 어둠 속에서 거친 목소리가 들려왔다.
"주군. 어인 일이십니까."
마흔 안팎의 사내가 환한 횃불 속에서 고개를 숙였다. 남자가 움직이자 허리에 찬 열쇠가 짤그랑 울렸다. 무라시게는 많은 말을 하지 않았다.
"열어라."
"예!"
지하 한쪽 구석에 자물쇠로 잠긴 작은 여닫이문이 있다. 사내는 그 문 앞에 서서 허리춤의 열쇠를 자물쇠에 꽂았다. 둔탁한 소리와 함께 자물쇠가 풀렸다.
"……제가 모시겠습니다."

“필요 없다. 여기서 기다려라.”

사내는 말없이 고개를 숙이고 물러났다.

여닫이문 뒤에는 내려가는 계단이 있었다. 땅에서 올라오는 습기로 계단은 축축했다. 무라시게는 한 걸음 한 걸음, 계단을 내려갔다. 삐걱, 삐걱, 소리가 난다. 촛불의 불빛에 놀라 지네인지 노래기인지 정체 모를 벌레가 달아났다.

길지 않은 계단을 내려가니 텅 빈 흙바닥이 나왔다. 무라시게의 발걸음에 고인 물이 첨벙 튀었다. 그때 어둠 속에서 정체 모를 소리가 났다. 크, 크, 크, 하는 소리가 들렸다.

목소리다.

그 목소리가 나는 쪽으로 불빛을 비추었다. 먼저 나무 격자가 보였다. 강철처럼 단단한 밤나무를 굵게 베어 내 실력 있는 목수가 종이 한 장 들어갈 틈도 없이 짠 나무 격자다. 이 나무 격자 안쪽은 가로로 굴을 파서 만든 좁고 작은 감옥이었다.

마지막으로 웅크린 사람의 모습이 보였다. 등을 돌리고 있다. 불빛이 눈부신 것이다.

무라시게는 입을 열었다.

“간베에.”

감옥의 토벽에 그림자가 일렁거렸다. 희미한 바람이 불어와 무라시게가 들고 있는 촛대의 불을 흔들었기 때문이다. 어느새 나직한 웃음소리는 사라졌고, 감옥은 고요해졌다. 정적 속에서 벌레가 기어 다니는 소리, 불꽃이 타들어 가는 소리마저 귀에 들렸다. 무라시게는 다시 한 번 불렀다.

"간베에."

어둠 속에서 간베에는 희미하게 꿈틀거리더니 무라시게 쪽으로 고개를 돌렸다.

간베에가 감옥에 갇힌 뒤로 한 달이 지났다. ……한 달밖에 지나지 않은 것이다. 그런데 이 변모는 무슨 일인가.

간베에의 얼굴에는 수염이 자랐고 머리카락은 봉두난발로 엉망이다. 팔다리는 비쩍 말랐는데 뺨은 오히려 부은 듯했다. 입고 있는 옷은 남루하고 손발도 뻗지 못하는 감옥 안에서 체구는 기묘하게 굽은 것처럼 보였다. 모반의 불리함을 당당하게 외치던 늠름한 무사의 모습은 찾아볼 수 없었다.

무엇보다 눈빛이 변했다. 감옥 안에서 웅크리고 있는 간베에는 촛불의 불빛 속에서 몇 번이나 눈을 깜빡이다가 시선을 들어 무라시게를 바라보았다. 아무것도 보고 있지 않은, 눈에 비치는 게 무엇인지 모르는 듯한 탁한 눈동자였다.

그 눈을 굽어보며 무라시게가 물었다.

"간베에, 웃었지. 어째서 웃었느냐?"

대답이 돌아왔다. 잔뜩 갈라진 목소리였다.

"별것 아닙니다."

"상관없다. 말해 보아라."

간베에는 고개를 숙이고 웅얼거렸다.

"간수와는 무게가 다른 발소리를 듣고 셋쓰노카미 님이 오신 줄 바로 알았습니다."

"허. 그래서?"

"소인, 이 전쟁이 끝났을 때나 셋슈 님을 다시 뵐 줄 알았습니다. 때문에 아직 한 달도 지나지 않았는데 뵙게 되다니 뜻밖이라…… 자연스레 놀랐을 뿐입니다."

"그래서 웃었나?"

"……."

"간베에. 시시한 소리는 하지 말거라. 놀랐다고 웃는 자는 없다."

무라시게는 분노도 초조함도 보이지 않고 오히려 어딘가 다정하게 말했다. 간베에는 여전히 고개를 숙이고 있었다.

"……어차피 전쟁의 승패는 알 수 없다고들 하지만 오다가 이렇게 빨리 패배할 리는 없으니 아리오카성이 함락되었다고 생각했습니다. 그렇다면 이번 모반은 고작 한 달의 헛소동, 이런 시시한 싸움으로 구로다의 핏줄이 끊긴다고 생각하니…… 소인, 왠지 재미있다는 생각이 들더군요."

두려움을 모르는 말이었다. 아무리 무라시게라도 피가 거꾸로 치솟는 것을 느꼈다.

"허튼 소리. 아리오카는 무너지지 않았다."

무라시게가 무심코 거칠게 말하자 간베에는 덥수룩한 머리카락에 가린 탁한 눈으로 뚫어져라 쏘아보았다. 그 눈에는 어딘가 웃음기마저 묻어 있었다.

"그렇다면…… 무너질지도 모른다고 생각하십니까?"

무라시게의 분노는 순식간에 사라졌다. 간베에는 발소리만으로 아리오카가 처한 위험을 눈치챈 것이다. 눈빛은 탁해도 보아하니 머리는 탁하지 않은 모양이다. 무라시게는 만족스럽게 미소를 머금었다.
“역시 간베에로구나. 그렇다, 최근 기괴한 변이 생겨, 그것을 풀지 못하면 성은 함락될 테고 자네 목숨도 경각에 달렸다고 알려 주러 왔다. 성이 무너지면 나는 자네 목을 쳐서 저승 선물로 가져갈 게야. 남길 말이 있다면 들어 주마.”
“설마 성주님께서 유언을 들어 주러 직접 오셨다고 하시지는 않겠지요. ……셋슈 님. 소인에게 무엇을 바라십니까?”
“흠. 알지 않느냐.”
간베에는 잠시 침묵했다가 고개를 저었다.
“설마.”
“그래, 그 설마야. 자네라면 이 기이한 일을 풀 수 있을 거라 믿고 있다.”
간베에는 아무 말도 하지 않았다.
“나는 이 근방에서 하급 가신들 중에 언제까지고 남 밑에서 일할 그릇이 아닌 자를 세 명 알고 있다. 하나는 비슈 우라가미 가문에 몸담은 우키타 이즈미노카미 나오이에, 또 한 명은 셋슈 이케다 가문에 몸담았던 바로 이 몸이다. 그리고 나머지 한 명은 반슈 하리마 고데라 가문의 고데라 간베에…… 아니, 고데라의 이름은 잊겠다고 했지. 그렇다면 구로다인가, 구로다 간베에 요시타카. 바로 자네다.”
무라시게는 나무 격자를 사이에 두고 웅크린 간베에에게 슬금슬금 다가갔다.
“간베에. 지혜를 내놓아라.”

"……셋슈 님이 정신이 없으신가 봅니다. 엉뚱한 말씀을 다 하시는군요."

감옥 안에서 간베에가 그렇게 내뱉었다.

황당무계한 소리라는 것은 무라시게도 알고도 남지만 그래도 그에게는 승산이 있었다. 간베에라는 사내는 두뇌가 명석하다. 명석함 때문에 고데라 가문에서 원로들을 제치고 주군의 신의를 얻었다. 명석함 때문에 고데라는 오다에게 붙어야 한다고 주장했다. 그리고 명석함 때문에 고데라의 중신으로는 만족하지 못하고 오다에게 접근해 하시바 지쿠젠노카미 히데요시의 신하인 것처럼 굴었다. 그 정도로 명석하고, 또한 명석함을 자랑하지 않고는 못 배기는 것이 구로다 간베에라는 사내다.

원래 무사란 그런 존재다. 검술이 뛰어난 자는 검술을, 산술이 뛰어난 자는 산술을, 전략이 뛰어난 자는 전략을 쓰지 않고는 못 배긴다. 한 사람의 주군을 위해 목숨을 걸었던 가마쿠라 시대 무사라면 또 몰라도, 이 시대의 무사는 기량을 인정받지 못할 때는 섬기는 가문을 바꾸더라도 자신의 기량을 천하에 알리려 한다. 그중에서도 간베에는 더욱 두드러진다. 난제를 던져 주면 자기가 누구보다도 명석하다는 사실을 과시하려고 그것을 풀지 않고는 못 배기는 것이 이 남자의 천성이다. 간베에는 군계일학의 재주꾼이지만 성격만 잘 파악하면 쉽게 다룰 수 있는 사내이기도 하다. 무라시게는 그렇게 판단했다.

무라시게는 땅바닥에 털썩 주저앉아 다리를 꼬았다. 지하 감옥의 냉기와 습기가 스며든다. 입을 다문 간베에에게 무라시게는 말을 걸었다.

"간베에, 풀지 말지는 차치하고 감옥 안은 심심할 터이니 내가 무료함을 잠시 달래 주마. 일의 발단은 오와다 성주, 아베 니에몬의 배신. 상세한 내용은 이러하다."

그렇게 무라시게는 지난 한 달간의 전투 상황, 다카야마 우콘과 나카가와 세베에에 이어 아베 니에몬까지 배신했다는 사실, 보이지 않는 화살에 맞았다고밖에 생각할 수 없는 아베 지넨의 죽음, 그날 밤 경호 상황, 혼마루에 있는 무라시게의 저택 구조, 지넨의 죽음은 신불의 벌이라는 소문, 군사 회의에서 벌어진 소동 등, 상세한 사정을 하나도 빠짐없이 간베에에게 들려 주었다.

간베에는 처음에 등을 돌리고 있었다. 귀를 막지는 않았지만 무라시게의 이야기를 듣지 않으려고 억지로 애쓰는 것 같았다. 하지만 무라시게의 이야기가 계속되자 초조한 기색으로 꿈틀거리더니 때때로 힐끔힐끔 시선을 들었다.

이윽고 무라시게는 이 감옥으로 내려오게 된 경위까지 설명을 마치고 입을 다물었다. 촛대의 불꽃은 여전히 일렁거렸고 12월의 한기가 뼈에 스몄다.

"후."

간베에의 입에서 소리가 흘러나왔다.

그리고 다음 순간, 간베에는 웃었다. 크게 입을 벌리고 지하 감옥을 뒤흔들 정도로 크게 웃어젖혔다. 악귀에라도 홀린 듯한 모습이었다. 뒤에서 문이 벌컥 열렸다.

"무슨 일입니까!"

그렇게 외치는 간수에게 무라시게가 일갈했다.

"물렀거라, 별일 아니다!"

하지만 그렇게 대답하는 무라시게의 목소리도 떨렸다. 지금 한 이야기의 무엇이 저토록 구로다 간베에의 마음을 휘저었는지, 무라시게는 알 수가 없었다.

이름 모를 벌레가 무라시게의 무릎 근처를 기어 다녔다. 무라시게는 주먹으로 내리쳐서 벌레를 죽이고 거칠게 외쳤다.

"간베에. 정신이 나갔느냐!"

그러자 간베에는 웃음을 뚝 그치더니 책상다리를 하고 고개를 숙였다.

"이거 결례를 범했습니다. 셋쓰노카미 님 정도 되는 분이 이런 어린애 장난에 휘둘리다 못해 성을 잃을 각오까지 하시다니, 이리 우스울 데가."

간베에가 천천히 고개를 들었다. 그 눈은 기름을 바른 듯이 번득거렸다. 간베에는 말했다.

"지넨 살해의 진상 해명, 소인에게는 식은 죽 먹기외다."

12

"뭐라? 지금 들은 이야기만으로 풀었단 말이냐?"

"물론이지요."

간베에는 누더기를 입고 있다. 머리카락은 엉망이고 수염도 제멋대로 자랐다. 그런 모습인데도 지금 그 목소리는 자신감이 넘쳤고 어딘가 재미있어하는 듯이 경쾌했다. 어둠 속, 입가에는 보일 듯 말 듯 미소마저 머금고 있다.

이것이 방금 전까지 무릎을 끌어안고 탁한 눈으로 웅얼거리던 사내란 말인가? 완전히 다른 사람이다. 기량을 떨칠 자리를 마련해 주면 간베에는 자신의 지략을 과시하지 않고는 못 배길 거라는 무라시게의 짐작은 적중했다.

지나칠 정도로 적중했다.

문득 무라시게의 가슴 속에 그늘이 드리웠다. 간베에는 예상대로 미끼를 물었다. 하지만 그것은 그가 예상한 대로 간베에가 지략을 과시하는 사내였기 때문일까? 이 남자를 부추기면 생각대로 움직여 주는 그저 재능 있는 젊은이라고 받아들여도 될까? 방금 전 폭소의 이유는 대체 무엇일까? 간베에는 말했다.

"셋쓰노카미 님. 황공하게도 소인의 무료함을 달래 주시겠다고 말씀하셨지요. 그런데 대단히 아뢰기 송구스럽지만 소인, 여전히 지루하기 짝이 없습니다. 어떠십니까, 잠시 소인과 이야기나 나누지 않으시렵니까?"

"지넨 살해의 진상을 말이냐?"

쑥대머리를 흔들며 간베에가 고개를 저었다.

"그리 서두르지 마십시오. 그런 시시한 일보다 소인, 일전부터 너무나 궁금한 일이 있어 이 기회에 꼭 셋쓰노카미 님께 여쭤보고 싶습니다."

무라시게는 침묵했다. 전쟁터에서 갈고닦은 감이 말했다. 질문을 허락해서는 안 된다. 구로다 간베에는 손바닥 위에서 굴릴 수 있는 사내가 아니었을지도 모른다, 나는 이 지하 감옥에 내려와서는 안 되었을지도 모른다. 이 사내는 위험하다. ……감이 그렇게 속삭였다.

하지만 무라시게는 간베에를 거부할 수 없었다. 이대로 감옥을 떠나면 성은 무너진다. 그 또한 감이 알려 주는 결과였다.

"어찌 하시겠습니까?"

무라시게의 고뇌를 꿰뚫어 본 듯이 간베에가 거듭 확인했다. 어째서 그대로 그냥 묻지 않는지 무라시게는 의심스러웠다. 하지만 곧바로 간베에가 허락한다는 한마디를 끌어내려 한다는 점을 깨달았다. 복병을 우려하듯 긴장하며 무라시게는 침착하게 대답했다.

"……허락하마."

"황공합니다. 그렇다면 여쭙겠습니다. 셋슈 님."

간베에가 번득거리는 눈을 무라시게에게 바짝 들이댔다.

"어째서 죽이지 않소이까?"

"……어째서라니?"

"시치미 뗄 작정인가. 뭐, 그것도 상관없겠지."

그렇게 말하더니 간베에는 입가에 빈정거리는 미소를 머금고 뒤로 물러났다. 불빛에서 멀어지자 간베에의 몸은 어둠 속에 묻혔다.

"그렇다면 순서대로 묻겠습니다. 대체 셋쓰노카미 님은 어떻게 지금 신분에 올랐습니까?"

간베에가 갑자기 그런 말을 꺼냈다.

"외람되지만 셋슈 님은 이케다 가문에서는 낮은 신분이었습니다. 셋슈 님의 주군은 이케다 지쿠고노카미 가쓰마사 님. 둔한 분은 아니었지만 이 난세에서 이케다 가문를 부흥시키기에는 조금 기량이 부족했지요. 이래저래 말을 바꾸거나, 전투에서 허언을 하시거나. 아니, 고데라의 일개 가신인 소인은 상세한 사정은 모릅니다만. 그저 소인이 아는 것은 앞날을 우려한 가신단의 사무라이 대장이 용단을 내려 가쓰마사 님을 추방했다는 사실……. 그 사무라이 대장이 지금의 셋쓰노카미 님이지요."

"그런 이야기는."

무라시게가 말했다.

"이 셋쓰에서는 어린아이도 다 아는 사실이다. 그런 옛날이야기를 꺼내서 무슨 말을 하려는 게냐?"

간베에는 감옥 안에서 손을 저었다.

"역정 내지 마십시오, 질문을 허락한다 하시지 않았습니까? 셋슈 님은 주군 가쓰마사 님을 산 채로 추방했습니다. 이를 어찌 볼지. 어쨌거나 난세라 주군을 추방하는 예는 드물지도 않지요. 사이토는 도키를 내쫓았고, 우키다는 우라가미를 내쫓았으며 오다도 시바를 쫓아냈습니다. 그리고 어느 가문이나 옛 주군을 해하지는 않고 산 채로 추방했지요. 때문에 셋슈 님이 가쓰마사 님을 살려 둔 것은 실로 무사다운 행동이라 할 수 있겠습니다."

"……."

"그런데 이번 전쟁에서 셋슈 님은 아드님 신고로 님의 부인을 내보내셨지요. 신고로 님의 부인으로 치면 오다 가신으로 유명한 고레토 휴가노카미 님, 예전 이름으로는 아케치 주베에 미쓰히데 님의 여식. 오다에 적대하기로 결심한 이상 고레토 역시 적, 적의 딸을 집에 둘 수는 없다……. 옳은 이치지요. 하지만 이 역시 처형하지 않고 살려서 오다로 돌려보냈습니다. 이건 어찌 봐야 할까요?"

간베에는 보란 듯이 고개를 갸웃거렸다.

"그래요, 다케다가 이마가와를 공격할 때, 다케다는 전쟁에 앞서 이마가와의 여인을 돌려보냈지요. 호조가 다케다를 공격할 때, 호조는 다케다의 여인을 돌려보냈다고 들었습니다. 아자이는 오다의 여인을 성에 붙잡아 두었지만 마지막에는 역시 돌려보냈지요. 비록 가문이 적과 아군으로 나뉘어 어쩔 수 없이 헤어지더라도 무사된 자, 과시할 셈으로 여인을 죽이지는 않습니다. 그렇습니다, 셋슈 님의 행동은 여기서도 역시 무사다웠습니다."

"뻔히 아는 사실을 지겹게도 떠드는구나. 간베에, 적당히 하거라."

무라시게의 목소리가 울려 퍼졌다. 하지만 간베에는 겁내는 기색도 없이 말했다.

"아니, 지금부터가 중요합니다. 그런데 셋슈 님은 오다 가신 중에서도 오사카를 공격한 대장들 중 한 사람이었습니다. 요새로 삼을 부성(付城)을 쌓고 진을 쳤지요. 물 한 방울 샐 틈도 없는 그 전략에는, 소인 역시 셋슈 최고의 명장이라고 대단히 감복했습니다. 그런데 성에는 각각 오다의 감찰관이 있었지요. 지난 가을, 혼간지와 모리에 붙으면서 셋슈 님은 그 오다의 감찰관들을 어떻게 하셨습니까?"

이야기가 향하는 방향을 알아차린 무라시게는 침묵했다.

"셋슈 님은 그들을 한 사람도 빠짐없이, 손가락 하나 대지 않고 무사히 오다로 돌려보냈습니다. 오다 측은 전쟁에서 으레 그러하듯 감찰관들이 참수당했을 거라 여겼기에 그들이 살아서 돌아오자 오히려 깜짝 놀랐다고 들었습니다. 그도 그럴 것이 성의 지형부터 구조까지 속속들이 아는 감찰관을 굳이 살려 보내다니, 학식이 부족한 간베에는 듣도 보도 못한 행동입니다. 셋슈 님께 여쭙겠습니다. 그건 어떤 고사(故事)를 따른 행동이었습니까?"

오다의 감찰관을 살려서 돌려보낸 점에 대해서는 가신단에서도 의심하는 목소리가 있었다. 감찰관들은 신분은 낮지만 그래도 적이다. 더군다나 아라키 가문의 내부 사정을 아는 적이니 죽여 마땅한 자들이었다. 당시에는 아직 무라시게의 편이었던 나카가와 세베에는 영문을 모르겠다고 분통을 터뜨렸고 다카야마 우콘조차 의아하다는 듯 고개를 갸웃거렸다.

무라시게는 그때 이렇게 말했다. 오다와 대적한다면 적은 수만 명. 감찰관 열 명, 스무 명을 벤다고 어찌 될 문제가 아니다. 그런 졸개는 내버려 두어라. 우리의 승리는 확고하다.

그 말을 듣고 가신단은 역시 주군은 오다를 상대로도 담대하다며 손뼉을 치며 무라시게를 칭송했다. 나카가와도 다카야마도 일단 이해한 듯했다. 장졸 모두 의기양양했고, 아무 의심 없이 무라시게를 믿고 있었다. 하지만 무라시게는 오다의 감찰관을 살려서 돌려보낸 행동이 기행이라는 점을 알고 있었다. 그리고 지금 간베에는 그 부자연스러움을 먼저 지적했다.

무라시게는 언짢은 목소리로 되물었다.

"……그걸 물어서 어쩌겠다는 것이냐? 내가 궁금한 건 누가 어떻게 아베 지넨을 죽였는가, 그뿐이다."

"그러시겠지요. 하지만 셋슈 님, 소인에게는 모든 게 염주처럼 연결된 모습이 보입니다. 자, 이야기는 아직 끝나지 않았습니다. 방금 셋슈 님은 나카가와에게는 인질을 받지 않았고, 다카야마에게 받은 인질은 살려 두었다고 말씀하셨지요. 다카야마의 인질을 죽이지 않은 것은 가신단에서도 옥신각신 말이 많았다고 들었으니 소인이 드릴 말씀은 없습니다. 그렇다면 나카가와는 어떨까요? 나카가와는 인척 관계라 한 가문이나 마찬가지니 인질은 받지 않겠다고 셋슈 님이 말씀하시면 사람들은 다들 그런가 보다 했겠지요."

확실히 그랬다. 나카가와가 배신할 때까지 나카가와에게서도 인질을 받아야 한다는 말은 가신들 사이에서 전혀 나오지 않았다.

"그렇지만 뒷일을 생각하면 간베에는 어쩌면 셋슈 님은 다른 마음이 있었던 게 아닐까 하는 생각이 자꾸만 듭니다. 소인이 보건대 나카가와는 용맹하기 그지없어 흡사 호랑이 같은 무사로, 전쟁만 난다면 주군은 셋슈 님이든 오다든 아랑곳없는 분. 인질을 잡아 봤자 그걸 염려할 무사가 아닙니다. 그리 생각하면 셋슈 님이 나카가와에게서 인질을 받지 않은 이유를 어렴풋이 짐작할 수 있지요. 즉……."

"그만하거라, 간베에."

"……셋슈 님은 나카가와가 배신했을 때 인질을 죽이지 않기 위해 처음부터 인질을 원하지 않았던 겁니다. 맞습니까?"

무라시게는 뒤쪽의 기척을 살폈다. 간수가 두 사람의 이야기를 엿듣고 있지는 않은지 확인하기 위함이다. 만약 들었다면 간수의 목을 베는 수밖에 없다. 구로다 간베에의 말이 정곡을 찔렀기 때문이다. 이 이야기가 성에 퍼지면 사기가 떨어진다.

칼을 뽑아 간베에의 입을 막을 수는 있지만 무라시게는 주저했다. 지넨을 누가 살해했는지 알아내야 한다는 마음도 확고했다. 하지만 동시에 이야기를 들은 것만으로 숨은 계획을 간파한 간베에에게 무라시게는 혐오와 두려움을 느꼈다. 죽이지 않으면 위험하다, 하지만 죽이기에는 아까운 사내. 그런 마음 때문에 무라시게는 움직이고 싶어도 움직일 수가 없었다. 주저하는 그 마음을 알아차렸는지 간베에가 또 씩 웃었다.

"거기에 소인까지."

그러더니 간베에는 감옥 안에서 오른손을 천천히 치켜들어 가슴에 얹었다.

"……소인은 어째서 아직 살아 있는 것입니까?"

그 의문은 간베에의 가슴을 줄곧 답답하게 짓눌렀던 게 틀림없었다.

구로다 간베에는 오다의 사자로 아리오카성에 왔다. 무라시게는 간베에를 쫓아낼 수도 있었고, 참수할 수도 있었다. 심기를 거스르는 사자는 코나 귀를 베어 돌려보내는 일도 세상에는 드물지 않았다. 하지만 무라시게는 그 어느 방법도 선택하지 않고 간베에를 붙잡아 지하 감옥에 가두었다.

수감자는 밥도 먹고 물도 마신다. 수감자를 감시하려면 인력을 나누어 간수를 두어야만 한다. 이득은 하나도 없다. 그런데도 무라시게는 간베에를 처형하지 않았다.

간베에는 말했다.

“소인을 돌려보낼 수 없다는 건 잘 압니다. 간베에, 재능은 없을지언정 하리마의 외부 동향에는 조금 정통한 바, 살아서 돌아가면 반드시 하리마의 아라키 군을 공략하겠지요. 그것이 셋슈 님에게는 귀찮은 일이라는 사실은 잘 압니다. 소인 역시 이번 임무, 살아서 돌아갈 수 있다고는 생각하지 않았습니다.”

간베에가 감옥 안에서 번득거리는 눈으로 무라시게를 노려보았다.

“그런데 예상치도 못한 이 처우. 이 간베에를 죽이지 않고 감옥에 넣다니, 가신단도 알고 있겠지요. 셋슈 님, 어째서 죽이지 않는 겁니까? 이유가 무엇입니까?”

“그게 궁금한가? 자네는 그토록 죽고 싶은 겐가?”

“죽고 싶었습니다. 소인, 죽여 달라 애원했습니다. 설마 잊지는 않으셨겠지요?”

물론 무라시게는 잊지 않았다.

간베에가 고개를 쑥 내밀었다. 굵은 나무 격자 따위 거기에 없다는 듯, 간베에는 무라시게에게 속삭였다.

“하지만 소인이 궁금한 건 달리 있습니다. 왜냐 하면 어째서 셋슈 님이 사람을 죽이지 않는지, 지금의 소인은 알기 때문이지요.”

“헛소리.”

“헛소리라니 천만에요. 아주, 아주 잘 압니다. 셋슈 님도 감옥 안에서 한 달 생각해 보면 알지 못했던 일도 점점 알게 될 겁니다.”

무라시게는 뒤로 물러서고 싶은 마음을 겨우 억눌렀다. 감옥 안의 남자로부터 조금이라도 물러서는 것을 무사의 체면이 용서하지 않았던 것이다. 간베에의 해학과 광기를 숨긴 눈빛에서도 달아나지 않았다. 오히려 무라시게는 침착하게 다시 물었다.

“아베 지넨을 살해한 자가 누구냐?”

간베에는 대답하지 않고 다시 어둠 속에 몸을 묻었다.

“……셋슈 님은 무사의 규칙을 어겼습니다. 오다의 감찰관을 처형하지 않았습니다. 나카가와로부터 인질을 받지 않았습니다. 사자를 죽이지도 내쫓지도 않고 감옥에 가두었습니다. 그 인과가 다다른 결말이 아베 지넨의 기괴한 죽음입니다. 후후, 셋슈 님, 그럼 소인, 바야흐로 여쭙겠습니다.”

간베에의 목소리는 아득하고 거칠게 갈라졌지만 그래도 무라시게의 귀에는 똑똑히 들렸다.

“아라키 셋쓰노카미 님. 셋쓰노카미 님은 대체 무엇을 그리도 두려워하는 겁니까? 무사의 규칙을 어기고, 오다에게 대항하면서까지, 무엇이 그토록 두려운 겁니까? 간베에, 그것이 궁금합니다. 그 답을 알려 주십시오.”

손에 든 촛불이 타오르고 있다.

어디선가 물방울이 뚝 떨어졌다.

무라시게는 일어섰다.

“시간을 허비했구나. 간베에, 자네, 지넨 살해의 진상을 알지 못하는구나.”

간베에는 대답하지 않았다.

무라시게는 암울한 마음으로 짐작이 맞았다고 생각했다. 간베에는 명석하지만 무라시게의 이야기만 듣고 지넨 살해의 진상을 꿰뚫어 볼 정도로 현명하지는 않았다. 그렇다면 다른 방법을 써야 한다. 오다의 군대는 코앞까지 들이닥쳤을 터…….

그렇게 생각하며 나무 문으로 향하는 무라시게의 등 뒤로 노랫소리가 들려왔다.

"아라키의 활, 이타미의 창에는 불이 없으니, 쏠 수도 없거니와 당길 수도 없다네."

무라시게는 뒤를 돌아보았지만 손에 든 흐릿한 촛불은 노래한 이를 비춰 주지 못했다.

13

12월의 청량한 냉기는 해가 뜬 뒤에도 누그러지지 않았다.

저택에 머무는 무라시게에게 차례로 파수병이 찾아와 오다의 동향을 보고했다. 오와다성을 공략한 오다 군대는 구름 떼 같은 군세로 아리오카성을 에워싸고 있었다. 다키가와 사콘과 고레즈미 고로자에몬은 셋쓰 서쪽 깊숙이, 하리마 지방과 맞닿은 국경 근처까지 진군해 아리오카의 배후를 온통 짓밟았다. 수많은 사원이 불에 탔고 승려와 민간인, 남녀노소를 불문하고 칼에 베인 자는 그 수를 헤아릴 수 없었으며 무라시게의 아들이 농성하고 있는 아마가사키성으로 가는 가도도 이미 막혔다.

무라시게는 맞서 공격할 뜻이 없었다.

전쟁이 이토록 빨리 진행될 줄은 몰랐지만 결국 아리오카성에 의존하는 방어전이 되리라 짐작하고 있었다. 오다가 아리오카성에 집착해 성을 포위하는 데 병사를 쓸수록 무라시게와 동맹을 맺은 오사카 혼간지, 단바와 단고, 하리마의 세력은 숨통이 트인다. 견고한 아리오카성의 명성을 천하에 떨치면 오다에 짓눌려 있는 다른 지방의 호족들도 지금이 호기라고 꿈틀대기 시작할 것이다. 그렇게 시간을 벌면 모리가 온다, 아시카가 쇼군 가문이 온다. 아리오카성은 그때까지 충분히 버틸 수 있는 튼튼한 요새임을 무라시게는 믿어 의심치 않았다.

하지만 그런 아리오카성도 장졸이 무라시게를 의심하면 사상누각이다. 역시 어떻게 해서든 지넨 살해를 해결해야만 한다.

무라시게는 불당에서 가부좌를 틀고 홀로 고심하고 있었다. 급한 용건을 제외하고 아무도 들이지 말라고 명령하고, 눈은 석가모니 불상을 바라보며, 마음은 지넨이 죽은 그날 아침을 헤매고 있었다.

시간이 얼마나 흘렀을까, 무라시게가 말했다.

"누구 없느냐."

장지문이 벌컥 열리더니 저택에 있던 부하가 나타났다.

"따라오너라."

"예!"

복도를 지나 창고 방으로 향했다. 그 작은 마루방을 벌써 몇 번이나 찾아갔을까?

무라시게가 주에몬을 비롯한 여섯 명을 신문한 것은 혹시 모를 복안에 생각이 미쳤기 때문이다. 아베 지넨은 화살을 맞고 죽었지만 화살은 없었다. 하지만 화살로 사람을 해하는 데 반드시 활이 필요하지는 않다는 사실을 무라시게는 알고 있었다.

북소리가 울렸다. 무라시게는 문득 발길을 멈추었지만 그 소리가 단조롭다는 것을 알고 다시 걸음을 뗐다.

화살로 사람을 해하려면 화살만 있으면 충분하다. 손에 든 화살로 찔러도 사람은 죽는다. 그리고 손에 든 화살이 활로 쏘는 화살보다 나은 점이 한 가지 있다. 화살은 어느 정도 길이가 있어야 활에 걸 수 있다. 하지만 손에 들고 사용한다면 얼마든지 짧아도 된다.

무라시게는 이렇게 생각했다. 그날 새벽, 소리를 질렀을 때 아베 지넨은 아직 살아 있었다. 상처 하나 입지 않았다. 지넨의 목소리를 듣고 경호하던 호위대가 달려온다. 그리고 지넨의 신변을 염려하는 척하며 다른 호위대에게 들키지 않도록 재빨리 지넨의 가슴을 화살로 찌른다. 긴 화살이라면 숨길 곳이 없지만 미리 짧게 잘라 놓은 화살은 갑옷 안에도 숨길 수 있었으리라. 이리하여 지넨은 죽고, 화살도 없는데 화살을 맞고 죽은 시체가 완성된다. 그것이 진상이 아니었던가?

그 생각이 옳다면 지넨을 살해한 자는 고리 주에몬이다. 지넨을 품에 안고 보살핀 사람은 주에몬 한 사람뿐이었기 때문이다.

하지만 신문 중에, 무라시게는 잘라 낸 화살로 전광석화처럼 재빠른 솜씨로 살해했다는 생각을 버릴 수밖에 없었다. 주에몬이 이타미 이치로자, 이누이 스케사부로 두 명보다 빨리 창고 방에 도착할 수 있었던 것은 이치로자가 스케사부로에게 담당 구역을 이

탈하지 않도록 설득했기 때문이다. 주에몬보다 아키오카 시로노스케가 먼저 달려왔다고 했고, 호위대가 도착했을 때는 지넨은 이미 붉게 물든 가슴으로 쓰러져 있었다. 아니다, 지넨은 그런 방법으로 살해당한 것이 아니다…….

"주군. 뭐라고 말씀하셨습니까?"

부하 하나가 불쑥 그렇게 물었다.

"……뭐?"

되묻는 무라시게에게 그 부하는 당혹스러운 얼굴로 대답했다.

"몇 번이고 같은 말씀을 중얼거리셔서, 소인이 명령을 놓쳤나 하고."

"내가 뭐라고 했느냐?"

부하가 고개를 숙이고 머뭇머뭇 대답했다.

"……쏠 수도 없거니와 당길 수도 없다네, 라고 들렸습니다."

무라시게는 움찔 걸음을 멈추었다. 간베에가 지하 감옥에서 읊은 노래를 자신이 읊조리고 있었다는 것을 무라시게는 전혀 눈치채지 못했다.

간베에가 부른 노래는 그가 지은 게 아니라 원래 있는 노래의 가사를 바꾼 것이다.

그해 봄, 하리마 지방에서 오다 측에 속한 고즈키성이 모리의 대군에 포위당했다. 오다는 하시바 지쿠젠과 무라시게를 원군으로 보냈지만 모리의 진영이 견고해 오다 군대는 제대로 공격하지 못했다.

사실 그때 이미 무라시게의 마음은 오다를 떠나 있었다. 그 때문에 아라키 군대의 전의는 낮았고 제대로 싸우지 않았다. 그 모습을 보고 아군 진영에 퍼진 노래가 바로 이것이었다.

'아라키의 활, 하리마 전쟁터에 들이닥쳐도, 쏠 수도 없거니와 당길 수도 없다네.'

아라키 군대가 하리마에 오긴 했지만 아무것도 못 하고 있다는 풍자곡이었다. 그렇다면 간베에는 그저 무라시게를 조롱하려고 그 노래를 부른 것일까?

무라시게는 마음속 어딘가에서 그렇지 않다고 생각했다. 그 노래는 간베에가 무라시게에게 보낸 수수께끼다. 보아라, 지넨 살해의 진상은 이러이러하다고, 간베에는 그를 농락했다. 그리고 그 수수께끼를 푸는 것 외에 이 궁지에서 벗어날 방법은 없다. 무라시게의 마음에서는 그런 생각이 떠나지 않았다.

생각이 말로 흘러나오다니 실수다. 무라시게는 이를 질끈 악물고 재빨리 평소처럼 태연자약한 태도를 되찾아 간결하게 명령했다.

"잊어라."

하지만 무라시게는 다시 생각에 빠졌다. '쏠 수도 없거니와 당길 수도 없다네'는 '쏠 수도 당길 수도 없는' 활을 '옴짝달싹 못 하는' 아라키 군대에 비유한 것이다. 하지만 간베에의 노래는 순수하게 활을 가리키는 것이리라. 쏠 수도 당길 수도 없는 활이라니, 화살에 의한 사살을 암시한다고밖에 생각할 수 없다. 간베에 역시 지넨 살해는 고리 주에몬의 소행이라고 생각한 것일까?

하지만 노래는 그게 전부가 아니었다. 이타미의 창에는 불이 없으니, 라는 말도 있었다.

이타미는 이타미 지방을 가리키는 것일 텐데 아리오카성이 이타미에 있다는 것은 자명한 사실이다. 이것은 무언가에 대한 비유일 것이다. 창은 무기를 가리키리라. 그날 밤, 창을 들고 있던 것은 이누이 스케사부로 한 사람뿐이었다. 하지만 '불이 없으니'라니 무슨 뜻인가? 호위대는 횃불을 들고 있었고, 아베 지넨은 촛대를 들고 있었다. 분명 아키오카 시로노스케가 촛대의 촛불이 꺼져 있는 것을 확인했다고 했는데…….

무라시게는 고개를 저으며 역시 전부 간베에의 장난이라고 생각하려 했다. 하지만 고민하면 할수록 역시 생각은 같은 곳으로 돌아온다. 아라키의 활…….

창고 방 앞에서 무라시게는 인기척을 느꼈다. 사용하지 않는 창고 방에 누군가가 있다. 무라시게가 명령하자 두 명의 부하가 칼집에서 칼을 뽑을 준비를 하며 마른침을 삼키고 장지문 앞에 섰다. 그중 한 명이 벌컥 문을 열었다.

"힉!"

비명은 여자 목소리였다.

뜻밖에도 지요호와 시녀 두 사람, 도합 세 명이 창고 방에 있었다. 비명을 지른 것은 시녀로 반쯤 뽑힌 칼을 보고 얼굴이 창백해졌다. 하지만 지요호는 놀라는 기색도 없이 무라시게를 보더니 바닥에 엎드렸다.

"어르신."

이 창고 방은 평소 사용하지 않는 만큼 남녀의 출입 구분이 없다. 여인들이 있어도 지장은 없지만 이상한 일이었다. 무라시게는 얼굴을 찌푸렸다.

"여기서 무엇을 하고 있느냐?"

"그건……."

지요호는 손을 살며시 들어 구석에 놓인 화로를 가리켰다.

"저것을 가지러 왔습니다."

무라시게는 그제야 이해가 갔다.

"화로가 그대 것이었나."

"평소에는 사용하지 않는 물건입니다. 주군께서 조사하실 때 방해가 되면 안 될 것 같아 그대로 두었지만 이미 사흘째니 제자리에 돌려놓을까 하고. 아니 될까요?"

"아니. 상관없다."

그렇게 말하면서도 무라시게는 화로에서 눈을 떼지 못했다.

"화로를 지넨에게 준 것도 그대인가?"

"예. 배신자의 자식이라고는 하나 지넨은 제가 돌봤던 아이니 밤에 추울까 안타까워 저녁 식사 때 가져다주었습니다."

"그런가."

무라시게는 지넨의 편의를 봐 줄 생각이 없었지만 창고 방에 갇힌 지넨이 춥지 않을까 지요호가 걱정하는 것은 당연한 일이었다.

"여인들이 옮기기엔 화로가 무겁겠지. 누가 도와주거라."

마침 화로에 가장 가까이 있던 부하가 기쁜 기색으로 "예!" 하고 대답했다.

"나는 잠시 조사를 해야 하니 그만 물러가거라."

"예."

지요호는 그렇게 대답하고 시녀들을 데리고 조용히 떠났다.

무라시게는 창고 방을 조사할 작정으로 이곳에 왔다. 하지만 지금 무라시게의 눈은 정원에 놓인 석등을 향하고 있었다. 볕은 들지만 냉기는 가시지 않아 정원에는 밤에 내린 눈이 그대로 아름답게 남아 있었다. 무라시게는 신발을 준비시켜 정원으로 내려갔다. 매끈한 눈에 까만 발자국을 남기며 석등으로 다가갔다. 딱히 이렇다 할 생각이 있어서 그런 것은 아니다. 아무도 정원에 발자국을 남기려 하지 않는 것이 싫었던 건지도 모르고, 후루타 사스케가 선물한 가스가 석등이 문득 아름다워 보였기 때문인지도 모른다.

석등은 물론 등불을 놓기 위한 기물이다. 하지만 그 아름다운 형태 때문에 그저 외형을 즐기기 위해 놓는 경우도 있다. 무라시게의 저택에 놓인 석등은 정원을 만들 때까지 차례를 기다리고 있을 뿐인, 당분간은 쓸모가 없는 물건이었다. 지금 석등 옥개석에는 눈이 살포시 쌓여 있고 보주 꼭대기에도 조금 남아 있다. 무라시게는 지금까지 이 석등을 이토록 가까이서 자세히 본 적이 없었다.

문득 무라시게가 중얼거렸다.

"불이 켜지지 않은…… 불이 없으니."

옥개석의 눈을 치우고 보주의 눈을 털었다. 석등 기둥을 바라보고 받침대의 눈을 털어 냈다. 한 번도 등불이 놓인 적 없는 등잔을 들여다보았을 때, 무라시게의 한쪽 눈썹이 꿈틀 움직였다.

등잔에 아주 조금이지만 피가 묻어 있다.

석등에서 등잔이 있는 자리는 사방으로 뚫려 있다. 피는 저택을 바라보는 면에 묻어 있었다. 등잔을 들여다본 채로 무라시게가 시선을 들자 사각형으로 뚫린 시야 속에 창고 방이 보였다.

"이것은."

어째서 여기에 피가 묻어 있는 것일까? 지넨이 죽은 날 아침에는 분명 아무도 다가가지 않았던 석등에, 어째서 핏자국이 남아 있는 것일까? 석등은 복도로부터 두 칸 반이나 떨어져 있다. 사람이 뛰어서 이동할 수 있는 거리도 아니고 피가 튀어 묻을 거리도 아니다.

창고 방에 등을 돌리자 동백나무 화단과 그 너머에 있는 회벽이 보였다. 석등에서 화단까지도 역시 두 칸 반이나 떨어져 있다…….

번개를 맞은 것처럼 무라시게의 온몸에 전율이 흘렀다.

"이타미의 창."

무라시게는 홀연히 중얼거렸다.

"창인가. 이타미의 창. 그런가, 간베에. 그래, 그리된 일이었나."

휘파람 소리가 들렸다. 무라시게가 고개를 들자 허공에서 원을 그리는 솔개가 보였다.

14

북소리가 울려 퍼졌다. 임시 군사 회의에 참석하라는 신호였다.

천수각에서 치는 북소리는 아리오카성 적재적소에 있는 망루에 설치된 북이 다시 받아, 성주의 뜻을 성안 구석구석까지 전달한다.

이타미의 백성들은 북소리가 갖는 의미를 모른다. 대번에 소란스러워지는 병사, 말을 타고 거리를 누비는 장수를 보고 마침내 전쟁이 시작되는 신호이겠거니, 서로 불안한 눈빛을 주고받을 뿐이다.

아리오카성 안에 설치된 세 개의 요새에서도 핵심 장수들이 달려왔다. 북쪽 절벽의 요새부터 남쪽 끝 히요도리즈카 요새, 서쪽 끝 조로즈카 요새에서 각각 방어를 맡고 있는 장수들이 말을 타고 본성 천수각으로 달려왔다. 그들 장수의 얼굴은 전부 심각하게 굳어 있었다. 요새의 장수들은 차근차근 포위해 오는 오다 군대를 그 눈으로 보고 있다. 군사 회의에 참석하더라도 갑작스런 공격에도 한동안은 버틸 수 있도록 저마다 손을 써 두었다.

천수각 1층에서는 무라시게가 방석 위에서 책상다리로 앉아 있었다. 투구는 쓰지 않았지만 이음매 없는 갑옷을 빈틈없이 몸에 두르고 있었다. 두 손을 무릎 위에 얹고 눈은 살짝 감은 채로 마치 묵상하는 듯한 모습이다.

그런 무라시게로부터 조금 떨어진 자리에 여섯 명의 남자가 옆으로 나란히 서 있다. 호위대 오본창과 한 명의 철포 저격수, 아베 지넨이 죽은 날 새벽에 창고 근처를 경호했던 병사들이다. 오본창은 약간의 차이는 있지만 긴장한 표정이었다. 다만 한 사람, 무라시게의 호위대가 아닌 남자, 사이카의 사게하리는 어딘가 달관한 표정으로 몸을 수그리고 있었다.

눈을 감고 침묵하고 있는 무라시게는 구로다 간베에가 어째서 그런 수수께끼 같은 말을 했는지 지금이라면 알 것 같았다. 간베에는 신분은 낮아도 오다를 섬기는 장수다. 그런데 아리오카성의 문제를 해결하기 위해 노골적으로 지혜를 빌려준다면 배반이 된다. 그렇지만 지혜가 없는 것으로 보이기도 싫고, 무엇보다 입을 다물었다가 아리오카성이 함락되기라도 하면 자기 목숨도 위태롭다. 그런 고뇌 속에서 겨우 입에 담은 것이 그 수수께끼가 아니었을까? 그렇다면 속을 알 수 없는 그 사내에게도 나름대로의 고충이 있었으리라.

차례로 장수들이 모여들었다. 장수들은 가문에서의 입장, 신분, 무라시게와의 친분에 따라 어느 자리에 앉을지 즉석에서 결정한다. 갑옷을 입은 장수도 있고 평복 차림의 장수도 있다. 사람의 역할은 저마다 달라서 항상 모두가 갑옷을 입고 있는 것은 아니다. 그리고 장수들은 무라시게 가까이 앉은 여섯 명의 사내들을 보고 저건 뭔가 하고 하나같이 고개를 갸웃거렸다.

참석해야 할 장수들이 다 모이자 앞쪽에 앉은 아라키 규자에몬이 무라시게에게 말했다.

"주군. 모두 참석했습니다."

무라시게는 눈을 떴다.

늘어선 장수들의 얼굴을 훑어보고 천천히 입을 열었다.

"……이쿠타, 스마를 공격한 다키가와 사콘이 물러났다는 보고가 있었다. 오다는 진을 쳤지만 울타리는 낮고 해자는 얕아, 견고하게 만들지는 않았다고 한다. 전쟁이 금방 끝날 거라고 보고 있다는 증거다. 그렇다면 총공격으로 이 아리오카성을 단숨에 빼앗을 계획이겠지."

장수들은 모두 숨을 죽이고 무라시게의 말을 듣고 있었다. 의심을 노골적으로 표면에 드러내는 자는 없다. 하지만 눈앞으로 다가온 전쟁에 마음이 쏠렸을 뿐이라는 것을 무라시게는 꿰뚫어 보았다. 의심은 용맹의 그늘에 가려진다. 그리고 승패의 기로에서 싹을 틔우는 것이다.

"오다는 당장이라도 공격해 올 것이다. 아마도 오늘내일이겠지. 추가된 병량은 오늘 분배하겠다. 화살과 탄환도 배급하라. 성안에 필시 오다의 첩자가 숨어 있을 테니 탄약고는 특히 엄중히 수비하라. 모두 준비에 한 치 소홀함이 없도록."

장수들은 소리 높여 대답하고 고개를 숙였다.

역시. 무라시게는 생각했다. 사기가 제대로 오르지 않는다. 오다 따위 알 바 아니라던 기개가 다소 꺾였다. 늦지 않았기를 바라며 무라시게는 말을 이었다.

"한 가지 모두에게 전할 말이 있다. 지넨 살해 문제다."

나직이 수런거리는 소리가 천수각 대청을 채웠다.

"주군, 그것은."

입을 연 것은 아라키 규자에몬이다. 속담에 긁어 부스럼이라는 말이 있는데, 모르는 일은 잠자코 있는 편이 차라리 낫다고 말하고 싶은 것이리라. 하지만 무라시게는 살짝 손을 저어 규자에몬의 입을 막았다.

"조사는 끝났다. 누가 어떻게 아베 지넨을 살해했는지, 그 진상은 밝혀졌다."

나카니시 신파치로가 간절한 눈으로 무라시게를 바라보았다. 무라시게를 존경하는 신파치로마저도 무라시게가 정말 모든 것을 밝혀냈는지 의심하는 것이다.

무라시게는 대수롭지 않다는 듯 담담하게 말했다.

"대체 지넨 살해가 기묘한 이유가 무엇인가? 모두 알고 있겠지만 한 번 더 짚어 두마."

그렇게 무라시게는 지넨 살해의 난점을 설명했다. 그것은 크게 두 가지로 꼽을 수 있었다.

첫째, 복도도 외부도 경호 아래 있어 지넨이 갇혀 있던 창고 방에는 누구도 접근할 수 없었다.

둘째, 지넨은 화살로 인한 상처로 사망했지만 화살은 발견되지 않았다.

이 두 가지 사실 때문에 장병도 이타미 백성들도 지넨의 죽음이 신불의 벌이라고, 혹은 무라시게가 처형한 것이라고들 수군거렸다. 수상한 남만종 술법이 아닌가 하는 사람까지 있었다.

지넨 살해의 불가사의가 새삼 장수들 사이에 퍼져 나갔다. 무라시게는 일단 입을 다물었다가 무겁게 말했다.

"화살은 연기처럼 사라진 게 아니다. 지넨은 이런 도구로 살해당했다."

무라시게가 신호하자 두 사람이 기다란 물건을 들고 왔다. 천수각에 있는 장수 중에 그것의 정체를 모르는 이는 한 사람도 없다.

"장창이 아닙니까?"

누군가가 그렇게 말했다.

장창은 보병이 사용하는 길쭉한 창이다. 흔히 적을 향해 많은 수의 장창을 빈틈없이 세워서 말과 사람의 접근을 막는 데 사용한다. 적과 마주치면 그 길이를 살려 쳐들었다가 내리찍어 긴 몽둥이처럼 적을 때려눕히는 용도로도 쓴다. 길이는 약 세 칸, 성안 어디에나 있는 흔한 무기다.

지금 운반해 온 장창은 창날이 없는 대신 화살이 매여 있었다. 무라시게는 앉은 채로 그 장창을 가볍게 들어올렸다.

"이것으로 찌르면 화살 상처가 남는다. 창을 뽑으면 화살도 뽑힌다. 알고 보면 간단한 공작이야."

대청 안이 술렁거렸다. 저런 걸로, 하고 수군거리는 소리가 들린다. 역시, 하고 약삭빠르게 말하는 이도 있었다. 그런 가운데 규자에몬이 물었다.

"그렇다면 주군, 누가 그것을 사용했다 생각하십니까?"

"그래."

이제는 장수들도 무라시게의 앞에 앉아 있는 사람들이 지넨을 경호했던 자라는 것을 알고 있다. 모두가 숨죽인 가운데 무라시게는 손을 슬쩍 들어 한 사람을 가리켰다.

"이타미 이치로자."

"……예."

이름을 불린 이치로자가 고개를 숙였다. 그토록 침착한 이치로자였지만 목소리가 떨렸다.

"일어서라."

명령대로 이치로자가 일어섰다.

"자, 이치로자. 자네 바로 뒤, 열 걸음 물러난 곳에 쐐기를 하나 박아 놓았으니 그것을 찾아라. 다들 이치로자에게 길을 터 주어라."

자리를 가득 메운 장수들은 이타미 이치로자가 지넨 살해범으로 지목당한 것은 아님을 깨달았다. 깊은 탄식이 여기저기에서 흘러나왔다.

"주군. 있습니다."

평정심을 되찾은 이치로자가 말했다.

"좋다. 그 위에 서라. 이치로자에게 방패를 건네주어라."

명령에 따라 대청으로 들어온 부하가 이치로자에게 방패를 건넸다. 무라시게는 장창을 쥐고 벌떡 일어나서 자세를 취했다.

"나와 이치로자는 정확히 다섯 칸 떨어져 있다."

장창이 휘어서 화살을 매단 끝부분이 이리저리 흔들렸다.

"주군."

규자에몬이 말하기 거북하다는 듯 헛기침을 했다.

"닿지 않습니다."

장창의 길이는 세 칸이다. 무라시게가 든 창은 이치로자에게 전혀 닿지 않았다.

"음. 닿지 않으면 닿게 하면 되느니라."

"설마 집어던졌다는 말씀이십니까?"

"어리석은. 집어던지면 던진 창을 주우러 가야하지 않느냐. 규자에몬, 잘 보거라."

무라시게가 손을 들자 부하들이 또 하나, 장창을 들고 왔다. 이 역시 창날은 없었다.

창을 가져온 병사는 밧줄도 두고 갔다. 무라시게는 자세를 풀고 장창을 내려놓더니 그 끝에 또 하나의 장창을 밧줄로 묶어 연결했다. 묶은 부분이 겹쳐서 셋에 셋을 더한 여섯 칸은 되지 않지만 다섯 칸 반 정도 되는 대단히 긴 창이 완성되었다. 무라시게는 그것을 몽둥이처럼 들어 올리더니 누구에게도 들리지 않는 목소리로 중얼거렸다.

"이타미의 창이라."

이타미란 이타미 지방이 아니라 훼손•을 뜻하는 것이었으리라. 창날을 빼내고 서로 연결한, 온전하지 않은 훼손된 창을 암시했던 것이다.

길이는 충분했다. 하지만 창이 그만큼 길다 보니 휘는 폭도 커서 끝에 매단 화살이 휘청휘청 불안하게 허공을 헤맸다.

"송구스럽지만."

또다시 규자에몬이 말했다.

"이렇게 휘어서야 도저히 못 쓰겠습니다."

"그렇겠지."

무라시게는 다섯 칸 반짜리 창을 손에 든 채로 호위대 한 명을 쳐다보았다.

"아키오카 시로노스케. 서라."

"예!"

명령을 받은 시로노스케가 일어섰다.

• 일본어로 이타미는 훼손, 손상을 뜻한다.

“나와 이치로자 사이에 똑같이 쐐기가 박혀 있다. 그 자리에 서서 창을 받쳐라. 옆으로 서서 두 팔로 받치면 족하다.”

시키는 대로 시로노스케는 두 사람 가운데에 서서 창을 받쳤다. 휘는 건 마찬가지였지만 끝은 흔들리지 않았다. 무라시게가 말했다.

“그날 새벽, 가스가 석등이 시로노스케의 역할을 했다. 이어 붙인 장창을 석등 화창에 통과시켜 흔들림을 막고 목표물을 조준한 것이다. 자, 이치로자, 방패를 들어라. 단단히 버티거라.”

“예!”

이타미 이치로자가 방패를 들고 한쪽 발을 뒤로 뻗고 허리를 낮추었다. 무라시게는 왼손은 움직이지 않고 오른손 하나로 창을 찔렀다. 깡, 하는 소리가 울리며 화살촉이 방패에 꽂혔다. 무라시게는 창을 잡아당겼다가 다시 찔렀다. 그리고 세 번째, 발을 내딛으며 내지른 창은 공격을 미리 알고 방어하고 있던 이타미 이치로자를 쓰러뜨렸다. 환성이 일었다. 이치로자는 방패를 내려놓고 그 자리에 엎드려 감격에 겨운 목소리로 외쳤다.

“역시 주군, 힘이 대단하십니다!”

무라시게는 다섯 칸 반짜리 창을 내려놓고 선 채로 말했다.

“지넨은 이런 방법으로 살해당했다. 그 증거로 석등 등잔에 피가 남아 있었다.”

화살 끝에 묻은 지넨의 피가 창을 회수할 때 등잔에 묻은 것이다.

“장창은 무기고에서 쉽게 꺼낼 수 있다. 언제 오다가 공격해 올지 모를 때, 창고에 자물쇠를 걸어 둘 수는 없으니. 밧줄도 화살도 전쟁을 앞둔 성안에서는 쉽사리 손에 넣을 수 있지. 지넨을 살해한 자는 다섯 칸 반짜리 창을 다룰 수 있는 괴력의 소유자이면서 당연히 복도가 아니라 바깥에 있던 자. 눈 쌓인 정원 너머로 지넨을 찔러 죽인 것은 자네렷다?"

모두 그 남자를 보고 있었다.

"모리 가헤에."

모리 가헤에가 넙죽 엎드렸다.

얼굴이 온통 땀범벅이 되어 벌벌 떨리는 목소리를 쥐어짜 크게 대답했다.

"그러하옵니다!"

"어째서냐. 어째서 내가 살려 두기로 한 자를 살해했느냐?"

가헤에는 고개를 들고 필사적으로 외쳤다.

"모든 것은 주군을 위해. 배신자의 혈육은 적, 불법(佛法)의 적, 주군의 적이옵니다. 적은 죽여야만 합니다."

그 외침은 천수각을 가득 메우고 장수들의 귀를 때렸다. 끄덕거리는 이가 한두 명이 아닌 것을 무라시게는 보았다.

"……그래서 이런 재주를 부렸느냐?"

"지넨을 살해한 것은 소인이었지만 소인이 아니었습니다."

뜨거운 눈으로 가헤에가 호소했다.

"소인처럼 둔한 자가 그런 재주를 떠올린 것은 실로 하늘의 가르침. 그렇기에 지넨의 죽음은 신불이 내린 벌, 주군께 아미타불의 가호가 있다는 증거나 다름없습니다."

무라시게는 그런 변명이 통하겠느냐, 하는 말을 집어삼켰다.

신의 뜻은 언제나 그것을 입에 담는 이의 곁에 있다. 스스로도 어리석다고 인정하는 가헤에가 아리오카성을 뒤흔든 재주를 부릴 수 있었던 것은 부처의 인도가 있었기 때문이라는 말은 부정할 길이 없었다.

무라시게는 잠시 망설였다.

명령을 거역한 죄로 가헤에를 처벌하기는 쉽지만 장수들은 가헤에의 말이 이치에 맞는다고 여기고 있다. 여기서 가헤에를 처벌하겠다고 선언하면 누군가가 가헤에를 감싸리라. 그렇게 되면 가신들 사이에 반목이 생길지도 모른다. 무엇보다 아무리 무라시게의 명령을 거역했다지만 적인 아베 지넨을 살해한 죄로 아군인 모리 가헤에를 벌한다면 납득하지 못할 자도 많으리라.

하지만 그런 이유를 초월해, 무라시게의 가슴 속에는 가헤에를 죽여서는 안 되는 가장 큰 이유가 있었다.

노부나가라면 죽였으리라.

그렇다면 죽이지 않으리.

무라시게는 노부나가와 반대로 행동할 작정이었다.

전부, 그런 이유였다. 어째서 성에 있던 오다의 감찰관을 살려서 돌려보냈는가? 노부나가라면 죽였을 것이기 때문이다. 어째서 다카야마 우콘의 인질을 살려 주고, 아베 지넨을 살려 두려 했는가? 노부나가라면 죽였을 것이기 때문이다. 어째서 구로다 간베에를 살려 두는가? 그것은, 노부나가라면 죽였을 것이기 때문이었다.

아마도. 무라시게는 생각했다. 그 사내, 구로다 간베에는 내 행동을 꿰뚫어 보고 있다. 노부나가와 반대로 행동한다, 그것이 인질을 죽이지 않는 이유임을 꿰뚫어 보았으리라. 알면서 동시에 조소하고 있다. 어차피 반대로 따라할 뿐, 아라키 셋쓰노카미 무라시게의 밑바닥을 보았다고 웃고 있다.

그렇다면 죽일까?

무라시게는 허리에 찬 명검, 고노 요시히로를 칼집에서 살짝 빼냈다. 이 자리에서 모리 가헤에를 베는 것쯤이야 식은 죽 먹기다. 죽여서 나는 흉내쟁이가 아니라고 간베에에게 증명할까? 무엇보다 가신들은 내가 사람을 죽이는 것을 저토록 보고 싶어 하지 않는가?

아니…….

아니. 어리석은 짓이다.

나는 어떤 상황에서도 노부나가와 반대로 행동하리라. 노부나가와 같은 길을 간다면 그것은 곧 아라키 가문의 멸망을 뜻하기 때문이다. 그 이유까지는 간베에도 알지 못하리라.

맑은 소리를 내며 검을 집어넣고 무라시게는 입을 열었다.

"가헤에. 자네는 내 명령을 거역했다. 그 죄는 가볍지 않다."

"예!"

"하지만."

넌지시 장수들을 둘러보았다.

"……자네의 해명도 받아들이겠다. 목숨은 살려 주마. 수훈을 세워 갚도록 하라."

가헤에는 입을 떡 벌렸다. 그 두 눈에서 눈물이 쏟아졌다.

"바, 반드시!"

가헤에가 그렇게 외쳤다. 자리를 가득 메운 장수들 사이에 안도와 만족스러운 분위기가 퍼져 나가는 것을 무라시게는 보았다. 의심의 먹구름이 걷히는 광경마저 보이는 듯했다.

"좋다. 군사 회의 및 조사는 이것으로 마치겠다."

그렇게 말하고 무라시게는 배에 힘을 주었다.

"각자 제자리로 돌아가 오다를 무찌르거라. 나를 믿어라. 아리오카성의 견고함을 믿어라. 이 성은 결코 함락되지 않는다. 겨울밭에 오다 병사들의 시체를 깔아라!"

오오, 하고 호응하는 목소리가 어찌나 큰지 하늘까지 뒤흔들 것 같았다.

15

이튿날, 12월 8일은 맑은 겨울날이었다.

전쟁의 기운이란 분명 존재한다. 움직이려는 군대에는 기척이 있다. 솟아오르는 기척을 숨길 수 있다면 싸움은 기습이 된다. 하지만 오다 노부나가는 아리오카를 공격할 때 싸움의 기운을 감출 생각이 없는 듯했다. 대나무를 엮어 만든 방패가 성안의 철포가 닿지 않는 거리에 쭉 늘어섰다. 오다의 총공격이 곧 시작되리라는 사실은 무라시게는 물론, 병사부터 백성에 이르기까지 모르는 자가 없었다.

저녁 무렵, 아리오카성을 포위하고 있던 대나무 방패가 슬금슬금 성으로 다가오기 시작했다. 파수병이 천수각으로 달려왔다.

"아뢰옵니다. 돌격 대장은 호리 규타로, 만미 센치요, 스가야 구에몬."

무라시게는 의아한 표정을 지었다. 전부 신분 높은 명장이 아니었기 때문이다. 곁에 있던 아라키 규자에몬을 향해 무라시게는 희미하게 웃었다.

"아무래도 노부나가는 아리오카성을 오판했나 보구나."

사자를 불러 명령을 내렸다.

"장수들에게 전해라. 서두르지 마라. 철포 사정권에 들어올 때까지 차분히 기다렸다가 들어오면 일제히 쏘아서 쓰러뜨려라. 서서 쏘지 마라, 무릎을 꿇고 쏘아라. 어떤 술수에도 대응할 수 있도록 반드시 예비군을 남겨 두어라."

오다 군대가 코앞까지 쳐들어왔다. 무라시게는 태연자약하게 굴었지만 내심 긴장하고 있었다. 누군가 배신한다면 바로 지금이다. 오다가 계략의 마수를 뻗지 않았을 리 없다. 성안에서 불길이 치솟지는 않을까, 성문이 안쪽에서 열리지는 않을까, 무라시게는 닥쳐오는 적의 군대보다 내통을 더욱 우려했다.

처음 한 발은 오다 측이 쏘았다. 절벽 위 요새, 조로즈카 요새를 단숨에 공격해 방어의 빈틈을 노리는, 대군에 걸맞은 당당한 전략이었다. 이어서 하늘에 치닫는 천둥번개처럼 귀를 먹먹하게 만드는 철포 소리가 그칠 줄 몰랐다.

내통은 없었다. 아리오카성의 장졸들은 무라시게의 명령에 따라 죽을힘을 다했다.

날이 저물고 밤이 되었다. 대나무 방패에 숨은 오다의 병사들이 튀어나와 철포를 쏠 때마다 그 총 끝에서 뿜어져 나오는 불꽃을 표적 삼아 아라키 측 병사들은 철포를 퍼부었다. 오다는 공격 부대에 궁수를 더해 불화살을 쏘았다. 무라시게가 예비군들에게 불을 진화하도록 명령하자 불길은 어디에서도 솟아오르지 않았다.

한 사내가 무라시게에게 달려왔다. 무로마치 시대 무사인가 싶을 정도로 구식 갑옷을 몸에 걸치고 나무아미타불 깃발을 꽂은 듬직한 무사, 모리 가헤에였다. 가헤에는 한쪽 무릎을 꿇고 굵은 목소리로 외쳤다.

"주군. 온정에 감사드립니다. 모리 가헤에, 마지막 임무를 다하고 서방정토로 떠나겠습니다. 이만."

그렇게 가헤에는 무라시게의 대답도 듣지 않고 천수각을 뛰쳐나가 밤의 어둠 속으로 사라졌다.

이튿날 아침, 오다 병사들의 시체가 나뒹구는 셋쓰의 벌판에 모리 가헤에가 무릎을 꿇고 상체를 숙인 채로 죽어 있었다. 그 머리는 적이 베어 가고 없었지만 가슴에는 투구를 쓴 적의 머리를 단단히 품고 있었다. 머리의 주인이 누군지 확인했지만 가헤에가 벤 자가 누구인지 오다 측 포로도 고개를 갸웃거리며 이렇게 말할 뿐이었다.

"모르는 얼굴입니다. 어쨌거나 무사는 맞겠지만 그리 유명한 자는 아닐 겁니다."

싸움은 아라키의 압승이었다. 그중에서도 돌격대 삼대장 중 한 명, 만미 센치요 시게모토를 무찌른 것은 아리오카성의 사기를 크게 고무했고 승리의 함성은 호쿠세쓰의 겨울 들판에 메아리쳤다.

가헤에의 마지막 모습은 아무도 모른다.

제2장

화영수훈*

花影手柄

* 手柄. 수훈을 뜻하는 일본식 한자어

1

천하에 봄이 찾아와, 저 멀리 보이는 미노와 무코의 산들에 꽃들이 어른거렸다. 아리오카성에도 매화가 피고 이윽고 시들어 떨어졌다. 아라키 셋쓰노카미 무라시게는 센 소에키* 문하에서도 손꼽히던 다인이기도 했고, 물론 시가에도 조예가 있었다. 꽃에 현혹되지 않는 것은 아니지만, 멀리서 펄럭이는 오다의 깃발을 보면 어쩐지 흥이 깨져 시조도 읊지 않았다.

꽃 피는 3월 초순, 아리오카성의 서쪽을 지키는 조로즈카 요새에 방어구를 걸친 한 명의 무사가 찾아왔다. 울타리 틈새로 무수히 많은 활과 철포가 자신을 조준하고 있는 줄 아는지 모르는지,

* 일본 다도를 정립한 센 리큐를 가리키며 소에키는 그의 법명이다.

무사는 손에 커다란 활을 들고 침착한 태도로 크게 외쳤다.

"농성하는 이들에게 고하노라! 이 몸은 다키가와 사콘 쇼겐의 가신 사지 신스케. 이것은 우리 주군의 서한이니 셋쓰노카미 님께 반드시 전해 주시오!"

시위를 바짝 당겨 기합과 함께 활을 쏘니 화살은 빗나가지 않고 요새 문을 뛰어넘었다. 기마 무사는 시원스레 웃더니 말머리를 돌려서 떠났다. 땅에 박힌 화살을 병사들이 신기하다는 듯 에워싸고 있는데 요새의 방어를 맡은 장수가 달려왔다.

"비켜라, 에잇, 비켜라!"

나카니시 신파치로였다. 그는 수훈을 세워 이곳 조로즈카 요새를 맡아 야마와키, 호시노 등 네 명의 보병 부대장을 거느리고 있었다. 설령 다른 요새가 함락되어도 이곳 조로즈카 요새만은 마지막까지 아리오카성의 방패라고 떵떵거리며 평소에도 거들먹거린다.

신파치로가 보니 화살 중간쯤에 편지가 묶여 있었다. 전투가 한창일 때도 적과 아군 사이에 사자가 왕래하는 것은 흔한 일인데 굳이 화살로 서한을 쏘아 보내다니 유난스럽다. 신파치로는 마음에 들지 않는다는 듯 얼굴을 찌푸렸다.

다키가와 사콘 쇼겐 가즈마스는 오다의 가신으로 유명한 명장이다. 내력은 상세히 밝혀진 바가 없지만 노부나가가 오와리에 있었을 때부터 그를 섬겼고, 뛰어난 무략으로 이세 일대를 오다의 손아귀에 쥐여 주었다. 그런 다키가와가 보낸 서한이라니 몹시 수상쩍지만 그렇다고 주군에게 보내는 서한이라는 말을 듣고 갖다 버릴 수도 없다. 신파치로는 화살을 쑥 뽑아 가까이 있던 하인에게 말을 끌라고 명했다.

아리오카성을 하늘에서 굽어보면 대충 불룩한 달을 닮았다. 동쪽 끝에 천수각이 있고 해자에 둘러싸인 혼마루가 있고, 그것을 반달 모양으로 감싸듯 무사 주거지가 있고, 또 그것을 감싸듯 민가가 이어진다. 그 바깥쪽의 북쪽, 서쪽, 남쪽에 각각 요새가 있다. 신파치로는 말을 몰아 조로즈카 요새에서 민가와 무사 주거지를 지나 해자를 넘어 혼마루로 들어갔다.

신파치로가 혼마루에 올랐을 때, 무라시게는 저택에서 군신 스와 대명신이 그려진 족자에 두 손을 모으고 있었다.

죽음에 가까운 생활을 하는 만큼 신불의 가호를 구하지 않는 무사는 없다. 전쟁에서 불운을 당하지 않도록, 엉뚱하게 날아온 화살이나 탄환을 맞지 않도록, 모든 무사가 신불에게 기도한다.

기도하는 동안은 사소한 문제로는 사람을 들이지 못하게 했지만 전쟁에 얽힌 문제는 전부 중요하다. 신파치로가 알현하러 왔다는 소식을 듣고 무라시게는 바로 대청으로 들이라고 명령했다.

무라시게는 한산한 대청에서 신파치로를 만났다. 부하의 손을 통해 서한을 전달받은 무라시게는 그것을 펼쳐 들고 죽 훑어보았다.

"이 서한을 화살로 쏜 자가 다키가와 가신이라고 했단 말이지?"

"예."

신파치로가 바닥에 두 주먹을 짚고 엎드렸다.

"다키가와 사콘 쇼겐 님의 가신, 사지 신스케라고 했습니다."

"신스케라. 가즈마스의 친척이었던가. 흠……, 하지만 화살에 서한이라니."

불쾌한 듯 그리 말한 무라시게는 그대로 입을 꾹 다물었다. 초조해진 신파치로가 기다리지 못하고 물었다.

"주군. 어찌 할까요?"

무라시게는 천천히 서한을 접고 짤막하게 중얼거렸다.

"노부나가가 온다."

신파치로는 허를 찔려 맥없는 소리를 냈다. 노부나가라면 작년 겨울에도 왔다. 또 온다고 해서 그게 무슨 상관인가? 그런 소식을 굳이 화살로 쏘아 보냈다니, 신파치로가 의아해하는 것도 당연한 일이라 퉁명스럽게 덧붙였다.

"그게 전부입니까?"

무라시게는 신파치로를 힐끔 쳐다보았다. 주군이 받은 편지의 내용을 따지는 것은 건방진 행동이다. 가신이 무라시게를 소홀히 대하는 것은 결코 용납되지 않는다. 소홀한 태도는 멸시를 부르고, 멸시는 배반을 부르며, 배반은 그대로 성을 몰락시킨다.

지금 무라시게는 신파치로의 눈빛에서 분노를 발견했다. 시시한 일을 화살 서한에 담은 다키가와 사콘에게 화가 난 모양이다. 오만한 발언은 단순히 경솔한 행실에서 나온 것이리라. 무라시게는 이번만 신파치로를 용서하기로 했다.

"……그게 다는 아니다."

무라시게는 말했다.

"사콘은 노부나가가 매 사냥을 할 것이니 내게 함께하라는구나."

"그런."

신파치로의 얼굴이 대번에 벌게졌다.

"무례한."

매 사냥은 영내에서 하는 여흥이다. 노부나가가 호쿠세쓰에서 매 사냥을 한다는 것은 무라시게가 이미 패했다고 천하에 널리 알리는 짓이다. 거기에 동행하도록 명하다니, 도발이라고 해도 너무 노골적이다.

"고얀 놈, 다키가와, 내력도 수상쩍은 천한 녀석이 분수도 모르고."

"흥분하지 마라. 시시한 계략은 무시하면 그만이다."

"하지만 주군, 이런 모욕을."

"무시하라고 했다. 사콘 쇼겐이나 되는 명장이 이런 계략을 부리다니, 이 아리오카를 힘으로는 무너뜨릴 수 없다는 사실을 절실히 깨달은 탓이라는 생각은 들지 않느냐? 그렇게 생각하면 통쾌하구나."

신파치로는 얼굴을 붉힌 채로 고개를 푹 숙였다.

"……거기까지는 생각하지 못했습니다."

"됐다. 물러가거라. 사콘도 내가 이런 서한을 받고 공격에 나설 거라 믿지는 않겠지만, 성안이 들썩거릴 거라고 생각할지도 모르겠구나. 단단히 수비해라."

신파치로는 다시 엎드려 절하고 물러났다.

무라시게는 굳이 신파치로의 입을 막지 않았다. 그날 해가 저물 무렵에는 노부나가가 매 사냥을 하러 온다는 소문을 모르는 이는 성안에 아무도 없었다.

2

혼마루에 우뚝 솟은 천수각에서는 날마다 한 번, 반드시 군사 회의가 열린다.

농성을 하는데 결정할 사안이 매일 생길 리는 없다. 군사 회의는 명목일 뿐, 사실 배신의 기척이 없는지 서로 감시하는 자리다. 하지만 이날만큼은 분규가 발생했다.

"주군. 교만한 노부나가 놈을 내버려 두면 무사의 이름이 욕됩니다. 지금은 반드시 혼쭐을 내 줘야 합니다. 다키가와의 목을 따서 답장을 보냅시다!"

눈물이라도 흘릴 기세로 호소한 것은 아라키 규자에몬이었다. 죽 늘어선 장수들 대다수는 규자에몬의 호소에 동조해 "그럼."이니 "당연하지." 하고 외쳤다. 한편 규자에몬보다 뒷자리에서 누군가가 말했다.

"물론 다키가와 사콘의 무례는 용서할 수 없습니다. ……그건 그렇지만 모리의 협조 없이 칠 수도 없습니다."

목소리의 주인은 규자에몬과 그리 나이 차이는 나지 않지만 몹시 사리분별에 뛰어난 얼굴을 한 남자였다. 눈썹을 잔뜩 찌푸린 이 사내는 이케다 이즈미라고 하는데, 무슨 일이든 세세히 따지는 그 성격을 인정받아 성안의 무기 및 병량 관리와 순찰을 맡고 있다. 규자에몬이 얼굴을 붉히며 반박했다.

"모리의 협조라고 하는데, 그 모리는 대체 언제 오지? 아무리 기다려도 올 기미가 없지 않나? 우리끼리라도 설욕해야지."

이즈미는 침착하게 대답했다.

"비젠의 우키타는 모리 편이니 모리가 가세하는 데 아무 지장이 없소. 당장 오늘내일에라도 올지 모르오. 아니, 분명 하리마 부근까지는 왔을 겁니다. 경거망동이야말로 조심해야 하오."

농성은 성의 견고함으로 시간을 벌면서 가세를 기다려, 가세한 군대와 성안의 병사들이 적을 양쪽에서 치는 작전이다. 그 군대가 오지 않는 상황에서 전쟁을 치르면 패할 것은 뻔하기에 지금은 싸우고 싶어도 싸우지 못한다. 그것은 규자에몬도 이즈미도 아는 사실이다. 규자에몬은 다키가와의 모욕을 용서할 수 없다는 연기를 하는 것이고, 이즈미는 지금은 참아야 한다는 연기를 하고 있을 뿐이다.

"여러분."

뒤쪽에서 나카니시 신파치로가 굵은 목소리로 외쳤다.

"부디 다시 생각해 보시오. 다키가와와 사콘이나 되는 명장이 이런 계략을 부리다니, 이 아리오카를 힘으로는 무너뜨릴 수 없다는 사실을 절실히 깨달았기 때문 아니겠소이까? 그렇다면 오히려 통쾌할 정도요."

신파치로는 그렇게 말하며 어떠냐는 듯이 무라시게를 바라보았다. 무라시게가 한 말을 그대로 따라함으로써 도움이 되었다고 말하고 싶은 기색이다.

무라시게는 속으로 신파치로의 충성심이 어딘지 모르게 익살스럽다고 여겼다. 신파치로는 무라시게를 전쟁의 신처럼 여기는지, 무턱대고 숭배하고 있다. 무라시게가 묵직하게 고개를 끄덕이자 신파치로의 얼굴에는 나이에 걸맞지 않은 미소가 서렸다.

신파치로의 발언과 무라시게의 수긍은 장수들에게 감명을 주었다. 규자에몬이 신파치로를 노려보며 "입 조심해라, 신참 주제에."라고 쏘아붙이기는 했지만 이어서 "……뭐, 그런 견해도 없지는 않겠지만."이라고 중얼거리자 당장 나서서 다키가와를 혼쭐내주자는 의욕은 찬물을 끼얹은 것처럼 얌전히 가라앉았다. 군사 회의도 이대로 끝날 분위기였는데, 그때 신파치로보다도 더 뒤쪽에서 음울한 목소리가 났다.

"셋쓰노카미 님. 이견을 허락해 주시겠습니까?"

발언한 자는 듬성듬성 수염을 기르고 눈빛만 이상하리만치 번득거리는 말라빠진 왜소한 체구의 남자였다. 장수들이 나직하게 술렁거렸다. 이 사내가 뭔가 말을 하다니, 아무도 예상하지 못한 일이었다. 무라시게조차 어딘가 당황한 듯 한쪽 눈썹을 씰룩거렸다.

"마고로쿠인가. ……허락하마, 말해 보아라."

사내는 깊숙이 고개를 숙였다. 그는 스즈키 마고로쿠라는 자로 아리오카성에 들어온 사이카 부대를 이끄는 장수다.

사이카의 우두머리인 마고이치가 그의 형이라는데 자세한 사정은 무라시게도 듣지 못했다. 농성하기 전, 아리오카성에 들어올 때도 마고로쿠는 "오사카 본산의 명령에 따라 협력하겠소."라고 말했을 뿐이다. 무라시게는 마고로쿠를 오로지 전쟁만 생각하는 사내로 보았다. 다시 말해 장수답지 않았다. 장수는 자신의 영역을 어떻게 꾸릴지도 고민해야 하기 때문이다.

무라시게가 사이카 부대를 빌리는 형국이 되기는 했지만 셋쓰노카미인 무라시게와 기슈 호족에 지나지 않는 마고로쿠는 신분 차이가 너무 커서, 원래라면 얼굴을 맞대는 것조차 어렵다. 군사 회의에서 처음으로 입을 연 마고로쿠에게 아라키의 장수들이 호기심과 약간의 비난을 담은 노골적인 시선을 던졌지만 마고로쿠는 딱히 주눅 드는 기색도 없었다.

"저희 사이카 사람들은 삼 년 전, 덴노지 전투에서 노부나가에게 총알을 퍼부었지만 신불이 명줄을 지켜 주는지, 끝장내지 못한 것이 너무나 분통합니다. 지난 삼 년, 다시 노부나가에게 철포 탄환을 명중시킬 날만을 기다려 왔습니다. 셋쓰노카미 님, 어떠십니까. 저희에게 출진을 명하신다면 반드시 노부나가의 명줄을 줄여 놓고 오겠습니다."

군사 회의 자리가 찬물을 끼얹은 듯이 고요해졌다. 사이카 병사들이 노부나가에게 부상을 입힌 사실은 누구나 알고 있다. 그 전투에는 당시 오다에 속해 있던 아라키 군대도 가담했기 때문이다. 사이카 부대에 명사수들이 많다는 것은 아라키 가신이라면 누구나 알고 있다.

고작 화살 서한 한 통에 쫄레쫄레 성 밖으로 나가는 것은 무모하지만, 사이카 부대만으로 전투를 치른다면 우리로서는 고마운 일이다. 무라시게는 가신들의 가슴속에 스친 그런 생각을 예민하게 알아차렸다.

"아니, 기다리시게, 스즈키 님."

다소 상석에 가까운 쪽에서 갈라진 목소리가 났다. 검은 실로 미늘을 꿴 훌륭한 갑옷을 입은 백발의 사내가 손을 들고 이의를 제기했다.

“전투를 치른다면 우리 다카쓰키 부대가 앞장서야 마땅하오. 그것이 군법에 합당할 것이오. 우리는 무사의 의리를 지키기 위해서 이 아리오카성에 들어왔소이다. 노부나가의 목이 탐나는 건 사이카 부대만이 아니오.”

그는 다카야마 히다노카미, 남만종에 귀의해 세례를 받아 지금은 다료라는 이름을 쓰는 노장이다.

무라시게가 오다에게 반기를 들 때, 다카쓰키성의 다카야마 우콘은 일단 아라키에 가담했지만 바로 배신하고 오다에 붙었다. 이를 무사답지 않은 비겁한 행동이라고 격분한 것이 이미 은거하고 있던 우콘의 부친, 다료였다. 다료는 뜻을 같이하는 장졸들을 이끌고 다카쓰키성에서 나와 아리오카성에 입성했다.

전투는 기본적으로 신참이 선봉을 맡는다. 다만 외부인인 사이카 부대와 다카쓰키 부대가 함께 성을 나가 싸운다면 아라키 병사들도 성에 숨어서 그저 지켜볼 수만은 없다. 전쟁은 야전(野戰)으로 흘러갈 것이다. 설마 그리 되려나? 모두가 마른침을 삼키고 상황을 지켜보고 있다.

무라시게는 바위 같은 체구로 꼼짝도 하지 않고 잠시 스즈키 마고로쿠와 다카야마 다료를 바라보았다.

이윽고 무라시게가 묵직한 목소리로 명령했다.

“아니 된다. 다카쓰키 부대와 사이카 부대, 둘 다 수비에서 뺄 수 없다. 병사를 개죽음으로 내몰 여력은 없다. 출진하지 마라, 수비하라.”

마고로쿠와 다료는 딱히 불복하는 표정 없이 마루에 두 주먹을 짚고 엎드려 한목소리로 대답했다.

"예!"

장수들은 안도의 한숨을 내쉬었다.

군사 회의가 끝나고 천수각에 남은 무라시게는 고리 주에몬을 불렀다. 주에몬은 대번에 달려와 하명을 받았다.

"주에몬, 경호 임무를 중단하고 다카쓰키 부대와 사이카 부대를 조사해라."

주에몬은 명령을 받고 대답했다.

"예. 무엇을 조사할까요?"

"그들이 성안에서 어떤 입장인지."

"알겠습니다. 달리 주의할 점이 있겠습니까?"

"다툼은 일으키지 마라."

"예."

주에몬은 일어나서 종종걸음으로 천수각을 떠났다. 봄날의 햇빛이 중천에 걸려 있었다.

3

날이 저물기 시작했을 때, 무라시게는 천수각 최상층에 있었다. 옆에는 아라키 규자에몬이 서 있었고 다른 이는 없었다.

"그 정도면 되었습니까?"

규자에몬의 물음에 무라시게는 그저 고개만 끄덕였다.

군사 회의 자리에서 규자에몬이 전쟁을, 이케다 이즈미가 자중을 주장한 것은 무라시게가 지시한 일이었다. 1월에는 출발하겠다고 했던 모리 군대가 아직도 모습을 보이지 않자 아리오카성의 장졸들은 적잖이 초조해하고 있었다. 다키가와의 도발에 누군가 경솔히 출진을 호소하고, 많은 장수들이 그에 동조할 가능성도 충분했다. 설령 그리 되어도 무라시게가 막으면 따르지 않을 이는 없겠지만, 장수들은 속으로 불만을 품으리라. 그래서는 바람직하지 않다. 규자에몬과 이즈미에게 논쟁을 시키고, 규자에몬이 납득해서 주전론을 취하함으로써 사람들의 혈기를 잠재우는 것이 무라시게의 작전이었다.

규자에몬이 말했다.

"히다 님…… 아니, 다료 님과 사이카 쪽에서 나란히 출진을 주장했을 때는 간이 철렁했습니다."

무라시게는 아무 말도 하지 않았다.

무라시게는 다카야마 다료와 스즈키 마고로쿠가 무슨 말을 해도 군사 회의에서는 승인되지 않으리라 내다보았다. 다료와 마고로쿠는 신분은 다르지만 결국 둘 다 외부인이기 때문이다. 그리고 그들도 자기주장이 통하지 않으리라는 점은 알고 있었을 터. 알면서도 굳이 출진을 호소한 데에는 뭔가 이유가 있으리라……. 무라시게는 그 이유를 생각하고 있었다.

불쑥 규자에몬이 깊은 한숨을 쉬었다.

"그나저나 군사 회의에서 소인이 드린 말씀은 꼭 연기만은 아니었습니다. 모리가 어찌나 늦는지. 혹여나 저희가 패하면 다음은 모리. 그것을 모를 양천은 아닐 텐데……."

모리 가문 당주 우마노카미 데루모토는 아직 젊지만, 모리 본가를 받치는 깃카와(吉川)와 고바야카와(小早川), 세인들이 '양천(兩川)'이라 부르는 이 두 가문을 이끄는 당주는 둘 다 노련해서 전투에도 능하고 시류도 읽을 줄 안다. 그렇기에 모리가 아리오카성을 버릴 리 없다, 그런 믿음이 아리오카성 장졸들의 마음을 지탱해 주고 있다.

모리가 육로로 온다면 서쪽에서 오게 된다. 통과 지점인 비젠 오카야마 우키타 가문은 모리의 편이고, 하리마 호족들도 대부분 모리에게 동조하기 때문에 모리 군대가 산요 가도를 지나 아리오카성까지 올 경로에는 아무 장애물도 없다. 또한 해로로 온다면 세토 내해를 지나 아마가사키에 배를 대고 남쪽에서 오게 된다. 규자에몬은 천수각에서 주위를 살필 때 항상 서쪽과 남쪽만 바라본다.

무라시게는 사방을 본다. 남쪽의 아마가사키, 서쪽의 산다성은 잘 버텨 주고 있다. 북쪽에는 과거 무라시게가 차지했다가 버린 이케다성이 있고, 그 성터에는 오다가 진을 치고 있다. 이어서 동쪽으로 눈길을 돌렸을 때 무라시게는 "음." 하고 중얼거렸다.

"……뭔가 보이십니까?"

규자에몬도 무라시게의 옆에 서서 시선을 집중했다. 아리오카성의 동쪽에는 늪과 못이 펼쳐져 있고, 그 너머로 이바라키성이 조그맣게 보였다. 나카가와 세베에에게 맡겼던 이바라키성에는 현재 오다의 군병이 득실거릴 것이다. 규자에몬은 여전히 불쾌한 표정이지만 무라시게는 이바라키성을 보는 게 아니었다. 그 눈은 아래쪽 늪지대를 지그시 바라보고 있었다. 그 시선의 끝을 좇은 규자에몬도 "아." 하고 중얼거렸다. 갈대가 우거진 늪지대 한복판에 울타리로 감싼 진영이 있었다.

"저런 곳에 어느 틈에."

"어제는 없었다. 하루 사이에 지은 모양이구나."

"……고얀 놈, 뻔뻔하게!"

아리오카성의 동쪽에는 요새가 없어 혼마루가 그대로 드러나 있다. 동쪽이 허술한 이유는 아리오카성이 서쪽과 남쪽의 적, 즉 하리마 군대와 오사카 혼간지에 대비해 지어졌기 때문이지만 또 한 가지 이유가 있다. 즉 이나가와강과 늪지대, 거기에 물가의 낭떠러지가 천연 요새 역할을 해서 동쪽에서는 아리오카성을 공격할 수 없다고 보았기 때문이다. 하지만 막상 이렇게 동쪽에 적이 진을 치니 목덜미에 칼날이 들어온 것 같아 무라시게도 영 기분이 좋지 않았다.

진영은 울타리를 사각형으로 세워 주위를 감싸고 대충 막사만 지어 놓은 간소한 구조였다. 성벽으로부터 두 정(町), 약 백이십 칸• 거리로 활이나 철포로 조준할 수 있는 거리가 아니라고는 하나 지척이다. 무라시게는 불쾌한 기색으로 말했다.

• 약 220미터

"누구의 진이냐."

"글쎄요……. 여기서는 깃발 표식이 보이지 않습니다."

"유인인가, 아니면."

그 목소리가 너무 작아 규자에몬은 무심코 되물었다.

"주군. 지금 뭐라 말씀하셨습니까?"

무라시게는 그 질문에는 대답하지 않고 큰 소리로 사람을 불렀다. 아래층에서 부하가 올라와 고개를 숙였다.

"호위대를 한 사람 불러라. 고리……."

고리 주에몬을 부르라고 명하려다가 그에게 성내 정탐을 지시했다는 사실을 떠올렸다.

"아니, 그래. 이타미 이치로자에몬이 좋겠구나."

부하는 조용히 물러나 아래로 내려가서 그대로 달려갔다. 무라시게는 규자에몬을 바라보며 "그만 물러가거라."라고 말했다. 규자에몬은 다소 불만스러운 표정이었지만 잠자코 천수각에서 내려갔다.

호위대 오본창, 이타미 이치로자에몬이 천수각으로 올라왔을 때는 서쪽 하늘이 붉게 물들고 있었다. 보초를 서고 있었는지 이치로자는 갑옷을 입고 있었다. 끝자락에 속하나 그래도 역시 이타미 가문의 핏줄이라, 표면이 매끈한 갑옷과 정수리에 징이 박힌 투구가 몹시 세련되었다. 홀쭉한 이치로자지만 이렇게 갑옷을 차려입은 모습은 역시나 무사답게 당당했다. 전쟁 중에 보통 그러하듯 이치로자는 투구도 벗지 않고 고개를 숙였다.

“왔느냐, 이치로자. 저것을 보아라.”

무라시게의 손끝을 따라 이치로자가 성 밖을 보았다. 무라시게가 이어서 물었다.

“늪에 진을 치다니 너무나 기묘하구나.”

이치로자는 이타미의 지형에 해박하다. 시선을 집중하면서 대답했다.

“성의 동쪽은 지형이 험하다고는 하나 바다에 떠 있는 섬과도 흡사해, 곳곳에 단단한 모래밭도 있습니다. 그런 장소라면 임시 진영을 세울 수 있겠지만 그것도 비가 내리기 전에나 가능한 일. 비라도 한바탕 내리면 대번에 질척해져서 군대도 영 머무르지 못할 것입니다.”

“쐐기를 박고 바닥을 깔면 어떻겠느냐?”

“그 정도로 기본을 다진다면 어느 정도는 버틸 것 같습니다.”

“흠. 저 진영은 우리를 끌어내려는 미끼 같기도 하구나. 저것이 누구의 진영이고 무슨 목적으로 세운 건지 알고 싶다. 이치로자, 알아낼 수 있겠느냐?”

이치로자는 진영에서 눈을 떼지 않고 짧게 대답했다.

“예.”

“좋다. 데려가고 싶은 자는 있는가?”

“없습니다.”

“필요한 것은?”

“금이 도움이 될 것 같습니다.”

무라시게는 끄덕이더니 품에서 작은 가죽 주머니를 꺼내서 끈을 풀었다. 금 조각을 몇 개 이치로자의 손에 얹어 주자 이치로자는 그것을 공손히 받으며 물었다.

"기한은 있습니까?"

"빠를수록 좋지만 서두르다 일을 그르쳐도 안 된다. 진실을 가늠하는 것이 중요함을 명심해라."

"예."

"되었느냐."

이치로자는 잠시 입을 다물었다가 고개를 숙였다.

"외람되지만 말씀드리겠습니다. 소인, 일꾼으로 분장해 진영에 숨어들 생각이온데 무운이 없어 들통나 목숨을 잃으면 투구도 쓰지 않은 소인은 결국 필부로 들판에 버려질 것이옵니다. 그리되면 너무나 억울하오니 소인이 돌아오지 않으면 이타미의 이치로자는 훌륭하게 전사했다고 여겨 주시고 제 자식을 이끌어 주시기를 부탁드립니다."

"알겠다."

"한 줄 써 주신다면."

"그러마."

무라시게는 사람을 불러 종이와 붓을 가져오게 했다. 목숨에 무곡(無曲)한 일이 있다면 혈육을 등용하겠노라 적고 서명을 한 뒤 이치로자에게 주었다. '무곡'이란 '기껍지 않은 일'을 뜻하는데 여기서는 완곡하게 죽음을 가리킨다. 이치로자는 글귀를 찬찬히 읽은 뒤 서한을 공손히 이마에 가져다 댔다. 무라시게가 명했다.

"좋다, 가거라."

이치로자는 고개를 숙이고 뒷걸음질로 물러났다. 혼자 천수각에 남은 무라시게는 누구의 것인지 모를 진영이 밤의 어둠 속에 묻힐 때까지 뚫어져라 노려보았다.

4

이튿날. 정오가 지났을 무렵, 무라시게는 호위대에 명령해 말을 타고 혼마루를 나섰다.

무라시게는 이따금 이렇게 부하들을 대동하고 성안을 둘러본다. 오늘 대동한 것은 호위대 오본창 아키오카 시로노스케와 이누이 스케사부로였다. 시로노스케는 허리춤에 두 자루의 칼을 찼을 뿐이고 거구의 스케사부로는 큼직한 창을 어깨에 메고 있었다.

성주는 자고로 위엄을 지키기 위해 저택에 머무르며 경솔히 사람들에게 모습을 보이지 않는 게 좋다고 생각하는 이들도 많지만, 무라시게는 그렇게 생각하지 않는다. 보아야 할 것은 두 눈으로 직접 보고, 들어야 할 것은 두 귀로 직접 듣는 신조다. 성안을 둘러보는 무라시게가 누군가를 견책하는 일은 거의 없지만 가신들은 무라시게의 시선을 유독 두려워했다.

낮 시간의 무사 주거지는 적적해서 바람이 아니면 움직이는 그림자조차 없다. 다들 각기 주어진 역할에 따라 소임을 하고 있다. 아리오카성이 완성된 지 이 년도 채 지나지 않았기 때문에 무사 주거지의 가옥들은 아직 전부 새로웠고, 기둥이며 덧문의 목재도 새것의 느낌이 남아 있다. 어디선가 갓난아이 울음소리가 들려오더니 삽시간에 화통이라도 삶아 먹은 것처럼 요란해졌다. 호위대 하나가 목소리가 나는 쪽을 향해 눈썹을 찌푸렸지만 무라시게는 아무 소리도 들리지 않는다는 표정으로 말을 몰았다.

무사 주거지와 민가 사이에는 길을 따라 깊고 큰 해자가 파여 있다. 만일 요새가 뚫리고 민가가 불에 탈 경우 이 해자를 방패 삼아 다시 한 번 싸우기 위한 설계다.

민가에는 무사가 아닌 서민들이 살고 있다. 무기와 도구를 만드는 대장장이와 목수 등 전쟁에 도움이 되는 장인들도 살고 농부나 상인, 신사와 사원의 승려들도 산다. 어디서 철을 벼리고 있는지 땅땅 소리가 난다. 또 다른 쪽에서는 뭔가 기묘한 노랫소리가 들려왔다. 무라시게는 그것이 '미사'라 불리는, 남만종을 믿는 이들의 법회라는 사실을 알고 있다. 이타미 성읍에도 남만종 신자가 있어, 그들은 선교사가 없는 아리오카성에서도 의지할 곳을 찾아 어렴풋이 주워들은 미사를 이어 나가고 있다. 선교사와도 친분을 맺었던 다카야마 다료는 그들에게 믿음직한 기둥이었다.

아리오카성은 해자와 울타리로 땅을 넓게 에워쌌는데, 가옥이나 논도 없이 비어 있는 땅은 조금이라도 병량을 비축하려고 채소를 심어 밭으로 만들었다. 그런 밭에서 몇 사람이 쟁기를 휘두르고 있었는데 무라시게가 지나가는 것을 아는지 모르는지 아무도 일손을 멈추려 하지 않았다. 어디서 "저기 봐라, 성주님이시다." 라고 속삭이는 소리가 들려왔다. 문 뒤에 숨어서, 초가집 그늘에서, 백성들이 보고 있다. 무라시게는 여전히 아무것도 보고 있지 않은 표정이었지만 이때 그의 온몸은 눈과 귀나 다름없었다.

과거에 무라시게가 이케다 가문의 일개 가신에 지나지 않았을 때, 전쟁이 다가오면 반드시 거리와 마을을 둘러보았다. 백성들은 전쟁에 익숙해서 이케다 가문이 누구와 어떻게 싸우든 모든 것을 체념한 얼굴로 자질구레한 일상을 보냈지만, 그래도 경우에 따라서는 희미한 기운이 감도는 경우도 없지는 않았다. 역시나 위대한 이케다의 대장이라고 칭송하는 분위기를 느낄 때도 있었고 그 반대의 경우도 있었다. 지금 무라시게는 아리오카성을 살펴보며 민초들의 분위기를 읽으려 했지만 그것은 역시 쉬운 일이 아니었다. 뭔가가 있다……, 그런 염려를 하는 것처럼 보이기도 했지만, 무라시게는 그것이 무엇인지 알 수가 없었다. 애초에 염려할 일은 아무것도 없을지도 모른다.

무라시게와 수행원들은 한 사찰로 다가갔다. 아리오카성을 세울 때 몇 개의 사찰을 성안으로 옮겼는데 그중 하나였다. 법회라도 있는지 사찰 문 앞에는 많은 민초들이 모여 있었다. 이누이 스케사부로가 어딘지 기쁜 기색으로 무라시게에게 알렸다.

"주군. 저기에 다시 님께서."

스케사부로의 시선 끝에는 장옷을 쓴 여인들이 있었다. 얼굴을 보지 않더라도 의복의 질을 보면 누구인지 금방 알 수 있다. 스케사부로가 발견한 것은 지요호였다.

'다시'란 무라시게 세력이 아리오카성으로 들어오기 전, 지요호가 다시라 부르는 외성(外城)에 살고 있었기 때문에 붙은 이름이다. 남편인 무라시게 외에는 지요호라는 본명을 부르기를 꺼려 '다시 님', '다시 마님'이라고들 불렀다.

무라시게는 스케사부로에게 "오냐." 하고 대답하고 살짝 뺨을 누그러뜨렸다. 이윽고 지요호도 무라시게를 알아보고 눈인사를 했다. 무라시게는 아무 말 없이, 하지만 살짝 말고삐를 늦추어 사찰 앞을 지났다. 바로 그때 한 사내가 슬그머니 다가왔다. 대번에 아키오카 시로노스케가 태세를 갖추고 칼자루에 손을 뻗었지만 다가온 사내는 호위대의 고리 주에몬이었다. 무라시게가 물었다.

"주에몬. 어찌하여 이곳에 있느냐."

주에몬은 뜻밖이라는 표정을 지었다.

"사이카의 스즈키 마고로쿠 님이 법회에 참가한다는 말씀을 듣고 따라왔습니다. 주군께서도 그래서 나오신 줄 알고 찾아뵌 것입니다만."

이곳은 일향종 사찰로, 일향종 신도인 지요호가 참배하는 것도 그런 이유 때문이다. 스즈키 마고로쿠도 신실하기로 유명한 신도로 법회에 참석하는 것은 이상하지 않다. 무라시게는 고개를 끄덕이며 물었다.

"임무는 어찌 되었느냐."

"대강은 알아냈습니다. 하지만 여기에서는 말씀드리기 조심스럽습니다."

"그렇다면 저택으로 오너라."

그렇게 명령하고 무라시게는 말머리를 돌렸다.

무라시게는 용무가 많았다. 날이 서쪽으로 살며시 기울기 시작할 무렵에야 겨우 주에몬의 보고를 들을 짬을 낼 수 있었다.

천장이 격자로 된 대청은 무라시게가 셋쓰노카미로서 사람을 만나기 위한 격식 있는 방이었다. 하지만 지금 무라시게는 모든 상대와 이곳에서 대화한다. 주에몬은 마루에 책상다리로 앉아 두 주먹을 바닥에 짚고 고개를 숙였다. 무라시게가 말했다.

"말해 보아라."

"예."

주에몬은 대답하고 고개를 들었다.

"먼저 다카쓰키 부대인데, 성을 버리면서까지 저희에게 가세한 다카쓰키 부대를 나쁘게 말하는 이는 없었으며 다카야마 다료 님이야말로 무사의 귀감이라고 평판이 높았습니다. 다만 다카쓰키 부대는 성을 나올 때 병량까지 챙기지는 못해, 며칠분의 휴대식량만 들고 아리오카성에 들어와 지금은 이곳의 병량을 이용하고 있습니다. 하물며 지난 12월 전투에서 다카쓰키 부대는 대단한 무훈을 세우지 못했다 보니."

12월의 전투는 방어전이었다. 다카쓰키 부대가 무훈을 세우지 못한 이유는 그들이 방어하는 요새를 오다 군대가 공격하지 않았을 뿐이다. 모두가 아는 사실이지만 동시에 어떤 이유가 있든 수훈을 세우지 못하면 눈치가 보이는 게 무사다.

"다카쓰키 부대는 자기들이 식량을 축내고 있는 게 아닌지 부끄러워하는 듯합니다. 아리오카 아군 중에 그런 문제로 대놓고 타박하는 이는 없으나, 역시 다카쓰키 부대에 병량을 배급할 때 어딘지 모르게 달가워하지 않는 분위기가 없다고는 할 수 없다 보니 다카쓰키 부대에서는 다카야마 다료 님은 무슨 생각인지 의심하는 눈치도 있었습니다."

무라시게는 말이 없었다. 주에몬은 잠시 짬을 두고 이어서 보고했다.

"다음으로 사이카 부대입니다만, 이쪽은 아리오카 아군들과 교류가 적고 평판이 좋지도 나쁘지도 않아 제대로 알아내지 못했습니다. 하지만 사이카 사람들은 열성적인 일향종 신도라 참배에 빠지지 않아, 사찰 승려와 일꾼 중에 사정을 아는 이를 찾았습니다. 듣자하니 사이카 병사들 중에는 망루에 올라 보초만 서기 위해 온 게 아니라고 불평하는 이가 적지 않다고 합니다."

사이카 부대는 원래 무라시게의 편을 들 이유가 없다. 그들은 단순히 이타미에서 오다와 싸우라는 오사카 혼간지의 지시를 따르고 있을 뿐이다. 전투가 없다면 그들이 아리오카성에 있을 이유도 없다.

"풍문에 의하면 아마가사키성에 들어간 스즈키 마고이치는 이미 기슈로 돌아갔다고 하니, 아리오카성의 사이카 부대도 할 일이 없으면 돌아가고 싶다고 한답니다. 스즈키 마고로쿠는 입이 무거운 성격이라 직접 불평하는 일은 없지만 다른 이의 군소리를 탓하지도 않는다고 들었습니다."

"그런가."

"계속 조사할까요?"

"아니, 됐다. 물러가거라."

"예."

고리 주에몬이 공손히 물러났다. 노을이 비치는 대청에 홀로 남아 무라시게는 묵고했다.

고리 주에몬의 보고는 간결하면서도 요점을 잘 담고 있어, 스즈키 마고로쿠와 다카야마 다료가 군사 회의에서 전투를 주장한 이유도 대강 알 수 있었다. 농성은 몸을 사리는 것이 당연하지만, 적을 앞에 두고 화살 한 번 쏘지 않는다면 역시 아무래도 사기가 떨어진다. 다카쓰키나 사이카 부대는 싸워야 할 이유가 있었다.

무라시게는 모든 불안이 똑같이 중요하다고 생각하지는 않는다. 그런 생각은 신중해 보이지만 사실 사물의 이치를 모르는 자의 사고방식이다. 하지만 무라시게는 다카쓰키와 사이카 부대의 동요는 분명 화근이 될 거라고 직감했다. 지금은 작은 불씨지만 내버려 둘 수 없다. 사기가 고갈된 성은 마른 가지와 같아서 자그마한 불에도 활활 타오른다. 사이카와 다카쓰키 부대가 수훈을 세우도록 해야 한다. 하지만 그렇다고 해서 정면에서 오다에게 달려들 수도 없다…….

무라시게는 기다렸다. 성주로서 사람들을 만나고, 명령을 내리고, 서한을 쓰고, 신불에 기도하면서 기다렸다. 이틀은 기다려야 할 거라 예상했지만 의외로 빨라서, 기다리던 소식이 도착한 것은 이튿날 아침이었다. 아침 식사를 마친 무라시게에게 부하가 이렇게 보고했다.

"호위대, 이타미 이치로자에몬 님이 알현을 요청하였습니다."

무라시게는 그때 갑옷도 걸치고 있지 않았다. 하지만 그는 복장을 가다듬을 새도 아까워 바로 이치로자를 대청으로 들이도록 명령하고 직접 검을 움켜쥐고 자리에서 일어섰다.

이치로자는 진흙투성이였다. 넙죽 엎드린 이치로자의 구레나룻과 바닥을 짚은 손에도 마른 진흙이 들러붙어 있었고, 마루에는 이치로자가 지나온 자리마다 진흙이 떨어져 있었다.

"고개를 들라."

상체를 일으킨 이치로자의 얼굴 역시 흙투성이였지만 이치로자는 자신의 몰골을 부끄러워하는 기색은 물론, 흙먼지를 뒤집어쓴 채로 달려온 행동을 과시하는 기색도 없었다. 무라시게는 그런 마음가짐을 흡족하게 여겼다.

"이치로자, 빨리 돌아왔구나."

"예."

"어서 들어 보자. 조사는 어땠느냐?"

이치로자는 눈길을 떨어뜨리고 낮은 목소리로 대답했다.

"동쪽에 포진해 있던 것은 오다 군대, 오쓰 덴주로였습니다."

무라시게의 눈동자가 살짝 커졌다.

"뭐라, 오쓰?"

"분명합니다."

무라시게는 턱을 어루만지며 중얼거렸다.

"나가마사인가. 설마."

오쓰 덴주로 나가마사는 노부나가의 기마 호위병이다. 기마 호위병의 역할은 첫 번째가 주군의 안전을 지키는 것인데, 오쓰는 노부나가의 신임이 두터워 장수들을 감시하는 감찰관 역할도 맡고 있었다. 노부나가가 부리는 기마 호위병에서 장수로 승격된 자는 많지만 그것을 감안하더라도 오쓰는 아직 젊다. 한 부대를 이끌고 진을 치다니 무라시게로서도 뜻밖이었다.

“작년 정월, 아즈치성에 초대받았을 때 향응을 맡았던 게 나가마사였다. 이상하게 어긋나서 얼굴을 마주할 일은 없었지만……. 설마 이곳 셋쓰에서 대진하게 될 줄은.”

무라시게는 그렇게 술회하며 가볍게 손을 흔들었다.

“계속해라.”

“예. 오쓰 덴주로는 다른 장수들과 함께 다카쓰키성을 지키라는 명령을 받았는데, 지난겨울 전투에서 동료를 잃은 원한이 깊어 설욕전을 벌이겠다고 성에서 나왔답니다.”

작년 전투에서는 역시 노부나가의 측근이었던 만미 센치요가 전사했다. 동료라 함은 아마도 센치요일 것이다.

“그렇다면 성의 동쪽에 포진한 것은 노부나가의 지시가 아니라는 뜻인가?”

“예, 독자적인 행동인 것 같습니다. 듣자하니 덴주로는 하시바 지쿠젠도 기후성을 뒤흔들어 명성을 높였으니 자기도 아리오카성으로 공을 세우겠다고 크게 으스댔다고 합니다.”

“흠.”

무라시게가 이치로자를 힐끗 쳐다보았다.

“그건 누구에게 들은 이야기더냐?”

“소인, 일꾼으로 변장해 그 진영에 숨어들었는데 가까운 마을에서 동원된 일꾼 가운데 아는 이가 있어 전부 그자로부터 들었습니다.”

"그자가 자네가 정탐하고 있던 것을 오쓰에게 보고할 것 같은가?"

이치로자가 잠시 고민하다가 대답했다.

"입이 가벼운 남자도 아니고 소인에게 다소 신세진 바도 있으니, 묻지도 않은 말을 굳이 오쓰에게 보고하지는 않을 것입니다. 그렇지만 신문을 한다면 목숨을 걸면서까지 입을 다물지도 않을 것입니다."

"그렇구나. 적의 숫자는 알아냈느냐?"

"백 명이 미처 못 됩니다."

독자적인 행동이라면 오쓰가 이끄는 것은 노부나가에 속한 병사가 아니라 그가 다룰 수 있는 병사뿐이라는 뜻이다. 백 명이면 많은 편이리라. 동시에 손쓸 수 없을 정도로 많은 것도 아니다.

"오쓰의 진영까지 안내할 수 있느냐?"

"예. 소인은 이 땅에서 나고 자라 밤중에도 안내할 수 있습니다."

무라시게는 고개를 끄덕이고 일어섰다.

"좋다. 이치로자에몬, 참으로 잘해 주었다."

이치로자는 잠자코 고개를 숙였다. 무라시게는 큰 소리로 사람을 불러, 장지문을 열고 들어온 부하에게 무라시게의 비장품인 미노의 대장장이가 만든 칼을 가져오도록 명령했다. 이윽고 부하가 돌아오자 무라시게는 그 칼을 직접 이치로자에게 건네주었다.

"상으로 주마. 받아 두어라."

이치로자의 얼굴이 대번에 붉어졌다.

"이것은. ……더없는 영광이옵니다."

그리고 무라시게는 단호한 목소리로 명령했다.

"방과 목욕물을 준비시킬 터이니 오늘밤은 저택에서 머물도록 해라."

이치로자는 조금 놀란 기색이었지만 이유도 묻지 않고 넙죽 엎드렸다.

"알겠습니다."

5

그날, 스즈키 마고로쿠와 다카야마 다료에게 무라시게가 보낸 사자가 찾아왔다.

사자는 술과 식사를 차릴 것이니 정예병 스무 명과 함께 저녁에 찾아오라는 무라시게의 명령을 전했다. 스즈키 마고로쿠는 딱히 싫은 기색도 없이 오라니까 간다는 듯이 묵묵히 스무 명을 뽑았다.

한편 다카야마 다료 쪽은 그리 쉽지 않았다. 무라시게의 가신이 아니라 외부인인 다카쓰키 부대는 무라시게가 접대해 줄 이유가 딱히 떠오르지 않았던 것이다. 다료에게 "어르신. 이는 저희 다카쓰키 군을 의심해 몰래 치려는 속임수가 아니올지."라고 말하는 이도 있었다. 하지만 다료는 석연치 않은 표정을 지으면서도 고개를 가로저었다.

"그렇다면 병사를 데려오라고 하지 않았겠지. 어쨌거나 셋쓰노카미 님의 초청을 거절할 수는 없다."

이리하여 저녁 무렵, 엄선된 사이카 병사와 다카쓰키 병사가 혼마루로 들어갔다. 비록 술자리에 불려 간다고는 하나 전쟁 중이라 모두가 투구와 갑옷을 차려입고 있었다. 해자에 놓인 다리를 건너 문을 통과하자 고리 주에몬이 그들을 맞이했다.

"고생이 많소. 안내하겠습니다."

신분이 높은 자는 저택으로 들이고, 그렇지 않은 자는 정원으로 안내했다. 핵심 인물들은 무라시게와 자리를 같이했다. 시녀들이 식사와 술을 내왔고 모두 공평하게 대접을 받았다.

날이 저물면 혼마루의 문은 닫는다. 병사들 중에는 문이 닫히는 소리에 눈썹을 찌푸린 자도 있었지만 대부분은 오랜만에 먹는 맛있는 술에 흥겨워할 따름이었다. 무라시게를 에워싼 연회석에서는 몇 차례 웃음소리도 일었다. 이윽고 술과 식사가 떨어지자 무라시게는 사람들을 정원으로 불러 차분하게 말했다.

"오늘밤, 야습을 한다. 목표는 이 성 동쪽에 있는 진, 적의 대장은 오쓰 덴주로 나가마사. 다카쓰키 부대 다카야마 다료, 사이카 부대 스즈키 마고로쿠를 야습 대장으로 임명하겠다. 나도 호위대를 끌고 출진한다. 무기가 부족하다면 무기고에서 창과 철포를 꺼내라. 두려운 자는 남아도 좋다. 달이 중천에 다다르면 성을 출발한다. 목표는 오쓰의 목이다. 각자 최선을 다하라."

뜻밖의 명령에 장졸들이 술렁거렸다. 다카야마 다료가 얼굴을 붉히며 말했다.

"셋쓰노카미 님이 직접 출진하다니 위험합니다, 자중해 주십시오."

하지만 무라시게는 태연한 얼굴로 들은 체도 하지 않았다.

"천만에. 몸이 근질근질하구나."

저택 주변에는 어느새 호위대가 모여 있었다. 야습 계획을 듣지 못했던 그들 역시 그래서 소집했구나, 하고 그제야 이해했다.

사이카와 다카쓰키 병사들에게는 천수각에서 준비를 하도록 명령했다. 천수각으로 들어온 그들에게 호위대가 북과 뿔피리 신호, 암호, 공격 수순을 전했다. 한가한 자는 갑옷 틈새에 풀을 넣어 소리가 나지 않도록 손을 보았다. 쪽잠을 자려는 이도 많았다. 열사흘 밤, 달은 횃불이나 화톳불이 필요 없을 정도로 휘영청 밝았다. 아리오카성 혼마루에 대번에 전투의 열기가 감돌았다.

혼마루에는 이나가와강으로 내려가는 길이 있다.

성 밖에서는 보이지 않도록 철저하게 은폐된 길로 사이카나 다카쓰키 부대는 물론, 무라시게가 어릴 때부터 키운 호위대 중에도 이 길을 모르는 이가 있었다. 평상시에는 이나가와강을 지나는 배와 사람, 물자의 출입에 이용하지만 전쟁이 시작된 지금은 문으로 막혀 있다. 길 양옆에는 통나무와 바위가 쌓여 있어 만약 적군이 이 비밀 통로를 알아챈다면 바로 매몰할 수 있는 구조다.

야습 부대는 혼마루를 출발해 미리 은밀히 띄워 놓은 배를 뜬다리 삼아 이나가와강을 건넜다. 임시로 설치한 이 뜬다리가 끊기면 성으로 돌아갈 방도가 없어, 야습 부대는 떼죽음을 당하는 수밖에 없다. 무라시게는 호위대 중에서도 검술에 뛰어난 아키오카 시로노스케를 불렀다.

"두 명을 붙여 줄 것이니 이 다리를 철저히 수비해라."

명령을 받은 시로노스케는 믿음직하게 대답했다.

"목숨과 바꿔서라도 반드시."

호위대가 앞장서고 그 뒤를 다카쓰키 부대, 사이카 부대가 따랐다. 무라시게도 갑옷과 투구를 썼지만 가벼운 몸놀림을 중시해 무기는 부하에게 들게 했다. 물소리만 들려오는 고요한 봄날 밤이었다. 갈대에 가려서 적진은 보이지 않는다. 이타미 이치로자가 앞장서서 안내했다.

야습은 무조건 조용해야 한다. 말은 울어 대니 타지 않는다. 갑옷이 스치면 소리를 내니 정강이 보호대를 걷어 올려 끈으로 묶는다. 철포를 든 이도 있지만 화약심지는 눈에 띄니 감춰서 가져간다. 익숙하지 않은 병사가 떠들지 않도록 나뭇조각을 재갈처럼 물리는 경우도 있지만 오늘밤 야습은 모두 정예병이라 그런 조치는 필요 없었다. 질척거리는 진흙 속에서 슬금슬금 전진하는 야습 부대는 호위대를 포함해 일흔 명 정도였다. 인원은 적지만 그래도 진흙을 밟는 소리와 사람들의 숨소리, 갈대가 스치는 소리는 한밤중에 깜짝 놀랄 만큼 크게 울렸다. 갈대밭 너머가 어렴풋이 밝다. 적진에서는 화톳불을 피우고 있는 듯했다.

진흙 속을 얼마나 걸었을까. 무라시게가 문득 뒤를 돌아보자 달빛 속에 아리오카성이 그 웅장한 모습을 드러내고 있었다. 점점이 타오르는 화톳불이 아름답다. 성까지 거리를 짐작해 본 무라시게가 적진까지 얼마 남지 않았음을 깨달았을 때, 선두에 있던 이치로자가 걸음을 멈추었다. 무라시게는 이치로자에게 다가가 물었다.

"무슨 일이냐."

이치로자가 목소리를 한껏 낮추어 대답했다.

"여기서부터는 갈대가 듬성하니 정찰을 해야 할 것 같습니다."

"그런가. 이치로자, 자네는 머물러라."

무라시게는 가까이 있던 병사들을 둘러보다가 고리 주에몬에게서 시선을 멈추었다.

"주에몬, 들었겠지? 가거라."

"예."

주에몬이 작게 대답하고 투구를 벗어 동료에게 맡겼다. 소리를 잘 듣기 위한 자세다. 갈대를 헤치고 나가는 주에몬의 모습은 바로 시야에서 사라졌고 야습 부대는 숨을 죽이고 기다렸다. 기다림으로 애태우는 일 없이 다시 갈대가 흔들리더니 주에몬이 돌아왔다.

"말마따나 이 앞에서 갈대밭이 끝나고, 적진은 그 너머에 있었습니다. 그리고 적진 앞에는 갑옷 무사가 두 명, 이쪽을 알아차린 기미는 없었습니다."

"좋다."

무라시게는 스즈키 마고로쿠와 다카야마 다료를 불렀다. 다소 긴장한 표정의 두 사람에게 무라시게는 조용히 고했다.

"지금부터 적진 앞에 있는 무사를 사살하겠다. 만약 빗맞으면 적은 야습을 알아차리고 방어를 굳힐 테니 진을 가다듬기 전에 공격해야 한다. 작전대로 다카쓰키 부대는 오른쪽, 사이카 부대는 왼쪽으로 이동한다. 나는 후방에서 지휘하겠다. 북을 두 번 치면 공격한다. 뿔피리를 길게 불면 뒤로 물러나라. 공격하기 전에 뿔피리 소리가 들리면 적이 대비하고 있었다는 뜻이니 즉각 후퇴하라."

마고로쿠와 다료가 각기 대답했다.

"좋다. 가라."

무라시게는 그렇게 두 사람을 보내고 이어서 주에몬을 불렀다.

"앞장서라. 적을 봐야겠다."

주에몬이 "예. 이쪽입니다." 하고 앞장섰다. 무라시게는 활을 든 호위대 두 명과 북치기, 뿔피리 담당 그리고 무라시게의 활을 든 부하를 불렀다. 갈대를 헤치고 진흙을 밟으며 전진하니 금방 시야가 트이고 화톳불을 설치한 적진이 멀리 보였다. 그리고 갈대에 숨은 무라시게로부터 몇십 걸음 떨어진 곳에 확실히 두 명의 무사가 달빛을 받으며 서 있었다. 둘 다 갑옷은 입고 있지만 오른쪽 무사는 투구를 쓰지 않았다. 그렇다면 왼쪽에 선 무사가 신분이 높은 무사이고, 투구를 쓰지 않은 쪽은 그 무사를 섬기는 하인이거나 경호병이리라 예상했다. 적은 뭔가 이야기를 나누며 아리오카성을 노려보고 있었고 무라시게 일행의 존재는 눈치채지 못했다. 무라시게는 부하를 불러 활을 받아 드는 대신 투구를 맡겼다. 활을 선택한 이유는 철포는 너무 큰 소리가 나기 때문이고, 투구를 벗은 이유는 활을 힘껏 당기려면 투구 장식이 방해되는 경우가 있기 때문이다.

무라시게 외에 활을 든 호위대 두 명이 그의 옆에 섰다.

"내가 오른쪽을 쏘겠다. 너희들은 왼쪽을 쏘아라."

그렇게 명령하고 무라시게는 화살을 시위에 걸었다.

서늘한 달빛 아래 목표물인 무사의 얼굴이 보였다. 어둠에 익은 눈으로 그 얼굴 생김새를 자세히 살폈다. 아직 젊다. 단정한 얼굴을 잔뜩 찌푸리고 뭔가 이야기하고 있다. 바람이 갈대를 흔들었다. 쏴아아, 소리가 났다. 무라시게는 활을 당겼다.

나무아미타불……, 무라시게는 기도했다. 이 화살이 빗나가지 않게 하소서.

달이 구름에 걸렸다. 무사가 무슨 생각을 했는지 갑자기 고개를 돌렸다. 그 시선이 무라시게에 꽂히려는 찰나, 무라시게는 시위에서 손을 뗐다.

화살은 무사의 미간을 꿰뚫었다. 무사는 마지막 순간 분명 무라시게를 보았다. 그는 입을 벙긋거리려다가 그대로 진흙 위에 쓰러졌다.

그리고 두 개의 화살이 왼쪽 무사에게 날아들었다. 하나는 빗나갔고 또 하나가 무사의 어깨에 꽂혔다. 눈을 크게 부릅뜬 것도 한순간, 무사는 쓰러진 남자를 일으키려 했는지 무릎을 꿇으면서 동시에 입을 크게 벌렸다.

"어이!"

목소리는 막지 못했지만 길게 이어지지도 않았다. 이어서 날린 무라시게의 화살이 등에 꽂혔고 호위대의 화살이 허벅지를 꿰뚫었다. 무사는 소리칠 기력도 잃었는지 말없이 진영으로 달아났다. 무라시게는 그 등에 세 번째 화살을 겨누었지만 결국 쏘지는 않았다. 무사의 모습이 어둠속에 묻혀 이미 보이지 않았기 때문이다. 하인인지 병사인지, 어느 쪽이든 신분이 낮은 자를 처치하고 무사를 놓쳤나 싶어 무라시게는 분했다. 그리고 야습이 탄로 난 게 아닌지 잠시 망설였다. 달아난 무사가 급보를 전해 적진이 전투에 대비하기까지 얼마나 여유가 있을까. 하지만 고민은 짧았다.

"북을 두 번 쳐라."

지시를 받은 북치기는 바로 하명에 따랐다. 밤의 정적을 찢고 북소리가 갈대밭에 울려 퍼졌다. 사이카와 다카쓰키 군대가 달려 나오자 갈대가 일제히 흔들린 것처럼 보였다.

"함성을 지르라!"

무라시게가 숨을 크게 들이마시고 큰 소리로 외치자 일대에서 "와아!" 하는 소리가 일었다. 호위대가 무라시게를 에워싸고 방어를 굳히는 사이 병사들이 적진의 울타리에 달려들었다. 최초의 철포 소리가 정적을 깨자 적진에 화살이 비처럼 날아들었고 탄환이 우박처럼 쏟아졌다.

이윽고 도끼와 망치로 울타리를 깨부수고 병사들이 적진으로 우르르 들어갔다. 야습은 한시가 귀하다. 졸개들을 무찔러도 머리를 칠 여유는 없다. 적을 치는 순간을 동료가 보았다면 머리는 그냥 내버려 두고 다음 적에게 달려든다. 철포 소리가 울리고, 함성이 일고, 비명이 어둠 속에서 길게 꼬리를 물었다. 적진은 난리였다. 무라시게는 적진 밖에서 팔짱을 끼고 말없이 전투를 주시했다.

그때 화톳불을 등지고 검은 그림자가 적진에서 튀어나왔다. 자세히 보니 속옷 차림에 칼집에서 뺀 검을 어깨에 지고 머리에 투구만 달랑 쓴 애처로운 모습이다. 달아나려는 건지 어깨 너머로 뒤를 돌아보며 달리다가 정신을 차리고 앞을 바라보았을 때, 사내는 자기가 무라시게 일행의 정면으로 뛰어든 것을 깨달았다. 호위대가 창을 겨누었고 활과 철포가 적을 조준했다. 사내는 얼굴을 잔뜩 일그러뜨렸지만 끝장이라고 생각했는지 눈동자에 기묘한 빛이 감돌았다. 사내는 두 손을 들고 소리쳤다.

"나는 오쓰 가신, 호리 야타로. 이런 몰골이지만 무사다. 거기 있는 자, 야습 대장으로 보이니 저승 선물로 목을 내놓아라!"

그러더니 몸을 낮추고 무라시게를 향해 와락 달려들었다. 탄환과 화살이 쏟아지고 연기가 바람에 흩날렸다. 실력이 출중한 아라키 호위대가 이때만큼은 기이하게도 표적을 놓쳤다. 야타로는 고함을 지르며 무라시게까지 일곱 걸음, 여섯 걸음, 다섯 걸음, 점점 다가왔다. 호위대 하나가 철포를 집어던지고 칼을 뽑아 야타로와 무라시게 사이에 끼어들었다. 이타미 이치로자였다.

무라시게도 팔짱을 풀고 허리춤의 칼에 손을 뻗었다. 무라시게 비장의 명검, 고노 요시히로는 저택에 두고 왔다. 지금 무라시게가 차고 있는 것은 무디기로 악명 높은 나라 지방의 검이다. 날카로운 맛은 명장에게 주문해서 만든 검에 한참 모자라지만, 값이 싸서 쉽게 대량으로 구할 수 있다. 전쟁터에서 마음껏 휘두르기에는 이런 검이 좋을 것 같아 무라시게가 직접 고른 검이다. 천천히 빼 들자 이름도 없는 검이 달빛에 빛났다.

이타미 이치로자가 "고얀 놈!" 하고 소리치며 수차례 검을 내질렀다. 그 칼끝은 빗나가지 않고 야타로의 오른쪽 어깨를 베었지만, 야타로는 왼손으로 칼을 바꿔 쥐고 쭉 내밀었다. 예상외로 날카로운 그 공격이 이치로자의 목덜미에 닿았다. 목 보호대가 칼끝은 막아 주었지만 그대로 미끄러진 검이 이치로자의 목을 크게 할퀴었다. 피가 솟구쳤다.

"네 이놈!"

호위대들이 흥분해서 칼을 휘두르고 창을 찔렀다. 하지만 야타로는 그 공격을 전부 피해 놀랍게도 무라시게의 코앞까지 달려들었다. 아직 사정거리는 아니었지만 무라시게는 무딘 검을 치켜들었다가 말없이 휘둘렀다. 좌우로 창검에 포위당한 야타로는 그것을 피하지 못하고 자기 검으로 막아 냈다. 달밤에 불꽃이 튀었다.

"큭!"

무라시게의 완력은 보통이 아니다. 야타로는 검을 떨어뜨렸다. 저린 팔을 만져 볼 틈도 없이 그 온몸에 칼과 창이 꽂혔다. 외마디 소리를 지르며 야타로가 쓰러지자 턱 끈도 묶지 못했던지 투구가 벗겨져 진흙 속에 데굴데굴 굴렀다. 호위대 하나가 재빨리 그 목을 쳤다. 무라시게는 진흙투성이가 된 야타로의 투구를 힐끔 쳐다보고 쓰러진 이치로자를 보았다.

이치로자는 아직 숨이 붙어 있었다. 입을 꾹 다물고 고통과 다가오는 죽음을 견뎌 내고 있었다. 무라시게가 이치로자를 굽어보고 말했다.

"훌륭한 활약이었다, 이치로자."

이치로자는 작게 끄덕이며 떨리는 손을 품에 넣었다. 피투성이 손으로 움켜쥔 것은 무라시게가 천수각에서 이치로자에게 하사한, 자손을 중용하겠노라 약속한 서한이었다. 그것을 알아본 무라시게는 고개를 크게 끄덕였다.

"좋다. 내게 맡겨라."

이치로자의 눈에 희미한 미소가 서리더니, 그대로 더 이상 움직이지 않았다.

"주군. 신호입니다."

그렇게 말한 것은 고리 주에몬이었다. 무라시게가 주에몬이 가리키는 쪽을 보니 달빛에 비친 아리오카성 혼마루에서 횃불이 깜빡거리며 원을 그리고 있었다. 망루에 남겨 둔 병사가 적군에 오쓰의 진영을 구하려는 움직임이 있다고 알리는 것이다. 무라시게는 바로 명령했다.

"피리를 불어라."

담당 병사가 뿔피리를 입에 대고 길게 불었다. 싸우는 소리는 바로 멈추지 않았지만 그래도 차츰 철포 소리가 줄어들고 함성도 낮아지더니 얼마 지나지 않아 스즈키 마고로쿠와 다카야마 다료가 돌아왔다. 마고로쿠는 뺨까지 적의 피에 물들어 있었고 다료의 갑옷 소매에는 화살이 박혀 있었다.

"오다의 원군이 온다. 병사를 거두어라."

"예."

두 장수는 고개를 숙이고 각자 군대를 정비하기 시작했다. 주에몬이 이타미 이치로자의 머리카락을 한 줌, 유품 삼아 잘라 냈다. 작전대로 후방 부대를 배치하고 시체가 나뒹구는 오쓰의 적진을 뒤로 야습 부대는 질서 정연히 아리오카성으로 돌아갔다. 달은 서쪽으로 기울었지만 날이 밝기에는 아직 일렀다.

6

승리였다. 오쓰의 진영은 엉망이 되었고 아라키 군대는 마음껏 수훈을 거두었다. 야습 부대는 저택 정원에 모여 복도에 선 무라 시게가 "오냐오냐."하고 북돋우자 병사들이 "오오오!" 하고 길게 함성을 외쳤다. 얼굴은 온통 지저분했지만 기세가 등등했다. 하지만 그것으로 이 밤이 끝나는 건 아니다.

무사들은 수훈을 세우고 그것을 토지나 명성으로 바꿔 살아간다. 전투가 끝나면 누가 어떤 수훈을 세웠는지 신속하게 검증해야 한다. 혼마루에 흐드러지게 핀 벚꽃 아래에 성을 지키고 있던 호위대가 미리 막사를 세워 놓았다. 머리로 적의 신분을 확인하기 위함이다.

졸병은 아무리 쳐도 공이 되지 않는다. 활과 철포로 대장을 쓰러뜨려도 누구의 화살과 탄환이 맞았는지 확인할 길이 없으므로 수훈으로 인정받기 어렵다. 전투에서 수훈을 세우는 방법은 일단 첫 번째로 돌격하는 일 그리고 뭐라 해도 그 손으로 직접 투구 쓴 무사의 목을 치는 일이다. 훌륭한 투구는 신분 높은 무사의 소유물로, 투구 쓴 머리를 베는 것은 이름 있는 적을 쓰러뜨렸다는 최고의 증거가 된다.

머리는 일단 사화장을 하기 위해 시녀들에게 건네준다. 적이라고는 해도 싸워서 전장에서 스러진 무사의 머리를 함부로 다루는 것은 매정한 짓으로, 오물을 씻어 내고 보기 좋게 꾸미는 것을 훌륭한 행동으로 여겼다. 날이 슬슬 밝아 오려 할 무렵, 신원 확인

준비를 마쳤다고 담당 병사가 보고했다.

막사 안에 놓은 의자에 무라시게가 앉았다. 무라시게의 좌우에는 호위대가 창과 활을 들고 섰다. 머리가 베인 후에도 남아 있을지 모를 적의 원한에 대비하는 것이다. 담당 병사가 첫 번째 머리를 가져왔다. 꽤 젊고 아름다운 무사의 머리였다.

신원 확인이 끝나갈 무렵에는 동녘 하늘이 밝아 오고 있었다.

사이카 병사들이 벤 목은 장년의 머리가 하나, 청년의 머리가 하나. 다카쓰키 병사들이 벤 목도 똑같아서 장년과 청년의 머리가 하나씩이었다. 이타미 이치로자가 오쓰 군대는 백 명이 못 된다 보고했으니 무라시게는 무사는 대략 열 명, 적어도 열다섯 명은 되지 않을 거라 짐작했다. 투구 쓴 머리 넷은 흡족한 성과였다.

원래 신원 확인 과정에서는 적군 무사의 이름을 기록해야 한다. 하지만 공교롭게도 누구의 머리인지 알 수가 없었다. 평소 오쓰 덴주로는 전쟁터에 나서는 일이 적어, 오쓰 가신의 얼굴이나 이름을 아는 이가 없었던 것이다. 이런 경우에 대비해 포로를 산 채로 잡아 두는 게 통례지만 이번에 단 한 명, 생포한 남자는 인근에서 끌려온 일꾼에 지나지 않아 누구의 머리인지 물어도 "모르겠습니다. 용서해 주십시오."라고 되풀이할 뿐. 그래서 포로는 풀어 주고 신원 대장에는 '투구 머리'라고만 적어 두고 날이 밝으면 오쓰 병사의 얼굴을 아는 자가 없는지 성안에 수소문하기로 했다.

신원 확인이 끝나면 산자와 죽은 자를 확인해 부상첩을 만든다. 서기에게 확인 작업을 명해 부상을 입은 자에게 자진신고하게 해, 누가 어느 정도 부상을 입었는지 기록했다. 이번에 부상의 대부분은 경상이었다. 전사자는 이타미 이치로자 한 명뿐이었고 그 밖에 사이카 부대의 조장 사게하리가 돌아오지 않았다.

부상첩을 만드는 사이 무라시게는 저택 한곳에서 술을 마시며 고양된 심신을 진정시키고 있었다. 방에는 소반이 하나 놓여 있을 뿐, 불빛은 장지문 너머로 들어오는 화톳불에 기대었고 안주는 된장 하나뿐이다. 무라시게의 곁에는 지요호가 앉아 있었다. 지요호 역시 이날 밤은 깨어 있었다.

"이치로자 일은 안타깝게 되었습니다."

지요호가 차분한 목소리로 그렇게 말하자 무라시게가 나직하게 신음하듯 대답했다.

"그래. 나를 감싸고 죽었다."

"이치로자를 벤 자는 맨몸 무사였다고 들었습니다."

맨몸이란 갑옷을 입지 않았다는 뜻이다. 무라시게는 잠자코 끄덕였고 지요호는 바닥에 눈길을 떨어뜨렸다.

"어쩐지 나가시마가 떠오릅니다."

"……나가시마라. 그대, 그걸 봤는가?"

"예. 똑똑히."

무라시게는 술잔을 기울였다.

지금으로부터 오 년 전, 오와리 지방의 경계에 가까운 이세 나가시마에서 많은 이들이 죽었다. 나가시마성에는 일향종 신도가 농성하며 오랜 세월에 걸쳐 오다와 싸웠지만, 그해 끝내 농성하던 군대가 성문을 열고 항복했다. 수많은 일향종 신도가 배를 이용해

나가시마성을 떠나려 했지만 노부나가는 그들에게 다짜고짜 철포를 퍼부어 많은 이들을 죽였다. 민병들은 이 비열한 공격에 피눈물을 흘리며 분노했고, 결사를 각오한 수백 명을 모아 노부나가 본진에 맨몸으로 달려들어 노부나가의 형제를 비롯해 오다의 핏줄을 수도 없이 죽였다. 오다 군은 갑옷도 입지 않은 병사를 막지 못했던 것이다.

지요호의 부친은 오사카 혼간지를 섬긴다. 용건이 있어 나가시마에 들어간 아버지를 따라 지요호는 이때 나가시마성에 있었다. 맨몸 무사의 용맹한 모습을 지요호는 그 눈으로 보았으리라.

"죽음도 불사한다는 게 얼마나 무서운 일인지, 뼈저리게 느꼈습니다."

"맞는 말이야. 죽음을 각오한 사병(死兵)만큼 처절한 것은 없다."

무라시게는 그것을 알고 있었기에 오쓰의 진영을 사방에서 포위하지 않았다. 퇴로가 남아 있으면 병사들은 결사의 각오를 다지지 않고 일단 달아나려 하기 때문이다. 우연히 무라시게의 눈앞에 튀어나온 무사 하나가 사병으로 변한 것은 이치로자에게 실로 불행한 일이었다. 하지만 무라시게는 그런 경위를 지요호에게 말하지는 않았다. 미리 대비는 했다고 하면 너무 변명처럼 들릴 것 같았다.

"이치로자는 훌륭한 무사였습니다."

"훌륭한 무사였지."

호위대는 무라시게의 신변을 경호하기 위해 저택에 오르는 일도 많아, 지요호와도 얼굴을 맞대는 경우가 있다. 전투에서 사람이 죽는 것은 당연한 일이지만 그렇다고 애별리고•가 사라지는 것도 아니다. 무라시게는 승전을 축하함과 동시에 지요호의 상심에 공감했다.

장지문 밖에서 갑옷 소리가 들렸다.

"아뢰옵니다."

고리 주에몬의 목소리였다.

"무슨 일이냐."

"사이카 부대 사게하리가 돌아왔습니다. 주군께 아뢸 말씀이 있다고 합니다만."

"알겠다."

무라시게가 잔을 내려놓고 일어섰다. 지요호는 고개를 숙여 무라시게를 배웅했다.

사게하리는 이마와 어깨에 헝겊을 두르고 있었다. 피가 번져 있었고, 정원에 놓인 널빤지 위에 누워 있었다. 동료인 사이카 병사는 물론 다카쓰키 병사와 호위대도 사게하리의 모습을 멀찍이 지켜보고 있었다. 무라시게가 복도에 나타나자 사게하리는 힘겹게 윗몸을 일으키려 했지만 무라시게가 "그대로 있어라."라고 말하자 털썩 몸을 뉘었다. 그래도 씩씩하게 입가에 웃음을 머금었다.

"실수했습니다. 철포는 칼부림에는 맞지 않는군요."

사게하리 옆에서는 스즈키 마고로쿠가 무릎을 꿇고 있었다. 마

● 愛別離苦. 불교에서 말하는 여덟 가지 괴로움의 하나. 아끼는 사람과 헤어져야 하는 괴로움

고로쿠는 평소처럼 잔뜩 찌푸린 얼굴로 사게하리를 힐끔 쳐다보더니 말했다.

"이자가 적진에 뛰어들어 투구 쓴 장수에게 철포를 겨누었는데 옆에서 튀어나온 적에게 이마를 베이는 모습을 본 자가 있습니다. 안면 보호구를 잘 챙겨 쓴 덕에 목숨은 건졌지만 잠시 사경을 헤맸다고 합니다. 귀환이 늦은 점 부디 용서해 주십시오."

무라시게가 끄덕였다.

"알겠다. 사게하리, 잘 싸워 주었다."

그 말을 들은 사게하리가 표정을 가다듬고 말했다.

"직접 그런 말씀을 해 주시다니 황공합니다."

"자네, 내게 할 말이 있다 하였나. 허락하마, 말해 보아라."

"그렇다면."

상처의 통증 때문인지 얼굴을 찌푸리며 사게하리가 목소리를 짜냈다.

"소인이 눈을 떠 보니 적진은 벌집을 헤집은 듯 난리였습니다. 들키면 큰일이다 싶어 한동안 갈대 속에 몸을 숨기고 있었는데, 그러는 동안 소인, 대장이 전사했다고 떠들어 대는 목소리를 분명히 들었습니다."

오오, 하는 술렁임이 일었다. 무라시게도 굵은 눈썹을 움찔 떨며 저도 모르게 되물었다.

"뭐라?"

"틀림없습니다. 같은 말이 두 번 세 번 귀에 들렸습니다. 게다가 적군의 원로로 보이는 나이 많은 무사가 진에서 퇴각해 다카쓰키로 돌아가라고 지시하는 소리도 들었습니다."

대장이라고 하면 오쓰 덴주로 나가마사를 뜻하리라. 오쓰를 죽였다면 야습은 바라지도 않던 대승이었다. 원로 무사가 퇴각 지시를 내렸다는 것도 전사한 오쓰를 대신해 명령을 내렸다고 생각하면 이치에 맞는다. 무라시게는 바로 주에몬을 불렀다. 달려와 무릎을 꿇은 주에몬에게 하명을 내렸다.

"들었느냐. 적진을 살피고 오너라."

"알겠습니다!"

주에몬은 밤새 싸웠지만 피로한 기색도 내비치지 않고 오히려 흥분해 상기한 얼굴로 대답하고 재빨리 뛰어나갔다.

사게하리는 치료를 위해 천수각으로 옮겼다. 남은 병사들이 속삭이는 목소리가 무라시게의 귀에도 들렸다.

"진짜인가?"

"우리가 적의 대장을 친 거야?"

"머리는 네 개였는데."

"오쓰 님은 나이가 젊은데, 두 개는 얼굴에 주름이 있었어."

"그렇다면……."

무라시게도 마음속으로는 똑같은 생각을 하고 있었다. 젊은 무사의 머리는 사이카 부대가 하나, 다카쓰키 부대가 하나를 베었다. 정말 야습 부대가 오쓰 덴주로를 쳤다면 둘 중 하나가 대장의 머리이리라.

어느 쪽인가. 최고의 수훈을 거둔 쪽은 사이카 부대인가, 다카쓰키 부대인가.

머리는 아직 신원을 확인하던 막사 안에 남아 있다. 무라시게가 무심코 그쪽을 보니 줄지어 선 장졸들도 덩달아 고개를 돌렸다. 밝아 오는 하늘 아래, 막사는 스러져 가는 달빛을 받으며 그곳에 있었다.

7

길었던 밤이 밝았다.

혼마루의 문이 열리고 야습 부대는 각자 거처로 돌아갔다. 그들과 교체하듯 혼마루에는 하인들이 돌아와 말을 돌보고 저택을 청소하는 등 자질구레한 일과를 시작했다.

무라시게는 홀로 막사 안에서 잘린 머리를 마주하고 있었다. 머리는 잘린 상태로도 적에게 달려들어 물어뜯는 경우가 있다고들 한다. 하지만 무라시게는 그 말을 믿지 않았다.

물론 무라시게도 망자의 원한이 이 세상에 재앙을 가져올 리 없다고 생각하는 것은 아니다. 저주도 명벌도 두려워할 일이다. 하지만 그는 이 세상에 태어나 철이 든 후로 지금까지 전쟁 속에서 살아왔다. 잘린 머리에 에워싸여 살아온 것이다. 그리고 수많은 잘린 머리 중에 그에게 덤벼든 머리는 하나도 없었다. 머리가 날아다닌다니, 이제 와서 어떻게 믿으란 말인가?

나이 든 무사의 머리 두 개는 고려 대상에서 제외했다. 머리의 주인은 둘 다 이름 있는 무사였겠지만, 오쓰 덴주로 나가마사는 아니다. 젊은 무사의 머리 두 개를 보았다. 사이카 부대가 친 머리는 눈동자가 땅바닥을 노려보고 있고 얼굴은 갸름하며 입술과 눈썹은 얇고 콧대는 높았다. 다카쓰키 부대가 친 머리는 하늘을 노려보고 있고 뺨은 투실하고 입술과 눈썹은 두텁고 코가 크며 목이 굵고 짧았다. 연령대는 둘 다 비슷해 보였다. 노부나가는 곁에 미소년을 두는 버릇이 있으니 지금 이 두 개의 머리를 비교해 보면 사이카 부대가 친 갸름한 얼굴의 머리가 볼품이 있다. 하지만 동시에 오쓰 덴주로는 군대를 이끄는 장수였다. 다카쓰키 부대가 친 머리의 굵은 목을 보면 생전에 대단히 무사다운 체격이었으리라 짐작해 볼 수 있다.

두 머리 다 죽음을 앞두고 해탈의 각오를 굳혔는지 온화하다 표현해도 좋을 표정이었다.

각각의 얼굴에는 수염이 희미하게 나 있어 남자의 머리임에는 틀림없다. 그래서 어느 쪽이 오쓰의 머리일까? 무라시게는 가만히 머리를 노려보았다.

고리 주에몬은 아직 돌아오지 않았다. 무라시게는 이윽고 저택으로 돌아가 잠시 눈을 붙였다.

무라시게는 꿈을 꾸었다.

그는 작은 배 안에 있었다. 지요호도 그 배에 함께 타고 있다. 둘러보니 스즈키 마고로쿠도, 다카야마 다료도, 고리 주에몬도, 이타미 이치로자에몬도 타고 있다. 배는 지금 이세 나가시마성을 출발하는 참이었다. 오다와 화친을 맺고 무라시게 일행은 지금 성을 나와 피신하고 있다.

"어려운 싸움이었습니다. 하지만 그것도 이제 끝이군요."

그렇게 말하며 웃는 뱃사공은 호리 야타로였다. 배는 바다를 건너 어디로 가는 것일까? 주위를 둘러보니 몇십 척, 몇백 척이나 되는 배가 마찬가지로 성을 빠져나오고 있었다. 이래서는 안 된다, 무라시게는 그렇게 생각했다. 노부나가는 농성군을 결코 용서치 않으리라. 증인을 여럿 보내고, 몇십 장의 서약서를 내밀며 항복을 맹세해도 노부나가는 우리를 반드시 죽일 것이다. 무라시게는 그 사실을 알고 있었다.

그리고 그렇게 되었다. 해안가에 줄지어 선 철포 부대가 일제히 화승총의 덮개를 열었다. 주변은 어느새 날이 저물어 심지에 붙은 불이 마치 반딧불처럼 일렁거렸다. 대장은 오쓰 덴주로였다. 무라시게는 그 얼굴을 보려고 배에서 몸을 내밀었지만 아무리 해도 볼 수 없었다. 그런데도 오쓰가 씩 웃었다는 것만은 똑똑히 알 수 있었다.

적들이 철포를 발사하자 순식간에 바다는 아비규환의 지옥으로 변했다. 주에몬이 가슴에 총을 맞고 쓰러졌다. 이치로자가 목에서 피를 뿜으며 쓰러졌다. 호리 야타로는 언제 그랬는지도 모르게 온몸에 칼과 창을 맞았는데, 그래도 웃으며 노를 젓고 있었다. 지요호는 어찌 되었지? 무라시게는 주변을 둘러보았다. 지요호는 배 안에서 무릎을 꿇고 앉아 총탄을 몇십 발이나 뒤집어쓰고도 미소를 지으며 말했다.

"어쩐지 나가시마가 떠오릅니다."

성이 불타오르고 있다. 다시 보니 그것은 나가시마성이 아니라 셋쓰 이타미의 아리오카성이 아닌가! 타오르는 성에서 잘린 머리가 웃으며 덤벼들었다. 스즈키 마고로쿠는 염주를 굴리며, 다카야마 다료는 십자가를 치켜들고 저 머리는 자기들이 쳤다며 옥신각신했다. 머리는 무라시게의 목덜미까지 파고들었다.

“주군. ……주군.”

방 밖에서 부하가 불렀다. 무라시게는 퍼뜩 눈을 뜨고 대답했다.

“무슨 일이냐.”

“고리 주에몬 님이 돌아오셨습니다.”

무라시게는 정신을 차리고 꿈을 잊었다. 상체를 일으키고 장지문을 열어 밖으로 나갔다. 해는 아직 동쪽에 있었다.

대청에서 주에몬을 만났다. 주에몬은 어제의 이타미 이치로자에몬처럼 진흙투성이였다. 이치로자는 일꾼으로 변장하기 위해 흙을 뒤집어쓰는 게 당연했지만 주에몬의 몰골은 이해가 가지 않았다. 무라시게는 눈썹을 실룩거리며 물었다.

“그 모습은 어찌 된 게냐.”

주에몬이 납작 엎드리며 빌었다.

“죄송합니다. 강도를 만나 싸움이 붙었습니다. 세 명쯤 베었지만 놈들이 동료를 불러, 한동안 갈대밭에 숨어 있었습니다.”

“그랬느냐.”

망자의 갑옷과 무기를 빼앗아 파는 강도들은 전투가 끝나면 어디서든 나타난다. 하지만 오쓰의 진영이 건재하다면 강도가 나올

리 없다. 주에몬이 습격당한 일로 무라시게는 그가 보고할 내용을 대강 알 것 같았다.

"그래서 적진은 어땠느냐?"

"사게하리의 말대로 적군은 진영에서 퇴각했습니다. 무기와 병량도 상당히 남아 있는 것으로 보아 어지간히 다급히 퇴각한 것 같습니다."

"오쓰는?"

"병량을 훔치려던 일꾼을 발견해 물어보니 분명 오쓰 군대는 대장이 전사했다고 쑥덕거리며 퇴각했다고 합니다."

혹시나 사게하리의 보고가 전쟁터에서 달아난 변명으로 지어낸 이야기일 가능성도 없지는 않았지만, 주에몬의 보고로 그런 의심도 사라졌다. 야습 부대가 오쓰 덴주로를 처치했다는 사실은 이제 확실해졌다.

"좋다."

물러가라고 명령하려다가 무라시게는 문득 주에몬이라면 그 머리를 어떻게 판단할지 궁금해졌다.

"주에몬, 따라오너라."

그렇게 명령하고 부하에게 짚신을 준비하게 해 정원으로 내려갔다. 무라시게는 벚나무 아래에 친 막사로 향하면서 물어보았다.

"오쓰의 머리는 다른 머리와 어떻게 다른가?"

주군의 질문이 뜻하는 바를 알아챈 주에몬은 신중하게 대답했다.

"글쎄요. ……오쓰는 노부나가가 총애하는 부하라 들었습니다만 머리만으로는 알아보기가. 다만 군대를 이끄는 대장이니 분명 훌륭한 투구를 썼을 것 같습니다."

"음. 투구라."

무라시게는 투구가 어떤지 미처 볼 생각을 하지 못했던 점이 부끄러웠다. 밤새 싸우고 동틀 때까지 신원을 확인하느라 머리가 둔해졌던 모양이다.

신원 확인 과정에서는 머리가 쓰고 있던 투구를 내놓지 않아 무라시게는 투구를 보지 못했다. 투구는 전리품으로 사이카와 다카쓰키 부대의 누군가가 가지고 있을 테니 보여 달라고 명령할 수는 있다. 무라시게는 주에몬에게 투구를 가져오게 하려다 그만두었다. 주에몬은 한시도 쉬지 못했다. 다른 자를 심부름꾼으로 보내야 마땅하리라.

무라시게가 막사로 다가가자 주에몬이 천을 젖혔다. 받침대 위에 머리가 네 개, 무라시게와 주에몬에게는 뒤통수만 보였다.

"안쪽 두 개는 나이 많은 무사의 머리다. 오쓰의 머리는 왼쪽 끝 아니면 오른쪽 끝. 주에몬, 유심히 살펴보거라."

"예."

두 사람은 받침대를 돌아 네 개의 머리 앞에 섰다.

그 순간, 고리 주에몬이 "앗!" 하고 외쳤다. 무라시게 또한 눈을 부릅떴다.

무라시게가 마지막으로 보았을 때 젊은 무사의 머리는 둘 다 분명 평온한 표정이었다. 하지만 지금, 젊은 무사의 머리 하나는 한쪽 눈은 감고 있었고 뜬 눈은 왼쪽을 노려보고 있다. 이는 피가 번질 정도로 입술을 꽉 깨물고 있었다. 제아무리 무라시게라도 온몸의 털이 곤두설 정도로 머리의 형상은 증오로 가득 차 있었다.

전쟁에는 다양한 길흉이 있다. 날짜를 정할 때, 음식의 종류, 하물며 낙마 자세에도 길과 흉이 있다. 그것은 벤 머리의 형상에도 마찬가지라 두 눈을 평안히 감고 있는 머리가 길한 징조다. 기이한 형상의 머리를 뚫어지게 쳐다보던 주에몬이 떨리는 목소리로 외쳤다.

"주군, 이것은, 이 머리는…… 엄청난 흉상(凶相)입니다!"

무라시게의 눈에는 머리가 씩 웃은 것처럼 보였다.

8

소문은 바람보다도 빠르다. 해가 중천에 뜰 무렵에는 졸병, 백성 할 것 없이 모두 어젯밤 야습이 있었다는 것과 그 전투에서 승리했다는 사실을 모르는 이가 없었다. 작년 12월 전투에서 만미 센치요 시게모토를 치고 이번에 또 오쓰 덴주로 나가마사의 머리까지 쳤으니 장졸들의 사기는 크게 올라야 마땅한데, 성안에는 기묘한 분위기가 감돌며 순순히 기뻐해도 좋을지 모두가 숨죽이고 상황을 지켜보는 구석이 있었다. 큰 수훈을 세운 다카쓰키, 사이카 부대가 나란히 심각한 표정으로 어젯밤 일을 언급하려 하지 않았기 때문이다.

성안의 저잣거리에는 오쓰 가신을 아는 자를 찾는 팻말이 높게 서 있었다. 호위대 중에는 팻말이 아니라 머리를 저잣거리에 내놓는 게 어떠냐고 무라시게에게 진언하는 이도 있었지만 무라시게는 그 말을 듣지 않았다. 원한도 없고 죄도 없는 무사의 머리를 사람들 앞에 구경거리로 내놓는 것은 무라시게가 원하는 바가 아니었기 때문이다.

흉상의 소문은 나중에 퍼졌다.

'머리 표정이 달라졌다던데.'

'오쓰 님의 얼굴이 원통하게 일그러졌다고 들었어.'

'아니, 그게 아니야. 다른 소문을 들었네…….'

졸병과 백성들은 목소리를 낮추어 질리지도 않고 그런 이야기를 속닥거렸다.

한편으로 장수들은 역시 누구의 수훈이 될지 숙덕거렸다. 무라시게가 야습에 가신들을 쓰지 않고 오로지 다카쓰키와 사이카 부대만 차출했다는 이야기에 장수들은 놀라움과 불만을 느꼈지만 곰곰이 생각해 보고 지당한 판단이라고 납득했다. 겨울 전투에서 창 한 번 겨루지 못했던 다카쓰키 부대, 원군으로 가세했지만 무료함을 탄식하는 사이카 부대, 저마다 얼마나 거북한 처지일지 생각하면 같은 무사로서 그 고통을 뼈저리게 알 수 있기 때문이다. 때문에 어느 쪽이 수훈을 세웠는지, 그것이 가장 중요한 문제였다.

'오쓰를 친 건 대체 어느 쪽일까?'

'다카쓰키 부대겠지. 다카야마 님은 진정한 무사이시니.'

'아니야, 사이카 부대겠지. 정예병들인걸.'

지리적으로 가까운 다카쓰키 부대에게 친밀감을 느끼는 이도 있거니와 역전의 무사인 사이카 부대를 존경하는 이도 있어 입씨

름은 성 이곳저곳에서 펼쳐졌다.

무라시게는 잠시 눈을 붙였다가 일어나서 바로 검증에 들어갔다. 우선 목숨을 잃은 이타미 이치로자의 자녀에게 무사의 신분을 하사하는 지시를 서기를 통해 서한으로 작성했다. 그 사이 다카쓰키와 사이카 부대에서 머리의 주인들이 쓰고 있던 투구를 가져왔다.

저택 한곳에서 그 투구를 검사했는데 나이 든 무사의 투구는 둘 다 옆 날개가 큼직하고 약간 고풍스러웠다. 젊은 무사의 투구를 보니 사이카 부대가 친 갸름한 얼굴의 무사가 썼던 투구는 복숭아 형태로 앞면에 초승달 장식이 있고, 다카쓰키 부대가 친 굵은 목의 무사가 썼던 투구는 원통형으로 앞면에 둥그런 일륜 장식이 있어 만듦새는 다르지만 둘 다 최신식이었다.

나이 든 무사를 친 것은 다카쓰키 부대의 구노 도사노카미, 사이카 부대의 오카시로 다로. 젊은 무사를 친 것은 다카쓰키 부대는 다카야마 다료, 사이카 부대는 스즈키 마고로쿠라고 했다. 마고로쿠는 그렇다 쳐도 다료가 젊은 무사와 검으로 정면 대결해 목을 쳤다니 믿기 어려웠지만 부하의 도움이 있었으리라. 머리는 혼자 베어야 한다는 규칙이 있는 것도 아니고 부하의 수훈은 곧 주인의 수훈이다. 결과야 어쨌든 명부에는 다카야마 다료가 투구 쓴 머리를 하나 거두었다고 적혀 있다.

무라시게는 젊은 무사의 투구를 각각 손에 들고 이리저리 돌려보며 꼼꼼히 살펴보았다. 마음가짐이 훌륭한 무사는 전투에서 무운이 없어 목을 베이더라도 체면을 중시해 향을 피워 투구에 향기를 입히는 경우가 있다. 하지만 어느 투구에도 향기는 남아 있지 않았다.

복숭아형 투구와 원통형 투구, 어느 쪽이 덴주로 나가마사의 소지품으로 걸맞은지는 선뜻 판단하기가 어려웠다. 무라시게가 보건대 언뜻 보아 모양새가 훌륭한 것은 복숭아형 투구지만, 원통형 투구도 역작인지 참으로 든든해 보였다.

"주군."

밖에서 목소리가 들렸다.

"무슨 일이냐."

"나카니시 신파치로 님이 알현을 요청하십니다. 오쓰 가신을 아는 자를 데려왔다고 합니다."

"알겠다."

무라시게는 널빤지에 투구를 도로 내려놓고 천천히 일어섰다.

신파치로는 정원 앞에서 무라시게를 기다리고 있었다. 그가 데려온 남자가 초로의 병사라 무라시게의 저택에 오를 수 없었기 때문이다. 부하를 두 명 대동한 무라시게가 툇마루를 지나 모습을 드러내자 신파치로는 바닥에 무릎을 꿇었고 병사는 납작 엎드렸다. 무라시게가 물었다.

"오쓰 가신을 알아본다는 자가 그자인가."

"예."

"정체가 무엇이냐."

"조로즈카 요새에 있는 병사입니다. 이자의 말로는 과거 오미 아자이 가문을 섬기던 가신의 부하로, 오쓰 가문에 사자로 갔던 적이 있다 합니다."

무라시게는 끄덕거리며 병사에게 물었다.

"고개를 들라. 직접 답해도 된다. 그대, 사자였다면 나가마사의 얼굴도 아는가?"

병사는 몸을 일으켜 분하다는 듯 입가를 일그러뜨렸다.

"송구스럽게도 소인이 보았던 것은 가신단뿐이라 오쓰 님의 얼굴은 모르옵니다."

안다면 더 많은 상을 받을 수 있었을 텐데 아쉬워하는 말투였다.

"……괜찮다."

그렇게 말하며 무라시게는 섬돌 위에 놓인 짚신을 신었다.

굵은 벚나무 아래에 막사가 있다. 어젯밤 적의 신원을 확인하고 그대로 두었는데 꽃과 달밤의 오묘함은 없고 미풍에 흔들리는 모습이 그저 눈에 선명할 뿐이다. 부하가 앞장서서 막사 입구의 천을 들어올렸다.

받침대에 놓여 있는 머리는 세 개였다. 흉상으로 일그러진 머리는 대장이 보지 못하도록 통에 넣어 두었기 때문이다. 나이 든 무사의 머리가 둘, 젊은 무사의 머리가 하나, 세 개의 머리 앞에서 병사가 눈을 부릅떴다.

"……나이 많은 쪽은 둘 다 본 적 있는 얼굴이옵니다. 이름은……그러니까……."

병사는 고생 끝에 두 사람의 이름을 말했다.

어떤 경위로 나이 든 무사의 얼굴을 보았는지, 그들은 직접 이름을 말했는지, 무라시게는 병사에게 상세히 질문했고 그는 그때마다 더듬더듬 대답했다. 신파치로는 무릎을 꿇고 자기가 데려온 자가 허풍쟁이라면 망신이라는 듯 숨죽이고 문답을 지켜보았다. 마지막으로 무라시게가 "그래서 그대는 어떤 명령을 받고 오쓰에 사자로 갔는가?"라고 묻자 병사는 말문이 턱 막힌 표정을 지었다.

"그것은."

"왜 그러느냐. 대답하지 못하겠느냐?"

병사는 바닥에 손을 짚고 이마를 땅에 붙였다.

"그것만은 용서해 주십시오. 소인, 지금은 보잘것없는 신분이지만 원래는 무사. 옛 주인께 절대 입 밖에 내지 말라 명령을 받은 일로 말씀드릴 수가 없습니다."

신파치로가 도끼눈을 떴다.

"네 이놈, 미천한 녀석이. 주군이 물으시지 않느냐. 냉큼 대답해라!"

무라시게는 손짓으로 신파치로를 말렸다.

"아니, 됐다. 상을 주마."

그리고 큰 소리로 부하를 불러 미리 준비해 두었던 은전을 가져오게 했다. 병사는 은전을 받고 다시 넙죽 엎드렸다.

"황공하옵니다."

"수훈을 세우면 무사로 기용해 줄 수도 있으니 노력해라."

"예, 예예!"

병사는 감격스러운 듯 높은 소리로 대답했다.

"아직은 요새로 돌아가지 말거라. 신파치로는 남아라."

무라시게는 이어서 그렇게 명령하고 병사를 내보냈다.

머리 앞에서 신파치로와 둘만 남자 무라시게는 천천히 물었다.

"그래서 신파치로. ……무슨 일인가?"

신파치로는 흠칫 놀란 표정을 지었지만 바로 고개를 숙였다.

"예."

오쓰 가신을 아는 병사가 혼마루에 오는 것은 당연한 일이지만 조로즈카 요새를 지키는 장수인 신파치로가 동행하는 것은 이상하다. 병사가 장수를 안내한다면 또 몰라도 그 반대는 있을 수 없다. 신파치로에게 다른 용건이 있음을 무라시게는 이미 눈치채고 있었다. 신파치로가 목소리를 낮추었다.

"별것은 아니오나, 실은 주군께 아뢰고 싶은 일이 있습니다."

"들어 보자."

"병사들이 머리에 기이한 변화가 있었다고 수군거리고 있습니다. 신원을 확인할 때는 지극히 평온하게 눈을 감고 있던 머리의 형상이 점점 바뀌어 엄청난 흉상으로 변했다고."

무라시게는 대답하지 않았다. 그 침묵에 괴이한 현상을 겁내는 자신을 경멸하는 건가 우려했지만 신파치로는 일부러 굵은 목소리로 말했다.

"물론 턱도 없는 헛소리라는 건 알지만 사이카 부대와 친한 병사들 중에는 이것이 징조라는 소문이 퍼지고 있어."

"……징조?"

"예. ……다카야마 다료 님이 친 머리가 변한 것은 불도를 경시하는 남만종 신자의 손에 죽은 무사가 성불하지 못했기 때문이라고. 이는 부처님의 벌이다, 저주의 징조일 것이다……. 그런 말을 하는 이가 적지 않습니다. 다카쓰키 부대를 편드는 병사는 입을 다물고, 남만종 신자들은 불쾌해하고 있습니다."

무라시게는 얼굴을 찌푸렸다. 변사가 생기면 길조, 흉조를 점치는 것은 세상의 이치다. 불심이 깊은 자는 내리는 비에 부처의 은혜를 느끼고, 불어오는 바람에서 명벌을 발견하기도 하리라. 하지만 그런 정성이 남만종을 위협하는 것은 대단히 마뜩하지 않다.

"삿된 소리."

무라시게는 일부러 그렇게 말했다.

"머리에 대한 소문, 자네는 어떻게 생각했나?"

"예."

신파치로는 침을 삼키고 망설이다가 이윽고 서툴게 대답했다.

"진실로 머리가 변한 것이라면…… 참으로 기괴한 일이라고."

"기괴한 일이라."

"부처님이 내린 벌이라고 수군거리는 자들을 편드는 것은 아니지만 보통 일도 아닌 것 같아서."

"흠."

무라시게는 턱을 어루만졌다. 장수까지 머리의 변이를 진지하게 받아들이고 있다면 간과할 수 없다. 손길을 멈추고 무라시게가 물었다.

"신파치로. 야습의 경위는 뭐라고 전해 들었느냐?"

"예."

신파치로는 바로 대답했다.

"술자리를 마련해 다카쓰키 부대, 사이카 부대의 정예병을 모아 호위대와 함께 한밤중에 성을 나섰고, 주군께서 직접 지휘하시어 오쓰의 적진을 습격했다고 들었습니다.”

“전투는?”

“다카쓰키 부대, 사이카 부대가 둘로 갈라져 적진을 포위 공격하고, 적의 정면에는 호위대가 대기하고 있었다고. 그리고…… 튀어나온 적의 무사를 주군께서 단칼에 베었다는 소식, 소인, 확실하게 들었습니다.”

무라시게는 무릎을 꿇은 채로 열성적으로 말하는 신파치로를 힐끔 쳐다보았다.

“검을 겨루기는 했지만 내가 벤 것은 아니다. 내가 베었다고 하면 나를 경호했던 호위대의 체면이 서지 않아.”

“예…….”

무라시게의 말에 신파치로는 노골적으로 불만스러운 기색이었다. 신파치로는 무훈이 화려한 호쿠세쓰의 사나이, 아라키 셋쓰노카미 무라시게를 존경하고 있다. 무라시게가 베었다는 이야기가 신파치로의 귀에는 더 흡족하게 들렸으리라.

“머리를 벤 수훈은 뭐라고 들었느냐?”

그 질문에 신파치로는 의아하다는 듯 눈썹을 찌푸렸다.

“다카쓰키 부대, 사이카 부대가 각각 투구 쓴 머리를 두 개씩 거두었고, 각각의 대장도 훌륭한 수훈을 세웠다고 들었습니다. ……주군, 어찌하여 그런 질문을 하십니까? 머리는 저기에 있지 않습니까?”

벚나무 아래에 있는 받침대를 보며 신파치로가 물었다. 무라시게 역시 머리를 쳐다보았다.

"신파치로, 거기까지 들었다면 실수로라도 정말 머리가 변했다고 말해서는 아니 된다. 병사들이 술렁거리지 않겠느냐."

뜻하지 않은 질책에 신파치로가 넙죽 땅에 엎드렸다.

"예! 드릴 말씀이 없습니다!"

하지만 살금살금 고개를 들더니 의아하다는 표정으로 이렇게 덧붙였다.

"그렇다면 머리에 이상은 없었다는 말씀이십니까. 소인, 저기 있는 통에 흉측한 머리가 있는 줄 알았습니다."

"그렇다, 이 통 안에는 자네가 말하는 그 머리가 있지."

그러자 신파치로는 대관절 영문을 모르겠다는 듯이 고개를 저었다.

"아까 확인할 때 소인이 데려온 병사는 거기 있는 통 안의 머리를 보지 않았습니다. 아무리 흉상이라고는 해도 오쓰의 머리일지 모르는데……. 주군, 무슨 생각이십니까, 소인은 도통 모르겠습니다."

"모르겠느냐?"

무라시게는 그렇게 중얼거리고는 명령했다.

"야습으로 친 투구 머리의 숫자를 차례로 세어 보거라."

신파치로는 당혹스러웠지만 명령받은 대로 손가락을 꼽기 시작했다.

"다카쓰키 부대가 친 젊은 무사의 머리, 나이 든 무사의 머리. 사이카 부대가 친 젊은 무사의 머리, 나이 든 무사의 머리."

"……계속해라."

그 말을 듣고야 신파치로는 "아." 하고 신음했다.

"소, 송구스럽습니다. 머리는 하나 더 있었습니다. 주군께서…… 호위대가 친 머리가."

"호리 야타로라 하였다. 야습에 당황하기는 했으나 마지막은 훌륭했어. 그 머리는 흉상이었다더구나."

"머리가 다섯 개였다면 하나도 이상하지 않습니다. 다료 님이 친 머리는 흉상으로 변한 게 아니라…… 그저 호리 아무개의 머리와 바뀌었을 뿐."

무라시게는 끄덕거렸다.

"지금 하인들에게 찾으라 하였다. 머리는 곧 발견되겠지."

머리가 끔찍한 흉상일 경우, 신원을 확인할 때도 대장들에게는 보여 주지 않고 나중에 공양해서 흉살을 씻는다. 그때까지 머리를 누가 감시하지는 않는다. 머리는 수훈을 입증하는 증거지만 어지간히 신분이 높은 자의 머리가 아니라면 그 자체를 소중히 다루지는 않기 때문이다.

누군가가 호리의 머리를 빼내서 남들 몰래 다카쓰키 부대가 친 머리와 바꿔치기했다……. 그것이 머리에 이변이 생긴 속사정이었다. 길상이었던 머리가 흉상으로 변한 것을 본 순간에는 무라시게도 고리 주에몬도 숨이 턱 막혔지만 진정하고 차분히 보니 머리 주인이 먼저 칼을 겨루었던 호리 야타로임은 의심할 여지가 없었다. 그래서 머리의 변화는 신경 쓰지 않았는데 겨우 그런 일이 부처님의 벌이니 저주의 징조니 하는 소문으로 바뀔 줄이야, 무라시게도 미처 예상하지 못한 일이었다.

신파치로가 중얼거렸다.

"하오나…… 머리를 바꿔치기하다니, 누가 그런 짓을."

"모르겠구나."

무라시게는 어디까지나 담백했다.

"남의 수훈을 시기하는 자는 많다. 아니, 시기하지 않는 무사가 없겠지. 다시없을 좋은 기회에 수훈을 세우지 못한 아쉬움에 남의 큰 공훈을 질투해 그만 사심을 품은 자의 소행이겠지. 사이카 부대, 다카쓰키 부대……, 호위대, 누구라도 가능하다."

신파치로는 침묵했다. 자기가 수훈을 세우지 못한 전투에서는 동료의 수훈을 칭찬하고 대단하다고 추켜세워도 마음 한구석으로는 크건 작건 아쉬움이 남는 법……. 신파치로도 무사인 이상 모르는 바가 아니었다. 무라시게가 말했다.

"수훈을 다투다 보면 속임수도 있겠지. 물론 괘씸한 일이니 누구 소행인지 밝혀내면 처벌해야겠지만 부처님의 벌이라는 소문이 돌 줄이야. 신파치로, 알겠으면 병사들에게 전해라. 머리가 변한 게 아니라고 말이야."

"예."

신파치로는 굵은 목소리로 그렇게 대답했다.

무라시게의 말대로 그로부터 얼마 지나지 않아 혼마루 안에서 머리가 발견되었다. 천수각 부근 수풀 속, 통에 들어 있었다고 한다. 확인해 보니 틀림없이 어젯밤 다카야마 다료의 수훈으로 확인된 젊은 무사의 머리였다.

즉시 오쓰 가신을 아는 병사를 불러 그 얼굴을 알아보겠는지 물었지만 병사는 몹시 분한 기색으로 "모르겠습니다."라고 대답할 뿐이었다.

이미 해는 높이 떠올랐다. 무라시게가 생각하기에 더 기다려 봤자 오쓰 덴주로의 얼굴을 아는 이가 나올 것 같지는 않았다.

9

하루에 한 번 열리는 군사 회의는 시간이 정해져 있지는 않다. 시간을 정해 두면 장수가 맡은 자리를 비우는 동안 방어에 빈틈이 생기기 때문이다. 군사 회의를 알리는 북소리는 아침 일찍 울릴 때도 있고 해가 저물 무렵에 울릴 때도 있었다.

무라시게는 아라키 규자에몬을 저택 안으로 불러 이렇게 명령했다.

"오늘 군사 회의는 자네가 대리를 맡도록."

규자에몬은 즉각 "알겠습니다."라고 대답했다. 무라시게가 바쁠 때 군사 회의에 대리를 세우는 일은 흔했고, 대개의 경우 그 역할은 규자에몬이 맡았다. 규자에몬은 당황하지는 않았지만 물어보기는 했다.

"주군은 어찌 하시렵니까?"

"나는 볼일이 있다."

"역시 머리 때문에?"

"음."

다섯 개의 투구 머리 중 세 개는 이름을 알아냈고, 셋 다 오쓰 덴주로의 머리는 아니었다. 역시 다료가 친 머리와 마고로쿠가 친 머리, 둘 중 하나가 오쓰의 머리이리라. 성안이 다카쓰키 부대와 사이카 부대 두 편으로 나뉘어도, 기껏해야 말다툼 정도라면 평소에 쌓인 울분을 해소하는 데도 도움이 된다. 하지만 남만종에 대한 악평이 일어 성안에 불화가 생기면 가만히 웃고만 있을 수 없다. 한시라도 빨리 큰 공을 세운 게 누구인지 밝혀내야 한다.

"하지만 주군, 어찌 하실 작정입니까? 신원 확인은 이미 마쳤다고 들었습니다. 번복할 수는 없을 텐데요."

무라시게는 말없이 가만히 있었다.

머리를 노려보아도 알 수 있는 건 없다. 두 개의 젊은 무사 머리 중 어느 쪽이 오쓰 덴주로인지 알아내려면 역시 일단 머리를 친 당사자들을 조사해야 하리라. 하지만 규자에몬의 말대로 신원 확인은 끝났다. 신원을 확인할 때는 오쓰 덴주로를 처치했다는 사실을 몰랐기 때문에 조사도 평소보다 자세히 하지 않았고 누가 머리를 쳤는지, 첫 공격은 누구였는지, 도운 자는 있었는지 정도만 확인했다. 그래도 조사가 끝났다는 건 분명하다. 다시 상세히 캐물으면 일단 인정한 수훈을 의심하는 꼴이 되리라. 자칫하면 모욕이 될 수도 있다.

무사는 대개 치욕을 참지 않는다. 검으로 설욕하는 것이 무사다. 그 검을 모욕한 상대에게 꽂을지, 자기 배에 꽂을지, 그 차이는 있어도 모욕에 유혈이 따르는 것은 필연이었다. 물론 다카야마 다료나 스즈키 마고로쿠도 머리를 조사하는 것만으로는 수훈의 행방을 판가름하기 어려운 사정은 충분히 이해하리라. 하지만 그래도 불필요한 의심을 사면 다카쓰키 부대의 우두머리인 다카야마 다료는 틀림없이 검을 빼 들 것이다. 스즈키 마고로쿠도 사이카 병사들 앞에서 모르는 척할 수 없다. 모욕을 갚지 않으면 겁쟁이라는 낙인이 찍혀 체면을 잃고 나아가 장수로서의 입지도 잃게 되기 때문이다. 하지만……, 무라시게는 고민했다. 거꾸로 말하면 체면을 유지하기 위해서라면 다료도 마고로쿠도 이야기에 응하긴 할 것이다.

"당사자들끼리만 만나야겠군."

무라시게의 혼잣말에 규자에몬이 눈썹을 찌푸렸다.

"그건 다소 어렵지 않을까요. 가신단이라면 다른 핑계로 쉽게 부를 수 있지만 그 두 분은 가신이 아니다 보니."

무라시게는 중얼거렸다.

"방법은 생각해 두었다."

"과연."

규자에몬은 잠시 할 말을 잃었다가 무릎을 치며 웃었다.

"역시 주군. 어떤 방법입니까?"

무라시게는 대답하지 않았다. 살짝 고개를 숙이고 생각에 잠겨, 마치 규자에몬의 존재를 순식간에 잊어버린 것만 같았다.

원래 무라시게는 자기 생각이나 예상을 말하는 일이 적다. 오다에게 반기를 들 때도, 이타미 혈족을 공격할 때도, 옛 주군 이케다 가쓰마사를 몰아낼 때도 무라시게는 자기 생각을 입에 담는 일이 거의 없었다. 그렇지만 무라시게의 결단에는 언제나 동료나 가신들도 "역시." 하고 동조하고 받아들이지 않을 수 없었다. 때문에 지금 무라시게의 침묵은 규자에몬에게 딱히 놀라운 일이 아니었다. 하지만 규자에몬의 눈에는 그 순간 무라시게의 거구가 움츠러든 것처럼 보였다.

"……주군."

그렇게 부르자 무라시게는 그제야 규자에몬의 존재를 알아차린 것처럼 고개를 들었다.

"규자에몬. 군사 회의는 조용히 끝내라. 아무 결정도 내리지 말고. ……물러가거라."

"예."

규자에몬은 엎드려 인사하고 일어나서 방에서 나갔다. 해는 중천으로 다가가고 있었다.

아리오카성 안에는 숲과 대숲을 일부러 남겨 두었다. 대나무도 나무도 전쟁에는 빼놓을 수 없는 재료라, 그것들을 성안에서 벌목할 수 있다는 것이 토지를 넓게 감싸는 구조의 아리오카성이 가진 강점이었다. 하지만 혼마루에 가까운 작은 대숲은 벌목이 금지되어 있다.

대숲에는 좁은 길이 나 있다. 지금 노장 다카야마 다료가 홀로 그 길을 걷고 있다. 길 끝에는 작은 암자가 있는데 툇마루 앞에 섬돌이 놓여 있다. 두 짝의 장지문이 살짝 열려 있어 안에 사람이 있음을 알렸다. 다료가 걸음을 멈추자 암자 안에서 목소리가 들려왔다.

"들어오게."

무라시게의 목소리였다. 다료는 그 말에 따라 툇마루에 올라가 장지문을 직접 열었다.

실내는 다다미방으로 넉 장 반 크기였다. 벽 한 면은 지금 다료가 들어온 두 짝 장지문이고, 나머지 삼면은 벽지를 바른 판자벽이었다. 벽지는 아무 그림도 없이 그저 하얗기만 했다. 바닥 일부는 낮게 파내 화덕을 설치했다. 천장에서 내려오는 사슬에 매달린 솥에서 이미 뜨거운 물이 끓고 있었다.

이 집은 무라시게의 다실이었다. 구조는 조오 형식•, 건축이 끝나기 전에 농성전이 시작되었지만 그래도 무라시게가 심혈을 기울인 다도의 성이었다.

"셋쓰노카미 님. 이리 초대해 주시니 기쁩니다."

다다미에 주먹을 짚고 그리 말하는 다료에게 무라시게가 대답했다.

"일단 편히 앉게. 한잔 끓여 주겠네."

다료는 넌지시 좌우를 살폈다. 무라시게 말고는 아무도 없고 누가 나타날 기미도 없었다. 다료는 다도에는 문외한이지만 그래도 차는 별도의 다인이 끓여 준다는 것 정도는 알고 있다. 다른 사람이 없는데 누가 차를 끓인단 말인가……. 그렇게 의아해하는 다료의 앞에서 무라시게가 직접 찻잔과 차항아리를 손에 들었다. 다료

• 센 리큐의 스승이었던 다케노 조오가 만든 다실 형식으로 크기는 다다미 넉 장 반, 북향으로 낸 입구에 두 짝 장지문을 달고 천연 판자를 바른 천장과 편백나무로 기둥을 세운 구조

는 저도 모르게 외쳤다.

"셋쓰노카미 님, 귀한 분이 어찌."

무라시게는 아랑곳하지 않고 뚜껑 받침을 꺼냈다.

"그리 신경 쓰지 말게. 자네하고 나, 주인과 손님뿐이라네."

서민이라면 또 몰라도 신분 높은 주인이 직접 차를 끓인다는 것은 다료로서는 상상도 할 수 없는 일이었다. 무라시게는 유별나게 구는 일 없이 그저 느긋하게 차를 끓였다. 계속 당혹스러워 하는 다료를 보고 무라시게는 살짝 웃으며 말했다.

"다인이야 사족 아닌가. ……무어, 내가 한 말이 아니라 사카이의 센 소에키 님이 예전에 하신 말씀이네."

다인을 부르지 않고 주인이 직접 차를 끓이는 것은 새로운 방법이다. 그리고 다카야마 다료는 나이가 들다 보니 무슨 일에나 새로움을 거부했다. 하지만 처음에 느낀 당혹감이 사라지자 다료는 뜻밖에도 편안한 심정을 깨달았다.

다료에게 무라시게는 은인이다. 과거 다료가 와다 가문의 가신이었던 시절, 전투에서 당주를 잃고 쇠락한 주군 가문이 신분이 높은 다카야마 가문을 의심해 적대시한 적이 있었다. 언제 주군이 토벌대를 보낼지 알 수 없으니 죽임을 당할 바에야 차라리 각오를 굳히는 게 낫다고 판단한 다료는 군대를 일으켰다. 와다 가문의 당주는 역시 다카야마가 배반했다고 생각할 수밖에 없었으리라. 다료의 아들 우콘은 이 전투에서 목에 깊은 상처를 입어 모두가 죽을 거라고 생각했다. 목숨을 부지했을 때는 주위에서 오히려 깜짝 놀랐을 정도였다.

다료의 주변은 모두가 적이었다. 이때 다료가 청한 도움을 받아들여 원군을 보내 준 것이 무라시게였다. 이것도 보는 시각에 따라서는 다료가 기울어 가는 와다 가문을 버리고 기세등등한 아라키 가문에 붙은 것으로 보일 수도 있다. 어쨌거나 다료에게 무라시게는 언제나 큰 은인이었다.

그런 은혜도 있고, 하물며 신분의 차이도 있다. 다료는 히다노카미라 불리지만 이것은 임관한 것이 아니라 그냥 자칭이었다. 한편으로 무라시게의 셋쓰노카미라는 직함은 명실공히 진짜였다. 모든 의미에서 무라시게와 단둘이 마주 앉아 이야기를 나누다니, 다료는 꿈에도 생각지 못한 일이었다.

하지만 지금 이 다다미 넉 장 반짜리 공간에서 무라시게가 끓이는 차를 기다리는 시간을 다료는 분명 즐기고 있었다. 창 하나에 의지하던 젊은 시절이 왠지 모르게 자꾸만 떠올랐다.

다료는 차를 마시며 말했다.

"맛이 좋군요. 참으로 즐겁습니다."

무라시게는 고개를 끄덕였다.

"차는 좋다네. 다도 시간만큼은 투구를 벗을 수 있지."

다료는 의아한 기색으로 물었다.

"투구 말씀이십니까?"

"음."

무라시게는 그렇게만 대꾸했다. 다도는 몰라도 다료는 무라시게가 하고자 하는 말을 알 것 같았다. 다료도 오랫동안 다카야마 가문의 당주, 다카쓰키 성주라는 투구를 쓰고 있었기 때문이다.

무라시게의 투구에는 아라키 가문 당주, 셋쓰노카미, 셋쓰 일대의 지배자라는 이름이 붙어 있고 아리오카성을 비롯해 아마가사키성, 미타성, 그 밖의 수많은 변두리 성에서 농성하는 아라키 병사들의 목숨도 걸려 있다. 그 무게가 어느 정도일지.

"우콘은."

무라시게가 물었다.

"잘 지내는가. 목의 상처도 제법 아물었다고 들었네만."

"염려해 주셔서 황송합니다. 어리석은 아들이지만 운은 있어서…… 정말 부끄럽기 짝이 없는 멍청한 녀석이라."

거기까지 말한 다료가 깊숙이 고개를 숙였다.

"셋쓰노카미 님, 참으로 면목이 없습니다! 우콘이 저지른 일은 어떻게도 사죄드릴 말씀이 없습니다. 그 녀석도 셋쓰노카미 님 덕분에 살아났으니 목숨을 걸고 충성해야 하는데 한판 붙어 보지도 않고 성문을 열다니 무슨 짓인지!"

다료는 다카야마 우콘이 다카쓰키 성문을 열고 오다에게 항복한 일을 말하는 것이다. 무라시게가 말했다.

"선교사를 사자로 보냈다고 들었다. 노부나가가 성을 열지 않으면 남만종의 뿌리를 뽑아 버리겠다 했다던가."

"그렇습니다. 하오나 무가의 영예와 종교를 저울질해 종교를 선택하는 무사가 어디에 있단 말입니까."

무라시게가 눈썹을 꿈틀 움직였다.

"자네도 남만종을 믿는 자. 우콘의 심정을 헤아리지 않느냐."

"모릅니다."

다료는 일언지하에 단언했다.

“무사가 신불을 의지하는 것은 어디까지나 무가의 영달을 위해서입니다. 하느님은 물론이고 하치만 대보살, 스와 대명신, 마리지천, 비사문천, 모두 전쟁을 위해 받들어 모시고 기도를 드립니다. 셋쓰노카미 님도 잘 아실 터.”

전쟁은 결국 운이다. 자기 힘으로는 어떻게 할 수 없는 운명으로 사람은 어이없게 죽고, 예상을 뛰어넘어 살아남는다. 수훈을 세우는 것도, 치욕에 빠지는 것도, 따지고 보면 운에 따른 것이다. 그 운명의 한복판에서 누가 신불을 믿지 않을 수 있으랴. 무라시게는 다료의 말이 옳다고 생각했다. 무사가 두 손 모아 기도하는 것은 어디까지나 가문의 영예를 위한 일이다.

“물론 소인이 에이로쿠 6년•에 세례를 받은 것은 선교사 빌렐라 님이 전하는 하느님의 가르침에 감명을 받았기 때문입니다. 하느님께 귀의한 마음에 거짓은 없습니다. 하지만 전쟁에서 이기지 않으면 천국도 지옥도 없지 않겠습니까? 철포의 탄환이 제 몸을 피해 가도록 기도하는 것이 무사인 법.”

마리지천은 일광보살이다. 빛은 누구도 잡을 수 없고 무엇으로도 상처 입힐 수 없다. 때문에 무사는 육신이 일광처럼 상처 입지 않기를 바라며 마리지천을 숭배한다. 무라시게는 문득 철포가 없었다면 다료는 남만종에 귀의하지 않았을지도 모른다고 생각했다. 남만에서 넘어온 철포로부터 몸을 지키려면 남만신의 가호가 좋

• 1563년

다……. 그런 소박한 믿음은 무라시게도 충분히 이해할 수 있었다.

“그래도 무운이 없어 패한다면 역시나 다카야마, 훌륭한 최후였다고 칭송받는 죽음이야말로 무사의 명예일 것입니다. 그런데 남만종을 지키기 위해 성문을 열다니 도저히 말이 안 됩니다.”

거듭 말하는 다료에게 무라시게는 조용히 말했다.

“우콘에게는 우콘의 생각이 있겠지. 무가의 도리를 따진다면 모반도, 하극상도, 한 번 버린 주군을 다시 모시는 일도, 성을 포기하는 일 또한 무가이기에 생기는 일 아니겠는가.”

“셋쓰노카미 님.”

다료가 눈물을 글썽거리며 고개를 숙였다.

“어리석은 자식을 감싸 주시는 겁니까. 송구스럽습니다. 하지만 부모 자식이 싸우는 것은 호겐, 헤이지의 난 이래로 당연한 일이니 우콘이 쳐들어온다면 하다못해 소인의 손으로 처단하겠습니다.”

“……기억해 두겠네.”

무라시게는 그렇게 말하고 탄식하다가 불쑥 표정을 가다듬었다.

“보게. 이 무라시게, 자네에게 긴히 묻고 싶은 것이 있네.”

다료는 천천히 고개를 저었다.

“말씀하지 않으셔도 됩니다, 셋쓰노카미 님. 물어보시는 것은 야습, 머리 문제겠지요.”

“역시, 눈치챘는가.”

“성안 어디를 가나 머리 이야기뿐입니다. 모를 수가 없지요.”

그리고 다료 역시 자세를 가다듬었다.

“배려에 감사드립니다. 이런 자리라면 이 다료, 체면을 내려놓고 말할 수 있습니다. 그래, 무슨 이야기를 하면 되겠습니까?"

"자네가 젊은 무사의 목을 친 경위를."

"예. 알겠습니다."

고개를 숙이고 다료가 입을 열었다.

"소인이 이끄는 다카쓰키 군은 셋쓰노카미 님의 명령에 따라 적진 오른편으로 돌아갔습니다. 북소리 신호로 적진에 달려들어, 궁수 부대가 화살을 쏘는 사이 울타리에 묶인 밧줄을 잘랐고 한쪽으로는 망치를 휘둘러 울타리를 부수려 했습니다. 급히 설치해서 그랬겠지요, 울타리는 허망하게 무너졌고 소인들은 저마다 성인의 이름을 읊으며 우르르 뛰어들었습니다. 오쓰의 병사들은 자다가 습격을 받아 허둥댔고 주군을 찾으며 떠들어 댈 뿐, 전혀 싸움이 되지 않았습니다. 보병, 졸병들을 무수히 베었는데 이때 한 사람, 훌륭한 무사가 있었습니다. 갑옷을 입을 새도 없었는지 맨몸에 투구만 쓰고 지창 하나를 손에 들고 덤벼들었습니다. 저희 다카쓰키 부대에서도 알아주는 강자, 구노 도사가 상대했고 소인도 수훈을 세우고자 적진 깊숙이 파고들었습니다."

전투 이야기를 하는 다료는 생기가 넘쳤다. 적적한 다실에 시원한 바람이 불었다.

"소인도 전쟁터에서 오래 지냈지만 그토록 완벽한 야습은 처음이었습니다. 그 맨몸 무사를 제외하면 오쓰 병사들은 모두 전의를 잃고 저희 얼굴을 보자마자 비명을 지르며 달아났습니다. 그중에 신식 갑옷을 입고 밤눈에도 훌륭해 보이는 투구를 쓴 무사가 있었습니다. 그러고 보니 하인인지 병사인지, 전립을 쓴 자가 두 명 붙어서 호위하고 있었습니다. 소인과 눈이 마주치자 몸을 돌려 달아나려 하기에 애송이 놈, 이 노장의 목이 탐나지 않느냐고 호통치자 만만해 보였는지 검을 빼 들고 달려들었습니다. 소인의 무기는 창이라, 아무리 늙었어도 검을 상대로 전혀 밀리지 않습니다. 소인의 부하들이 졸병들을 맡았고 소인은 창을 쥐고 맞섰는데 어디서 날아왔는지 화살이 적 무사의 투구에 맞았습니다."

이야기에 흥이 올랐는지 다료의 얼굴에 미소가 감돌았고 목소리도 높아졌다.

"외마디 소리를 지르며 움츠러들었기에 창을 내질렀고 그 젊은 무사는 경험이 부족했는지, 혹은 역시 갑옷을 차려입을 여유가 없었는지 목 보호대도 없었습니다. 소인의 창끝이 그자의 목을 뚫었고 그것이 끝이었습니다. 야습에서 친 목은 버려두는 것이 관례라 다음 적을 찾으려 했는데 마침 퇴각을 명하는 뿔피리 소리가 들려 싸움은 그것으로 마치고 그 무사의 머리를 가지고 퇴각했습니다."

다료는 크게 숨을 내쉬며 경건하게 이야기를 마쳤다.

"무엇보다 이런 상황에서, 소인도 환갑을 바라보는데 상처 하나 입지 않고 수훈을 세웠으니 이는 하느님 아버지의 가호 덕분이라고 믿고 있습니다."

다카야마 다료를 보내고 무라시게는 다실에 앉아 있었다.

뒤늦게 도구를 보러 올 손님도 없다. 식사 시간 이후에 마련한 자리라 시중꾼도 없다. 댓잎이 바람에 흔들리는 소리를 들으며 무라시게는 홀로 숯을 채워 넣었다. 손님은 만족하고 돌아갔다. 다도에서 그 이상 훌륭한 성과는 없을 터였다. 하지만 무라시게의 표정은 굳어 있었다. 가신단에게 보여 줄 수 없는, 거짓 없는 표정으로 무라시게는 숯을 채웠다.

군사 회의 시작을 알리는 북소리가 멀리서 들려왔다.

10

스즈키 마고로쿠가 다실을 찾았을 때, 날은 이미 저물어 가고 있었다. 어두워지면 언제든지 불을 지필 수 있도록 방에는 촛불을 준비해 두었다. 마고로쿠는 그 촛불을 보고 아마도 이것이 쓰일 일은 없을 거라 생각했다.

한 차례 인사를 나누고 무라시게가 차를 끓이기 시작했다. 다카야마 다료와는 달리 마고로쿠는 무라시게가 직접 차를 끓여 주어도 놀라지 않았다. 센 소에키의 새로운 방법을 알고 있었던 것이 아니다. 단순히 다도는 이런 것인가 보다 하고 지켜보고 있었을 뿐이다. 그리고 다도 자리에서라면 마음을 놓아도 된다는 생각 역시 마고로쿠에게는 전혀 없었다.

성주이자 셋쓰노카미인 무라시게는 기이 지방의 호족에 지나지 않는 마고로쿠 정도야 기분 여하로 죽일 수도 있다. 그는 그 사실을 한시도 잊지 않았다. 무라시게가 끓이는 차에는 독이 있을지도 모른다, 장지문 밖에는 자객이 숨어 있을지도 모른다……. 마고로쿠는 그런 생각을 하면서 아무 생각도 없다는 표정으로 단정히 앉아 있었다.

하지만 그렇게 긴장하면서도 마고로쿠는 자신이 무심코 무라시게의 동작에 시선을 빼앗기고 있다는 것도 알았다. 동작 하나하나가 편안한 것 같지만 그렇지가 않다. 어디에 무엇이 있고, 다음에 무엇을 할지. 자기 몸은 어떻게 움직이는지. 그런 요소들을 전부 파악하고 있는 동작이었다. 그런데도 두려울 정도로 공격할 만한 빈틈이 없다. 마고로쿠는 저도 모르게 중얼거렸다.

"훌륭하십니다."

무라시게가 동작을 멈추고 물었다.

"훌륭하다니?"

이야기를 할 생각은 없었지만 성주가 물으니 대답하지 않을 수 없다. 마고로쿠는 자신의 부주의한 행동을 원망했다.

"그것은…… 어떻게 말씀드려야 할지."

"허락하마. 생각한 대로 말해 보아라."

"예……, 허락해 주신다면."

마고로쿠는 말이 서툴다. 단어를 정리하는 데 시간이 걸린다.

"……사이카에는 철포에 대한 구전이 있습니다. 탄약을 넣을 때도, 조준을 할 때도, 이렇게 해야 한다는 구전이 있습지요. 그 하나하나는 대단히 쉬운 동작이지만, 하나로 연결해 철포를 쏘는 단계가 되면 어딘가 흐트러지는 법입니다. 그렇지 않으면 구전에 정신이 팔려 솜씨가 나빠지기도 합니다."

마고로쿠의 이야기를 들으며 무라시게는 차를 저었다.

"그렇지만 소인의 형님, 마고이치의 기술은 각별합니다. 선 자세부터 쏘는 자세까지, 전부 구전을 따라 조금의 지체도 없으며 아름답다는 표현은 저런 모습이구나 싶을 정도입니다. ……허락해 주셨으니 말씀드립니다만, 셋쓰노카미 님의 동작이 철포를 쏘는 저희 형님 모습과 무척 닮아…… 소인, 그렇게 생각하였습니다."

완성한 차를 마고로쿠에게 내밀며 무라시게는 짤막하게 말했다.

"그런가."

찻잔을 받은 마고로쿠는 문득 선반 위의 차항아리를 바라보고 잠시 침묵했다. 무라시게가 "왜 그러는가." 하고 묻자 마고로쿠는 그제야 대답했다.

"'도라사루'."

무라시게의 눈썹이 꿈틀거렸다.

"호오."

무라시게는 수많은 명물을 가지고 있다. 이 다실의 솥은 명물 '고바타케', 솥을 건 쇠줄은 센 소에키에게 받은 사슬이고, 그림은 중국 선승 화가 목계의 '원포귀범도(遠浦帰帆図)', 그리고 차항아리는 마고로쿠가 말한 통칭 '도라사루', 하나같이 세상에 알려진 명물이다. 이 자리에 초대받기 위해서라면 천금만금도 내놓겠다는 호사가가 얼마든지 있으리라.

"미처 알아보지 못했는데 눈썰미가 좋구나."

"그런 것이 아닙니다."

마고로쿠는 고개를 저었다.

"풍문으로 들었습니다. 소인처럼 전쟁터에서 사는 자는 풍문이

밥벌이가 되기도 하여. ……그렇다면 이 찻잔도 명물이겠군요."

그렇게 말하며 마고로쿠가 손안의 찻잔을 바라보았다.

"그것 말인가."

무라시게의 목소리에 웃음이 묻어났다.

"그건 비젠에서 구운 평범한 찻잔이야. 하지만 내가 가진 도구 중에서는 최고지. 형태가 참으로 좋지 않으냐."

마고로쿠는 웃어야 할지 모르겠다는 표정으로 비로소 차에 입을 댔다. 천금만금으로도 살 수 없는 명물들에 둘러싸인 곳에서 설마 습격할 리 없다, 그를 죽이고 싶다면 훨씬 손쉬운 방법이 얼마든지 있을 테니 독을 타지는 않았으리라 판단한 것이다.

차를 마신 마고로쿠에게 무라시게가 물었다.

"풍문이 밥벌이가 된다고 했지. 그렇다면 묻겠다. 자네, 부처님의 벌에 대한 풍문을 들었는가?"

"……머리 소문이라면 들었습니다."

"많이 퍼졌느냐?"

"상당히."

"이 아리오카성에서 농성에 가담한 사이카 병사는 모두 열성적인 일향종 신도라 들었다. 부처님의 벌이라는 소문을 듣고 두려워하고 있지는 않는가?"

"글쎄요. 모르겠습니다."

"마고로쿠, 자네는 어떤가?"

무라시게가 두 눈으로 마고로쿠를 뚫어지게 바라보았다. 무라시게는 풍문의 출처를 의심하고 있는 것이다. 머리를 친 것은 날이 밝기 전, 머리가 뒤바뀐 것은 동틀 녘, 해가 중천에 오르기 전에 이미 벌이라는 소문이 퍼졌다. 소문이 제아무리 빠르다지만 지나치게 빠른 편이었다. 어쩌면 사이카 병사들이 다카쓰키 병사를 시기해서 퍼뜨린 풍문이 아닐까……. 그렇게 의심하며 속을 떠보았다. 마고로쿠는 무라시게의 속셈을 눈치챘지만 모르는 척하며 작게 대답했다.

“어리석은 소문입니다. 부처님은 벌을 내리지 않으십니다.”

무라시게는 말이 없었다. 마고로쿠는 다다미에 시선을 떨어뜨리며 혼잣말처럼 말을 이었다.

“아미타불은 매달리는 자를 도와주시고, 열심히 애원하는 자를 구원해 주신다고 들었습니다. 그런 부처님께서 어째서 벌을 내리겠습니까. 소인, 괴이한 일에 부처님 핑계를 대는 것이 마음에 들지 않습니다.”

“그래.”

무라시게가 중얼거렸다.

“재미있는 말을 하는군. 승려들은 다른 소리를 하던데.”

“소인은 승려가 아니다 보니. 명벌이 정말 존재하는지, 그런 건 잘 모릅니다. 소인 같은 미천한 무사는 창과 철포를 들고 산과 들을 달리다가 죽으면 투구 머리 하나 남기고, 이자가 사이카의 마고로쿠인가, 좋은 적이었도다, 그런 말을 들으면 충분합니다. 거기에 내세의 일은 아미타불에게 맡기고 안심하고 죽을 수 있다면 그보다 더한 복이 없겠지요. 그런 까닭으로 전진하면 극락, 후퇴하면 지옥이라는 말에 떠밀려 전쟁을 하는 것은 다소 골칫거리.

소인…….”

잠시 망설이다가 마고로쿠는 한숨과 함께 말을 내뱉었다.

“전쟁에 부처님 핑계를 대는 것도 마음에 들지 않습니다.”

무라시게는 불승이 아니다. 종교도 선종이라 일향종의 가르침은 잘 모른다. 때문에 마고로쿠의 말이 얼마나 이치에 맞는지 무라시게는 알지 못했다. 다만 이때 재미있다는 생각이 들어 무라시게는 무심코 입가를 누그러뜨렸다.

“어째서 웃으십니까?”

눈치 빠르게 감지한 마고로쿠가 그렇게 묻자 무라시게는 표정을 가다듬고 대답했다.

“아니다, 다도 생각에.”

그렇게만 말했더니 마고로쿠가 아무 말도 하지 않기에 무라시게는 설명을 덧붙였다.

“사카이의 센 소에키에게 소지라는 제자가 있다. 성미가 고약한 사내지만 다도의 소양은 나 같은 건 발끝에도 미치지 못하지. 그 소지가 이런 말을 했다. ‘나의 부처님, 이웃의 귀한 보물, 사위와 장인, 천하 세상의 전쟁, 인간 행실의 선악’이라는 노래가 있는데, 시조를 겨루는 자리에 어울리지 않는 화제를 경계하는 노래로, 이는 다도 자리에서도 마찬가지…… 라고 말이야.”

무라시게는 명물들을 바라보았다가 시선을 돌렸다.

“나는 소지의 그 말이 마음에 들었다. 무사란 자고로 모든 것이 전쟁, 일상생활도, 끼니를 챙기는 것도, 부처님도 보물도, 사위와 장인 사이도 전부 전쟁이지. 그렇기에 나는 차는, 차만큼은 전쟁으로 삼지 않겠노라 결심했다. ……하지만 마음대로 되지 않는구나. 자네를 이 자리에 부른 이유를 알고 있겠지."

마고로쿠가 작게 끄덕이며 말했다.

"짐작건대 투구 머리 문제가 아닐지."

"그렇다. 자네와 다카야마, 사이카 부대와 다카쓰키 부대, 어느 쪽이 최고의 수훈을 세웠는지 결정해야 한다. 하지만 나는 대장이니 혼자 움직일 수가 없어. 자네와 일대일로 이야기하려면 차를 핑계로 대는 수밖에 없었다. ……그러다 보니 끝내 차를 전쟁의 도구로 쓰고 말았구나. 그렇게 생각하고 있었는데 자네가 비슷한 말을 했지. 그게 어쩐지 재미있더구나. 자네를 두고 웃은 건 아니야."

마고로쿠는 다시 입을 다물었다. 하지만 그 태도에는 노기도 살기도 없었다. 이윽고 마고로쿠는 다다미에 두 주먹을 짚고 깊숙이 고개를 숙였다.

"소인처럼 비천한 자에게 과분한 배려, 황공할 따름입니다. 배움이 모자라 결례를 저지르고 말았습니다. 부디 용서해 주십시오."

"괜찮다."

그렇게 말하며 무라시게는 가볍게 숨을 내쉬었다.

"스즈키 마고로쿠, 고개를 들라. 자네에게 묻겠다. 자네는 어떻게 그 젊은 무사의 머리를 쳤는가? 그 경위를 듣고 싶구나."

마고로쿠는 상체를 일으켰다.

"셋쓰노카미 님의 명령이라면."

그렇게 말하며 마고로쿠는 말문을 열었다.

"사이카 부대는 적진의 왼쪽으로 돌아가 기회를 노리고 있었습니다. 북소리 신호를 듣고 적진에 철포를 퍼붓고 도끼를 든 자가 울타리를 베어 내려 했지만, 발밑이 미끄러워 버티는 힘이 없어 예상 외로 손이 갔습니다. 그러는 사이 기묘하게 웅성거리는 소리가 들렸습니다. 이거 다카쓰키 부대겠구나, 우리가 뒤처졌구나 싶어 이를 악물었지만, 어쩌면 좋은 경향일지도 모르겠다고 생각을 고쳐먹고 울타리가 부서지길 기다려, 뒤따르는 자들에게 조용히 돌진하라고 명령했습니다. 오쓰의 병사들은 다카쓰키 부대가 밀려드는 소리에 놀라 그렇게나 철포를 쏘아 댄 저희의 존재를 잊었는지, 대부분 등을 돌리고 있었습니다. 개중에는 소인을 보고 야습이다, 주군은 찾았느냐, 하고 묻는 자까지 있는 형국. 저희는 모두 말없이 보병과 졸병들을 베었는데, 마침내 한 사람이 저희를 발견하고 뒤에도 적이 있다고 목이 터져라 외치는 것을, 오카시로 다로가 재빨리 철포로 쓰러뜨리고 달려가서 끝장을 냈습니다."

마고로쿠의 말투에 고양감은 없고 있었던 사실을 그저 그대로 말하는 태도였다.

"이리 말하는 소인도 졸병들은 부하들에게 맡기고 호적수가 없는지 적진 깊이 파고들었습니다만 오쓰의 병사들은 허둥대며 어찌할 줄 몰랐고, 전진해야 할지 후퇴해야 할지도 전혀 모르고 무조건 명령을 기다리는 분위기라, 공을 세운답시고 이런 겁쟁이 무사들을 쳐도 될까, 문득 가여운 마음이 들 정도였습니다. 셋쓰노카미 님 앞에서 감히 말씀드리지만 덴노지 앞에 포진했던 오다는 실로 강했습니다. 그런 싸움이 될 줄 알고 저희 모두 각오를 다지고 있었는데 다소 김이 빠진 찰나, 젊은 무사가 말도 없이 눈앞을 달려가는 것이었습니다.”

문득 말을 끊고 마고로쿠가 기억을 더듬는 듯 잠시 허공을 노려보았다.

“……그렇습니다, 적진의 전면, 아리오카성 쪽으로 달려가고 있었습니다. 따르는 병사가 두세 명, 그중 하나가 소인을 발견하고 적이라고 외쳤습니다. 그자를 철포로 쓰러뜨리자 졸병들은 혼비백산 달아났지만 젊은 무사 하나는 겁먹지 않고 네 이놈, 잘도, 하고 외치며 지창을 휘둘렀습니다. 용감한 자였으나 안타깝게도 기술이 미숙해 아군도 부르지 않고 무턱대고 창을 찔러 댈 뿐. 소인은 철포 외에는 허리에 찬 검뿐이라 창을 상대하기에는 다소 불편했습니다. 일단은 물러날까 고민하는데 그 무사의 창이 막사를 찔러 창끝이 천막에 감기는 바람에, 불운한 자라고 생각했지만 검을 뽑아 베었습니다. 마침 퇴각을 명하는 뿔피리 소리가 들려서 전투가 끝났음을 알고 그 무사의 머리를 잘랐습니다.”

그러더니 마고로쿠의 눈빛이 문득 아득해졌다.

“싸움은 실로 운에 따른 것, 그 무사는 너무 미숙했습니다. 때문에 소인도 그리 대단한 수훈이라고 생각하지는 않지만 그자가 오쓰 덴주로 님이 아니었는지 물으신다면 그럴 수도 있겠다 싶습니다.”

스즈키 마고로쿠를 보내고 나니 하늘은 검붉은색에서 군청색으로 변해 있었다. 무라시게는 촛대에 불을 붙이고 자신을 위해 차를 한 잔 끓였다. 다카야마 다료의 설명, 스즈키 마고로쿠의 설명, 무라시게는 하나도 빠짐없이 모든 것을 기억했다. 그리고 지금 무라시게는 촛불 속에서 홀로 차를 마셨다. '원포귀범도'도 '도라사루'도 어둠 속에 가라앉아 있다. 달빛은 대숲에 가려 다실에는 거의 비치지 않았다.

11

무라시게가 대숲의 다실에서 나오자 댓잎을 헤치고 두 명의 무사가 튀어나와 무릎을 꿇었다. 경호하고 있던 호위대, 아키오카 시로노스케와 이누이 스케사부로였다. 대숲에는 손님에게는 보이지 않도록 병사들의 대기소를 마련해 두어, 경호 무사들은 무라시게가 상대와 차를 마시는 사이 그곳에서 기다리고 있었다. 물론 여차하면 무라시게를 지키기 위해 숨을 죽이고 귀를 기울이며 때때로 칼자루에 손을 얹어 가면서 기다리고 있었다. 당연한 대비지만 무라시게의 마음은 즐겁지 않았다. 병사를 배치하고 전쟁 이야기를 하는 다도가 이토록 시시할 줄은 무라시게 스스로도 처음 알았다. 스즈키 마고로쿠가 무라시게의 다도 예법에 감탄했던 것조차 어쩐지 불만스러웠다.

무라시게는 두 번의 다도 자리를 통해 한 가지 사실을 확신했다. 젊은 무사를 친 당사자인 다카야마 다료와 스즈키 마고로쿠는 둘 다 자기가 오쓰를 쳤다고 과시하지 않았다. 물론 입으로는 말하지 않더라도 자기가 수훈을 세웠다고 생각하는 자는 그렇게 담담할 수가 없다. 자기가 무찌른 무사가 오쓰면 좋겠지만, 그렇지 않더라도 이상할 것은 없다……. 무라시게는 두 장수의 그런 마음을 다도 자리에서 읽어 냈다. 수훈을 탐내지 않는 무사는 없다. 무사가 아니라도 마찬가지다. 그런데 다료와 마고로쿠가 자기가 최고라고 말하지 않는 것은 두 사람 다 상대가 오쓰였다고 단언할 자신이 없기 때문이리라.

마부가 끌고 온 말을 타고 무라시게는 혼마루로 돌아갔다. 달은 차올랐을 텐데 구름이 자욱해 구름 너머로 비치는 달빛은 어스름했다. 고요한 무사 주거지를 통과해 해자에 걸린 다리를 건너는데 다리 저편에서 횃불이 일렁거렸다. 다리 끝에는 혼마루를 지키는 문이 있다. 그 문을 지키는 병사들이 다가오는 기마 무사를 경계하는 것이다. 아키오카 시로노스케가 외쳤다.

"주군의 귀환이시다. 문을 열어라."

문 쪽에서 "알겠습니다."라는 대답은 들렸지만 문이 열릴 기미가 없었다. 횃불의 불빛 속에서 무라시게와 문지기가 서로의 얼굴을 알아볼 수 있을 만큼 접근하자 그제야 문이 열렸다. 문에는 쇠못이 박혀 있고 견고하고 육중해 여닫는 데 시간이 걸린다. 문이 완전히 열릴 때까지 기다리지 않고 무라시게는 말을 몰았다. 저택 앞에서 내리자 미리 연락이 되었는지 호위대가 무릎을 꿇고 맞이했다.

"아뢰옵니다. 아라키 규자에몬 님이 기다리고 계십니다."

"오냐. 대청으로 부르거라."

그렇게 말하고 무라시게는 말을 마부에게 맡겼다.

시각은 이미 밤이었다. 무라시게가 부하에게 검을 들게 하고 대청으로 들어가자 실내는 바깥보다 짙은 어둠에 잠겨 있었다. 촛불을 켰어도 상석에서는 규자에몬의 얼굴도 분간할 수 없었다. 규자에몬은 엎드려 있었는데 그 모습은 그림자가 뭉쳐 있는 것 같았다.

무라시게가 말했다.

"내 대신 고생했다."

"예."

"그래, 군사 회의는 어찌 되었느냐?"

"별일 없었습니다."

규자에몬의 말은 거침이 없었다. 너무 없었다. 무라시게는 오히려 규자에몬의 대답에서 다른 뜻을 느꼈다.

"무슨 일이 있었느냐?"

"그건."

"상관없다. 사실 그대로 말하라."

어둠 속에서 규자에몬이 몸을 움츠렸다.

"그렇다면 사소한 일이지만 아뢰겠습니다. 군사 회의는 별일 없었으나 다만 역시나 장수들은 수훈의 행방이 궁금한 기색으로, 주군이 어떻게 말씀하셨는지 묻는 자가 끊이지 않았습니다. 그중에서도 노무라 단고는 누구의 수훈인지 따질 것도 없다, 오랑캐 문화에 현혹되어 부처님께 등을 돌린 남만종 무리에게 운이 따를 리 없다고 떠들어 댔습니다. 남만종 장수들도 이 말에 안색이 변해 신의 가호가 어디를 향할지 시험해 보자고 반박하며 칼자루에 손을 뻗기까지. 이케다 이즈미가 중재해 그 자리는 진정되었지만……."

규자에몬은 말을 끊고 조금 목소리를 낮추어 말했다.

"단고 님이 아니었다면 뭔가 의중이 있는 게 아닐까 의심할 뻔했습니다."

무라시게가 물었다.

"의중이라니, 오다 말이냐."

"……그렇습니다."

공명 다툼은 무가의 일상이다. 남이 머리를 쳤다는 말을 들으면 주워온 머리가 아니냐고 비방하고, 남이 후방에서 적을 막았다고 하면 허풍 아니냐고 의심하는 이도 드물지 않다. 하지만 시비를 건 노무라 단고는 야습에 참가하지도 않았다. 상관도 없는 수훈 다툼에 끼어들어 칼부림이 날 뻔했다니, 역시 보통 일이 아니다. 규자에몬이 노무라 단고가 오다와 내통해 교란 작전을 계획한 게 아닌가 의심한 것도 이해 못 할 바는 아니었다.

노무라 단고는 전투에서는 용맹무쌍하지만 오다의 첩자로 회유당해 연기를 할 만큼 요령 있는 사내는 절대 아니다. 단고는 성의 남단에 있는 히요도리즈카 요새를 맡고 있고, 그 요새에는 사이카 부대가 포진해 있다.

"단고는 사이카 편을 들었나."

무라시게는 그렇게 중얼거렸다. 단고는 아랫사람을 잘 돌보기 때문에 병사들이 따르지만, 그 기질은 동시에 편애가 되기도 한다. 단고라면 평소 함께 일하는 사이카 부대의 편을 들려고 다카쓰키 부대를 비난하고도 남을 일이었다. 규자에몬이 말했다.

"소인도 그렇게 짐작했습니다. ……하지만 군사 회의에서 장수가 장수를 비난하는 것은 역시 좋지 않은 일이라."

무라시게는 아무 말도 하지 않았다.

무라시게는 노무라 단고의 실언이 꼭 편애에서 나온 말은 아니라고 생각했다. 모리의 원군만 기다리는 나날 속에서 장수도 병사도, 아마 무라시게조차도 초조해하고 있다. 이기느냐 지느냐, 죽느냐 사느냐, 그 모든 것이 모리에게 달려 있다는 점 자체가 자신의 힘을 중시하는 무사의 기질에 맞지 않는 것이다. 때문에 신경이 예민해진다. 민심이 흔들린다. 다키가와 사콘이 화살로 쏘아 보낸 서한 한 통에 빈틈이 생길 정도로.

이럴 때는 승리야말로 묘약이다. 무라시게는 야습을 명령해 계획대로 승리를, 적장을 토벌한다는 바라지도 않던 대승을 거두었다. 그리고 지금, 그 커다란 승리가 오히려 성안의 불화를 낳고 있다. 화복(禍福)은 꼬인 밧줄과도 같다고들 하지만…….

"하늘이."

돌봐 주지 않는구나. 무라시게는 그런 말을 꾹 삼켰다. 가신에게 들려줄 말이 아니었기 때문이다.

어쨌거나 문제는 머리다. 무라시게는 다도를 이용해 전투 중에 두 사람이 어떻게 싸워서 머리를 쳤는지 알아냈지만, 그래도 여전히 어느 쪽이 오쓰를 쳤는지 확실하게 단정 짓지 못했다. 그날 밤 야습이 모조리 봄 안개에 녹아 버린 것만 같았다.

이런 전투가 아니었다면 적에게 사자를 보내 머리 주인의 신원을 확인해 달라고 부탁할 수도 있었으리라. 신분 높은 무사의 머리가 마땅한 처우를 받지 못하는 것은 공격한 쪽뿐만 아니라 패한 쪽에도 불명예스러운 일이다. 어느 것이 대장의 머리인지 물으면 회신해 주었을 것이다.

하지만 이번 전투의 경우 그러기도 어렵다. 아라키는 오다를 배반하고 노부나가의 총신을 둘이나 죽였다. 노부나가의 원한은 틀림없이 깊을 테니 어느 것이 오쓰의 머리인지 모르겠으니 확인해 달라고 사자를 보내면 그자는 살아 돌아올 수 없다.

촛불이 일렁거렸다. 침묵은 다카야마와 스즈키를 상대로 한 조사에 성과가 없었음을 여실히 말해 주었다. 규자에몬이 울적한 목소리로 말했다.

"주군. 소인에게 다른 의견이 있는데 들어 주십시오."

무라시게는 퍼뜩 정신을 차리고 대답했다.

"말해 보아라."

"예."

그림자가 고개를 숙였다가 등을 쭉 폈다.

"소인, 수훈은 사이카 부대 스즈키 마고로쿠에게 돌아가야 한다고 생각합니다."

"……그 이유는?"

"다른 자들은 물려 주십시오."

무라시게는 손을 흔들어 검을 들고 있던 부하를 내보냈다. 장지문이 닫히기를 기다려 규자에몬이 입을 열었다.

"먼저 첫 번째로 다카야마 다료는 저희에게 가세하기는 했으나 자식인 우콘의 배신을 괘씸하게 생각하는 자가 여전히 적지 않아, 다료의 수훈을 기뻐하는 사람들만 있는 게 아닙니다. 그에 반해 스즈키 마고로쿠는 오사카 혼간지의 명령으로 이곳 아리오카성에 들어온 자입니다. 그자의 수훈은 혼간지의 수훈, 보기에도 좋습니다."

원군이 수훈을 세우면 병사를 보낸 쪽은 체면이 선다. 혼간지의 체면을 세워 주는 것은 지금 아리오카성에 있어 손해될 일이 없다. 무라시게는 턱을 어루만지며 말했다.

"계속 말해 보아라."

"예. 두 번째로 노무라 단고가 한 말이 있습니다. 소인은 생각도 못 했습니다만 이번 수훈 다툼, 일향종과 남만종의 다툼이라는 일면이 없지 않습니다. 그렇다면 일향종과 남만종, 아리오카성에서 어느 쪽 숫자가 많은지 고려해야 하지 않을까 하고."

물론 일향종 신도가 많다. 남만종 신도는 다카쓰키 부대 말고는 한 줌도 되지 않는다.

"……그게 다인가."

"그렇다면 세 번째로."

어둠 속에서 규자에몬이 목소리를 더욱 낮추었다.

"큰 공을 인정받지 못한 쪽이 원망을 품지 않는다는 보장이 없습니다. 다카쓰키 부대와 사이카 부대, 어느 쪽의 원망이 까다로울지…… 주군, 이 점을 고려해 주십시오."

사이카 부대는 다른 지방의 무사들이지만 그 뒤에는 혼간지가 있다. 한편으로 당주 다카야마 우콘에게 등을 돌리고 아리오카성에 들어온 다카쓰키 부대에는 뒷배가 없다. 문제의 싹이 되면 토벌해도 불평할 이가 없는 것이다.

아라키 규자에몬은 원래 이케다 가신 중에서도 굴지의 장수로, 그 말의 무게는 가볍지 않다. 다카야마와 스즈키, 어느 쪽이 수훈을 세웠는지 모른다면 슬슬 어느 쪽 수훈으로 치는 것이 유리한지 생각해야 한다. 규자에몬의 주장에도 일리가 있음을 무라시게는 인정하지 않을 수 없었다.

규자에몬이 바닥에 주먹을 짚고 넙죽 엎드렸다.

"물론 오쓰를 친 것이 누구인지, 모두 납득할 수 있도록 해명해 판가름할 수 있다면 그것이 최선입니다."

"……당연한 소리."

"예, 제가 그만."

무라시게는 탄식을 삼켰다.

"충언은 칭찬해 주마. 하지만 귀담아듣지는 않겠다. 이 싸움에서는 다카쓰키도 사이카도 빼놓을 수 없어."

어느 쪽을 잘라 낼 수 있을 만큼 성의 병사는 많지 않다. 오쓰의 머리를 얻음으로써 다카쓰키 부대와 사이카 부대 둘 중 하나가 떠난다면 어젯밤의 토벌은 패배나 다름없다. 규자에몬은 길게 말하지 않았다.

"주제넘은 소리를 용서해 주십시오. 이것도 가문을 위한 일이라 생각하여."

"상관없다. 물러가거라."

"예."

규자에몬이 대청에서 나갔다. 촛불의 흐릿한 불빛 속에서 무라시게는 한동안 그대로 가만히 꼼짝도 하지 않았다.

12

무라시게는 침소에 등불을 가져와 신원 확인 대장과 부상첩을 보았다.

야습으로 거두어들인 투구 머리는 다섯 개지만 야습 부대가 친 적이 다섯 명뿐인 것은 아니다. 다카야마 다료도 스즈키 마고로쿠도 부하들이 보병과 졸병들을 수없이 죽였다고 했다. 어쩌면 그중에 오쓰 덴주로가 섞여 있지 않았을까?

하지만 기록을 살펴볼수록 그런 일은 없었다는 생각밖에 들지 않았다. 수훈이란 자신의 목숨을 건 증거다. 적을 치면 이름 있는 무사를 치지 않았을까 마음이 설레고, 전투가 끝나면 자기 수훈을 어디까지나 크게 떠벌리는 법이다. 한시가 급한 전투에서는 머리를 잘라 낼 여유조차 없어 머리를 거두는 일을 금지하는 경우도 있지만 어젯밤 야습은 그렇지는 않았고, 애초에 머리를 자르지 못해도 동료의 증언으로 수훈을 인정받으려 하는 게 보통인데 대장에는 그런 기록이 없었다.

신원 확인에 오른 머리가 네 개였다는 뜻은 역시 다카쓰키 부대와 사이카 부대가 죽인 무사는 틀림없이 네 명이었다는 것을 의미한다. 그중 두 사람은 확실히 오쓰 덴주로가 아니다. 결국 역시 굵은 목과 갸름한 얼굴, 두 개의 머리밖에 남지 않는다.

“굵은 목인가……, 갸름한 얼굴인가…….”

무라시게는 눈을 감고 머리의 형상을 떠올렸다. 둘 다 젊은 무사였다. 오쓰 덴주로는 젊다고 하지만 정말 그 정도로 젊었을까? 작년 정월, 아즈치성에서 노부나가에게 신년 인사를 했던 그때, 오쓰 덴주로도 어딘가에 있었을 터였다. 훌륭한 거성과 호화로운 의상, 질릴 정도로 차려진 산해진미, 아들의 장인인 아케치 미쓰히데……. 그만 착각하고 만다. 이제는 고레토 휴가라 불러야 하는가……. 그와 나누었던 소소한 이야기와 웃음소리, 모든 것을 기억하고 있다. 하시바 지쿠젠노카미 히데요시도 있었다. 그 사내는 하리마를 공격하는 역할을 무라시게로부터 앗아 갔지만 이렇게 떠올려 봐도 이상하게 원망스럽지는 않았다. 그 정월은, 그렇다, 참으로 좋은 날이었다. 오쓰는 어디에 있었나. 적어도 아즈치성에서는 그 굵은 목과 갸름한 얼굴을 보지 못했다.

오 년 전, 명향(名香) 란사대 향목을 잘라 낼 사자로 도다이지 사찰에 갔을 때는 오쓰가 없었던가? 란사대는 쇼소인 사원에 보관해 둔 귀한 보물로, 그 향목을 잘라 낸 자는 아시카가 요시마사 공이 마지막이라 일컬어진다. 그것을 노부나가가 얻게 되어, 쇼소인에서 노부나가가 기다리는 다몬야마성까지 란사대를 지키는 역할을 무라시게 일행이 맡았던 것이다. 란사대를 담은 함은 여섯 척은 되었으리라. 수천의 적군도 두렵지 않지만 그 함을 운반하는 여정은 너무나 두려웠다. 란사대! 명향 예순한 종 중에서도 으뜸, 신묘한 보물이라고도 불리는 그 명향을 지키고 있다는 고양감은 평생 잊을 수 없으리라. 그것은 3월의 청량한 날…… 그렇다,

마침 이맘때였다. 그런 명예가 또 있을까. 비록 이 생명이 다하더라도 덴쇼 2년에 도다이지에서 란사대를 받은 무리에 아라키 무라시게가 있었다는 기록은 영원히 남는 것이다. 그 좋은 날에, 오쓰 덴주로는 있었던가? 굵은 목이나 갸름한 얼굴을 보지는 못했던가…….

무라시게는 퍼뜩 눈을 떴다. 그만 잠이 들었던 모양이다.

꾸벅꾸벅 졸면서도 불은 껐는지, 촛대의 불이 꺼져 있었다. 침소는 깜깜한 어둠 속에 있었다. ……아니, 무라시게는 장지문 너머로 희미한 불빛을 보았다. 화톳불이 밤을 비추는 것일까.

아니다. 무라시게는 느꼈다. 어딘가 술렁거리는 낌새가 있다. 사람을 부르려 했을 때, 장지문 너머에서 그림자가 무릎을 꿇었다.

"주군."

호위대 일원, 아키오카 시로노스케의 목소리였다. 그 목소리가 굳어 있었다.

"무슨 일이냐."

"불길이 일었습니다."

무라시게는 천천히 일어섰다.

"어디냐. 적인가?"

"모르겠습니다. 고리 주에몬 님이 확인하러 가셨습니다."

어둠에 익은 눈으로 검을 들고 장지문을 열었다. 구름이 자욱한 밤이라 달은 보이지 않았지만 남쪽이 희미하게 밝았다. 화재는 단순한 실화(失火)라도 문제가 심각하지만 그 이상으로 조심해야 할 것이 적에 의한 방화다. 탄약고에 불이 번지면 성은 한 달도 못 버티고 함락되리라. 무라시게는 아무리 작은 화재라도 항상 자신에게 보고하도록 가신들에게 단단히 일러두었다.

무라시게는 하늘을 노려보며 말했다.

"천수각에 올라 상황을 보겠다. 따르라."

"예."

무라시게는 방에서 나와 미늘옷을 입고 투구, 팔 보호대, 정강이 보호대를 착용하고 가죽 버선을 신었다. 그 사이 호위대가 짚신을 준비했고 무라시게는 툇마루를 지나 정원으로 내려섰다. 무라시게는 시로노스케를 앞장세워 천수각에 올랐다.

먹물을 풀어 놓은 듯한 어두운 밤에 희미한 작은 불길이 보였다. 무라시게는 아리오카성의 지형을 속속들이 알고 있지만 역시 밤에는 거리를 가늠하기 어렵다. 그래도 불이 난 곳이 요새도, 무사 주거지도 아니라는 것은 알 수 있었다. 저곳은 저잣거리 남쪽, 논밭도 많은 공터 부근이 아닌가? 무라시게는 무엇이 불에 타고 있건 큰 화재로 번질 리는 없다고 생각했다. 사방을 둘러보니 성을 에워싼 오다 군대에 다른 동향은 없었다. 화재에 맞추어 숫자로 밀고 쳐들어올 낌새도 없어 보였다. 그렇다면 염려할 만큼 큰 일은 아니리라……. 그렇게 스스로를 설득했지만 무라시게는 뭐라 표현할 길 없는 불쾌한 느낌을 씻을 수가 없었다. 물이 풍부한 아리오카성에서는 화재가 적다. 봄이 되면 땔감이나 잡목이 축축해져서 불을 지피려고 해도 좀처럼 붙지 않을 정도다. 그런데 오늘밤, 성안에 불화의 징조가 보인 바로 그날에 불길이 일었다. 무라시게는 그 불이 단순한 실화라고 생각할 수 없었다. 꼼짝도 하지 않는 주인을 따라 시로노스케도 숨을 죽였다. 바람 소리만이 천수각을 채웠다.

아래쪽에서 발소리가 나더니 누군가가 계단을 뛰어 올라왔다. 시로노스케가 칼자루를 움켜쥐고 경계했다. 위로 올라온 사람은 고리 주에몬이었다.

"주군, 주군은 여기 계신가?"

숨을 헐떡이는 주에몬에게 무라시게가 물었다.

"주에몬, 무슨 일이냐?"

"방화입니다."

평소 어지간한 일로 놀라지 않는 시로노스케가 이때는 놀라서 신음을 흘렸다. 주에몬은 무라시게 앞에 무릎을 꿇고 가쁜 숨도 가다듬지 않고 목소리를 짜냈다.

"백성 일고여덟 명이 집단을 이루어 부처님을 위한 일이라고 외치며 남만종 예배소에 불을 질렀습니다. 남만종 신도도 모여들어 방화범들과 싸우는데 히요도리즈카 요새에서 노무라 단고노카미님이 병사를 보내 사람들을 쫓아냈습니다."

"단고는 불을 지른 자를 잡지 않은 것이냐?"

"모르겠습니다. 소인이 도착했을 때는 이미 사람들이 흩어진 뒤라."

"그런가."

무라시게는 불을 노려보며 이를 갈았다.

"고생했다. 주에몬도 시로노스케도 물러가거라."

그렇게 명령하고 천수각 꼭대기에서 멀리서 차츰 누그러드는 불길을 바라보며 무라시게는 침묵했다. 가슴속에는 통한이 맴돌았다.

셋쓰는 물론 어디에서도 평소 종교의 차이가 다툼의 씨앗이 되는 일은 많지 않다. 과거 연호가 덴분이었던 시절, 교토에서 종파 간에 격렬하게 싸운 적도 있었지만 그것도 이미 사십 년이나 지난 옛날 일이다. 오사카 혼간지도 우대신을 지낸 노부나가가 일향종 신도가 아니라서 싸우는 것이 아니다.

잇큐 선사가 읊은 시조에 '정상 향하는 산기슭 갈라진 길 많고 많지만 바라보는 하늘의 달은 하나뿐이리'라는 노래가 있다. 세상에 종교는 많지만 목표로 하는 이상은 똑같다는 가르침이다. 잇큐 선사의 설법을 모르더라도 일상생활 속에서 종교의 차이를 특별히 따지는 이는 적다. 저 집은 진언종, 우리는 일향종, 옆집은 일련종, 맞은편은 선종이라도 반목하는 일은 거의 없다. 남만종이 부처를 믿지 않는다고 남의 신앙을 뭐라 비방하는 자는 오히려 유별난 사람으로 보일 것이다. 하지만 이것은 평소의 이야기다.

숨죽이고 도움을 기다리는 나날 속에서 마음에 드리운 불안은 내부에서 적을 찾게 만든다. 저기는 가신이 아니니까, 저기는 셋쓰 사람이 아니니까, 저기는 타지에서 왔으니까, 사람들은 그런 차이를 찾아내 그들을 배신자로 몰아세우려 한다. 의심에 무너져 서로를 끝없이 의심하고 죽이며 끝내 와해한 가신들을 무라시게는 수도 없이 보아 왔다. 이케다 가문도 이타미 가문도 결국 그 때문에 망하지 않았던가. 그리고 지금 이 아리오카성에서는 남만종에 의심의 눈길이 쏟아지고 있다.

"어리석은. 어리석은 짓을."

거친 말이 무라시게의 입에서 나왔다.

수훈을 다투는 것은 다카쓰키 부대와 사이카 부대다. 그리고 이 둘은 딱히 싸우고 있지 않다. 머리가 끔찍한 흉상으로 바뀐 일을 빼면 다카쓰키 부대와 사이카 부대의 불화를 암시하는 일은 아무것도 없었다. 그런데 겁먹은 자들이 남의 다툼을 자기 일에 끌어들여 허황된 풍문을 퍼뜨리고 욕지거리를 하더니 급기야 성안에서 불을 질렀다.

방심으로 눈치채지 못했다는 생각이 무라시게를 괴롭혔다. 성안을 둘러보았을 때 어딘가 마음에 걸렸는데도 그 정체를 꿰뚫어 보지 못했다. 백성들 사이에 퍼진 남만종에 대한 의심, 남만종 신자들의 위축된 마음을 알아차렸어야 했다. 지난겨울 아베 지넨이 기괴한 죽음을 당했을 때, 이는 남만종의 수상한 술수라는 말이 나왔던 것도 지금 생각해 보면 민심에 뿌리박힌 의심의 발로였을지도 모른다. 지금 무라시게는 남만종을 버리고 다수의 손을 들어줄지, 남만종을 감싸고 다수의 불신을 살지, 양자택일의 분화구 가장자리에 내몰렸다. 그리고 어느 쪽을 선택해도 아리오카성은 낙성(落城)의 길을 걷게 되리라.

"아니. 아직 돌이킬 수 있을까."

남만종에 대한 의심이라는 땔감이 조용히 쌓여 가고 있었더라도 거기에 불을 붙인 것은 결국 다카쓰키와 사이카, 어느 쪽이 수훈을 세웠는가 하는 난제였다. 이 물음에 올바른 답을 내릴 수 있다면 아리오카성을 살릴 수 있을지도 모른다. 남만종에 대한 의심을 오다에 대한 적의로 바꿀 수 있을지도 모른다. 아니, 분명 가능하다.

하지만 시간이 없다. 날이 밝으면 바로 군사 회의를 열어 만인을 설득해야 한다. 낮이면 때는 늦으리라. 하지만 그런 일이 가능할까? 지금까지 머리를 쥐어짜도 풀지 못했던 난제를 과연 아침까지 풀 수 있을까?

무라시게는 구름이 자욱하게 낀 밤하늘을 올려다보았다. 남은 방법은, 한 가지뿐이었다.

13

무라시게는 촛대를 들고 천수각 지하로 내려갔다. 혼자였다. 일렁거리는 작은 불 하나에 의지해 무라시게는 계단을 내려갔다.

계단은 우물이 있는 작은 방으로 연결되는데 그곳은 마흔 남짓한 왜소한 남자 하나가 밤낮 가리지 않고 지키고 있다. 간수다. 촛불의 불빛 속에서 간수가 천천히 무라시게 앞에 무릎을 꿇었다. 남자의 허리에서 열쇠가 짤그랑 울렸다.

"주군……. 어찌 이런 늦은 밤에."

무라시게는 대답하지 않고 작은 방 구석에 설치된 여닫이문을 보았다.

"열어라."

"예."

간수가 침착하게 일어섰다. 촛대의 불빛 속에 비친 간수의 눈에 핏발이 서린 것을 보고 무라시게는 눈썹을 살짝 찌푸렸다. 촛대를 가만히 바닥에 내려놓았다.

묵직한 소리를 내며 자물쇠가 열렸다. 간수는 문을 열고 사각형으로 입을 벌린 어둠을 등지고 고개를 숙였다.

"열었사옵니다."

무라시게가 명령했다.

"앞장서라."

"예……."

간수의 목소리에 당혹스러움이 묻어났다.

"왜 그러느냐, 앞장서라."

"예. 그럼, 분부대로."

그렇게 대답은 했지만 간수는 꼼짝도 하지 않았다. 무라시게는 시치미를 떼고 "그나저나 이변은 없었느냐?" 하고 물으며 어둠 속으로 고개를 내밀었다. 그 순간, 간수가 고함을 지르며 칼을 뽑았다.

"역적, 죽어라!"

뽑아 든 하얀 칼이 촛불에 번득인 찰나, 무라시게의 칼이 이미 간수의 몸을 베었다. 너저분한 무명옷이 싹둑 잘리고 피와 창자가 흘러나왔다. 간수는 마지막 숨을 길게 내뱉으며 쓰러져 죽었다.

무라시게는 간수의 옷으로 칼을 닦고 시체를 굽어보았다. 눈가의 노골적인 살기를 알아차리고 반격했지만 간수가 달려든 이유를 알 수가 없었다.

"어째서냐."

그렇게 중얼거리자 열린 문 안쪽에서 목소리가 들려왔다. 웃음소리였다. 처음에는 나직하게, 이윽고 점점 커지더니 폭소가 지하에 온통 메아리쳤다. 무라시게는 칼을 칼집에 넣고 어둠을 향해 노성을 질렀다.

"닥쳐라……, 닥쳐라, 간베에!"

웃음소리가 뚝 그쳤다.

무라시게는 촛대를 주워 계단 밑을 비추었다. 축축하게 젖은 계단을 천천히 내려갔다. 계단 끝은 지하 감옥이다. 감옥 안에 웅크리고 있는 그림자는 무라시게가 다가가자 살짝 몸을 흔들었다.

"간베에."

무라시게는 이름을 부르며 촛불을 비추었다. 머리카락과 수염은 제멋대로 자랐고 걸친 옷은 꾀죄죄해서 지금 감옥 안에 있는 것은 마치 누더기 뭉텅이 같았다. 지저분한 얼굴에서 눈이 천천히 벌어지더니 누런 흰자위와 탁한 검은자위가 무라시게를 바라보았다. 구로다 간베에가 뺨을 실룩거리더니 씩 웃었다. 무라시게가 마지막으로 간베에를 본 것이 작년 12월이었다. 그때보다 머리카락과 수염이 자란 것은 당연한 일이지만 웃음소리가 달랐다.

"이거, 셋쓰노카미 님. 부처님의 가호로 목숨을 건지셔서 참으로 다행입니다."

잔뜩 갈라진 목소리였다. 무라시게는 눈을 부릅떴다.

"이놈, 무엇을 알고 있느냐."

"글쎄요, 무슨 말씀이신지."

"저 간수는 어디까지나 우직하여 주인을 공격할 남자가 아니었다. 그런데 굳이 역적이라는 말을 입에 담았다."

간베에는 자못 재미있다는 듯이 말했다.

"설마, 짐작 가는 구석이 없다고 말씀하시지는 못 할 텐데요."

그 조롱과 부처님의 가호라는 말이 무라시게의 머릿속에서 하나로 연결되었다.

"간베에, 자네가 저자를 부추겼나?"

저도 모르게 목소리가 거칠어진 무라시게를 보며 간베에가 만족스럽다는 듯이 눈가를 누그러뜨렸다.

"혜안에 간베에, 감읍하였습니다."

"네 이놈, 갇혀 있는 죄인 주제에 내 목숨을 노리느냐."

무라시게가 칼자루를 움켜쥐자 간베에는 날벌레를 쫓듯 손을 살살 저었다.

"천만에요. 어찌 그리 무서운 짓을 하겠습니까?"

어딘가 장난스러웠던 간베에의 말투가 갑자기 진지해졌다.

"소인이 노린 것은 저 간수의 목숨이었소."

무라시게는 헛소리라고 꾸짖으려다가 말을 삼켰다. 확실히 간베에의 말대로 무라시게는 살아 있고 간수는 죽었다. 무라시게는 간베에가 임시방편으로 되는대로 지껄일 뿐이라고 믿으려 했다. 하지만 아무래도 그런 것 같지 않았다.

"……저 사내가 자네에게 무슨 짓을 했나."

그렇게 묻자 간베에는 말없이 고개를 숙였다. 촛불 속에 간베에의 정수리가 드러났다. 제아무리 무라시게라도 목구멍에서 치밀어오르는 신음을 완전히 삼킬 수는 없었다. 간베에의 머리에는 무라시게조차 오싹할 정도로 끔찍한 흉터가 남아 있었다. 부상을 입은 자리가 곪아서 붓고 터져서, 벌레가 살을 물어뜯은 상처였다.

간베에는 고개를 들어 상처를 어둠에 숨겼다.

"이 상처의 대가로 저자와는 조금 이야기를 나누었지요."

감옥 안에서 간베에가 곱씹듯 말했다.

"셋슈 님. 감옥 안에서 사람을 죽이는 게 생각보다 어려운 일은 아니군요."

무라시게는 그대로 칼자루를 움켜쥐고 있었다.

"죽인 것은 나다. 자네는 나를 도구로 썼다고 말하는 건가?"

간베에는 대답하지 않았다.

무라시게는 잠시 망설였다. 무라시게는 강인한 무사이며 지략가이기도 하다. 하지만 그는 자신이 셋쓰의 수장에 오른 것은 누구보다 감이 뛰어났기 때문이라고 생각했다. 활과 말이 무사의 표면적인 도구라면, 이면의 도구는 감과 운이리라. 그 감이 지금 이곳에서 바로 간베에를 죽이라고 말하고 있다.

간수의 죽음에 대한 책임을 간베에에게 따질 수는 없다.이 어두운 감옥에서 간베에가 무슨 말을 했든지 무라시게에게 칼을 뽑아 든 것은 그 남자였다. 하지만 감은 그것과 상관없이 당장 칼을 뽑아 나무 격자 틈새로 찔러 넣어 간베에를 죽여야 한다고 속삭이고 있다. 하지만 무라시게는 그럴 수 없었다. 간베에를 죽이면 다카쓰키 부대와 사이카 부대로 갈라지려 하는 성 내부를 단합할 방도가 사라진다.

살펴보니 간베에는 이미 등을 구부린 채 이미 무라시게를 쳐다보지도 않았다. 무라시게가 자기를 죽일 리 없다는 것을 잘 아는 모습이었다. 무라시게는 감의 예언을 무시했다. 언제든지 필요할 때 마음대로 죽일 수 있다. 지금이 아니라도 상관없다. 무라시게는 그렇게 자신을 타이르며 칼자루에서 손을 뗐다.

"……그래서."

간베에가 중얼거렸다.

"소인에게 무슨 용건이십니까? 응당한 보복이기는 하나 셋슈 님의 부하를 죽인 죗값으로 간베에, 최대한 열심히 들어 보겠습니다."

무라시게가 찾아온 이유를 간베에는 거의 짐작하고 있다. 역시 죽여야 했나 하고 미련을 남기면서도 무라시게는 "이름을 알 수 없는 머리가 두 개 있다." 하고 말문을 열었다.

다키가와 사콘이 화살에 서한을 묶어서 보낸 일. 매 사냥에 초대받은 일. 군사 회의에서 벌어진 말다툼, 사전 공작, 그럼에도 불구하고 다카야마 다료와와 스즈키 마고로쿠가 출진을 주장한 일. 방어가 허술한 적진을 발견하고 염탐을 명령한 일. 야습, 네 개의 머리. 뜻하지 않게 적장을 해치웠다는 사실을 나중에 알게 된 일……. 무라시게는 그 모든 것을 간베에에게 설명했다.

간베에는 눈을 감고 잠든 것처럼 꼼짝하지 않았다. 다만 다도 이야기를 들었을 때만 살짝 고개를 갸웃거렸다. 벌레가 발밑을 기어 다니고 피비린내가 자꾸 퍼지는 동안 무라시게는 남만종 예배소가 방화 피해를 입은 일을 설명하고 간수를 벤 일을 설명했다.

"때문에 나는."

무라시게는 마지막으로 말했다.

"오쓰 덴주로를 처치해서 수훈을 세운 게 누구인지 밝혀내야 한다. 하지만 아무리 자네라도……."

간베에가 그 말을 가로막았다.

"셋쓰노카미 님. 대체 무엇을 우려하시는 겁니까?"

"……무슨 소리냐."

간베에는 눈을 뜨고 무라시게의 얼굴을 똑바로 쳐다보았다.

"다른 사람도 아니고 셋쓰노카미 님이 이런 쉬운 문제로 고민하다니, 소인은 도저히 믿을 수가 없군요. 보아하니 다른 걱정거리에 정신이 팔려 집중하지 못했다……. 셋슈 님, 그렇지요?"

무라시게는 촛대를 멀찍이 떨어뜨렸다. 생각하고 취한 행동은 아니었다. 간베에의 눈에서 자기 얼굴을 숨기려고 반사적으로 손이 움직인 것이다. 손동작은 아주 미미했지만 간베에에게 동요를 들키기에는 충분했으리라. 무라시게는 곧장 반박했다.

"시간을 벌려는 자는 다들 군소리를 늘어놓지. 간베에, 허풍도 작작 떨어라."

하지만 간베에는 아무 소리도 들리지 않는다는 듯이 말했다.

"누가 머리를 쳤는지는 뻔한 일. 다만 무엇이 셋슈 님을 고민하게 했는지, 이쪽은 조금 어려운 문제로군요. 글쎄, 다카야마일까요, 스즈키일까요……. 더 이전에 나카니시 아무개…… 아니, 아니지, 그럴 리 없지……."

"간베에."

무라시게의 목소리가 지하 감옥을 뒤흔들었다.

"네놈, 감옥 안에서 사람을 죽이는 게 쉽다고 하였더냐. 밖에서 죽이기는 더욱 쉽다는 것을 아느냐?"

"……오오, 이거."

간베에는 수염이 덥수룩한 얼굴을 빈정거리듯 일그러뜨리며 고개를 깊이 숙였다.

"결례를 범했습니다. 소인도 요즘 목숨이 아까워져서요. 부디 처벌만은 용서를."

"네 이놈, 우롱하는 것이냐?"

간베에가 목구멍으로 웃었다.

"감옥 안에서 성주님을 우롱한다는 것도 재미있는 일이군요. 셋쓰노카미 님."

간베에가 목소리를 가다듬었다.

"셋쓰노카미 님은 이번 야습, 어째서 그만한 대승을 거두었다고 생각하십니까? 그것을 모를 정도로 셋쓰노카미 님이 전쟁에 서툰 우둔한 분이라면 이 간베에의 고난도 다 헛일이겠구려."

무라시게는 야습에서 승리한 것은 오쓰가 방심했기 때문이라고 생각했다. 아리오카성의 동쪽에서 병사를 내보낼 수 있다는 사실을 몰랐을 테니 그럴 수도 있지만, 오쓰의 진영이 야습에 대비하지 않았던 것이 승리의 원인이리라. 하지만 간베에는 무라시게의 말을 기다리지 않았다.

"늦게나마 소인 간베에, 셋슈 님의 전승을 축하드리옵니다. 하지만 대보살, 천지신명, 일광 화신, 유젠 대명신의 가호도 있었겠지요. ……그나저나 무사란 참 죄 많은 존재. 소인도 저 간수의 왕생을 빌어야겠습니다."

그렇게 말하고 간베에는 두 손을 모으고 눈을 감았다. 그 후로는 무라시게가 무엇을 물어보아도 묵묵부답, 눈조차 뜨지 않았다.

14

일출과 함께 망루의 북소리가 울렸다. 군사 회의를 위해 장수들을 부르는 신호다.

무라시게는 그 소리를 저택 안에서 들었다. 다다미방에는 장식단이 있어 하치만 대보살(八幡大菩薩)이라는 다섯 글자를 큼직하게 쓴 족자가 걸려 있다. 무라시게는 그 족자를 마주하고 책상다리로 앉아 눈을 감고 있었다. 북을 칠 때마다 장수들이 혼마루로 찾아온다. 평소의 군사 회의는 반드시 모두 모여야 하는 것은 아니다. 모든 장수가 맡은 장소를 비우는 것은 위험하기 때문이다. 하지만 오늘 아침의 북소리는 적이 가까이 들이닥치지 않는 한 참가하라는 명령이었다. 물론 무라시게가 그렇게 명령했다.

또다시 북소리가 났다. 다카야마 다료도 스즈키 마고로쿠도 천수각에 도착했으리라. 아라키 규자에몬, 이케다 이즈미도 왔으리라. 노무라 단고나 나카니시 신파치로도 이미 천수각에 들어왔을지 모른다. 그래도 무라시게는 수훈의 행방을 여전히 알아내지 못했다.

방의 장지문은 활짝 열려 있다. 불어오는 봄바람에 눈을 뜨고 문득 바깥으로 시선을 던지니 벚꽃이 바람에 지고 있었다. 전승으로부터 꼬박 하루, 무라시게는 궁지에 몰려 있었다.

간베에를 찾아간 것이 옳았는지 무라시게는 알 수 없었다. 구로다 간베에가 아리오카성에서 가장 뛰어난 지혜를 가진 것은 틀림없다. 명석함을 따진다면 무라시게보다도 명석하리라. 하지만 그 남자는 정체를 알 수 없다. 간베에가 무라시게의 편을 들 이유는 아무것도 없지만 원망할 이유는 얼마든지 댈 수 있다. 그렇다면 그 지하 감옥에서 간베에가 입에 담은 말은 아무 의미가 없었을까? 간베에는 무엇 때문에 야습에서 대승을 거두었는지 물었다. 밤새 고민해 무라시게는 그 뜻을 거의 파악했다. 다만 그 다음을 알 수가 없었다, 오쓰 덴주로를 해치운 자는 누구인가…….

무라시게는 중얼거렸다.

“어쩔 수 없나.”

군사 회의 시간이 코앞에 다가왔다. 이대로 진상을 밝혀내지 못한다면 규자에몬의 주장을 채택하는 수밖에 없다. 다카쓰키 부대의 불만을 사게 될 줄 알면서도 스즈키 마고로쿠의 수훈을 인정하는 것이다. 그 결단은 남만종을 믿는 자들을 통째로 저버리는 결과로 이어질 수도 있지만 이제는 달리 방법이 없다.

“나무아미타불…….”

무라시게는 그렇게 읊다가 다시 눈을 감았다. 심사숙고했지만 생각은 제자리를 맴돌 뿐 아무것도 알아내지 못하고 끝내 시간이 다가왔다. 툇마루에 무릎을 꿇은 부하가 속삭이듯 고했다.

"장수들이 다 모였습니다."

"……오냐."

눈을 떴다. 무라시게의 눈앞에는 하치만 대보살 족자가 있었다.

나무아미타불. 무라시게는 가슴속으로 되풀이해 읊조렸다. 나무아미타불 하치만 대보살.

무라시게는 벌떡 일어섰다.

장수들이 엎드려 있는 가운데 무라시게는 상석으로 걸어갔다. 방석에 걸터앉자 바로 곁에 무라시게의 검을 든 부하가 대기했다.

"다들 수고가 많네."

무라시게의 말에 장수들은 한층 깊숙이 고개를 숙였다가 윗몸을 일으켰다. 무라시게는 넌지시 시선을 돌려 다카야마 다료와 스즈키 마고로쿠를 찾았다. 무사이면서 손님인 다카야마가 상석에 가까이 앉는 것은 평소와 다름없었지만 스즈키 마고로쿠도 원래 앉던 자리보다 앞쪽에 있었다. 가까이에 노무라 단고가 있으니 그가 데려온 것이리라.

장수들은 숨을 죽이고 무라시게의 말을 기다렸다. 무라시게는 군사 회의 때는 늘 그렇듯 어딘가 졸린 눈으로 천천히 입을 열었다.

"……어젯밤, 저잣거리 남쪽에서 불이 났다. 수상한 자가 저지른 방화였다. 이즈미, 경위를 보고해라."

"예."

이케다 이즈미가 고개를 숙였다. 그는 무기와 병량 배급 외에도 성안 단속도 맡고 있다. 명령하지 않아도 방화가 발생하면 조사하는 것이 그의 역할이다.

"불탄 것은 남만종 예배소, 주위는 공터라 불이 퍼지지는 않고 저절로 꺼졌지만 남만종 신도 한 명이 십자가인가 하는 것을 가지러 불길 속에 들어가 그대로 타 죽었습니다. 불을 지른 자는 평민 다섯, 그중 셋은 이미 체포했지만 나머지 두 명은 발견되지 않았습니다. 성 밖으로 나가는 모습을 보았다는 자가 있습니다."

"훌륭한 솜씨구나. 체포한 자는 처형하고 본보기 삼아 내걸어라. 나머지 둘도 성안에 숨어 있지 않은지 잘 찾아보아라."

"예. 분부대로."

무라시게는 노무라 단고를 힐끔 보았다. 고리 주에몬의 보고에 따르면 단고는 방화범의 도주를 눈감아 주는 기색이 있었다는데, 지금 단고에게 별다른 낌새는 없었다. 범인들을 감싼다면 매제라 해도 그냥 둘 수 없다고 생각했지만 그럴 우려는 없는 것 같아 무라시게는 조금 마음을 놓았다.

단고 외에도 이의를 제기하는 이는 없었다. 방화 사건은 그렇게 마무리되었지만 장수들 사이에 안도는 찾아볼 수 없었다. 다음 이야기가 핵심임을 모두가 아는 것이다.

"그런데."

무라시게가 말했다.

"그저께, 우리는 적진을 야습해 적장 오쓰 덴주로 나가마사를 해치웠다. 그 수훈에 대해 말하마."

자리에 날카로운 긴장감이 감돌았다. 갑옷을 걸친 자, 평복만 입은 자, 신분이 높은 자, 신분이 낮은 자, 그들 모두의 시선을 똑바로 받으며 무라시게가 말했다.

"오쓰의 목을 친 자는, 없다. 다카야마 다료, 스즈키 마고로쿠 두 사람은 각각 용맹하게 싸워 투구 머리를 거두었다. 상으로 비젠에서 만든 검을 하사하겠다."

장수들이 술렁거리며 서로 얼굴을 마주 보았다. 가장 먼저 입을 연 것은 규자에몬이었다.

"기다려 주십시오. 그렇다면 오쓰는 죽지 않았다는 말씀이십니까?"

"아니다. 사이카 부대 사게하리가 보고했고 내 호위대가 확인했다. 오쓰는 전투에서 죽었다."

"……소인, 주군의 생각을 모르겠습니다."

"그렇다면 말해 주마."

무라시게는 일동을 둘러보았다. 의심과 분노가 깃든 표정도 없지는 않았지만 대부분의 장수는 무엇보다 일단 영문을 모르겠다는 얼굴이었다.

"어째서 우리 야습이 그토록 문제없이 풀렸을까? 아무리 그래도 울타리로 에워싸고 화톳불도 꺼지지 않은 적진을 공격했는데 이토록 쉬운 싸움이었던 이유는 무엇인가? 물론 다카쓰키 부대, 사이카 부대는 잘 싸워 주었다. 작전도 때가 잘 맞았다. 하지만 승리의 이유는 그것이 다가 아니었다."

다료와 마고로쿠를 살펴보며 무라시게가 말을 이었다.

"야습 상황에 대해서는 다카야마, 스즈키 둘 다 똑같은 말을 했다. 다시 말해 오쓰의 병사들은 주군을, 즉 오쓰를 찾고 있었다고

했다. 시간이 흘렀는데도 똑같이 졸병과 보병들뿐만 아니라 갑옷 무사들도 우왕좌왕할 뿐이었다 들었다. 무엇보다 적들이 징이나 북, 뿔피리를 부는 소리를 들은 자가 없다. 나는 이런 전쟁을 알고 있다."

아무도 기침 소리 하나 내지 않았다.

"장수가 없는 싸움이다. 지휘할 자가 없으면 아무도 싸우지 못한다. 그날 밤, 오쓰는 전투가 시작될 때부터 끝날 때까지 명령을 내리지 않았던 것이다."

"주군께서는."

규자에몬이 끼어들었다.

"오쓰가 달아났다고 말씀하시는 겁니까? 그자는 병사들을 이끄는 장수로서 싸움에 임한 것은 이번이 처음이라 들었습니다. 그렇다면 야습에 당황해 혼자 냅다 달아났다 해도 이해가 갑니다만."

무라시게는 그 말을 바로 부정했다.

"그래서는 대장이 죽었다고 말하는 소리를 들었다는 사게하리의 말과 앞뒤가 맞지 않는다. 오쓰는 분명 전쟁터에 있었고, 그곳에서 죽었다."

"하지만…… 야습 부대가 거둔 머리는 다섯, 그 외에는 없었을 터. 오쓰의 머리가 어떻게 되었다는 말씀입니까?"

"오쓰는 죽었지만 머리를 베이지 않은 것이다."

다시 자리가 술렁거렸다. 말도 안 된다, 그럴 리 없다는 목소리도 났다. 하지만 무라시게가 매섭게 노려보자 시끄럽던 자리가 거짓말처럼 대번에 조용해졌다. 규자에몬이 거듭 물었다.

"주군. 전쟁에서 적의 대장을 쳐 놓고 머리를 베어 오지 않는 자는 없습니다. 그야말로 목숨과 바꿔서라도 머리를 챙길 터. 날아오는 화살과 탄환에 맞았다면 그럴 수도 있겠지만, 그렇다면 나가마사는 아군에 둘러싸여 죽었다는 뜻이 됩니다. 오쓰 병사들이 나가마사를 계속 찾았던 것이 설명되지 않습니다."

"그렇겠지. 하지만 그날 밤, 수훈을 세우고도 머리를 챙기려 하지 않았던 자가 두 명 있다."

새 울음소리가 들려왔다.

"한 사람은 이타미 이치로자에몬. 그는 적의 무사에게 첫 칼을 꽂았지만 애석하게도 목숨을 잃었다. 머리를 베고 싶어도 베지 못해. 그리고 또 한 사람은."

무라시게는 그때를 떠올렸다. 열사흘 밤 달빛 속에서 이타미의 갈대밭에 서 있던 무사에게 화살을 겨누었던 순간을.

'나무아미타불 하치만 대보살, 이 나라의 천지신명, 일광 화신, 우쓰노미야, 나스의 유젠 대명신•, 바라옵건대 저 미간 한복판에 명중하게 해 주소서.'

"나다."

"……그런."

규자에몬이 말을 잃었고 군사 회의 석상이 술렁였다.

무라시게는 대장이다. 머리를 쳐도 보여 줄 상대가 없다. 때문에 머리를 베지 않는다.

• 일본 헤이안 시대 말기 겐페이 전쟁 중 야시마 전투에서, 활의 명수 나스 요이치가 적군 헤이케의 도발로 배 위의 여인이 든 부채를 쏠 때, 명중을 바라며 기도를 올린 신들이다.

"싸움에 앞서 나는 적진 밖에 나와 있던 무사를 활로 쏴 죽였다."

활시위를 당겨 달빛 속에 모습을 드러낸 무사에게 화살촉을 조준했을 때, 무라시게는 무슨 생각을 했던가? 무라시게도 기억하지 못했다. 하지만 자기 화살이 명중하기를 바란다면 모두가 떠올리는 기도가 있다. 헤이케 이야기, 요이치의 기록.

간베에는 신불의 이름을 읊어 무라시게가 적장을 쏴 죽였음을 암시했던 것이다. 하치만 대보살 족자를 마주했을 때, 무라시게는 그 사실을 깨달았다.

"투구도 쓰고 있지 않아 신분이 낮거나 졸병이라고 생각했지만 그렇지 않았다. 그자야말로 오쓰 덴주로 나가마사."

무사에게 투구는 자신이 무사의 신분임을 사후에도 증명해 주는 물건이다. 그렇기에 모두가 투구 머리를 원하고, 죽음을 맞는다면 투구 머리로 베이기를 바란다. 그만큼 한 군대를 이끄는 대장이 전쟁터에서 투구도 쓰지 않고 죽는다는 것은 누구도 생각할 수 없는 일이었다.

그토록 중시하는 투구지만 전쟁터에서 벗는 일도 없지는 않다. 무라시게는 활을 당길 때 강하게 잡아당기려면 투구가 방해되기 때문에 일단 벗었다. 고리 주에몬은 정탐 지시에 소리를 잘 듣기 위해 투구를 벗었다. 오쓰도 마찬가지가 아니었을까?

오쓰의 불운을 생각하며 무라시게는 말했다.

"그는 대장이지만 투구를 벗고 직접 우리 성을 지켜보고 있었던 것이다. 시신을 조사했다면 갑옷의 가치로 신분을 알 수 있었겠지만, 한시가 천금처럼 귀한 야습에서 그럴 틈이 없었던 것이 우리에게나 오쓰에게나 불운한 일이었구나."

다카야마 다료와 스즈키 마고로쿠에게는 각각 비젠에서 만든 명검을 하사했다. 남만종 예배소에 불을 지른 범인은 화형에 처해졌다. 노골적으로 남만종을 비방하는 목소리는 사라졌지만 부처님의 벌이라는 소문은 쉽게 사라지지 않아 그 후로도 은밀히 퍼졌다.

오쓰 덴주로 나가마사의 죽음은 숨겼다. 영예로운 전사로 볼 것인지, 비명횡사로 볼 것인지 아무도 판단이 서지 않았기 때문이다. 훗날 오다의 한 가신이 덴쇼 7년, 1579년 3월 13일의 사건으로 오쓰 덴주로는 병사했다고 전해 들었다는 기록을 남겼다.

군사 회의가 끝나고 무라시게는 저택으로 돌아와 품속에서 편지를 꺼냈다. 다키가와 사콘 쇼겐이 활로 쏘아 보낸 편지였다. 성 안 사람들 모두 그 편지의 내용을 알고 있지만 실제로 읽은 사람은 무라시게뿐이다. 그곳에는 이런 글귀가 적혀 있었다.

'우키타도 가세한 판국에 어찌하여 매 사냥에 함께하지 않는가.'

다키가와는 우키타가 오다에게 가세했다고 알린 것이다. 무라시게는 계략일 거라 생각했다. 그래야 했다. 비젠 오카야마를 근거지로 하는 우키타가 모리 편에 서야만 모리가 산요 가도를 통해 아리오카성까지 올 수 있다. 만약 우키타가 오다에 붙었다는 말이 사실이라면 백 년을 기다려도 모리는 오지 않는다…….

무라시게가 야습을 시도한 것은 오로지 이 편지로부터 장졸들의 눈을 돌리기 위함이었다. 이 편지 때문에 무라시게마저도 초조해졌다는 것을 아무도 눈치채지는 못했다. 아무도, 구로다 간베에 외에는, 아무도.

무라시게는 다키가와가 보낸 편지를 지금 계절에 어울리지 않는 화로에 집어넣어 태웠다. 그런 연유로 서한은 후세에 전해지지 않았다.

제3장

원뢰염불

遠雷念仏

1

여름은 죽음의 계절이다.

밀려드는 열기는 생명이 있는 것들을 공격해 나이 든 자, 병든 자, 어린아이의 목숨을 뚝뚝 앗아 간다. 죽은 자의 유해는 뜨거운 공기 때문에 빠르게 부패한다. 물은 탁해지고 풀은 시든다. 하지만 6월, 죽음의 침묵이 셋쓰 아리오카성을 뒤덮은 것은 여름 탓만은 아니었다.

작년 12월, 단 한 번의 총공격을 제외하고 오다는 아리오카성을 공격하지 않았다. 부성(付城)과 요새를 계속 지어 대서 아무도 아리오카성에 들어가지 못하고, 또한 그곳에서 나오지도 못하게 만들 뿐이었다. 처음에 아리오카성의 장졸들은 오다의 소극적인 태도를 비웃으며 성의 견고함을 자랑했다. 하지만 농성이 반년이나 계속되자 모두 어렴풋이 눈치채기 시작했다. 오다가 공격하지 않는 이유는 공격해도 이기지 못하기 때문이 아니다. 공격하지 않아도 이길 수 있어서 그런 것 아닐까……. 그렇다면 오다가 승리했을 때, 우리는 어찌 될까?

여름, 죽음의 기운이 짙다.

달 없는 어느 날 밤, 아라키 무라시게는 저택에서 이케다 이즈미를 만나고 있었다.

"한두 명 베었다고 들었다. 상세히 보고하라."

무라시게가 그렇게 명령하자 이즈미는 엎드린 채로 대답했다.

"예. 소인의 부하가 성안을 순찰하는데 무사 주거지의 탄약고 부근에서 수상한 자 둘을 발견하여 정체를 물었으나 대번에 달아났습니다. 병사들이 쫓아갔는데, 그들은 성안 지리를 잘 모르는지 해자로 가는 길이 막히자 진퇴양난에 빠져 검을 뽑아 들었기에 맞붙게 되었습니다. 저희가 숫자는 많았지만 범인들도 필사적이라 어쩔 수 없이 둘 다 죽일 수밖에 없었습니다."

이즈미는 사죄하듯이 말했다. 수상한 자는 되도록 산 채로 잡으라고 무라시게가 명령했기 때문이다.

"그랬구나."

무라시게는 그렇게 말했다.

"탄약고는 별 문제 없었느냐?"

"범인들이 기름을 뿌렸습니다. 순찰병들이 조금만 늦었더라면 큰일 날 뻔했습니다."

무라시게는 고개만 끄덕이고 말은 하지 않았다. 요즘 오다의 수하들이 예전보다 자주 성안에 출몰했다. 수상한 자를 보았다는 보고는 매일 들어왔고, 누군가에게 암살당한 아군의 시신이 발견된 것도 한두 번이 아니다.

아리오카성은 견고하지만 너무 넓어서 병사를 어떻게 배치해도 전부 감시할 수가 없다. 오다의 수하가 몇 명 숨어들었는지 짐작도 가지 않는 판국이었다. 그것은 전쟁 초반부터 알고 있던 사실이었고 지금까지는 엄중히 순찰해 큰 문제가 생기지 않도록 예방했지만 요즘 들어 적이 활개를 치고 있다. 병사들의 기강이 해이해졌다고도 할 수 있다.

"모든 탄약고에는 보초병을 두었을 텐데. 그들은 무엇을 하고 있었느냐?"

"예."

이즈미가 조심스레 이마의 땀을 닦았다.

"병사 둘이 보초를 서고 있었는데 낯선 자들이 술을 권해 자리를 비웠다고 합니다. 두 사람 다 붙잡아 두었습니다."

"그랬군. 처형해라."

"예. 참수면 되겠습니까?"

이즈미가 그렇게 물은 것은 책형이나 화형 같은 참형에 처하지 않아도 되겠느냐는 확인이었다. 무라시게는 울적한 기색으로 말을 아꼈다.

"그리해라. 머리는 내걸어라."

"예."

"오늘부터 해자 다리의 야간 통행을 막아라. 밤새 보초를 세우고 병사들 외에는 내 허락 없이 통과시키지 말도록."

"분부 받들겠습니다."

서쪽 어디선가 천둥소리가 나더니 그 여운이 무라시게의 저택까지 닿았다. 천둥 번개가 잦은 해는 풍년이라고 한다. 내부의 토지가 넓고 물이 풍부한 아리오카성에는 전답도 있어 가을이 되면 햇벼가 영근다. 아리오카성은 그때까지 버틸 수 있을까?

무라시게는 걱정할 것 없다고 생각했다. 아리오카성은 함락되지 않는다. 병량도 탄약도 충분히 비축해 두었고 몇 달, 몇 년이든 더 버틸 수 있다. 진실로 고민해야 할 문제는…… 진실로 우려해야 할 문제는 그렇게 농성한 끝에 정말 승리가 있는가 하는 점이었다.

"천둥이."

이즈미가 중얼거렸다.

"천둥이 어떻다는 것이냐?"

"아닙니다, 그만 허황된 생각을 하여."

"그런가. 물러가거라."

"예."

대청에 홀로 남은 무라시게는 이즈미가 무슨 말을 하려 했는지 알 것 같았다. 무라시게 역시 같은 생각을 했기 때문이다.

천둥이 아즈치에 떨어져 노부나가를 태워 없애 주지는 않을까…….

무라시게는 피식 웃었다. 가슴속에 떠오른 바로 그 생각이 똑똑히 증명하고 있지 않은가. 이 싸움은, 이미 끝났다.

이튿날 오전. 혼마루 천수각에서 열린 군사 회의에서 탄약고가 공격을 당한 사실, 보초를 게을리한 병사를 처형한 사실을 장수들에게 알렸다. 참석한 장수들은 아무 말도 하지 않았다. 모두가 그런 일도 있겠거니 하고 받아들이는 것이다. 무라시게가 엄중히 경계하라고 명령했을 때조차 어딘가 귀담아 듣지 않는 분위기가 없지 않았다. 하지만 그런 장수들도 무라시게가 나직한 목소리로 "그 이야기는 그만. 다음으로 모두에게 할 말이 있다."라고 말을 끊자 자세를 가다듬고 귀를 기울였다.

무라시게가 말했다.

"우키타가 오다에 붙었다. 비젠 미마사카는 오다 쪽으로 돌아섰다."

이번에도 역시 입을 여는 이는 없었다. 무거운 정적이 천수각을 가득 채웠다.

우키타의 배반은 이미 소문이 널리 퍼져 있었다. 배신을 일삼는 우키타니 그럴 법도 하다고 많은 이들이 끄덕이는 한편으로 헛소문에 지나지 않는다고 침을 튀기며 말하는 이들도 적지는 않았다. 믿고 싶지 않은 것이다. 우키타가 오다에 붙으면 모리 군대가 육로로 오는 것은 절대 불가능하다.

"그렇다면."

불안한 목소리로 아라키 규자에몬이 물었다.

"주군. 어찌하실 생각이십니까?"

그것이 문제였다. 우키타가 배반한 지금, 아리오카성은 어떻게 해야 하나.

"계획은 있다. 하지만 성의 앞날이 달린 일이니 저마다 생각하는 바가 있겠지. 하고 싶은 말이 있다면 듣겠다."

상석에서 두 주먹을 바닥에 짚는 자가 있었다.

"외람되오나."

용모가 수려한 젊은 무사였다. 기타가와라 요사쿠 가네카쓰라는 자로, 무라시게의 전처 쪽 친척이었다. 기타가와라 가문은 이타미 가문을 섬겼지만 무라시게와 인연이 계속되자 주군의 의심을 사서 추방당한 과거가 있었다. 무라시게의 전처는 이미 죽었고 기타가와라 가문도 전투에서 당주를 잃고 쇠락했지만 요사쿠는 젊은 나이에도 기타가와라 가문을 책임지는 자로서 열심히 애쓰고 있다.

요사쿠는 아라키 가신들 사이에서는 물론이고 천하 제일가는 기마인으로 유명한 아라키 시마노카미 모토키요에게 기마술을 배웠다. 시마노카미가 다른 성을 지키는 지금, 아리오카성에서 말을 다루는 데 가장 뛰어난 것은 이 요사쿠였다. 그는 일전에도 그 기술을 마음껏 살려서 오다의 포위를 뚫고 아마가사키성에 서한을 전달하는 큰 임무를 해냈다.

그런 요사쿠가 말했다.

"아마가사키의 모리 군대는 이미 우키타에 대비해 퇴각했습니다. 성안에는 사람들이 거의 남아 있지 않았고 아리오카성에 원군을 보낼 생각은 하지도 않는 기색. 주군, 부디 현명히 살피소서. 모리는 오지 않을 것입니다."

아마가사키성을 그 눈으로 직접 보고 온 요사쿠가 하는 말이다.

장수들도 약간 기가 죽은 기색이었지만 잠시 후 웃음소리가 들렸다. 목소리의 주인은 쉰 살쯤 되는 승려 차림의 사내였다.

"주군. 설령 요사쿠의 말처럼 아마가사키성이 비어 있어도 섣부른 판단은 금물입니다. 병사들은 파도와 같아 썰물처럼 빠져나갔다가도 밀물처럼 밀려든다는 것은 다 아는 사실. 오사카는 견고하고 단바도 지원하고 있으니 전황은 아무것도 변하지 않았으며, 가령 우키타가 산요 가도를 막았더라도 모리에게는 해로가 있으니 걱정할 일은 아니라고 생각합니다."

그는 가와라바야시 노토 뉴도라는 자로 아라키 가신단에서도 손에 꼽는 거한, 가와라바야시 에치고 뉴도의 친족이다. 에치고 뉴도가 병으로 앓아누운 지금 장수들 중에서 유일하게 승려 행색을 하고는 있지만 본인은 어디까지나 검술을 좋아해 무예의 신 가토리 대명신을 모시는 데다가 불교의 가르침은 거들떠보지도 않는, 염불도 불경도 들어 본 적 없다는 불손한 무사였다.

기타가와라 요사쿠의 아내는 가와라바야시 가문 출신이다. 요사쿠와 노토도 친척지간인데 이 두 사람은 어딘지 모르게 데면데면하다. 노토는 요사쿠를 쇠락한 기타가와라 가문의 애송이가 버젓하게 무사 행세를 한다고 내심 업신여겼고, 요사쿠는 노토를 가와라바야시 가문의 이름을 등에 업고 허황되게 큰소리나 치는 범부로 보는 구석이 있었다.

"노토 님의 말씀이 맞습니다."

그때 말석에서 큰 소리가 났다. 조로즈카 요새를 지키는 나카니시 신파치로였다.

"애초에 저희는 수만에 이르는 오다 군대를 이곳에 붙잡아 두고 있습니다. 설사 모리의 원군이 한두 달 늦는다고 무슨 문제가 있겠습니까? 주군, 저희 조로즈카 요새의 정예병들은 전투할 날만 손꼽아 기다리고 있습니다. 그날이 오면 반드시 오다 사무라이의 머리로 무덤을 쌓아 보여 드리겠습니다."

"옳소, 신파치로, 말 한번 잘했다."

그렇게 신파치로를 칭찬한 것은 히요도리즈카 요새를 지키는 노무라 단고였다. 단고는 천수각이 쩌렁쩌렁 울리도록 굵은 목소리로 말했다.

"주군. 오다가 총공격으로 아리오카성을 빼앗는 것은 만에 하나라도 불가능한 일. 아마가사키성의 사이카 병사들은 기이로 퇴각했다지만 저희 히요도리즈카 요새의 사이카 병사들은 믿을 만합니다. 그나저나 이즈미 님, 화살과 탄약 비축량은 어느 정도인지."

갑자기 이름을 불린 이케다 이즈미가 당혹스러운 표정으로 대답했다.

"글쎄요. 작년 12월 전투 규모라면 아직 일고여덟 번은 싸울 수 있을 겁니다."

"그거 든든하구려. 그렇다면 칠 년이나 팔 년은 더 싸울 수 있겠습니다."

단고는 그렇게 말하며 껄껄 웃었다. 자리에 있던 장수들이 저마다 옳소, 옳소 하며 찬동했다. 한편 이즈미는 떨떠름한 표정이다. 하고 싶은 말은 있지만 가신에서도 중역인 단고에게 이의를 표하기 어려우리라.

무라시게는 장수들의 얼굴을 쭉 훑어보고 아라키 규자에몬에게서 시선을 멈추었다.

"규자에몬, 자네 생각은 어떤가."

"예……,"

규자에몬은 자세를 가다듬고 침착하게 말했다.

"요사쿠의 말에도 일리가 있지만 이 전쟁은 모리, 혼간지, 하리마와 단바의 호족들과 계획한 일이며, 혼간지에는 인질도 보냈습니다. 전쟁의 향방은 저희들만으로는 결정할 수 없습니다. 어쨌거나 우키타 이즈미노카미는 세상에서도 비겁하기로 유명한 자니 갑작스럽게 배반한 것도 아닐 터. 모리에게는 모리의 생각이 있을 테니 아리오카성은 이대로 견고하게 버티면서 지금은 모리의 태도를 살피는 게 상책일 줄로 압니다."

군사 회의 석상에 오오, 하는 탄식이 차올랐다.

"역시 규자에몬 님."

"오오, 그게 좋겠어. 암, 그래야지."

"주군. 규자에몬 님의 말씀이 타당할 것 같습니다."

노무라 단고의 말에는 차마 끄덕이지 못했던 장수들도 규자에몬의 의견에는 찬성을 표했다. 무라시게는 나른하게 끄덕였다.

"고려하마. 군사 회의는 이것으로 마치겠다."

2

무라시게는 오다에게 반기를 들 때 만반의 준비를 했다. 보병을 고용했고 철포를 사들였으며 병량 창고를 몇 채나 지어 쌀과 소금을 채웠다. 그래도 아리오카성에 부족한 것이 있다면, 사람이었다. 그중에서도 사자가 부족했다.

멀리 있는 상대와 문제를 의논할 때 서한을 주고받는 것은 당연한 일이지만 중요한 용건은 사자가 직접 입으로 전하는 게 일반적이었다. 사자는 주군의 말을 오해 없도록 상대에게 전하고, 상대의 말을 오해 없도록 이쪽에 전달해야 한다. 때문에 아무리 발이 빨라도 어리석은 자나 예법을 모르는 자는 사자의 역할을 맡을 수 없다. 또 아무리 영리해도 산과 들판을 지날 방법을 모르고 제 한 몸과 서한을 지키지 못하는 자는 쓸모가 없다.

지리에 밝고 여행에 익숙하며 건강하고 다리가 튼튼하며, 영리하고 예의를 알며 상대가 믿을 만한 신분을 가진 자가 사자로서 적합하다. 하지만 그 모든 조건을 겸비한 걸출한 인물은 사자보다 오히려 장수로 쓰고 싶은 게 인지상정이다. 실제로 무라시게는 아마가사키성에 장수인 기타가와라 요사쿠를 사자로 보냈다. 하지만 그것은 요사쿠가 말을 잘 다룰 뿐만 아니라 이 호쿠세쓰에서 태어나 근방의 지리를 잘 알기에 가능했던 일이다. 요사쿠를 먼 곳에 사자로 보낼 수는 없다.

때문에 무라시게는 사자로 수행승이나 행각승을 썼다.

군사 회의가 끝나고 저택으로 돌아온 무라시게에게 고리 주에몬이 재빨리 다가왔다.

"무헨 님이 오셨습니다."

"오냐."

무라시게는 주에몬에게 시선도 돌리지 않았다.

"평소대로 임하거라."

"예."

주에몬도 딱히 고개도 숙이지 않고 무라시게 곁을 떠났다. 모든 것은 찰나의 일이었다.

무헨은 나이는 쉰 정도 되는 행각승인데 종종 영험한 신통력을 보이는 고매한 승려로 전쟁 전부터 유명했다. 물론 오다가 아리오카성을 포위한 뒤로는 상인은 물론 승려의 왕래도 막혔다. 하지만 무헨은 올봄, 어디서 왔는지 모르게 성문 앞에 나타나 죽은 자를 공양하고 싶으니 문을 열어 달라고 했다. 그 후로 그는 몇 차례 아리오카성을 찾았다.

그날, 아리오카성에는 억수 같은 비가 쏟아졌다. 비가 그치자 거의 중천에 걸려 있던 여름 햇살이 대번에 가혹하게 주위를 비추었다. 무헨은 아지랑이가 피어오르는 이타미 거리를 홀로 걸어갔다. 꾀죄죄한 가사는 다 헤졌고, 머리에 쓴 삿갓은 여기저기 망가졌으며, 등에 멘 고리짝은 아무것도 들어 있지 않은 것처럼 가벼워 보였고 손에 든 석장도 진흙투성이였다.

이타미 거리에서는 민초들이 일상생활을 영위하고 있다. 긴 농성으로 사람들은 잔뜩 지쳤지만 산으로 달아난 백성들은 모조리 죽임을 당했다는 소문을 듣고 우리는 그나마 운이 좋다고 스스로를 타이르며 죽음의 기운은 잊은 척하고 하루하루 생활하는 수밖에 없다. 생활이라고 해도 장사 다닐 길은 막혔고 기술자들은 일감이 없다. 뜨거운 열기 속에서 사람들의 눈빛은 생명력을 잃고 탁했지만 무헨이 지나가자 민초들의 얼굴이 환해졌다.

"오오, 무헨 님이시다."

"나무아미타불."

무헨에게 손을 모으며 염불을 외우는 자도 있거니와 불경을 읊는 자도 있었다. 머리카락도 옷도 온통 먼지투성이인 여자가 달려와 무헨 앞에 무릎을 꿇었다.

"무헨 님, 부디."

무헨은 삿갓을 깊숙이 쓴 채로 대답했다.

"무슨 일이오."

"실은 부친이 사흘 전에 돌아가셨습니다. 부디 공양을 올려 주십시오."

"그랬구려. 소승은 성주님의 부름을 받은 터라 가 봐야 하지만 돌아와서 반드시 공양을 올려 드리겠소."

여인은 감격하여 눈물을 흘리며 두 손을 모으고 무헨에게 절했다. 무헨은 다시 걸음을 뗐다. 거리에는 소리도, 바람도 없어 그저 무헨의 석장에 달린 고리가 내는 맑은 소리와 민초들이 기도하는 소리만 들렸다. 대로를 걸어가던 병사 넷이 무헨의 외양을 보고 탁발 승려라며 비웃었지만 누군가 "무헨 스님이시다."라고 하자 다들 입을 다물고 백성들과 똑같이 두 손을 모았다.

무헨은 저잣거리를 지나 해자 다리에 다다랐다. 다리에는 보초병이 있어 평소 갑옷과 투구를 쓰지 않은 자가 다리를 건너려 하면 요금이라는 명목으로 푼돈을 뜯어낸다. 하지만 눈앞의 승려가 무헨이라는 사실을 알아차리자 보초병은 실실거리던 표정을 가다듬고 길을 터 주었다.

다리를 건너면 무사 주거지로 우선 병사들이 여럿이서 나눠 쓰는 가옥이 이어진다. 소나기가 그친 뒤라 길은 진창이었다. 무헨의 짚신은 대번에 진흙투성이가 되었고 석장은 바닥을 짚을 때마다 흙이 들러붙었다. 이윽고 거리 좌우에 부대장들의 가옥이 눈에 띄기 시작했다. 이 무사 주거지에 사는 병사들은 다들 성을 수비하는 일을 하기 때문에 거리에는 인기척이 없다. 그래도 집에 남은 여인들이나 하인들이 읊는 것인지, 무헨이 지나간 뒤를 염불 소리가 따라왔다.

무사 주거지와 혼마루 역시 해자와 다리로 구분되어 있다. 이 다리는 밤낮을 가리지 않고 호위대가 지키며, 그들은 낯선 이를 절대 들여보내지 않는다. 무헨은 석장 고리를 울리며 다리를 건너갔다. 호위대는 누군지 묻지도 않았다. 무라시게가 그렇게 명령했기 때문이다. 다리 끝에 있는 문도 무헨을 막지 않았다. 강건한 호위대가 지켜보는 가운데 무헨은 사람 없는 땅을 지나듯 아리오카성의 안쪽 깊숙한 곳으로 걸음을 옮겼다.

이윽고 무헨은 무라시게의 저택 앞에 섰다. 어디에서 살피고 있었는지 무헨의 뒤에서 고리 주에몬이 다가와 말했다.

"안내하겠습니다."

무헨는 역시 삿갓을 쓴 채로 끄덕였다.

천장에 격자를 설치한 대청에서 무라시게와 무헨이 얼굴을 마주했다. 비가 그치고 햇살이 강하게 내리쬐는 탓에 실내는 답답할 정도로 습했다. 무더위 때문인지 매미도 울지 않아 방은 마치 죽음 그 자체인 것처럼 그저 적막했다.

무라시게와 무헨 두 사람뿐이었다. 검을 드는 시종도 부하도 없다. 평소 무라시게가 대청에서 사람을 만날 때는 만일에 대비해 호위대가 옆방에서 대기하지만 무헨을 만날 때만큼은 그런 적이 없다. 물론 무라시게는 왼편에 검을 두고 무헨의 행동을 주시하고 있었다. 밀담은 말 한 마디만 어긋나도 대번에 칼부림으로 비화한다. 상대가 승려라도 무라시게는 주의를 늦추지 않았다.

오늘 무라시게의 뒤에는 특별히 몇 개의 나무 상자가 쌓여 있었다. 큰 것도, 작은 것도 있었는데 전부 끈이 십자로 묶여 있었다. 무헨은 그 상자를 힐끔 쳐다보았지만 아무 말도 하지 않았다.

삿갓을 벗은 무헨의 얼굴은 다갈색으로 그을었고 이목구비는 온화하면서도 강한 심지가 엿보였다. 무라시게가 무헨을 처음 만난 것은 몇 년 전이었는데, 지금도 무라시게는 이 남자의 정체를 잘 알지 못했다. 평판으로는 고매한 행각승이라는데 세속적인 면이 있는 듯도 없는 듯도 하다. 만나서 이야기를 나누면 세상 풍문에도 상당히 밝지만 무헨은 그런 소문을 아득한 이국에서 생긴 일처럼 말한다. 세상을 높은 곳에서 굽어보는 듯하기도 하고, 혹은 세상이라는 귀한 공간에 자기는 들어갈 수 없다고 체념한 것 같기도 하다. 부탁을 하면 뭐든지 들어준다. 임종을 앞둔 자에게 자비를 베풀라고 해도, 죽은 자를 위해 불경을 읊어 달라고 해도, 먼 나라의 이야기를 들려 달라고 해도 싫은 내색 한 번 하지 않는다. 무라시게는 무헨을 믿지는 않지만 무헨과 나누는 대화는 싫지 않았다.

"무헨. 가까이 오게."

무라시게가 그렇게 부르자 무헨은 앉은 채로 주먹을 짚어 무라시게에게 다가가 적당한 거리를 두었다. 무라시게가 말했다.

"수고가 많았다."

무헨은 바위 같은 무라시게의 체구를 보며 대답했다.

"셋쓰노카미 님은 조금 야위셨습니다."

두 사람 사이에 인사는 그저 그것이 다였다.

지난 이 년 동안 무라시게는 무헨을 사자로 썼다. 도읍으로 가는 무헨에게 지인에게 보낼 서한을 맡긴 것이 시초였다. 무라시게도 그때는 설마 오다 군대에 포위당한 아리오카성에서 무헨을 통해 서한을 보내게 될 줄은 꿈에도 생각하지 못했다.

무라시게가 물었다.

"서한은 잘 전했는가?"

"그 일이온데, 사이토 님으로부터 답신을 받아왔습니다."

"사이토. 구라노스케 도시미쓰인가. 보여다오."

무헨은 품에 손을 넣어 서한을 꺼냈다. 무라시게는 무헨이 제자리로 돌아가기를 기다렸다가 받아든 서한을 펼쳤다. 보낸 이는 사이토 구라노스케 도시미쓰. 사이토는 아케치 주베에 미쓰히데,

지금은 고레토 휴가노카미 미쓰히데라 불리는 오다의 대장을 섬기는 무사였다.

무라시게가 무헨에게 맡긴 서한은 미쓰히데에게 보내는 것이었다. 미쓰히데는 지금 단바를 공격하는 진영에 있어서, 무헨이 찾아간 곳도 단바였을 터. 그 답장이 도시미쓰의 이름으로 오는 것은 이상하다. 무라시게가 서한을 읽는 사이 무헨은 좌선을 하듯 눈을 감고 꼼짝도 하지 않았다. 무라시게는 서한을 끝까지 읽고 다시 원래대로 접었다.

서한을 품에 넣으며 무라시게가 불쾌한 표정을 지었다.

"구라노스케 녀석, 문전박대를 했구나. 내 서한을 전해 줄 수 없다니. 그럴 가능성도 예상은 했지만 서한에는 그대에게 자세한 사정을 전했다고 적혀 있군. 구라노스케가 뭐라고 했나?"

"그럼 아뢰겠습니다."

무헨이 낭랑하게 말했다.

"사이토 님이 말씀하시길, 휴가노카미 님은 장소를 밝힐 수 없는 부성에 계시며 진영에는 외부인의 출입을 엄격히 규제하고 있으므로 알현은 불가능하다 하였습니다. 하지만 사이토 님 말씀으로 휴가노카미 님은 아라키 가문의 앞날을 우려하고 있으며 특히 신고로 님은 사위의 인연이 있었으니 너무 참혹한 모습은 보고 싶지 않다고 말씀하셨다고 했습니다."

"……그렇군."

무라시게의 아들인 신고로 무라쓰구는 미쓰히데의 딸과 혼인했다. 하지만 무라시게가 오다와 갈라섰을 때, 무라쓰구는 아내와

연을 끊고 아케치 가문으로 돌려보냈다. 미쓰히데가 원망해도 당연하다고 생각했던 만큼 무헨의 전언은 무라시게에게 뜻밖의 내용이었다.

"그밖에는?"

"이것은 휴가노카미 님의 의견이 아니라고 전제를 두고 사이토 님이 말씀하시길, 아무래도 이해가 가지 않는다 하였습니다."

"흠. 무엇이 이해가 가지 않는단 말이냐?"

"그토록 큰 전쟁을 준비하셨으면서 어째서 지금 셋쓰노카미 님이 항복하시려는 건지 모르겠다, 의심스럽다고 하셨습니다."

무라시게는 잠시 침묵했다. ……누군가 엿듣는 기척은 없는지 확인한 것이다. 귀를 기울여도 들려오는 소리는 아무것도 없다. 바람조차 없는 날이었다.

무헨에게 명한 사자의 임무는 오다에게 항복할 테니 중재를 부탁하는 서한을 미쓰히데에게 전하는 일이었다. 가문 사이의 담판은 전부 중재인을 통해 진행된다. 하지만 무라시게는 지금 오다 가문에 이렇다 할 중재인이 없다. 굳이 따지자면 만미 센치요가 그에 해당했지만 그는 작년 12월 셋쓰의 전투에서 목숨을 잃었다.

무라시게가 화친을 추진한다는 사실은 극비 사항이다. 신뢰하는 극히 일부의 호위대를 제외하면 가신들도 아는 이가 없다.

"그것 말인가."

무라시게는 작게 숨을 내뱉었다.

"그래, 구라노스케가 그렇게 말했느냐. 휴가노카미라면 그런 말은 하지 않았을 테지."

“사이토 님은 고개를 갸웃거리며 아리오카성은 당분간 함락되지 않을 것이고, 아리오카가 버틴다면 아마가사키도 하나쿠마도 함락되지 않을 터. 그런데 아라키 셋쓰노카미 님 정도 되는 분이 성급하게 항복 중재를 요청하다니 너무 기묘하다고 되풀이했습니다.”

사이토 구라노스케가 무헨에게 그렇게 말한 것은 무헨은 물론이고 나아가 무라시게의 속을 떠보기 위함이라고 무라시게는 짐작했다. 구라노스케는 무라시게의 서한이 어떤 계략이 아닐지 의심하는 것이다.

미쓰히데가 단바 공격으로 성을 비워 서한을 전할 수 없다는 것은 구라노스케의 방편에 지나지 않는다. 아무리 부재중이라도 주군이 받을 서한을 가신이 문전박대한다는 말은 들어 본 적이 없다. 서한을 되돌려 보낸 게 아닌 이상, 그것은 미쓰히데에게 전달되었다고 생각해도 무방하리라.

즉 구라노스케는 미쓰히데를 위해 시간을 번 것이다. 하지만 무라시게는 아리오카성에 여유가 있다고 생각하지 않았다.

“서한을 새로 써 주마. 구라노스케에게는 이길 수 없어 항복한다고 전해라. 휴가노카미라면 이해할 거라고.”

무헨은 태연한 얼굴로 대답했다.

“소승은 무인이 아니라서 셋쓰노카미 님의 말씀을 도저히 이해할 수 없습니다. 세상 사람들도 아리오카성은 함락되지 않는다고들 하지 않습니까?”

무라시게는 계획을 남과 이야기하길 좋아하지 않는다. 전략과 계획은 알려지면 힘을 잃기 때문이다. 하지만 이 경우에는 어쩔 수 없다. 무라시게는 마음을 정했다.

"분명 아리오카는 함락되지 않는다. 몇 년이든 더 버텨 주겠지."

"……."

"하지만 전쟁은 이기기 위해 벌이는 것. 내게 이 전쟁의 승리는 모리의 원군이 도착해 오다 병사들을 상대로 결전을 치르고 오다 노부나가의 목을 치는 일이다. 성을 지켜 내는 일이 아니라."

"그렇다면…… 외람되지만 셋쓰노카미 님이 이기지 못하고 계시다는 건 소승도 알겠습니다. 하지만 오다도 딱히 이기고 있는 것은 아닐 텐데."

"법사도 그렇게 생각하는가. 구라노스케도 그렇게 생각했겠지."

그리고 군사 회의에서 농성을 이어 나가야 한다고 주장한 장수들도 그렇게 생각했을 터였다. 아직 전쟁은 끝나지 않았다, 제대로 창도 겨루어 보지 못하지 않았느냐고.

"그 생각이 잘못된 게야. 오다는 이 전쟁에서 결전에 이르지 않은 시점에 이미 승리한 것이다. 오케하자마 전투 때처럼 막상 육상전이 붙으면 병사가 적은 쪽이 반드시 진다는 보장도 없고, 대군이 반드시 이긴다는 보장도 없지. 때문에 나는 오다가 결전을 피할 수 없는 때와 장소를 골라서 전쟁을 시작했다."

무라시게가 호쿠세쓰에서 모반하면 하리마의 하시바 지쿠젠노카미 히데요시가 고립된다. 오다 군은 히데요시를 버리거나 아리오카성을 공격하거나, 둘 중 하나를 선택해야만 한다. 그리고 히데요시를 버리면 서부 규슈 지방 공격이 무효화되는 이상 오다는 싫어도 아리오카성을 공격해야만 한다. 그 시기를 맞추어 결전을 벌인다……. 그것이 무라시게의 계획이었다.

전쟁은 무라시게의 생각대로 굴러갔다. 오다는 예상대로 대군을 끌고 아리오카성을 포위했고, 본인도 직접 출진했다. 남은 것은 결전뿐. 그래야 했다.

하지만 무라시게가 쌓아 올린 무대에 모리가 올라오지 않았다.

"이미 때는 지나가 버렸다. 우키타가 오다에 붙은 지금, 모리는 오지 않는다. 지금이라면 아직 오다는 항복을 받아 주겠지."

무라시게는 거기까지 말하고 문득 한 가지를 깨달았다.

"법사. 구라노스케는 또 다른 말도 했겠지?"

아리오카성의 항복을 중재하면 그것은 미쓰히데의 수훈이 된다. 사이토 구라노스케는 무라시게의 의중을 의심하는 한편으로 주군이 수훈을 세울 기회를 놓치고 싶지도 않았을 터. 그렇다면 무헨을 단순히 문전박대했을 리 없다.

아니나 다를까 무헨이 말했다.

"말씀드리기 거북한 내용이지만."

"상관없다."

"그렇다면 외람되오나. 사이토 님은 셋쓰노카미 님이 항복한다니 도저히 믿을 수 없다, 진짜라는 증거로 인질을 원한다 하셨습니다. 하지만 아리오카성에서 단바까지 인질을 데려오기도 어려운 일, 그렇다면 물건이 낫겠다고."

맞는 말이다. 무라시게는 끄덕이며 물었다.

"무엇을 내놓으라고 하더냐."

기분 탓인지 무헨이 우물쭈물하는 것 같았다.

"예……, '도라사루'를."

무라시게의 눈이 희미하게 벌어졌다.

'도라사루'는 무라시게가 가진 수많은 명물 중에서도 '효고'와 함께 세상에 널리 알려진 차항아리다. 형태는 아래쪽이 넓고 위로 갈수록 좁아지는 타원형으로, 색은 노란빛. 십이간지에 따라 '도라(寅)'와 '사루(申)'의 날에 시장이 서는 덴노지에서 발견되었기 때문에 그런 이름이 붙었다.

"'도라사루' 말인가."

무라시게가 중얼거리자 무헨이 씁쓸한 표정을 지었다.

"그 명물, 값으로 따지면 천 관, 이천 관으로도 살 수 없다 들었습니다. 서한을 전달해 주길 원하면 먼저 '도라사루'를 내놓으라니, 사이토 님도 어찌 그런 탐욕스러운 말씀을 하시는지."

한 관(貫)이면 사람 하나를 사고도 남는다. '도라사루' 하나로 성을 하나 살 수 있다 해도 절대 과언이 아니었다.

멀리서 천둥소리가 들려왔다. 무라시게는 말없이 천천히 일어나 무헨에게 등을 보이지 않도록 몸을 반만 돌려 등 뒤에 있는 나무 상자 하나를 골랐다. 그 상자를 무헨 앞에 두고 다시 자리에 걸터앉아 말했다.

"'도라사루'다. 고레토의 진에 가져다주어라."

무헨은 차마 말이 나오지 않는 기색이었다. 눈을 부릅뜨고 한참 상자를 바라보다가 이윽고 간신히 대답했다.

"이것이. 정말입니까?"

"확인하겠나?"

무헨은 손을 뻗으려다가 퍼뜩 정신을 차린 듯 고개를 가로저었다.

"셋쓰노카미 님께서 이것이 '도라사루'라 하신 것을 어찌 의심하겠습니까. 하지만……."

문득 무헨이 표정을 바꾸었다.

"소승은 불제자, 셋쓰노카미 님께 녹을 받는 몸이 아닌 터라 지금까지 이견을 말씀드린 적이 없습니다. 다만 이것만은 들어주십시오. 사이토 님은…… 아니, 휴가노카미 님은 셋쓰노카미 님께서 '도라사루'를 보낼 거라고는 꿈에도 생각하지 않을 것입니다. 그런 말을 한 것은 결국 소승을 내쫓을 방편일 뿐."

"그렇겠지."

"알고 계셨습니까. 아니, 그렇다면 어찌하여 넘겨주려는 것입니까? 휴가노카미 님은 아라키를 다루기 쉽다고 멸시할 것입니다."

"분명 멸시할지도 모르지."

그렇게 말하며 무라시게는 희미하게 웃었다.

"하지만 억지라는 걸 알면서도 '도라사루'를 내놓으라고 했는데 그것이 정말로 온다면 수세에 몰리는 건 미쓰히데다. 이만한 명물의 소재는 절대 숨길 수가 없지. '도라사루'를 빼앗아 갔다고 소문이 나면 명성에 흠이 나는 건 미쓰히데야. 때문에 미쓰히데는 나를 위해 움직일 수밖에 없을 것이다."

무헨은 무라시게의 얼굴을 힐끔 살펴보았다.

"……정말 그럴까요. 아리오카성은 함락되지 않는다 하시면서도 셋쓰노카미 님은 꽤 서두르시는 것 같습니다."

무라시게의 말은 마치 스스로를 설득하는 것처럼 들렸다.

"단바가 패한다면 노부나가는 항복을 받아 주지 않을 것이다."

적이 항복을 대등하게 받아들이는 것은 득이 될 때뿐이다. 항복해 줘서 다행이라고 생각하지 않는다면 항복을 거절하거나, 수용하더라도 가혹한 조건을 붙인다.

지금 아리오카성이 항복하면 교토에서 서부 규슈로 가는 길이 열린다. 때문에 무라시게의 항복은 오다에게도 득이 된다. 하지만 미쓰히데가 공격하고 있는 단바가 오다의 수중에 떨어지면 조금 멀리 돌아가기는 하지만 역시나 교토와 규슈 사이의 길이 열린다. 그렇게 된 후에는 대등한 항복은 바라기 어렵다.

다시 천둥소리가 희미하게 귓가에 울렸다. 무라시게는 고개를 돌려 장지문 쪽을 보았지만 여름의 햇살은 눈부시리만치 쨍쨍해 다시 소나기가 내릴 것 같지는 않았다.

"천둥이 멀리서 울리는구나."

"그렇습니다."

"이쪽으로 오지 않아야 할 텐데. 떨어지지 않으면 다행이다만."

"그렇습니다."

"……나는 장수다. 천둥이 오지 않기를 바라는 것만으로는 부족해."

그렇게만 말하고 무라시게는 무헨에게 고개를 돌렸다.

"법사. 아리오카는 나가시마, 고즈키처럼 항복해서는 안 된다. 쓸 수 있는 수단은 다 써야지."

"……."

이세 나가시마성이 항복했을 때 성을 떠나려는 배에 철포가 쏟아졌다.

하리마 고즈키성이 항복했을 때는 농성하던 여인과 아이들이 국경으로 끌려가 책형을 당했다.

무라시게는 생각했다. 이 난세에는 몰살도 드물지 않다. 하지만 아리오카성이 나가시마, 고즈키의 전철을 밟는다면 아내가, 지요호가 슬퍼하리라.

"그것을 위한 사자, 그것을 위한 '도라사루'임을 단단히 명심하고 가거라."

무헨은 한동안 입을 굳게 다물고 있었지만 이윽고 손바닥으로 바닥을 짚고 머리를 깊숙이 조아렸다.

"소승의 목숨과 바꾸더라도 반드시."

아리오카성의 출입은 오다가 감시하고 있다. 몰래 성에서 나가려면 야음을 틈타는 수밖에 없어, 필연적으로 무헨은 성안에서 밤을 기다려야 했다.

평소 사자의 임무를 맡을 때 무헨은 무라시게의 저택에서 밤을 기다리지만 이번에는 한 가지 문제가 있었다. 며칠 전 수상한 자가 탄약고에 불을 지르려 한 뒤로 날이 저물면 성안의 다리는 통행을 금지하고 있다. 그리고 성문은 성에서 가장 바깥쪽에 있기 때문에 밤까지 혼마루에 남아 있다가는 성 밖으로 나가지 못한다. 오쓰 덴주로의 진을 야습할 때 사용한 비밀통로를 사용하면 성 동쪽으로 나갈 수 있지만 아무리 무헨이라 해도 외부인에게 그 길을 알려 줄 수는 없었다.

밤이라도 무헨은 통과시키라고 무라시게가 명령하면 보초병은 따르겠지만 괜한 소문이 퍼질 것이다. 그것도 바람직하지 않은 일이었다. 무헨은 어쩔 수 없이 저잣거리에서 밤을 기다려야 했다.

"밤이슬을 피할 만한 곳이 있나?"

무라시게가 묻자 무헨은 고개를 갸웃거리며 '도라사루'를 담은 고리짝을 힐끔 보았다.

"소승은 행각승이라 야외도 힘들지 않지만…… 지금은 조금 어렵겠습니다."

무라시게는 끄덕였다.

"저잣거리 남쪽 변두리에 노승이 암자를 지어 은거하고 있다. 행각승은 거절하지 않을 테지."

"그렇다면 거기로 가 보겠습니다."

무헨은 까다롭게 따지지 않고 그렇게 말하고는 무라시게의 앞에서 물러나려고 엎드려 절했다. 무라시게는 무헨의 고리짝을 쳐다보고 불러 세웠다.

"법사, 잠시."

무헨이 고개를 들고 온화하게 물었다.

"무슨 일이십니까."

"아니……."

무라시게는 눈을 반쯤 감았다.

"별일 아니다. 가 보거라."

무헨은 의아하다는 듯 눈썹을 실룩이다가 흠칫 얼굴을 굳혔지만 그대로 아무 말 없이 물러났다.

천둥은 여전히 멀리 있었다.

3

무라시게는 서기에게 명령해 미쓰히데에게 다시 서한을 썼다. 원하는 물건을 보낼 테니 화담을 추진해 달라는 내용이었다. 말미에 상세한 사정은 이 서한을 가진 자가 알려 줄 것이라는 단서를 붙였다. 모든 것을 서한에 담으면 서한이 적에게 빼앗겼을 때 전부 발각되는 데다가 서한 자체가 훗날의 화근이 될 수도 있다. 상세한 내용을 쓰지 않는 것은 당연한 경계였다.

서기는 명령을 받고 서원으로 내려갔다. 서한이 완성될 때까지 무라시게는 대청을 떠나지 않았다. 이윽고 서기가 서한을 가져오자 무라시게는 내용을 확인하고 이렇게 명령했다.

"주에몬을 불러라."

무헨이 사자라는 사실을 아는 사람은 호위대에서도 고리 주에몬 단 한 명뿐이다.

잠시 후 주에몬이 대청으로 들어왔다.

"분부를 받고 찾아뵙습니다."

그 목소리는 평소와 똑같았다. 하지만 무라시게는 문득 의문을 느꼈다. 평소 주에몬은 동요하는 법이 없다. 봄의 야습 때조차 위풍당당했으면 했지, 위축된 모습은 없었다. 그런데 지금 주에몬의 행동이나 표정은 어딘지 모르게 경직되어 있었다.

"무슨 일이라도 있었느냐?"

"예……."

"상관없으니 말해 보아라."

무라시게의 명령에 주에몬은 체념한 듯 말했다.

"예. 기타가와라 님의 병사와 가와라바야시 노토 님의 부하가 길에서 서로 대립하여 위태롭습니다."

"칼부림을 하였느냐?"

"그렇지는 않습니다. 노토 님의 부하가 기타가와라 님의 부하를 항복만 주장하는 겁쟁이 사무라이라고 모욕하자 다른 가문의 부하들도 가세해 소동이 벌어졌습니다. 이케다 이즈미 님이 병사를 이끌고 달려와 중재하지 않았다면 위험할 뻔했습니다."

"……그랬나. 그런 일도 있겠지. 주에몬, 자네는 어째서 보고를 망설였나?"

"외람되지만."

주에몬은 주저했지만 그것은 찰나에 지나지 않았다.

"주군. 성안은 대부분 노토 님과 같은 생각입니다. 기타가와라 님을 겁쟁이라 욕하는 자, 심지어 사기를 꺾는 불충한 자라고 말하는 이도 결코 적지 않습니다."

"불충이라."

무라시게는 중얼거리며 피식 웃었다. 무라시게는 주군이었던 이케다 지쿠고노카미 가쓰마사를 추방하고 이케다성을 빼앗았다. 동맹을 맺은 미요시를 버리고 오다에 붙었으며, 지금은 오다를 버리고 모리에 붙었다. 무라시게는 딱히 자기 행동이 비겁하다고 생각하지 않는다. 살아남기 위해서는 누구나 비슷한 행동을 할 거라 생각했다. 다만 이 성에 충성을 내세워 남을 모욕하는 자가 있다는 사실이 그만 우스웠던 것이다.

하지만 고리 주에몬이 무라시게에게 그런 보고를 한 것에서는 의미를 파악해야 했다.

"주에몬, 자네."

무라시게는 짐짓 나직한 목소리로 물었다.

"내가 화친을 추진하는 것이 탐탁지 않느냐?"

주에몬이 대번에 얼굴을 붉혔다.

"천만의 말씀입니다. 소인은 주군을 따르겠습니다."

그 말은 무라시게의 귀에 자기는 무라시게를 따르겠지만 다른 이들은 알 수 없다는 말로 들렸다. 무라시게는 주에몬을 매사 조심스럽고 세심함과 용맹함을 겸비해 장수의 그릇에 족한 무사로 보고 있었다. 그런 주에몬이 일부러 입 밖에 낸 이상 생각하는 바가 있을 터였다.

하지만 무라시게는 그렇다고 결정을 번복할 생각은 없었다. 주에몬에게 서한을 건넸다.

"성 남쪽 암자에 무헨이 머무르고 있다. 이 서한을 전해 주어라."

"……예. 분부 받들겠습니다."

주에몬은 재빨리 떠났다. 달아나는 것 같기도 했다.

무라시게가 홀로 남은 대청은 원래 남들이 지나가면서 엿듣거나 몰래 훔쳐 듣지 못하도록 널찍하게 만든 방이다. 혼자서는 지나칠 정도로 넓다.

방석 뒤에는 몇 개나 되는 나무 상자가 그대로 있었다. 상자 속 내용물은 물론 전부 다구였다. 미쓰히데가 담보를 요구할 줄 짐작하고 미리 부하에게 가져오게 한 것이다.

"누구 없느냐."

그렇게 외치자 무헨과 이야기하고 있을 때는 물러나 있던 부하들이 바로 "대령했습니다." 하고 대답하며 장지문을 열었다.

이들 부하들은 무라시게의 명령으로 창고에서 상자를 꺼내 온 부하와 다른 사람들이었다. 같은 부하를 쓰면 무라시게가 무헨을 만난 뒤에 어느 상자가 사라졌는지 눈치챌 수도 있다. 무라시게는 만일에 대비해 미리 다른 부하들을 대기시켰던 것이다.

"이 상자들을 창고로 옮겨라. 조심히 다루어라."

"예."

부하들은 재빨리 상자를 옮기려 했다. 무라시게는 그 모습을 보다가 다시 명령했다.

"아니. 역시 창고는 그만두자. 서원에 두어라."

무라시게의 말을 의심하는 이는 없어, 명령대로 다기를 서원으로 운반했다. 모든 명물을 옮기자 무라시게는 급한 일을 제외하고 아무도 들여보내지 말라고 명령했다.

서원은 다다미 여덟 장 정도의 공간이다. 이곳은 평소 무라시게가 독서에 사용하는 방으로, 가신들이 들어오지 않는 내실에도 가깝다. 그렇게나 긴 여름 햇살도 거의 저물어 방 안은 어둑했다. 많은 상자들에 둘러싸여 무라시게는 홀로 십자로 묶인 끈을 풀어 상자를 열었다.

유명한 차항아리 '효고', 차솥 '고바타케', 센 소에키에게 받은 사슬, 후지와라 데이카의 시화, 목계의 '원포귀범도'. 그밖에 요시노에서 만든 그림이 그려진 찻잔과 입구가 오목한 차솥, 비젠에서 구운 물그릇 등은 명물은 아니지만 무라시게의 눈에 든 보기 좋은 다기였다.

무라시게가 섬겼던 이케다 가문이나 그 숙적이었던 이타미 가문, 지금 무라시게를 섬기는 기타가와라나 가와라바야시, 무라시게를 등진 다카야마와 나카가와는 이곳 호쿠세쓰 출신이다. 따지고 보면 이케다와 이타미 지방이 호쿠세쓰에 있었고, 그곳을 근거지로 삼은 호족이 이케다와 이타미라는 이름을 썼다고 해야 맞으리라. 하지만 아라키라는 지방은 호쿠세쓰에 없다.

무라시게의 일족은 이방인이었다. 무라시게의 부친은 이케다 가신에서 나름대로 중요한 인물이었지만, 그것도 주군 가문을 농단할 정도는 아니었다. 지금의 아라키 가문은 무라시게 대에서 일으켜 세웠다고 말해도 과언이 아니다. 눈앞에 있는 명물들도 전부 무라시게가 수집한 것이다.

무라시게는 말이 없었다. 이윽고 해가 저물고 미덥지 못한 가느다란 달이 하늘에 올랐다. 별빛이 다구를 비추어, 어느 것은 빛나고 어느 것은 빛을 삼켰다. 일본 굴지의 아름다운 명물들에 둘러싸여 무라시게는 꼼짝도 하지 않고 있었다.

시간이 얼마나 흘렀을까? 발소리가 서원으로 다가왔다. 부하들의 발소리가 아니었다. 희미하게 옷깃이 스치는 소리도 들렸다.

무라시게는 검에 손을 뻗다가 그만두었다. 이윽고 장지문 너머에서 자그마한 목소리가 들렸다.

"어르신. 거기 계십니까?"

지요호의 목소리였다.

"무슨 일인가."

"어르신이 서원에 들어가신 채로 아무도 들이시지 않는다 하여 주제넘은 줄은 알지만 어떠신지 살피러 왔습니다."

"그래."

무라시게는 그제야 어느덧 밤이 되었음을 깨달았다.

"상관없으니 들어오게."

장지문이 열리고 촛대의 불빛이 스며들었다. 일렁이는 불빛을 받은 다구들이 또 다른 모습을 보여 주었다.

"손질하고 계셨습니까."

지요호가 알겠다는 듯이 말하자 무라시게는 시큰둥하게 대답했다.

"아니다. 뭘 하고 있었던 건 아니야. 그저 보고 있었다."

"그러셨습니까."

그 말에는 의심하는 구석도, 한심하게 여기는 구석도 없었다. 지요호는 무라시게로부터 조금 비껴 난 뒷자리에 조용히 앉아서 물었다.

"그럼 저도 함께 봐도 되겠습니까?"

무라시게는 아무 말도 하지 않았다.

활짝 열린 창문으로 희미하게 밤바람이 불어오고 벌레가 떼 지어 우는 소리도 들렸다. 무더운 여름 공기도 조금은 편해졌다. 무라시게는 가만히 다구들을 바라보았고, 지요호도 조용히 침묵했다. 촛대의 불꽃이 일렁거렸다.

"'도라사루'를 내주었다."

무라시게가 말했다. 지요호가 미소를 머금은 목소리로 대답했다.

"어쩐지 보이지 않는다 하였습니다. 저는 그것이 좋았습니다."

"그걸 원하는 자가 있어 전쟁을 위해 내주었구나."

"역시 어르신은 도량이 크십니다."

"도량이라."

표면에 수많은 돌기가 있는 '효고' 차항아리를 바라보며 무라시게가 피식 웃었다.

"나는 그런 말을 듣고 싶었던 건지도 모르겠구나."

무라시게는 자리에서 물러나던 무헨의 얼굴을 떠올렸다. 무라시게가 무심코 무헨을 불러 세웠을 때 굳어 있던 그 표정을. 그때 무헨은 무라시게의 심중을 알아차렸던 게 분명하다. 무라시게는 이렇게 말하고 싶었던 것이다. 역시 '도라사루'는 안 되겠다. 정 주어야 한다면 하다못해 한 번이라도 더 보자꾸나.

우스꽝스러운 미련이다. 더욱 부끄러워해야 할 사실은 그 미련을 들킨 일이다.

'도라사루'가 전쟁에 도움이 되는 것은 사실이다. '도라사루'를 넘김으로써 미쓰히데가 움직일 수밖에 없다는 예상은 빗나갈 리 없다. 하지만.

"필요하다면 '도라사루' 같은 명물도 아낌없이 내놓는 관대한 아라키, 마쓰나가와는 그릇이 다르다고 칭송하는 목소리를 듣고 싶어서 나는 '도라사루'를 내놓았다. ……그랬던 게 아닐까."

지금으로부터 일 년 육 개월 전, 마쓰나가 단조 히사히데는 우에스기를 믿고 노부나가를 배신했다. 하지만 우에스기는 오지 않았고, 히사히데는 대번에 진퇴양난에 빠졌다.

그때 차솥 '히라구모'를 내놓는다면 노부나가가 히사히데를 사면해 줄 거라는 소문이 있었다. 무라시게는 그 진위는 모른다. 그런 일도 있었을지 모른다. 하지만 결국 히사히데는 차솥을 내놓지 않고 자결했고 명물 '히라구모'는 불길 속으로 사라졌다.

무사의 기개를 훌륭하게 지켜 냈다고 히사히데를 칭찬하는 자도 있었다. 하지만 무라시게는 히사히데의 죽음이 어쩐지 탐탁지 않았다. '히라구모'가 영원히 소실된 것은 아쉽지만 그것 때문만은 아니다. 히사히데가 '히라구모'를 내놓지 않았다는 사실이 너무나 안타까웠던 것이다. 무사의 기개를 지키려면 '히라구모'는 오다에게 넘겨서 후세에 전하고, 그런 다음에 할복했어야 마땅하다는 생각이 드는 것이었다.

그가 '도라사루'를 내놓은 것은 나는 옹색하지 않다고 말하고 싶어서 그랬던 게 아닐까. 전쟁을 위해서라면 명물쯤이야 아깝지 않다고 허세를 부리려고 그랬던 게 아닐까. 그렇다면 '도라사루'는 전쟁을 위해서 내놓았다고 할 수 없는 게 아닐까.

무라시게는 막힘없이 말했다.

"나는 '도라사루'가 아깝다. 천만 병사에게 목숨을 걸라고 명령해 온 내가, 내 물건은 차항아리 하나가 이토록 아쉽구나. 지요호, 그대는 나를 비웃겠나."

"아니옵니다."

지요호는 말이 떨어지기가 무섭게 대답했다.

"이 예토에서 애착은 곧 고통이오니."

"후."

무라시게는 웃었다.

"스님 같은 말을 하는구나. 일체개공(一切皆空), 모든 것이 허상이라 한들 적이 사라지는 것은 아니다."

"지요호는 어르신께서 속마음을 말씀해 주시니 기쁩니다. 어르신은 말씀이 적은 분이다 보니."

"그러냐."

무라시게는 창문으로 실낱처럼 가느다란 달을 보았다.

"밤이 깊었다. 물러가거라. 나도 쉬어야겠다."

"예."

지요호가 촛대를 집어 든 바로 그 순간이었다. 배 속을 뒤흔드는 소리가 밤의 정적을 갈랐다.

잘못 들을 리 없다, 그것은 철포가 발사되는 소리였다.

4

예상치 못한 철포 소리에 이어 저택 안팎에서 사람들의 고함 소리가 일었다. 무라시게는 손에 검을 들고 일어나 옆에 있던 지요호가 몸을 떨 정도로 큰 소리로 외쳤다.

"무슨 일이냐!"

다급한 발소리와 함께 장지문 너머로 누가 달려왔다.

"아뢰옵니다!"

저택에 있던 부하의 목소리였다. 무라시게가 대답했다.

"말해라."

"수상한 자가 있습니다. 망루에 있던 병사가 발견하고 철포로 쏘았습니다. 범인은 아직 도주 중입니다. 조심하십시오!"

"알겠다. 너는 여기 남아서 지요호를 경호해라."

"예!"

지요호의 눈을 바라보며 무라시게는 "걱정 마라. 바로 사람을 보내마."라고 말했다. 바닥에 놓인 명물들을 힐끗 쳐다보고는 다른 말은 않고 서원 밖으로 나갔다.

복도로 나가자 횃불을 손에 든 병사들이 저마다 "어디냐!", "저쪽이다!" 하고 외치며 뛰어다니고 있었다. 그러는 사이 무라시게의 모습을 발견한 거구의 무사가 달려와 정원 앞에서 한쪽 무릎을 꿇었다. 호위대 오본창 중 한 명, 이누이 스케사부로였다.

"주군."

"수상한 자가 나타났다 들었다. 몇 명인가?"

"아마도 한 명인 것 같습니다. 송구스럽습니다. 놓쳤습니다."

"됐다, 어차피 혼마루에서 빠져나가지는 못한다. 대담한 놈이구나. 갑옷을 입어야겠다, 따라오너라."

호위대를 앞장세워 무라시게는 갑옷이 있는 마루방으로 향했다. 가다가 마주친 다른 호위대에게 서원 경호를 명령하고, 또 다른 호위대에게는 혼마루에서 밖으로 통하는 문을 철저히 감시하라고 명령했다. 마루방에서는 이미 다른 부하가 갑옷을 준비하고 있었다. 비상시에 갑옷과 투구로 몸을 보호하는 것은 무사의 소양이지만 수상한 자 한 명 때문에 전쟁터에 나가듯 차려입는 것은 시간낭비다. 간단한 장비만 두르고 툇마루로 나갔다.

명령을 내리는 이가 있는지 병사들의 동작은 아까보다 훨씬 차분했다. 무라시게는 병사들 사이에서 고리 주에몬을 발견하고 큰소리로 그를 불렀다. 주에몬이 냉큼 달려와 무릎을 꿇고 보고했다.

"수상한 자를 구석으로 몰아넣었습니다. 천수각 부근 수풀 속에 숨어 있는 듯한데, 쥐도 궁지에 몰리면 고양이를 문다는 말이 있어 활과 철포로 멀리서 포위하고 있습니다."

"좋다. 내가 갈 때까지 죽이지 말라 하여라."

"예."

재빨리 달려가는 주에몬의 뒤를 쫓듯이 무라시게도 정원에 내려섰다. 달이 어두운 밤이었다. 뒤를 따르는 호위대가 어디서 재빨리 횃불을 구해 왔다. 적이 어디에 얼마나 있는지 몰라 낭패함이 묻어나던 병사들의 목소리가 적을 몰아세우는 우렁찬 목소리로 바뀌었다.

어둠 속에 시커멓게 솟아 있는 천수각 밑에 많은 병사들이 모여 있었다. 저마다 손에 든 횃불 때문에 주위는 낮을 방불케 할 정도로 밝았다. 병사들은 달아날 곳 없는 수풀에 활과 철포를 겨누며 쥐 한 마리 놓치지 않으려고 눈에 잔뜩 힘을 주고 있었다.

무라시게가 명령하자 포위망 한 쪽이 열렸다. 호위대에게 보호

받으며 무라시게는 수풀 앞으로 나갔다. 수풀이 바스락거리더니 횃불에 비친 무언가가 빛났다.

"조심하십시오."

무사 한 명이 무라시게에게 말했다. 매 같은 눈빛의 아키오카 시로노스케였다. 무라시게는 그가 입고 있는 갑옷에 가로로 한 줄, 새로운 칼자국이 나 있는 것을 발견했다.

"저 자, 실력이 상당합니다."

시로노스케는 달인이라 해도 무방하지만 자기 실력을 과시하지 않는 남자다. 특히 검법에 관해서 시로노스케의 견해는 과대평가도, 과소평가도 아니다. 무라시게는 끄덕이며 걸음을 멈추었다. 숨을 깊게 들이마시고 수풀을 향해 굵은 목소리로 외쳤다.

"이곳 아리오카성 혼마루까지 파고들다니 고얀 놈이로구나. 더는 달아날 수 없으니 냉큼 나오거라."

애초에 무라시게는 대답을 기대하지 않았다. 다만 여기까지 침입한 범인에게 약간 흥미를 느꼈다. 하지만 예상 외로 대답이 돌아왔다.

"웃기지 마라. 이케다의 야스케가 제법 대장처럼 구는구나."

야스케란 무라시게의 옛날 이름이다. 이 이름을 셋쓰노카미에 오른 무라시게에게 직접 말하는 것은 무례한 모욕이다. 아니나 다를까 대번에 얼굴이 붉어진 무라시게의 눈앞에서 수풀이 흔들리더니 손에 검을 든 왜소한 남자가 모습을 드러냈다.

"자, 나왔는데 어쩔 테냐."

무라시게보다 주위의 병사들이 분노했다. 당장이라도 창을 찌를 듯한 병사들을 손짓으로 제지하고 무라시게는 남자의 얼굴을 보았다. 무라시게를 모욕하려고 야스케라는 이름을 쓴 이상, 미노나 오와리의 병사는 아닐 터였다. 어차피 이 근방의 인물이리라 생각하고 자세히 보니 횃불에 비친 그자의 얼굴은 예상대로 어딘가 낯이 익었다.

"네 녀석은."

무라시게는 퍼뜩 기억해 냈다.

"구로다의 젠스케인가."

그 이름을 들은 남자의 팔에서 힘이 빠졌다. 남자는 축 늘어뜨린 검을 힘겹게 칼집에 넣고 고개를 숙였다.

"셋쓰노카미 님께서 소인처럼 미천한 자의 이름을 알고 계시다니, 다소 의외로군요. 그렇습니다. 소인, 구로다 가신 구리야마 젠스케입니다."

나이는 서른 남짓, 분별력과 경솔함이 섞여 있는 얼굴이었다. 하리마의 구로다 가문을 섬기는 무사로, 나이가 비슷한 구로다 간베에의 측근이었을 터. 몸집은 작지만 지금으로부터 십 년 전 구로다 가문이 존망의 위기에서 힘겨운 전투를 벌이고 있을 때 적의 머리를 둘이나 쳐서 그 격렬한 모습으로 근방에 용맹을 떨친 사나이였다.

"젠스케."

무라시게가 그를 불렀다.

"무슨 이유로 잠입했느냐. 구로다가 아군이 되었다는 말은 듣지 못했다."

"이유를 물으시는 것입니까. 뻔한 사실을."

젠스케는 조롱하듯 입가를 일그러뜨렸다.

"주군이 살아 계신지 확인하고, 살아 계시다면 구출하기 위해서. ……다른 뜻은 없습니다."

무라시게는 젠스케를 노리는 창, 화살, 철포, 그 밖의 모든 무기들을 바라보며 말했다.

"홀몸으로 말이더냐?"

"글쎄요, 그건 말씀드리지 못하겠습니다."

한패가 있다면 젠스케는 동료를 감싸기 위해 혼자 왔다고 했으리라. 대답하지 않은 것으로 보아 아마도 혼자 왔으리라.

실로 필부지용(匹夫之勇), 하찮은 용기였다. 구로다 간베에는 분명이 혼마루에 갇혀 있다. 하지만 진위도 불확실하고 고작 풍문으로만 퍼진 이야기일 텐데, 그런 소문을 믿고 견고하기로 천하 으뜸가는 아리오카성에 홀로 숨어들다니 제정신이 아니다. 간베에가 어디에 있는지 알아낼 방도도 없을 테고, 만에 하나 간베에의 감옥까지 다다른다 해도 데리고 달아나기란 절대 불가능한 일이다. 하지만 무라시게는 구리야마 젠스케의 만용을 비웃을 생각이 없었다. 젠스케는 그 무모한 도박에 목숨을 걸었고, 이곳 혼마루까지는 다다랐던 것이다.

포위하고 있던 병사들도 기세가 꺾였는지 무기를 내렸다. 무도를 귀히 여기고 용맹한 자를 예우하는 일은 빼놓을 수 없는 무사의 근본이다. 병사들도 젠스케의 충성심을 인정하지 않을 수 없었던 것이다.

"그런가. 간베에를 구하러 왔느냐."

무라시게가 그렇게 중얼거리자 젠스케는 힘이 다한 듯 한쪽 무릎을 꿇었다. 삼베옷은 여기저기 찢어졌고 축 늘어진 팔에서는 피가 뚝뚝 떨어졌다. 거친 숨을 몰아쉬며 젠스케가 말했다.

"셋쓰노카미 님. 주군은, 살아 계십니까?"

무라시게는 망설이다가 대답했다.

"……살아 있다."

"살아 계십니까. 주군은, 간베에 님은 정말로 살아 계신 겁니까?"

무라시게는 말없이 고개를 끄덕였다.

그러자 젠스케는 두 손으로 얼굴을 감싸며 외마디 소리를 질렀다. 그는 울고 있었다. 울면서 외쳤다.

"어째서, 어째서 죽이지 않은 겁니까!"

그 말은 마치 돌팔매 같았다.

"주군은 이 아리오카성에 오게 되었을 때, 빙그레 웃으시며 어차피 살아서 돌아오지 못할 임무니 사후에는 이리이리하라고 지시하셨습니다. 뜻에 맞지 않는 사자를 살려서 돌려보내는 것이 전투에서 흔한 일이라면, 목을 쳐서 돌려보내는 것 또한 흔한 일. 설령 주군이 죽임을 당하더라도 저희는 그 또한 전쟁이라고 받아들였을 것입니다. 그런데 셋쓰노카미 님, 어찌 하여 주군을 살려놓고도 돌려보내지 않는 것입니까?"

무라시게는 대답할 수 없었다. 젠스케는 이미 죽음을 각오했으리라. 그는 계속 외쳤다.

"주군은 아리오카성에 가서 돌아오지 않았습니다. 주군이 살아 계시다는 풍문이 돌았습니다. 셋쓰노카미 님, 그것을 노부나가 경이 어떻게 받아들일지 생각해 보셨습니까? 저희 구로다 가신들은 매일 숨을 죽이고 오늘은 주군이 돌아오실까, 아니면 머리만 돌아오지나 않을까, 이제나저제나 기다렸습니다. 주군이 목숨을 잃었다면 충의를 다하고 죽은 것이니 구로다 가문에도 희망이 있었을 텐데, 이리도 무소식이어서야……."

젠스케가 하늘을 우러러보았다. 가느다란 달이 어두운 빛으로 지상을 비추었다.

"노부나가는 주군이, 구로다 가문이 아리오카성과 내통했다고 여겼습니다. 그럴 테지요! 산 채로 포로가 되었다고 누가 믿겠습니까!"

구로다 가문은 오다의 미움을 받고 살아남을 수 있는 가문이 아니다. 살아남으려면 설령 간베에 한 사람은 무라시게에게 돌아섰지만, 구로다 가문은 여전히 오다에게 복종한다고 호소하는 수밖에 없었으리라. 그리고 설사 그 호소가 통했더라도 대가는 치렀으리라.

무라시게는 간베에에게 이야기를 들었다. 그것은 전쟁이 시작되기 전, 작년 11월이었던가. 간베에는 외동아들 쇼주마루를 오다에게 인질로 맡겼다.

젠스케의 눈물은 폭포수처럼 그칠 줄을 몰랐다.

"셋쓰노카미 님, 아십니까. 노부나가는 도련님을, 쇼주마루 님을 죽였습니다. 구로다의 핏줄은 끊겼습니다!"

무라시게는 말이 없었다.

이 전쟁은 아라키 가문, 나아가 모리 가문과 혼간지의 사활을 건 대전이었다. 다른 가문을 고려할 여유는 없다. 구로다 가문의 대가 끊기든 말든 무라시게에게는 아무 상관없는 일이다.

한편으로 무라시게는 간베에를 붙잡아 둔다고 쇼주마루가 죽게 될 줄은 전혀 예상하지 못했다. 쇼주마루는 분명 열두 살이 아니었나. 만약 간베에를 죽이면 쇼주마루는 살 수 있었다는 사실을 알았다면, 과연 어떻게 했을 것인가?

무라시게는 심사숙고해 결정한 일이라면 그 결과가 어떻다 해도 후회하지 않는다. 하지만 생각이 미치지 못한 일이라면…… 얇은, 종잇장처럼 얇은 후회가 남았다.

그래도 무라시게는 장수로서 이렇게 말할 수밖에 없었다.

"고얀 놈. 내가 알 바 아니다."

"무라시게!"

"미천한 무사 하나, 죽일 가치도 없다. 포박해서 어디든 처넣어라. 저항하면 베어도 된다."

무라시게는 젠스케에게 등을 돌렸다. 병사들이 젠스케에게 달려들었고 노성이 밤을 뒤흔들었다.

저택으로 돌아와 부하의 도움을 받아 갑옷을 벗었다. 고리 주에몬이 찾아와 명령대로 구리야마 젠스케를 포박했다고 보고하고 이어서 물었다.

"병사들을 거두어도 되겠습니까?"

구리야마 젠스케의 소동으로 혼마루를 경호하는 병사뿐만 아니라 쉬고 있던 병사들도 혼마루에 들어와 있다. 그렇게 하라고 말하려다가 무라시게는 잠시 망설였다. 주에몬이 눈썹을 실룩거렸다.

"주군, 어떻게 할까요?"

"아니……."

젠스케는 무예에는 탁월하지만 잠입까지 뛰어났을 리는 없다. 무모한 집념 덕분이었겠지만 그런 젠스케도 혼마루까지 들어왔다. 무라시게는 문득 아리오카성의 수비에 불안을 느꼈다.

"……호위대는 무헨이 머무는 암자를 지키거라. 암자 사방을 네 명이 지키고, 아무도 접근하지 못하게 해라. 날이 밝아 무헨이 출발하면 문까지 모셔라."

"예. 분부대로."

주에몬은 되묻지 않고 무라시게의 명령을 받고 물러났다. 갑옷을 벗어 가벼워진 어깨로 무라시게는 문득 주에몬을 다시 불러들이고 싶은 충동을 느꼈다. 원래 무헨에게 경호를 붙이지 않은 이유는 어설프게 병사를 붙이면 중요한 명령을 내렸다는 사실이 탄로 날 수 있기 때문이었다. 그런데 지금 결정을 바꾸어 병사를 보냈다. 생각이 짧았을까?

무라시게는 판단에 빈틈이 생겼다는 것을 느꼈다. 배에 힘을 단단히 넣었다. 결정을 번복한 게 아니라 오판을 정정했다고 생각해야 한다. 망설이지 마라, 죽는다. 무라시게는 스스로를 타일렀다.

밤이 깊어 갔다.

5

무라시게는 꿈을 꾸었다.

무라시게는 젊었다. 아라키 셋쓰노카미 무라시게가 아니라 그저 아라키 야스케였다. 주군 이케다 지쿠고노카미 가쓰마사가 미덥지 않아, 겉으로는 복종하면서 언젠가 그 자리를 차지하려고 속으로 어금니를 갈고 있었다.

"야스케라면 가능할지도 모르겠군."

옆에서는 사촌 나카가와 세베에가 웃고 있었다. 세베에도 젊다. 완력과 날카로운 창이 있으면 이 세상에 못 할 일이 없다고 믿는 듯했다.

"그렇게 되면 내게 사무라이 대장을 맡겨 줘."

세베에가 말했다.

"사무라이 대장이라니 꿈도 작기는. 성을 하나 주마."

"오오, 성이라. 좋네."

"나는 이타미를 쳐부수고 이타미성에 들어갈 거야. 이케다성은 세베에에게 맡기지."

"하하하, 그럼 지금부터 성안을 확인해야겠네. 이타미를 차지한 다음에는 어쩌려고?"

"그러게."

무라시게는 맑은 하늘을 올려다보았다.

"역시 교토로 가야겠지. 다구를 구경하고 싶어. 관직도 받아야지."

"사카이는 어때, 탐나지 않아?"

언제 왔는지 다카야마 우콘이 그렇게 말했다. 우콘도 젊다. 지략으로는 모리 모토나리 공에게도 지지 않을 거라는 기개가 있다.

"선교사님이 기뻐하실 거야."

"자네는 남만종 영향을 너무 받았어. 야망은 없어? 야망은?"

야스케가 쓴웃음을 짓자 우콘은 한껏 유난스럽게 가슴 앞에서 십자가를 그었다.

세베에와 우콘이 있으면 호랑이에 날개다. 호쿠세쓰를 차지하는 것도 식은 죽 먹기다. 애초에 주군 이케다는 물론이고 지금의 쇼군 가문도 기개가 없다. 호소카와도 롯카쿠도, 쇼군이 다 무슨 소용인가. 모처럼 무사로 태어났는데 무엇에 목숨을 걸 텐가…….

새벽녘, 무라시게는 기억을 더듬었다.

교토는 오다가 차지했다.

사카이도 오다가 차지했다.

나카가와 세베에는 오다에게 항복해, 이제는 없다.

다카야마 우콘도 오다에게 항복해, 이제는 없다.

장지문 너머에서 누군가가 무릎을 꿇었다. 세베에가 돌아왔는가……, 아니, 부하이리라. 내게 용건이 있는 것이다.

"무슨 일이냐."

부하가 얼어붙은 목소리로 말했다.

"무헨 님께서 누군가에게 목숨을 잃었다는 소식입니다."

6

무헨은 암자 안에서 칼을 맞고 죽어 있었다고 한다.

무라시게는 말을 몰아 새벽의 아리오카성을 달렸다. 따르는 호위대가 따라갈 수 없을 정도라, 해자를 건너 저잣거리에 들어섰을 무렵 무라시게는 혼자였다. 평소 무라시게가 남들 앞에서 혼자 있는 경우는 없다. 경계 때문이기도 하지만 항상 부하를 대동하는 것이 신분을 증명하기 때문이다. 장수는 자고로 혼자 뛰어나가서는 안 된다. 잘 알면서도 무라시게는 급한 마음을 억누를 수 없었다.

그 암자는 저잣거리 남쪽, 풀이 무성하게 자란 거친 땅에 외롭게 서 있다. 원래 이케다 변두리에 있던 오래된 사찰의 법사가 나이가 들자 눈을 감을 때까지 매일 염불을 외우며 지내기 위해 세운 건물이다. 무라시게와 그 법사는 예전부터 아는 사이로, 암자를 지을 때도 무라시게가 힘을 빌려주었다. 지금은 암자의 주인이 된 법사는 이미 눈도 귀도 노쇠해 일꾼의 도움으로 생활하고 있지만 행각승이나 수도승에게는 흔쾌히 하룻밤 잠자리를 빌려주었다.

무라시게가 도착하자 수풀 한복판에 있는 암자 입구에 수많은 사람들이 모여 있었다. 어디에서 흉사를 들었는지 우르르 모여들어 아무것도 못 하고 그저 엉엉 울고 있는 것이다. 때때로 고통스러운 목소리가 들렸다.

"무헨 님!"

"이런 참혹한 일이, 무헨 님!"

탄식은 땅을 메우고 하늘을 뒤흔들었고 비통한 외침이 다시 비통한 마음을 불러들였다. 무라시게조차 끼어들기를 망설일 정도였다. 이윽고 백성들은 무라시게를 알아보고 구원을 찾듯 그에게 손을 뻗어, 저마다 말을 맺지 못하고 비통하게 외쳐 댔다. 무라시게의 말이 놀라서 뒷걸음질 쳤다.

암자를 지키는 호위대가 무라시게의 모습에 힘을 얻어 고함을 지르며 창을 하늘로 뻗었다.

"물렀거라! 셋쓰노카미 님이시다, 물렀거라!"

하지만 백성들의 귀에는 닿지 않았다. 평소 무라시게의 얼굴을 볼 수 없는 서민들이 잔뜩 일그러진 얼굴로 손을 뻗어 무라시게에게 다가섰다.

무라시게는 말 위에서 사람들을 보았다. 모두 꾀죄죄한 얼굴로 해진 삼베옷을 입었고, 눈에는 똑같이 눈물이 맺혀 있었다. 당장 내일 일도 모르는 농성 속에서 무헨을 보며 구원을 찾았던 이들이었다. 그랬던 무헨이 죽었다. 백성들의 눈에 있는 것은 절망일까. 아니, 그뿐만이 아니다.

분노다. 뜨거운 분노가 끓어오르고 있다.

무라시게가 일갈했다.

"진정해라! 무리 지어 작당한다면 결코 용서하지 않겠다!"

소란스러운 전쟁터에서도 병사들에게 직접 명령을 내릴 정도로 무라시게의 목소리는 크다. 무라시게에게 가까이 다가갔던 이는 너무 엄청난 그 목소리에 엉덩방아를 찧었다. 백성들의 기세가 움츠러든 틈을 타서 호위대가 무라시게의 주위를 막았다. 무라시게는 거듭 명령했다.

"돌아가라. 따르지 않는 자는 베겠다!"

영주의 명령이다. 위협이 아니라는 것은 모두 알고 있었다. 모여든 백성들은 걸음이 떨어지지 않는 듯 암자를 자꾸 되돌아보면서 삼삼오오 이타미 거리로 돌아갔다.

주위가 잠잠해지자 호위대는 일제히 무릎을 꿇었다. 그중 한 사람이 고개를 숙인 채로 보고했다.

"주군. 드릴 말씀이 없습니다."

이누이 스케사부로였다. 지금, 스케사부로의 목소리는 떨리고 있었다.

"저희가 경호하고 있었는데도 허망하게. 이미 들으셨을 줄로 알지만 무헨 님과 아키오카 시로노스케가 목숨을 잃었습니다."

"뭐라, 아키오카마저?"

"예. 허벅지를 베이고 목을 찔려 사망했습니다."

무라시게는 으드득 이를 갈았다. 아라키 가문의 호위대가 자랑하는 오본창, 그중 세 사람이 죽은 것이다. 무라시게는 남은 이들을 노려보았다. 그중에 호위대가 아닌 자가 있다는 것을 무라시게는 뒤늦게 알아차렸다. 갑옷은 입지 않았지만 허리에 칼을 차고 무사들이 쓰는 관모까지 썼다. 부대장의 차림이었다.

"거기 있는 자. 고개를 들라."

무라시게가 명령하자 남자가 고개를 들었다.

"요사쿠인가."

"예."

평소 젊고 단정한 기타가와라 요사쿠인데 오늘 아침은 백짓장처럼 얼굴이 창백했다.

"자네는 여기서 무엇을……."

그렇게 말하다가 무라시게는 말을 삼켰다. 요사쿠가 이곳에서 무엇을 하고 있었든 상관할 일이 아니다. 지금은 무엇보다 중요한 문제가 있다. 무라시게는 말에서 내렸다.

"조사하겠다. 스케사부로, 따라오너라. 나머지는 여기서 기다려라."

무라시게가 암자로 들어가려는 때에 뒤처졌던 호위대가 도착했다. 무라시게는 가쁜 숨을 몰아쉬는 병사들 속에서 고리 주에몬을 발견하고 명령했다.

"주에몬도 오거라."

암자는 나뭇가지로 만든 울타리에 둘러싸여 있었다. 높이는 낮았고 손질은 되어 있지 않았지만 담장 역할은 충분히 하고 있었다. 문이 없는 입구를 지나 무라시게와 호위대가 암자에 들어서자 어둠 속에 유령 같은 모습이 서 있었다. 뼈와 가죽만 남은 승려 차림의 남자, 그가 암자의 주인이었다.

"우……, 우……."

신음 같았지만 귀를 기울이니 "셋슈 님."이라고 들렸다. 오랜 지인이었던 법사의 노쇠한 모습을 보고 무라시게는 잠시 할 말을 잃었다. 하지만 지금은 옛 정을 나눌 때가 아니었다.

"법사, 들어가겠네."

그렇게 말하고 스케사부로를 돌아보았다. 스케사부로가 "안내하겠습니다." 하고 앞장섰다.

이 암자에는 방이 세 개 있다. 하나는 바닥에 화덕을 판 토방으로 주인도 이 방에서 기거한다. 하나는 불당으로 작지만 예법에 맞게 만든 작은 방이다. 그리고 나머지 하나가 손님방인데 스케사부로가 무라시게를 안내한 곳은 이곳이었다.

토방에서 손님방으로 가려면 바깥으로 난 복도를 지나야 한다. 군데군데 구멍이 뚫린 장지문 앞에서 스케사부로는 걸음을 멈추더니 무릎을 꿇고 고개를 숙였다.

"이쪽입니다."

무라시게는 장지문을 열기 전부터 냄새를 느꼈다. 향냄새…… 그리고 무사라면 익숙한 냄새가 풍겨왔다. 피 냄새 그리고 시체의 냄새다.

"열어라."

"예."

스케사부로가 장지문을 열었다. 축축한 공기가 확 밀려들었다.

좁은 방 한복판에서 승려 차림의 남자가 엎드린 자세로 쓰러져 있었다. 거무스름한 마룻바닥에는 피가 고여 있었고 파리가 시신에 잔뜩 꼬여 있었다. 만에 하나라도 이것이 무헨이 아닐 가능성은 없었지만 무라시게는 알면서도 굳이 명령했다.

"고개를 위로 돌려라."

"예."

스케사부로는 조금도 주저하지 않고 시신의 몸을 돌렸다. 파리가 한꺼번에 날아올라 좁은 손님방을 소용돌이치듯 날아다녔다.

……시신은 틀림없이 무헨이었다. 눈을 부릅뜨고 입을 쩍 벌리고 있다. 그 얼굴에는 경악과 공포가 선명히 드러나 있어, 이 행각승의 마지막 순간이 결코 평온하지 않았음을 보여 주었다.

“상처는?”

무라시게의 짤막한 명령에 스케사부로가 시신을 더듬었다. 큼직한 손바닥과 굵은 손가락이 피투성이가 되었다. 딱딱하게 굳어 버린 무헨의 손가락은 허공을 할퀴는 것처럼 보였다. 스케사부로의 손가락에 묻은 피는 흘러내리지는 않았다. 거의 굳어 버린 것이다.

상처는 명확했다. 스케사부로가 피도 닦지 않고 말했다.

“가슴을 한 차례 찔렸습니다. 가사를 뚫고 등을 통과한 것 외에 다른 상처는 보이지 않습니다.”

무라시게는 턱을 어루만졌다. 무헨은 무사는 아니지만 두 다리로 마음껏 산과 들을 넘나들던 건강한 행각승이었다. 강도 무리로부터 몸을 지킬 재주도 있었을 터였다. 그 가슴을 단숨에 꿰뚫기란 쉬운 일이 아니다.

무라시게는 새삼 파리가 날아다니는 방을 둘러보았다. 판자를 깐 마룻바닥이지만 다다미를 깐다면 넉 장 반쯤 될까. 바닥에 고여 있는 피 말고도 벽 곳곳에 피가 튀어 있었다. 즉 무헨은 이곳에서 살해당한 것이다. 시신을 옮겨 놓은 것이 아니다.

방의 삼면은 벽이고, 나머지 한 면에 복도로 통하는 장지문이 달려 있었다. 찬장이나 벽장은 보이지 않았다. 그리고 은자의 암자에 걸맞게 방에는 물건이 적었다. 이불과 향로뿐이었다. 향로라고 해도 아무 세공도 없는 매끈한 토기로, 향을 태운 흔적이 남아 있었다.

"없다."

무라시게가 중얼거렸다.

"없다 하심은?"

스케사부로의 질문에 무라시게는 대답하지 않았다.

무라시게는 고리짝이 없다는 것을 눈치챘다. 무헨이 여행 도구와 법기를 담아 두는, 등나무로 엮은 고리짝이 없다.

고리짝에는 '도라사루'가 들어 있을 터였다.

십중팔구 '도라사루'는 도난당했다. 하지만 아직 단정 짓기는 이르다. 동요를 억누르고 무라시게는 스케사부로에게 물었다.

"아키오카 시로노스케는 어디에서 목숨을 잃었느냐."

줄줄 흐르는 땀도 닦지 못하고 피 묻은 손을 어찌 하나 난처해하던 스케사부로가 표정을 가다듬고 대답했다.

"바깥입니다."

"안내해라."

"예."

스케사부로가 복도로 나가자 무라시게는 고리 주에몬에게 귀띔했다.

"밀서를 찾아라. 발견하면 자네가 가지고 있어. 누가 읽은 흔적이 없는지 살펴보아라."

고레토 휴가노카미 미쓰히데에게 쓴 밀서는 주에몬이 무헨에게 전달했다. 화담이 진행되고 있다는 사실을 아는 자는 적을수록 좋아, 이는 주에몬만 할 수 있는 역할이다. 주에몬은 "예, 서두르겠습니다."라고 대답했다.

"또 한 가지. ……무헨에게는 '도라사루'를 주었다."

평소 어지간한 일에는 동요하지 않는 주에몬도 눈을 휘둥그레 떴다.

"그런. 그 명물을."

"음. 허나 보이지 않는구나. 도적이 가져갔겠지만 만에 하나 무헨이 숨겼을지도 모른다. 최선을 다해 찾아라. 바닥 밑, 지붕 밑, 빠짐없이 찾아. 가운데가 볼록하고 색은 노란빛이다."

"예. 꼼꼼히 찾겠습니다."

주에몬이 굳은 표정으로 고개를 숙였다.

만에 하나라고 말은 했지만 무라시게는 무헨이 만에 하나라도 이 암자에 '도라사루'를 숨겼을 리 없다는 것을 알고 있다. 너무 허망한 기대를 붙잡으려고 주에몬에게 수색을 명령한 자신의 어리석음을 참을 수가 없었다. 하지만 무라시게는 동시에 믿음을 차마 버릴 수가 없었다. '도라사루'는 나올 것이다, 어딘가에 있을 것이다…….

무더위에 힘을 얻어 여름 잡초가 무성하게 뻗어 있었다. 마치 더위에 지친 사람들의 생명을 흡수하고 있는 것처럼.

아키오카 시로노스케는 잡초 속에 쓰러져 있었다. 갑옷과 투구를 빈틈없이 갖추고 있었지만 철이 가려 주지 않는 허벅지를 베이고 목을 찔렸다. 흐른 피가 축축한 흙에 흡수되어 피 웅덩이는 없었고, 허리를 보호하는 천과 각반에 남은 피는 거의 굳어 있었다. 갑옷에는 목 보호대도 있었으니 시로노스케를 살해한 자는 먼저 허벅지를 베고 쓰러진 시로노스케의 보호대를 걷고 목을 찔러서 숨통을 끊은 듯했다. 사람을 죽이는 일에 익숙한 자의 솜씨였다. 무라시게라 하더라도 똑같이 했으리라.

"조사하느라 반듯하게 뉘었지만."

스케사부로가 말했다.

"원래는 엎드려 있었습니다."

살펴보니 시로노스케의 검은 칼집에 들어 있는 채로 조금도 뺀 흔적이 없었다. 무라시게가 물었다.

"시로노스케는 다른 무기를 가지고 있었느냐?"

"아닙니다, 검뿐이었습니다."

시로노스케라면 검 하나로 충분했으리라. 하지만 시로노스케는 그 검을 빼지도 못하고 목숨을 잃었다. 전쟁터에서 죽었다면 명예롭지만 승려 하나 지키지 못하고 죽었으니 방심했다는 비판을 면할 수 없다. 하지만 무라시게는 시로노스케가 방심했을 거라 생각하지 않았다.

"시로노스케가 검을 뽑을 틈도 주지 않았다니, 적의 솜씨가 어지간히 좋은가 보구나."

"그런 것 같습니다. 아키오카 님 같은 달인이 설마…… 믿을 수 없습니다."

핏기가 없는 시로노스케의 얼굴을 굽어보며 스케사부로가 침통하게 목소리를 낮추었다.

무라시게는 시로노스케의 하의가 찢어진 형태와 상처 방향을 자세히 살펴보았다. 상처는 허벅지 뒤쪽이 굵었고 앞쪽으로 갈수록 가늘었다.

"시로노스케는……."

무라시게가 중얼거렸다.

"뒤에서 베였구나."

"예. 하지만……."

스케사부로는 이해할 수 없다는 표정이었다.

"이런 풀밭에서는 어디에서 접근해도 풀이 스치는 소리가 납니다. 아키오카 님께 들키지 않고 뒤에서 접근할 수 없었을 텐데."

확실히 스케사부로 말이 옳다고 인정하면서 무라시게는 주위를 보았다. 이곳은 풀밭 한복판에 있는 암자의 뒤쪽이다. 암자는 울타리에 둘러싸여 있고 울타리는 앞쪽 출입구와 뒤쪽, 두 군데가 뚫려 있다. 문은 달려 있지 않아 출입은 자유로웠다. 시로노스케가 쓰러져 있는 곳은 울타리에서 열몇 걸음 떨어진 장소였다.

"스케사부로. 어젯밤 암자를 경호한 뒤로 무헨과 시로노스케의 시신을 발견할 때까지 있었던 일을 빠짐없이 보고해라."

"예. 다만 주군, 기타가와라 님도 계시는 편이 나을 것 같습니다."

무라시게는 이유도 묻지 않고 말했다.

"그래. 그렇다면 자리를 옮겨야겠군."

암자 뒤편에서 울타리를 지나 앞쪽으로 나왔다. 어젯밤 경호를 하던 호위대 두 명과 혼마루에서 무라시게를 따라온 두 명, 기타가와라 요사쿠와 그의 마부가 무료하게 서 있었다. 주에몬은 아직 손님방을 수색하고 있는 것 같았다. 해가 높이 솟아 풀 냄새와 후끈한 열기가 감돌았다.

스케사부로가 말했다.

"저희 넷은 어젯밤 혼마루에 잠입한 자를 붙잡은 뒤, 고리 주에몬 대장님께 암자를 경호해 무헨 님을 지키라는 명령을 받고 이곳에 달려왔습니다. 아키오카 님이 횃불을 들면 한 손을 쓸 수 없어 허를 찔릴 수도 있다고 하여, 어젯밤은 별빛도 밝고 해서 모두 아키오카 님 의견에 찬성해 횃불 없이 경호하고 있었습니다."

암자를 지켰던 사람은 이누이 스케사부로와 아키오카 시로노스케, 그밖에 두 명의 호위대였다. 그들은 암자 사방에 한 사람씩 자리를 잡고 그대로 주위의 풀밭을 감시하고 있었다. 스케사부로가 앞쪽 출입구를, 시로노스케가 뒤편을 지켰다.

"그건 잘했구나. 계속해라."

"밤에는 아무 일도 없었습니다. 날이 밝을 때쯤, 기타가와라 님이 오셔서 무헨 님을 만나 뵙고 싶다 하셨습니다."

기타가와라 요사쿠는 당연히 암자 출입구로 다가왔고, 가장 먼저 요사쿠를 알아본 사람은 스케사부로였다.

"소인, 아무도 접근하지 못하게 하라는 명령을 받았으니 기타가와라 님이라 해도 보내 드릴 수 없었습니다. 기타가와라 님은 막무가내로 들어가려고 하셨고, 옥신각신하는 사이 말이 날뛰어 소인과 저기 있는 마부 둘이서 말을 붙잡는 사이에 기타가와라 님이 암자 안으로 슬쩍 들어가셨습니다."

"그 다음은 내가 설명하겠다."

요사쿠가 말했다.

"암자 주인에게 안내를 부탁했지만 귀가 들리지 않는 것 같았습니다. 그래서 결례인 줄은 알았지만 어쩔 수 없이 안으로 들어가 무헨을 찾았습니다. 어쨌거나 이렇게 작은 암자라 금방 찾았지만, 찾고 보니 그렇게 칼에 베여 있었습니다."

스케사부로가 말을 이어받았다.

"암자에서 나온 기타가와라 님이 무헨 님이 돌아가셨다고 해서 소인도 바로 들어가 보았는데, 말마따나 무헨 님은 그런 상황이었습니다. 이거 큰일이다 싶어 동료를 불러 모으자 여기 두 사람은 금방 달려왔지만 아키오카 님의 모습이 보이지 않아 무슨 일인가 찾아보았더니 아키오카 님도 보신 것처럼 쓰러져 있었습니다."

무라시게는 부하들을 매섭게 노려보았다.

"이놈들, 호위대끼리 서로 신호도 보내지 않았느냐? 시로노스케가 칼에 베인 것은 한밤중이었다. 서로 불러서 확인했더라면 시로노스케가 칼에 베인 것을 더 일찍 알았을 터."

스케사부로를 비롯해 경호하던 호위대가 벌벌 떨었다.

"죽을죄를 지었습니다!"

태만하다면 태만한 노릇이다. 하지만 무라시게는 스케사부로와 호위대를 호되게 탓하는 것은 도리에 어긋난다고도 생각했다. 그들의 대장은 바로 무라시게다. 경호 방침을 세세히 지시하지 않은 자신에게도 잘못이 있다. 게다가 그들이 서로 신호를 주고받아 시로노스케의 죽음을 빨리 알았더라도 어차피 무헨의 죽음은 피할 수 없었으리라.

암자 안에서 주에몬이 나왔다. 뭔가 말하고 싶어 하는 그 표정을 보고 무라시게는 스케사부로와 호위대에게서 떨어졌다. 종종걸음으로 다가온 주에몬이 허락을 얻어 무라시게에게 귓속말을 했다.

"'도라사루'는 찾지 못했습니다."

"그렇구나."

"무헨 님의 가사 동정 속에 어제 밀서가 들어 있었습니다. 다만 동정을 꿰맨 실이 풀려 있었고, 밀서를 묶은 끈이 조금 비뚤어져 있었습니다."

"누가 읽었다는 말이냐."

"아마도."

무라시게는 혀를 끌끌 찼다. 암자를 에워싼 풀밭으로 시선을 돌려 그곳에 아직 적이 숨어 있는 것처럼 노려보았다.

"오다의 수하인가. 암자 뒤쪽에서 다가와 먼저 시로노스케를 베고, 울타리가 끊긴 틈으로 숨어들어 무헨을 찌르고……."

무라시게는 밀서를 훔쳐보고 '도라사루'를 앗아 갔다고 하려던 뒷말을 삼켰다.

그렇다면 역시 적은 상당한 실력자다. 그렇다면 '도라사루'는 이미 성 밖으로 들고 나갔다고 보는 게 타당하다. 무라시게가 입을 다물자 아무도 말을 하지 않았다. 벌레 소리도 바람 소리도 없고, 그저 맹렬한 햇빛뿐이었다.

7

절대 나갈 수 없는 성 밖에서 훌쩍 나타나 부처의 가르침을 전했던 무헨은 성안 모든 사람들에게 구원 그 자체였다.

사후 극락왕생의 약속보다도 아리오카성이 오다 병사들이 이룬 바다에 둘러싸인 외딴섬이 아니라 바깥세상과 연결되어 있다는 믿음이야말로 구원이었다. 하지만 무헨은 죽었다. 성안에 숨어든 오다의 수하가 한 짓이라는 소문도 퍼졌다. 무라시게가 굳게 단속했음에도 적은 아무렇지도 않게 그 방어를 뚫고 무헨을 죽였다는 소문도 은밀히 퍼졌다. 오다의 손길이 닿지 않는 곳은 아무 데도 없고, 아라키가 지킬 수 있는 것은 아무것도 없다……. 병사들도 백성들도 말로는 하지 않아도 그렇게 생각했다.

무라시게는 혼마루의 저택으로 돌아왔다. 대청에서 방석 위에 걸터앉아 있었다. 무라시게 앞에는 고리 주에몬이 엎드려 있었다.

"주에몬."

무라시게가 입을 열었다.

"무헨에게 밀서를 전했을 때의 상황을 말해 보아라."

"예."

주에몬은 대청에 들어오기 전에 부하들에게 무라시게의 용건이 무엇인지 미리 들었다. 그런 만큼 막힘없이 말했다.

"소인이 주군께 밀서를 받아 무헨 님께 그것을 전달한 것은 오후였습니다. 말을 몰아 암자로 가서 사람을 찾았는데 암자의 주인이 밖으로 나오기는 했지만 귀가 먹었는지 영 알아듣지 못했습니다. 잠시 후 무헨 님이 나오셨기에 내밀한 용건이라 말씀드렸고, 무헨 님의 안내로 손님방에 들어갔습니다. 다만 밀서만 전해 드리고 무헨 님과 이야기를 나누지는 않았습니다. 돌아올 때도 암자 주인께 인사를 드렸지만 주무시기라도 하는 듯이 아무 말도 없었습니다."

"그때 손님방에 고리짝은 있었느냐?"

주에몬은 대답하지 못했다.

"왜 그러느냐."

"송구스럽지만 밀서 전달에 집중하느라 짐이 있었는지 없었는지 제대로 기억이 나지 않습니다."

주에몬의 목소리에 초조함이 묻어났다. 무라시게는 턱을 어루만지며 말했다.

"어쩔 수 없는 일이지. 자네가 갔을 때 암자에는 주인과 무헨 둘뿐이었나?"

"그것도 모르겠습니다."

"주인은 보다시피 나이가 들어 쇠약하다. 예전에 이케다의 절에 있던 일꾼이 밤낮으로 시중을 들었을 텐데."

주에몬이 힘차게 대답했다.

"그자라면 압니다."

"그래. 그래서 그 일꾼은 있었느냐?"

"없었습니다."

무라시게의 눈썹이 희미하게 올라갔다.

"주에몬, 암자에 주인과 무헨만 있었는지는 모르겠다고 했지.

그런데 일꾼이 없다는 건 어찌 알았느냐?"

"이유가 있습니다."

주에몬이 재빨리 대답했다.

"사실은 밀서를 전달하고 돌아올 때는 이미 저녁 시간이었는데 소인, 이타미 거리에서 그 일꾼을 보았습니다. 채소를 사는 것 같았습니다."

무라시게는 고개를 끄덕이며 명령했다.

"그랬느냐. 자세한 상황은 알았다. 그 일꾼을 찾아서 데려오너라."

이케다의 일향종 사찰에서 평생을 보낸 그 일꾼이 언제 태어났는지는 본인은 물론 아무도 아는 이가 없었지만 대략 쉰은 넘어 보였다. 고된 생활로 등은 굽었고 머리카락은 희끗하며 얼굴 주름은 깊었다. 인성이 좋아 상대가 젊은 스님이든 일반 백성이든 정중히 대하는 한편, 아무리 고승이나 귀인이라 해도 아첨할 줄을 몰랐다. 이케다성이 폐성이 되고 법사가 아리오카성에 암자를 지을 때 이 일꾼도 같이 옮겨 왔다. 혼마루로 끌려온 일꾼은 정원 바닥에 납작 엎드렸다. 무라시게는 툇마루를 지나 일꾼 앞에 섰다.

"오랜만이구나."

암자 주인과 오랫동안 알고 지냈던 무라시게는 이 일꾼과도 얼굴을 마주한 적이 있었다. 일꾼은 잔뜩 움츠러들어 아무 말도 하지 못했다.

"직접 대답해도 된다. 질문할 테니 똑바로 대답하거라."

"예!"

"어젯밤, 이타미 거리에서 고리 주에몬이 자네를 보았다고 했다. 틀림없느냐?"

일꾼은 엎드린 채로 꼼짝도 하지 않고 대답만 했다.

"말을 탄 가신과는 스쳐 지나갔지만 이곳 이타미에는 말을 탄 무사가 워낙 많아 그 가신이 고리 님이었는지는 모르겠습니다."

무라시게는 남자의 신중한 대답이 마음에 들었다.

"좋다. 그렇다면 그 뒤로 무슨 일이 있었는지 상세하게 말해 보아라."

"예!"

일꾼은 생각을 정리하듯 잠시 침묵했다가 머뭇머뭇 입을 열었다.

"낮에는 거리에서 일하느라 암자에는 아침저녁으로 두 번 찾아갑니다. 어제는 어르신이 절임을 만들 채소를 사오라고 하셨는데, 필요한 양을 사는 데 애를 먹어 저녁 방문이 늦어지는 바람에 날이 저물기 전에야 찾아뵈었습니다. 어르신께 인사를 드리자 오늘밤은 무헨 님이 묵으시는데, 지금은 무헨 님께 손님이 찾아왔다고 하셔서 어찌나 놀랐는지 모릅니다."

기타가와라 요사쿠도 고리 주에몬도 암자 주인과는 제대로 말을 나누지 못했다고 했다. 무라시게도 암자 주인이 하는 말을 알아들을 수 없었다. 그렇다면 이 일꾼이 암자 주인에게 들었다는 말은 의심해야 할까?

무라시게는 그렇지 않다고 생각했다. 평소 시중을 드는 일꾼이니 혼자만 암자 주인의 말을 이해할 수 있었으리라.

"그리고 어찌 했지?"

무라시게는 뒷말을 재촉했다.

"서둘러 무헨 님께 인사를 드리고 손님께 술을 올려도 될지 여쭈었는데 무헨 님은 몹시 호된 목소리로 괜찮다, 손님은 이미 돌아갔다고 하셨습니다. 수행할 테니 방해하지 말라고 하신 것으로 기억합니다."

암자 주인이 말하는 손님이란 대체 누구인가?

그 손님이 이미 돌아갔다고 무헨이 말했다면 손님은 밀서를 전한 고리 주에몬일까? 주에몬은 암자에 들어갈 때 암자 주인에게 인사를 했고 알아듣는 것 같지는 않았지만 대답을 들었다. 나올 때도 인사를 했다지만 암자 주인은 잠든 것 같았다고 했다. 암자 주인은 주에몬이 왔다는 사실만 알고 돌아간 줄은 몰랐으리라. 무라시게는 그렇게 생각했다.

그나저나 무헨이 일꾼에게 호되게 말했다니 어딘가 마음에 걸렸다. 무헨은 남녀노소 귀천을 가리지 않고 상대가 누구든 온화했기 때문이다. 그렇지만 일꾼을 상대할 때 태도가 달라지는 사람은 세상에 널렸다. 무헨의 낯선 모습을 본 것만 같아 무라시게는 어쩐지 탐탁지 않았다.

일꾼이 말했다.

"그런 다음 초저녁까지 물을 긷고 잡일을 하는데 손님방에서 향 냄새가 나고 무헨 님이 진언을 읊으시는 것 같았습니다. 변소에 가시는 모습을 한 번 보았는데 어찌나 표정이 굳어 있는지, 생불로 이름 높은 무헨 님도 수행하실 때는 저리 집중하시는구나 싶어 깊이 감탄했습니다."

"……계속해라."

"어르신의 허락을 받고 암자를 나왔을 때는 이미 밤이 깊었습니다. 그런 경우는 종종 있습니다. 저는 밤눈이 밝은 편이라 별빛만 있으면 익숙한 길을 되돌아가는 것쯤이야 식은 죽 먹기입니다. 그러고 보니 밖으로 나왔을 때 몸집이 꽤 큰 무사님이 서 계셨는데 한 마디 말을 걸었더니 누구냐고 호통을 치셨지만 일꾼이라고 말씀드리자 딱히 꾸짖지 않으셨습니다. 그 다음은 이타미 거리에 있는 누추한 집으로 돌아와 쉬었습니다."

일꾼의 설명은 매끄러웠고 단 한 번도 막힘이 없었다. 기억력도 좋고 배짱도 두둑하다. 고개를 들지 않는 일꾼의 머리를 보면서 무라시게는 이자가 스무 살, 아니, 열다섯 살만 젊었어도 성으로 데려와 잡일이라도 맡겼을 텐데 싶었다.

일꾼에게는 돌아갈 때 돈을 몇 푼 쥐여 주었다. 무라시게는 대청으로 돌아와 이누이 스케사부로를 부르라고 부하에게 명령했다.

살집이 있는 스케사부로는 여름철 더위에 취약했다. 무라시게 앞에 엎드린 스케사부로는 대청 바닥에 뚝뚝 떨어지는 땀을 민망한 심경으로 바라보고 있었다.

"스케사부로. 자네에게 묻고 싶은 건 많지 않아. 어젯밤, 암자에서 집으로 돌아가는 일꾼을 보았느냐?"

"예……, 예!"

어둠 속에서 암자에 접근하는 자가 없는지 감시하던 스케사부로는 갑자기 누가 뒤에서 부르는 바람에 간이 떨어질 뻔했다. 설마 그런 일로 추궁할 리는 없겠지 생각하면서 스케사부로는 대답했다.

"보았습니다."

"그래. 똑바로 대답하거라. ……그때, 그자는 뭔가 들고 있었느냐?"

어젯밤 스케사부로는 일꾼과 가까이서 대화를 나누었다. 그 암자에 일꾼이 다닌다는 것은 스케사부로도 알고 있었고 일꾼에게 수상한 점은 전혀 없었다. 하지만 그래도 스케사부로는 일꾼을 자세히 살펴보았다. 작년 겨울, 아베 지넨이 살해당한 뒤에 무라시게가 무사는 타인의 소지품을 제대로 알아보는 게 중요하다고 꾸짖었기 때문이다.

"빈손이었고, 아무것도 없었습니다."

"손에 든 것만 묻는 게 아니다. 뭔가 등에 지고 있지는 않았더냐?"

스케사부로는 일꾼이 돌아가는 뒷모습도 보았다.

"등에도 지고 있지 않았습니다."

"……오냐."

어젯밤, 스케사부로를 비롯한 호위대는 밤새 암자를 경호했다. 제아무리 강건한 호위대라도 잠을 자지 않고 일할 수는 없다. 무라시게는 명령했다.

"알겠다. 물러가거라. 어젯밤 경호하던 자들은 오늘은 쉬도록 해라. 동료들에게 전해라."

"예!"

스케사부로는 바닥에 떨어진 자기 땀을 어떻게든 닦을 방법이 없는지 고민하면서 대청에서 물러났다.

마지막으로 대청으로 부른 것은 기타가와라 요사쿠였다. 아침과 달리 갑옷을 차려입고 있었다. 요사쿠를 포함한 기타가와라 가문의 병사들은 예비군이라 전쟁이 터지면 성안 어디로든 달려갈 수 있도록 항상 준비가 되어 있었다. 작년 12월 전투에서도 고전하는 절벽 쪽 요새에 원군으로 출동해 수훈을 세웠다.

엎드려 절하는 요사쿠에게 무라시게가 명령했다.

"요사쿠. 고개를 들라."

"예."

대답은 씩씩했지만 요사쿠의 얼굴에는 불만이 가득했다. 무라시게는 그것을 알면서도 굳이 아무것도 따지지 않고 질문했다.

"자네는 새벽에 무헨을 찾아갔지. ……무슨 용건이었나?"

"그 일입니다만."

요사쿠는 긴장이 풀린 기색이었다.

"다름이 아니라 집에 병자가 있는데 이미 살아날 가망이 없습니다. 몽롱한 정신으로 무헨의 염불을 들으며 죽고 싶다고 해서, 미천한 신분이지만 마지막 소원이니 들어주고자 무헨을 집으로 데려올 생각으로 찾아갔습니다."

"꽤 이른 시각 아니었느냐."

"목숨이 꺼져 가는 병자를 위해 한시를 다투었을 뿐입니다. 그래도 날이 밝을 때까지는 기다렸습니다. 일이 그렇게 되는 바람에 가신의 소원을 들어주지 못해 안타깝습니다."

대청 옆방에서는 호위대가 귀를 쫑긋 세우고 있다. 지금쯤 누군가 기타가와라 가문에 달려가 그런 병자가 있는지 확인하고 있으리라.

요사쿠는 줄곧 눈썹을 찌푸리고 있다가 결국 물어보았다.

"주군. 한 가지 여쭤보아도 되겠습니까?"

"……허락하마."

"그럼. 고리와 이누이, 거기에 일꾼까지 부르셨다고 들었습니다. 애초에 이것은 무엇을 조사하시는 겁니까?"

무라시게는 대답하지 않았고 요사쿠는 말을 이었다.

"오다의 수하가 아키오카를 먼저 죽이고 암자로 들어가 무헨을 죽였습니다. 그 이상으로 무엇을 조사하시는 겁니까? 이 요사쿠, 도저히 이해가 가지 않습니다."

요사쿠라면 그렇게 생각하는 게 당연하다. 하지만 무라시게는 반드시 무헨의 죽음을 둘러싼 배경을 조사해야 했다.

무헨이 무라시게의 명령을 받은 밀사였다는 사실, 이 세상에 둘도 없는 명물 '도라사루'를 가지고 있었다는 사실, 두 가지를 다 아는 사람은 아무도 없었을 터였다. 무라시게는 '도라사루'를 넘겨준 일을 주에몬이나 서기에게도 말하지 않았고, 다기가 줄어든 사실을 아무도 눈치채지 못하도록 창고에서 다구를 꺼내는 일, 서원으로 옮기는 일, 서원에서 창고로 돌려놓는 일에 전부 다른 부하를 쓸 정도로 기밀을 지키느라 애를 썼다. 그래도 '도라사루'는 사라졌다.

그렇다면…… 기밀이 어디선가 새어 나갔다. 비밀리에 진행한 화담도 새어 나갔을지 모른다.

어디에서 기밀이 새어 나갔는가. 무라시게는 그것을 알아내려는 것이었다. 하지만 이는 당연히 요사쿠가 알아서는 안 되는 일이었다. 성안의 누구에게도 말할 수 없었다.

아니. 단 한 사람.

의아한 눈빛으로 바라보는 요사쿠를 보고 무라시게는 짤막하게 대답했다.

"말해 줄 수 없다."

8

무라시게는 서원에 틀어박혀 홀로 종잇조각을 바라보고 있었다.

시각은 태양의 대략적인 위치와 주변이 얼마나 어두운지로 알 수 있다. 계절에 따라 시간의 길이도 변한다. 몇 사람을 모아 시간을 비교하면 같은 시간에 일어났어도 어떤 이는 오시•였다고 하고, 어떤 이는 미시•였다고 말할지 모른다. 하지만 일이 발생한 순서는 변하지 않는다. 무라시게는 붓을 들어 어제부터 오늘 아침 사이에 벌어진 일을 순서대로 적었다.

대강 다음과 같았다.

• 午時, 오전 11시~오후 1시
• 未時, 오후 1시~3시

오전

군사 회의가 끝나다. 무헨이 아리오카성에 오다. 소나기.

점심

무헨과 혼마루 저택에서 담화. '도라사루'를 무헨에게 건네다.

무헨이 암자로 이동하다.

오후

고리 주에몬이 서한을 들고 암자를 찾다. 무헨에게 서한을 건네다. 고리짝의 유무는 불분명.

돌아오는 길에 암자 주인에게 인사했지만 주인은 대답하지 않았다.

저녁

주에몬이 이타미 거리에서 일꾼을 보다.

해 지기 전

일꾼이 암자에 가서 주인에게 무헨이 묵을 거라는 사실과 무헨에게 손님이 찾아왔다는 이야기를 듣다.

일꾼이 무헨에게 인사하러 가다.

초저녁

갑. 일꾼이 물을 긷는 등 잡일을 하다. 향냄새를 맡고 진언을 듣다. 변소에 가는 무헨을 보다.

을. 혼마루에 구리야마 젠스케가 잠입해 맞닥뜨리다. 무라시게, 호위대에 암자 경호를 명령하다.

갑을 어느 쪽이 먼저였는지는 불분명.

밤

아키오카 시로노스케, 이누이 스케사부로 등 네 사람이 암자를 경호하다.

스케사부로가 암자를 떠나려는 일꾼을 불러 세우다.

새벽

기타가와라 요사쿠가 죽음을 앞둔 가신에게 무헨의 염불을 들려주려고 암자를 찾다.

이누이 스케사부로가 암자에 들어가려는 요사쿠를 저지하다.

요사쿠, 스케사부로를 제치고 암자로 들어가 무헨의 시체를 발견하다.

그 후 아키오카 시로노스케의 시체도 발견되다.

아침

무라시게, 소식을 듣다.

암자의 손님방에서 고리짝이 사라지다.

'도라사루'가 사라지고 무헨과 아키오카 시로노스케가 시체로 발견되기까지의 경위는 대강 이러했다. 하지만 무라시게가 아무리 종이를 노려보아도 그가 알고 싶은 사실, 극비 사항이 어디에서 새어 나갔는지, 그리고 무엇보다 '도라사루'가 어디로 사라졌는지는 전혀 보이지 않았다.

9

호쿠세쓰의 땅은 물기가 많다.

무라시게는 아리오카성 천수각 지하로 내려갔다. 바로 위에 지은 천수각의 무게에 짓눌린 땅에서 물이 새어 나와 이곳 지하는 항상 젖어 있다. 지상은 무더위에 시달리고 있지만 지하는 추웠다.

그날 낮, 무라시게는 아무도 대동하지 않고 직접 촛대를 들었다. 간수가 발소리를 듣고 무라시게를 맞이했다.

"주군."

잔뜩 갈라진 목소리였다. 간수는 쉰 정도 되는 남자로 이름은 가토 마타자에몬이라 했다. 일전에 갑작스럽게 죽은 간수 대신 이곳에서 단 한 명의 죄인을 감시하고 있다. 무라시게는 물었다.

"살아 있느냐."

"예. 살려 두라고 말씀하셔서."

"자물쇠를 열어라."

명령에 따라 마타자에몬은 허리에 찬 열쇠를 들었다. 한쪽으로 열리는 나무 문의 자물쇠에 열쇠를 꽂아 돌리자 철컹 하는 묵직한 소리와 함께 자물쇠가 열렸다.

"……열렸습니다."

문이 기울어 있는지 자물쇠만 풀었는데도 멋대로 열렸다. 무라시게가 촛대를 뻗어 보았지만 양초의 작은 불빛은 어둠에 흡수되어 앞을 내다볼 수 없었다. 무라시게는 말없이 문을 지났다. 더 깊숙이 내려가는 계단이 뻗어 있다.

한 걸음, 한 걸음 내려갈수록 벌레들이 빛을 피해 무라시게에게서 달아났다. 이윽고 촛불이 만드는 둥그런 빛 속에 가둔 자를 절대 내보내지 않겠다는 강한 일념이 단단히 뭉쳐 있는 듯한 굵은 나무 격자가 보였다.

격자 안쪽에 검은 덩어리가 있다. 무라시게가 말했다.

"간베에."

덩어리가 꿈틀 움직이더니 웃었다.

"셋슈 님 아니십니까. ……소인의 예상보다 조금 빨리 오셨군요."

일렁거리는 불빛 속에 반슈의 이름난 무사, 뛰어난 지혜와 용맹으로 칭송받던 구로다 간베에의 가여운 몰골이 어렴풋하게 떠올랐다. 맞아서 생긴 머리의 상처는 흉하게 일그러져 어둠 속에서도 똑똑히 보였다. 눈은 움푹 꺼지고 등도 굽었으며 다리도 다쳤는지 제대로 앉지도 못하는 행색이었다. 무라시게가 간베에를 감옥에 넣으라고 명령하긴 했지만 제대로 서지도, 몸도 뻗지 못하는 감옥에 칠 개월이나 갇히면 사람이 이렇게 되는가, 이런데 아직도 살아서 움직이고 말을 하는가, 그런 생각을 하니 무라시게는 어쩐지 놀라운 심경이었다. 초췌하고 비쩍 마른 초라한 간베에의 쉰 목소리는 음울하고 생기가 없었지만 여전히 방심할 수 없는 울림이 있었다. 간베에의 말에는 무라시게를 조롱하는 기색이 그대로 드러났지만 무라시게는 절대 그것을 단순한 허세나 불복이라고 생각하지 않았다.

"빠르다니, 무슨 말이냐."

무라시게가 물었다.

"사실 소인의 예상으로는 셋슈 님을 만날 때까지 앞으로 열흘은 더 걸릴 줄 알았던 터라."

"어째서 네놈 같은 죄인을 만나야 하느냐."

"이거 묘한 질문을……. 실제로 셋슈 님은 오시지 않았습니까?"

그 말을 끝으로 간베에는 입을 다물었다. 침묵해 버리자 감옥 안의 간베에는 하나의 그림자 같았다.

무라시게에게 간베에는 그림자처럼 붙잡기 힘든 남자였다. 과거 고데라 가문의 일개 가신이었던 고데라 간베에는 재치를 자랑하고 무예를 중시하는, 이해하기 어렵지 않은 무사일 뿐이었다. 이 감옥에 갇힌 간베에는 그 지략을 천하에 떨칠 기회를 기다리는, 까다롭지만 다루기 쉬운 남자인 것처럼 보였다. 하지만 한 달, 두 달 지나는 사이 무라시게는 간베에를 점점 알 수가 없었다. 영리한 남자인 줄은 알았지만 이 정도일 줄은 몰랐다. 간베에가 뭔가를 바란다는 건 알겠는데 그것이 무엇인지는 모호해서 짐작할 수 없었다. 하지만 지금 무라시게는 간베에의 수법을 알 것 같았다.

아리오카를 찾아왔을 때 간베에는 아마도 죽음을 각오했으리

라. 하지만 처형당하는 게 아니라 감옥에 갇힌다는 사실을 알았을 때 그는 몹시 당황했고 죽여라, 죽여 달라고 외쳤다. 이제야 어째서 간베에가 죽여 달라고 했는지 그 이유를 알았다. 어젯밤 혼마루에 잠입한 구리야마 젠스케의 말이 맞다. 간베에는 살아서든 죽어서든, 자기가 돌아가지 않으면 인질이 죽는다는 사실을 알고 있었던 것이다.

자기가 보낸 인질을 잃는다는 것은 무사에게 무거운 치욕이다. 그런 치욕을 당할 바에야 죽음을 선택하겠다……. 그 11월, 간베에는 그렇게 생각했으리라. 태연히 인질을 버리고 그것도 전략이었다고 떠들어 대는 무사가 드물지 않은 이 난세에 그런 사고방식은 드물지만 딱히 이해하기 어려운 일도 아니다. 아니 오히려 지나칠 정도로 올곧은, 무사다운 행동이다. 무라시게는 간베에를 향해 네 속셈은 다 파악했다고 말해 주고 싶은 충동에 사로잡혔다.

아니, 잠깐. 무라시게는 생각했다. 11월의 간베에가 치욕이 두려워 죽음을 바랐다고 해도, 지금 감옥 안에서 가만히 웅크리고 있는 간베에도 과연 같은 선상에 있을까?

무라시게는 아니라고 생각했다. 같은 선상이 아니다. 뭔가가 결여되었다.

눈에 보일 듯했던 간베에의 속마음이 실은 여전히 보이지 않는다는 사실을 깨닫고 무라시게는 화가 났다. 하지만 그는 바로 간베에가 알 길 없는 사실을 혼자만 안다는 것을 깨닫고 빙그레 웃으며 말해 주었다.

"간베에. 자네를 구하겠다고 구리야마 젠스케가 왔다."

"……."

"그자가 혼마루까지 침입했더구나. 제법 실력이 좋아."

촛불에 의지해 무라시게는 유심히 관찰했다. 간베에의 얼굴과 몸에 어떤 변화가 나타날지 보려 했던 것이다. ……하지만 아무 변화도 없었다. 간베에는 감옥의 어둠 속에서 살짝 고개를 숙이고 아무것도 듣지 못한 것처럼 그저 꼼짝도 하지 않았다. 간베에가 억지로 속마음을 억누른 건지, 아니면 정말 아무 감흥도 없는 건지 어두운 촛불로는 꿰뚫어 볼 수 없었다. 무라시게의 얼굴에서 씻은 듯이 웃음기가 사라졌다.

무라시게는 자기가 정체 모를 열기에 들떠 있었다는 사실과 그 열기가 사그라드는 것을 동시에 깨달았다. 야심이 강한 무라시게는 전쟁을 위해서라면 당연히 사기도 기만도 충분히 이용한다. 하지만 그는 비열한 사람은 아니었다. 감옥에 갇혀서 몸에 쇠붙이 하나 없는 남자를 말로 조롱하다니 평소답지 않은 행동이었다. 무라시게는 자신의 행동을 돌아보고 내가 어떻게 된 건가, 하고 아연실색했다.

무라시게가 침묵하자 그를 도와주듯 간베에가 입을 열었다.

"그래서 어쩌셨습니까."

흥이 식은 무라시게가 내뱉었다.

"그런 졸개 하나 살려 둔다고 질 싸움도 아니거니와 죽인다고 이길 싸움도 아니다. 성 밖으로 내쫓았다."

"그거 참……."

간베에의 쉰 목소리에 다시 조롱기가 묻어났다.

"방생공덕(放生功德)을 쌓으셨군요."

그자가 어째서 간베에를 죽이지 않았느냐고 따졌다는 말이 무라시게의 목구멍까지 치밀어 올랐다. 하지만 무라시게는 이번에는 자제했다. 조롱과 회피로 무라시게를 초조하게 만들어, 하지 않아도 될 말을 끌어내는 것이 간베에의 목적, 자칫 술수에 놀아날 뻔했다. 무라시게는 불쾌했지만 애써 태연하게 말했다.

"허세를 부리는구나."

간베에는 고개를 숙이고 중얼거렸다.

"구실은 듣고 싶지도 않습니다. 셋슈 님이 이 감옥까지 내려와 이 몸 간베에에게 들려주고 싶은 게 설마 그런 이야기는 아니겠지요."

"여전히 영리하구나. 감옥 안에서 나를 꿰뚫어 보았다고 생각하느냐?"

간베에는 대답하지 않았다.

무라시게는 작년 겨울과 올봄, 두 번에 걸쳐 성안의 골칫거리를 간베에에게 의논한 적이 있다. 간베에가 똑같은 일이 또 있을 거라고 생각하는 것은 어찌 보면 당연했다. 무라시게는 촛대를 내려놓고 축축한 바닥에 책상다리로 털썩 앉았다.

"……그래. 자네에게 들려줄 이야기가 있다. 성안에 전대미문의 실력자가 숨어든 것 같구나."

어둠 속에서 간베에가 살짝 고개를 들었지만 아무 말도 없었다. 무라시게는 말을 이었다.

"남들이 알아서는 안 될 일을 들켰다. 그자는 밀사를 살해하고 밀서를 읽었다. 비밀이 어디에서 어떻게 새어 나갔는지 알아내지 못하면 아리오카는 누란지위(累卵之危)다. 물론 알고 있겠지? 아리오카가 무너지는 날이 바로 자네 제삿날이야."

나무 격자 안에서 간베에가 힘겹게 몸을 꿈틀거렸다.

"그건…… 경청해야겠군요."

"좋다. 들어 보아라."

그렇게 무라시게는 무헨과 아키오카 시로노스케 살해 사건을 설명했다. 지하 감옥으로 통하는 유일한 문이 닫혀 있어 계단 위에서 감옥을 지키는 가토 마타자에몬이 들을 염려는 없다.

물론 간베에에게 전부 털어놓은 것은 아니다. 화담 때문에 무헨을 사자로 썼다는 사실은 숨겼다. 그것 말고는 명물 '도라사루'를 무헨에게 건넨 사실을 포함해 보고 들은 것, 조사해서 알아낸 사실을 세세하게 설명했다. 간베에는 평소처럼 말이 없었지만 때때로 고개를 끄덕이는 움직임을 보였다. 지금까지는 거의 없었던 일이다.

무라시게는 구리야마 젠스케를 체포한 전말과 호위대를 보내 암자를 경호하게 한 경위를 간베에에게 설명했다. 암자 구조를, 울타리 모양을, 무헨과 아키오카 시로노스케가 어떻게 죽어 있었는지를 설명했다. 저잣거리와 무사 주거지, 무사 주거지와 혼마루를 가르는 다리에 대해서 설명했다. 기타가와라 요사쿠가 날이 채 밝기도 전에 암자를 찾은 이유를, 이누이 스케사부로가 집으로 돌아가는 일꾼을 지켜보았다는 것을, 혼마루 저택에서 할 수 있는 조사는 다했다는 사실을 말했다.

"그렇게."

무라시게는 이야기를 끝맺었다.

"'도라사루'는 사라졌다. 오다는 아무래도 덴구•의 화신이라도 데리고 있는 모양이야. 어떻게 했는지는 몰라도 극비 사항을 알아내고, 명물을 훔쳐 가고, 칼을 빼 들 새도 주지 않고 강인한 무사를 베었다."

"……설마."

간베에가 중얼거렸다.

"설마 셋슈 님도 그리 생각하지는 않으시겠지요."

무라시게는 침묵했다.

간베에의 말은 정곡을 찔렀다. 그 말대로 무라시게는 노련한 첩자가 전부 해냈다고 생각하지 않았다. 성안에 적지 않은 수의 오다 수하들이 숨어 있다는 점은 틀림없지만, 아무리 실력이 출중해도 불가능한 일은 불가능하기 때문이다.

무헨을 만난 것은 저택 대청이었고, 무라시게는 무헨를 가까이 불러 특별히 목소리를 낮추어 말했다. 설령 그때 지붕 밑이나 바닥 밑에 오다의 첩자가 숨어서 귀를 기울이고 있었더라도 내용을 알아들었을 리 없다. 그렇다면 무헨을 죽인 범인은 어떻게 무헨이 밀사이며, 밀서를 갖고 명물을 운반하고 있다는 사실을 알았을까?

간베에가 말했다.

"셋슈 님은 총명한 분이니…… 가신 중에 수상하게 여기는 자가 있지는 않습니까?"

• 일본 전설에 등장하는 요괴로 비행술, 축지법, 변신술 등을 쓸 수 있다.

그렇다. 가신들 중에 오다와 내통하는 자가 있어, 성안에 숨어 있는 첩자에게 비밀을 누설했다고 생각하면 앞뒤가 전부 맞아떨어진다. 간베에에게 그런 말을 들을 필요도 없이 무라시게도 거기까지는 생각했다. 하지만 그 다음을 알 수가 없었다.

무헨이 화담을 위해 서한을 전하는 밀사라는 사실을 아는 이는 성안에 한 사람뿐이다. 호위대 오본창 고리 주에몬이다. 서기는 서한의 내용을 알지만 그것이 무헨에게 전달되는 줄은 몰랐다. 아라키 가문의 호위대는 엄선한 무사들이지만 무라시게는 그중에서 장수의 그릇을 가진 자는 주에몬 한 사람뿐이라고 생각했다. 주에몬 또한 무라시게의 신뢰에 보답해 다른 마음 없이 섬기고 있다…….
그렇게 보인다.

어제 무라시게의 저택에 무헨을 안내한 것은 주에몬이었고, 그 암자에 서한을 전달한 것도 주에몬이었다. 하지만 그는 무라시게가 명물 '도라사루'를 무헨에게 넘겨준 사실은 몰랐다.

무헨이 '도라사루'를 가지고 있었다는 사실을 아는 이도 역시 성안에 한 사람밖에 없다. 무라시게의 처, 지요호다. 그 명물을 잃는 것은 반신을 잃는 것처럼 고통스러웠다. 때문에 무라시게는 그만 털어놓고 말았다. 무라시게는 자기가 했던 말을 하나하나 더듬어 보고 지요호 외에 '도라사루'를 넘긴 사실을 아는 자가 없는지 확인했다. 역시나 분명히 다른 이에게는 말하지 않았다. 하지만 지요호는 무헨이 밀서를 가지고 있다는 사실을 몰랐을 터였다.

주에몬과 지요호. 이리 떼 같은 무뢰배가 서로 목을 노리는 이 세상에서, 집 안과 밖에서 각각 무라시게가 신뢰하는 몇 안 되는 사람들이다. 그들 중 누군가가 무라시게의 눈을 피해 오다의 수하에게 무헨이 이 세상에 둘도 없는 보물을 가지고 있다고 발설했다……. 그런 생각만으로도 무라시게는 모래를 씹은 기분이었다. 간베에가 재미있다는 듯이 말했다.

"그렇다고는 하나 너무나도 기이한 일. 이 간베에도 조금 관심이 가는군요."

무라시게는 어젯밤 사건을 우려할 문제라고는 생각했지만 기이하다고 생각하지는 않았다. 그래서 무심코 물었다.

"기이하다니 무슨 말이냐?"

간베에는 과장스럽게 눈을 휘둥그레 떴다.

"이거, 이거……. 셋쓰노카미 님 말씀에 따르면 이 아리오카성에 잠입한 오다의 수하는 성안에서 미리 내통하던 누군가에게 비밀을 전해 듣고 사람을 죽이고 암자로 침입해 밀서를 훔쳐보고 옷깃 속에 도로 넣어 두고 차항아리를 들고 달아난 셈이 됩니다. ……그렇다면 실로 기이하지 않습니까?"

그 말을 듣고 무라시게는 그러고 보니 이해가 가지 않는 일이 있었음을 깨달았다.

"확실히 기이하군. 어째서 밀서를 가지고 가지 않았을까."

적의 대장이 쓴 밀서다. 가지고 돌아가면 수훈이 된다. 만약 뭔가 문제가 있어 가져갈 수 없다 해도 태우거나 찢어서 파기하기는 쉬웠을 것이다. 어째서 범인은 애써 무헨의 옷깃 속에서 밀서를 찾아내 읽기만 하고 그 자리에 남겨 놓았을까? 무라시게는 말했다.

"밀서가 목적이 아니었다. 그렇게 생각할 수밖에 없군."

"그렇습니다. 그렇다면 이렇게 생각해 보면 어떨까요. 범인은 그저 '도라사루'를 훔치려 했을 뿐이라면?"

그것은 무라시게도 잠시 고민했다가 무시한 생각이었다.

"말도 안 되는 소리 마라. 단순히 도적이었다면 그야말로 옷깃까지 풀어 가며 밀서를 찾았을 리 없다."

감옥 안에서 쉰 목소리가 돌아왔다.

"옳습니다, 그렇겠지요."

누군가 밀서를 읽었다고 무라시게에게 말한 것은 고리 주에몬이었다. 무라시게는 문득 주에몬이 거짓말을 한 것은 아닌지 고민했다. 하지만 주에몬은 '도라사루'에 대해 알지 못했으니 주에몬이 오다의 첩자에게 비밀을 털어놓았고, 그 첩자가 '도라사루'를 노리고 무헨을 습격했다는 추측은 성립되지 않는다.

"이건…… 어찌 된 영문이지."

무라시게가 무심코 소리 내어 중얼거렸다. 그러자 간베에가 킥킥 웃었고 토벽에 비친 그림자가 일렁거렸다.

"글쎄요, 어찌 된 영문일까요?"

어찌된 영문인지 안다는 듯한 말투에 무라시게가 눈썹을 실룩거렸다. 무라시게가 입을 열기 전에 간베에가 말을 이었다.

"역시 셋쓰노카미 님, 훌륭한 진미였습니다. 소인 간베에, 한때나마 지루함을 잊었습니다. 하지만."

별안간 간베에의 목소리가 어두워졌다. 그는 봉두난발 밑으로 무라시게를 뚫어져라 바라보며 말했다.

"역시 구실은 구실, 이제 충분하지 않습니까. 셋슈 님이 간베에에게 들려주고 싶은 것이 설마 그런 이야기는 아닐 텐데요."

10

불 냄새가 차올랐다. 촛불이 타는 소리와 무언가가 기어 다니는 소리가 무라시게의 귀에 들렸다.

무라시게는 잠시 아무 말도 하지 않았다. 해야 할 말을 찾지 못한 것이다. 그 정도로 간베에의 말은 엉뚱하게 들렸다.

"아까도 그렇게 말했지."

무라시게는 겨우 그렇게 말했다. 눈빛과 목소리에 비난과 조소가 서려 있었다.

"다시 묻겠다. 어째서 내가 이곳에 왔다고 생각하느냐? 내가 자네에게 무슨 이야기를 할 거라 생각했느냐?"

"그렇다면 셋쓰노카미 님은 아직 눈치채지 못하셨군요."

간베에가 표정을 바꾸었다.

"다른 뜻은 없습니다. 셋슈 님은 소인과 이 전쟁의 추세를 의논하기 위해 오신 것입니다."

"헛소리. 내가 어째서 자네와 전쟁을 논해야 하지?"

"물론."

간베에가 말했다.

"달리 논할 상대가 없기 때문이지요."

무라시게의 등줄기가 얼어붙었다. 어제 군사 회의 광경이 선명하게 되살아났다.

'걱정할 일은 아니라고 생각합니다.'

'칠 년이나 팔 년은 더 싸울 수 있겠습니다.'

'태도를 살피는 게 상책일 줄로 압니다.'

'오오, 그게 좋겠어. 암, 그래야지.'

모리의 원군이 절대 오지 않는다는 사실을 알게 된 비상시에 가신의 핵심 장수들을 모두 소집한 군사 회의에서, 대다수의 의견은 아무것도 하지 않는 것이었다. 한 줄기 빛조차 들지 않는 지하 감옥에서 무라시게는 아득한 천둥소리의 환청을 들었다. 무라시게는 무헨에게 이렇게 말했다.

'……나는 장수다. 천둥이 오지 않기를 바라는 것만으로는 부족해.'

당연하다. 나는 아라키 가문의 당주, 아리오카성의 성주, 셋쓰노카미 무라시게. 모든 것은 나의 판단으로 결정되고 지휘 하나로 만 명을 죽이기도 살리기도 하며 장졸과 백성, 모두 내 명령을 따른다. 하지만.

"셋쓰노카미 님 가신들 중에 셋쓰노카미 님의 명령에 목숨을 걸고 창을 휘두르는 용감한 자는 얼마든지 있겠지요. 셋쓰노카미 님께 충의를 다하고 만사 셋쓰노카미 님의 뜻을 이루려고 애쓰는 자도 있겠지요. 하지만 외람되지만 소인이 보건대 천하의 전쟁을 셋쓰노카미 님과 마음껏 논할 수 있는 자는…… 글쎄요, 일단 전무해 보입니다."

무라시게는 부정할 수 없었다.

무라시게는 이케다 가문을 차지하고, 와다 가문을 무너뜨리고,

이타미 가문을 내쫓아 호쿠세쓰를 수중에 넣었다. 그러는 동안 중대사를 의논할 만한 상대는 한 명도 없었다. 물론 아라키 규자에몬은 침착하고, 노무라 단고는 용맹하며, 이케다 이즈미는 충직하고 다른 장수들도 뛰어난 구석이 없는 것은 아니다. 하지만 호쿠세쓰를 발판으로 만천하를 내다보는 시야를 가지고 무라시게가 속마음을 터놓고 미래를 논할 수 있는 사람은 분명 없었다. 굳이 손가락을 꼽아 보아도 고리 주에몬에게 장수의 자질이 보일 듯 말 듯 하는 정도일 뿐, 그것도 대성할 그릇은 아니었다. 다카야마 우콘과 함께라면 원대한 야망도 논할 수 있었을지 모르나 과거에 우콘은 조력자에 지나지 않았고, 하물며 현재 우콘은 적이다.

간베에의 말은 옳다. 무라시게는 고독했다.

"오다 가문에 의탁했을 때 셋슈 님은 참으로 통쾌했겠지요. 하시바 지쿠젠 님, 시바타 슈리 님, 고레즈미 고로자 님, 다키가와 사콘 님, 고레토 휴가 님은 물론이고 기라성 같은 장성들 또한 셋슈 님에게 전혀 밀리지 않는 인물들. 군사 회의든 다도 자리든 필시 알찬 대화를 나누지 않았습니까? 셋슈 님은 오다 가문에 있었을 때만 사람답게 사람과 대화를 나눌 수 있었을 터. ……그렇지 않습니까?"

오다의 가신이었을 때 지금 간베에가 말한 장수들은 무라시게의 동료이자 적이기도 했다. 서로 수훈을 다투고, 발목을 붙잡고, 말을 섞으면 짜증스러울 때가 더 많았다. 하지만 분명 모두 걸출한 인물이었다. 가신들이 이해하지 못하는 이야기도 그들은 이해했고 때로는 무라시게를 압도하는 식견을 보였다.

간베에의 목소리는 타이르듯 온화했다.

"어떻습니까, 어쨌거나 이 지하 감옥은 시간의 흐름이 느려서 지금이 몇 월인지도 모르겠지만, 지난 몇 달 동안 셋쓰노카미 님은 그 말이 옳다, 실로 그러하다, 하고 무릎을 친 적이 몇 번이나 있었습니까? 이자와는 말이 통하겠다고 생각한 적이 한 번이라도 있었습니까?"

"……."

"이 아리오카성에서 셋슈 님의 말씀을 진실로 이해하는 사람은 아무도 없습니다. 소인 말고는 아무도. ……고로 셋슈 님은 이곳에 계신 것입니다."

간베에의 말은 온화하고 느릿하게 무라시게를 잠식했다. 하지만 무라시게는 강하게 부정했다.

"모든 것을 직접 결정하는 대장에게 의논 상대는 필요 없다. 가신들이 충성한다면 달리 바랄 것이 없다."

"오오, 그러시겠지요. 하오나 셋슈 님, 이 전쟁에 미래가 없다는 게 확실해져도 가신들이 용맹하게 떠들어 대기만 하는 이유가 무엇인지 아십니까?"

무라시게는 눈을 부릅떴다. 지하 감옥에 갇힌 간베에가 군사 회의의 경위나 가신들의 태도를 알 리가 없다. 알고 있다면 간수인 가토가 가르쳐 준 것인가. 무라시게는 등 뒤를 살폈다. 간베에가 바로 해명했다.

"가토 님께는 아무 말도 듣지 못했습니다. 이런 결말에 다다르는 건 불을 보듯 뻔한 일입니다."

"그리 말했으렷다."

무라시게는 허리에 손을 뻗어 앉은 채로 검을 뽑았다. 칼집을 스치는 메마른 쇳소리가 텅 빈 지하 감옥에 울렸다. 무라시게는 촛불을 반사하는 칼끝을 간베에에게 들이댔다.

"그렇게 큰소리치는 이유를 말해 보아라. 그렇지 않으면 거짓을 말한 죄로 베겠다. 시시한 소리를 해도 역시 베겠다."

간베에는 눈부신 듯 검을 바라보았다.

"어쩔 테냐."

간베에는 검을 바라보며 미소까지 머금고 대답했다.

"……그렇다면. 먼저 이 전쟁에 미래가 없다는 건 셋쓰노카미 님도 알고 계실 터. 승리하지도, 패배하지도 못하고 그저 시간만 흐르는 이유는 무엇인가. 다름 아니라 모리가 오지 않기 때문입니다. 그렇다면 모리가 오지 않는 이유는 무엇인가. 가신들의 불화이거나……."

간베에는 봉두난발 밑에서 무라시게를 힐끔 훔쳐보았다.

"아니면 마침내 하시바 님이 우키타를 설득했거나. 이쪽 가능성이 크겠지요. 우키타는 이득이 되는 쪽에 붙습니다. 모리가 이와미 광산의 은을 아무리 쥐여 준들 교토, 사카이를 평정한 오다와 싸우면 불리할 테니까요."

간베에는 작년 11월부터 이 감옥에 있었다. 무라시게가 지금까지 말해 준 사실을 제외하면 소문 하나 새로 들을 길이 없을 터였다. 무라시게는 간베에에게서 시선을 떼지 않고 천천히 검을 내렸다. 간베에는 고개를 까딱 숙이고 말했다.

“모리는 오지 않습니다. 그걸 알고도 가신들은 아직 이길 수 있다고 계속 주장할 터. 거기에는 이유가 있지요. 항복을 입에 담았다가 겁쟁이라고 비난받는 게 두려운 자도 있겠지요. 설령 전쟁을 끝낼 수 있다 해도 목숨을 부지한 어제까지의 삶을 바꾸기가 두려운 자도 있겠지요. 애초에 목숨이 위태로울 때 입으로만 용맹하게 떠드는 자들이 늘어나는 것은 세상의 이치입니다. ……하지만 그것은 기껏해야 표면적인 이유. 진짜 이유는, 셋슈 님.”

간베에가 어두운 눈으로 무라시게를 바라보았다.

“……셋슈 님이, 아라키이기 때문입니다.”

무라시게는 가볍게 숨을 내쉬고 검을 칼집에 넣었다. 찰칵 소리와 함께 검을 넣고 무라시게는 말했다.

“……오냐. 하고 싶은 말이 있으면 해 보아라.”

무라시게는 살짝 시선을 떨어뜨렸다. 그 동작을 간베에에게 들키기 싫어 일부러 얼굴에서 감정을 지웠다. 간베에가 이어서 말했다.

“그렇다면 말씀드리겠습니다. 무릇 영주가 되는 데에는 세 가지 명분이 있습니다. 하나는 조상으로부터 내려오는 땅을 다스리는 자로, 이는 대대손손에 이르기까지 영주입니다. 이케다, 이타미 무리가 이쪽이지요.”

간베에가 손톱에 흙이 잔뜩 낀 손가락을 하나 세웠다.

“또 하나는 정당한 명령을 받아 임무로 다스리는 자 역시 영주입니다. 스루가의 이마가와, 가이의 다케다, 그런 자들의 근본이 이것입니다.”

두 번째 손가락을 세웠다.

"또 하나, 미지의 힘으로 신비하게 사람의 마음을 끄는 자를 만인이 영주로 받드는 경우도 없지는 않습니다. 혼간지 세력도 처음에는 그렇게 성립된 걸로 압니다."

간베에는 세 번째 손가락까지 세웠다가 세 손가락을 전부 굽혔다.

"이 세 가지 명분 중 단 하나도 없이 그저 전략으로 영토를 빼앗으려는 자는 잠시 동안은 위세가 좋겠지만 말로가 비참하지요. 과거에는 아사히 쇼군 기소 요시타카 공, 최근에는 사이토 도산이 좋은 예가 될 것입니다."

사이토 도산은 아버지와 아들 2대가 미노 지방을 차지했는데, 전략은 뛰어났지만 세평이 좋지 않아 호족들에게도 버림받고 종국에는 목숨을 잃었다.

"건방지구나, 간베에. 주제넘은 소리를."

무라시게는 그렇게 단정했다. 하지만 그 목소리에는 아무 힘도 없었다.

간베에가 말한 세 가지 명분 중 무라시게는 첫 번째 조건을 갖추지 못했다. 아라키 가문은 원래 셋쓰와는 인연이 없는 가문으로 다카쓰키, 이타미 지방을 최근에 무력으로 차지했을 뿐이다. 또한 간베에가 말한 세 번째 명분, 신비하게 사람을 끄는 힘이라는 것은 바란다고 마음대로 얻을 수 있는 능력이 아니다.

그렇기에 무라시게는 간베에가 말한 두 번째, 임무로 다스리는 형태를 원했다. 오다에게 접근해 셋쓰 일대의 통치 임무를 맡아 셋쓰노카미라는 이름을 내세웠다. 하지만 오다에게서 벗어난 지금 무라시게가 어째서 아리오카의 성주로 존재할 수 있는지, 그

근거는 모호해졌다.

무라시게는 예전에 주군에게 받은 이케다의 이름을 썼다. 이케다 가문은 호쿠세쓰의 명가로 셋쓰를 다스리는 데 아무 지장 없는 이름이었다. 하지만 무라시게는 몰락한 이케다와 인연을 끊는 증거로 이케다의 이름을 버리고 아라키로 돌아올 수밖에 없었다.

때문에 무라시게는 셋쓰에 있어 이방인으로 돌아오고 말았다.

"그렇다고."

무라시게는 중얼거렸다. 간베에의 귀에도 들리지 않도록, 소리 없이.

"이제 와서 이케다로 돌아갈 수는 없다. 나는 멀리 와 버렸어."

"셋슈 님."

다정하기까지 한 목소리로 간베에가 말했다.

"오다에 가담한 뒤로 셋슈 님은 호쿠세쓰를 평정하는 데 그치지 않고 사이카, 고즈키성, 오사카를 공격하는 등 팔면육비로 활약하셨지요. 셋슈 님처럼 정기 넘치는 대장이라면 고향을 떠나 전란 속에서 수훈을 다투는 것도 실로 바라는 바겠지요. 하지만 가신들은 선조 대대로 셋쓰 출신. 가와라바야시와 기타가와라, 고리, 이타미, 이케다, 모두 이 부근 사람들입니다. 영지의 안녕을 위해서라지만 어째서 멀리 기이와 하리마에서 싸워야만 하나……. 가신들은 받아들이던가요?"

바로 그 점이었다. 자기 이름의 땅을 지키기 위해 피투성이가 되어 싸우는 것은 무사의 긍지다. 그런데 어째서 근거지에서 멀리 떨어져 이권도 얽히지 않은 상대와 목숨을 걸고 싸워야 하는지,

아라키 가신들에게 불만이 쌓이고 있다는 것을 무라시게는 알고 있었다.

무라시게는 싸우고 싶었다. 어디에서든 싸우고 싶었다. 오와리에서 태어난 하시바 지쿠젠이 작년에는 에치젠, 올해는 비젠을 누비는 것처럼, 미노에서 태어난 고레토 휴가가 단바 깊숙이 쳐들어간 것처럼, 기회가 있으면 무라시게도 규슈에서든 무쓰에서든 싸우고 싶었다. 무라시게에게 아리오카성은 단순한 성일 뿐이고 이케다는 버린 주군의 고향에 지나지 않는다. 노부나가가 나고야성을 시작으로 기요스성, 기후성, 아즈치성으로 옮겨 다닌 것처럼 무라시게도 수훈을 세워 자기 이름을 만천하에 떨치고 더 커다란 성, 중요한 성으로 옮기고 싶었다.

그런 무라시게의 소망은 가신들의 소망과는 달랐다. 무라시게는 그런 모순을 못 본 척했지만 그 모순은 차츰 그의 목을 조여 왔다.

간베에는 그것을 꿰뚫어 보았다는 말인가? 이곳, 감옥 안에서.

"가신들은 셋슈 님을 위해 목숨을 바칠 생각이 없습니다. 먼 곳의 전쟁에 끌려가기 싫어서 오다를 싫어하지만, 막상 궁지에 몰리면 셋슈 님에게만 할복을 강요하고 자기들은 저 이방인의 명령을 따랐을 뿐이라고 변명할 셈이겠지요. 그렇게 달아날 길이 있기에 항복이라니 말도 안 된다, 마지막 한 사람까지 싸우자고 기세등등하게 말할 수 있는 것……. 셋슈 님, 그렇게 생각하신 적이 정녕 없습니까?"

"……전쟁에 지면."

무라시게가 말했다.

"대장이 책임을 지는 것은 당연한 일. 책임을 질 필요가 없는 부하들의 용감한 태도는 죄가 아니니다."

"그렇겠지요. 하오나 셋슈 님."

간베에가 나긋한 미소를 지었다. 무라시게의 눈에는 마치 어두운 지하 감옥에 다른 불빛이 비쳐 든 것처럼 보였다.

"보아하니 이 아리오카성에서 전쟁의 향방을 논할 수 있는 사람은 소인뿐이라고 인정하신 것 같군요. 실로 기쁜 일입니다."

무라시게는 고개를 돌렸다.

"……착각하지 마라. 입만 살아서는, 그대로 거기서 썩어 문드러져라."

"글쎄요, 착각일까요?"

원래의 음울한 목소리로 돌아간 간베에가 말했다.

"모처럼 왕림하셨는데 선물 하나 안 드려서야 간베에의 이름이 울지요. 젠스케를 살려 주신 은혜도 있으니 부족하나마 풀이해 드리겠습니다."

격자 안에서 간베에가 고개를 숙였다. 봉두난발에 얼굴이 가려 간베에는 다시 검은 그림자 덩어리처럼 변했다.

"성안에 숨어든 오다의 수하가 행각승을 죽이고 명물을 들고 달아났다는 셋슈 님의 견해는 내외, 인과, 현밀•, 전후, 필요와 불필요, 모든 것이 정반대입니다. 암자에서 무엇이 사라졌습니까?

• 顯密. 드러나 있음과 숨겨져 있음.

거기에 단서, 실마리가 있을 것이옵니다."

간베에는 잠시 침묵했다가 덧붙였다.

"일꾼을 감시하십시오. 분명 마각이 드러날 것입니다."

그리고 간베에는 나직한 목소리로 경을 읊기 시작했다. 선종을 믿는 무라시게에게는 그것이 선종에서 중시하는 경전인 사리예문(舍利礼文)이라는 사실을 알 수 있었다. 텅 빈 지하 감옥에 메아리치는 간베에의 독경은 무라시게의 귀에 많은 사람들이 동시에 낭송하는 것처럼 들렸다.

11

이튿날은 구름이 낮게 드리워 어두운 날이었다.

아리오카성에는 소문이 돌고 있었다. 무헨이 죽은 암자에 다니는 일꾼이 호위대에 체포당했다는 것이다. 이타미 거리를 뒤져서 일꾼을 찾아낸 호위대가 그를 몽둥이로 때리고 배를 걷어차고 밧줄로 묶어 어디론가 데려갔다는 것이었다.

그렇지 않다고 말하는 이도 있었다. 무사가 일꾼을 데려간 것은 맞지만 몽둥이로 때렸다느니, 배를 걷어찼다느니 하는 말은 과장된 소리고 일꾼이 제 발로 호위대를 따라갔다는 것이다. 어쨌거나 일꾼이 이타미 거리에서 사라지고 얼마 지나지 않아 혼마루에서 남자의 시체가 나온 것은 많은 사람들이 보았다. 일꾼이 걸치고 있던 남루한 옷을 입은 시체에는 머리가 없었고 성 밖에 내다 버리자 대번에 개와 까마귀가 달려들었다고 한다.

일꾼이 무슨 죄를 저질렀는지 아는 이는 없었다. 때문에 소문은 소문을 낳았다.

"주군께서 무헨 님이 살해당한 책임을 일꾼에게 씌운 거야."

"일꾼은 암자에서 잡일을 했으면서 무헨 님이 돌아가신 줄도 몰랐어. 영주님은 그걸 벌하신 게야."

무사부터 백성에 이르기까지, 온갖 소문이 나돌았다. 그들은 어떻게든 일꾼의 죽음에서 타당한 이유를 찾아보려 했다. 하지만 어떤 가설도 다다르는 결말은 똑같았다.

무헨 님이 돌아가신 건 일꾼 탓이 아닐 텐데. 영주님도 잔인한 처사를 하셨다……. 성안 사람들은 대부분 그렇게 생각했다. 무헨의 죽음은 오다의 수하가 저지른 짓이고 오다의 수하를 막지 못한 것은 무라시게 본인인데, 그 잘못을 일꾼에게 따지다니 이치에 어긋난다. 말은 하지 않아도 많은 사람들이 그렇게 생각했다.

한편 다른 소문도 돌았다. 무헨을 죽인 게 정말 오다의 첩자였을까? 오다의 입김이 닿은 자가 성안에 있는 건 분명하지만 다른 사람도 아니고 깊은 공덕으로 널리 존경받은 무헨을 죽이다니 이해할 수 없다는 것이었다. 무헨을 죽인 것은 오다가 아니라고 생각하는 사람은 그렇다면 누가 죽였다고 생각했을까. 그들은 하나같이 똑같은 이름을 속삭였다.

'아리오카성 북쪽 변두리 낭떠러지에 있는 요새에서 몇 명이 울타리를 수리하더라. 기타가와라 병사들이었다. 그리고 손을 움직이는 병사들을 조금 떨어진 곳에서 기타가와라 요사쿠가 직접 지

켜보고 있더라.'

며칠 전 군사 회의에서 요사쿠가 항복을 진언한 일, 다들 대번에 그 말을 웃어넘긴 일은 성안 사람들 모두가 알고 있다. 그 후로 기타가와라 병사들은 구제할 길 없는 겁쟁이 취급을 받았고, 모욕과 멸시 속에서 온갖 야유를 당하고 있다. 무사라면 칼을 뽑아 모욕에 응할 수도 있겠지만 신분이 낮은 하인이나 병사들은 그러지도 못하고 그저 입을 꾹 다물고 견딜 뿐이었다.

요사쿠는 아마가사키성의 모리 군사가 얼마나 적은지, 아리오카성을 포위한 오다 군사가 얼마나 많은지 그 눈으로 직접 봐서 알고 있다. 전쟁이 시작된 후로 성 밖으로 나가 본 적도 없는 동료들이 아무리 비웃어도 그는 전혀 개의치 않았다. 그저 병사들까지 모욕과 멸시를 당하는 것이 안타까울 따름이었다. 그래서 요사쿠는 되도록 가신들이 일하는 자리에 함께했다. 장수이자 무라시게의 인척이기도 한 요사쿠 본인 앞에서는 굳이 기타가와라 병사들을 도발하려는 이가 없기 때문이다.

하지만 오늘은 평소와 상황이 달랐다. 졸병들은 기타가와라 병사들을 조롱하는 대신 기타가와라 요사쿠를 매서운 눈으로 노려보았다.

요사쿠는 성안에 나도는 풍문을 알고 있다. 무헨이 죽은 날, 요사쿠는 죽어 가는 가신을 위해 염불을 부탁하려고 무헨이 묵고 있는 암자에 혼자 찾아갔다. 말이 잘 통하지 않는 암자 주인에게 허락도 구하지 않고 들어가서 손님방의 장지문을 열고 죽어 있는 무헨을 발견했다. 그래서 성안에는 이런 말을 하는 자가 있었다.

'무헨은, 기타가와라 요사쿠가 죽였다.'

'보는 사람이 없는 틈에 무헨을 단칼에 죽이고, 마치 자기가 시체를 발견한 것처럼 굴고 있다.'

네가 무헨을 죽였느냐고 정면으로 묻는다면 요사쿠도 할 말이 있었다. 하지만 아무도 그렇게 묻지 않았다. 요사쿠는 그저 숨 막히는 정적 속에서 울타리 수리를 지켜보았다. 요새 안에서는 모두 무기를 들고 있다. 보이지 않는 곳에서 활과 철포가 그를 노리고 있는 듯한 오싹한 기운에 요사쿠의 온몸에 땀이 맺혔다.

군사 회의 소집을 명하는 북소리가 울려 퍼진 것은 그럴 때였다. 눈앞에 적이 있을 때나 병으로 움직일 수 없는 경우를 제외하고 반드시 혼마루로 오라는 명령 신호였다. 요사쿠는 바로 부대장을 불러 말했다.

"군사 회의다. 가 봐야겠다."

부대장은 주인에 관한 소문은 모른다는 것처럼 평소대로 명령을 받들었다.

"예. 뒷일은 맡겨 주십시오."

"고생이 많구나."

"천만의 말씀입니다. 부디 편히."

요사쿠는 말에 올라타 마부를 이끌고 혼마루로 향했다.

오늘 군사 회의에서 다시 전쟁의 향방을 묻지는 않을 것이다. 이미 상황을 지켜보는 쪽으로 대다수 가신들의 의견이 일치되었다. 아무 대비도 하지 않고 상황을 지켜보며 모리의 원군을 마냥 기다리는 것이 상책이라고는 절대 생각하지 않지만, 요사쿠는 젊어서 원로들에게 그 이상 반대 의견을 내세울 수도 없었다. 비어져 나온 말뚝은 웃음만 사고 말지만 너무 튀어나온 말뚝은 잘려 나가기 때문이다. 자칫하면 허황된 소문을 이유로 무헨 살해 죄를 뒤집어써도 이상하지 않다……. 그렇게 생각하자 평소 바람처럼 가벼운 말의 발걸음도 어딘가 무거웠다.

무사 주거지를 빠져나가 혼마루로 다가가가 해자를 건너는 다리 앞에 사람과 말이 줄 서 있었다. 군사 회의에 참가하는 장수들이 다리 앞에서 발이 묶인 것이다. 다리를 지키는 호위대가 장수들에게 뭔가 확인하는지 한 명씩 띄엄띄엄 혼마루로 들어가는 모습이 보였다. 요사쿠는 그의 앞에 서 있는 장수에게 무슨 일인지 물어보려다가 말을 삼켰다. 요사쿠 앞에 서 있는 남자는 승려 차림을 하고 있었다. 며칠 전 군사 회의에서 가장 먼저 요사쿠의 말을 반박했던 가와라바야시 노토 뉴도였다.

노토는 무라시게 앞에서는 심하게 말하지 않았지만 그 후로 얼굴을 맞대면 겁쟁이 요사쿠라고 말하고 싶은 듯이 얼굴을 찌푸렸다. 물어보아도 제대로 대답해 주지 않을 것 같아 요사쿠는 잠자코 말에서 내려 고삐를 마부에게 맡기고 줄을 섰다.

줄을 서는 동안 요사쿠는 온갖 생각을 했다. 말을 보살피는 일, 모욕을 참아야 하는 가신들의 고통, 절벽 요새의 수비, 그리고 성안 소문을 생각했다. 요사쿠 역시 무라시게의 판단을 받아들일 수 없었다. 주군은 정말 일꾼이 무헨을 죽였다고 생각하는 걸까? 그래서 그 가여운 사내를 처형한 걸까? 그럴 리가. 요사쿠는 생각했다. 무헨은 승려지만 두 다리로 전국을 돌아다니는 강건한 사나이, 그에 비해 일꾼은 힘도 없는 노인이다. 설사 일꾼이 무헨을 죽일 수 있었다 해도 아키오카 시로노스케는 어떤가. 정면 승부로 그를 벨 수 있는 자는 성안에도 많지 않다. 설령 일꾼이 겉보기와 다른 달인이었다 해도 시로노스케에게 칼을 뽑을 틈도 주지 않았다니, 있을 수 없는 일이다.

하지만 만약 주군이 일꾼을 의심하는 게 아니라면…… 설마, 다른 사람도 아닌 그 주군이 헛소문에 휩쓸릴 리 없다. 요사쿠는 그렇게 스스로를 타일렀다.

"이놈, 무례하구나!"

갑작스러운 노성이 요사쿠의 생각을 방해했다.

주위를 둘러보니 다리에서 발이 묶인 장수 하나가 호위대에게 따지고 있었다. 저자는 나카니시 신파치로다. 신파치로는 허리의 검을 붙잡고 당장이라도 빼 들 기세였다.

다리나 검문소 보초병만큼 손해를 보는 역할도 없을 것이다. 백성들에게 통행세를 넉넉하게 뜯어내 득을 볼 때도 있지만 상대가 무사인 경우 일이 몹시 복잡해진다. 무사의 앞길을 막는 자는 칼에 베여도 어쩔 수 없다는 것이 세상 관습이다. 하물며 장수쯤 되면 더해서, 통과할 수 없다는 말을 순순히 받아들이는 사람들만 있지 않았다. 신파치로는 뭔가 설명을 듣고서야 겨우 검에서 손을 뗐지만 화를 숨기려고도 하지 않았다.

다리를 지키는 호위대들은 무라시게의 명령으로 장수들을 막고 있는 거겠지만, 요사쿠가 보아하니 노골적으로 불쾌한 표정을 짓는 자도 적지 않고 칼자루에 손을 뻗는 자도 신파치로 하나만 있는 게 아니었다. 그래도 행렬은 차츰 줄어들어 요사쿠 차례가 되었다.

다리를 지키는 호위대 중 한 명은 이누이 스케사부로였다. 스케사부로는 연방 땀을 닦아 내며 맡은 일을 하고 있었는데 요사쿠의 얼굴을 보더니 안도한 모습으로 한숨을 내쉬었다.

"오셨습니까, 기타가와라 님."

"고생이 많구나."

"천만의 말씀입니다. 주군께서 군사 회의 참석자 명단을 만들라고 하셔서, 이름을 다 쓸 때까지 잠시만 기다려 주십시오."

"자네들 그런 일을 하고 있었나? 다리를 막을 필요 없이 어디서든 천수각에 들어간 자의 얼굴을 지켜보면 되었을 텐데."

"예, 소인도 그렇게 생각하지만 어쨌거나 주군의 명령이라……."

스케사부로 뒤에서는 딱히 문필에 능할 것 같지 않은 호위대가 어설픈 글씨로 '기타가와라 요사쿠 가네카쓰'라고 기록하고 있었다.

"끝났습니다. 자, 어서 들어가십시오."

도통 영문을 모르겠다. 고개를 갸웃거리며 다리를 건너려는데 다리 중간에서 가와라바야시 노토가 굳이 멈춰서 기다리고 있었다. 요사쿠의 얼굴을 보더니 실실 웃으며 말했다.

"이거 기타가와라 님 아닌가. 주군도 참 특이한 일을 하시네."

"그러게 말일세."

"명부로 뭘 하려는 걸까. 군사 회의에도 오지 않는 건방진 놈은 간이 철렁하겠지만."

"그러게."

"뭐, 군사 회의에 참석해도 사기를 꺾는 소리나 하는 놈들도 있지만."

"그런가."

"역시 무사는 사기가 중요해. 겁을 집어먹어서야 전쟁도 할 수 없지. 그렇지 않나?"

"그렇고말고."

요사쿠는 그렇게 대답하고 하늘을 올려다보며 중얼거렸다.

"비가 쏟아지겠군."

노토는 콧방귀를 뀌고 저벅저벅 걸어갔다.

평소 군사 회의에 참석하는 장수들은 약간의 차이는 있지만 일제히 천수각으로 몰려든다. 오늘은 다리에서 길을 막은 탓에 장수들은 삼삼오오 떨어져서 걸어갔다. 다리를 건너고 문을 지나 혼마루로 들어간 요사쿠는 문득 천수각을 올려다보았다. 저편에서 번개가 구름 사이를 가로지르더니 뒤이어 우르릉 하고 불온한 천둥소리가 들렸다. 가깝지는 않구나, 요사쿠가 그렇게 생각한 순간이었다.

"지금이다."

"예!"

그렇게 신호하는 소리가 들렸다. 혼마루에는 숨을 장소가 많지 않은데, 대체 어디에 있었는지 무사들이 우르르 튀어나왔다. 요사쿠가 알아차렸을 때는 이미 창끝에 에워싸여 있었다. 저도 모르게 칼자루에 손을 뻗어 칼을 빼려 했다. 어렸을 때부터 수련한 덕분에 몸은 움직였지만 마음은 갈기갈기 찢어졌다. 설마 주군께서는 정말 나를 의심하는 건가, 그렇다면 어차피 살아서 돌아가지 못하리라 각오를 굳힌 순간, 요사쿠는 무사들이 자기를 보고 있지 않다는 것을 깨달았다.

그들의 눈은 전부 요사쿠의 옆, 노토 뉴도를 향하고 있었다. 노토는 놀란 나머지 얼어붙어서 말뚝처럼 우뚝 서 있었다. 노토의 정면에는 고리 주에몬이 있었다. 주에몬이 무겁게 선언했다.

"노토 님, 주군의 명령입니다!"

요사쿠는 칼을 도로 꽂고 노토 옆에서 재빨리 피했다. 노토를 포위한 무사들이 원을 더욱 좁혔다. 그제야 겨우 정신이 들었는지 핏기가 가신 얼굴로 노토가 고함쳤다.

"고얀 놈들, 무슨 짓이냐!"

그 질문에 대답한 것은 주에몬이 아니었다. 호위대의 포위망 밖에서 무라시게가 천천히 모습을 드러냈다. 무라시게는 경호 때문인지 졸병으로 보이는 인물을 한 명 데리고 있었다. 전립을 쓴 왜소한 남자였다.

무라시게가 묵직하고 조용하게 고했다.

"무슨 일인지 자네도 잘 알 텐데?"

"주군. 이건 도대체."

소동을 알아차린 장수들이 조금 떨어진 곳에 모여들었다. 그 모습에 아랑곳없이 무라시게가 말했다.

"노토 뉴도. 무헨과 아키오카 시로노스케를 살해했으렷다. 상세히 들어야겠다. 얌전히 굴어라."

"무, 무슨!"

노토가 낭패한 기색으로 외치자 장수들도 술렁거렸다.

"무헨은 오다의 수하가 죽였을 터. 어째서 소인을 의심하십니까!"

"어째서? 말해 주지 않아도 자네는 알 텐데? 시치미를 떼도 통하지 않는다."

좌우를 살피던 노토가 요사쿠를 발견하더니 안도한 표정으로 손가락질을 했다.

"주군, 못 들으셨습니까? 성안에는 저기 있는 요사쿠가 무헨을 죽였다는 소문이 돌고 있습니다. 암자에 들어간 사람은 요사쿠 한 명뿐, 무헨의 시체를 발견한 것도 요사쿠 혼자, 소인을 엉뚱하게 의심하기 전에 저기 요사쿠를 신문하셔야 옳습니다!"

하지만 무라시게는 노토의 주장을 들은 체도 하지 않았다.

"나도 호위대도 죽은 사람은 질리도록 많이 보았다. 시체를 보고 지금 죽었는지 아닌지 내가 모를 줄 알았더냐? 시체의 피는 굳어 있었고 팔과 손가락도 딱딱했다. 무헨은 요사쿠가 암자에 들어간 새벽보다 훨씬 전에 죽었다."

요사쿠는 숨을 후 내쉬었다. 저도 모르게 몸이 굳어 있었는지 안도가 온몸에 퍼지자 힘이 빠졌다. 무라시게가 네가 무헨을 죽이지 않았느냐고 묻는다면 어떻게 결백을 입증해야 할지 고민했지만 어찌 할 방도를 몰랐던 것이다. 지금 일언지하에 의심을 거두어 준 무라시게의 말을 듣고 요사쿠는 저도 모르게 무라시게에게 고개를 숙였다.

노토는 분노를 드러내며 거칠게 말했다.

"요사쿠는 아니라 해도 어째서 소인이 죽였다고 말씀하시는 겁니까? 아무리 주군의 말씀이라도…….”

무라시게는 노토의 말을 끝까지 듣지 않았다.

“닥쳐라, 노토! 꼴사납구나!”

과거 몇 번이나 전쟁터를 가득 채워 아군을 고무하고 적을 움츠러들게 했던 무라시게의 노성이 혼마루에 울려 퍼졌다. 요사쿠는 노토가 한 발자국 뒷걸음질 치는 것을 보았다. 그런데 예상하지 못한 곳에서 누가 외쳤다.

“기다려 주십시오, 주군! 노토 뉴도의 말도 일리가 있습니다!”

필사적인 표정으로 이의를 제기한 것은 아라키 규자에몬이었다. 규자에몬은 장수들 앞에서 손을 내저으며 무라시게 앞으로 달려갔다.

“무헨의 죽음은 안타깝기 그지없으나 그게 노토의 소행이라니, 어떤 연유로 그리 말씀하시는 겁니까? 해명도 듣지 않고 단정 지어서는 노토도 억울할 터. 가와라바야시는 선대 이전부터 중신이었으니 결코 소홀히 대해서는 안 될 가문입니다!”

무라시게의 눈이 매섭게 가늘어진 것을 요사쿠는 보았다. 규자에몬은 자기가 말도 안 되는 실언을 했다는 사실을 알고 있을까? 과거에 자기 성을 가지고 있던 가와라바야시가 몰락해서 다른 가문 밑으로 들어가게 된 것은 이케다 가문의 당주가 지쿠고노카미 가쓰마사였던 시절의 일이다. 무라시게는 가쓰마사를 추방하고 혼자 아라키 가문을 세웠다. 선대는 없다.

물론 무라시게는 규자에몬의 실수를 알고 있을 터였다. 하지만 그는 그 말을 꾸짖지 않고 규자에몬뿐만 아니라 그 자리에 있는 장수들에게 다 들리도록 굵은 목소리로 대답했다.

"그렇다면 듣거라. 거기 있는 노토가 무헨을 죽였다고 말하는 이유는, 아키오카 시로노스케가 죽었기 때문이다."

규자에몬은 눈썹을 찌푸렸다.

"그게 무슨 말씀이신지……."

"범인은 뒤에서 시로노스케의 허벅지를 베고 그가 쓰러지자 목 보호대를 걷어 목을 찔렀다. 노련한 자의 솜씨지. 허나 시로노스케는 굴지의 명수. 검을 들고 싸우면 나도 당해 내지 못할지 모른다. 물론 시로노스케도 천하제일은 아니었겠지. 그렇지만 검을 뽑을 새도, 칼자루를 당겨 볼 새도 주지 않고 그를 벨 수 있는 자가 과연 있었겠느냐? 시로노스케를 죽인 자는 계략을 써서 시로노스케를 습격했던 것이다."

"계략."

규자에몬이 멍하니 그 말을 따라했다. 무라시게는 끄덕였다.

"내가 시로노스케를 비롯한 호위대에게 내린 명령은 암자를 지키고 날이 밝으면 무헨의 출발을 지켜보라는 것이었다. 호위대는 내 명령에 따라 누구도 암자에 접근하지 못하게 했다. 만약 누가 아군인 척 접근했어도 시로노스케는 결코 방심하지 않았을 테지. 그날 밤 시로노스케가 등을 돌리게 만들고, 칼도 뽑기 전에 죽일 수 있었던 사람은 단 한 명뿐이었다."

요사쿠는 무라시게의 이야기가 향하는 끝을 알 수 있었다. 무헨을 지키라는 명령을 받은 시로노스케가 방심할 상대란 누구인가.

"무헨이다."

무라시게가 말했다.

멀리서 번개가 번쩍였다. 저편에서 천둥이 울었다.

장수들은 무라시게의 말에 집중했고, 노토는 변명을 찾는지 입을 벙긋거렸다. 호위대는 한 치의 틈도 없이 노토에게 창을 겨누었고 그 창끝은 내려갈 줄을 몰랐다. 무라시게 옆에 서 있는 병사는 창도 쥐지 않고 칼에 손을 뻗지도 않고 그저 그 자리에 서 있었다.

규자에몬이 새된 소리를 질렀다.

"주, 주군, 그렇다면 시로노스케는 무헨에게 살해당했다는 말씀입니까!"

하지만 무라시게는 고개를 저었다.

"그렇지는 않다. 하지만 시로노스케는 눈앞에 선 자를 무헨이라고 생각했다. 때문에 등을 돌렸지. ……무헨이 죽어 있던 손님방에서 사라진 물건이 있다."

"그것은."

"고리짝. 그리고 삿갓, 석장이다."

요사쿠는 그때 무라시게의 일그러진 미소를 보았다.

"나는 범인이 고리짝의 내용물을 노렸다고 착각했지. 하지만 필요한 것과 불필요한 것이 반대였다. 범인은 내용물이 아니라 바로 고리짝이 필요했던 게야."

고리짝 속에 '도라사루'가 있었다는 사실을 요사쿠는 모른다.

"범인은 삿갓을 쓰고 고리짝을 지고 석장을 들고 시로노스케를 찾아갔다. 무헨은 항상 삿갓을 깊숙이 쓰고 있었으니 그 얼굴을 아는 자가 적지. 시로노스케 역시 무헨의 얼굴을 몰랐다. 설령 멀리서 본 적이 있다 해도 어스름한 새벽에는 상대가 무헨의 소지품을 걸치고 나타나면 그자를 무헨이라고 믿는 것은 필연. 범인은 그 점을 노리고 시로노스케의 방심을 유도해 그를 베었다."

"아니, 주군, 이해가 가지 않습니다."

옆에서 끼어드는 자가 있었다. 이케다 이즈미였다. 평소 전혀 남들 앞에 나서지 않는 이즈미가 쭈뼛거리며 무라시게 앞에 섰다.

"외람되오나 주군의 말씀은 도저히 이해가 가지 않습니다. 노토뉴도 같은 훌륭한 무사가 아키오카나 무헨을 죽였다니 믿기 어렵지만, 그보다도 먼저. ……범인은 아키오카를 먼저 죽이고 무헨을 죽였을 터. 범인이 손님방에서 집어 간 고리짝으로 무헨으로 변장했다는 건 말이 되지 않습니다."

이즈미의 말에 힘을 얻었는지 노토의 얼굴에 혈색이 돌아왔다.

"마, 맞아, 그렇지!"

하지만 무라시게는 오히려 그 말을 기다렸다는 듯이 끄덕거렸다.

"바로 그 점이다, 이즈미. 전후가 뒤바뀌었던 게야."

"전후가. ……그렇다면 주군, 설마. 그런 일이."

사건의 경위를 예민하게 눈치챘는지 이즈미가 입을 떡 벌렸다. 무라시게가 다시 고개를 끄덕였다.

"음. 암자를 지키던 아키오카가 죽었고 암자 안에서 무헨이 죽었기 때문에 모두들 아키오카가 먼저 죽었다고 생각했지. 반대였다. 먼저 무헨을 살해한 범인은 손님방에서 가져온 고리짝으로 무헨으로 변장해 아키오카를 살해했다.”

“하지만 주군!”

이즈미가 목청을 높였다.

“그렇다면 범인은 어떻게 암자에 들어갔다는 말씀입니까! 소인, 그 암자는 밤새 호위대가 경호했다고 들었습니다.”

“그렇다면 그보다 먼저 숨어 있었다고 생각하는 게 타당하다.”

“주군, 소인이 들은 이야기가 사실이라면 그 전에는 일꾼이 암자 주인을 대신해 잡일을 했을 터.”

“그렇다면 그보다 먼저 숨어 있었다고 생각하는 게 타당하겠지.”

“그보다 먼저…….”

이즈미는 격렬하게 고개를 저었다.

“주군, 그게 이상합니다! 그런 이유로 노토를 의심한다면 소인은 도저히 동의할 수 없습니다. 일꾼은 암자에 들어갈 때 먼저 무헨과 인사를 나누었고, 무헨은 그에게 손님은 돌아갔다고 말했습니다. 그도 그럴 것이 그 손님이란 고리 주에몬이고, 일꾼이 암자에 왔을 때는 이미 물러가지 않았습니까.”

이야기 속에 이름이 나오자 노토에게 창을 겨누고 있던 주에몬이 살짝 동요했다. 창끝이 흔들리는 것을 요사쿠는 보았다.

이즈미는 계속 말했다.

“일꾼은 그 후에 무헨이 읊는 진언을 들었고 향냄새를 맡았다고 했습니다. 심지어 변소에 가는 무헨을 보았다고 하는 말도 들었습니다.”

무헨의 죽음은 성안에서도 일대 사건이라, 그에 관한 소문은 허실과 상관없이 사방에 난무했다. 그런 상황에서 이즈미가 아무리 성안 순찰도 맡고 있다지만 이 정도로 자세한 경위를 알고 있다는 사실에 요사쿠는 놀라움을 감출 수 없었다. 무라시게도 잠시 눈을 크게 뜨더니 대답했다.

"자네가 들은 이야기는 전부 사실이다."

이즈미가 영문을 모르겠다는 듯이 말을 더듬었다.

"그, 그렇다면 손님방에는 무헨 혼자 있었던 것 아닙니까? 주군은 무헨이 스스로 목숨을 앗아 갈 범인을 불러들이고 그 사실을 일꾼에게 숨겼다고 말씀하시는 겁니까?"

"그런 말은 하지 않았다. 손님이 있었다면 무헨은 손님이 있다고 말했겠지."

"모르겠습니다. 전혀 모르겠습니다. 범인은, 주군의 말씀에 따르면 여기 있는 노토는, 어떻게 암자에 들어갔다는 말씀입니까?"

무라시게는 태연하게 말했다.

"문으로, 안내를 받고 들어갔던 것이다."

"주군!"

무라시게는 눈을 부릅뜨고 마른침을 삼키며 상황을 지켜보는 장수들을 노려보았다. 천둥소리가 들려왔다.

"똑똑히 들어라, 이즈미, 다른 자들도! 그날 그 암자에서 무슨 일이 있었는지, 노토가 어떻게 무헨을 죽였는지 똑똑히 들어라. 이 아리오카성에서, 아니, 호쿠세쓰 땅에서, 내 눈을 피할 수 있는 자는 없음을 명심해라! 그날 무헨이 암자로 간 뒤에 이즈미의 말대로 주에몬이 암자를 찾아갔다. 일을 마치고 물러난 뒤에 주에몬은 이타미 저잣거리에서 일꾼을 보았지. 일꾼은 채소를 사서 암자로 갔고, 암자 주인에게 그날 무헨이 묵는다는 사실, 그 무헨에게 손님이 와 있다는 말을 들었다."

"주군."

규자에몬이 끼어들었다. 규자에몬은 눈을 치켜뜨고 말했다.

"그 암자 주인은 과거 이케다에 있었을 때는 명민했지만 요즘은 사람도 못 알아볼 정도로 노쇠했고 말도 어눌합니다."

무라시게는 바로 반박했다.

"말은 생각대로 되지 않아도 눈도 귀도 멀쩡했다. 일꾼에게 그날 할 일을 지시하고, 절임으로 만들 채소를 사 오라고 한 자가 손님이 왔는지 돌아갔는지도 모를 거라 단정하는 것이 어리석은 짓. 원한다니 말해 주겠다만 주에몬이 돌아가고 일꾼이 도착하기 전, 해가 지기 전 초저녁에 노토는 그 암자를 찾았다. 그리고 어떤 대화를 주고받았는지 몰라도 노토는 평정심을 잃고 무헨을 죽였다! 일꾼이 온 것은 그 후의 일이야. 아마 순식간이었겠지. 손님이 왔다고 들었는데 술을 올릴지 묻는 일꾼에게 노토는 무심코 무헨의 시늉을 했다. 손님은 돌아갔고 수행을 해야 하니 방해하지 말라고 대답했다. 그리고 일꾼이 손님방에 오지 않도록 향을 피우고 경을 읊으며 마치 무헨이 살아 있는 것처럼 꾸몄다. 짐작건대 향은 피 냄새를 속이기 위한 목적도 있었을 테지. 변소에 간 남자를 보고 일꾼은 어째서 무헨이라고 믿어 의심하지 않았는가? 그건 당연히⋯⋯ 그 남자가 승려 차림이었기 때문이다."

규자에몬은 노토 뉴도를 쳐다보았다. 노토는 불도에 관심이 없어 불경 하나 외우지 않지만 행색은 삭발한 승려였다. 규자에몬의 눈에 망설이는 기색이 서렸다. 정말 노토가 무헨으로 변장했는지 순간 의심한 것이리라.

노토가 소리를 질렀다.

"그렇다면 일꾼이 본 승려가 무헨이 아니라 해도, 승려 행색을 한 자는 성안에 얼마든지 있습니다. 소인이라고 단정할 수 없을 터!"

승려 행색의 장수는 노토 외에 지금은 병으로 누워 있는 가와라바야시 에치고 뉴도뿐이다. 하지만 장수 외에 찾아보면 삭발한 자는 얼마든지 있다. 요사쿠는 결코 노토를 탐탁하게 여기지 않지만 이 문제에 관해서는 노토의 주장이 옳은 것 같았다.

규자에몬도 정신을 차리고 다시 따졌다.

"소인 역시 납득할 수 없습니다. 방 안에서 독경을 하고 향을 피운 게 무헨이 아니었다고 단언하시는 이유를 모르겠습니다."

무라시게는 흔들리지 않았다.

"애초에 손님방에서 수행을 하는 승려라니 듣도 보도 못했다. 암자에는 불당도 있었거늘. 제대로 된 승려라면 거기서 독경했겠지. 하지만 무엇보다도 일꾼은 손님방에서 들려온 게 진언일 거라고 했다. 현밀이 반대라고 생각하지 않나?"

"음……."

무라시게의 말뜻을 이해하지 못했는지 규자에몬이 말을 잇지 못했다. 하지만 요사쿠는 알 수 있었다. 요사쿠는 무헨에게 병자를 위한 염불을 부탁하러 갔다. 무헨이 평소 염불을 읊었기 때문이다. 즉 무헨의 종파는 일반적으로 개방되어 있는 현교(顯敎)인 일향종이나 정토종, 혹은 시종, 어쩌면 천태종이었을지도 모른다. 하지만 진언은 밀교(密敎)의 경전, 고야산이 총본산인 진언종의 경전으로 행각승 중에서 진언을 읊는 사람은 고야 승려뿐이다.

이즈미가 규자에몬 대신 물었다.

"주군, 하지만 행각승의 생각은 알 수 없는 법. 무헨은 사람들이 원하면 염불도 진언도 읊어 주는 승려였을지 모릅니다."

무라시게는 끄덕였다.

"무헨은 부탁을 받으면 거절하지 않는 승려였지. 자네 말처럼 그런 일도 있었겠지. 하지만 중요한 것은 무헨이 아니라 일꾼이다. 그 사내는 평생을 일향종 사찰에서 살았어. 배우지 않은 경전도 귀동냥으로 기억할 수야 있겠지만 그 일꾼이 어째서 무헨이 읊은 게 진언이라고 말했을까?"

"그건……."

이즈미는 힘없이 고개를 저었다.

평생 독경을 들은 남자가 손님방에서 들려온 게 진언이었던 것 같다고 말한 이유가 무엇일까? 요사쿠는 알 것만 같았다. 그래서 무심코 의견을 말했다.

"불경이 아니었다……. 아니, 불경으로 들리지 않았기 때문 아닙니까?"

요사쿠가 끼어들 줄은 몰랐는지 무라시게가 눈썹을 찌푸리고 요사쿠를 쳐다보았다. 하지만 바로 눈가를 누그러뜨리며 한껏 끄덕거렸다.

"아마도."

무헨처럼 고매한 승려가 읊으니 귀한 말씀일 거라 생각하면서도 일꾼의 귀에는 그것이 불경으로 들리지 않았다. 그래서 일꾼은 그때 들은 것이 그가 전혀 모르는 경전, 즉 진언일 거라고 생각했으리라.

무라시게가 노토 뉴도를 쏘아보았다.

"그래서 범인은 승려의 행색을 하고 있지만 불경을 읊는 흉내도 내지 못하는 자, 허점을 노렸다고는 하나 노련한 솜씨로 시로노스케를 죽일 실력을 갖춘 자다. 노토, 자네는 이래도 계속 시치미를 뗄 텐가?"

섬광이 번쩍 빛났다. 번개였다. 이어서 몸속까지 뒤흔드는 천둥소리가 혼마루에 도달했다.

지창에 에워싸여 꼼짝하지 못하는 처지에서도 노토는 크게 외쳤다.

"그런……, 그런 이유로 소인을, 이 가와라바야시 노토를 체포하겠다는 말씀인가! 감히 그럴 수 있을 것 같은가!"

피가 쏠려 노토의 얼굴이 벌겋게 물들었다.

"나는 이곳 셋쓰에 뿌리를 둔 명예로운 가와라바야시의 핏줄이오. 그런 추측은 천 번 만 번 들어도 받아들이지 못하겠소! 이 몸을 처벌하려면 이 자리에 있는 장수들 모두가 납득할 증거를 내놓으시오. 주군이 말씀하신 건 이랬을지도 모른다, 저랬을지도 모른다 하는 추측뿐이니!"

"외람되오나 주군!"

굵은 목소리가 노토의 주장을 덮었다. 누군가 보니 노무라 단고였다. 군사 회의에서 항상 전쟁을 주장하는 큰 목소리가 혼마루에 울렸다.

“노토의 말도 들어 주십시오! 주군의 말씀은 하나하나 전부 합당하지만, 그것들을 합쳐서 노토가 무헨과 시로노스케를 죽였다고 말씀하신다면 이 단고도 조금 납득하기 어렵습니다!”

예상하지 못한 조력에 기세를 얻은 노토가 침을 튀기며 말했다.

“주군! 이래서야 아무도 납득하지 못할 것이오. 소인이 무헨과 시로노스케를 죽였다고 말씀하셨는데 누가 그것을 보았다는 겁니까! 소인이 무헨으로 변장했다고 말씀하셨는데 누가 그것을 보았습니까! 본 자도 없고, 들은 자도 없으며, 소문에 오르지도 않았습니다. 그러니 아무리 주군이라 해도 결코 소인을 포박할 수는 없을 것입니다!”

요사쿠는 분위기가 역전된 것을 느꼈다. 무라시게의 말은 합당했지만 아무리 백 개의 논리가 있어도 한 개의 증거가 없으면 아무도 납득하지 않는다. 무라시게가 북을 쳐서 군사 회의 참석을 명령해 장수들을 모은 것은 성안의 중심인물들이 모두 보는 앞에서 노토를 처단할 생각이었기 때문이리라. 하지만 지금 무라시게는 사면초가였다.

그럴 터였다.

눈을 가느다랗게 뜬 무라시게의 표정은 약간 졸린 것 같기도 했다. 침착한 목소리로 무라시게가 말했다.

“목격자라. 그게 궁금하더냐?”

노토는 말문이 막히는 기색이었지만 억지로 웃음을 지었다.

"암자 주인이라는 말씀은 하지 마십시오, 말도 안 통하는데 무엇을 보았는지 알게 뭡니까?"

무라시게는 고개를 저었다.

"자네는 아무래도 소문을 진짜로 받아들인 모양이군. 자네 얼굴을 본 유일한 사내가 두려웠겠지? 죽이려고 했을 게야. 그 사내가 죽었다는 말을 듣고 안도했겠지. 하지만 하늘을 속일 수는 없다."

무라시게가 손짓으로 무슨 신호를 보내자 옆에 있던 졸병 행색의 병사가 전립에 손을 뻗어 끈을 풀고 모자를 벗었다.

요사쿠는 저도 모르게 외마디 소리를 질렀다.

그곳에 서 있던 것은 등이 살짝 굽고 머리카락은 군데군데 희끗하며 생김새가 듬직하지 못한…… 암자의 일꾼이었다. 노토가 당황했다.

"말도 안 돼. 성 밖에 내다 버린 것을 보았는데. 그 시체는……."

무라시게가 태연하게 말했다.

"이 성안에서 시체는 차고 넘치지. 궁금하다면 알려 주겠다, 시체의 정체는 탄약고 수비를 소홀히 했던 병사다."

일꾼을 향해 무라시게가 물었다.

"자, 신중하게 대답해라. 무헨이 죽은 그날, 자네가 본 남자는 누구였는가?"

일꾼은 이런 자리에 전혀 익숙하지 않았다. 평소 눈도 제대로 마주칠 수 없는 신분 높은 무사들에게 에워싸여, 몇십 개나 되는 매서운 눈빛 속에서 학질에 걸린 것처럼 온몸을 떨면서도 일꾼은 손가락을 들어서 쭉 뻗었다.

"저 분입니다."

손끝은 당연히 가와라바야시 노토 뉴도를 가리키고 있었다.

번갯불이 번쩍이고 천둥이 메아리친다. 아까보다도 거리가 가까웠다.

무라시게가 말했다.

"자, 가와라바야시 노토, 이제야 자네에게 물어볼 수 있겠구나. 어째서 무헨을 죽였는지……. 그것은 묻지 않겠다. 이 전란 속에서 무사가 승려를 죽이는 일은 흔하니. 만약 자네가 무헨을 죽이고, 수상한 행동을 보여서 죽였다고 한다면 모두들 그런가 보다 하겠지. 그래서 자네는 무헨을 죽이고 계략을 짜내 그 사실을 숨기려 했다."

요사쿠는 장수들 사이에 듣고 보니 묘하다는 생각이 퍼져 나가는 것을 느꼈다. 아무리 고매하다고는 해도 승려를 죽였다는 사실을 숨기려고 자질구레한 조작을 하고, 그도 모자라 같은 편까지 죽이다니 무사다운 행동이 아니다.

충분히 뜸을 들인 무라시게가 말을 이었다.

"대답해 보아라. 자네는 무슨 목적으로 무헨을 찾아갔는가?"

노토는 목이 꽉 막힌 것처럼 말을 하지 못했다.

"애초에 자네는 가사를 입고 암자를 찾았지. 그렇다면 삿갓, 지팡이, 고리짝만 훔치면 행각승으로 변장할 수 있었어. 더군다나 말도 하인도 데려가지 않았다. 암자 밖에는 말이 묶여 있지 않았고, 마부도 없었다는 사실은 호위대가 보아서 알고 있다. 신분에 맞지 않는 기이한 행동은 애초에 무슨 목적 때문이었나?"

"……."

"말하지 못하겠는가? 그렇다면 내가 말해 주마."

무라시게의 눈빛이 더욱 날카로워졌다.

"농성 중인 장수가 성 밖 사람과 은밀히 만나 나눌 이야기는 한 가지밖에 없을 테지."

주변을 에워싼 장수들이 술렁거렸다. 이때, 모두가 같은 생각을 했다. 확실히 한 가지밖에 없다.

"노토. 자네…… 오다와 내통했으렷다."

요사쿠는 그제야 무헨의 정체를 알았다.

어째서 무헨은 전쟁터를 가로질러 가면서 아리오카성을 찾아오는가? 평범한 행각승이 성을 포위한 오다 군사의 저지 없이 몇 번이나 성 안팎을 오갈 수 있었던 이유는 무엇인가?

무헨은 오다의 밀사였던 것이다.

오다의 명령으로 아리오카성을 찾아 오다와 내통하는 장수를 만나는 것이 무헨의 임무였다. 애초에 무헨은 부탁을 받으면 무엇이든 들어주는 승려였다. 임종을 앞둔 이의 마지막 숨을 거두어 달라고 해도, 죽은 이를 위해 독경을 읊어 달라고 해도, 먼 곳의 소문을 들려 달라고 해도 싫은 내색 한 번 하지 않았다. 요사쿠는 모르는 일이지만 서한을 전달해 달라는 무라시게의 부탁도 받아들였다. 그리고 성의 장수를 만나 이야기를 들어 달라는 오다 측의 부탁 역시 받아들였던 것이다.

"으음!"

노토는 신음하더니 단숨에 칼을 빼 들었다. 노토를 포위한 호위대가 창끝을 그에게 겨누었다. 노토가 칼을 옆으로 한 차례 휘두르자 기백에 눌린 호위대가 뒤로 물러섰다.

"네 이놈, 네 이놈 무라시게! 잘도 이 몸을 속였구나! 이렇게…… 사람들 앞에서 잘도 망신을 주었으렷다!"

노토가 고함을 쳐 댔다.

"우쭐대지 마라! 네놈 따위는 우리 셋쓰 호족들의 지지가 없으면 지금도 이케다의 개에 지나지 않는다! 그런데 불리한 전쟁에 우리를 끌어들이다니! 아라키와 오다, 어느 쪽에 미래가 있는지는 생각해 볼 것도 없다!"

사방을 노려보며 노토가 칼을 휘둘렀다. 그의 눈은 자기를 포위한 호위대가 아니라 그 바깥쪽, 상황을 지켜보는 장수들을 향하고 있었다.

"무라시게, 오다와 내통했다고 나를 겁쟁이라고 하지는 못하겠지. 나는 안다, 나는 밀서를 보았다! 무라시게, 네놈이 무헨에게 대체 무엇을 부탁했는지, 하늘이 알고 땅이 알며 나도 안다! 다들, 잘 들어라!"

그리고 노토는 검을 드높이 하늘에 치켜들었다.

"무라시게는!"

굉음과 섬광.

무슨 일이 벌어졌는지 요사쿠는 이해하지 못했다. 자기가 쓰러진 것조차 잠시 동안은 깨닫지 못했다.

겨우 몸을 일으킨 요사쿠는 그 순간 전쟁이 벌어진 줄 알았다.

전쟁터에서 느꼈던, 무언가가 불타는 냄새가 짙게 감돌았다. 불타고 있는 것은 초목인가, 가옥인가, 사람인가……. 하지만 눈부심이 가시자 눈에 들어온 것은 불이 아니라 그와 마찬가지로 바닥에 쓰러져 있는 장수들과, 재빨리 상황을 파악하고 가와라바야시 노토 옆에 선 무라시게의 모습이었다. 무라시게는 혼잣말처럼 중얼거렸다.

"노토 녀석. ……죽었군."

무라시게는 하늘을 우러러보았다. 굵은 빗방울이 뚝뚝 떨어지다가 곧바로 억수처럼 쏴아아 쏟아지기 시작했다.

번갯불이 번쩍인다. 요사쿠는 더는 눈을 뜨고 있을 수 없었다.

12

가와라바야시 노토 뉴도의 저택은 그날이 가기 전에 불에 탔다.

노토는 벼락을 맞고 죽었다. 달리 죽은 자나 중상을 입은 자는 없었다. 노토의 필사적인 기백이 강인한 호위대도 뒤로 물러나게 했고, 때문에 노토는 홀로 죽었다.

노토의 저택을 불태운 것은 가와라바야시 가문의 당주, 가와라바야시 에치고 뉴도였다. 그는 병든 몸도 아랑곳 않고 병사를 이끌어 노토의 측근들을 모조리 베고 일족의 오점을 무라시게에게 사죄했다. 불을 지르기 전 고리 주에몬이 이끄는 호위대가 저택에 들어가 무헨의 고리짝을 되찾았다. 천금을 주어도 살 수 없다는 명물 '도라사루'는 상자 뚜껑을 연 흔적도 없이 발견되었다.

'도라사루'를 무라시게에게 돌려줄 때 주에몬이 말했다.

"주군. 노토가 어째서 무헨과 시로노스케를 해쳤는지 소인은 모르겠습니다."

무라시게는 말이 없었다.

노토는 무헨의 중개로 오다와 내통하고 있었다. 아마도 언제 발각될지 몰라 어지간히 불안한 나날을 보냈던 게 틀림없다. 그런 무헨이 무라시게의 부름으로 어떤 대화를 나누고 왔다. 노토로서는 그것이 어떤 내용인지 묻지 않고는 배길 수 없었을 것이다. 무라시게와 무슨 이야기를 했는지, 자기 이야기는 나오지 않았는지. 무헨은 그 질문에 대답했을까?

평소의 무헨이라면 대답했을지도 모른다. 하지만 그때 무헨은 천하 명물 '도라사루'를 지니고 있었다. 아무리 사소한 일이라도 불안했을 것이고 행동도 평소와는 달랐으리라.

배신자와 밀사의 담판이다. 밀담은 말 한 마디만 어긋나도 바로 칼부림으로 비화된다.

말해라, 못합니다, 그렇게 말다툼이 과열되었을 것이고 노토는 무헨을 살해했다. 노토는 자기가 오다와 내통한 증거가 남아 있지 않은지 무헨의 시체를 뒤졌고 옷깃 속 밀서를 발견했으리라. 밀서를 들고 가지 않은 이유는 그것이 노토가 찾던, 자신이 내통을 저지른 증거가 아니었기 때문이다. 무헨의 시체를 뒤지는 사이 시간이 흘러 일꾼이 암자를 찾아왔고, 이어서 호위대가 암자 사방을 포위했다.

노토는 호위대가 무헨을 지키려고 온 줄 몰랐을 터였다. 어째서 호위대가 그곳에 있는지 의아했으리라. 하지만 그런 노토에게 시로노스케는 정중하게 말을 걸었을 것이다. 무헨 님, 출발하시는 겁니까. 주군의 명령으로 문까지 모시겠습니다. 그리고 시로노스케는 노토에게 등을 돌렸다. 노토는 기회는 지금뿐이라고 생각했으리라…….

무라시게는 굳이 설명하지 않았다.

주에몬에게 모반자의 입장에서 생각해 보면 알 수 있다고 말할 수는 없었던 것이다.

무헨을 살해한 가와라바야시 노토가 벼락을 맞고 죽었다는 사실에 아리오카성 안의 많은 사람들이 놀랐고, 또한 기뻐했다. 소문이 성안을 가득 채웠다.

역시 부처님은 이 아리오카성을 지켜 주고 계신다. 보라, 무헨 님을 해친 괘씸한 자의 말로를. 저것이야말로 부처님의 벌, 실로 명벌이다…….

명벌을 기뻐하는 이들은 때때로 무심코 혼마루 천수각을 훔쳐보았다. 무헨을 해친 가와라바야시 노토 뉴도는 마땅한 벌을 받았다. 그렇다면 무헨 님을 지키지 못한 셋쓰노카미 님은 어째서…… 그렇게 말하고 싶은 눈치로.

그날 밤 무라시게는 서원에 '도라사루'를 장식했다. 뇌운은 바람에 흩어졌고 여리나마 달빛이 비치는 시원한 밤이었다. 잃었다고 생각했던 손안의 보물이 돌아왔다. 무라시게는 질리지도 않고 그

절묘한 색조를 바라보고 있었다.

무라시게 뒤에는 지요호가 있었다. 지요호가 말했다.

"어르신. 다행입니다."

'도라사루'를 바라보며 무라시게가 살짝 끄덕였다.

무라시게가 노토를 규탄해 사로잡으려 했을 때 아라키 규자에몬, 이케다 이즈미, 노무라 단고가 이의를 제기했다. 무라시게 앞에 나선 게 이 세 사람이었을 뿐이지, 그 상황을 멀찍이 지켜보던 장수들 대다수가 무라시게에게 찬동하지 않은 것은 그도 알고 있었다.

만약 작년 늦가을에 같은 일이 있었다면 장수들은 납득은 하지 못하더라도 무라시게가 죄인이라고 한다면 노토는 분명 죄를 저질렀을 거라고 생각했을 터였다. 하지만 겨울이 지나고, 봄이 지나고, 모리는 오지 않고, 전쟁의 향방이 무라시게의 생각대로 풀리지 않는다는 사실이 뚜렷해지자 장수들은 더 이상 무라시게의 말이라면 무조건 이치에 맞는다고 생각하지 않았다.

간베에는 말했다. 진정한 의미로 이 아리오카성에서 무라시게의 말을 이해하는 자는 아무도 없다. 간베에를 제외하고는, 아무도 없다고.

지하 감옥에 갇힌 죄인의 허풍 따위 무라시게는 개의치 않는다. 하지만 만약 그 말이 사실이라 해도, 무라시게가 혼자라 해도, 적어도 '도라사루'는 돌아왔다. 무라시게는 그 사실에 깊은 만족을 느꼈다.

무헨은 죽었지만 고레토 휴가노카미 미쓰히데와 담판이 결렬된 것은 아니다. 다른 자를 내세워 이 명물을 단바에 보내면 화담은 다시 진행되리라. 단바가 함락되기 전에 어떻게든 화담을 추진해야 한다. 하지만.

다시 한 번, 이것을 포기해야 하는가.

무라시게는 '도라사루'를 하염없이 바라보았다. 단 한 번으로도 반신을 잃은 것처럼 고통스러웠는데 두 번이나 할 수 있을까? 달빛 속에서 무라시게는 스스로에게 자문했다.

6월 8일, 단바 야카미성의 하타노 형제, 아즈치에서 책형에 처해지다.

고레토 휴가노카미 미쓰히데는 단바 지방 대부분을 평정했다. 미쓰히데가 아리오카성을 위해 중재 역할을 했다는 역사 기록은 일절 발견되지 않았다.

제4장

낙일고영

落日孤影

1

밤바람이 서늘해지자 천하의 백성들은 겨우 숨을 돌렸다. 풍요로운 가을이 머지않았다, 아직 방심할 수는 없지만 그래도 간신히 일 년은 목숨을 부지했구나……. 그런 생각 때문이다. 하지만 아리오카성에서 농성하는 사람들은 올해 그럴 수 없었다.

성안에는 논밭도 있지만 거기서 수확하는 쌀과 채소는 만 오천 명에 이르는 농성군을 먹여 살리기에는 역부족이었다. 전쟁이 시작된 이래로 곳곳에 새로 밭을 만들었지만 그런 곳은 원래가 농사에 맞지 않아 자라는 채소 양이 적었다. 필연적으로 전쟁 전에 성에 반입한 병량의 양이 그대로 성안 사람들의 목숨이었다.

마을에서는 해마다 가을에 벼를 베어 쌀을 만들고, 쌀은 팔아서 돈으로 만든다. 무사는 그 돈을 징수해 때로는 무기로, 때로는 공물로, 때로는 다기로 바꾸고 쌀을 산다. 마을에서는 쌀을 팔아서 돈으로 바꾸고, 무사는 돈을 내고 쌀을 사니 쌀가게는 이윤은 적지만 괜찮은 장사다. 하지만 최근에는 정작 중요한 돈의 회전이 좋지 않았다. 중국에서 들여오는 돈의 양이 줄어 부러진 동전이나 깨진 동전이 나돌았다. 수도 교토에 가까운 셋쓰에서도 그러니 반도• 지방에서는 돈이 더욱 부족해 급기야 소작료를 쌀로 받기 시작한 가문도 있다고 한다. 이대로 계속 돈이 부족하면 조만간 우리도 그럴 수밖에 없겠군……. 아라키 가문을 세운 이래로 무라시게는 종종 그런 생각을 했다. 하지만 올해만큼은 그런 고민이 머릿속에 들어오지 않았다. 벼의 작황을 확인하고, 태풍과 홍수 같은 피해를 제하고 실제 소작료를 정하는 것도 무사가 할 일이지만 그 또한 불필요했다. 거리에는 사람들의 왕래도 없고 호쿠세쓰의 마을들은 전부 오다가 차지해, 올해 아라키 가문의 창고에는 한 푼도 들어오지 않는다.

7월 하순의 어느 맑은 날, 무라시게는 성안을 둘러보았다. 꼭 필요한 방어구만 걸치고 말에 올라타 마부와 창을 운반하는 부하를 대동하고 호위대를 앞뒤에 배치했다. 이럴 때는 검술에 뛰어난 아키오카 시로노스케, 이타미 사정을 속속들이 아는 이타미 이치로자에몬이 대동하는 경우가 많았지만 그들은 이미 없다. 이날 무라시게를 따른 것은 힘이 보통 사람의 열 배는 되는 이누이 스케사부로였다.

• 板東, 간토 지방의 옛 명칭

우란분회•와 시아귀회•가 끝나자 사찰이 모여 있는 거리는 조용하니 사람도 보이지 않고 그저 어디선가 염불 소리만 들려왔다. 상점들이 모여 있는 저잣거리로 말을 돌리자 후덥지근한 더위 속에서 일하는 사람은 무라시게 일행뿐이었다. 오다가 길을 막아 왕래가 끊기자 눈썰미 좋은 상인들은 이미 이타미를 떠났고, 남은 가게 주인들은 팔 물건도 살 물건도 없이 그저 비축해 둔 쌀을 소비하며 생활하고 있다. 요즘 거리에서는 자잘한 다툼조차 생기지 않아 갑옷이나 칼을 수리할 일도 없는지 대장간 메질 소리도 들리지 않았다.

모두가 죽어 버린 듯한 적막 속에서 무라시게가 탄 말의 발굽 소리와 호위대들의 갑옷이 스치는 소리, 그리고 매미 소리만이 들려왔다. 이타미 백성들이 다들 꼼짝도 하지 않고 여름이, 전쟁이 끝나기를 가만히 기다리는 듯한 적막감이었다. 아니, 사실 백성들은 숨어 있는 것이다. 멀찍이 무라시게의 모습을 발견하고 영주님 눈에 띄면 어떤 트집을 잡힐지 모른다고 몸을 숨기고, 숨을 죽이고 있다. 무라시게는 그것을 알고 있었다.

일행은 이윽고 저잣거리를 빠져나와 성의 남쪽 히요도리즈카 요새로 향했다. 논밭과 황야 속에 얼마 전 무헨이 살해당한 암자가 고즈넉하게 서 있었다. 광대한 아리오카성에서 해자와 돌담으로 굳게 방어하는 것은 혼마루뿐이고 성의 외곽은 나무 울타리와 구덩이, 중요한 곳에도 기껏해야 판자로 만든 울타리를 설치한 게

• 盂蘭盆會. 아귀도에 떨어진 망령을 위하여 여는 법회
• 施餓鬼會. 지옥에 떨어져 굶주림에 고통당하는 망령에게 음식을 베푸는 법회

고작이었다. 그 나무 울타리 사이로 무라시게는 성 밖을 보았다. 우거진 여름 잡초들 속에 적군이 버리고 간 대나무 다발이 남아 있었다. 대나무 다발은 공격대가 화살과 탄환을 막으며 접근할 때 사용하는 도구, 즉 성을 공격하기 위한 도구로 졸병들이 후방에서 집단으로 성에 달려들 때 사용한다.

주군이 말을 세운 것을 알고 스케사부로가 물었다.

"주군, 무슨 일이십니까?"

"……아니다. 가자."

무라시게가 그렇게 말하며 길 너머로 시선을 돌리자 갑옷 차림의 병사 몇 명이 무라시게를 알아보지 못하고 이쪽으로 걸어오는 모습이 보였다. 스케사부로가 물렀거라, 하고 벽제소리를 외치자 보병들은 허둥지둥 길가로 물러나 넙죽 엎드렸다. 무라시게는 말을 몰아 절하는 병사들 앞을 지나려다가 그들 사이에 풍채가 다른 이가 섞여 있는 것을 보았다. 남루한 옷을 입고 무기 하나 소지하지 않은 궁상스러운 남자로 무사로도 졸병으로도 보이지 않았다. 병사들이 무기도 없는 남자를 경호하고 있는 것처럼 보였다.

"너희들."

무라시게가 부르자 병사들은 죽음이라도 예감한 듯 더욱 깊숙이 고개를 숙였다. 그러거나 말거나 무라시게가 물었다.

"그자는 누구냐. 직접 대답해도 된다."

눈빛을 주고받던 병사 중 한 사람이 대답했다.

"게시닌(解死人)이옵니다."

역시.

무사뿐만 아니라 서민들도 가족을 살해당하는 것은 결코 용서할 수 없는 일이다. 한 명을 잃으면 한 명을 죽이고, 두 명을 잃으면 두 명을 죽여야 한다. 그렇지 않으면 겁쟁이라고 비난당하고 나약한 자로 간주되어 온갖 고초를 겪게 된다. 하지만 보복이 끝없이 되풀이되면 지켜야 할 집이나 마을이 오히려 약해진다. 그래서 살해한 쪽에서는 사죄의 의미로 사람을 내놓고, 그것으로 보복을 대신하는 것이 무로마치 시대부터 내려온 전통적인 방법이었다. 이때 내놓는 것은 사람을 죽인 당사자가 아니라 그를 대신할 희생양으로, 이를 게시닌이라 하였다.

무라시게는 귀인도 아닌 남자가 병사들의 보호를 받으며 이동하는 것으로 보아 아마도 게시닌일 거라 짐작하고 있었다. 다만 게시닌을 보내는 이상 어디선가 사망자가 생긴 다툼이 있었다는 뜻이다. 무라시게는 그런 보고를 받지 못했다.

"누가 누구에게 보내는 게시닌이냐."

무라시게가 묻자 병사가 조심스럽게 대답했다.

"예. 노무라 단고 님께서 이케다 이즈미 님께."

"단고와 이즈미라고? 상세히 보고해라."

병사는 이마를 바닥에 찰싹 붙였다.

"용서해 주십시오. 저희는 다만 데려가라는 명령을 받았을 뿐, 아무것도 모릅니다."

무라시게는 말 위에서 병사의 머리를 노려보다가 이윽고 말머리를 돌려 왔던 길을 돌아갔다. 호위대는 어리둥절했지만 끼어들지 않고 그저 충실하게 무라시게의 앞뒤를 지켰다.

2

이틀 후. 비가 내리는 저녁, 호위대장인 고리 주에몬이 무라시게에게 알현을 청했다. 대청에 주에몬을 들이고 사람들을 물린 뒤에 무라시게도 안으로 들어갔다.

빗소리가 요란했다. 주에몬은 무릎과 팔 보호대를 차고 있었는데 온몸이 비에 젖어 마룻바닥에 물방울이 뚝뚝 떨어졌다. 무라시게는 주에몬에게 노무라 단고가 게시닌을 보내게 된 자세한 경위를 알아보라고 명령했다. 주에몬은 평소처럼 빈틈없이 임무를 수행했고 비까지 맞아 가며 보고하러 찾아온 것이다.

"고개를 들라. 가까이 오너라."

주에몬은 그 말을 따라 주먹으로 바닥을 짚고 앉은걸음으로 무라시게에게 다가갔다.

"그래, 어떻게 되었느냐."

"알아냈습니다."

"들어 보자."

"예. 사건의 발생은 나흘 전, 병량을 배급할 때. 이케다 이즈미 님의 가신인 조장이 병사를 이끌고 병량을 히요도리즈카 요새로 운반해 군법대로 한 사람당 다섯 홉의 쌀을 배급하려는데 노무라 단고 님의 병사들이 불평을 하면서 다섯 홉으로는 모자라니 더 내놓으라고 했답니다."

하루 다섯 홉의 쌀은 병사에게 배급하는 양으로는 최소한에 가까워, 전쟁에서는 그 두 배를 배급하는 경우도 드물지 않다. 앞을 내다볼 수 없는 농성전에서 무기와 병량을 관리하는 이케다 이즈미가 배급하는 양을 제한하는 것은 당연하지만 무라시게는 다섯 홉으로는 불만이 쌓이는 병사가 나올 만도 하다고 생각했다.

"내놓아라, 줄 수 없다, 말다툼이 싸움으로 번져서 단고 님 가신인 젊은 무사가 칼을 빼 들어 이즈미 님의 조장을 살해했습니다. 노무라 단고 님은 가신의 잘못을 시인하고 신속히 게시닌을 보냈다고 합니다."

"이즈미는?"

"게시닌을 돌려보냈다고 들었습니다."

사과의 의미로 보낸 게시닌은 관습상 죽여도 상관없고 돌려주어도 상관없다.

주에몬이 말을 이었다.

"어제, 아라키 규자에몬 님의 저택에서 노무라 단고 님과 이케다 이즈미 님이 만나셨습니다. 규자에몬 님이 중개하여 두 분은 깨끗이 잊기로 하고 만나셨답니다."

무라시게는 얼굴을 찌푸렸다.

"규자에몬이?"

아라키 규자에몬은 무라시게가 신뢰하는 중신이고 오늘도 얼굴을 맞대고 이야기를 나누었다. 그렇지만 그는 단고와 이즈미 사이에 다툼이 있었다는 말은 하지 않았다.

영지 안의 분쟁은 원칙적으로 영주인 무라시게가 시비를 가린다. 무라시게에게 보고하지 않고 칼부림이라도 하면 둘 다 벌을 받는다. 물론 무라시게가 전부 판가름한다는 것은 어디까지나 방침일 뿐, 실제로는 당사자들끼리 합의를 보는 경우도 많다. 단고와 이즈미의 다툼이 게시닌이라는 관습에 따라 마무리된 것도 규칙에 반하는 문제라고 할 수는 없다. ……하지만 무라시게는 그래도 탐탁지 않았다. 눈썹을 찌푸리고 중얼거렸다.

"형세가 비슷하구나."

"저, 형세라 하셨습니까?"

주에몬이 되묻자 무라시게가 고개를 끄덕거렸다.

"오냐……. 우리가 지쿠고노카미 가쓰마사 님을 추방했을 때의 형세 말이다."

주에몬이 움찔 얼어붙었다. 빗소리가 시끄럽다.

무라시게의 옛 주군, 지쿠고노카미 가쓰마사가 이케다 가문의 우두머리가 될 때 한바탕 소동이 있었다. 그는 자신의 취임을 내켜 하지 않는 원로 가신을 죽이고 우두머리가 되었다. 미요시 가문과 쇼군 가문, 후에는 오다 가문이 호시탐탐 노리는 호쿠세쓰에서 가쓰마사는 오다를 선택해 그의 군사로 들어가 간신히 가문을 지켰다. 오다 노부나가가 아자이 비젠노카미 나가마사의 배신으로 죽음의 궁지에 몰렸을 때 후군으로 오다 군사 전체를 파멸에서 구출한 장수 중 하나가 가쓰마사다.

하지만 이케다 가문 장수들의 마음은 언제부턴가 가쓰마사에게서 멀어졌다. 이윽고 가쓰마사는 자기 가신에게, 즉 무라시게와 규자에몬 무리에게 추방당해 실의 속에서 세상을 떠났다.

"주군은 그렇게 말씀하시지만."

주에몬이 낭패한 목소리로 말했다.

"그렇지 않습니다. 분명 사람이 죽었는데 주군께 보고하지 않은 행동은 문제지만 그것도 주군을 괜히 번거롭게 하지 않으려고 그랬을 것입니다. 규자에몬 님은 말할 것도 없고, 노무라 단고 님도 이케다 이즈미 님도 둘도 없는 충신입니다."

"나는 이틀 전, 히요도리즈카 요새를 찾아가려 했다."

주에몬의 말이 귀에 들어오지 않는 것처럼 무라시게가 말했다.

"성 밖을 보니 여름 잡초가 무성하고 적군의 대나무 다발이 버려져 있더구나. ……주에몬, 내가 무슨 말을 하고 싶은지 알겠느냐?"

"예, 그것은…… 어느 분이 수비를 맡고 계신지 모르겠지만."

주에몬은 신중하게 대답했다.

"그런 상황은 조금, 임무에 소홀한 것 아닌지."

성을 지키려면 당연히 적군이 접근하지 못하게 하는 것이 우선이다. 그러려면 신속하게 적을 찾아내서 화살과 탄환을 퍼부어야 한다. 여름 잡초가 무성하면 적을 빨리 알아차릴 수 없고, 대나무 다발이 버려져 있으면 적군이 다시 사용한다. 성의 병사들은 잡초를 베어야 하고, 적이 접근할 때 사용한 도구는 파괴해야 한다. 아침저녁의 어스름 속에 숨어서 하면 그리 어려운 일도 아니다. 전쟁에 대비한 시야 확보는 무라시게가 몇 번이나 장수들에게 당부한 일이기도 했다.

"소홀한 건 성의 방어가 아니다."

무라시게가 말했다.

"빈틈없이 지키라는 내 명령, 바로 그것이다."

그때도 그랬다. 가쓰마사가 추방되기 전, 성벽 수리는 지체되었고 대여한 갑옷은 숫자가 맞지 않았으며 말은 야위었고 여름 잡초는 제멋대로 자랐다. 하나하나는 모반이라고 하기에는 너무 사소한 일이었다. 하지만 그것들은 분명 배신을 뜻했다.

가쓰마사는 희대의 명장은 아니었을지 모르지만 어리석은 장수도 아니었다. 부족한 점을 발견하면 고치도록 명령했지만 너무 세세하게 지시하지는 않고 장수들에게 맡겨, 빈틈이 없도록 임하라고 매일 말했다. 하지만 누구도 그의 말을 귀담아듣지 않았다.

이 아리오카성에서 여름 잡초가 무성히 자란 것이나 규자에몬이 다툼을 보고하지 않은 것도 분명 사소한 일이다. 하지만 얼마 전까지는 그런 사소한 일이 없었다는 것도 틀림없는 사실이었다.

"최근 한 달, 아니 한 달 반쯤 전부터 장수들이 임무를 태만히 하고 보고를 꺼리기 시작했다. 아마 그날 이후겠지."

한 달 반 전의 '그날', 성 남쪽에 있는 암자에서 무헨과 아키오카 시로노스케가 살해당하고, 두 사람을 살해한 가와라바야시 노토가 변사한 날이다.

무라시게는 체구도 행동도 움직이지 않는 바위와 닮은 사나이다. 말수는 적고 흥분하는 일도 거의 없다. 이 난세에서 상당히 모시기 편한 대장이라 할 수 있으리라. 그래도 주에몬은 입을 열다가 주저했다. 호위대장 주제에 주군에게 이견을 말하려면 죽음을 각오해야 한다. 주에몬은 지금 주군에게 간언할 수 있는 사람은 자기뿐이라고 스스로를 다독이며 배에 힘을 넣고 말했다.

"외람되오나 주군. 어쨌거나 전쟁이 길어지니 기강이 해이해지는 일도 조금은 있겠지만 주군께서 명령하신다면 장졸들 모두 얌전히 그에 따를 것입니다. 저희 아라키 가신, 모두 최후까지 주군을 받들 각오가 되어 있습니다. 부디 의심하지 마옵소서."

죽음을 각오한 간언에 무라시게는 아무 말도 하지 않았다. 빗소리만 대청을 채웠다. 주에몬의 턱 밑으로 물방울이 떨어졌다. 그 물방울이 비인지, 식은땀인지, 주에몬은 알지 못했다.

무라시게가 한숨을 내쉬었다. 그 얼굴에 노여움은 없었다.

"주에몬. 내가 노해서 근거도 없는 의심을 했다고 생각했느냐."

"설마. 천만의 말씀입니다."

무라시게는 몸을 움츠리고 엎드린 주에몬을 잠시 굽어보다가 이윽고 천천히 품에서 뭔가를 꺼냈다.

"그날 뭔가가 변했다고 생각하는 이유가 있다. 이것을 보아라."

무라시게의 손바닥에는 작은 구슬이 있었다. 거리는 있었지만 주에몬은 눈에 힘을 주어 자세히 보았다.

"철포의 탄환…… 입니까?"

"그렇다. 그날 일은 차마 잊을 수가 없구나. 가와라바야시 노토가 죽은 그날을."

주군의 말에 주에몬은 그날 일을 떠올렸다. 소나기구름이 피어오르고 멀리서 천둥이 우는 무더운 날이었다.

그날 주에몬은 호위대에 창을 주고 가와라바야시 노토를 포위해, 무라시게가 신호하면 체포하거나 죽이라는 명령을 받았다. 혼마루로 들어오는 다리에서 장수들을 서로 떼어 놓는 무라시게의 책략이 적중해 삼삼오오 성으로 들어오는 장수들 사이에서 노토를 쉽게 포위했다. 무라시게의 추리에 규자에몬과 단고는 할 말을 잃었고, 마침내 일꾼이 나서자 노토의 죄는 누가 봐도 명백해졌다. 궁지에 처한 노토가 칼을 뽑아 치켜들고 뭔가 외쳤다…….

그 후의 일을 주에몬은 기억하지 못했다. 낙뢰가 가와라바야시 노토의 목숨을 앗아 갔고, 노토를 포위하고 있던 호위대가 충격으로 튕겨 나갔다는 것은 나중에야 알았다.

그로부터 한 달 반, 분명 더위는 누그러들었고 비는 차가워졌다. 무라시게가 말했다.

"너희 호위대가 쓰러지고, 나는 누구보다 빨리 노토에게 다가갔다."

"예. 호위대 일동, 면목이 없습니다."

"그런 걸로 탓하지는 않아. 호위대는 벼락에 가까웠고 나는 멀었던 것뿐이다. 나는 노토의 숨이 끊어진 것을 확인했지. 이 탄환을 발견한 건 바로 그때였다."

무라시게가 잠시 말을 끊었다가 탄환을 바라보며 말을 이었다.

"이것은 노토 바로 근처에 박혀 있었다. 땅에 두 치• 정도 깊이로 박혀 있었는데, 파내려고 했더니 아직 뜨겁더구나."

"그렇다면……."

믿기 힘든 심정으로 주에몬이 말했다.

"주군께서는 벼락이 떨어지기 전에 누군가가 노토 님을 쏘았다고 말씀하시는 겁니까?"

• 약 6센티미터

"벼락이 떨어지기 전이었는지 후였는지는 모르겠다만."

무라시게는 그렇게 말하며 탄환을 움켜쥐었다.

"그래, 누군가가 노토를 쏘았다."

주에몬은 저도 모르게 외쳤다.

"하지만 어째서!"

그에 비해 무라시게는 어딘가 기운 없는 모습이었다.

"모르겠구나. 노토가 살아 있으면 곤란한 자의 소행일까."

"노토 님은 오다와 내통하고 있었습니다. 그렇다면 역시 오다와 내통하는 다른 자의 소행일까요?"

"십중팔구는 그렇겠지. 하지만 무엇보다 분명한 점은 내가 노토를 처벌하려는 순간에 누군가가 그것을 방해했다는 사실이다."

그제야 주에몬은 무라시게가 무엇을 우려하는지 깨달았다.

무사 가문에서 행동의 시비를 가리고 처벌할 수 있는 것은 우두머리뿐이다. 가와라바야시 노토가 수상한 행동을 했다면 그 죄를 밝히고 벌할 수 있는 사람은 무라시게뿐이고, 그래야만 했다. 무라시게가 노토의 죄를 묻고 있을 때 옆에서 끼어들어 노토를 쏘다니 무라시게의 권위를 침해한 것이다. 그것은, 모반이다.

대청에 어스름이 깊어졌다. 젖은 몸 때문인지 주에몬은 오싹한 한기를 느꼈다.

무라시게는 말했다.

"이 아리오카성에 겉으로는 복종하며 속으로는 배신하는 모반자가 있다. 그런 놈들은 그늘에 숨어 칼을 가는 법이야. 이 탄환은 그자가 실수로 남긴 단 하나의 발자취다. 주에몬, 나는 가쓰마사 님의 전철은 밟지 않는다. 이 성을 지킬 수 있는 사람은 오로지 이 몸뿐이니라."

무라시게는 일어섰다. 한층 깊숙이 고개를 숙이는 주에몬에게 손에 쥐고 있던 탄환을 건넸다.

"그날, 누가 노토를 쏘았는지 알아내거라. 누가 그것을 명령했는지, 그자의 목적은 무엇인지. 알아낼 수 있는 것은 전부 조사해라."

주에몬은 금싸라기라도 되는 것처럼 두 손으로 공손히 탄환을 받아들었다.

"예."

"할 수 있겠느냐?"

"예!"

주에몬답게 평소와 다름없이 거침없는 대답이었다.

하지만 주에몬의 속마음은 과연 이 명령을 완수할 수 있을지 불안했다. 노토가 죽은 뒤로 한 달 반이나 지났다. 잊어버린 것도, 사라진 것도 많으리라. 어째서 주군은 그때 바로 명령하지 않았을까, 주에몬은 의아했다.

3

며칠이 지나 달이 8월로 넘어갔다. 덴쇼 7년 8월은 선교사가 사용하는 율리우스력으로는 거의 9월에 해당한다. 여름은 끝났다.

작년 11월, 아라키 가문이 오다의 지배에서 벗어나 모리에 붙기로 결심했을 때, 회의 석상에는 차가운 열기에 가까운 독특한 긴장감이 가득했다. 소집을 명하는 북소리를 들으면 장수들은 평복이든 갑옷이든 단정한 차림을 갖추고 앞 다투어 천수각으로 달려와 무라시게의 말은 한 마디도 놓치지 않으려고 집중했다. 나이 든 장수도 젊은 장수도, 승승장구하는 오다에게 그래도 도전한다는 흥분으로 얼굴이 상기되어 있었다. 그로부터 열 달, 어느새 너무 많은 것들이 변했다.

천수각에 모이는 장수들은 갑옷이 더러워도, 그 위에 걸쳐 입은 진바오리가 해져도 개의치 않았고, 수염은 길고 얼굴도 흙먼지로 지저분했다. 대부분의 장수들이 고개를 숙이고 회의가 끝나기만을 기다릴 뿐, 개중에는 노골적으로 조는 장수도 있었다. 불참하는 장수들도 많았다……. 병으로 참석할 수 없다고 말하는 장수들이 늘었다. 기타가와라 요사쿠는 항복을 주장한 이후로 신변의 위협을 느끼는지 요즘 사람들 앞에 나타나지 않았고, 오늘은 다카야마 다료도 오지 않았다. 그리고 진행한 군사 회의는 최근 열흘 동안 항상 같은 내용이었다.

"육지가 막혀도 바다가 있잖습니까. 고바야카와, 무라카미 수군을 쓰면 모리가 아마가사키에 예비군을 보내는 데 하루이틀이면 충분합니다. 그런데 오지 않다니, 모리는 변심한 것입니다. 아니, 처음부터 저희를 오다의 방패막이로 쓸 심산이었던 겁니다. 그런 어정뱅이를 믿은 것부터가 잘못입니다. 오지도 않는 모리는 믿지 말고 우리끼리만이라도 화려하게 한바탕 붙어야 합니다. 그것이 무사의 긍지 아니겠소이까!"

열변을 토하는 것은 노무라 단고였다. 무라시게는 언제나 그렇듯 졸린 사람처럼 가느다란 눈으로 단고의 모습을 살피고 있었다.

아군을 감싸고 적을 죽이면 이 세상 모든 일이 잘 풀린다고 믿는 단고의 강직한 성격은 이 기나긴 농성에서도 변하지 않았다. 단고가 무라시게를 몰아내려는 모반자일 가능성이 있을까? 단고는 가문의 격이 높고 위세도 등등하며 하극상을 성사시킬 만한 힘은 있지만, 무라시게의 매제라는 관계는 모반을 일으키기에는 오히려 무라시게와 지나치게 가까운 사이라고 할 수도 있다. 애초에 단고는 표면적으로 무라시게를 따르면서 뒤에서 모반을 꾀할 만큼 능구렁이 같은 사내가 아니다. 아니면 줄곧 그렇게 연기했을 뿐인가?

이케다 이즈미가 심각한 표정으로 말했다.

"단고 님 말씀대로 모리가 배신한 건 분명합니다. 하지만 저희끼리 한판 붙어 보자고 하셔도 병사가 부족하고 철포가 부족하며, 오다는 이미 부성 축조를 마쳤습니다. 많은 적들이 있는 성에 적은 수의 병사로 쳐들어가자고 말씀하셔도, 그것은 무사의 긍지라기보다 자포자기가 아닐는지요? 지금은 무엇보다도 어떻게든 계획을 짜내 아군을 늘려야 합니다."

이즈미는 농성 전부터 화려한 수훈을 세운 적은 없지만 매사 판단이 뛰어나고 의리가 깊어 사람들이 신뢰하는 남자다. 무기와 병량부터 목재까지, 물자 배급을 맡고 있는 만큼 성안에 이즈미와 얽히지 않는 장수는 한 명도 없다. 무라시게가 우두머리로 있는 한 앞날이 불안하다고 이즈미가 말한다면 동의하는 자도 많을 것이다. 이즈미가 배신했을 가능성은 있을까? 무라시게를 쫓아내고 스스로 우두머리가 되기 위한 도박에 나설 사내로는 보이지 않는데…….

아라키 규자에몬은 험상궂은 표정이었다.

"저희는 모리와 한편이 되었다고 했지만 그렇지 않습니다. 모리도 그렇고 우키타도 그렇고 사기꾼 가문을 믿은 게 잘못입니다. 저희는 혼간지의 편을 들고, 세이이타이쇼군의 편을 든 것입니다. 그 혼간지가 벌써 구 년이나 버티고 있습니다. 저희도 세상의 운기가 바뀔 때까지 굳건하게 버티면 됩니다. 다케다 신겐은 도쿠가와에게 이겼지만 병으로 쓰러졌으니…… 노부나가도 사람, 수명이라는 게 있잖습니까."

규자에몬은 요즘 기다리자는 말뿐이다. 기다리는 작전은 아무것도 하지 않아도 되니 장수들의 호응이 상당히 좋다. 규자에몬이 무라시게를 배신하려고 마음먹었을 가능성이 있을까? 분명 규자에몬은 지금은 아라키의 이름을 쓰고 있지만 원래는 이케다 가문의 일원으로, 무라시게를 추방하고 이케다 가문의 재건을 호소하면 규자에몬을 따르는 이가 적지 않을 것이다. 수상하다고 하면 그보다 수상한 자도 없다. 하지만 무라시게가 보기에 규자에몬의 그릇은 한 가문을 이끌기에는 다소 불안하다. 규자에몬이 무라시게를 속이고 모반을 추진할 수 있을까?

"다들 무슨 말씀입니까!"

그렇게 거칠게 외친 것은 나카니시 신파치로였다.

"모리와 합심하여 이 아리오카성에서 노부나가 놈을 치는 것은 주군이 세우신 원대한 작전. 그 작전은 아직 건재합니다. 주군의 작전을 믿고 그 성취를 위해 애쓰는 것이야말로 우리 가신들의 본분 아닙니까! 소인은 주군을, 셋쓰노카미 님을 믿습니다. 주군을 믿으니 모리가 올 거라 믿습니다! 당장 내일이라도 모리 군대가 구름 떼처럼 몰려올 텐데 대체 무슨 말씀들을 하시는 겁니까!"

회의 석상이 쥐 죽은 듯 고요해졌다. 가신에 합류한지 얼마 되지 않은 신파치로의 으름장을 꾸짖는 자는 없었지만 그렇다고 찬동하는 이도 없어, 어쩐지 흥이 깨진 분위기였다. 무라시게는 신파치로의 상기된 얼굴을 보면서 이 사내가 자기를 쫓아내려고 획책할 것 같지는 않다고 생각했다. 설령 신파치로에게 그런 야심이 있다 해도 이 사내의 편을 들 자는 없으리라. ……그렇다고 신파치로가 야심을 품지 않는다는 뜻은 아니다.

오늘 회의도 어제와 마찬가지였다. 전쟁은 교착상태로 장수들도 할 말이 바닥났다. 하지만 그런 상황에서도 무라시게는 모리의 배신을 탓하는 목소리가 늘었다는 것을 깨달았다.

오다의 밑에서 벗어나 모리에게 붙기로 결심한 것은 무라시게였다. 모리의 배신을 탓하는 것은 무라시게의 판단을 탓하는 것과 같다. 장수들은 그 사실을 모르는 것일까? 알면서도 무라시게 대신 모리를 힐난하는 것일까?

무라시게는 어느 쪽인지 판단이 서지 않았다.

회의를 마치고 무라시게는 호위대의 경호를 받으며 저택으로 돌아왔다.

장수들 앞에 나설 때 무라시게는 팔과 정강이 보호대 정도는 찬다. 화살과 탄환이 날아올 장소가 아니니 투구나 갑옷까지 전부 차려입는 것은 과하지만 만일에 대비해 어느 정도 장비를 갖추는 것은 무사의 소양이다. 전에는 회의에 나가는 것뿐인데 보호대를 차다니 조금 우스꽝스럽다고 생각했지만 요즘 무라시게는 겉옷 밑에 미늘옷을 입는다. 부하들은 오다의 자객에 대비한 조치라고 생각하는 모양이지만 사실은 성안의 배신자를 대비한 것이었다.

그런 만큼 저택에 들어서면 깊이 안도했다. 무라시게는 부하들의 도움으로 보호 장비들을 벗고 대야에 떠온 물로 몸을 씻고 저택 안 불당으로 향했다.

복도를 지나 불당 장지문을 열자 판자벽에 둘러싸인 어둑한 실내에서 지요호가 염불을 외고 있었다. 지요호의 뒤에서 시녀가 한쪽 무릎을 세우고 대기하다가 장지문을 연 것이 무라시게임을 알아차리고는 바로 고개를 숙였지만, 지요호의 염불은 멈추지 않았다. 무라시게는 장지문을 닫고 앉지도 않고 그저 지요호의 목소리를 듣고 있었다.

무라시게의 침묵에 초조해졌는지 시녀가 작은 목소리로 말했다.

"다시 님……."

지요호는 그 한마디에 염불을 뚝 그쳤다. 불상을 바라본 채로 말했다.

"무슨 일이니."

"주군께서."

지요호가 고개를 돌렸다. 긴 농성에도 불구하고 싱그럽고 젊은

옆모습이었다. 지요호는 눈을 휘둥그레 뜨고 불상 정면에서 물러났다.

“어르신. 죄송합니다.”

“아니다, 괜찮다.”

무라시게는 불상이 아니라 지요호의 정면에 앉았다.

“열심이구나. 뭐 소원이라도 빌고 있었느냐?”

무라시게가 그렇게 말한 것은 농담이었다. 하지만 예상 외로 지요호는 입을 다물었다. 이윽고 지요호가 모기 울음소리 같은 목소리로 “극락왕생을.”이라고 말했다.

“극락왕생을 빌고 있었습니다.”

“누구의 극락왕생을?”

“이번 전쟁에서 죽은 자들의.”

“몇십, 몇백이나 될 텐데.”

“예.”

무라시게는 불상을 보았다. 나라 지방의 불사가 만든 석가모니불 좌상이다.

지요호는 오사카 혼간지 승관(僧官)의 딸로 본인도 경건한 일향종 신도다. 무라시게는 이상하다고 생각했다.

“일향종은 극락왕생을 바라지 않는 줄 알았는데.”

일향종은 기도의 효험을 인정하지 않는다. 죽은 자를 구제하는 존재는 오로지 아미타여래뿐, 산 자의 기도가 본인이나 타인을 구제한다고 생각하지 않는 것이다.

지요호는 눈길을 떨어뜨렸다.

"그렇습니다. ……하지만 어르신 앞에서 말씀드리기는 조심스러우나……."

지요호가 몸을 움츠리며 말했다.

"성의 고난을 보고도 가만히 있을 수는 없었습니다. 부친께서 보셨다면 필시 꾸짖으셨겠지요."

일향종 신도인 지요호가 석가모니 불상 앞에서 죽은 자의 극락왕생을 기원하는 것은 분명 교리에 맞지 않는 일이다. 때문에 지요호는 몹시 잘못된 행동을 하는 것처럼 여기는 듯했다. 하지만 무라시게는 전쟁을 통해 죽은 이들, 마지막 임무라며 오다에게 뛰어든 모리 가헤에, 피에 젖은 손으로 자손을 가신으로 거두어 주길 소망한 이타미 이치로자에몬, 성안 최고 명수였으나 칼 한 번 뽑아 보지 못하고 뒤에서 공격당해 목숨을 잃은 아키오카 시로노스케, 마지막으로 서방 세계로 떠나고 싶다고 했던 아베 지넨, 별빛에 겨우 얼굴을 볼 수 있었던 오쓰 덴주로, 속옷 차림으로 사병(死兵)이 되어 무라시게의 눈앞까지 달려든 호리 야타로, 모든 이에게 존경과 사랑을 받으며 성 안팎 양쪽과 통했던 무헨, 더 이상 물러날 데가 없다고 칼을 뽑았다가 벼락을 맞은 가와라바야시 노토 뉴도 그리고 아라키와 오다 측에서 각각 죽어 간 무수한 병사들, 산으로 달아났지만 떼죽음당한 민초들……. 그들의 얼굴을 떠올리니 지요호의 기도가 너무나 고귀해 보였다.

"장인께서 뭐라 말씀하실지는 모르겠다만 나는 우리 아리오카성 사람들을 위해 기도해 주어 기쁘구나."

지요호는 감정이 북받치는 표정으로 바닥에 천천히 손을 짚고 고개를 숙였다.

“과분한 말씀이십니다.”

“염불은 끝났느냐.”

“애초에 기도 드리는 숫자에 정해진 규칙은 없습니다.”

“그런가. 일향종 교리는 아는 바가 없어서.”

지요호가 손을 거두고 고개를 들어 가만히 웃었다.

그때 무라시게는 문득 한 가지 생각이 났다. 지요호를 아내로 맞이한 뒤로, 오다의 밑에서 벗어나기로 결심한 뒤로, 농성이 시작된 뒤로…… 언제든지 물어볼 수 있었는데 한 번도 묻지 않은 질문이 있었다. 지금이…… 지금? 농성 아홉 달째, 장졸들은 태만해지고 누군가가 그의 자리를 차지하려는 지금 말인가……. 좋은 기회 아닌가. 무라시게는 석가모니 불상을 보며 지요호에게 물었다.

“지요호. 그대는 내게 염불을 권하지 않는구나.”

“예.”

“이유가 있는 것이냐?”

지요호의 눈가에 당혹스러운 기색이 서렸다. 매사 지요호는 자기 생각을 거의 말하지 않는다. 묻는 말에 대답을 해도 될지 망설이는 기색이었다.

“괜찮다.”

무라시게가 그렇게 다독이자 그제야 지요호는 거듭 망설이면서도 조심스럽게 입을 열었다.

“물론 부친은 기회가 있을 때마다 어르신께 염불을 권하라고 가르치셨습니다. 하지만 이케다에 갔다가 다시 이곳 이타미로 와서 어르신이 하시는 일을 보니 내세를 위해 염불을 권해도 어르신께는 오히려 성가실 것 같아, 오늘까지 그런 말씀을 드리지 않았습니다."

"성가시다니 무슨 뜻이냐."

"그렇다면 말씀드리겠습니다."

맑은 목소리로 지요호가 말했다.

"어르신은 아라키 가문의 대장이십니다. 종교란 곧 힘없는 민초에게는 구원의 약속, 활과 말을 다루는 무가에게는 현생의 수호, 대장에게는 전략이 될 것입니다. 전략에 방해가 되는 것은 성가신 일이 아닐까 생각했사옵니다."

무라시게는 웃음이 나올 것 같았다. 확실히 맞는 말이다. 우두머리가 종교를 선택하는데 자신의 현세 이익, 극락왕생만 생각할 수는 없다.

다카야마 다료의 예전 주군, 와다 이가노카미 고레마사는 많은 남만종 신자를 가신으로 거느리고 본인도 남만종을 가까이 했다. 하지만 그는 끝까지 자기 종교인 선종을 버리지는 않았다. 남만종에 친화적인 태도가 가신을 다스리기 위한 방편이었는지, 진심으로 남만종에 마음을 쏟았던 건지는 아무도 모른다. 다만 말할 수 있는 것은 남만종으로 개종하든, 선종으로 남든, 고레마사가 와다 가문의 당주라는 입장을 고려하지 않고 종교를 정할 수는 없었다는 점이다.

무라시게도 마찬가지였다. 혹여나 지요호가 일향종을 강하게 권했다면 그 가르침을 이해하는 시늉 정도는 했으리라. 하지만 개종은 하지 않는다. 이 호쿠세쓰에서 일향종으로 바꾸면 모두가 아라키가 혼간지 밑으로 들어갔다고 판단할 것이기 때문이다.

그것을 지요호가 꿰뚫어 보았을 줄은 무라시게도 미처 생각하지 못한 일이었다.

"맞는 말이다."

무라시게는 말했다.

"전략이다. 좌선도 경전도 전략이다. 전쟁에 나가면 내세가 보장되고 전진하면 극락, 후퇴하면 지옥이라고 혼간지가 외쳐 대는 것 또한 전략이다. 전쟁뿐인 이 세상에서 삼라만상, 전략이 아닌 것이 하나도 없구나."

지요호는 난처한 듯 울적한 눈빛으로 미소를 머금다가 이윽고 고개를 숙였다.

"영리한 척 말이 많았습니다. 부디 용서해 주십시오."

"천만에."

무라시게도 무심코 덩달아 입가를 누그러뜨렸다.

"영리한 게 무엇이 잘못이냐. 어리석은 자를 곁에 두고 싶은 무사가 어디 있겠느냐."

"그건."

지요호도 미소를 지었다.

"어딘가에는 있겠지요."

불당 밖에서 발소리가 다가왔다. 귀에 익은 부하의 목소리가 알렸다.

"아뢰옵니다."

"무슨 일이냐."

"고리 주에몬 님께서 급히 뵙기를 청하십니다."

"바로 가마."

무라시게는 그렇게 대답해 부하를 물린 뒤에 일어섰다. 엎드려 절하는 시녀 옆을 지나가면서 무라시게는 지요호를 돌아보고 말했다.

"그럼 전략으로 돌아가 볼까."

4

밀담에는 넓은 방이 좋다. 누가 엿듣기 어렵기 때문이다. 무라시게는 주에몬을 이번에도 대청으로 들였다. 시간도 전과 마찬가지로 저녁 어스름이 깔릴 즈음이었다.

주에몬은 명주옷에 조끼를 걸친 평복 차림이었다. 대청마루에 앉아 두 주먹을 바닥에 짚고 깊숙이 고개를 숙여 무라시게를 맞이했다. 무라시게는 방석에 책상다리로 앉아 말했다.

"들어 보자꾸나."

주에몬은 머리를 조아린 채 늠름한 목소리로 말했다.

"예. 분부하신 일로 아뢰옵니다. 그날 혼마루에 철포를 쏜 자는 한 명도 없었습니다."

"……없었느냐."

"예."

무라시게는 턱을 어루만졌다.

아리오카성의 병사들은 크게 두 부류로 나뉜다. 무라시게를 섬기는 병사와, 무라시게를 섬기는 장수들의 병사다. 물론 무라시게는 가장 많은 병사를 거느리고 있지만 그래도 그 수는 성안 병사의 절반을 넘지 않는다. 그리고 혼마루 수비는 무라시게가 데리고 있는 병사들만 맡는다. 예외는 뛰어난 기량을 높이 사서 중요한 지점에 배치한 소수의 사이카 병사뿐이다.

또한 병사들에게는 무라시게와 가까워 장수로의 영달도 가능한 호위대부터 짐만 나르는 졸병까지 다양한 계급이 있다. 혼마루를 수비하는 것은 호위대와 일반 병사였다. 호위대는 자기 소유의 무기를 가지고 있지만, 병사들이 가진 것은 고작해야 무딘 칼 정도라 필연적으로 무라시게가 창이나 활, 갑옷, 철포를 빌려주어야 한다. 그런 도구들은 싸움이 끝나면 반납하는데 값이 비싸고 숫자도 적은 철포만큼은 돌려쓰다 보니 취급이 달랐다.

혼마루를 수비하는 병사들 중 철포를 맡는 사람은 우선 혼마루 안 철포 무기고로 가서 무기를 빌린다. 그리고 보초 업무를 끝마치면 철포를 무기고에 반납하고 혼마루에서 나가야 한다.

한편으로 호위대 중에는 직접 철포를 소유한 자도 있고, 사격술을 자랑하는 사이카 병사들도 자기 철포를 가지고 혼마루로 들어온다. 또한 군사 회의 때문에 혼마루에 모이는 장수들과 그 경호병 중에 철포를 가진 자가 있어도 딱히 제재하지는 않는다. 하지만 주에몬은 가와라바야시 노토가 죽은 날, 혼마루에 철포를 반입한 자는 없었다고 했다.

"병사들은 말할 것도 없고 장수나 그 시종들 중에서도 철포를 가진 자는 한 명도 없었다고 다리를 지키던 호위대가 입을 모아 말했습니다. 그들도 주군께서 명령하신 의도를 잘 알고 있어 장수들의 무기는 유심히 살폈으니 틀림없을 것입니다. 또한 그날은 창으로 노토 님을 포위하기로 미리 계획한 바, 호위대도 철포는 지참하지 않았습니다."

"사이카 병사들은 어떠했느냐."

"사이카 병사가 혼마루에 있으면 주군의 체포 명령을 오해할 자도 있을 것 같아 소인의 독단으로 전날 미리 사이카 병사들은 등성하지 말라고 전달했습니다. 지시에 따라 당일 사이카 병사들은 혼마루에 오지 않았습니다."

주에몬이 잠시 짬을 들였다가 이어 말했다.

"주군도 아시다시피 철포 무기고는 자물쇠로 잠그고 보초가 지킵니다. 그날 보초는 일개 병사였지만 사람들의 이야기를 대조해 보니 성실히 근무한 바, 창고에서 몰래 철포를 반출했다고 생각하기도 어렵습니다."

철포 무기고에는 원래 보초를 세웠지만 여름에 오다의 수하가 탄약고에 불을 지르려 한 이래로 탄약고와 철포 무기고 수비는 더욱 엄중해졌다. 병사들 중에서도 실력 있는 자를 특별히 골랐고 인원도 늘렸다. 무라시게는 수긍할 수밖에 없었다.

"그랬겠지."

그날, 철포는 단 한 자루도 혼마루에 들어오지 않았고 철포 무기고에서 몰래 반출되지도 않았다면 노토를 쏜 철포의 출처는 한 가지 가능성밖에 없다.

“몰래 꺼낼 수 없다면 당당하게 꺼내는 수밖에 없겠지. 그렇다면 병사들인가.”

“예. 무기고에서 철포를 빌린 병사가 누군가의 명령을 받아 노토 님을 쏘았다……. 소인도 처음에는 그렇게 생각했습니다.”

무라시게가 눈썹을 꿈틀 움직였다.

“‘처음에는’이라고 말했느냐?”

“예. 병사들의 해명을 전부 들어 보고 믿을 만한 말인지 조사하려고 다른 자의 해명과 대조했습니다.”

주에몬이 드물게 열변을 토했다.

“주군, 그날 혼마루를 지키던 철포 병사들은 서로에게서 눈을 떼지 않았습니다. 애초에 혼마루에서 철포 병사는 이인 일조로 망루에 오릅니다. 서로의 눈을 피해 망루에서 내려가기란 불가능하고, 하물며 노토 님을 쏘다니 감히 생각도 못 할 일입니다.”

“…….”

“철포를 내 주는 무기고 담당은 호위대가 맡는데, 수상한 자나 임무가 없는 자에게 철포를 빌려주는 일은 없습니다. 그날 무기고에서 내준 철포는 한 자루도 남김없이 누가 어디에서 가지고 있었는지 전부 조사했습니다. 노토 님을 쏜 철포는 병사들이 빌려 간 물건이 아니었습니다.”

무라시게는 정말 자세히 조사했느냐고 일갈하고 싶은 충동을 억눌러야만 했다. 주에몬은 유능한 부하다. 주에몬이 조사해서 병사들이 노토를 쏜 게 아니라고 한다면 그렇다고 생각하는 수밖에 없다.

주에몬은 말을 이었다.

"혼마루 밖에서 쏘았을 가능성도 고려하기 어렵습니다. 탄환이 땅에 박혀 있었다는 주군의 말씀과 대조하면 철포는 위쪽에서 노토 님을 겨냥해 쏜 셈이 되는데, 혼마루 밖에는 그럴 수 있는 장소가 없기 때문입니다."

"자네가 하고 싶은 말은 알겠다."

무라시게가 말했다.

"달리 할 말이 없다면 두 가지만 묻겠다."

"예."

주에몬은 얌전히 고개를 숙였다.

"무엇이든지."

"노토를 노린 자는 어디에서 철포를 쏘았느냐. 짐작 가는 바가 있느냐?"

주에몬이 상체를 일으키고 똑똑히 대답했다.

"있습니다."

미리 생각을 정리해 두었는지 주에몬의 대답은 거침이 없었다.

"노토 님이 쓰러진 장소, 철포가 닿는 거리, 거기에 위에서 쏘았다는 점을 고려하면 범인이 숨어 있었던 장소는 세 군데로 좁힐 수 있습니다."

"흠. 세 군데라면?"

"소나무 위, 천수각 2층, 저택 지붕."

무라시게는 소나무가 무사 주거지로 이어지는 다리 근처에 있는 소나무를 뜻한다는 것을 눈치챘다. 확실히 그 나무에 오르면 겨냥하기 쉽겠지만 주변에 수풀이나 다른 물체가 없어 나무에서 내려오면 근처에 숨을 장소가 없다.

또한 천수각은 군사 회의가 열리는 장소로 노토가 죽었을 때 이미 몇 명의 장수가 들어가 있었을 터였다. 범인이 2층에서 쏘았다면 달아날 길이 없다.

저택은 사각지대가 많지만 안채를 비롯해 항상 많은 사람들이 있는 장소이기도 하다. 낯선 자가 접근할 수 있는 곳이 아니다.

주에몬이 말한 세 군데는 전부 저격하기에 절호의 장소는 아니다. 하지만 범인이 숨어 있었던 곳을 그 세 군데로 좁힐 수 있다고 주에몬이 말한 이상 다른 장소에서는 어떻게 해도 겨냥할 수 없으리라. 다만 한 가지만 물어보기로 했다.

"천수각 2층으로 좁힌 이유는 무엇이냐?"

"1층에서는 둘러서 있던 호위대와 장수들이 방해가 되어 노토님을 쏠 수 없습니다. 3층은 저격 각도가 너무 가팔라 이 역시 노릴 수 없습니다."

"시험해 보았느냐?"

"예. 물론입니다."

무라시게는 끄덕였다.

"오냐. 그렇다면 한 가지만 더 묻겠다."

"예."

무라시게의 어조가 살짝 매서워졌다.

"나는 노토를 쏜 자가 누구인지 알아내라고 명령했다. 자네가 꼼꼼히 조사한 점, 더욱 깊이 고민하는 데 시간이 걸린 점은 잘 알겠다. 하지만 내 명령은 아직도 완수하지 못했구나. 주에몬, 자네는 어째서 조사하다 말고 나를 만나고자 했느냐?"

그러자 주에몬이 넙죽 엎드렸다.

"송구스럽습니다."

"무슨 일이 있었느냐?"

"예. 분부하신 일을 먼저 보고해야겠다는 생각에 앞뒤가 그만 뒤바뀌었습니다. 소인, 예상하신 대로 급히 아뢸 말씀이 있어 찾아뵈었습니다."

주에몬 정도 되는 인물이 무심코 실수했다니 납득할 수 없었다. 먼저 말하기 거북한 내용일 거라 짐작했다.

"말해 보아라."

"예. 성안을 살피다가 들은 말입니다."

난간 사이로 보이는 하늘이 피처럼 붉었다. 주에몬은 말했다.

"나카니시 신파치로 님에 관한 소문이 있었습니다."

5

이튿날 군사 회의도 역시 장수들은 모리를 비난할 뿐, 이렇다 할 의견은 나오지 않았다. 원래 군사 회의는 무라시게가 장수들을 감시하고, 장수들이 서로를 감시하는 자리이기는 했지만 그렇다고 하더라도 무엇 하나 결론이 나지 않았다. 기탄없는 주장들, 이의를 위한 이의를 흘려들으며 무라시게는 눈을 감고 어제 고리 주에몬의 보고를 생각하고 있었다.

침을 튀기며 옥신각신하던 장수들이 문득 말다툼에 지친 듯 입을 다물었다. 신호라도 한 것처럼 정적이 천수각에 내려선 그때, 무라시게가 눈을 떴다.

"나카니시 신파치로."

갑작스레 이름을 불러 어리둥절한 기색이었지만 신파치로는 바로 굵은 목소리로 대답했다.

"예!"

그 얼굴에는 억누를 수 없는 흥분이 드러나 있었다. 무라시게는 잠시 그 얼굴과 빈틈없이 갑옷을 걸친 차림새를 보며 말했다.

"신파치로, 다키가와 사콘에게 술을 받았다더구나."

"오오, 그 일 말씀이십니까."

신파치로는 허벅지를 두드리며 웃었다.

"예. 맞습니다. 사콘 가신 사지 아무개, 일전에 화살로 편지를 쏘아 보냈던 자가 위문품이라며 가져왔더군요."

"답례도 보냈다 들었다."

"그렇습니다. 아니, 역시 주군께서는 모르시는 게 없군요."

신파치로는 흥겹게 말하며 의기양양하게 장수들을 둘러보았다.

"술은 소인과 조로즈카 요새의 네 부대장이 잘 마셨습니다. 역시 오다의 대장이라 제법 좋은 술을 보냈던데, 그래도 역시 소인의 입에는 이타미의 물이 맞더군요."

그렇게 말하며 신파치로는 기분 좋게 껄껄 웃었다. 하지만 그 목소리도 무라시게의 눈빛을 보자마자 햇볕을 쬔 눈처럼 싹 사라졌다.

무라시게의 눈빛은 가을날 강물처럼 싸늘했다.

"그래도 된다고 생각했느냐?"

무라시게의 음성 또한 평소와는 달랐다. 신파치로는 무슨 일인지 전혀 영문을 모르는 눈치였다.

"무슨 말씀이신지……."

"내가 모르는 곳에서 다른 가문과 서한을 교환하는 것은 군법에 위배되는 일. 선물 교환은 말할 것도 없거늘."

신파치로가 눈을 휘둥그레 뜨고 입을 쩍 벌렸다.

"그, 그럴 수가."

그러더니 맹렬하게 반박했다.

"무슨 말씀이신가 했더니, 억울합니다. 조로즈카 요새는 주군께서 소인에게 맡긴 곳입니다. 모든 일을 소인이 관리해야 한다고 생각했는데 술 한 통으로 그렇게 꾸짖으실 줄은."

"닥쳐라!"

무라시게가 일갈했다.

"한 성을 맡은 대장이라 해도 중개인 없이 다른 가문과 연락하면 그것은 곧 모반이다. 고작 요새 하나를 맡은 주제에 오만하구나!"

무라시게의 노여움에 눌려 신파치로는 앉은 채로 뒷걸음질을 친 것처럼 보였다. 넙죽 엎드려 낭패한 기색을 드러냈다.

"아니, 이것은…… 소인은 그런……."

무라시게는 그때 장수들의 얼굴을 재빨리 둘러보았다.

그 순간, 무라시게는 찬물을 뒤집어쓴 것처럼 등줄기가 오싹했다.

군사 회의에 참석한 장수들은 모두 당혹스러운 얼굴로 이해할 수 없다는 듯, 말하자면 귀신에 홀린 듯한 표정이었다. 평소 말수가 적은 무라시게가 갑자기 부조리한 말을 한다는 듯이 어딘가 냉소적인 얼굴이 쭉 늘어서 있었던 것이다. 무라시게의 말이 옳다고 받아들이는 얼굴은 하나도 없었다.

신파치로가 말했다.

"하지만 주군, 선물에 답례를 하는 것은 예의라……. 아라키는 인색하다고 비웃음이라도 사면 분하지 않습니까."

조로즈카 요새를 지켜 낼 장수로 임명한 이래로 지금까지, 신파치로는 다루기 힘든 부대장들을 통솔해 오다가 요새에 근접하지 못하도록 막았다. 오다가 원거리 공격을 선택해 요새에 직접 쳐들어오지 않았기 때문이라고는 해도 큰 탈 없이 굳게 수비한 신파치로의 역량은 결코 부족하지 않다. 하지만 장수로서의 넓은 시야는 전혀 없었다. 간베에라면 이런 얼빠진 대답은 하지 않을 것이다. 무라시게는 부질없는 분노를 느꼈다.

"어리석은 녀석. 다키가와에게는 무엇을 보냈느냐?"

"예, 그건…… 농어를 보냈습니다."

농어는 모습도 아름답고 예로부터 가장 품위가 높은 바닷물고기로 일컬어지는 여름 물고기였다.

무라시게는 언성을 높였다.

"이리 어리석을 데가! 신파치로, 그 농어를 어디에서 손에 넣었느냐?"

신파치로는 질문을 이해 못 하겠다는 표정이었다. 무라시게는 아랑곳없이 다그쳤다.

“오다가 사방을 포위한 이 아리오카에서 농어가 잡힐 리 없다. 암거래일 터!”

사람과 사람이 만나면 금품이 오가기 시작하는 것은 세상의 이치다. 내일은 서로 목숨을 앗아 갈 적이라도 그것은 마찬가지다. 아리오카성 이상으로 철저하게 포위된 오사카 혼간지에서도 오다의 병사들이 쌀과 잡다한 도구를 팔아 몰래 돈으로 바꾸고 있다는 소문이 끊이지 않았다. 물론 아리오카성 어디선가 암거래가 이루어진다 해도 이상할 건 없지만 그런 거래는 철저히 금지하고 있다.

신파치로는 머뭇머뭇 변명했다.

“그럴 수도 있겠지만 부대장들이 가져온 거라 소인은 모르옵니다. 하지만 주군, 소인은 납득할 수 없습니다. 수단을 가리지 않고 식량을 구하는 것은 전쟁터에서 훌륭한 마음가짐이라고 칭찬해 주실 줄 알았건만.”

신파치로의 말을 듣고 몇 명이 고개를 끄덕거린 것을 무라시게는 보았다. 전쟁터에서는 병량이 떨어지면 풀이라도 삶고 돌이라도 핥으며 허기를 달랜다. 농어를 손에 넣은 것은 수완이 뛰어난 것이지, 비난받을 이유는 없다……. 장수들의 그런 당혹감을 무라시게는 예민하게 감지했다. 무라시게는 그런 기척을 일축했다.

“식량을 구한 것을 탓하는 게 아니다. 답례로 농어를 받은 다키가와가 무슨 생각을 하겠느냐? 다키가와 사콘은 오다에서 손에 꼽히는 지장이니 육지에서 농어를 잡을 수 있다고 생각할 리 없다. 반드시 아리오카에 물품을 반입하는 장사꾼이 있다고 생각할 게다. 그걸 알게 되면 왕래를 막는 것도, 장사꾼 틈으로 첩자를 보내는 것도 다키가와가 마음먹기에 달렸어. 자네는 오다에게 아리오카성에는 이러이러한 허점이 있다고 친절히 알려 준 셈이다. 그런 일이 있으니 다른 가문과 연락할 때는 중개인을 통하라는 규칙이 있다는 것을 알아 두어라. 신파치로, 네가 저지른 실수, 가벼운 죄가 아니다!"

군사 회의 자리가 기침 소리 하나 없이 조용해졌다.

무라시게는 마음이 초조했다. 당사자인 신파치로는 그래도 의기소침한 기색이었지만 다른 장수들은 신파치로가 무슨 잘못을 저질렀는지 이해하는 것 같지도 않고 어째서 견책하는지 모르겠다는 듯 떨떠름한 표정을 지을 뿐이었다. 원래 군사 회의 자리에서 신파치로를 꾸짖은 것은 일벌백계가 목적이었다. 하지만 무라시게의 말은 장수들의 마음에 닿지 않았고 억지로 만들어 낸 분노는 허공을 맴돌았다.

무라시게는 생각했다. 정녕 지쿠고노카미 가쓰마사를 추방하기 직전의, 이케다 가신들의 태도와 똑같지 않은가?

"주군."

조심스럽게 입을 연 것은 아라키 규자에몬이었다.

"지당한 노여움이십니다. 하오나."

거짓말을 하는구나. 무라시게는 그렇게 생각했다. 규자에몬의 얼굴을 보면 무라시게의 말이 옳다는 생각은 눈곱만치도 없다는 것은 불을 보듯 뻔했다. 하지만 무라시게는 마음을 진정시키고 손짓으로 다음 말을 재촉했다. 규자에몬은 고개를 살짝 숙이고 말했다.

"분명 신파치로의 행동은 경솔했고 군법에 비추면 무거운 벌을 피할 수 없을 것입니다. ……하지만 신파치로는 평소 근면성실했습니다. 장수가 된 지 얼마 되지 않아 모르고 한 행동이겠지요. 부디 이번 한 번만 용서해 주시면 어떻겠습니까? 적이 사방을 포위한 지금, 섣불리 아군을 벌하는 것은 상책이 아닌 듯합니다."

무라시게는 다시 한 번 천수각에 앉아 있는 장수들을 보았다. 반발하는 기색은 싹 사라지고 그게 좋겠다고 말하고 싶은 듯 애매한 침묵이 깔렸다.

아라키의 장수들은 어리석지 않다. 신파치로의 행동이 얼마나 군법에 어긋나고 오다에게 허점을 보이는 것이 얼마나 위험한 일인지 모를 리가 없다. 하지만 오늘 군사 회의에서 장수들은 무라시게의 지적에서 눈을 돌리고 신파치로에게 동정했다. 무라시게는 지금 어렴풋이 그 이유를 깨달았다.

장수들은 신파치로에게 연민을 느끼는 게 아니다. 그들이 진실로 가여워하는 것은 가와라바야시 노토 뉴도였다. 오다와 내통해 고매한 승려를 죽이고 민초들을 비탄의 늪에 빠뜨린 노토의 죽음을, 장수들은 그래도 원통하게 여기는 것이다. 우두머리라고는 해도 이방인인 무라시게가 이곳 호쿠세쓰의 명문 가와라바야시 가문의 핏줄 노토 뉴도를 치욕 속에서 죽게 만든 것을 장수들은 아직 깔끔하게 받아들이지 못했다. 이 침묵은 그로 인한 것이다.

어쩔 수 없었다. 무라시게는 심사숙고하는 시늉을 하다가 끝으로 말했다.

"좋다. 규자에몬의 중재와 지금까지의 태도를 보아 이번은 용서하겠다. ……신파치로."

"예!"

"앞으로는 자중하거라. 더욱 노력해 무훈으로 갚도록 하여라."

"예, 반드시!"

신파치로는 감읍하듯 떨리는 목소리로 대답했다.

군사 회의를 마치고 무라시게는 고리 주에몬 한 명만 데리고 천수각 꼭대기로 올라갔다. 바람도 하늘빛도 확연히 가을 풍경이었다.

과거 무라시게는 이케다성을 손에 넣은 뒤에 생각하는 바가 있어 성을 파괴했다. 이케다성이 있었던 땅은 후루이케다라 불리게 되었다. 지금 천수각에서 보이는 후루이케다에는 깃발이 펄럭이고 있다. 오다는 후루이케다에 진을 쳤다. 아니, 진이라기보다도 성에 가까운 당당한 요새를 지었다. 설사 모리가 대군을 이끌고 후방에 나타나더라도 저 후루이케다의 진을 정말 부술 수 있을지, 무라시게는 이제 알 수 없었다.

오늘 군사 회의는 우려스러웠다.

나카니시 신파치로는 우두머리에게 무단으로 다른 가문과 선물을 주고받았다. 바로 의심을 사서 처형당해도 할 말이 없는 경솔하기 짝이 없는 행동이었다. 하지만 그 정도로 명백한 위반 행위조차 무라시게는 질책할 수 없었다. 군사 회의에 참석한 장수들이 신파치로의 처벌에 찬성하지 않았기 때문이다.

과거에 무라시게가 오다 가문에 있었을 때, 노부나가는 무라시게를 자기와 마찬가지로 가신들을 통솔할 수 있는 유일무이한 주인이라고 생각하는 면이 있었다. 하지만 그렇지 않다. 그렇지 않았다는 것을 무라시게는 오늘 새삼 깨달았다.

이케다 가문이 쇠락해 가는 위태로운 국면에 호쿠세쓰의 호족들이 내세운 새로운 우두머리, 그것이 무라시게였다. 일전에 구로다 간베에가 말한 것처럼 무라시게는 그들을 통솔할 정당한 근거가 없어, 호족들이 찬성하지 않으면 아라키 가문은 단 하루도 성립되지 않는다. 흐름을 읽는 데 탁월한 무라시게는 군사 회의의 동향을 원하는 방향으로 바꿀 수 없었다.

예전에는 그렇지 않았다. 군사 회의는 호족들이 무라시게를 견제하는 자리가 아니라 무라시게가 호족들을 통솔하는 자리였다. 장수들은 무라시게의 말을 존중했고 무라시게가 옳다고 하면 대부분 옳다 하였고, 그르다고 하면 대부분 그르다고 대답했다. 약간 억지스러운 주장도 아라키 규자에몬이나 이케다 이즈미와 같은 원로 가신들을 미리 설득하면 생각대로 중의를 모아 뜻을 관철할 수 있었다.

하지만 오늘, 무라시게가 신파치로의 잘못을 지적해도 장수들은 그 말을 전혀 귀담아듣지 않았다. 사람은 원래 속마음을 호도하는 법이다. 속으로는 무라시게의 지적을 의심해도 겉으로는 그것을 노골적으로 얼굴에 드러내지 않는다. 그런데 한눈에 알 정도로 장수들이 냉담했던 것은 우려할 문제였다.

무라시게는 또다시 과거에 가쓰마사가 추방되었을 때의 일을 떠올렸다. 군사 회의가 이런 분위기에 이르렀을 때는 가쓰마사를 쫓아내려는 장수들의 담합이 이미 팔 할은 진행되고 있었다. 지금도 그럴까? 누군가가 무라시게를 아리오카성에서 쫓아낼 계획을 팔 할쯤 추진하고 있을까?

성에서 쫓겨난 가쓰마사는 교토로 피신해 훗날 세상을 떠났다고 들었다. 하지만 지금 만약 무라시게가 적이 사방을 포위한 아리오카성에서 쫓겨난다면 무사히 달아날 방도가 없다.

기다리는 것은 죽음뿐이다.

6

무라시게는 밤의 아리오카성 천수각을 올려다보았다. 때는 8월에 막 접어들어 달은 보이지 않았고, 천수각은 그저 달빛 속에 위용을 드러내고 있었다. 무라시게는 촛불을 들고 지하 감옥으로 향했다. 무라시게를 경호하는 병사는 없어, 지금 서너 명의 자객이 덮친다면 제아무리 무라시게라 해도 끝장이다. 하지만 지하 감옥으로 향할 때 무라시게는 언제나 혼자였다. 아리오카성에 문제가 생길 때 무라시게가 지하로 내려가는 것을 아는 이는 무라시게와 간수와 지하에 갇혀 있는 구로다 간베에뿐이다.

벌써 몇 번이나 이렇게 계단을 내려갔을까? 성의 함락으로 이어질 수도 있는 위기가 몇 차례나 있었다. 그중 몇 가지는 무라시게가 장수들에게 지시해서 해결했고, 또 몇 가지는 간베에의 지혜로 피할 수 있었다. 그 결과가 이 가을이다.

간수 가토 마타자에몬은 무라시게를 보자 바로 열쇠를 짤랑거리며 일어섰다. 이 남자는 언제 자는 걸까, 무라시게는 궁금했다. 안쪽에 깔려 있는 돗자리 위에서 자겠지만, 언제 찾아가도 깨어 있어서 무라시게를 맞이한다. 잠이 얕은 것은 무사의 소양인데 이 간수 또한 그렇게 몸을 제어하고 있는 것일까? 무라시게는 무심코 말을 건넸다.

"고생이 많구나."

가토는 짧은 말로 대답했다.

"예. ……열겠습니다."

그렇게 지하로 이어지는 문이 열리고 냉기가 스르르 올라왔다. 무라시게는 촛대를 들고 계단을 내려갔다. 그 허리춤에서 출렁 소리가 났다. 술병이었다.

어두운 불빛 속에서 그림자가 움직였다. 나무 격자를 끼운 구덩이에서 간베에는 아직 살아 있었다. 간베에가 깨어 있다는 것은 무라시게에게 별로 놀라운 일이 아니었다. 땅속에는 낮과 밤의 구분이 없기 때문이다. 누워 있던 간베에가 일어나서 느릿하게 책상다리로 앉으려 했지만 열 달에 이르는 감금 생활로 간베에의 다리는 휜 채로 굳어서 앉은 자세가 기묘하게 기울어 있었다.

무라시게는 아무 말 없이 나무 격자 앞에 술병을 내려놓았다. 꾀죄죄한 간베에의 얼굴에서 하얀 눈이 살짝 벌어졌다. 무라시게가 품에서 나무 술잔을 두 개 꺼내 술을 따르자 하얗고 탁한 술에 일렁이는 불빛이 비쳤다.

무라시게는 그대로 말없이 간베에에게 술잔을 내밀었다. 간베에 역시 아무 말 없이 고목처럼 말라비틀어진 팔을 쑥 뻗어 그 잔을 받았다. 두 명의 장수는 누가 먼저랄 것 없이 잔을 입으로 가져갔다.

함께 술잔을 비우자 무라시게가 다시 술을 따랐다. 어둠 속에서 둘만의 술자리가 한동안 이어졌다.

이윽고 무라시게가 입을 열었다.

"이 술을 어떻게 생각하나."

간베에는 손안의 술잔을 바라보며 조용히 대답했다.

"몸속에 스며드는군요."

"다른 건?"

"이타미는 물이 좋군요."

"다른 건?"

간베에가 눈동자를 돌려 무라시게를 힐끗 쳐다보았다.

"……이건 갓 담근 술이군요. 성안의 쌀을 최근에 술로 만든 거겠지요. 쌀을 술로 바꾸면 병량이 줄어듭니다."

전쟁에서 쌀을 술로 만드는 경우는 빈번했다. 배급받은 쌀을 전부 술로 만들어 마시다가 급기야 굶어 죽는 병사도 있을 정도였다. 때문에 똑똑한 장수는 쌀을 병사에게 나눠 줄 때 한꺼번에 주지 않고 조금씩 나눠 준다.

"그걸 알면서도 술을 담그다니, 셋슈 님은 백성이나 병사들이 굶어도 자신을 위해 쌀을 낭비하는 대장이거나……."

간베에는 술잔을 비웠다.

"아니면 성안의 병량이 아직 충분하거나. 둘 중 하나겠지요."

창고 안의 쌀로 농성을 이어 나가야 하는 이상 아리오카성에 낭비할 수 있는 병량은 없다. 하지만 술병 하나만큼의 술도 만들지 못할 정도로 절박하지는 않은 것도 사실이었다. 무라시게는 잠시 일그러진 미소를 지었다가 간베에와 자기 술잔에 탁주를 따랐다.

"그뿐이냐."

"그렇다면……."

간베에의 목소리에 조롱 어린 기색이 섞였다.

"소인과 술잔을 나누려는 저의는."

술잔에 입을 대고 홀짝거리며 간베에가 말을 이었다.

"이미 달리 술잔을 나눌 이가 없는 모양이군요."

무라시게는 간베에의 말이 맞는다고도 틀리다고도 하지 않았다. 그저 씁쓸한 목소리로 말했다.

"영리한 새는 나무를 가려서 둥지를 튼다고 하지. 자네, 고데라 가문에서는 어지간히 갑갑했겠군."

간베에는 유쾌해 보이지 않았다. 빈 술잔을 아쉬운 눈빛으로 바라보며 중얼거렸다.

"갑갑한 게 뭐가 문제겠습니까. 셋슈 님은 갑갑해서 가쓰마사 님을 추방하셨습니까?"

과연 나는 이케다 지쿠고노카미 가쓰마사 밑에서 갑갑했던가, 무라시게는 생각했다. 영리하다고는 할 수 없는 주군 밑에서 걸출하다고는 할 수 없는 동료와 어깨를 나란히 하고 세월을 보내는 것이 갑갑하지 않았다고 말할 수는 없었다. 만천하에 자신의 역량을 드러내고 싶어 당장이라도 뭔가 행동해야 할 것 같은 초조함에 시달린 것도 사실이다. 하지만 그 때문에 가쓰마사를 추방했느냐고 묻는다면…….

"아니…… 그렇지는 않았구나."

그랬다. 장수로서의 그릇이야 어쨌든 가쓰마사는 무라시게에게 나쁜 주군은 아니었다.

"살기 위해서였다. 모든 것은 살아남고, 가문을 남기기 위한 것이었다."

무사는 죽는다. 물론 사람은 모두 죽지만 무사에게 죽음은 도구나 다름없었다. 창끝에 몸을 던지고, 자기를 겨누는 총구 앞에서 살아가는 게 무사다. 죽는 것은 상관없다……. 아니, 어쩔 수 없는 일이라고 받아들이고는 있지만 그래도, 오히려 그렇기에 개죽음은 당할 수 없었다.

자기가 죽어도 자식이, 자식이 죽어도 일족이 가문을 남기고, 몇 대 전의 아무개가 용감하게 죽어 지금의 집안이 있는 거라고 구전될 날을 생각하면 죽음도 받아들일 수 있다. 쇠락한 주군 가문을 따라 함께 몰락해 봤자 이름도 가문도 남지 않는다. 실로 개죽음이다. 무라시게는 언젠가 죽을 날을 위하여 가쓰마사를 추방했던 것이다.

술이 떨어졌다. 무라시게는 술잔을 어둠 속에 내던졌다. 메마른 소리가 텅 빈 공간에 울렸다.

"하지만 인과는 돌고 도는 법. 아무래도 가쓰마사 님을 추방한 나를 쫓아내려는 자가 있는 모양이야."

무라시게가 다시 위엄 있는 목소리로 말했다.

“간베에. 알고 있겠지만 나니까 자네를 죽이지 않은 게야. 내가 추방당하면 자네는 잘해야 참수, 아니면 아무도 기억하지 못해서 이 지하 감옥에서 굶어 죽겠지.”

간베에는 술잔을 기울여 남은 술이 없는지 살피다가 이윽고 체념한 듯 술잔을 내려놓았다.

“그럴 수도 있겠지만, 그러면 제가 조금 난처해지겠군요.”

“그렇다면 이야기를 하나 들어 보아라.”

그리고 무라시게는 가와라바야시 노토를 처벌하려 했을 때의 일을 설명하기 시작했다.

무라시게는 오다와 내통한 노토를 포위한 상황을 설명했다. 죽이라고 명령하기 직전, 뜻밖에도 벼락이 노토에게 떨어진 일. 노토 바로 옆에 아직 뜨거운 탄환이 떨어져 있었던 일을 설명했다. 고리 주에몬에게 명령해 조사한 결과 그날 혼마루 밖에서 반입된 철포는 한 자루도 없었고, 혼마루 무기고에서 대여한 철포는 한 자루도 남김없이 소재지를 확인했음을 설명했다. 그 사이 간베에는 오랜만에 마신 술에 얼근하게 취하기라도 했는지 눈을 감고 몸을 까딱까딱 흔들고 있었다.

“그래서 나는.”

무라시게는 이야기를 마무리했다.

“누가 노토를 쏘려고 했는지 알아야 한다. 모반자를 찾아내야만 해.”

간베에가 살짝 꿈틀거리더니 엉망으로 자란 머리카락 밑으로 눈길을 들어 무라시게를 바라보았다. 그 눈이 마치 죽은 환자의 맥을 짚는 의사 같다고 생각한 것은 무라시게의 편견일까?

간베에는 말했다.

"과연 그럴까요?"

"무슨 소리냐."

"모반자를 찾아낸들…… 늦지 않았을까?"

그것은 간베에의 혼잣말이었다. 하지만 무라시게는 그 말의 의미를 똑똑히 이해했다.

누가 가와라바야시 노토를 쏘았는지 알아낸다고 멀어진 장수들의 마음을 붙잡을 수 있을까?

"늦지 않았다."

무라시게는 어둠을 향해 말했다.

"늦지 않았다, 간베에."

간베에는 여전히 무라시게를 조용히 올려다보고 있었다.

이윽고 간베에가 어두운 감옥 안에서 눈길을 떨어뜨렸다.

"그렇다면 말씀드리겠습니다만."

간베에의 음성은 어딘가 체념이 묻어 있었다.

"노토 님의 변고로부터 이미 두 달 가까이 지났다고요. 더 일찍 고리 주에몬이라는 자에게 조사를 명령하지 않은 것은 어떤 이유 때문입니까?"

무라시게는 침묵했다.

"대답하지 않으시렵니까? 그럴 줄 알았습니다……. 뭐, 뻔하지요. 간베에가 대신 말씀드릴 필요도 없는 일."

간베에는 음울한 목소리로 말했다.

확실히 간베에는 꿰뚫어 보았을 것이다. 노토가 죽고 나서 한 달 반, 주에몬에게 조사를 명령하지 않은 이유는 한 가지밖에 없다. 주에몬이 노토를 쏘도록 명령한 모반자가 아닐까 의심했기 때문이다.

노토는 무라시게의 명령으로 호위대에 포위당해 발이 묶여 있을 때 철포에 맞았다. 돌아다니는 적을 철포로 맞히기는 어려우니 범인은 노토의 발이 묶일 거라는 사실을 알고 있었을지 모른다. 하지만 그것을 아는 자는 성안에서도 많지 않았다.

노토가 오다와 내통하고 있음을 안 무라시게는 주에몬에게 호위대를 이끌고 노토를 체포하라고 명령했다. 주에몬은 그날 밤 호위대에게 작전을 지시하고 혼마루를 경호하는 사이카 병사들에게 내일은 등성하지 말라고 전했다.

다시 말해 주에몬은 무라시게 본인을 제외하면 성안의 누구보다도 가와라바야시가 혼마루에서 발이 묶일 거라는 사실을 자세히 알고 있었다. 때문에 무라시게는 그가 범인과 연결되어 있을지 모른다고 의심했던 것이다.

무라시게는 주에몬이 특별히 가깝게 지내는 장수가 있는지, 수상한 행동은 보이지 않는지, 그 소행을 조사했다. 누구와도 깊은 관계는 보이지 않았고, 마음을 놓을 수는 없지만 일단 주에몬은 결백하다고 생각해도 되겠다고 결론을 내렸을 때는 이미 한 달이 훌쩍 지나 버렸다.

자기를 지키는 호위대, 그것도 가장 신뢰가 두터운 주에몬조차도 의심한다. 자신의 그런 마음을 간베에가 꿰뚫어 보았다는 것을 안 무라시게는 부끄러웠다.

"그나저나 누가 셋슈 님을 상대로 모략을 꾸미는지……."

간베에는 아랑곳없이 화제를 돌렸다.

"소인은 짐작도 가지 않는군요. 자고로 모략은 사람이 하는 일, 사람의 마음을 모르면 아무것도 읽어 낼 수 없습니다. 그렇기에 이 몸 간베에."

누구를 비웃는 건지 간베에가 피식 웃었다.

"이 성에 오고 나서 줄곧 이 지하 감옥에 있다 보니 아라키 가문의 원로들은 이름만 아는 정도입니다. 속마음을 헤아리는 건 불가능한 일."

간베에는 손에 든 술잔을 어루만지더니 둘도 없는 보물인 것처럼 품에 넣었다. 무라시게는 간베에의 대답이 불만스러웠다.

"나를 돕지 않겠다는 것이냐?"

"소인이 천리안은 아니니 알지 못하는 일을 안다고 말씀드릴 수는 없습니다."

무라시게는 몹시 불만스러웠다.

"돕지 않겠다면."

무라시게는 조금 음울한 목소리로 말했다.

"그만 죽을 테냐, 간베에."

간베에는 기름진 앞머리 밑으로 가만히 무라시게를 쳐다보았다. 무라시게는 간베에의 얼굴도 보지 않고 그저 일렁거리는 촛불을 보고 있었다.

"그렇군요, 지금의 셋슈 님이라면."

간베에가 말했다.

"소인을 죽일 수 있겠지요."

"헛소리. 자네는 내 손아귀에 있어, 언제든지 죽일 수 있었다. 도움이 되니까 살려 둔 것뿐이야."

무라시게의 말에 간베에가 고개를 가로저었다.

"아니, 그렇지 않습니다."

"무슨 소리냐."

"이제 와서 그런 말씀을 하신다고 진실로 받아들일 간베에가 아닙니다. 셋슈 님이 소인을 살려 둔 이유가 무엇인지, 익히 알고도 남습니다."

작년 겨울 오와다성의 인질 아베 지넨을 죽이지 않은 일로 간베에는 무라시게의 속마음을, 적어도 그 일부를 꿰뚫어 보았다.

무라시게는 자기는 노부나가와 다르다고 주장이라도 하듯이 죽여야 할 자를 죽이지 않았다. 성을 감독하는 오다 측 관리를 살려서 돌려보냈고, 다카쓰키 성문을 연 다카야마 우콘의 인질을 죽이지 않았다. 자기를 살려 둘 거라는 사실을 깨달은 간베에가 당황해서 다급하게 죽이라고 애원했지만 듣는 척도 하지 않고 그를 감옥에 처넣었다. 노부나가는 죽이고, 무라시게는 죽이지 않는다……. 그 평판은 천하에 퍼졌으리라. 소문을 퍼뜨리고 평판을 높여 이름을 알리고 아군을 늘린다, 모든 것이 전략이었다.

하지만 모든 것이 변했다. 이제는 무라시게가 누구를 죽이든 말든, 그런 이유로 아라키 가문의 편을 드는 자는 천하에 한 명도 없으리라.

이미 간베에를 살려 둘 이유는 존재하지 않는다. 확실히 지금의 무라시게라면 간베에를 죽일 수 있다.

하리마의 이름 높은 영걸, 구로다 간베에를 이 지하 감옥에서 고통받게 하는 것도 마음이 무겁다. 그렇다면 죽일까. 무라시게가 결정을 내리려던 그 순간 간베에가 입을 열었다.

“하지만 소인, 이 전쟁의 끝을 보고 싶습니다. 셋슈 님이 말씀하신 모반자는 누군지 짐작도 가지 않지만 가와라바야시 노토를 쏜 범인에 대해서는 다소 생각하는 바가 있으니 목숨을 구걸할 겸 한 말씀 드리겠습니다. ……셋슈 님. 만약 벼락이 떨어지지 않았다면 이 성은 어찌 되었을 것 같습니까?”

무라시게는 묘한 말을 한다고 생각했다. 그때 만약 벼락이 떨어지지 않았더라도 무라시게가 노토를 처벌해 체면을 지킬 수는 없었을 것이다. 철포가 빗나간 것은 아마도 갑작스러운 낙뢰로 조준이 어긋났기 때문이다. 벼락이 떨어지지 않았다면 노토는 철포로 죽었으리라.

간베에가 질문을 바꾸었다.

“탄환이 명중했다면 무슨 일이 벌어졌겠습니까?”

“그래도 노토는 죽는다. 아무것도 변하지 않아.”

“그렇겠지요.”

무라시게는 간베에가 부질없는 말을 늘어놓으며 정말 단순히 목숨을 구걸하는 것 아닌가 의심했다. 그렇다면 볼썽사납다. 하지만 간베에는 말을 이었다.

“낙뢰가 없었다면 가와라바야시 노토 님은 어디선가 날아온 탄환을 맞고 죽었겠지요. 그것을 성안 사람들은 어떻게 보겠습니까?"

그 문제라면 이미 생각해 보았다. 무라시게는 얼굴을 살짝 찌푸렸다.

"죄인이 판결과 상관없이 살해당했다면 내 체면이 바닥에 떨어졌다고 생각했겠지. 그렇게 생각하면 낙뢰는 내게 요행이었어."

"그렇다면 성안에 어떤 소문이 돌았을 것 같습니까?"

"……소문?"

무라시게는 허를 찔려 같은 말로 되물었다.

가와라바야시 노토가 변사한 뒤, 아리오카성에는 소문이 소용돌이쳤다. 표현은 다양했지만 그 소문들이 의미하는 바는 노토의 죽음은 부처님의 벌이라는 것이었다.

그럴 만도 하다. 살해당한 무헨은 고매한 행각승으로 사람들의 깊은 존경을 받았다. 무헨의 모습은 아리오카성과 바깥을 연결하는 끈이었고 구원 그 자체였다. 그 죽음은 백성들을 비탄이라는 어리석은 절망의 나락으로 떨어뜨렸다. 무헨을 살해한 가와라바야시 노토의 머리를 만약 이타미 거리에 내걸었다면 돌팔매가 빗줄기처럼 쏟아졌으리라.

그런 노토가 낙뢰라는 천재지변으로 죽었으니 모두 그야말로 부처님의 벌이라고 믿었다. 하지만 만약 노토를 죽인 게 벼락이 아니라 누가 쏘았는지도 모를 철포라고 한다면 사람들은 그것을 어떻게 생각했을까?

"그런가."

무라시게는 중얼거렸다.

"철포라도 마찬가지겠지. 물론 낙뢰라는 천재지변에 비하면 신비하지는 않지만 성안에는 역시…… 노토의 죽음은 부처님이 내린 벌이라는 소문이 돌았을 게다."

"소인도 그렇게 생각합니다."

하지만 부처는 철포를 쏘지 않는다.

무라시게는 궁금했던 문제의 실마리를 살짝 들여다본 것 같았다. 하지만 어디까지나 실마리에 지나지 않아, 그 끝은 모호해서 종잡을 수 없었다. 부처는 철포를 쏘지 않는다……. 그것이 무엇을 의미하는가. 혹은 아무 의미도 없고 모든 것은 역시 간베에의 요설에 지나지 않는 걸까?

간베에가 말했다.

"짐작건대 셋슈 님은 벌의 정체를 이미 알고 계실 것입니다."

간베에는 감옥 안에서 가만히 무라시게를 바라보았다. 오랫동안 해도 달도 보지 못하고 어두운 촛불조차 드물게 보는 그 눈은 이제는 기이하고 어두운 빛을 머금고 있었다. 무라시게의 속마음까지 꿰뚫어 볼 듯한 그 눈이 무라시게는 두려웠다. 이 사내는 무슨 말을 하는 건가……. 정말 내가 정체를 알고 있는 것일까? 설령 안다고 해도 그것이 누군가에게 배반당할 위기에 처한 자신에게 도움이 될 것인가?

무라시게는 아무 말도 할 수 없었다. 그리고 간베에는 그런 무라시게에게 체념한 듯 눈을 내리떴다.

"그렇다면 아직 모르시는 겁니까. 부질없는 소리를 한 죄, 용서해 주십시오."

간베에는 목숨을 구걸할 정도의 값은 했다는 듯이 그 말을 끝으로 입을 다물고 하나의 그림자처럼 더는 꼼짝도 하지 않았다.

7

계단으로 올라온 무라시게를 간수 가토 마타자에몬과 횃불이 맞이했다. 후덥지근한 밤바람이 불어와 무라시게가 든 촛불을 흔들었다. 무라시게가 아무 말도 하지 않는 사이 마타자에몬이 지하 감옥으로 연결되는 문에 자물쇠를 걸어 무거운 철 소리가 밤의 정적을 깼다.

무라시게는 그대로 감옥에서 나가려 했다. 하지만 그동안 먼저 말을 한 적이 없었던 마타자에몬이 갈라진 목소리로 이렇게 말했다.

"달이 어두운 밤에 혼자 다니시면 위험합니다. 제가 모시겠습니다."

무라시게는 무릎을 꿇은 마타자에몬을 힐끔 보았다. 마타자에몬이 찬 검은 의외로 훌륭했다. 무라시게는 짧게 "허락하마."라고 말했다.

바람 소리에 벌레들의 울음소리가 섞였다. 무라시게는 마타자에몬에게 앞장서서 걷도록 명령했다. 물론 뒤에서 베이지 않도록 조심하는 것이다. 두 사람이 앞뒤로 나란히 감옥에서 나가자 그곳은 천수각 바로 아래였다.

별이 가득한 밤하늘에 실처럼 가느다란 달이 떠 있었다. 그 달빛과 별빛에 의지해 무라시게는 천수각을 올려다보았다. 새까만 천수각이 밤하늘에 우뚝 서 있는 광경을 보니 아리오카성이 완성된 날의 일이 새삼스럽게 무라시게의 가슴속을 스쳤다. 이타미성을 천하에 둘도 없이 견고한 성으로 다시 축조했을 때, 나는 이 성으로 누구를 막아 내려 했던 걸까? 남쪽에서 오는 혼간지인가, 서쪽에서 오는 하리마 호족인가……. 아니면 역시 동쪽에서 오는 오다를 막을 심산으로 이토록 장대한 성을 세웠던가? 무라시게는 자기 일인데도 이제 그때의 심경을 떠올릴 수가 없었다.

마타자에몬이 든 횃불이 앞길을 밝혔다. 무라시게는 문득 가와라바야시 노토가 벼락을 맞은 바로 그 자리로 다가가고 있다는 사실을 깨달았다.

"마타자에몬, 기다려라."

그렇게 명령하자 마타자에몬은 아무것도 묻지 않고 걸음을 멈추었다. 무라시게는 주위를 한 바퀴 둘러보았다.

이렇게 보니 노토를 노린 범인이 숨을 장소가 세 군데로 한정된다는 고리 주에몬의 말이 간결하면서도 핵심을 찌르고 있다는 것을 알 수 있었다. 무라시게가 서 있는 곳은 주에몬이 말한 천수각, 소나무, 저택, 세 곳을 선으로 연결한 삼각형의 정중앙이었다. 천수각은 혼마루 북쪽 끝에 있고 그 너머는 담과 해자가 길을 가로막는다. 구불구불 휜 소나무는 혼마루와 무사 주거지를 연결하는 다리 근처에 있는데 수풀 속에 그 한 그루뿐이었다. 저택은 말할 것도 없이 무라시게가 기거하는 건물로 밤새 화톳불을 지피기 때문에 그쪽은 어렴풋이 밝았다.

무라시게는 한동안 그 자리에 머물러 묵고했다. 그 사이 마타자에몬도 아무 말 없이 횃불을 든 채로 주변을 무심히 둘러보고 있었다.

"됐다. 가자."

이윽고 무라시게가 그렇게 명령하자 마타자에몬은 저택으로 걸음을 뗐다.

마타자에몬을 앞장세우고 무라시게는 여러 가지 생각을 했다. 군사 회의, 전쟁, 부처, 모리, 오다, 천하, 범인, 모반자, 구로다 간베에……. 무라시게는 저도 모르게 앞에서 걸어가는 마타자에몬을 불러 세웠다.

"마타자에몬."

"예."

마타자에몬은 그렇게 대답했지만 돌아보지는 않았다. 이 거리에서 주군의 얼굴을 보는 것은 외람된 일이기 때문이다. 무라시게는 아랑곳없이 물었다.

"간베에는 평소 어떻게 지내느냐?"

"예……."

걸음을 늦추지도, 돌아보지도 않고 마타자에몬이 대답했다.

"밥을 먹고 잠을 잡니다."

"그런가."

처음부터 뭔가를 기대하고 물어본 것은 아니었다. 무뚝뚝한 마타자에몬의 대답에도 무라시게는 딱히 실망하지 않았다. 그런데 몇 걸음 가다가 마타자에몬이 말을 덧붙였다.

"그리고 노래를 합니다."

"노래라. 간베에 정도 되는 자라면 시가를 부르겠구나."

"그런 노래가 아니라, 가락이 있는 노래입니다. 소인이 감시를 하면 이따금 들려옵니다."

"……가락이 있는 노래? 사루가쿠 같은 속요인가."

"배움이 짧아 잘 모르겠지만 그렇지 않은 것 같습니다."

갑자기 소리가 나서 마타자에몬이 걸음을 멈추었다. 바람 외에 움직이는 것은 없었다. 마타자에몬은 고개를 숙여 무라시게를 살짝 돌아보았다. 무라시게가 거듭 물었다.

"사루가쿠가 아니라면 간베에는 무슨 노래를 부르는 것이냐?"

헤이케 이야기를 노래하는 '헤이쿄쿠', 불도를 노래하는 '쇼묘', 지금은 사라져 노래할 사람도 없는 '이마요' 등 노래 종류는 다양하다. 하지만 마타자에몬의 대답은 달랐다.

"뭐라 딱히 말할 수 없습니다. 간베에가 부르는 것은 귀담아들을 가치도 없는 즉흥 노래라."

햇볕이 비치지 않는 감옥 안에서 간베에가 노래를 한다. 지하 감옥에서 노랫소리가 들려온다고 한다.

마타자에몬은 다시 무라시게에게 등을 돌리고 걸음을 뗐다.

"간베에의 노래는……."

횃불이 타오르는 소리를 배경으로 마타자에몬이 말했다.

"우는 아이를 달래어 재우는 노래였습니다. 소인도 자식을 둔 부모라 몹시 애처롭게 들리더군요."

아리오카성에 불어오는 밤바람은 이미 고요하고 서늘한 가을바람이었다.

8

저택으로 돌아온 무라시게는 불당으로 들어갔다. 밖에 숙직하는 부하를 대기시키고 등불 하나만 켠 불당에서 홀로, 팔과 정강이 보호대를 찬 채로 조용히 가부좌를 틀었다.

그의 앞에는 석가모니 불상이 있다. 무라시게는 평소 불도를 경시하지는 않지만 석가모니에게 기도하는 일은 적었다. 살생을 금하는 석가여래는 전쟁을 가호하지 않기 때문이다. 믿어야 한다면 스와 대명신이나 하치만 대보살 같은 군신을 믿는다. 하지만 그날 밤 무라시게는 자그마한 석가모니 불상을 마주하고 있었다.

벌…….

간베에는 그렇게 말했다. 말마따나 벌이었을지도 모른다.

무라시게가 알아야 하는 것은 결국 모반자의 정체다. 누가 가와라바야시 노토를 쏘았는지 조사하는 것은 어디까지나 그 모반자를 찾아내기 위한 과정에 지나지 않는다. 범인에 대해 모르는 점이 많다……. 간베에가 말한 것처럼 조사를 늦게 명령한 탓도 있으리라. 하지만 그래도 고리 주에몬의 탐색은 결실이 있어, 무엇이 불분명한지 뚜렷해졌다.

먼저 당연한 사실이지만 누가 누구에게 노토를 쏘라고 명령했는지가 불분명했다. 물론 범인이 누구의 명령을 받지 않고 스스로 계획해 쏘았을 가능성도 없지는 않다.

다음으로 어디에서 철포를 구해 왔는지가 불분명했다. 벼락이 떨어진 날, 혼마루에 외부에서 반입된 철포가 한 자루도 없었다는 사실은 주에몬이 밝혀냈다. 또한 철포 무기고에서 반출된 철포의 소재도 한 자루도 남김없이 확실하다는 것도 확인했다. 그렇다면 노토를 겨냥한 철포는 어디에서 튀어나온 것인가?

그리고 철포를 어디에서 쏘았는지가 불분명했다. 노토를 쏜 범인이 숨어 있던 곳은 혼마루 북쪽 끝 천수각 2층, 무사 주거지로 이어지는 다리 부근의 한 그루 소나무 위, 저택 지붕, 이 세 군데 중 하나라는 사실은 주에몬이 보고했고 무라시게도 납득했다. 그렇다면 그중 어느 곳이 정답인가?

무엇이 불분명한지 알아내는 것은 어떤 경우에나 문제를 해결하기 위한 첫걸음이다. 그리고 간베에가 중얼거린 벌이라는 표현은 그런 불분명한 문제들에 한 줄기 실을 꿰었다.

"범인은."

등불이 흔들리는 불당에서 무라시게가 홀로 중얼거렸다.

"노토를 쏘고…… 그 다음에 어쩔 심산이었을까."

벼락이 떨어지지 않고 철포의 탄환이 노토를 꿰뚫었다면 무라시게나 호위대는 어디에서 탄환이 날아왔는지 재빨리 알아내 범인을 찾아 포위했을 것이다. 산 채로 잡으려 노력해 보겠지만 끝까지 저항한다면 그 자리에서 죽였을 것이다. 결국 범인은 죽음을 각오하고 노토를 쏘았다는 뜻이며 살아서 돌아갈 생각은 처음부터 없었다. ……무라시게는 무의식중에 그렇게 결론을 내리고 있었다. 자기 목숨을 버려 가면서 반드시 적을 죽이고, 죽음 속에서 살길을 찾는 행동은 무사인 무라시게에게 자연스러운 일이었기 때문이다.

하지만 그 생각이 아무래도 잘못되었던 모양이다.

"죽어서는, 벌이 되지 않는다."

범인의 진의가 부처의 벌을 세상에 알리는 것이었다면 그는 죽어서는 안 되었다. 철포를 쏜 자가 모습을 드러내면 단순한 암살, 저격일 뿐이지 눈에 보이지 않는 존재가 내리는 벌이 되지 않기 때문이다. 범인은 목숨이 아깝지 않았을지 모르지만 동시에 들켜서도, 죽어서도 안 되었다.

그렇다면 범인은 노토를 쏜 뒤에 완벽하게 숨어야만 한다. 이렇게 생각하면 범인이 어디에 숨어 있었는가 하는 질문에 저절로 답이 나온다.

그날 장수들은 군사 회의를 소집하는 북소리에 따라 무사 주거지에서 다리를 건너 혼마루로 들어왔다. 다리 근처의 소나무는 사람들 눈에 가장 잘 띄는 장소라 그곳에서 철포를 쏘면 누구에게든 바로 간파당했으리라. 범인이 숨어 있었던 곳은 소나무 위가 아니다.

혼마루로 들어온 장수들은 군사 회의가 열리는 천수각으로 향했다. 즉 2층에서 노토를 쏘았어도 아래층에는 장수들이 있었다. 장수들은 무사다. 철포 소리가 나면 적의 모습을 찾는다. 장수들 사이에 숨어들기란 절대 불가능했으리라. 역시 범인이 달아날 길은 없다. 즉 천수각 역시 범인이 숨어 있었던 장소가 아니다.

한편 저택은 군사 회의에 참석하는 장수나 그것을 지켜보는 병사들의 경로에서 벗어나 있다. 저택 지붕 위에서 노토를 쏘면 범인은 적어도 장수나 호위대, 게다가 무라시게의 눈을 피할 수 있었으리라.

"……정녕 그랬을까?"

무라시게는 석가모니불에게 질문하듯 중얼거렸다. 나무로 조각한 여래는 은은한 미소를 머금은 채 아무 대답도 없었다.

저택 지붕에서 쏘면 장졸들의 눈은 피할 수 있다. 그것은 틀림없는 사실이다. 하지만 그것은 철포를 쏜 직후의 아주 짧은 시간뿐이다. 저택에는 항상 사람이 있다. 무라시게의 일상을 거드는 부하들이나 하인, 지요호를 모시는 시녀들이 항상 일하고 있다. 무라시게의 저택은 이 아리오카성 안에서도 가장 사람들의 눈이 많은 장소라고 할 수 있다. 일단 수상한 자가 있다는 소식이 전해지면 범인은 지붕에서 마음대로 내려오지도 못할 것이다. 하인이나 시녀들이 모두 무예를 하는 것은 아니지만 다들 서로의 얼굴을 아니 범인이 숨으려고 해도 대번에 알아보았을 것이다.

범인이 노토를 쏘고, 그것을 부처의 벌로 꾸밀 수 있는 장소는 소나무 위도, 천수각 2층도 아니다. 이 두 곳은 불가능하다. 하지만 저택 지붕도 마찬가지로 불가능하지 않을까?

등불이 석가모니 불상을 비추어 표정이 불길을 따라 바뀌었다. 장지문 밖에는 부하가 두 명 대기하고 있을 테지만 기침 소리 하나 들리지 않았다.

저택에서 일하는 사람들을 믿지 못하겠다고 한다면 상황은 어떻게 바뀔까?

저택에서 일할 정도니 모두 이 호쿠세쓰에서 나고 자라 신분이 확실한 사람들뿐이다. 외지인을 쓰는 일도 없지는 않지만 처음에는 저택에 들이지 않는다. 하지만 사람의 마음은 변하는 법이다. 누구나 마음은 바뀐다. 저택에서 일하는 사람들 중에 모반자에게 매수당해 가와라바야시 노토를 철포로 쏜 자가 있지 않을까?

사다리처럼 지붕에 오르내릴 도구가 필요하겠지만 그것은 어떻게든 구할 수 있으리라. ……노토가 죽은 뒤로 벌써 두 달 가까이 지났다. 설령 사다리를 썼더라도 이미 숨겼거나 부수었을 테니 찾을 수 없으리라. 저택에서 일하는 사람이라면 노토를 쏜 뒤에 저택으로 돌아와 충성스러운 가면을 쓰고 범인을 찾는 시늉도 할 수 있다. 그렇다면 그날 그런 일이 일어났을까?

"그건 불가능해."

무라시게는 그렇게 말하며 짧은 한숨을 토했다.

"그래서야 철포가 어디에서 나왔는지 설명이 되지 않아."

저택에서 일하는 사람이라면 확실히 지붕에 올라가 숨을 수는 있다. 하지만 철포를 반입할 수가 없다. 저택에서 일하는 누군가가 전부터 숨겨 두었다면 말이 되지만 좋은 무기를 가지는 것은 명예이자 수훈의 증거이기도 하다. 철포처럼 고가의 무기를 굳이 숨겨 둘 사람이 있을 리 없다.

벌.

그 말이 무라시게의 가슴속을 휘저었다. 만약 이 아리오카성에 부처의 벌을 받아야 할 사람이 있다면 무헨을 죽인 가와라바야시 노토만큼 그에 어울리는 자는 없으리라. 거기까지 생각하다가 무라시게는 피식 웃었다. 아니, 아니다. 가장 벌에 합당한 자는 당연히 이 아라키 셋쓰노카미 무라시게이리라. 병사들과 백성들을 끔찍한 고통 속에 빠뜨리고, 오지 않을 모리를 기다리는 척하며 전쟁이 끝날 날을 하루하루 늦추고 있다. 그렇지만 설령 이타미의, 호쿠세쓰의 백성을 한 사람도 남김없이 진창과 피에 물들게 한다 해도 나는 오다의 밑에서는 살 수 없었다…….

무라시게는 가부좌를 튼 채로 석가모니 불상을 바라보며 두 손을 모았다.

그리고 무라시게는 기도했다. 석가여래, 문수보살, 허공장보살, 누구든 상관없다. 부처가 아니더라도, 귀신이라도 좋다. 내게 지혜를 주시오. 이 몸이 쌓아 올리고, 이 몸이 지키는 아리오카성에서 무슨 일이 벌어졌는지, 모든 것을 꿰뚫어 볼 지혜를!

……무라시게는 어째서 자기가 이토록 노토의 죽음에 매달리는지 갑자기 의아해졌다. 모반자를 찾기 위한 일이었을 텐데. 하지만 지금 부처에 매달려 가면서 진실을 알고 싶다고 절실히 바라는 것은 다른 이유 때문인 것 같았다. 더 큰 무언가, 이 성을 뒤덮은 무언가가 그 한 발의 탄환에서 보일 거라고 생각하는 게 아닐까?

아아, 간베에가 뭐라고 했던가.

그렇다, 그는 이렇게 말했다.

'셋슈 님은 벌의 정체를 이미 알고 계실 것입니다.'

그랬다. 간베에는 옳았다.

무라시게는 이미 알고 있었고, 이제는 자신이 알고 있다는 사실도 깨달았다.

벌이라는 소문이 아리오카성에 퍼진 것은 이번이 처음은 아니다.

물론 비가 내리는 것도 바람이 부는 것도 신의 뜻, 명벌, 천도의 응보라고 믿는 것이 사람이다. 말똥을 밟고 괜한 벌을 받았다고 얼굴을 찌푸리는 자도 있을 것이다. 하지만 그런 일상적인 일이 아니라 성의 명운을 좌우할 때 퍼진 소문이 있지 않았던가?

그것은 봄에 일어난 일이었다.

다카야마 다료가 이끄는 다카쓰키 부대와 스즈키 마고로쿠가 이끄는 사이카 부대는 둘 다 수훈을 세울 기회가 없어 성안에서 무료함을 탄식하며 면목 없는 생활을 감내하고 있었다. 마침 그때 수훈이 탐났는지 오다 가신 오쓰 덴주로가 뛰쳐나왔고 무라시게는 그 전략적 실수를 놓치지 않고 다카쓰키 부대와 사이카 부대를 이끌고 야습을 감행해 훌륭하게 오쓰를 쳤다. 하지만 가신 중 누구도 오쓰의 얼굴을 아는 이가 없었기 때문에 다카쓰키 부대와 사이카 부대 중 누가 최고의 수훈을 세웠는지 확실히 알 수 없었다. 성안에서 남만종 신자는 다카쓰키 부대, 일향종 신도는 사이카 부대의 편을 들었고 승전이 역전되어 수훈 다툼이 성을 분열시킬 수 있는 양상으로 변했다……. 그때 기이한 일이 있었다. 다카야마 다료가 직접 거둔, 신원을 확인할 때는 아무렇지 않았던 머리가 어느새 한쪽 눈을 감고 입술을 깨문 대흉상으로 변했던 것이다.

그때 백성들 사이에 벌이라는 소문이 퍼졌다. 전통적인 신불의 신앙을 경시하고 사원을 불태우고도 태연한 남만종을 믿는 다카야마 다료가 친 투구 머리가 흉상으로 변했다. 이야말로 신불이 내린 벌, 재앙의 조짐, 부처님의 경고를 가벼이 여겨서는 안 된다…….

결국 남만종이 미사에 사용하던 건물에 방화범이 불을 질렀고 사람이 죽는 소동까지 벌어졌다.

방화에 무거운 벌을 내리는 한편으로 무라시게는 머리에 생긴 기이한 일은 추궁하지 않았다. 수훈 싸움은 화려하고도 추악한 것이다. 자기 수훈을 아름답게 과장하고 남의 수훈을 별 볼 일 없는 것으로 깎아 내리는 행동은 전쟁 때마다 볼 수 있다. 흉악한 머리는 대장이 보지 못하게 하는 관습을 핑계로 사이카 부대를 편드는 누군가가 바꿔치기했을 거라고 문제를 간단히 처리했다.

하지만 무가에서 늘 수훈을 겨룬다고 해도 이미 확인이 끝난 머리를 바꿔치기하다니 역시 보통 일이 아니다. 대장을 모욕하는 처사라 할 수 있었다. 그런데 어째서 무라시게는 누가 머리를 바꿔치기했는지 조사하려 하지 않았는가.

두려웠기 때문이다. 누가 머리를 바꾸었는지, 그것을 끝까지 조사하면 눈을 돌리고 싶은 결말이 나오지 않을까 예민하게 감지했기 때문이다.

무사가 적의 머리를 벤다. 본진으로 가져와 화장을 한 머리는 대장이 신원을 확인한다.

화장한 것은 누구였나? 바꿔 말하면, 무사가 머리를 치고 대장이 신원을 확인할 때까지, 머리는 누구의 손안에 있었나?

그렇다. 거슬러 올라가면 벌이라는 소문이 퍼진 것은 그 머리 소동이 처음도 아니었다.

시작은 겨울날이 아니었던가. 작년 12월, 오와다성 아베 니에몬이 오다에게 항복해 혼간지와 아리오카성의 왕래가 끊겼다. 오다 군사를 정면에서 막아야 하는 다카야마 우콘의 다카쓰키성과 나카가와 세베에의 이바라키성이 항복한 것은 피할 수 없는 일이었을지도 모르지만, 오와다성까지 항복한 것은 무라시게도 예상하지 못한 일이었다. 아베의 인질인 지넨을 죽여야 한다는 가신들의 목소리를 누르고, 극락왕생을 위해 부디 죽여 달라는 지넨의 호소도 들어주지 않고 무라시게는 그를 감옥에 가두기로 결정했다. 결국 간베에가 꿰뚫어 본 그런 이유 때문이었다.

지넨은 간베에와 같은 지하 감옥에 가두어도 상관없었지만 간베에 근처에 다른 사람을 두는 것이 괜히 위험하게 느껴져 새로 감옥을 짓기로 했다. 감옥을 지을 때까지 무라시게는 그를 저택 창고 방에 가두었다. 감시는 엄중했다. 하지만 감옥을 짓는 그 하루 사이에 지넨은 무참하게 죽었다. 살해당한 것이다.

기이한 죽음이었다. 지넨은 분명 화살을 맞고 죽었지만 그 화살은 어디에서도 발견되지 않았다. 창고에는 처음부터 지넨 한 사람밖에 없었다. 그 창고로 통하는 복도는 전부 경호하고 있어 사람의 왕래는 전혀 없었고, 그날 내린 눈이 얇게 쌓인 정원을 지나는 것 말고는 지넨에게 접근할 방법이 없었을 텐데 정원에는 발자국 하나 없었다.

지넨이 어떻게 죽었는지 이야기가 전해지면서 성안에는 소문이 퍼졌다. 아베 니에몬은 오사카 혼간지를 배신했다, 그 인과가 가련한 어린 지넨에게 돌아와 눈에 보이지 않는 화살이 지넨의 가슴에 꽂혔다고. 부처의 벌이 화살 형상으로 사람을 꿰뚫을 리 없다고 생각하는 무라시게도 지넨의 죽음에 어딘가 두려움을 느끼지 않을 수 없었다.

지넨의 죽음을 둘러싼 실상을 알기 위해 무라시게는 처음으로 지하 감옥으로 간베에를 찾아갔다. 간베에는 죽음에 얽힌 상세한 상황을 전하는 무라시게를 의심했고, 실컷 조롱한 끝에 노래를 불렀다. 그 노래가 실마리가 되어 누가 어떻게 지넨을 죽였는지 전부 밝혀냈다. 지넨을 죽인 모리 가헤에는 목숨을 부지했지만 그 후 전쟁에서 사망했다.

하지만 그때 모든 것을 밝혀낸 것은 아니었다. 이제 와서야 무라시게는 그렇게 생각했다.

가헤에가 지넨을 살해하려면 지넨이 정확한 장소에 표시가 될 촛불을 들고 서 있어야만 했다. 적어도 좌우로 어긋나면 흡사 부처님의 벌처럼 보이는 기이한 죽음은 완성될 수 없었다. 지넨이 정확히 그 자리에 선 것은 우연이었을까? 누군가 지넨과 담합해 극락왕생을 바라는 그에게 촛불을 들고 이러이러한 자리에 서 있으라고 속삭인 건 아니었을까? 다시 말해 지넨의 죽음은 번잡한 자해가 아니었을까?

만약 그렇다면 갇힌 지넨과 미리 상세히 담합할 수 있었던 것은 누구인가? 창고에 불씨를 넣어 준 것은 누구였나? 달리 말한다면…… 지넨을 돌봐 준 것은, 누구였나?

겨울의 인질 살해, 봄의 수훈 다툼, 그리고 여름의 철포 저격, 이 세 가지 사건은 부처의 벌이라는 소문이 퍼졌다는 한 점으로 귀결된다.

그렇다면 이 세 사건의 공통점은 무엇인가?

석가모니 불상이 미소를 짓고 있다. 오른손은 시무외인•으로 올려 진리를 두려워하지 말라는 뜻을 표현하고, 왼손은 여원인• 으로 늘어뜨려 중생의 소원을 받아 준다는 뜻을 표현하고 있다. 부처는 구원하는 존재라고 승려는 말한다. 부처는 구원하는 존재이기 때문에 사람에게 벌을 내리지 않는다고. 하지만 일상생활 속에서 사람들은 언젠가 부처가 벌을 내리지 않을까 두려워하지 않을 수 없다. 이 세상은 예토, 난세를 살아가는 사람은 무사든 아니든 수라의 세상에서 살아간다. 죄가 없을 리 없고, 죄가 있다면 벌을 받지 않을 리 없다. 때문에 고매한 승려가 아무리 부처의 너르고 무한한 자비를 설파해도 사람들은 보이지 않는 벌을 두려워한다. 지금 무라시게는 중생을 구원하기 위해 불법을 설파한 석가모니불이 아무래도 자기를 비웃는 것처럼 보였다.

겨울의 사건에서, 아베 지넨을 돌봤던 것은 시녀들이었다.

봄의 사건에서, 거둔 수급에 화장을 한 것도 시녀들이었다.

그리고 여름의 사건…….

희미한 소리를 내며 장지문이 열렸다. 불당에 무라시게가 있는 것을 알고도 허락 없이 장지문을 열 수 있는 사람은 한 명뿐이다. 무라시게의 뒤에서 온화한 목소리가 들려왔다.

"어르신. 밤이 깊었습니다. 그만 쉬시는 게 어떠신지요."

● 施無畏印. 다섯 손가락을 펴고 손바닥을 밖으로 하여 어깨 높이까지 올린 모양
● 與願印. 다섯 손가락을 펴고 손바닥을 밖으로 향하여 드리운 모양

무라시게는 일렁거리는 불꽃에 비친 석가모니불을 바라보며 말했다.

"지요호. ……그대가 시켰구나."

9

가와라바야시 노토를 쏘려 했던 인물은 저택 지붕에 숨어 있었다고 생각할 수밖에 없다. 하지만 계획대로 노토를 쏘아 죽였다 해도 그 범인은 달아날 길이 없었다. 무라시게나 호위대의 눈을 잠시 피할 수 있다 해도 하인과 시녀들이 잔뜩 있는 저택에서 누구의 눈에도 띄지 않고 달아날 수는 없기 때문이다. 하지만 다른 해석도 가능하다. 저택 사람들이 처음부터 범인과 짜고 그를 숨겨 주었던 게 아닐까?

저택은 무라시게가 기거하는 장소로 의복도 식사도 이곳에서 준비한다. 저택은 또한 잠을 자는 곳, 그리고 사람을 만나는 곳으로도 이용한다. 이 저택에서 일하는 사람들은 지요호가 도맡아서 부린다. 저택 사람들이 결탁해서 범인을 숨겨 주고 노토를 쏠 기회를 주었다면 지요호가 그것을 몰랐을 리 없다.

저택에 범인과 한패가 있었다고 생각하면 철포가 어디에서 나왔는지도 금방 알 수 있다. 고리 주에몬은 노토가 죽은 그날 혼마루에 반입된 철포는 한 자루도 없었으며 무기고에 있던 철포도 한 자루도 빠짐없이 소재가 확실했다는 사실을 밝혀냈다. 그렇다면 당연히 철포는 전날 반입된 것이다.

혼마루를 경호하는 철포 병사들은 먼저 무기고에서 담당 관리에게 철포를 받고 보초 임무를 마치면 무기고에 철포를 반납한다. 철포의 소재는 항상 확실했고 행방을 알 수 없는 철포는 없었다. 즉 철포 병사는 비록 저택 사람들의 도움이 있었다 해도 철포를 들고 노토를 기다릴 수는 없었다. 그렇다면 범인의 정체는 하나뿐이다.

무라시게는 천천히 고개를 돌렸다. 깨끗한 눈밭처럼 아름다운 지요호가 그림자 속에 서 있었다. 무라시게가 물었다.

“범인은 사이카 병사더냐.”

“예.”

지요호는 그렇게 대답하고 조용히 무라시게에게 다가와 앉았다. 무라시게는 가부좌, 지요호는 한쪽 무릎을 세우고, 두 사람은 석가모니 불상 앞에서 마주 앉았다.

이 자리에서 당장 베어 버려야 하지 않을까, 그런 충동이 무라시게를 덮쳤다가 썰물처럼 빠져나갔다. 무라시게가 말했다.

“부정하지 않는구나.”

지요호는 맑은 목소리로 대답했다.

“셋쓰의 주인께서 물어보시는데 어찌 거짓을 아뢰겠습니까. 분명 제가 사이카 병사에게 부탁해 가와라바야시 노토 님을 쏘라고 했습니다.”

혼마루 보초 중에는 무라시게가 직접 거느리는 병사 외에 사이카 병사도 있는데 그들은 자기 소유의 철포를 가지고 있다. 노토가 죽은 당일에 한해 사이카 병사는 보초 임무에서 배제했지만 전날까지는 철포를 들고 혼마루에 들어올 수 있었다. 그중 한 명이 보초 임무를 마친 뒤에 성에서 나가는 척하다가 혼마루에 남았고 도움을 받아 저택 안에 숨어서 하룻밤을 보냈으리라.

무라시게는 자기가 다다른 결론의 의미를 해석하려 했다.

가와라바야시 노토를 쏘게 한 자는 모반자이고, 철포를 쏜 범인을 찾으면 무라시게를 아리오카성에서 내쫓으려는 자가 누구인지 알아낼 수 있다고 믿었기에 주에몬에게 조사를 지시하고, 지하 감옥으로 간베에를 찾아갔으며, 부처에게 지혜를 빌기까지 했다. 그리고 지금 범인에게 사주한 게 누구인지는 알아냈다. 하지만 지요호가 모반자일까? 지요호가, 무라시게가 과거 이케다 가쓰마사에게 그랬던 것처럼 그를 이 성에서 쫓아내려는 것일까?

당혹감과 의심으로 마음이 흔들리면서도 무라시게는 생각을 당장 바로잡을 수는 없었다. 그래서 이렇게 말했다.

"누가 시켰느냐. 누가, 그대에게 노토를 쏘라고 부추겼느냐?"

그러자 지요호는 무라시게가 반쯤 예상했듯이 고개를 가로저었다.

"그런 자는 없습니다. 전부 저 혼자만의 생각으로 한 일입니다."

"봄의 야습 때, 이미 확인을 마친 머리가 흉상으로 바뀌었다. 그것도 그대가 한 짓이냐?"

"역시 어르신, 놀라운 혜안입니다. 예, 제가 시녀를 시켜 버려진 머리를 주워 오게 하여 바꿨습니다."

"그로 인해 성안의 일향종 신도들이 기세등등해지고 남만종 신자가 한 사람 불에 타 죽었다."

무라시게가 그렇게 말하자 지요호의 얼굴에 그늘이 드리웠다.

“실로 마음이 아픕니다. 그자가, 파라다이스라고 하나요, 남만의 그 극락에 갈 수 있다고 믿으며 숨을 거두었기를 바라지 않은 날이 없습니다.”

이 난세에서 누군지도 모르는 한 사람의 죽음을 애도한다는 건 어딘가 거짓말 같다. 하지만 거짓도 전략이라고 말하는 무사들 사이에서 살아온 무라시게가 그런 지요호의 말에서는 거짓을 찾을 수 없었다.

“그렇다면 겨울의 사건은 어찌된 일이냐. 아베 지넨이 살해당한 날 아침, 그 자리에 서라고 지넨에게 가르쳐 준 것은 누구냐.”

지요호가 미소를 지으며 대답했다.

“그건, 제가.”

“지넨은 자기가 죽으리라는 걸 알고 있었나?”

예상하지 못한 질문이었는지 지요호의 눈이 살짝 커졌다.

“물론입니다. 지넨 님은 일족의 오점을 속죄하고 서방정토로 떠날 수 있다면 더 바랄 게 없다고, 오히려 감사하다고 갸륵하게 말씀하셨습니다. 역시 무가의 자녀는 굳세구나 싶어 저도 깊이 감탄했습니다.”

무라시게는 화를 낼 수가 없었다. 분노보다도 이유가 무엇인지 당혹감이 앞섰기 때문이다. 무라시게는 이해할 수 없었다.

겨울, 봄, 여름, 계절마다 아리오카성은 존망의 위기에 처했다. 무라시게는 모든 전략을 짜내서 어느 때는 담합으로, 또 어느 때는 창과 철포로 이 성을 지켜 왔다. 그 뒤에서 지요호가 저지른 행동은 대체 무엇이었나.

"벌……."

무라시게가 중얼거렸다. 마치 자기 뜻으로 말한 것이 아니라, 감옥 안의 간베에에게 조종당한 것처럼.

"지요호. 그대는 부처의 벌을 내리려는 것인가."

"설마요, 어르신, 천만의 말씀입니다."

지요호는 놀라서 몸을 젖히는 시늉까지 했다.

"어리석은 인간의 몸으로 어찌 겁 없이 부처님을 대신해 벌을 내릴 수 있겠습니까. 저는 다만……."

용서를 구하듯 지요호는 두 손을 모았다. 살짝 고개를 숙이고 지요호가 말했다.

"다만 벌이 있다는 믿음을 주고 싶었을 뿐입니다."

"누구에게."

"물론."

불빛이 일렁거렸다. 지요호의 얼굴은 관음과도 닮아 있었다.

"백성들에게."

"백성이라고."

무라시게는 말문이 막혔다.

백성. 벼농사를 짓고, 채소를 키우고, 포목을 짜고, 농기구를 만들고, 집을 짓고, 우물을 청소하고, 무더위도 강추위도 그저 가만히 참아 내며 살아가는 사람들. 아리오카성의 울타리에 둘러싸여, 멀찍이 오다에게 포위당해, 싸울 방도도 없이 농성 한복판에 있는 수천의 사람들.

"부처의 벌을 백성들에게 보여 주기 위해서, 그대는 지넨을 죽음으로 이끌고, 무사의 머리를 바꿔치기하고, 가와라바야시 노토를 쏘려고 했다는 말이더냐."

"그렇사옵니다."

지요호가 두 손을 모은 채로 그렇게 말했다.

무라시게는 지요호가 혼간지 승관의 딸이라는 사실을 떠올렸다. 가가를 차지하고, 셋쓰 남부를 손에 넣고, 이세, 미카와, 노토 지방을 비롯해 각지에서 불붙은 민란과 지요호는 연관이 있다. 그 사실을 깨닫고 말했다.

"그렇다면 부처의 벌로 백성들을 질타해 이 호쿠세쓰에서 민란을 부추기려는 속셈이냐. 부친의 가르침을 따른 것이냐?"

"어르신."

지요호는 두 손을 내리고 조용하고 깊은 목소리로 말했다.

"그 물음에는 이미 대답했습니다. 누가 시킨 게 아니라 저 혼자만의 생각으로 한 일이라고요. 백성을 부추긴다고 말씀하시다니, 제가 오히려 부끄럽습니다."

"모르겠다. 모르겠구나, 지요호."

무라시게가 언성을 높였다. 생각해 보면 이 나이 어린 아내에게 언성을 높인 것은 이번이 처음일지도 모른다. 지금 무라시게에게 지요호는 아름다운 아내가 아니라 정체를 알 수 없는 존재였다.

"이 무라시게를 상대로 말장난으로 넘어가려는 것이냐. 지넨의 죽음도, 수급을 바꿔치기한 것도, 경박한 사람들이 오싹하다고 숙덕거리기는 했어도 정녕 부처의 벌이라고 믿은 자는 결코 없었을 것이다. 그대는 무엇을 하려 했던 것이냐?"

"어르신."

울적한 눈매로 지요호가 대답했다.

"저는 어르신의 질문에 전부 대답했고 한 마디도 둘러말하지 않았습니다. 어르신이 모르겠다고 말씀하신다면 그것은 어르신께서 무가의 사람이기 때문에, 강한 무사이기 때문일 것이옵니다."

"지요호, 똑바로 말하거라. 그대의 소행이 죄가 아니라고는 생각하지 않는다. 이유 없이 이 아리오카성을 혼란스럽게 했다면 나는 대장으로서 그대를 베어야만 하느니라."

"그렇다면 어르신, 이 지요호를 베실 때에는 부디 고통이 없도록 단칼에 부탁드리겠습니다. 죽음은……, 죽음은 마땅히 찾아오는 것이지만 아픈 것은 싫습니다."

그리고 지요호는 짐짓 자세를 가다듬었다.

"어르신. 지요호의 어리석은 질문이라고 여기시고 한 가지만 대답해 주십시오. 백성들은 무엇을 가장 두려워할까요?"

"죽음이다."

무라시게는 바로 단정했다.

"사람은 죽음을 가장 두려워한다."

"그렇다면 어르신은 무엇보다도 죽음을 두려워하십니까?"

"나는."

무라시게가 살짝 몸을 흔들자 팔 보호대의 미늘이 잘그락 소리를 냈다. 적의 칼을 몇 번이나 막아 주고 밀쳐 내, 팔이 잘려 죽었을 무라시게의 운명을 바꾸어 준 도구다.

"무사다. 죽음이 두렵지 않다고는 말하지 않겠다. 죽음을 두려워하지 않는 무사는 헛되게 죽는다. 하지만 이 세상 무엇보다도 죽음을 가장 두려워해서는 무사가 될 수 없다."

"바로 그렇습니다. 무가 사람들은 온몸에 갑옷을 껴입고 창과 철포를 들고 죽음에 저항할 수단을 가지고 있습니다. 백성들 또한 겨우 구한 얇은 갑옷과 무딘 칼로 어떻게든 저항하려 합니다."

지요호가 말했다.

"그리고 그조차 없는 백성들은 짐승이나 벌레처럼 그저 죽어 갈 뿐."

석가모니불이 마주 앉은 두 사람을 지켜보고 있다.

"……아니, 짐승이나 벌레는 눈에 띄어서 죽이는 일은 있지만 산속까지 쫓아가 풀을 헤쳐 가면서까지 죽이지는 않습니다. 백성이 일단 문제가 된다 싶으면 샅샅이 뒤져 죽이니, 사람 목숨은 짐승이나 벌레 목숨보다도 어지간히 가볍다 할 수 있겠지요."

"세상이 그런 것이다. 세상에 목숨처럼 헛된 것도 없어."

"예. 참으로."

등불이 새끼손가락 끝마디만큼 작은 불꽃으로 사방에서 밀려드는 밤을 억누르고 있었다.

"그렇다면 어르신, 말씀드리겠습니다. 어르신은 백성들이 가장 두려워하는 것이 죽음이라고 말씀하셨습니다. 저는 그렇게 생각하지 않습니다. 백성들이 가장 두려워하는 것은 죽음이 아닙니다. ……저는 그것을 보았습니다."

"어디서 보았느냐."

"이세, 나가시마에서."

목소리는 불당의 어둠 속으로 빨려 들어갔다.

이세 나가시마.

오다의 본거지인 오와리에서 지척에 있으며 구름 떼처럼 많은 일향종 신도가 농성하던 지역이다. 기소가와강 하구에 생긴 수많은 모래밭에 요새를 쌓고, 성을 짓고, 종국에는 거대한 요충지를 이루어 지금으로부터 꼬박 팔 년 전에 신도들이 농성을 시작했다. 이미 이세 일대를 정복한 오다의 눈에는 영토 가장 안쪽에 갑자기 적지가 생긴 셈이었다.

전쟁은 격렬했다. 초전에서 노부나가의 동생 히코시치로 노부오키가 궁지에 몰려 스스로 목숨을 끊은 것을 비롯해 미노 공격 최대의 수훈자라고도 일컬어지는 우지이에 보쿠젠, 원로 가신 하야시 신지로가 전투에서 죽었다. 수라처럼 싸워 왔던 노부나가는 많은 가신들을 죽음으로 내몰았지만 이 나가시마 공격만큼 장수들이 잇달아 죽은 전투는 없었다. 그것은 실로 피로 피를 씻어 내는 싸움이었다.

"혼간지의 청으로 부친이 나가시마로 갔을 때, 어쩔 수 없는 사정으로 저도 동행했습니다."

지요호가 말했다.

"그때 전쟁은 진정 국면이었습니다. 오다는 결코 나가시마를 그냥 두지 않을 테지만, 다시 총공격을 하려면 아직 얼마간 시간이 필요할 거라는 소문을 부친은 그만 믿고 말았던 것입니다. 모래밭에 세운 나가시마성은 눈을 의심할 정도로 용맹한 위용으로 마치 물 위에 떠 있는 것 같았습니다. 다가오는 배에는 가차 없이 화살과 탄환을 퍼부을 수 있었습니다. 담은 높고 망루도 많아, 저처럼 전쟁에 무지한 사람은 이런 성이라면 절대 함락되지 않을 거라 생각했습니다.

성안에 과연 몇 명이나 있었는지 저도 모릅니다. 오만, 십만, 아니 실제로는 만 명이 겨우 넘는 정도일 거라고 말하는 자도 있었습니다. 언월도와 철포를 든 승병, 저마다 무기를 손에 든 신도들이 넘쳐 났습니다. 그들은 마왕이라도 이 나가시마성은 무너뜨릴 수 없다고 호언하며 전진하면 극락, 후퇴하면 지옥이라고 외쳤고 그 사기는 실로 하늘을 찌를 듯 높았습니다."

지요호가 다시 두 손을 모았다.

"하지만 오다는 왔습니다. 악귀도 접근할 수 없는 험한 물길로 보였던 기소가와강은 군함으로 가득 찼고, 오다가 피운 화톳불은 하늘을 태웠으며 매일 밤 함성이 요동쳤고, 철포는 판자 울타리를 허망하게 부수었습니다. 기세등등하던 외침은 아지랑이처럼 순식간에 사라졌고, 전쟁터에서 죽으면 극락왕생이 보장된다는 말만 들려왔습니다."

지요호의 맑은 목소리가 잠깐 떨렸다.

"……전쟁 속에서 저는 부친과 헤어졌습니다. 그렇게 되니 저는 그저 아녀자일 뿐. 이제 와서 생각해 보면 오히려 신분을 증명할 길도 없었는데 용케 죽지 않았구나 싶습니다. 나가시마성 한 구석, 지붕도 벽도 다 허물어져 가는 오두막에서 저는 같은 처지의 약자들 수천 명과 함께 살고 있었습니다. 병량이 부족해 하루 한 번 묽은 죽이 나올까 말까. 철포 소리는 밤낮으로 들려왔습니다. 오두막에 있던 건 병든 자, 굶어서 뼈와 가죽만 남은 자, 손발을 잃은 자, 노인, 아이, 광인, 힘없는 자. 아귀도란 바로 그런 곳일 것입니다. 그리고 저희는 모두 자기가 죽을 거라는 사실을 알고 있었습니다."

지요호의 손끝이 파르르 떨리는 것을 무라시게는 보았다.

"그래서 저희는 염불을 외웠습니다. 뼈와 가죽만 남은 손을 모으고, 아침이나 밤이나 목소리가 나오는 한 염불을 외웠습니다. 구원하소서, 아미타불, 극락왕생하게 해 주소서, 구해 주소서……. 죽음을 받아들인 그때 저희가 가장 두려워한 것이 무엇인지, 어르신은 아시겠습니까?"

죽음이 아니라는 것은 무라시게도 알 수 있었다. 하지만 말은 나오지 않았다.

지요호의 목소리는 어디까지나 아름다웠다.

"저희는 다만 죽음으로도 그 고통이 끝나지 않을까 봐 두려웠습니다."

"……."

"어르신. 극락을 호강할 수 있는 풍요로운 땅이라고 생각하는 이도 있겠지만 저희가 들은 가르침은 그렇지 않았습니다. 극락정토란 무량광명토, 빛, 그저 빛……. 아무것도 없는 곳이라는 말을 듣고 저희는 그것에 안도했습니다. 빨리, 하루라도 빨리 극락으로 가고 싶었습니다. 굶주림의 고통은 차마 말로 할 수가 없습니다. 살기등등한 병사들이 저희를 전쟁에 방해가 된다며 한편에서는 죽이고, 한편에서는 천박한 짓을 저지르는 광경도 두려운 고통이었습니다. 생로병사 모든 것이 고통이며 윤회는 생각도 못 할 일, 저희는 더 이상 고통받고 싶지 않았습니다. 이 세상에, 그 나가시마의 허름한 오두막에 있었던 것만큼 순수한 신앙심은 달리 있을 것 같지 않습니다.

……하지만 저희는 그래도 그 기도가 부처님께 닿을지 너무나 불안했습니다. 아시겠지요, 어르신께서도 종종 말씀하시고, 그 나가시마성에서도 듣지 않는 날이 없었던 말……. 전진하면 극락, 후퇴하면 지옥이라는 그 말이 저희를 옭아맸습니다. 전진하면 극락. 그렇다면 우리는, 손에 단도 하나 쥐지 못한 우리는 전진하고 있는 것일까? 승려와 속인들이 피투성이가 되어 싸우는데, 성 한구석에서 어깨를 맞대고 그날그날 살아갈 뿐인 우리가 불법 수호를 위한 싸움에 몸담고 있다고 말할 수 있을까? 전진하고 싶어도 전진하지 못하는 자에게도 극락의 문은 열릴까……. 무심한 염불 속에 문득 의심의 그림자가 드리운 적이 없었다고는 말씀드리지 않겠습니다. ……그리고 전쟁의 끝이 다가왔습니다."

나가시마 전쟁의 결말은 무라시게도 알고 있다. 꿈에서도 보았다.

"불법을 위해 죽으라고 언월도를 휘둘렀던 자들이 오다와 화친을 맺은 것은 어르신도 아시겠지요. 배가 준비되었고 저희는 성을 나가게 되었습니다. 그때 이미 성안 사람들은 반쯤 죽고 없었습니다. 싸우다 죽은 게 아니라 굶어 죽은 것입니다. 수많은 시체를 뒤로 하고 나가시마성을 떠나는 배 안에서 약자들은 서로 얼굴을 맞대고 있었습니다. 우리가 얻은 행운을 도저히 믿을 수 없었지요. 결코 살아날 수 있을 리 없었는데 어째서 목숨을 건졌을까 하고요. 너무 오랫동안 고통에 빠져 있던 저희는 기뻐할 방법을 잊었던 거겠지요. 여기에는 뭔가 무서운 함정이 있는 게 아닐까……. 대하를 건너는 배 안에는 누가 말하지 않아도 그런 막연한 불안이 퍼져 있었습니다. 그리고 누군가 말했습니다. 우리는 후퇴했다고."

틈새에서 불어온 바람이 등불을 흔들었다.

"두려움은 순식간에 퍼져 나갔습니다."

전진하면 극락.

"후퇴하면 지옥이 아니었던가. 우리는 살았지만, 정녕 그래도 되는 걸까? 저기에서 일련탁생•을 믿고 함께 한목소리로 염불을 외웠던 이들이 줄줄이 죽어 간 저곳에서 죽었어야 하지 않나? 살아남으면…… 후퇴하면 기다리는 것은 지옥뿐이지 않을까? 그때 오다 군이 철포를 쏘았습니다."

지요호의 목소리는 마치 지하 깊숙한 곳에서 올라오는 메아리 같았다.

"아귀도 다음은 무간지옥. 한 번은 받아들였던 죽음이 다행히도 멀어졌다 싶은 그 순간, 죽음이 돌아왔습니다. 극락왕생도 차마 믿지 못하고, 바야흐로 지옥행을 의심한 그 순간에! 빗발치는 탄환 속에서 저는 외침을 들었습니다……. 아미타불, 나는 후퇴하

• 一蓮托生. 이승에서 죽은 후에 연꽃에 의지해서 극락에서 다시 태어난다는 뜻

지 않았다. 후퇴하지 않았다, 부디 극락으로, 극락으로! 정말 그렇게 외친 자가 있었는지, 사실 저도 잘 모르겠습니다. 제 가슴속에만 울린 목소리였을지도 모르지요. 어쨌거나 주위는 전부 시체였으니까요."

"……."

"헛된 죽음을 두려워하는 어르신의 심정도 모르는 바는 아닙니다. 그것도 무사의 마음가짐이겠지요. 하지만 저는…… 앞으로도 고통이 계속된다고 생각하며 맞이하는 죽음이야말로 가장 잔혹하다고 생각합니다."

나가시마성을 떠나는 배에 철포를 퍼부은 뒤, 오다는 남은 성채를 포위하고 불을 질렀다.

불길 속에서 죽은 자는 이만 명에 이른다고 전해진다.

"정신을 차리고 보니 배는 강기슭에 닿아, 주위에는 오다 병사도 아군도 없고 눈앞에는 어부의 빈 오두막이 있었습니다. 제가 살아남은 것은 부처님의 가호라고 부친은 말씀하십니다. 이해하기 어려웠습니다. 산으로 도망친 저는 나가시마성에서 살아남은 자들이 오다의 본진으로 뛰어드는 광경도 보았습니다. 악귀나찰을 현세에서 본 기분이었습니다."

지요호가 그렇게 말했다.

"오사카로 돌아와 빈껍데기처럼 살고 있던 저는 가와치 지방 가도마쇼에 있는 간토쿠지라는 사찰에서 어느 고매한 주지 스님을 뵙고 가르침을 청했습니다. 그때 후퇴한 자들은 지옥으로 떨어졌는지. 저도 지옥으로 떨어지는지. 그분은 과거에 죄를 짓고 혼간지에서 추방당한 분으로, 무슨 말씀을 할 때도 남들의 귀가 조심스러웠겠지요. 그래도 제게 말씀해 주셨습니다. 그렇지 않다, 고승들의 가르침은 그것이 아니다. 말세에 우매한 처지로는 스스로를 구제할 수 없음을 알려 주고 그저 아미타불의 자비에 의지하라는 것이 종문의 가르침. 전진하면 극락이란 결국 자기 힘으로 자신을 구원하려 하는, 가르침에 맞지 않는 행동이다. 후퇴하면 지옥이라니, 아미타불이 어째서 그런 말씀을 하시겠는가. 얼마나 어리석은 눈가림인가……. 주지 스님은 그렇게 화를 내셨습니다."

불법을 위해 전쟁에 나서라, 따르지 않으면 파문하겠다, 파문을 당하면 지옥으로 떨어진다……. 일향종이 싸울 때 항상 하는 말이었다. 그것을 종문의 가르침에 비추어 잘못된 것이라고 했다면 위험을 무릅쓴 발언이었을 것이다.

"경전에도 없는 그런 몇 마디에 중생들이 망설임 속에서 죽었다는 말을 들으니 무상한 바람이 이제 와서 몸에 스미는구나…….
그렇게 한탄한 그분의 말씀을 저는 잊을 수 없습니다. 그리고 어르신을 만나 꿈같은 나날을 보내다가 우연히 또다시 오다에게 포위되었을 때, 저는 맹세했습니다. 승패는 그때의 운, 만약 패하더라도 이곳 이타미 백성들을 나가시마 사람들처럼 죽게 만들지는 않겠노라고. 그 때문에 부처님께서 저를 그 나가시마의 무간지옥에서 꺼내 주셨다고 믿는 것이야말로 제게는 구원이었습니다."

그리고 농성이 시작되었다.

"제가 말을 건넬 수 있는 사람에게는 전진하고 싶어도 전진하지 못하는 자에게도 극락이 있다고 전했습니다. 많은 이들이 제 이야기를 듣고 저를 도와주었습니다. 직접 말을 건넬 수 없는 자에게는 부처님은 곁에 있다고, 그렇게 믿고 의지할 마음을 주려고 했습니다."

무라시게는 지요호가 저택에서 일하는 시녀, 하인들뿐만 아니라 병사들과 백성들에게도 널리 존경받고 있다는 것을 떠올렸다. 지요호를 보면 많은 사람들이 길을 터 주고 고개를 숙였다. 그것은 지요호가 무라시게의 아내였기 때문이었겠지만, 그게 전부가 아니었던 것이다. 지요호의 가르침을 듣고 그 말을 믿는 이들은 지요호를 위해 수고를 서슴지 않았다.

그래서 지요호는 부처의 벌을 꾸며 낼 수 있었다.

"오사카를 버린 아베의 인질이 기이한 죽음을 맞이하고, 불법을 등진 남만종이 벤 머리가 흉상으로 변하고, 무헨 님을 살해한 극악무도한 자가 어디에서 날아왔는지도 모를 탄환에 맞아 죽습니다. 그것을 본 백성들은 명벌이 내린 거라고 믿겠지요. 그것은 바꾸어 말하면 부처님이 지켜보고 계시다는 것을 깨닫는 일입니다. 저는 그렇게 죽어 가는 백성을 안심시켜 주려 했던 것입니다."

무라시게는 그 일들이 부처의 벌이라고는 단 한 번도 믿지 않았다. 하지만 소문은 퍼졌다.

"어르신은 제가 한 짓을 진정 명벌이라고 믿은 자는 없을 거라 말씀하셨지요. 그렇기도 하겠지요, 갑옷을 두르고 죽음에 저항하는 강인한 무사라면 거짓으로 만들어 낸 벌이 무슨 필요가 있겠습니까. 어리석은 일이라고 생각하셨겠지요.

하지만 외람되오나 이 성에는, 근심 많은 이 세상에는 그렇게 저항할 수 없는 약자가 더 많은 법. 종문의 가르침에도 없는 몇 마디가 사람을 현혹하는 것이 이 세상이라면, 꾸며 낸 기적이 사람을 구원하는 것 또한 이 세상의 이치 아니겠습니까."

지요호의 말을 무라시게는 부정할 수 없었다.

요즘 백성들은 평온했다. 거리는 숨을 죽이고 여름을 지내고 있다는 말만으로는 설명할 수 없는 정적에 감싸여 있었다. 무라시게는 그것이 어떤 조짐이라고는 생각조차 하지 않았지만, 지금 대번에 그 정적이 기묘하게 느껴졌다. 무헨의 죽음을 알았을 때의 그 불길 같던 비탄과 분노, 격앙된 마음은 어디로 사라졌단 말인가?

물론 백성들은 무헨을 죽인 노토가 낙뢰로 죽었다는 사실을 알고 잠잠해졌다. 대역 죄인이 벌을 받았다. 하늘은 죄를 심판했다. 천망회회 소이불루, 하늘의 그물은 엉성해 보이지만 결코 빠져나갈 수 없다. 부처님은 보고 계신다……. 백성들은 그렇게 생각하며 후련해했던 것이다.

만약 노토를 죽인 게 철포였다면 이 정도로 뚜렷한 효과는 없었을지도 모른다. 하지만 분명 한 줄기 실낱같은 구원을 가져다주기는 했으리라.

"저는 오로지 죽어 가는 이들을 위해 한 일이었습니다. 그것이 어르신의 전략을 방해했다면 부디 처벌해 주십시오. 저는…… 나가시마에서 가야 했던 극락으로 가고 싶습니다."

그리고 지요호는 눈을 감고 엄숙하게 염불을 외우기 시작했다.

등불 속에서, 석가모니불은 아무 말도 없었다.

10

무라시게는 지하 감옥에 있었다.

밤나무를 굵게 잘라 만든 격자를 사이에 두고 구로다 간베에와 둘이서 마주 앉아 있었다. 두 사람은 나란히 등을 구부리고 어둠 속에서 축축한 땅을 바라보고 있었다. 간베에는 다리가 아파 왼발을 뻗고 있었고 무라시게는 책상다리로 앉아 있었다. 무라시게는 셋쓰의 주인답게 명주옷에 조끼를 걸치고 팔과 정강이에 보호대를 차고 있었다. 간베에는 작년 11월에 감옥에 갇혔을 때 그대로, 지금은 꾀죄죄하게 때가 탄 누더기를 걸치고 있다. 무라시게는 잠시 누가 격자 안에 있고 누가 밖에 있는지 혼란스러웠다.

때는 한밤중…… 아마도 그럴 것이다. 무라시게는 지금이 몇 시인지 알지 못했다. 그 불당에서 언제 지요호가 물러났는지도 모른다. 정신을 차리고 보니 무라시게는 또 지하 감옥에 있었다.

무라시게는 간베에에게 지요호에게 들은 이야기를 전했다. 이렇다 할 의도가 있었던 것은 아니다. 그저 누군가에게 말하고 싶었다. 간베에 역시 아무 말이 없었고, 아무것도 들리지 않는 것 같았다. 무라시게가 전부 털어놓자 간베에는 탁한 눈으로 무라시게를 바라보며 중얼거렸다.

"잠깐 사이에…… 몹시 수척해지셨습니다."

얼굴을 비춰 볼 물거울도 없어, 무라시게는 간베에의 말이 맞는지 알 길이 없었다. 다만 온몸에 차올라 있던 무언가, 대장으로서 갖춰야 할 무언가가 빠져나갔다고 한다면 그럴 것 같다고 생각했을지도 모른다.

간베에가 말했다.

"그럴 만도 하지요. 다시 님의 말씀을 곰곰이 짚어 보면…… 모반자는 없다는 뜻이 될 테니까요."

무라시게가 몸을 움찔 떨었다.

가와라바야시 노토에게 철포를 쏜 범인을 찾아내면 무라시게의 자리를 빼앗으려는 모반자를 찾을 수 있다. 그것이 무라시게의 생각이었다.

하지만 모든 것은 헛된 기우로 끝났다. 분명 지요호는 무라시게의 뜻에 어긋나는 갖가지 괘씸한 소행을 저질렀다. 하지만 그것은 무라시게를 쫓아내고 오다와 내통하려는 배신이 아니었다. 지요호를 죽여도 아무것도 돌아오지 않는다. 무라시게는 아직 그것도 모를 정도로 제정신을 잃지는 않았다.

모반자는 없다…….

간베에의 말이 무라시게의 폐부에 스며들었다. 모반자가 없다면 성안의 나태한 분위기는 무엇이었나. 무질서한 군사 회의는 무엇이었나. 장수들의 그 냉담한 눈빛은 무엇이었나. 아니, 모반이었을 터였다. 모반이기에 수괴를 처단하면 전부 원래대로 돌아올 터였다.

하지만 모반자는 없었다!

그래서야 성안의 그 나태함을 설명할 길이 없지 않은가. ……간계도 모략도 없이, 그저 단순히 가신들의 마음이 무라시게로부터 멀어졌다고 해석하는 수밖에는 없지 않은가.

"아니, 모반자는 있다."

무라시게는 중얼거렸다.

"그저 노토를 철포로 쏜 자가 모반자와 상관이 없었을 뿐이다. 내가 잘못 봤을 리 없어. 장수들에게서 인질을 받아야겠구나. 처자식을 내놓게 해서 혼마루에 둬야지. 그러면 누가 다른 마음을 먹어도 쉽게 움직이지는 못할 터. 간베에, 그렇지 않느냐?"

"그럴지도 모르지요."

"장졸들은 나를 따르고 있다. 어쩌다 괘씸한 놈이 두세 명, 아니, 대여섯 명 있었던 것뿐이야. 나는 셋쓰노카미 무라시게다. 평생 승리해 온 대장이다. 사람들의 마음이 떠난들…… 아니, 그런 일이 생길 리가 없어."

간베에는 깊숙이 끄덕이며 갈라진 목소리로 말했다.

"옳은 말씀이십니다. 셋슈 님은 끝없는 승리로 가신들을 통솔해 온 분. 승리가 계속되는 동안은 가신들도 누구 하나 예외 없이 물불 가리지 않고 계속 싸웠을 것입니다."

"나는 지지 않았다!"

언성이 높아진 무라시게를 간베에가 지그시 바라보았다.

지지 않았다……. 하지만 이기지도 못했다. 그리고 이길 가망도 없다. 무라시게는 그것을 누구보다 잘 알고 있다.

"설사 이기지는 못하고 있다 한들 어째서 그런 이유로 가신들을 잃어야 한단 말이냐? 노부나가가 시가와 가네가사키에서 패했을 때 오다의 가신들이 가문을 떠났더냐? 하시바 지쿠젠은 허락도 없이 군을 떠나는 큰 실수를 범하고도 오히려 주고쿠 공격의 중책을 맡지 않았더냐? 어째서 나는 이기지 못하고 있다는 이유만으로 잃어야 한단 말이냐!"

아라키 규자에몬, 이케다 이즈미, 노무라 단고, 수많은 가신들의 대다수는 무라시게가 이케다 지쿠고노카미 가쓰마사의 가신이었을 때부터 말머리를 나란히 하고 함께 싸워 왔던 동료들이다. 첫 출전으로부터 십여 년, 무라시게는 그들과 고락을 함께했다. 기타가와라 요사쿠나 나카니시 신파치로 같은 젊은이들에게도 무라시게는 나쁜 대장은 아니었을 터였다. 목숨을 걸고 세월을 들여 키워 온 그 신의, 유대가 일 년도 지나지 않아 무너져 간다. 무라시게는 도저히 인정할 수 없었다.

어둠 속에서 간베에가 말했다.

"그것은 셋슈 님이 승리로, 승리만으로 가신들을 이끌어 왔기 때문입니다. ……사람 마음은 참으로 어려운 것."

무라시게는 침묵했다.

목소리가 끊기자 지하 감옥은 몹시도 고요했다. 그나저나 어쩌면 이리도 좁을까. 무라시게는 호쿠세쓰를 지배하는 그가 다카쓰키를 잃고, 이바라키를 잃고, 이케다를 잃고, 마침내 유일하게 남은 이 감옥에 갇혀 버린 것만 같았다.

"……여기서 승리하려면."

간베에가 불쑥 말했다.

"방법은, 한 가지뿐입니다."

무라시게는 귀를 의심했다. 오다에게 포위당한 지 아홉 달, 이길 방법이 있다면 이미 시험했을 것이다.

"장난치지 마라, 간베에."

"전쟁에서 어찌 장난을 치겠습니까."

갑자기 격자 너머에서 간베에가 몸가짐을 바로 했다. 휜 다리로 책상다리는 할 수 없지만 윗몸을 똑바로 세우고 두 손을 허벅지 위에 얹더니 무라시게에게 깊숙이 고개를 조아리는 것이었다. 옷이며 얼굴이며 온통 지저분했지만 이때 무라시게는 간베에에게서 과거의 늠름한 모습을 보았다.

"때는 무르익었습니다. 소인이 여태껏 목숨을 부지한 것은 실로 이날을 위함이니. 지금이야말로 이 몸 간베에, 셋슈 님을 위해 책략을 바치겠습니다."

설마 하는 마음에 무라시게는 그만 말문이 막혔다.

"허락해 주시겠습니까?"

그렇게 확실한 말을 듣고서야 무라시게는 겨우 대답할 수 있었다.

"허락하마."

간베에는 천천히 윗몸을 일으켜 가슴을 폈다. 그 옛날의 장자방, 제갈공명처럼 간베에는 당당하게 책략을 내놓았다.

"그렇다면 아뢰겠습니다. 소인이 말씀드릴 것도 없이 전쟁의 추이를 결정하는 것은 오로지 모리의 동향. 하지만 우키타가 오다군에 붙은 이상, 설사 오다 몰래 서한을 보낸다 한들 모리는 움직이지 않을 것입니다."

무라시게는 끄덕거렸다. 간베에의 말은 어디까지나 매끄러웠다.

"하지만 셋슈 님이 직접 모리 본거지 아키까지 찾아가 망명 중인 도모 막부의 쇼군 가문을 통해 모리 가문 당주 우마노카미 데루모토 님과 담판을 짓는다면 이야기는 달라집니다. 모리도 체면이라는 게 있습니다. 셋쓰노카미 님이 직접 찾아가셨는데 보답하지 않는다면 그야말로 망신, 가신들이 술렁거릴 것입니다. 반드시 병사를 내놓겠지요."

"무어라."

가문끼리의 담판에 우두머리가 직접 사자로 나서다니, 무라시게도 들어 본 바가 없다. 단순하면서도 너무 상식에서 벗어난 행동이기 때문에 생각도 못한 기발한 방법이었다. 쇼군 가문을 끌어들인다는 것도 대단히 그럴싸했다.

원군 요청 자체는 양쪽 가문 사이에 우열을 가르는 일이 아니다. 하지만 우두머리가 직접 무릎을 꿇고 도움을 청하면 아라키 가문은 앞으로 모리 가문의 세력 밑으로 들어가게 되리라. 하지만 무라시게는 이제 와서 가문의 격식에 얽매일 생각은 전혀 없었다. 하지 못할 이유는 무엇 하나 없었다.

"먼저 기타가와라 요사쿠 님을 부르는 게 낫겠지요. 그분은 아마가사키에 사자로 간 적이 있다 들었습니다. 설마 오다 진영을 돌파했을 리는 없으니, 요사쿠 님은 오다에게 들키지 않고 아마가사키로 가는 길을 알 것입니다."

"오오."

"아마가사키에 들어간 뒤에는 우라 효부노조 님을 찾아가십시오. 소인, 그분과는 전쟁터에서 맞붙은 적이 있는데 제법 시원스러운 무사였습니다. 주군 가문에 차마 말은 못 하겠지만 협력하겠다는 약정을 지키지 않는 것을 부끄럽게 생각하고 있을 것이 분명합니다. 셋슈 님이 부탁한다고 말씀하시면 어떤 곤란도 헤치고 아키까지 배를 준비해 줄 것입니다. 육로는 몰라도 해로라면 우키타도 방해하지 못할 것입니다."

"우라 효부노조라면 나도 안다. 맞아, 그럴 테지."

"아키에 도착하면 먼저 안코쿠지 사찰을 찾아가는 게 좋을 겁니다. 주지 스님인 에케이 님은 모리 데루모토 님의 신뢰가 두텁고 오다를 싫어하기로 유명하지요. 반드시 셋슈 님의 힘이 되어 데루모토 님을 만나게 해 주실 겁니다."

무라시게는 두 번, 크게 끄덕였다. 간베에의 목소리가 점점 더 열기를 띠었다.

"모리 가문 당주이신 데루모토 님은 소인배, 그렇기에 명물이 효과가 있을 겁니다. 셋슈 님이 설마 아까워하지는 않으시겠지만 선물은 좋은 것으로 고르십시오. 고바야카와 사에몬노스케 다카카게 님에게 보낼 선물도 반드시 잊지 마십시오. 당주인 데루모토 님이 좋다고 해도 사에몬노스케 님이 안 된다고 하면 일이 진행되지 않는 것이 모리니까요."

"그런가. 그건 기억해 두지. 간베에, 자네는 감옥 안에서 이런 책략을 짜내고 있었나."

간베에는 고개를 꾸벅 숙이고 살짝 표정을 누그러뜨렸다.

"여기까지는 준비에 지나지 않습니다. 모리의 원군을 데리고 돌아와도 오다에게 이길 승산은 기껏해야 반반이겠지요. 전쟁에 능한 셋슈 님께 소인이 굳이 말씀드릴 것도 없지만, 마음껏 싸우십시오."

"오오, 오오!"

간베에의 책략은 실로 하늘의 도움이었다. 무라시게는 저도 모르게 미소를 지으며 꿈을 꾸었다.

세토 내해를 가득 메운 군선으로 모리 병사를 데리고 아마가사키에 들어간다. 아마가사키성을 지키는 아들 무라쓰구는 입도 다물지 못하고 놀라겠지. 오다는 그 이상으로 당황할 것이다. 아마도 노부나가가 직접 나오리라. 그 남자의 전투는 어딘가 신들린 구석이 있지만, 아마가사키에서 치고 올라간다면 아리오카성과 함께 오다를 협공하는 형태가 된다. 좋은 싸움이 되리라. 그날을 위해 지금까지 얼마나 많은 책략을 짜냈던가. 지형은 우리에게 유리하다. 사전 공모에 응해 줄 적장도 두세 명 있다. 무헨이 죽은 것은 뼈아프지만 계략에 알맞은 사자는 또 찾을 수 있을 것이다. 모리에게 똑똑한 사자를 빌려도 된다.

지금이 8월, 결전은 아마 겨울이 되리라. 황야로 변한 셋쓰의 벌판을 마음껏 누비고 모든 전략을 동원해 오다 노부나가와 자웅을 겨룬다. 고노 요시히로를 허리에 차고, 이와이 파에서 만든 갑옷에, 기소 말 중에서도 훌륭한 놈을 골라 타서 오랫동안 써 온 지휘채를 휘두르는 것이다. 숨 막히는 농성 끝에 그런 대전이라니, 그 얼마나 후련할쏘냐.

이겨서 아리오카성으로 돌아와 줄지어 선 장수들의 마중을 받는 자신의 모습을 떠올리며 무라시게는 몸을 부르르 떨었다. 만약 패하더라도 일본이 존재하는 한 구전될 대전투의 영웅으로 화려하게 막을 내린다면 무사로서 이보다 더 훌륭한 죽음은 없다.

이러고 있을 때가 아니다, 어째서 나는 지하 감옥에서 시간을 낭비하고 있는가. 애가 탔다. 당장이라도 일어나려던 그때, 무라시게는 손등을 기어가는 한 마리 거미를 보았다.

너무나 작은 거미였다. 어둠 속에서 살아서 그런지 몸에는 색이 없고 무라시게의 손등을 제멋대로 기어 다니고 있었다.

벌레 따위가, 하고 죽이려던 손이 멎었다. 문득 가슴속에 되살아난 것은 지요호의 말이었다. 지요호는 사람 목숨이 벌레보다 가볍다고 했다. 무라시게는 이어서 무언가를 떠올리려 했다. 지요호는 그리고 뭐라고 했던가? 무엇이 세상의 이치라 했던가?

기적.

기적이 사람을 구원한다. 지요호는 그렇게 말했다.

아니, 그렇지 않다. 그보다 앞서 무슨 말을 했다. 그것은 무슨 말이었던가?

어째서 그런 일이 마음에 걸리는지 무라시게는 알 수 없었다. 벌레 따위 때려죽이고 이 어두운 감옥에서 나가야 한다. 전투 준비를 해야 한다. 빨리 준비해서 죽이고, 죽어야 한다.

하지만, 그랬다. 무라시게는 지요호의 말을 차츰 떠올렸다. 이 세상의 이치……. 꾸며 낸 기적이 사람을 구원하는 것 또한, 이 세상의 이치.

어째서 그런 게 생각나는 걸까? 지금 간베에가 내놓은 책략으로 모든 것이 마무리되려는 이 순간에. 약자라면 거짓을 진실한 구원으로 믿고 달려들 수도 있겠지만 이 셋쓰노카미 무라시게는 그런 자들과는 다르다. 다르단 말이다.

정녕 다를까?

간베에가 무라시게를 보고 있었다. 제멋대로 자란 수염과 머리카락 사이로 보이는 눈에서는 아무것도 읽어 낼 수 없었다. 방금 전 책략은 까맣게 잊은 것처럼 간베에는 허공을 보고 있다.

어둠 속에서 팔을 털어 거미를 떨쳐 내고, 무라시게는 말했다.

"그런가. 결국 이것이 자네의 싸움이었나."

간베에의 얼굴에 그림자가 드리웠다.

11

모리는 오지 않는다. 몇 번이나 숙고했다. 그리고 알고 있었을 터였다. 모리는 오지 않는다는 사실을.

하지만 가슴속 어딘가에 혹시나 하는 마음이 남아 있다. 사람은 자기가 파멸한다는 미래를 부정하기 위해서라면 아무리 사소한 기적에도 매달린다. 간베에는 그 허점을 찔렀다. 생각해 보면 그랬다. 간베에는 이런 말을 했다. 그 혀로 간수를 농락해 무라시게에게 칼을 휘두르게 했을 때.

'감옥 안에서 사람을 죽이는 게 생각보다 어려운 일은 아니군요.'

"간베에, 자네…… 감옥 안에서, 나를 죽이려 했나."

깨닫고 나니 모든 것이 명백했다.

동서고금 달아나는 자는 달아난다고 말하지 않는다. 반드시 그럴싸한 변명을 늘어놓는다. 물론 전략상 물러날 때는 있다. 오히려 물러날 방법을 몰라서야 전쟁은 할 수 없다. 하지만 도움을 불러오겠다고 전쟁터에서 떠난 자를 대체 누가 곧이곧대로 도움을 청하러 갔다고 믿으랴. 하물며 무라시게는 대장이다. 불리한 싸움에서 가신들을 이끌고 성을 버리는 것은 전쟁에서 흔한 일이지만, 아직 버티고 있는 성에서 대장이 혼자 빠져나가다니 이야기로도 들어 본 적이 없다.

무라시게는 말했다.

"자네의 책략을 따르면 나는 천년이 지나도록 천하에 악명을 남기겠지. 자네는 내 목을 치는 대신 내 이름을 치려 했나."

지금 간베에의 형상이 바뀌었다. 눈이 기름을 칠한 것처럼 번득거렸다. 무라시게는 간베에의 이런 눈을 본 적이 있었다. 작년 간베에를 이 감옥에 가둔 뒤 아베 지넨의 죽음을 말해 주었을 때, 간베에는 이렇게 이상한 눈빛을 하고 있었다.

간베에가 실실 웃었다.

"설마 멈출 줄이야. 이건 다소 예상하지 못한 일이군요."

"간베에!"

"소인의 예상으로는 셋슈 님은 덥석 뛰어들었을 터인데. 소인이 모르는 무슨 일이 있었던 걸까요."

무라시게는 하늘이 도왔다고 생각했다. 앞서 사람을 현혹해 안심시키는 거짓에 대한 이야기를 지요호에게 듣지 않았다면 결코 멈추지 못했으리라. 간베에가 들려준 꿈은, 그 정도로 감미로웠다.

지금 살짝 몸을 흔들고 있는 간베에는 계획을 간파당했는데도 어딘가 유쾌해 보일 정도였다. 무라시게는 필살의 덫을 회피한 안도감에 젖으며 동시에 간베에의 원대한 계획을 깨닫고 아연실색했다.

"간베에, 자네의 지난 열 달은 전부 이를 위한 것이었나?"

간베에는 빙그레 웃을 뿐.

아리오카성이 함락될지도 모를 위기가 닥치면 무라시게는 이 지하 감옥으로 내려와 간베에에게 물었다. 간베에는 그때마다 무라시게의 마음을 파고들어 무라시게가 말할 생각이 없었던 일을 끌어내고, 무라시게가 위기를 극복할 단서를 주었다. 물론 간베에는 무라시게의 질문에 대답할 의무가 없다. 그래도 간베에가 대답한 것은 자신의 지혜에 대한 자부심을 억누르지 못하기 때문이다. 무라시게는 그렇게 생각했다. 하지만 그렇지 않았다. 모든 것은 오늘 이 순간, 무라시게의 명예를 영원히 매장할 단칼을 위해서.

"설령 내 이름을 땅에 떨어뜨려도 자네의 무훈이 되지는 않는다. 어째서 그토록 나를 증오하느냐. 목숨을 구해 준 이 나를."

무라시게가 묻자 간베에는 껄껄 웃었다.

"셋슈 님의 사정으로 멋대로 살려 둔 것을 은혜를 베푼 양 목숨을 구해 주었다고 말씀하시다니 실로 기가 막힐 노릇. 소인이 죽이라고 청했던 것을 설마 잊지는 않으셨겠지요?"

"살려 준 것을 원망한다는 말이냐? 그토록 감옥에 갇힌 게 수치

스러웠느냐?"

"수치 따위!"

간베에가 탁한 눈으로 무라시게를 노려보며 내뱉었다.

"이런 상황에 이르러서도 어째서 원망하느냐고 말하다니. 그것만으로도 이유는 충분하오."

원망을 살 이유는 얼마든지 있다. 지금까지 평생을 전쟁과 모략에 몰두해 온 무라시게였다. 짐작 가는 일은 셀 수 없을 정도였다. 하지만 지금, 문득 떠오른 생각이 있었다.

"설마 쇼주마루 때문이냐."

대답은 없었다.

결국, 그것이 이유였다.

무라시게는 놀랐다기보다 주춤했다. 인질을 잃는 것은 무가의 수치지만, 동시에 이 근심 많은 세상에서는 끝없이 벌어지는 일이기도 했다. 자식이 인질이 되면 자식을 버리고, 부모가 인질이 되면 부모를 버리고 살아남는다. 그것은 분명 비열하지만 굳센 무사의 일면이다. 간베에가 그런 일 때문에 원한을 품었다니 믿을 수가 없었다.

"미련은 남았겠지. 간베에, 자식을 잃은 슬픔을 모르는 건 아니다만 그 또한 무가에서 태어난 자의 숙명. 그 정도 일을 자네가 모를 리는 없는데."

"무가를 들먹이셨습니까?"

간베에가 조소했다.

"쇼주마루가 전쟁터에서 죽었다면 실로 영예로운 무사의 죽음이었겠지요. 소인이 오다를 저버려서 쇼주마루가 처형당했다면 그것도 무가의 숙명이겠지요. 주군 가문과 오다 사이에 끼어, 울며불며 쇼주마루를 저버렸다 해도 무가의 사람이라면 어쩔 수 없는 일이라고 받아들였겠지요. 그런데 쇼주마루는 어째서 죽었습니까?"

그리고 간베에는 격앙했다.

"내가 이 아리오카성에서 머리만 남아서 돌아갔어도, 살아서 돌아갔어도, 쇼주마루는 무사했을 터. 그런데 너는 나를 붙잡아 돌려보내지 않았다. 평범한 세상의 이치를 저버린 것이다. 내가 말하지 않았더냐, 세상의 이치를 저버리면 인과가 돌아올 거라고. 그렇다, 인과는 돌고 돌아 쇼주마루의 목숨을 앗아 갔다. 무라시게, 스스로 자비롭게 보이고자 했던 너의 허세가 바로 내 아들을 죽였다!"

비쩍 마른 몸으로 간베에는 떨리는 손을 들어올렸다. 마치 그 두 손으로 무라시게의 목을 꺾으려는 듯이.

"쇼주마루는 총명한 아이였다. 강한 아이였다. 구로다의, 나의 빛이었다. 무라시게, 백번을 죽여도 부족하다. 너는 너의 허세를 전략이라고 고집해 내 아이를 죽였다. 네가 쇼주마루에게서 무사의 죽음을 앗아 갔으니 나도 네놈에게서 무사의 죽음을 앗아 가기로 결심했다. 그 이름, 미래영겁 치욕 속에 나뒹굴 것이다."

격자가 사라지고 간베에가 눈앞에 달려드는 착각에 무라시게는 몸을 뒤로 젖혔다. ……하지만 간베에는 변함없이 감옥 안에 있었고 그 손은 무라시게에게 닿을 리 없었다.

"그것이 네 속마음이냐."
조금이라도 겁먹었던 마음을 숨기며 무라시게가 말했다.
"네 책략은 실패했다. 네게 이미 다른 수단은 없다. 거기서 죽어 가거라. 머지않아 아들도 만날 수 있겠지."
"만나고 싶구려. 이 간베에의 아들이라면 볼썽사납게 죽지는 않았겠지만, 그렇지 않았다면 꾸짖어 줘야 하니. 그리고 셋슈 님."
다시 간베에가 경멸 어린 미소를 머금었다.
"셋슈 님은 착각하고 계십니다. 소인은 때가 무르익었다고 말씀드렸습니다. 저의 책략은 이미 목적을 달성했습니다."
"무어라?"
간베에는 손을 크게 펼쳤다.
"책략은 언제든지 바칠 수 있었습니다. 열 달을 기다린 이유가 무엇이라고 생각하십니까? 어째서 셋슈 님의 이야기를 들어 주고, 이 아리오카성의 위기를 들으며 세 치 혀를 놀렸다고 생각하십니까? 오늘 이날까지 성이 함락되면 곤란했기 때문입니다. 그 이유를 아십니까?"
"그건 나의 믿음을 얻으려고 그런 거겠지."
무라시게의 말에 간베에는 웃으며 무릎을 쳤다.
"믿음이라니! 그렇지 않습니다, 셋슈 님."
울퉁불퉁한 흉터가 남은 머리를 어루만지며 간베에가 말했다.
"이 점을 생각해 보십시오, 셋슈 님이 일찍 전쟁을 포기하고 성문을 열었다면 마쓰나가 단조가 그랬던 것처럼 일단 복귀를 허락받았을 터. 그렇다면 셋슈 님은 단순한 모반자, 활약에 따라서는 설욕도 어렵지 않았겠지요. 그래서는 시시한 법. 소인이 성 안팎의 골칫거리에 참견하고, 셋슈 님이 그 문제를 해결했기 때문에 전쟁이 길어졌다고는 생각하지 않으십니까? 이미 열 달이나 지났습니다. 노부나가 경은 결코 용서하지 않을 것이오."

만약 간베에가 없었더라면 아리오카성은 이미 성문을 열었다……. 어쩌면 그랬을지도 모른다고 무라시게는 생각했다. 노부나가의 심기는 헤아리기 어렵지만 한 달이나 두 달, 늦어도 봄에는 성문을 열었다면 복귀할 수 있었을지도 모른다. 하지만 무라시게는 간베에의 도움으로 위기를 극복하고 말았다. 늦어지면, 용서받지 못한다.

간베에의 얼굴에서 미소가 사라질 줄 몰랐다.

"한 가지 더 있습니다, 이쪽이 재미있지요. 소인이 열 달을 기다린 것은 다름 아니라 호위대가 셋슈 님을 저버릴 날을 기다린 것입니다. 유언비어가 오가고 모두가 배신자를 찾기 시작할 날을 기다렸던 겁니다. 모리가 오지 않는다면 아라키 가신들은 절대 버티지 못할 것이 소인의 눈에는 불을 보듯 뻔했습니다. 일단 반년도 못 버틸 줄 알았는데 의외로 잘 버티더군요. 이건 다시 님의 활약도 제법 도움이 되었을까요."

그리고 간베에는 문득 표정을 가다듬고 무라시게를 지그시 바라보았다. 꾀죄죄한 얼굴 속에서 간베에의 눈이 젖어 있었다. 간베에의 목소리는 이제 다정하다고 해도 좋을 정도로 온화해졌다.

"셋슈 님. 제 편 하나 없는 성안에서 앞으로 무엇을 하실 셈입니까?"

"……."

“병량의 마지막 한 톨이 바닥날 때까지, 아무 결정도 내리지 못하는 군사 회의를 계속하실 셈입니까?”

“…….”

“소인이 말씀드린 책략, 분명 십중팔구 실패로 끝나 셋슈 님의 이름은 오욕을 뒤집어쓰겠지요. 하지만 꼭 성공하지 못한다는 법도 없습니다. 셋슈 님 정도 되는 대장이 원대한 야망을 잊고, 건곤일척의 술책을 듣고도 앉아서 죽음을 기다릴 수 있을까요? 셋쓰의 들판에서 대군을 이끄는 꿈을 잊은 척할 수 있겠습니까? 아니, 머지않아 셋슈 님은 이 성을 빠져나가실 겁니다. 소인은 알 수 있습니다. ……그렇기에 소인은 때가 무르익었다고, 저의 책략이 이미 성공했다고 말씀드린 것입니다.”

무라시게는 그렇게 되지는 않을 거라고 생각했다. 간베에가 들려준 꿈은 독이다. 독인 줄 알면서 삼키는 자는 없다.

하지만 무라시게의 마음은 이미 전쟁터로 날아가 있었다.

“소인이 살아서 할 일은 모두 마쳤습니다. 뒷일은 마음대로 하십시오.”

그렇게 말하고 간베에는 고개를 숙였다. 안에서 버티고 있던 것이 사라진 듯한, 마치 그대로 감옥의 어둠에 녹아들 것만 같은 모습이었다. 언젠가 아리오카성이 무너질 때까지 결코 빛이 들지 않을 지하 감옥에서 두 명의 무사가 나란히 등을 구부리고 마주 앉아 있었다.

이윽고 무라시게가 촛대를 들고 무겁게 일어났다. 무라시게는 간베에를 죽일 생각은 없었다. 이미 간베에가 죽든 살든 별 차이가 없다. 그렇다면 이제 와서 무의미하게 죄를 저지르고 싶지는 않았다. 계단을 딛으려는데 마치 날씨라도 묻듯 간베에가 물었다.

"셋슈 님. 앞으로 어떤 운명이 찾아오든 대장과 죄인으로 만나는 건 이것이 마지막이겠지요. 그렇기에 이것만은 여쭙겠습니다."

무라시게는 걸음을 멈추고 뒤를 돌아보았다. 촛대의 어두운 불빛은 어둠 속에 묻힌 간베에의 모습을 비추지 못해 어디에 있는지도 알 수 없었다.

"허락하마."

무라시게가 그렇게 대답했다.

"그렇다면."

간베에가 물었다.

"셋슈 님은 어째서 모반을 하신 겁니까?"

"후……."

무라시게는 저도 모르게 웃었다. 이제 와서 그런 질문을 받을 줄은 전혀 생각하지 못했기 때문이다.

"자네가 직접 말하지 않았나."

"소인이……?"

"좋다, 듣거라."

무라시게는 어둠을 향해 말했다.

"나는 셋쓰를 통치할 명분이 없다. 내게 셋쓰는 선조로부터 내려온 땅도 아니거니와 이제는 임무를 받아 통치하는 땅도 아니다. 그렇다고 사람을 끌어당기는 힘이 있어 만인이 필요로 하는 것도 아니라고 자네가 그랬지. 물론 일리는 있어. 하지만 그걸 알고도 어째서 내가 오다에 등 돌렸는지 모르겠는가?"

대답은 없었다.

"노부나가도 똑같다고 생각한 적은 없나? 그자는 오와리 지방 지휘관 대리 가문에서도 방계. 뿌리를 거슬러 올라가면 에치젠 출신이라는 말도 있어. 그자는 우대신까지 올라갔으면서 사임했다. 지금 천하 백성들은 오다의 힘을 인정하면서도 어째서 자기들이 오다에게 지배당하는지 이해하지 못하고 있지. 힘으로만 나라를 빼앗는 자는 끝이 비참하다……. 이 역시 자네가 한 말이야."

무라시게는 아즈치성에 들어간 날을 떠올렸다. 그것은 얼마나 장엄하고 화려한 성이었던가. 가신들과 동료들이 거성의 위용을 칭송하는 가운데 무라시게는 이렇게 생각했다. 마치 아방궁이로다.

"그래도 노부나가는 사람을 끌어당기는 힘이 있었다. 모두 그 남자에게서 눈을 뗄 수 없었다. 나도 오다에게 걸어 보고 싶다는 마음을 억누를 수가 없었지. 하지만…… 그자는 스스로 그 힘을 버렸다. 나도 많이 죽였지만, 그자는 너무 많이 죽였어."

전국시대였다. 모두가 죽고, 죽인다. 남김없이 베고 태워 죽이는 일도 흔한 세상에서, 그래도 노부나가는 살생이 과했다.

"이세 나가시마도 그렇고, 에치젠도 마찬가지. 분명 일향종의 민란은 방해가 되지만 사람을 만 명, 이만 명이나 죽이다니 역시 제정신이 아니야. 재작년 하리마 고즈키성에 이르러서는…… 자네도 보았겠지."

아카마쓰 마사노리가 지키던 고즈키성은 무라시게와 하시바 지쿠젠노카미 히데요시의 손에 함락되었다. 하시바 군대는 함락된 고즈키성에 들어가 아카마쓰의 잔당을 모조리 죽였다. 여기까지는 무라시게도 잘 아는 전쟁의 양상이었다. 하지만 그 다음은, 보통의 전쟁과 달랐다.

"여인과 아이들을 붙잡아 국경에 세워 놓고 창으로 꿰뚫어 책형에 처했다."

이백 명이 죽 늘어서 있었다고 한다.

"우키타를 위협하고 거취가 확실하지 않은 하리마 호족에게 본보기를 보여 줄 목적이었다는 말은 들었다. 하지만 그건 정상적인 전쟁이 아니야. 무엇보다 우키타는 겁먹지 않았고, 하리마 호족은 그 후로도 모이고 흩어지기를 되풀이했다. 본보기는커녕, 여인과 아이들은 헛되게 죽은 게야."

간베에는 정말 이 어둠 속에 있는 걸까? 아무 소리도 들려오지 않았다.

"오다가 싸우는 모습은 모두가 보았다. 명령을 받으면 아이도 끓는 기름에 집어넣는 게 사람이라지만, 한도라는 게 있어. 백성들도, 오다 가신들도, 머지않아 오다를 저버릴 것이다. 아니, 이미 저버렸는지도 모르지. 간베에, 주군이 내리는 벌은 사죄로 용서받을 수 있다. 신불의 벌은 기도로 면할 수도 있겠지. 하지만 백성과 가신이 내리는 벌은 누구도 저항할 수 없다. 내가 두려웠던 것은 그것이야. 그래서 모반했다. 나는 그저 아라키 가문을 남기려 했을 뿐이다. 무사로 살아남을 방법을 찾았을 뿐이다. …… 무너져 가는 오다에게 휘말리지 않으려 했을 뿐이다."

하지만 어쩌면 아주 조금 일렀는지도 모르겠구나. 무라시게는 처음으로 그렇게 생각하며 희미하게 씁쓸함을 느꼈다.

“하지만 나는 전쟁에 취해 내가 무엇을 위해 모반을 했는지 잊었다. 내 실수는 무엇보다 바로 그 점이지. ……잘 있거라, 간베에, 나는 이제 싸우러 가야겠구나. 쇼주마루 일은 애석하게 되었다. 내가 말하면 화가 나겠지만, 근심 많은 이 세상에는 여러 일들이 있지.”

그렇게 말하며 무라시게는 수라의 세상이 기다리는 지상으로 돌아갔다. 남은 것은 그저 어둠.

덴쇼 7년, 1579년 9월 2일, 아라키 무라시게, 아리오카성을 빠져나가다.

아리오카성의 명운은 그때 끝을 고했다.

종장

과

果

1

저녁노을이 내려앉은 갈대밭에 핏방울이 솟구쳤다.

적은 여섯 명. 아라키 셋쓰노카미 무라시게의 아군은 고리 주에몬, 이누이 스케사부로, 사이카 병사 사게하리 세 명이었다. 다만 이누이 스케사부로는 등에 멘 고리짝에 소중한 다구가 들어 있어 깨뜨리기라도 하면 큰일이라는 생각에 제대로 움직이지 못했다. 적은 여섯 명 다 전립을 쓰고 몸통을 둥글게 감싸는 갑옷을 입고 손에는 장창을 든 것으로 보아 아무래도 순찰하던 졸병 같았다. 적은 무라시게 일행을 패하여 도주하는 무사로 판단하고 크게 얕잡아 보았다. 적병 하나가 섣불리 사정거리 안으로 들어오자 무라시게가 나라 지방의 도공이 만든 검을 번쩍 휘둘러 대번에 적을 다섯 명으로 줄였다.

이놈, 하고 외치며 적병들이 장창을 움켜쥐었다. 동료의 원수를 갚으려는 모습에 무라시게는 남몰래 안도했다. 냅다 달아나 도움을 청하면 모든 게 끝장이었다.

"방심하지 마라."

무라시게가 적의 피로 무기를 적시며 굵은 목소리로 외치자 고리 주에몬은 지창을 움켜쥐는 척하다가 적병을 향해 휙 던졌다. 허를 찔린 병사는 피하지도 못하고 창끝에 목을 찔려 죽었다. 주에몬이 훌쩍 칼을 뽑았다.

대번에 수적 우세를 잃은 적병들의 얼굴이 겁에 질렸다. 지금이 기회라고 판단한 무라시게는 적병 하나를 골라 돌진했다. 주에몬도 다른 적병에게 칼을 휘둘렀다. 공격받지 않은 졸병 둘은 무라시게와 주에몬의 빠른 몸놀림에 주춤했지만 그래도 역시 난세의 병사, 언제까지고 허둥거리지는 않았다. 한 명이 장창을 휘둘러 무라시게를 노렸다. 그럴 줄 예상했던 무라시게가 몸을 피하자 창은 무라시게와 맞붙었던 적병의 어깨에 강하게 내리꽂혔다. 극심한 고통에 창을 떨어뜨린 적병의 목을 무라시게의 검이 깊숙이 베었다.

"창은 안 된다, 검을 써라."

남은 세 적병 중에 연장자로 보이는 자가 그렇게 외쳤다. 장창은 기마 무사라면 아무리 강한 자라도 쉽게 막을 수 있지만 이렇게 서로 근접해서는 다루기가 어렵다. 적병들은 장창을 발밑에 버리고 검을 뽑았지만 주에몬은 그 틈을 기다리고 있었다. 아까 던졌던 지창을 적병의 시체에서 뽑아 들어 두 번, 세 번 내질렀다.

막아 내지 못한 적병이 대번에 가슴을 찔려 피투성이가 되었다.

나머지 둘이 무라시게를 양쪽에서 포위하고 일제히 덤벼들었다. 오른쪽 적을 검으로 막고, 왼쪽에서 날아오는 검은 스와 대명신의 가호에 맡겼다. 칼은 급소에서 빗나가 무라시게의 갑옷 소매를 스치는 데 그쳤다. 무라시게는 오른쪽 적에게 몇 번이나 검을 휘둘렀고 적도 간신히 막아 냈다. 나라에서 만든 검은 보급용이라 대번에 이가 나가고 휘었지만 결국 무라시게가 휘두르는 날카로운 공격이 적병의 얇은 갑옷을 꿰뚫었다.

남은 적은 한 명, 그는 검도 내던지고 냅다 등을 돌렸다. 저 자를 놓치면 위험하다고 생각한 찰나, 사게하리가 말했다.

"제가 맞힐 수 있습니다."

사게하리는 어느새 화승총을 꺼내 달아나는 적병을 정확하게 조준하고 있었다.

"좋다, 쏴라."

무라시게의 말이 떨어지기가 무섭게 총자루에서 불꽃이 튀더니 탄환은 빗나가지 않고 적병의 머리를 꿰뚫었다.

저녁노을이 짙어져 주위는 마치 염열지옥처럼 붉었다. 무라시게는 휘어 버린 나라의 검을 칼집에 넣으려다가 불가능하다는 것을 깨닫고 그대로 버렸다. 주에몬은 부상을 입었는지 오른팔을 누르고 있었다. 사게하리는 적이 더 없는지 갈대 사이를 노려보며 언제든지 탄환을 쏠 수 있도록 화약통을 움켜쥐고 있다. 싸움에 가담하지 못한 이누이 스케사부로는 어딘가 억울한 표정이었다.

"철포 소리를 듣고 적이 올지도 모른다. 서두르자."

무라시게가 그렇게 말하자 주에몬이 그 앞에서 무릎을 꿇었다.
"주군. 소인은 여기까지."
"무어라."
"마지막으로 주군을 위해 한바탕 싸우고 싶었습니다. 그 소원을 이룬 지금 소인, 아마가사키에 동행할 수는 없을 것 같습니다."
농성 아홉 달, 어렵다고 말한 적은 있어도 불가능하다고 말한 적은 없었던 주에몬이 하는 말이다. 설마 하는 심정으로 무라시게는 눈을 치켜떴다.
"떠나겠다는 말이냐. 나를 저버릴 것이냐."
주에몬은 고개를 깊숙이 숙이고 배에 힘을 주었다.
"소인은 저버리지 않을 것입니다!"
주에몬이 피라도 토할 듯 목멘 목소리로 말했다.
"소인, 부족하나마 호위대의 대장. 호위대는 소인의 명령에 따라 오로지 한마음으로 주군을 지켜온 자들…… 고락을 함께하고 전쟁터를 누빈 자들입니다. 어찌 그들을 남겨 두고 성을 나갈 수 있겠습니까."
"나는 아리오카성을 버리는 게 아니다, 주에몬. 반드시 돌아온다. 모리를 데리고 돌아올 것이야."
"소인, 그날을 기다리고 있겠습니다. 다만 주군의 곁이 아니라 아리오카성에서, 호위대와 함께 기다리고 싶습니다. 주군, 부디 소인에게 호위대를 이끌어 주인이 자리를 비운 성을 지키라고 명령해 주십시오. 소인은…… 소인은 그들을 버릴 수가 없습니다!"
바닥을 짚은 주에몬의 팔에서 피가 뚝뚝 흘러내렸다.

주에몬은 죽음을 각오하고 말하고 있다. 그것을 모를 무라시게가 아니었다. 무라시게는 팔을 축 늘어뜨리고 힘없이 말했다.

"좋다. 주에몬, 자네는 아리오카성으로 돌아가 내가 돌아올 때까지 지켜라."

"반드시."

"그리고 만약…… 아니, 절대 그럴 리 없다만……."

무라시게가 말했다.

"내가 돌아오지 않을 때는 주에몬, 죽지 마라. 자네는 장수의 기량을 가졌어. 지금 내 밑에서 죽게 하기에는 아깝다. 언젠가……."

그 목소리에 자조가 서렸다.

"언젠가 좋은 때가 오면, 좋은 주군 밑에서 죽어라."

"주군!"

"가라. 명령이다!"

"예!"

주에몬은 마지막으로 이누이 스케사부로를 보았다. 스케사부로의 눈은 젖어 있었다.

"스케사부로. 주군을 부탁하마."

"대장님, 맡겨 주십시오. 동료들에게 잘 전해 주십시오."

스케사부로의 말에 주에몬이 희미하게 웃었다.

"알겠다. 이별이구나, 이만!"

주에몬은 깊숙이 고개를 숙이고 지창을 들고 발걸음을 돌렸다.

그 모습을 지켜보던 사게하리가 등에 화승총을 둘러메면서 말했다.

"그렇다면 소인도 가 보겠습니다."

"……가는 것이냐."

사게하리는 고개를 홀쩍 숙였다.

"소인, 셋쓰노카미 님의 가신이 아니라 스즈키 마고로쿠 님을 모시는 몸이라. 셋쓰노카미 님을 모시는 건 영광이지만 마고로쿠 님 곁을 떠나면 사이카 사람들에게 손가락질을 당합니다."

맞는 말이었다. 무라시게는 끄덕였다.

"그런가. 그동안 수고가 많았다."

"소인처럼 비천한 자, 셋쓰노카미 님 앞에 나서는 것도 황공한 일인데 따뜻한 말씀까지 해 주시니 몸 둘 바를 모르겠습니다. 그리고……."

사게하리는 조금 말하기 거북한 듯 우물거렸다.

"실은 노토 뉴도 님을 쏜 것은 소인이었습니다."

"……그랬느냐."

철포는 명중률이 낮아 저격에는 맞지 않는 도구다. 그래도 노토를 저격했다면 사이카 병사들 중에서도 손꼽히는 노련한 자의 소행일 거라 생각하고 있었다. 사게하리라면 문제없이 해치웠을 것이다.

사게하리가 머리를 긁적거렸다.

"다시 님의 부탁이라 거절할 수가 없었습니다. 맞힐 자신은 있었지만 그 벼락에는 크게 놀랐습니다. ……이게 마지막일 테니 말씀드리자면, 마고로쿠 님 곁으로 돌아가겠다는 건 거짓말은 아니지만 사실 핑계입니다. 주군 앞에서 말씀드리기 외람되오나 다시 님은 소인에게 전진하면 극락, 후퇴하면 지옥이라는 말은 거짓이다, 전진하지 않아도 극락은 있다고 가르쳐 주신 유일한 분입니다. 평생 싸우고 전진하라는 말만 들어 왔던 소인은 처음으로 숨통이 트인 것만 같았습니다."

신분을 망각한 불손한 말이었지만 무라시게는 불쾌하지 않았다. 지요호가 구원한 누군가를 직접 보다니 왠지 기쁘기까지 했다.

"주군이 자리를 비운 아리오카성에서는 무슨 일이 일어날지 모릅니다. 어차피 죽을 거라면 그분을 지키기 위해 죽고 싶습니다."

"알겠다. 후회 없이 지켜라."

무라시게가 그렇게 말하자 사게하리는 다시 고개를 숙였다.

"그럼 이만. 셋쓰노카미 님도 부디 무사하시길."

그렇게 말하고 갈대 속으로 사라졌다.

저물어 가는 갈대밭 속에서 무라시게와 이누이 스케사부로 둘만 남았다. 스케사부로는 무라시게가 맡긴 고리짝을 제 목숨이라도 되는 듯 소중하게 지키고 있다. 그 고리짝 속에는 명물 차항아리, 이름하여 '도라사루'가 들어 있었다. 모리에게 도움을 청할 비장의 수단이다.

"가자, 스케사부로."

"예!"

스케사부로가 공손히 대답했다.

주군과 신하는 적병의 시체와 피 웅덩이를 남기고 저물어 가는 호쿠세쓰의 들판을 걸어갔다. 무라시게가 문득 뒤를 돌아보니 아리오카성은 새빨간 빛과 짙푸른 색이 경계를 이루는 하늘 속에서 그림자 같은 모습을 셋쓰의 대지에 까맣게 드리우고 있었다.

2

인과는 돌아왔다.

아리오카성은,

10월 15일, 나카니시 신파치로가 다키가와 사콘과 내통해 오다 병사들을 성안으로 들였다. 아리오카성 북쪽, 서쪽, 남쪽을 지키는 요새가 줄줄이 함락되었다. 오다는 이타미 거리를 장악하고 무사 주거지를 불태웠고, 혼마루만 남았다. 남은 가신들은 그래도 한 달 남짓을 더 버텼지만 모리는 오지 않았고, 끝내 성은 함락되었다.

노무라 단고는,

그가 지키는 히요도리즈카 요새가 공격당했을 때 사이카 부대를 포함한 대부분의 병사들을 잃었다. 항복했지만 받아들여지지 않고 처형당했다.

아라키 규자에몬은,

장수들의 처자식을 인질로 붙잡혀, 다른 원로 가신들과 함께 아마가사키성에 있는 무라시게를 설득하는 임무를 맡는다. 무라시게가 설득을 거부하자 아리오카성으로 돌아오지 않고 아와지로 달아났다.

이케다 이즈미는,

아리오카성에 남아 주군이 없는 성을 지켰지만 아라키 규자에몬 무리의 도주로 여인과 아이들을 지킬 방법이 사라졌음을 깨닫고 철포로 스스로 머리를 쏘아 자살했다. 사세구•가 전해진다.

'이슬이 되어 이 몸은 사라져도 근심은 남네.

부디 살펴 주소서, 어린 생명의 앞날.'

3

나카니시 신파치로는,

오다 군사에게 아리오카 성문을 열어 준 뒤, 호쿠세쓰를 얻은 이케다 쇼자부로 쓰네오키의 신하로 들어갔다. 그 후로는 눈에 띄는 무훈을 세우지 못한 듯하다.

다카야마 다료는,

아리오카성이 함락된 후, 오다는 그를 죽이지 않고 호쿠리쿠의

• 辭世句. 죽을 때 남겨 놓는 시가 따위의 문구

시바타 슈리노스케 가쓰이에에게 맡겼다. 먼저 오다에게 항복한 아들 우콘이 오다 가문에서 중용된 덕분이리라.

스즈키 마고로쿠는,

전쟁 후 소식이 묘연하다. 히요도리즈카 요새를 지키다가 전사했을지도 모르고, 어쩌면 끈질기게 살아남았을지도 모른다. 훗날 아들이 기이 도쿠가와 가문•을 섬겼다고 한다.

기타가와라 요사쿠는,

목숨을 부지해 호쿠세쓰에 남아 오노하라라는 지방에서 살았다. 훗날 고아가 된 무라시게의 손자를 거두어 키웠다고 전해진다.

사게하리는,

그 역시 살았는지 죽었는지 전해지지 않는다. 다만 사서에는 아리오카성의 사이카 병사는 거의 모두 전사했다고 기록되어 있다.

무헨은,

호쿠세쓰의 이슬로 사라진 무헨의 명성을 훔치려고 그 이름을 사칭하는 자가 아즈치에 나타났다. 평판을 얻었지만 금세 거짓이 탄로 나 처벌받았다고 한다.

• 도쿠가와 일족 중 쇼군 다음가는 위치에 있던 세 가문 중 기이의 번주 가문

이누이 스케사부로는,

무라시게와 명물 다기를 훌륭하게 아마가사키성까지 지켜 냈다. 그 후의 행방은 알 수 없다. 무라시게와 함께 방랑하며 계속 싸웠을까.

고리 주에몬은,

아리오카성 전투에서 살아남아 그로부터 삼십육 년 뒤, 도요토미 히데요리 밑에서 오사카 전투에 임했다. 고리 슈메라는 이름으로 오사카측 정예 칠대장 중 하나로 꼽혔으며, 주군 곁에서 깃발을 드는 임무를 맡아 목숨이 다할 때까지 싸우다가 전쟁 속에서 살아온 칠십 년 인생을 할복으로 마무리했다.

4

장수들의 처자식과 친척들은 대부분 처형당했다.

아마가사키성 부근에서 122명이 책형.

아리오카성 안에서는 여인 388명, 사내 124명이 집에 갇혀 불에 타 죽었다.

교토에서는 이름 있는 장수들의 처자식 삼십여 명이 참수당했다.

지요호는,

교토로 보내졌다. 하얀 수의 위에 화려한 명주옷을 걸치고 로쿠조 가와라의 형장으로 가는 수레에서 내려 허리끈을 가다듬고, 머리카락을 높이 고쳐 묶고, 명주옷 옷깃을 단정히 매만지고 목을 베이는 순간에도 조금도 흐트러지지 않고 평온하고 고요했다. 많은 사세구를 남겼다. 그중 하나가 이것이다.

'갈고 또 닦은 이 마음속의 달은 티 한 점 없네.
찬란한 빛과 함께 서쪽으로 떠나리.'

서쪽은 극락정토가 있는 방향이다. 지요호와 함께 참수당한 시녀들의 대부분은 지요호와 마찬가지로 차분하게 죽음을 맞이했다고 전해진다.

5

아라키 무라시게는,

살아남았다. 아리오카성에서 빠져나온 뒤에도 아마가사키성, 하나쿠마성에 몸을 맡기고 이듬해 7월까지 계속 싸웠다. 모리를 기다리고 있었으리라. 하나쿠마성은 함락되었지만 무라시게는 모리 영지로 달아나 살아남았다.

훗날 다인으로 셋쓰로 돌아와, 아리오카성 함락으로부터 7년 후에 천수를 다했다. 아마도 사세구를 남겼겠지만 알려진 바는 없다. 아무도 그의 말을 기록하지 않은 것일까.

6

오다 노부나가는,

아리오카성을 손에 넣고 삼 년 뒤, 교토 혼노지에서 최후를 맞이한다.

시체는 발견되지 않았다고 전해진다.

7

구로다 간베에는……,

아리오카성이 함락되었을 때 간베에는 그의 가신, 구리야마 젠스케에게 구출되었다. 간수 가토 마타자에몬이 도와주었다. 비쩍 마른 간베에는 뺨은 움푹 팼는데 배만 아귀처럼 불룩했고, 손발은 마른 가지 같았으며 머리의 상처는 덧나서 흉터가 남았고 휜 다리는 오래도록 낫지 않았다. 하시바 지쿠젠노카미 히데요시는 간베에가 살아 돌아온 것을 몹시 기뻐했고 뒷일은 걱정 말고 요양하라고 전했다. 간베에는 그 말을 따라 아리마 온천에서 상처 입은 심신과 마주했다.

시간이 지나자 자기 힘으로 거동할 수 있게 되었고, 죽이 아니라 밥을 삼킬 수 있게 되었으며, 지팡이를 짚고 걸을 수도 있었다. 갈라진 목소리는 다시 맑아졌고 눈은 빛에 익숙해졌다. 때는

12월, 천하는 겨울이었다.

간베에가 요양하는 거처에는 구리야마 젠스케와 몇 명이 붙어서 간베에를 돌보았다. 하지만 지요호의 처형 소식을 들은 간베에는 지팡이를 짚고 홀로 거처를 나섰다. 깊은 겨울, 산에 둘러싸인 아리마 마을은 눈 속에 있었다. 간베에가 아리오카성에 갇혀 있었던 것은 작년, 역시나 겨울이었다. 그로부터 일 년이 지났다. 간베에는 믿을 수가 없었다. 모든 것이 그저 하룻밤 사이의 일만 같았다.

눈 속에서 간베에는 천천히 걸음을 옮겼다. 눈에는 두 발과 지팡이 하나의 흔적이 남았다.

그 지하 감옥에서 있었던 일은 전부 꿈이 아니었을까. 그렇다면 끔찍한 꿈이었다. 간베에는 자신의 지략을, 한 남자의 이름을 영원히 치욕에 빠뜨리기 위해 사용했다. 하지만 그 결과는 무엇인가. 전쟁은 길어졌고 수많은 병사와 백성들이 죽었으며, 몇백 명의 사람들이 책형을 당하고, 불에 타 죽고, 참수당했다.

눈의 무게를 견디지 못하고 대나무 가지가 크게 휘었다. 퍼석 소리를 내며 눈이 떨어졌다. 간베에는 소리가 나는 쪽을 돌아보지도 않았다.

그 감옥 속에서, 나는 마귀에 씌어 있었다. 간베에는 그렇게 생각하려 했다. 하지만 다름 아닌 간베에의 지성이 그런 도피를 허락하지 않았다. 그는 분명 자식을 헛되이 죽게 한 무라시게의 이름을 죽이려 했다. 그것이 무슨 결과를 낳을지 생각도 않고.

동시에 간베에의 지성은 그에게 모든 잘못이 있다고 떠안는 것도 인정하지 않았다. 아라키 규자에몬을 비롯한 원로 가신들이 항복을 설득하기 위한 사자로 아마가사키로 떠날 가능성은 짐작했지만 그 가신들이 무라시게를 설득하지 못하자 허둥지둥 달아날 줄은, 아무리 간베에라지만 예상조차 하지 못한 일이었다. 들려오는 풍문에 의하면 노부나가는 무라시게가 아리오카성을 빠져나간 것보다 설득하러 간 가신들이 달아난 것에 분노했다고 한다. 만약 그 일이 없었다면 지요호는 살아남지 못했을지언정 다른 수백 명의 사람들이 처형당하는 일은 없지 않았을까?

그렇게 생각하면 전쟁이 길어진 것도 달리 해석해 볼 수 있다. 노부나가는 무라시게의 모반 사실을 알자 호쿠세쓰와 하리마 산속에 병사들을 보내 달아난 백성들을 모조리 죽이라고 명령했다. 노부나가가 불같이 격노했을 때 아리오카가 성문을 열었다면, 이타미의 백성들도 이세 나가시마처럼 떼죽음을 당했을지 모른다. 그렇다면 전쟁을 길어지게 만든 내 책략은 노부나가가 이성을 되찾을 시간을 벌어, 백성들의 목숨을 구했다고 볼 수 있을지도 모른다…….

"아니……."

간베에는 홀로 고개를 가로저었다. 스스로에게 거짓말을 할 수는 없다. 그 감옥에서 그의 머릿속은 아들 쇼주마루의 비참한 죽음과, 세상의 이치를 저버린 무라시게에 대한 분노로 가득했다. 그 복수에 누가 말려들게 될 줄은 생각도 못 했고, 설사 생각이 미쳤다 해도 몇백 명, 몇천 명이 죽는다 한들 그것은 무라시게의 죗값이라고 무시했을 것이다. 그렇게 생각하면 역시 감옥 안에서 그는 마귀에 씌어 있었다고밖에 표현할 길이 없다. 그리고 그 마귀는 사라지지 않고 지금도 그의 안에 있다.

바람이 대숲을 흔들어 쏴아아 소리를 냈다.

무라시게의 허세로 쇼주마루가 죽었고, 그 원한은 간베에에게 깃들어 돌고 돌아 아리오카성의 여인과 아이들이 창에 찔려 죽고, 불에 타 죽고, 칼날에 죽었다. 하지만 애초에 무라시게는 세상 사람들이 노부나가의 전쟁 방식을 받아들이지 않을 거라 생각하고 자기는 다르다고 말하고 싶었다고 했다. 그렇다면 노부나가가 너무 많은 사람들을 죽인 게 이 모든 끔찍한 결과의 원인이냐고 묻는다면, 노부나가가 죽이고 또 죽이기 때문에 오다의 영토에는 일단 전쟁이 적다고 말할 수도 있다. 즉 이 난세에서는 악인이 말도 못 하게 복잡하게 얽혀 있어, 근심 많은 세상의 곳곳에서 악과를 일으키는 것이다. 이런 세상에서는 제 자식을 소중하게 여기는 마음조차 세상의 이치에 반해 악한 원인을 만들어 내는 잘못이었을지도 모른다. 그렇다면 역시 내 잘못이다……. 간베에는 그렇게 생각했다. 그리고 아마도 많은 무사들, 많은 백성들, 많은 승려들, 많은 사람들이 마찬가지로 죄를 짊어지고 있을 것이다. 그것을 견디지 못해 사람들은 염불을 외우고, 공양을 하고, 남만종으로 개종하며, 많은 무사들이 그러하듯 결국 약자가 나쁘다고 단순하게 치부하며 마음의 안정을 찾으려는 것이다. 그래도 어쩔 수 없지 않은가. 악한 원인이 악한 결과를 낳고, 악한 결과가 악한 원인을 낳게 하는 이 세상의 섭리에 사람이 저항할 수단은 없지 않은가. 그렇다면 나는 앞으로도 책략을 짜내 죽이고 또 죽이게 될까?

어느새 간베에는 대숲을 한 바퀴 다 돌았다. 꽁꽁 얼어붙은 몸을 끌고 간베에는 거처로 돌아가려 했다. 간베에를 찾고 있었는지 젠스케가 “저기에!”라고 외치며 간베에 곁으로 달려왔다.

“주군, 이 추운 날에 이러시면 안 됩니다. 제발 몸을 아끼십시오.”

“뭐가 어떠냐, 괜찮다.”

간베에는 귀찮다는 듯이 손을 저어 젠스케를 쫓아내려 했다. 하지만 젠스케는 물러나지 않고 차분하게 말했다.

“주군께 손님이 찾아왔습니다.”

간베에는 눈썹을 찌푸렸다. 하시바 히데요시가 보냈다면 사자일 것이다. 손님이라는 말에 짐작 가는 바가 없었다.

거처에는 손님을 맞이할 만한 격식 있는 방이 없다. 간베에는 잠시 고민하다가 명령했다.

“그럼 불당으로 모셔라. 바로 가겠다.”

가신들의 도움으로 남 앞에 나설 때 입는 옷으로 갈아입었다. 젠스케가 간베에를 걱정해 준비한 약탕을 마셔 몸을 녹이고, 누가 무슨 일로 찾아왔는지 의아해하며 손님이 기다리는 불당으로 갔다. 집주인이 마음을 써서 마룻바닥에 방석과 팔걸이를 준비해 놓았다.

손님은 간베에를 보더니 고개를 깊숙이 숙였다. 허리에 찬 칼을 보지 않아도 기척으로 보아 무사일 거라고 짐작했다. 고개를 들자 얼굴이 누군가를 닮은 듯도 했지만 손님은 역시 간베에가 모르는 남자였다.

간베에는 방석에 앉으며 양해를 구했다.

"다리가 불편해서 그러니 결례를 이해하시오."

그렇게 왼쪽 다리를 쭉 뻗고 앉자 손님은 의외로 시원스러운 목소리로 말했다.

"요양하고 계신데 불쑥 찾아와서 죄송합니다."

간베에는 손님의 정체를 헤아려 보면서 이름을 밝혔다.

"내가 고데라 간베에요."

일단 고데라 가문이 존속하는 이상 간베에는 아직 고데라의 이름을 써야 했다. 하지만 간베에는 머지않아 조만간 구로다라는 이름을 쓰게 되리라고 속으로 생각했다. 손님은 고개를 끄덕이고 이름을 밝혔다.

"저는 다케나카 겐스케라고 합니다. 간베에 님은 오늘 처음 뵙습니다."

다케나카라는 이름을 듣고 간베에는 납득했다. 이 손님은 하시바 지쿠젠노카미의 가신이자 간베에와는 미래를 논했던 친구, 다케나카 한베에 시게하루와 닮은 구석이 있었다. 한베에는 지난여름, 간베에가 감옥에 있을 때 세상을 떠났다.

"다케나카라면 한베에 님의."

"한베에는 제 사촌 형입니다."

"그랬구려."

간베에는 눈을 내리뜨고 온화하게 말했다.

"형님께는 신세를 많이 졌네. 마지막으로 한 번 더 만나지 못한 것이 원통할 따름이야."

"크게 고초를 겪으신 간베에 님께서 그리 말씀해 주시니 저세상에 있는 형님도 기뻐하실 겁니다."

오랜 친구의 친척이라고 하니 간베에의 마음도 조금 누그러졌다.

"그래, 무슨 용건으로?"

"사실은."

겐스케가 자세를 가다듬었다.

"간베에 님은 모르시겠지만 아드님 쇼주마루 님을 처형하라는 명령을 받은 사람이 바로 제 형님이었습니다."

"……무어라."

간베에는 그 한마디를 끝으로 입을 다물었다. 노부나가는 간베에와 한베에가 절친한 사이인 줄 알았을 터였다. 그걸 알면서도 굳이 한베에에게 쇼주마루를 죽이게 했다니, 너무나 가혹한 명령이다.

"형님은 그럴 신분이 되지 못하는데도 구로다의 인질을 죽이는 것은 잘못이라고 주군께 상소했습니다. 때문에 눈 밖에 나서 도리어 그런 명령을 받은 것 같습니다."

"그런가. 한베에 님은 그 아이를 감싸 주셨는가. 한베에 님이라면."

간베에는 겨우 목소리를 쥐어짜 냈다.

"……내 아이도 고통스럽지는 않았겠구나."

그러자 겐스케가 난처한 표정을 지었다. 간베에는 그 표정을 보고 물었다.

"무슨 일이 있었던 건가?"

"아니……, 그건 물론."

"그렇다면 오늘은 그 아이의 마지막이 어땠는지 들려주겠나. 아니면 유품이라도 가져왔는가?"

겐스케는 눈길을 떨어뜨리고 신음하듯 말했다.

"부끄럽습니다. 저는 형님처럼 똑똑하지 않아 어떻게 말씀드려야 할지 이곳에 올 때까지 계속 고민했지만 역시 좋은 수가 떠오르지 않았습니다. 그러니 역시 일단 직접 보시는 게 제일 낫겠습니다."

어리둥절해하는 간베에에게 아랑곳없이 겐스케는 "들어오너라."라고 말했다. "예!" 하고 씩씩한 대답이 들린다 싶더니 장지문이 열리며 겨울의 냉기가 불당으로 들어왔다.

툇마루에, 어린 무사가 엎드려 있었다.

겐스케가 말했다.

"형님은 역시 구로다의 인질을 죽이면 첫째로 주고쿠를 치지 못할 것이고, 둘째로 하늘에 부끄러우며, 셋째로 간베에 님께 어떤 변명도 할 수 없다고 주군을 설득해…… 결국 이리되었습니다. 하시바 님, 주군의 허락을 받느라 시간이 걸려 오늘까지 늦어진 점 어찌 사죄드려야 할지."

어린 무사가 고개를 들었다. 간베에는 저도 모르게 외쳤다.

"쇼주마루!"

차가운 복도에서 기다렸는지 쇼주마루의 뺨이 새빨갰다.

"아버지!"

간베에의 두 손이 덜덜 떨렸다. 눈을 부릅뜨고 떨리는 입술로 간베에는 말했다.

"한베에 님이 선인(善因)을 베푸셨구나. 한베에 님은 목숨을 걸고 선인을 베푸셨어. 이것이 근심 많은 세상에 저항할 방법이라는 건가, 한베에 님."

겐스케는 당혹스러운 눈치였다. 쇼주마루는 웃음을 가득 머금고 소리 높여 말했다.

"오랜만에 뵙습니다, 아버지. 아버지가 하시는 말씀은 역시 모르겠습니다!"

훗날의 구로다 간베에는 자신의 마음가짐을 이렇게 남겼다.

'신벌보다 주군의 벌을 두려워하라. 주군의 벌보다 신하와 백성의 벌을 두려워하라.'

'신하와 백성의 마음이 떠나면 반드시 나라를 잃는 법, 기도하고 사죄해도 그 벌은 피할 수 없으리라.'

'그렇기에 신벌, 주군의 벌보다 신하와 만민의 벌이 가장 두려우니라.'

쇼주마루는 자라서 구로다 지쿠젠노카미 나가마사가 되어 하카타 일대를 다스리며 지명을 후쿠오카로 바꾸었다.

간베에가 남긴 교훈은 후세까지 전해졌고, 세상을 다스리는 기본이 되어 후쿠오카에 큰 번영을 가져왔다고 한다.

참고 문헌

아마노 다다유키, 《아라키 무라시게》, 에비스코쇼 출판, 2017년

안도 와타루, 《전국시대 종교 세력 사론》, 호조칸, 2019년

오쿠와 히토시, 《전국시대 종교사상사와 렌뇨》, 호조칸, 2006년

오자와 도미오 편저, 《무가 가훈 · 유훈 집성》, 펠리칸샤, 1998년

간다 지사토, 《노부나가와 이시야마 전투 : 중세 신앙과 민란》, 요시카와 고분칸, 2008년

구로다 모토키, 《백성들이 본 전국 다이묘》, 지쿠마 신서, 2006년

사토 히로오, 《아마테라스의 변모 : 중세 신불교섭사의 관점》, 호조칸 문고, 2020년

시미즈 가쓰유키, 《쌍방처벌의 탄생》, 고단샤 선서 메티에, 2006년

스와 마사노리, 《구로다 간베에 '천하를 노린 군사'의 실상》, 중앙공론신서, 2013년

다카기 히사시, 《외화와 푼돈의 전국사》, 헤이본샤, 2018년

다케우치 준이치, 《산상종이기》, 단코샤, 2018년
다케우치 요시노부, 《사이카 일향종 민란과 기이 정토진종》, 호조칸, 2018년
도고 류, 《역사도해 전국시대 전쟁 매뉴얼》, 고단샤, 2001년
나카니시 히로키, 《전국시대 셋쓰의 하극상 : 다카야마 우콘과 나카가와 기요히데》, 에비스코쇼 출판, 2019년
니시마타 후사오, 《성채 공략의 군사학》, 가도카와 소피아 문고, 2018년
하타케야마 고이치, '이와사 마타베에와 아라키 일족', 《미술사학》 제30호, 도호쿠대학 대학원 문학연구과 미술사학 강좌, 2009년
히라오카 사토시, 《정토사상입문 : 고대 인도부터 현대 일본까지》, 가도카와 선서, 2018년
마루시마 가즈히로, 《전국시대 다이묘의 '외교'》, 고단샤 선서 메티에, 2013년
미쓰나리 준지, 《혼노지 전야 : 서부 지역을 둘러싼 공방》, 가도카와 선서, 2020년
야베 요시아키, 《에피소드로 들려주는 전국 무장 다도 이야기》, 미야오비 출판사, 2014년
야마다 구니아키, 《전국시대의 커뮤니케이션 : 정보와 통신》, 요시카와 고분칸, 2011년

또한 시대고증은 역사학자이신 호리 신 선생님께 검수를 받았습니다. 깊이 감사드립니다.

초출(初出)

'설야등롱',《문예 가도카와》, 2019년 2월호~3월호
'화영수훈',《가도카와 노벨》, 2020년 1월호~3월호
'원뢰염불',《가도카와 노벨》, 2020년 6월호~8월호
'낙일고영',《가도카와 노벨》, 2020년 10월호~11월호

위에 게재한 원고를 가필 수정해 단행본으로 엮었습니다.

흑뢰성

1판 1쇄 발행 2022년 9월 1일
1판 6쇄 발행 2024년 9월 25일
지은이 요네자와 호노부 | **옮긴이** 김선영 | **펴낸이** 최원영
편집부장 윤영천 | **편집부** 김서연 이지윤 | **북디자인** 형태와내용사이
본문조판 양우연 | **국제업무** 박진해 조은지 남궁명일 | **마케팅** 김민원 조은걸
펴낸곳 (주)디앤씨미디어 | **출판등록** 2002년 4월 25일 제20-260호
주소 서울시 구로구 디지털로 32길 30 코오롱디지털타워빌란트 1301-1308호
전화번호 02.333.2513 | **팩스** 02.333.2514

ISBN 979-11-977085-8-9 03830

정가 16,800원